德语文学研究丛书

思之旅

德语近、现代文学与中德文学关系研究

主编 / 谢建文 卫茂平

上海三联书店

序

这篇小序，一直拖到柏林，才终于开始动笔。主要是不知最初的几行字，写些什么好。

一日，在博物馆看到浪漫主义的画作，精神一振。其中，弗里德里希的几幅作品，尤扣人心弦。其实，我也曾在其他媒体上见过他的画作，但真迹的冲击力，就是挡不住啊。而且是连续的冲击力！这位画家，那么忧郁……

他的画为何如此动人？我在琢磨。

是凝视！像《海边的修士》、《雾海漫游人》、《男女观月》、《月夜林深处》和《海边明月升》，等等，无论是借助大海、月夜、森林、城堡、废墟与远方明朗的山峰，还是依傍他、她或他们的背影与远远近近的树木和船帆，在延绵与遮断、直视和移向别处之间，集纳起来的核心，就是那辽远的凝视。

画中有我无我的目光，像长调那样激荡，却又沉吟而静寂地投向远方。它与我们观者的目光一个方向，向远方延展。延展！我们非常投入地体悟孤独、忧伤、神秘、肃穆与断念间的豁然开朗。远方，在未来的向往与神圣的渴盼中，在历史的眺望、命运和死亡的沉思处，获得生命的质感、历史的深沉与宗教的庄严。

这样一个抒情的开头，让我似乎轻松了几分。我发现远方这个词可以为我所用：我们的《思之旅》，正是要去远方的呀。比附。但也并非太牵强。文学地去往文学的远方，我们这个在这本文集中暂有留驻的群体。

我突然又想到，文学何为。

这是个老套的问题。在柏拉图的时代，就有类似追问。但这问题深刻。答案万千，却依然问得坚韧。尤其是近数十年来，不管是在自律还是他律的视角下，文学的合法性成为问题之后。

文学死了吗？死在它的社会功能乃至其他功用？死在它革新的内在生命力？死在它的自我理解、定位及其变化？因此，在今天这个消费无边、娱乐至死的时代，提问，就是坚守。这不仅是生产者的提问，接受者的提问，而且是文学本身的提问。这也恰恰说明，尽管难再有精英与超拔的姿态，尽管有边缘与零散化或者其他的困境，但文学不死。不再有宏大叙事，叙事却无处不在。即便是在自媒体的形式与冲动中，文学也时时还在有意味地播撒。

我似乎刻意地借助了远方与文学这两个关键词，为我们这些文学解释者，制造某种快意。但我们的《思之旅》，真是要去往文学远方的。

我们在德语文学里徜徉，在中德文学间探寻，携有一种精神的力量前行。

卢铭君说，她要探看美狄亚的疯癫问题，便在戏剧这一体裁中，选择格里尔帕尔策尔的《金羊毛》和雅恩的《美狄亚》，看美狄亚的疯癫形式，揭示其中理性的义理与母亲角色的自我牺牲精神；孙瑜同样来到十九世纪的奥地利文学中，借助阿达尔贝特・施蒂夫特的中篇小说《俄巴底亚》与《林中人》，来读解毕德迈尔文学的艺术特色与思想主题。在施蒂夫特笔下，物像俨然，风景如画。在一首首田园牧歌深处，论文作者发现的或赞同的是自然的秩序与"回望天堂的最后场所"；张克芸则留在二十世纪，且暂别文本细读，研究埃利亚斯・卡内蒂的戏剧理论及其在卡内蒂整个文学创作中的作用，发掘"变形"这一戏剧理论内核，并结合适度的作品分析，揭示"类型人物"和"声学面具"这两种表现手段以及它们与"变形"理念之间的辩证关系。分析的线条很清晰；侯素琴则对儿童文学作品情有独钟。她"透视"埃里希・凯斯特纳早期少年小说中的情结和原型，发现了凯斯特纳对成长小说的独到运用与人物角色身上的天父原型，并揭开底里："代父"是角色与作家对理想父亲形象的共同寄寓。

听说胡丹对历史饶有兴趣，而且颇有心得。这不，他在伊姆加德？科伊恩《吉吉，我们中的一个》和《人造丝少女》这两部小说中，借助女性命运的描述，窥望的还是魏玛共和国末期的社会现实。他将文本读得很细，在女性、政治运动、公权力和宗教等几个关键词中，逐一揭示的正是时代的堕落；王羽桐似乎在"边缘人"这个话题上找到了特别的共振：作家与角色之间的共振。她从所研究作家伊尔莎・艾兴格的边缘人身份入手，探讨其小说中一系列典型的边缘人形象，例如儿童、女性和老人，以及他们作为个体的情感与精神状态及其应对方式，最后借助对《镜中的故事》等作品的分析，很精准地勾画出角色们心理与命运曲线的峰值：以肉体的消亡，获得灵魂的拯救。

李益的选择在主题研究与形式研究之间。她以马丁·瓦尔泽自传体小说《迸涌的流泉》为讨论对象，先探讨语言作为媒介与表达对象的两相交织，并特别关注方言在小说中的意图设置及其落实，以此来读取瓦尔泽的语言观，然后更进一步，将回忆的叙事方式和功用与语言的运用，贴合作家和作品实际地结合起来考察，探求语言与回忆、形式和内容融为一体的美学旨趣与价值诉求：语言可以抵抗地乌托邦，回忆自在地成为一种文学语言；郑霞同样对语言问题很感兴趣。但她是从维特根斯坦的语言游戏理论与《马利纳》、勋伯格的音乐和这部长篇小说之间的联系性，来考察英格博格·巴赫曼语言批判与性别话语批判的问题。她主要通过对小说内容层面几个特别有意味的要素进行分析，在她十分喜爱采用的一系列长句中，揭示女性主体的危机和作家巴赫曼对文学"新语言"不懈的追求。

徐琼星很恰切地在其论文标题中将《飞灰》称为"莫妮卡·马龙批判和拯救现代异化生活的序曲"。他一开始谈的是马龙的处女作《飞灰》所涉及的环境污染问题和小说对现代化进程中个人生活异化问题如何被揭示，但他实际的关注点却是作家本人在特定体制下为了小说的出版如何抗争，以及作家自我身份的认同及其反思。他在文学社会学视角下探讨作家与作品可以怎样结合起来进行相关的反抗；施显松设置了《朗读者》罪责主题揭示这一目标，一一探看伯本哈德·施林克小说的叙事策略。声音、沉默、史诗文本与空间以及第一人称有限叙事等，都被作家个性鲜明地用来成就一部清理与反思纳粹历史的不平凡之作。"沉默机制"是令人沉重的；张焱要解决的核心问题，是文学的历史叙事问题。她将之放在历史学视角下历史叙事的差异化背景前来考察其个性与特征，结合克里斯托夫·海因对瓦尔特·本雅明的历史哲学与叙事学思想的接受和变异处理，看海因如何在其代表作《占领土地》中以编年体的历史叙事方式审视民主德国历史，在肩负起文学编年体作者责任的同时，实现自己个性化的历史书写。讨论颇为集中。

如果说上述论文，无论是理论探讨性地还是作品分析性地，其视点都是放在德语国家作家作品上，那么，下面的两篇论文，则主要聚焦于不同语境间文学的接受关系。

布莱希特对中国文化无疑是心仪的，也很有体认。他的“陌生化效果”是一个众所周知的例子。其故居图书室里与中国相关的那些书籍，图书室和书房墙上都挂着的大幅孔子画像，也都是明证。甚至，他那首著名的《怀疑者》（*Der Zweifler*），据说灵感之来源，或者说所拟之对象，就是一幅类似钟馗图的画作——而那画作，就挂在作家驾鹤西去的那间小卧室墙上。布氏生前，想必在书房里凝望黑格尔的墓地，在卧室内或许就是“相看”这位来自中国的“怀疑者”吧。

言归正传，看看史节的“布莱希特‘中国诗’研究”。史节自考证与解释两个途经，在中、德、英文三种语言间穿梭，要解决的是布莱希特怎样通过翻译或二度创制中国的十三首诗歌来解释这些诗及其背后的意蕴，看他如何得失自在地在正解和误读之间完成对中国元素的接受与转化。考释细致。

选取某一媒体和某一时段来研究某一国别文学在某一种文化语境下的接受，也是很有意思的。陈虹嫣选择《世界文学》这份重要的译文期刊，兼用统计分析和描写翻译理论的方法，来检视 1953—1966 间《世界文学》对德语文学的译介与接受。她在清理包括德语文学在内的外国文学翻译概貌后，在体裁、流派和时间诸维度上精细地勾勒德语文学译介的发展曲线或趋势，且兼及德语文学研究发表的变化状况，而且指出了特定时期意识形态要素在文学接受中的影响作用。是啊，文学与政治，与意识形态，与其他种种，何曾能够分开。分开，常常只在抵抗或者自救。

上述论文，我或曾指导，或曾作为论文答辩会成员阅读过。这次又跟着叙说了一遍，感到还是很有收获。颇为见教。忽而又觉着，仿佛由之又回到了当初和他们相聚的博士生课堂。你想想，机构化地有这么一个时段，将一群人为了某个特定的学习任务集合在一起，让你们共同面对问题和讨论，在一起似有所悟而又悟待将来——岂不是很有些趣味？这样的时光，比较纯粹吧。

最后要说明的是，我们这本集子，上接《阐释与补阙：德语现代文学与中德文学关系研究》（卫茂平主编，上海外语教育出版社，2012 年 3 月第 1 版），1. 编纂意图仍旧，展现上海外国语大学德语语言文学博士点的研究成果；2. 体例主体不变；

3. 选辑原则依旧是，论文作者从各自的博士论文中自采最愿撷取的文字。

我们本有来历，而且是，文学地去往文学的远方。

——是为序。

谢建文

2016 年 8 月 25 日于柏林

目录 CONTENTS

上编　近、现代德语文学研究

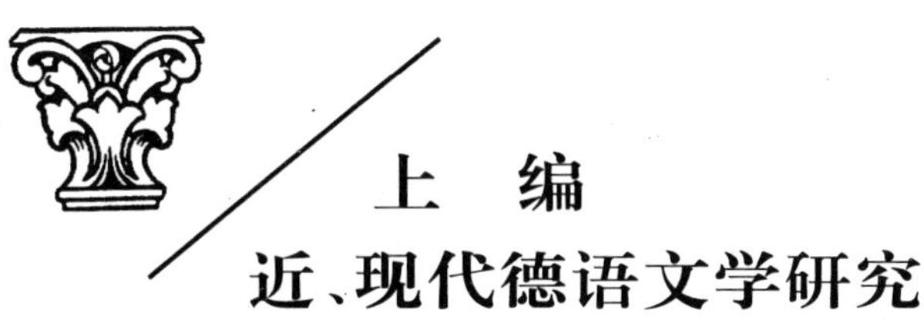

上　编

近、现代德语文学研究

美狄亚疯癫的表现形式
——以格里尔帕策的《金羊毛》和雅恩的《美狄亚》为例

Medeas Wahnsinn in seinen Erscheinungsweisen
——Am Beispiel von Franz grillparzers Das *goldene Vlieβ* und Hans Henny Jahnns *Medea*

卢铭君

内容提要： 疯癫在西方文化中经历了漫长的概念和内涵演变。追本溯源，该概念最早出现于古希腊罗马神话和史诗中。其中，疯癫表现为情绪上的失控，人们通常用“发狂”和“盛怒”对这一概念加以描述，而这些词语也被用来描写美狄亚的疯癫。关于疯癫的研究，学界更多地从哲学的视角讨论它与理性之间的对立关系。美狄亚在这两个剧本中从两个方面体现了疯癫与理性之间时而对立、时而共存的关系。首先，美狄亚表现出情绪失控。其次，疯癫也用来意指偏离社会准则的行为和思维模式。从道德方面衡量，美狄亚的疯癫是与“残忍”相挂钩的。本篇博士论文试图从美狄亚疯癫的现象出发，对格里尔帕策的戏剧三部曲《金羊毛》和雅恩的独幕剧《美狄亚》进行文本分析。疯癫的定义及其内涵之演变主要依据福柯的疯癫研究。格哈德·诺伊曼，格哈琳德·毛尔雷尔，蒂尔曼·布贝，扬·比格尔等学者所作的理论研究或者相关文本分析为本文提供了不少灵感。在此节选的是论文第三章“美狄亚疯癫的表现形式”。

关键词： 疯癫，女性角色，母道

一、戏剧中的疯癫形式

美狄亚的疯癫并非遗传而来，而是在戏剧矛盾的演变过程中慢慢形成的。在精神病学中，神经病(Nervenkrankheit)是疯癫的同义词。在疯癫这一概念里，常常会出现躁狂、妄想、恶劣的情绪、失去理智、谵妄、神志不清等诸如此类的字眼。根据康德对疯癫的划分，人们可以把这些字眼归纳为：意想、判断力和理智的功能失常。在精神病学的理论中，疯癫首先是一种疾病，得了病的人的所作所为与社会的规范行为背道而驰。

在两部剧作中，除了美狄亚之外，还有其他的角色也陷入疯癫状态之中。在格里尔帕策的剧作中，珀利阿斯(Pelias)精神混乱，关于他的死亡，美狄亚在第三幕有如下叙述：

> "美狄亚：哥哥，你来吧，他喊叫着
> 来报仇，向我报仇啊！[……]
> 呼吸起伏中，疯癫在抽搐着挛动
> 嚎叫着，血脉贲张，
> 破裂，血液喷射出来[……]
> 国王躺在我的脚边
> 倒在自己的血泊中，
> 冷冰冰的、死了。"[1]

根据古希腊罗马神话，珀利阿斯摄取了其兄的王位。其兄即伊阿宋的父亲埃宋。珀利阿斯欺骗埃宋，说伊阿宋在率领阿耳戈英雄们出征时遭遇死亡。听此，埃宋绝望之中服毒自杀。在美狄亚的叙述中，珀利阿斯害怕已死埃宋。这种饱含恐惧的疯癫使他神志失常。他与自己搏斗，并最终杀死了自己。雅恩则通过大儿子这个角色提供了疯癫的另一个例子。大儿子渴望迎娶国王的女儿，但他却被自己

〔1〕Grillparzer, Franz: *Medea*. In: Ders.: Das goldene Vließ. Stuttgart 1995. S. 165. 以下简写为 GM。

的父亲欺骗，父亲娶了他的梦中情人。他不能接受事实，雅恩描述了他谵妄的状态：

“大儿子想推倒克里翁，却被看护人拉回，他瘫倒在地上。”[2]

他不愿感知正常世界，想打倒克瑞翁。

美狄亚的疯癫与后者有着相似之处。她的疯癫也不是纯粹的神智失常，而是由强烈的情感波动引发。但她的疯癫与前两者又有着不同之处。她的疯癫的表现形式更为复杂。她不能理智地控制和处理情感。

在各种疯癫的表现形式中，格里尔帕策和雅恩的美狄亚有一个共同点：爱恋式痴狂(Liebeswahn)。对此，康德在《试论大脑的疾病》(Versuchüber die Krankheiten des Kopfes)一文中写道：

“人的本性的动力，如果它们具有诸多强度的话，就叫做热情，它们是意志的推动力；知性只是致力于既从预设的目的出发对所有爱好得到满足的全部结果作出总的估测，也为这一目的寻找手段。如果某种热情特强有力，那么，执行能力就很少能帮助克制它了；因为着了魔的人虽然清楚地看到反对自己的至宠爱好的理由，但却感到自己没有能力给予他们积极的强调。”[3]

译文中的热情(原文为 Leidenschaften)即激情，这是内心世界的活动，它将人的关注力集中在某种人或物身上，可以引发爱恋式痴狂。美狄亚的爱情经历显示，她没有能力驾驭这种激情。

1. 女性角色的疯癫因素

1) 格里尔帕策三部曲里的幻觉、忧郁和爱恋式痴狂

(1) 幻觉和忧郁

对作家格里尔帕策而言，女性的疯癫并不陌生。因为在他进行美狄亚剧本创作之时，他的母亲生病，陷入“一种精神混乱”[4]的状态。这种经历也许为他的美

---

[2] Jahnn, Hans Henny: *Werke in Einzelbänden*. (Hg.) : Schweikert, Uwe. Hamburger Ausgabe. Dramen I (1917—1929). (Hg.): Bitz, Ulrich. Hamburg 1988. S. 812. 以下简写为 JM。

[3] Kant, Immanuel: Vorkritische Schriften bis 1768 (Zweiter Teil) Bd. 2. Werke in zehn Bänden (Hg.): Weischedel, Wilhelm. Darmstadt 1983. S. 889. 康德《试论大脑的疾病》，见《康德著作全集第二卷前批判时期著作 II(1757—1777)》，李秋零译，北京：中国人民大学出版社，第 261 页。

[4] Grillparzer, Franz: *Selbstbiographie*. Paderborn, 2012. S. 65.

狄亚形象创作提供了一种参考。值得注意的是，美狄亚避开人际间的交往，深居简出。这种“边缘化”的行为出现在三部曲中的第一部分之后。美狄亚亲眼目睹希腊来客被自己父亲杀死，内心受到很大的震撼，心灵的平衡被扰乱。

美狄亚的父亲埃特斯(Aietes)和美狄亚是两种不同类型的人。埃特斯是国王，他信奉的是国家利益至上的原则，杀死希腊来客出于维护王权的需求。美狄亚是女祭司，道德于她而言高于国家利益。她显然很难压抑内心的道德谴责，产生了幻觉。在幻觉之中，她看见了三个“脑袋，流着鲜血的脑袋，发如蛇蝎，目光如炬”〔5〕。显然，她幻想的是神话中的三位复仇女神，她们从阴间来到人间，追逐手上沾了鲜血的人。这复仇女神是由女主角的道德自我谴责催生出来的，她沉浸于幻念之中，与外界基本脱离：

> “美狄亚：[……]她们来了，她们越来越近了
> 她们缠绕着我，
> 我，你，我们所有的人！
> 你这个可怜的人啊！
> 埃特斯：美狄亚！
> 美狄亚：你这个可怜的人，我们这些可怜的人！
> 唉，唉！(她逃走)
> 埃特斯：(向她伸出双臂)美狄亚！美狄亚！”(GG27)

对于父亲的罪行，美狄亚的反应是绝望和恐惧，她感到自己也背负一定的罪行。由于她的道德信仰和神话因果报应的影响，她认为复仇女神尾随她。

除了谵妄，美狄亚的行为还显示出忧郁的特质。在希腊来客被杀之后，她一直隐居在一个塔楼里。她内心不安，变成“夜的漫游者”〔6〕。悲伤与恐惧常与忧郁作

〔5〕Grillparzer, Franz: *Der Gastfreund*. In: Ders.: Der goldene Vließ. Stuttgart 1995. S. 276. 以下简写为 GG。

〔6〕Grillparzer, Franz: *Die Argonauten*. In: Ders.: *Der goldene Vließ*. Stuttgart 1995. S. 33. 以下简写为 GA。

伴。[7] 虽然外表平静，但她内心备受煎熬。她的情感逐渐麻木，直到第二部剧作中伊阿宋的出现。

在三部曲的最后一部戏剧《美狄亚》里，她的情感再次受到猛烈的波动，她再次陷入谵妄的状态。当科瑞翁对美狄亚下驱逐令，她的母亲身份和伊阿宋的配偶身份被剥夺，她突然打断了与哥娅(Gora)的谈话，想像了一场血腥的"盛宴"：

> "美狄亚：他们两人都躺在那里——新娘——
>
> 流着血，死了。——他在一边激动地抓自己的头发。
>
> 可怕！恐怖！
>
> 哥娅：天啊！
>
> 美狄亚：哈哈！害怕了吧？"(GM179)

美狄亚在幻想的同时迸发出喜悦的笑声，即使她处于极其煎熬的境地，这种谵妄给她带来心理的满足感。与哥娅的对话到最后并不是对话，而是她内心独白的折射。

(2)《金羊毛》中的爱恋式痴狂

爱恋在美狄亚题材的文学中不可或缺。在古希腊罗马文学中，美狄亚对伊阿宋的感情是被反复强调的主题。在欧里庇得斯的《美狄亚》一剧中，老仆人开场交代了故事背景：

"但愿阿耳戈船从不曾飞过那深蓝的新普勒伽得斯，飘到科尔喀斯的海岸旁，但愿珀利翁山上的杉树不曾被砍来为那些给珀利阿斯取金羊毛的英雄们制造船桨；那么，我的女主人美狄亚便不会疯狂地爱上伊阿宋，航行到伊俄尔科斯的城楼下。"[8]

爱恋是美狄亚最终放弃理性选择知性的一个合乎情理的解释。这种压倒一切的爱恋被格里尔帕策借鉴到他的戏剧创作中。这种激情在同时代的文学中并不少见，例如克莱斯特的彭提丽西亚也是一个充满激情的女性人物。温克尔曼，推崇古希腊罗马文化的美学家，在《希腊文化模仿论》中，他对美和激情的看法如下：

---

[7] Vgl. Foucault, Michel: *Wahnsinn und Gesellschaft*. Frankfurtam Main 1969. S. 276.

[8] 罗念生：欧里庇得斯悲剧六种，罗念生全集第三卷，上海：上海人民出版社，第 91 页。

> “最后，希腊杰作上共通的卓越特征，是姿势(Stellung)与表情(Ausdruck)上高贵的单纯(die edle Einfalt)与静穆的伟大(die stille Gröβ)。正如同大海(Meer)的表面即使汹涌澎湃(wüten)，它的底层却仍然是静止的(ruhig)一样，希腊雕像上表情，[即使]处于任何激情之际，[也都]表现出伟大与庄重的魂魄(die groβe und gesetzte Seele)。”[9]

这伟大与庄重的心灵可以由歌德的伊菲姬尼代表；而美狄亚和彭提丽西亚则因为过量的激情成为伊菲姬尼的反面。

同时，需要指出的是，美狄亚的爱恋并不是单向的，而是美狄亚与伊阿宋双向的相互吸引，这一点对于美狄亚的发展起了不小的作用。美狄亚的美貌吸引了伊阿宋。在第一次见面时，闯入科尔喀斯钟楼的伊阿宋用剑伤了深居简出的美狄亚，靠近之后，他能细细观察美狄亚，他说：

> “啊，走开！我讨厌你的美貌，因为它
> 阻碍我厌恶你的狡诈。”(GA47)

美狄亚给伊阿宋的第一印象是异域的美丽。伊阿宋被美貌吸引，再后来试图用希腊爱情观向美狄亚表白并劝服她接受他。[10] 在伊阿宋的激情之下，美狄亚慢慢走出第一部戏剧剧末里那种木讷的心理状态和隐居状态。但伊阿宋的激情背后

---

〔9〕Winckelmann, Johann Joachim: *Werke in einem Band*. Berlin, Weimar 1982. S. 17. 译文取自约翰·亚奥希姆·温克尔曼著，潘襎译：希腊艺术模仿论。台北：典藏艺术模仿论。2006 年第 124 页。

〔10〕在第二部戏剧中，伊阿宋用动人的画面向美狄亚表白。原文如下：

> “Es ist ein schöner Glaub’ in meinem Land,
> Die Götter hätten doppelt einst geschaffen
> Ein jeglich Wesen und sodann geteilt;
> Da suche jede Hälfte nun die andre
> Durch Meer und Land und wenn sie sich gefunden,
> Vereinen sie die Seelen, mischen sie
> Und sind nun eins!”(GA. 81)

伊阿宋在此尝试采用柏拉图的“球形人”理念来打动美狄亚。球形人的故事出自柏拉图。Vgl. Platon: *Symposium*. In: Platon: *Sämtliche Werke*. Bd. 2. (übersetzt von) Friedrich Schleiermacher. Hamburg 2006. S. 60—63。

却是一种玩世不恭的态度。在他当众向美狄亚表白之后，另一位阿尔戈英雄米罗(Milo)与伊阿宋的对话揭开了伊阿宋的真实想法：

“米罗：那么你真的爱她？
伊阿宋：爱？
米罗：至少今天你足以大声地这么说了！
伊阿宋：那一刻我得这么说——实话说
她两次救了我的命。”(GA76)

他的激情并不是出于真正的情感，而是一种带着感激的策略。美狄亚却没有看穿他自私的打算。经历了伊阿宋激情澎湃的表白之后，美狄亚内心发生了改变。[11] 她的内心“从僵化的生活和探险式的游戏中无意识地、不情愿地孕育出新的东西”[12]。但伊阿宋是科尔喀斯的敌人。因为美狄亚两次挽救伊阿宋的生命，所以埃特斯责备她为“叛徒”、“骗子”(GA71)。但之后，美狄亚出人意外地作出破敌的建议，埃特斯对此很费解。这反映出美狄亚内心中还进行着激烈的争斗：职责与欲念的争斗。一方面，出于理智的考虑，她偏向自己的国家，对抗不怀好意的异乡人。另一方面，她有自己的欲念和激情，伊阿宋显然打动了她。在这场争斗中，意志起着重要的作用。随着矛盾的上升，美狄亚已经没有办法回避内心的激情，这种爱恋式狂热已经远在国家利益之上。对于伊阿宋，女主角是这样描述自己的状态的：

“当我看见他，第一次看见他。
血管里的血液凝固了，
从他的眼睛里、手里、嘴唇里
散发出来的光芒笼罩着我，

〔11〕这可以从美狄亚对佩里塔(Peritta)的态度的改变可以看出。在遇见伊阿宋之前，美狄亚因为发现佩里塔与牧羊人幽会而斥责佩里塔，在伊阿宋表白之后，美狄亚重新接受佩里塔。Vgl. GA. S. 52.

〔12〕Schaum, Konrad: *Grillparzer-Studien*. Bern u. a. S. 139。

我内心燃烧着。”(GA73)

在启蒙运动时期，疯癫这个概念可以视作“失控的激情导致的最终的结果”[13]。从上面的心理描述，我们可以看出，美狄亚的激情已经失去控制，让她对付阿尔戈英雄们实属勉强。这种失去节制的激情是格里尔尔策所要强调的。他曾这么写道：“如果人们要知道在我那个时代是怎么看待美狄亚的，这种激情的上升，导致人性的丧失，引发粗暴野蛮的疯癫，就如同母老虎用牙齿撕咬小老虎”[14]。三部曲正一步步地朝着这个方向发展。首先，美狄亚违背理性的举动，站在敌人的一边。在埃特斯、美狄亚和伊阿宋三人对决的一幕中，美狄亚违背了父亲的意愿，挡在父亲的剑前，说：“父亲，不要杀他！我爱他！”(GA86)。

在接下来的剧情发展中，美狄亚的激情没有停留在爱情的浅层，而是继续升华。与伊阿宋实用的爱恋观不同，美狄亚自发地进入了“所被期望的女性角色范式”[15]。她向伊阿宋表白心迹：

“我是你的妻子！你逼我
说出我一直犹豫不决的话，
我是你的，把我带去你想去的地方。”(GA90)

这段话为美狄亚的命运悲剧奠定了基础，她对伊阿宋立下忠诚的誓言，伊阿宋妻子的身份换来的是一套情感的枷锁。伊阿宋的不忠最终为这种激情引发了“母虎弑幼”的行为。

2）雅恩独幕剧里的躁狂、分裂和爱恋式妄想

格里尔帕策的剧作之后，直到19世纪末才出现一部新的美狄亚剧作。汉斯·

---

〔13〕Eintrag Wahnsinn. In：Daemmerich，Ingrid：*Themen und Motive in der Literatur*. Tübingen 1984. S. 333.

〔14〕Littrow-Bischof，Auguste von：*Aus dem persönlichen Verkehre mit Franz Grillparzer*. Wien 1873. S. 118.

〔15〕Luserke-Jaqui，Matthias：*Medea. Studien zur Kulturgeschichte der Literatur*. Tübingen u. a. 2002. S. 38.

亨利·雅恩于1894年创作了独幕剧《美狄亚》。这位汉堡出生的剧作家所创作的美狄亚带着浓厚的古风。

美狄亚素材对雅恩有着很大的吸引力。雅恩更愿意回归到原始、古老的传说中。他的美狄亚剧本不仅有着古希腊罗马文化的印记，也有着古埃及文化的影子。此外，20世纪初德国文学对古希腊罗马文化接受有着新的特点。尼采的《悲剧的诞生》对20世纪初的戏剧有着重要的影响。音乐、酒神对现代悲剧的产生有着举足轻重的作用。作家将狄奥尼索斯的迷狂带入了戏剧中。对于雅恩而言，这种狄奥尼索斯式的悲剧氛围体现在打破所有的规则。

《美狄亚》这一戏剧是用诗歌写就，刻意的古风让人联想到格里尔帕策所处的时代。作为德语地区的古典时期重要剧作家，格里尔帕策的戏剧创作对雅恩的初期戏剧创作有着不可忽略的启蒙作用。在日记里，雅恩曾经记载了在汉堡观看格里尔帕策的戏剧《太祖母》(Die Ahnfrau)，此次观剧对他影响很深，他因此开始创作自己的戏剧。在他的手稿《关于"贫穷、财富、人与动物"》(über „Armut, Reichtum, Mensch und Tier")里，他还特意强调，这次观剧是他的最大戏剧体验之一。[16] 毫无疑问，在他的《美狄亚》创作过程中，他是熟读了希腊剧作家欧里庇得斯以及格里尔帕策的版本的。

与前两者的一个共同点是，雅恩也强调心理这个因素。他的美狄亚处于一个躁狂的境地中，雅恩花费了不少笔墨在描述这种使人恐惧的躁狂画面：

> "月半以来，美狄亚总是
> 将自己锁在不见天日的房间里。
> 她不出来看风景，夜间她几乎
> 不透透新鲜空气，不观赏星光[……]
> 她对所有前来的人都不友好，
> 不与人打招呼，

---

[16] Vgl. Freeman, Thomas: *Hans Henny Ja*hnn. Eine Biographie. (Deutsch von) Maria Poelchau. Hamburg 1986. S. 69.

对于不紧急的事情从不回答，

吃的与喝的在她看来都是令人厌烦的。”(JM　786—787)

雅恩在戏剧开始所勾勒的美狄亚是一个令人生畏的美狄亚，她处于躁狂的精神状态，相对于常人，美狄亚是一个不可理喻的角色。她的躁狂是来源于她的恐惧，对一个关系她的两个儿子的命运的预言的恐惧。这个含糊其辞的预言有着黑色的预兆，能通神的美狄亚日日将自己锁在房间里冥思苦想，却并不能参透其中玄机，这让她首先陷入抑郁，继而恐惧接踵而至，最后发展为躁狂。

除了躁狂之外，心理上的分裂也是美狄亚的疯癫特征之一。在19与20世纪之交，精神学科经历了一次大的发展。弗洛伊德把心理学带上了一个新的台阶。弗洛伊德的心理学也逐渐影响到文学领域。与这种时代精神相呼应，雅恩的戏剧的心理性特别突出。在与伊阿宋的对话中，美狄亚显示了分裂的特性。她的语言充满着自我异化的特征。例如，在提及自身之时，她用的是第三人称的语言，“美狄亚源自神族”(JM. S. 813)，用这种方式，她与自己产生了距离感。

特别是涉及过去的事情时，美狄亚在对话中常常忽略参与对话的人，只对涉及自身的事情有反应，对话变成自言自语，这在与伊阿宋的一次对话中特别突出：

“美狄亚：伊阿宋穿的是一身熊皮[……]

伊阿宋：闭嘴！金羊毛的传说只是传言！

美狄亚：[……]美狄亚背叛了誓言[……]

她挟持了她所深爱的少年，

她挟持了她的哥哥，为了伊阿宋。”(JM826f)

对话中，美狄亚并没有使用日常对话所用的诸如“我”和“你”的人称，而是用带着心理分裂特质的手法，她用“美狄亚”和“她”指代自己，用具体人名“伊阿宋”指代与她对话的丈夫。在对话中，她用非常冷酷的语言描述了杀死自己亲哥哥并将他分尸的整个过程，冷酷的语言效果就像杀死一只不相干的牲口一样。这些语言手段都表明，美狄亚很想与自己的过去保持距离，这些过去都是她不堪回首、追悔莫及的往事。她尝试用这种语言上的距离感来控制自己的情绪。例如，在“杀子”这一场景中，美狄亚向伊阿宋追述的时候再一次采用这种语言手段：

“美狄亚：[……]黑色的胆汁
从我的肝脏那里涌来，在我的
孩子们的背上我插入了尖尖的铁杆。
[……]但美狄亚的拳头
紧紧攥起，将那漂亮的一对
钉在了一起[……]
当泪水打湿
我的眼睛，我顿悟了。”(JM845)

她的语言再一次体现了冷酷无情的特质。一开始的主语“我”突然转为“美狄亚”，然后又转为“我”。这种第三人称叙述手法出现在美狄亚叙述杀子过程之时，最后通过“我”的人称，叙述者回到现实，直面人生。

除了躁狂、心理分裂之外，泛滥的欲望是雅恩独幕剧的基础之一。爱与性在此难分彼此。它们有异性的、同性的、娈童的、乱伦的。整个科林斯和科尔喀斯就像是爱与性的最后狂欢。传统的美狄亚和伊阿宋的关系在此被颠覆。格里尔帕策的美狄亚温婉动人，到了雅恩这里，美狄亚有着黑色的皮肤，衰败的容颜让伊阿宋对她敬而远之。讽刺的是，美狄亚用自己的能力保证伊阿宋有着旺盛的精力和不老的外貌。伊阿宋显然对美狄亚失去了兴趣。对此，女主角强调：“由激情开始，在激情结束”(JM831)。美狄亚原是女祭司，与自己的哥哥有着乱伦之恋，出于对伊阿宋的激情，为了救他的命，她不惜杀死自己的兄弟。激情是美狄亚的恶之源，激情也是美狄亚的疯癫之源。在一开始，衰败的美狄亚哀叹自己弃妇的命运：“十五天来，你并未索取”(JM782)。对于伊阿宋的嫌恶，她在哀叹：

“我被背弃了，一片干涸的大海，

就算些许的雨露也并未在此落下，

就如同要干巴成盐山了。”(JM785)

她的欲望没能得到满足，这也是促使她进入躁狂状态的原因之一。这种被丈夫漠视的状态对她是很难忍受的，这也促使“毫无缘由的恐惧”(JM786)产生：歇斯底里的叫喊就是直接的结果。这种恐惧更加重了她对黑色语言的恐惧。她的精神状态越来越糟糕。

2. 母亲角色的疯癫因素

1）母道与疯癫

在弗洛伊德式的心理学中，歇斯底里与女性的子宫有莫大的关系，而在美狄亚的命运里，疯癫与母性更脱不开干系。在美狄亚追随伊阿宋到了科林斯，期间，她生下两个孩子，从女人变成母亲。孩子是激情的结果，也是悲剧的开始。美狄亚的母性在心理分析中是一个引人深思的题目，历史学家波特(Roy Porter)曾写道：“有时，疯癫是矛盾不可避免的结局：在失去控制的暴躁和愤怒中，人们失去理智，就像美狄亚杀死自己的孩子”[17]。

杀死自己的孩子也会受到道德上的批判。1784年，席勒在演说《一个好的戏院会有怎么样的影响》中，曾这么评价戏剧中的美狄亚：

“如果道德不再被讲授，宗教不再被信仰，法律不再立足，那么美狄亚还会吓倒我们，她将蹒跚地走下宫殿的台阶，然后做出杀子的行为。”[18]

席勒把美狄亚看成疯癫的化身。但值得商榷的是，道德的教育是否能从根源上杜绝杀子行为的发生，因为就美狄亚的案例来说，杀子的原因并不在于是非颠

---

[17] Porter, Roy: *Wahnsinn. Eine kleine Kulturgeschichte*. Aus dem Englischen von Christian Detoux. Zürich 2002. S. 20.

[18] Schiller, Friedrich: *Schillers Werke*. (Hg.): Benno von Wiese, Nationalausgabe. Band 20. Philosophische Schriften Teil I. Weimar 1962. S. 92.

倒，也不在于不懂得善恶之分，它的根源不在道德之上，而是在别处。

美狄亚的行为打破了一宗禁忌，就是女性特别是母亲要不断地为子女付出辛劳和爱：

“据称，对孩子的爱是每位母亲自然而然的特征。这种自我奉献从生下孩子开始就无止境。这些给所谓的‘健康的大众意识’打上烙印并作为放之四海皆准的规范进入被启蒙的思想意识中去。”〔19〕

毛尔雷尔（Gerlinde Mauerer）指出，女性杀子行为之所以会被认定为违背自然的行为，因为一个母亲如果对自己的子女表示出攻击性，那么这就被认定为打破禁忌的态度。现行社会对母亲的要求便是不断的付出和牺牲。也就是说，一旦一个母亲停止为子女付出，甚至做出打破禁忌之事，就将被这个社会唾弃，她的犯了天下之大不韪。

2）自相矛盾的母道

在母性方面，格里尔帕策的美狄亚是多种矛盾的结合体。在第一部戏剧中，这种自相矛盾的母道便有了伏笔。在祭神之时，哥娅以美狄亚之名说道：

“达琳芭（Darimba），强大的女神
人类生命的赋予者，人类生命的终结者
[……]
让我们行事端正、战无不胜
让我们爱善意
恨敌意”（GG7f）

达琳芭是这些女祭司们的守护神，她是养育森林和田野的女神，赋予大自然生命。达琳芭代表着自相矛盾的母性：她同时是人类生命的赋予者和人类生命的终结者。这种权利被女性圈子的女祭司们所信奉，女祭司们在自己的圈子里形成了

---

〔19〕Maurer，Gerlinde：*Medeas Erbe*．*Kindsmord und Mutterideal*．Wien 2002．S. 17.

近似母权社会的原则，[20]这也是美狄亚充满矛盾的母道根源。

这种矛盾体现在前后判若两人的举动，她的行为糅合了两种极端：理想的母亲形象和杀子的恶魔。在第三部剧作《美狄亚》中，国王科瑞翁对美狄亚下了驱逐令，经过美狄亚苦苦的哀求，国王允许她带一个孩子离开科林斯。无论选哪一个，美狄亚总是心有憾，此时，美狄亚的悲伤跃然纸上：

“孩子！我的孩子！对，他们是我的孩子！
他们是我在这个世上唯一的拥有，
忘掉吧，把他们都给我，他们两个！
那么我会离开并且歌颂你们的善意。”(GM171)

格里尔帕策重笔墨铺垫了美狄亚的母爱，这让观众十分动容。矛盾发展到最后急转直下，从充满母爱的美狄亚到最后发展为一个恶魔式的母亲。格里尔帕策并没有直接将杀子搬上舞台，而是遵循欧里庇得斯的传统，让闯进去的哥娅间接对这件事情进行反应，让观众用直觉感受到这种行为的可怕：

“哥娅(从柱子走廊失去控制地跌跌撞撞跑出来[……]双手捂住脸)：我看见了什么？恐怖至极！

美狄亚(从柱子走廊走出，左手握着一把匕首，右手高举，威严地沉默着)”(GM190)

哥娅是美狄亚的贴身保姆，从美狄亚幼年一直照料美狄亚，哥娅主动要求从科尔喀斯陪同美狄亚到科林斯，可以说，哥娅是美狄亚的母亲的化身。美狄亚的行为让这位同样具有母性的角色无法忍受。而与之相反，作出异常举动的美狄亚冷静、威严，似乎印证了温克尔曼的“静穆的伟大”。

3）母爱与父爱之争

雅恩塑造的美狄亚在母性方面具有浓烈的悲剧性色彩。作家自己曾这么解析

[20] Vgl. Neumann, Gerhard: “*Das goldene Vließ*”: *Das Erneuerung der Tragödie durch Grillparzer*. In: Flashar, Hellmut (Hg.): *Tragödie. Idee und Transformation*. Stuttgart, Leipzig 1997. S. 263.

自己的作品:《美狄亚》是“一部命运悲剧;但不是那种神用超量的智慧所虚构和控制出来的命运,而更是人的那颗悲怆的心本身”[21]。美狄亚的悲剧源自于她的激情和爱。因为激情,她抛弃了神的命运,开始了会衰败的人的命运。因为爱,她用自己的生命和青春来换取丈夫和孩子不老的青春。作为有同性恋倾向的作者,雅恩自己对母亲这种角色充满好感。在他的笔下,美狄亚是一个具有牺牲精神的母亲。美狄亚的自述:

> “她【美狄亚】逐渐老去,
> 步履蹒跚,好让孩子们笑,
> 生命的血。在她的胸前,
> 无辜的孩子在吸吮,未来,
> 成为过程的欢呼,衰败
> 永恒的美丽,完全在死亡中窒息[……]
> 我真不幸,真不幸啊!我的身段
> 不再翩翩,我已经不能起舞。”(JM784)

美狄亚深爱自己的孩子,所以她不能忍受孩子们对她的抵触情绪。这也是雅恩的美狄亚有别于格里尔帕策的美狄亚之处:《金羊毛》的美狄亚面临的母性的竞争对手是科林斯的公主,而雅恩的美狄亚则需要与伊阿宋竞争。美狄亚的大儿子长相俊美,与自己的父亲行乱伦之事,小儿子长相丑陋,对自己的父亲很有倾慕之情,但不得亲近。对这种状况,美狄亚很是悲伤,她对大儿子说:

> “自你年满七岁
> 你就疏远于我的照料…
> 你去了父亲那里,去了男人圈里[……]
> 你父亲摘取了果实,这是我曾经

[21] Jahnn, Hans Henny: *Schriften*, *Tagebücher*. S. 233.

想得到的。”(JM799)

美狄亚有着为他人做嫁衣的哀叹。得不到孩子们的信任，她的这种躁狂情绪愈来愈强烈。孩子们与父母之间的关系在戏剧的中间有了转折。大儿子爱上公主，委托父亲为他提亲，虚伪的伊阿宋满口答应，但到了科瑞翁宫里却滥用自己的父权，直接向公主提亲。直到来报喜的国王的信使讲出实情，美狄亚和大儿子才如梦初醒。在这一刻，父亲和母亲的竞争关系解除。在剧中，美狄亚是与自己的孩子们一并被驱逐，所以不存在与孩子生离死别的矛盾。取而代之的是伊阿宋对美狄亚的另外一种伤害。

崇尚埃及古文明的雅恩在剧中提到一个母亲所行使的权利，在新婚当夜，新郎母亲可以手持火把，把新郎和新娘送入卧室。大儿子娶公主的希望落空，意味着美狄亚也无法行使这项权利。这是双重的打击。

与自我牺牲的母亲所对立的并不是面目狰狞的母亲，美狄亚杀子之后，她首先露出微笑，这对于旁人是一种“非人性”(JM842)、疯癫的反应，继而她落下泪水。这种戏剧手段让非人性与母性交织在一起。

二、小结

在上文提到的两部戏剧里，美狄亚的精神状态都出现疯癫的一些症状，例如谵妄、抑郁、躁狂等。这些症状使女主人公失去去周围世界的正常感知，她们偏离了理性的轨道。通过文本分析，我们会发现，两位美狄亚都不是恶母，恰恰相反，她们在一开始是充满自我牺牲的母亲，是现今社会的母亲典范。

美狄亚的疯癫与理智和想象力有着很大的联系。后两者在疯癫发作之时都失效。但我们不能因此给美狄亚打上“疯子”的印记，因为在她身上，疯癫与理智同时存在。在这一点上，福柯对疯子与疯子所处的环境有着这样的见解：

“疯子偏离理性，但同时又玩弄着和理性人一样的想像、信仰和推理。因此，疯子对他自己来说不可能是疯子。只有在一个第三者眼中，他才会是疯子。而且，也惟有这个第三者，才能区分理性本身和理性的运用。”[22]

疯癫不能简单地被定义为精神病。疯癫这一概念在历史长河中有着模糊不清的意义变化，疯癫的内涵是由社会来定。美狄亚的疯癫本身不是客观存在的疯癫，只有在第三人的眼中，她才会成为疯癫的主体。

---

〔22〕 Foucault, Michel. S. 180. 米歇尔·福柯：《古典时代疯狂史》，林志明译，北京：生活·读书·新知三联书店，2005 年，第 272 页。

阿达尔贝特·施蒂夫特中篇小说中的毕德迈尔特色

Der Biedermeierstil in den Novellen von Adalbert Stifter

孙　瑜

内容提要：在1810至1848年间的毕德迈尔文学中，中篇小说是占据重要地位的一种文学形式。研究中篇小说，不可忽略的是它独特的结构。自薄伽丘将这种始于传播新鲜事件的写作方式带入文学的殿堂，传统中篇小说就以其类似于戏剧的“起拍——高潮——结束”这一清晰的轮廓与流畅的情节区别与其他叙事类别。然而，到了毕德迈尔时期，中篇小说的结构变得越来越模糊。以施蒂夫特为例，人们从作家身上读到了轻视情节，而留恋描写的趋势。对“物”的描写取代了对“人”的演绎，这很大程度上源于作家对于“秩序”的追求。经历了战乱与经济危机的动荡年代，19世纪上半叶的市民阶层强烈感到安全感的缺乏，因此对于他们来说，宏大的，如闪电划破天空又消失不见的叙事并不具有吸引力，相反，贴近日常生活，有据可依且可根据经验循环重复的事件才是他们津津乐道的话题。阿达尔贝特·施蒂夫特把小说中的大量篇幅用于描写之上正是为了展现一个客观真实的画面，也是希望通过经由观察而非臆想的细致描写为读者建立起一个充满秩序，逻辑清晰的理性世界。当然，虽然从表面看描写确实取代了情节的迅速推进，但事实上施蒂夫特并没有忘记讲述人物与故事，他将对人物的刻画隐匿在了对风景与物的描写背后，以

“物”的特质对应他希望展现的人物命运，这同时也给读者联想的空间。同时，施蒂夫特的秩序观也反映在中篇小说的主题上。几乎在所有的中篇小说中，施蒂夫特都为读者建立了一个乌托邦式的“田园牧歌”的景象。19世纪上半叶，城市化进程产生的种种异变尚未渗入悠悠的田园生活中，与城市时间相比，乡村中的时间体验是放慢的，自然的秩序依然笼罩在牛羊与森林包围间的田园生活之上，微风雨露，莺飞草长，年复一年不变的秩序感为浮世中飘摇的人们回望天堂提供了最后的可能。

关键词： 阿达尔贝特·施蒂夫特，毕德迈尔文学，中篇小说，秩序

以阿达尔贝特·施蒂夫特为代表的毕德迈尔文学在其接受史上一直处于某种颇为尴尬的境地。一方面人们认可毕德迈尔作家们笔下充满美感的田园世界，认可他们在艺术处理与文字表达上的细腻精致；另一方面，作家们面临最大的偏见与骂名便是人们认为毕德迈尔式的田园风光及日常生活是没有灵魂，没有激情，只好安逸的庸俗艺术。他们笔下理想化的，游离于尘世之外的乌托邦式的社会缺少“通向真实的社会情况”[1]的通道。这一争论无论在作家自身的时代，还是百年后的今日都未曾平息，那么作家本身又是如何应对批评的呢？1852年，为了回应黑贝尔对自己庸俗、小市民的骂名，施蒂夫特在《彩石集》(Bunte Steine)的前言中提出了“温柔的法则”(das sanfte Gesetz)，它不但是对以黑贝尔为代表的批评之音的有力驳斥，也是1848年后日臻成熟的施蒂夫特对自己之前作品的一次理论性回顾，同时，这看似贴有作家标签的概念事实上也可被视为毕德迈尔风格艺术理念的高度概括。何为温柔的法则？这里有必要引用《彩石集》的前言作为分析的例证：

“曾经有人反对我，认为我的作品只会刻画微小的事物，而我笔下的人物总是那些普通的民众。[……]在创作时，我从来不会在意所谓的伟大与渺小，我所遵循的是另外的法则。[……]但既然在这里已经说到了大与小，我也不

[1] Christian Baumann: *Angstbewältigung und sanftes Gesetz. Adalbert Stfiter: Brigitta.* In: Winfried Freund: *Deutsche Novelle. Von der Klassik bis zur Gegenwart*. München 1998. S. 12.

妨来阐明我的观点。也许某些人会嗤之以鼻，但对我来说，空气的流动，河水的呜咽，粮食的生长，大海的波涛，土地的新绿，天空的光芒，群星的闪耀，这一切我认为是伟大的。声势浩大的雷雨，劈山斩石的闪电，惊涛拍岸的巨浪，喷云吐焰的火山，撼动大地的地震，我并不认为这一切要比之前的现象伟大，是的，我认为它们是渺小的，因为这只是一些更高的法则的作用而已。”〔2〕

如果将大自然的现象喻人，那么在施蒂夫特眼中，那些平凡的，不起眼的，却默默无闻为人类带来福泽的人是伟大的，是带有英雄色彩的；相反，那些看似叱咤风云，看似一手遮天的大英雄，大人物，在他看来只是因为受到更高法则的恩惠才得以出人头地，却因其暴行给人类带来伤害，这样的人只能被看作是渺小的，不值一提的。这便是施蒂夫特的“温柔的法则”的精髓。

事实上，无论是对自然的观察，还是以自然喻人，施蒂夫特希望通过他的“温柔的法则”传递给读者的都是一种理性的秩序观。这种“秩序”并非建立在某种强大的巧合上，而是依托于循环的，有规律的日常生活。德语中有一句谚语“Einmal ist keinmal”（一次相当于零次）就可以直接用于此借以说明。在这里“一次”指的便是“声势浩大的雷雨，劈山斩石的闪电，惊涛拍岸的巨浪，喷云吐焰的火山，撼动大地的地震”，因为它们只是自然界中的偶然现象，在施蒂夫特眼中不具备普世价值，也不值得尊敬与向往。而“毕德们”（Bieder）心中深深憧憬的田园牧歌式的场景，那“空气的流动，河水的呜咽，粮食的生长，大海的波涛，土地的新绿，天空的光芒，群星的闪耀”则是秩序与规律的象征，是循环往复，生生不息的，因此它们身上有一种可以让人们寄托的真理般永恒的存在。理解毕德迈尔文学的精髓，很重要的一点便是理解作家们对于秩序（Ordnung）与习俗（Sittlichkeit）的强调。那么施蒂夫特是如何将这种秩序观转化到他的作品中的？笔者认为中篇小说是最好的阐释媒介，主要体现在施蒂夫特中篇小说特殊的结构以及小说中反复出现的“田园牧歌”的主题中。本文拟以其两部中篇小说《俄巴底亚》（Abdias）与《林中人》（Der Waldgänger）为具体文本对上述两点展开讨论。

---

〔2〕Adalbert Stifter: *Bergkristall und andere Erzählungen*. Berlin 1980, S. 10.

一、施蒂夫特中篇小说的结构分析

1.《俄巴底亚》与《林中人》的结构

小说《林中人》结构以倒叙开始。开头的叙事者只是一个引入的角色，他的一句“在记忆王国的最深处有一位老人”[3]把读者带入了某个位于恩斯河上游(ob der Enns)，与世隔离的村庄。那里的人们世代生活在自己的故土，蒙昧无知，坚信生活，因此也满意生活的现状。在这样一个状态中，外面的世界对他们的生活不带来任何影响，他们亦无意追求更多的知识，这种无欲将他们捆绑在自己的家乡，自己的家人身边。而某个时刻一位孤独的老人来到了村庄，这个神秘的外来者无名无姓，“说着有些陌生的语言”。[4] 他是“我”童年时的记忆之一，而当时我和村里所有人一样不知道他的来历。后来他和一位木匠的儿子变得形影不离。施蒂夫特用了大量篇幅描写一老一小的相处，描写了格奥尔格对孩子的教育，详细到读者就要以为这便是这位林中人的故事了。可是当我们再往后读，却发现孩子在一个十一月的清晨告别了家乡，踏上了也许没有回程的走向世界的路。八周后林中人也永远离开了这块地方。直到这里，关于他的故事才真正开始。撇去施蒂夫特在整个一章中的各种描写，作者其实正是用了这种平静、客观，甚至显得有些冷淡的调子展开了第一章。我们可以从涉及老人的只言片语，从他的行为举止，以及笼罩小说的气氛中隐约感受到老人的悲伤与孤单，然而对于这种孤独的来龙去脉却不得而知。孩子的远行只是为老人的孤独气质做了点到为止的解释，一直要等读者读到最后，回过头再回想第一章，人们才会恍悟未能在年轻时与妻子享受这种教育带来的满足感的格奥尔格在面对木匠孩子时的悲伤与执念，恍悟一切基调早在久远以前便已奠定。也就是说，看似多余离题的第一章并非阻碍了中篇小说情节的进展，它是整个故事的一部分，是林中人当年那个不同寻常的选择所导致的最终结局。正是因为有了第一章的存在，这才是一个封闭的故事。

---

〔3〕Adalbert Stifter：*Waldgänger*. In：Johannes John und Sibylle von Steinsdorff（Hg.）：*Adalbert Stifter*, *Werke und Briefe*. *Historisch-Kritische Ausgabe*. Bd. 3, 1. Erzählungen. Erster Band, Stuttgart 2002. S. 102.

〔4〕Ebenda，S. 102.

从第二章起施蒂夫特开始按照时间线来进行叙述。读者被带到北德某个寂静安宁、与世隔绝的村庄。那里有格奥尔格的童年。从那里我们可以一直追朔格奥尔格的求学生涯，他与科罗娜的相识，两人的婚姻生活直到 13 年后两人选择分手。林中人的生活被完全地铺陈开来。只是当时他还不叫“林中人”，他还是一个事业有成，才华横溢，渴望在中年安家立业，本分生活的建筑大师。作为中篇小说的转折点，占据重要篇幅的科罗娜提出离婚时的自述也出现在这一章。

小说的最后一章从篇幅来看与前两章极不相称。但在这寥寥数页中不但达到了故事的高潮，施蒂夫特也在最后非常自然，充满技巧地将时间轴拉回了小说开始的地方。“以至高龄，他的妻子已经去世，儿子们也已离开了他，他曾很愿意再去寻找科罗娜。只是他觉得羞愧，无从得知自两人再次相遇后，她是否也像他一样逃离了那个山谷——他将全部身心投入在木匠的儿子身上，直到孩子也远行了——而他自己也再次离开了这块环绕基恩山和霍恩富尔特的土地”。[5] 于是我们也再次从森林之边回到了森林之水。[6] 正如在给赫克纳斯特的信中施蒂夫特这样说道：“结尾必须要再次点到开头。”[7]作者在外在形式上为一个行将封闭的圆圈接上了最后一笔。

《林中人》这部小说充分体现了施蒂夫特慢条斯理的叙事风格。它的倒叙手法，它那看似阻碍情节推进的大量描写曾引来“结构不清”的批评。施蒂夫特在其间叙述，描写，人们可能要读到很后面才发现之前的一切只是铺垫，却在期待重点来临时已翻到小说的结局。一方面这符合毕德迈尔中篇小说尚未成熟，缺乏一个系统纲领的情况。“毕德迈尔作家们还不了解对于艺术作品整体性、情节性的要求，人们更倾向于舒适的，详细的叙述。路德维希·蒂克对中篇小说‘饶舌的，在叙事中完全被无关紧要的事件误导的’定义在这里完全且非常具有代表性”。[8] 另一方面施蒂夫特也并非像人们所认为的那样完全没有构思。《林中人》初看之下似

---

〔5〕Adalbert Stifter：*Waldgänger*. In：Johannes John und Sibylle von Steinsdorff（Hg.）：*Adalbert Stifter, Werke und Briefe. Historisch-Kritische Ausgabe*. Bd. 3,1. Erzählungen. Erster Band, Stuttgart 2002. S. 200.

〔6〕施蒂夫特为小说的三个篇章分别取名为在林之水（am Waldwasser），在林之坡（am Waldhang）以及在林之边（am Waldhang）。

〔7〕An Heckenast. 28. Dez. 1846.

〔8〕Ulrich Eisenbeiss：*Das Idyllische in der Novelle der Biedermeierzeit*. Stuttgart 1973. S. 32.

乎有些随意，甚至结构不明，但很多人其实并未注意到，“在这些无聊的堆积中最后的推进已经显得很自然了”。[9] 它并非是一个直线的框架结构，而更接近于一个循环的同心圆的形式。雷姆(Walter Rehm)认为正如小说的三个小标题所表达的，这是一个渐渐低落的故事。在描写中故事的氛围渐渐变得伤感起来。看似毫无关系的对某个秋日气候突变的回忆，或是对叙述者欢快天真的故乡奥地利山林以及日后格奥尔格和科罗娜为自己所选的略带悲伤的北德地形的描写，都分毫紧扣着主人公的命运。[10] 塞德勒(Herbert Seidler)进一步深入分析《林中人》的小说结构，他指出：“在整部小说的开始我们在自然风景中从外部看到林中人，到了结尾他内心的最深处展示在我们面前。也就是说，小说描写了一条由外自内的道路，它的表现形式便是描写部分越来越明显地减少。”[11]

相比之下，《俄巴底亚》的结构更为清晰，它也可以被看成是一个作者代领读者走过的自外向内的道路。从小说的三个标题“艾斯特——黛博拉——蒂塔”看，《俄巴底亚》是一部家谱史，施蒂夫特不加入任何倒叙与插叙，直接以时间顺序叙述了犹太人俄巴底亚一生中的几个片段。它是一个个体由生至死的自然规律，也是由外部到内心的心路历程。在父亲阿隆身上俄巴底亚学会了敛财与贪婪，并“逆来顺受”地将其视为己任：当他被迫离家时，“艾斯特躺在里屋的地毯上，一边抽泣一边用手捶着地板。而俄巴底亚却深知如今祝福已离去，他骑上了骆驼。[……] 又看了父亲一眼，顺从地骑着骆驼离开了家”。[12] 返乡后他并未因财富的剧增而变得桀骜不驯，而仍像从前一样顺从，“低声下气地忍受父亲固执的暴躁与母亲无理的谩骂”。[13] 这种源自外界的盲目力量塑造了年轻的俄巴底亚的性格，生活环境的

---

[9] Aron Ronald Bodenheimer: *Der Waldgänger - Wenn die Melancholie dichtet*. Wien 1993. S. 29.

[10] Vgl: Walter Weiss: *Adalbert Stifter: Der Waldgänger. Sinngefüge, Bau, Bildwelt, Sprache.* In: Adolf Haslinger (Hg.): *Sprachkunst als Weltgestaltung. Festschrift für Herbert Seidler.* Salzburg 1966. S. 353 - 356.

[11] Herbert Seidler: *Die Kunst des Aufbaus in Stifters Waldgänger*. In: *VASILO* 1963. 3/4. Linz 1963. S. 176.

[12] Adalbert Stifter: *Abdias*. In: Helmut Bergner und Ulrich Dittmann (Hg.): *Adalbert Stifter. Werke und Briefe. Historisch-Kritische Ausgabe*. Bd. 1,5. Studien Buchfassung. Zweiter Band. Stuttgart 1982. S. 244.

[13] Adalbert Stifter: *Abdias*. In: Helmut Bergner und Ulrich Dittmann (Hg.) : *Adalbert Stifter. Werke und Briefe. Historisch-Kritische Ausgabe*. Bd. 1,5. Studien Buchfassung. Zweiter Band. Stuttgart 1982. S. 248.

愚昧与冷漠令他始终无法唤起内心沉睡的灵魂。小说进入第二章俄巴底亚与妻子黛博拉的故事后，读者很快便能发现两人虽然有过亲密的时刻，但内心懵懂迟钝的黛博拉始终未能与俄巴底亚建立心灵的契合。那时的两人都只有肉体的眼，都只看得到世界外部的躯壳。在丈夫变丑后黛博拉的疏远与恐惧将俄巴底亚带入了人生中与自己的灵魂离得最远，最为陌生的时刻。在那之后，他被赐予了女儿蒂塔，孩子的出生使他渐渐走向内心，走向灵魂，走向安宁。尤其是当第一道闪电赐予她视力后，俄巴底亚忘记了一切仇恨与欲望，在奥地利的山林间与女儿过起了"田园生活"。有人认为，蒂塔死后俄巴底亚重新回到了在沙漠时的生活状态，至少他的心中又燃起了复仇的欲望："有一天他突然觉醒，想要立刻前往非洲，为了在梅拉克(Melek)的心脏上刺一刀。"[14]但事实上他并没有这样做，他甚至没有离开奥地利，在蒂塔去世的花园中，他为她立起了墓，墓上停留的云雀与墓边丛生的花草是俄巴底亚与命运的和解。他并非疯了，在经历了人生如此多的悲剧后，他学会了忍受与接纳，学会了谅解，当然这一痛苦的过程也意味着他失去了所有生的热情。无论怎样，俄巴底亚在暮年真正回归了内心。与《林中人》的结构如出一辙，施蒂夫特在《俄巴底亚》的结尾处也果断地放弃了大量外部描写，而专注于人物内心的表现。当然，他对人物的正面描写从来都是精简却令人回味无穷的。我们不妨来看一下《俄巴底亚》这部热烈、神秘，充满东方情怀与圣经典故的故事是怎样结束的：

> "蒂塔死后俄巴底亚又活了三十年。之后有多久，无人知晓。老年时他的皮肤退去了黑色，重又回到年少时的白皙。许多人曾见到他坐在屋前的长凳上。
>
> 有一天他不再坐在那儿了。太阳照在空落落的长椅上，也照在他新鲜的坟冢上。在那里已有一些青草的嫩芽钻出头来。
>
> 没有人知道他究竟活了多久。有人说，他活了远远不止一百岁。"[15]

---

〔14〕 Adalbert Stifter: *Abdias*. In: Helmut Bergner und Ulrich Dittmann(Hg.): *Adalbert Stifter. Werke und Briefe. Historisch-Kritische Ausgabe*. Bd. 1,5. Studien Buchfassung. Zweiter Band. Stuttgart 1982. S. 341.

〔15〕 Ebenda, S. 342.

此处，无声胜于有声，施蒂夫特并未引入长篇累牍的心理分析，亦未堆砌夸张绮丽的修饰语，但俄巴底亚佝偻苍老，默然孤独的形象早已跃然纸上。就好像那一天格奥尔格哭泣了一夜。那不仅仅是一夜，或是一日，而是半生的时光在寥寥数语间流过读者眼前。在小说的最后一刻，施蒂夫特跳出了一切描写与铺垫的束缚，一切已经结束，无论它曾经的悲喜荣辱，曾经的错误迷途，一切尘埃落定，主人公内心最深，最重的部分就这样呈现在读者面前。

施蒂夫特小说中的高潮一般很晚才出现，这是施蒂夫特研究者的一个共识。"情节推进缓慢，只有当决定性的转折出现时才加快发展的速度，然后快速地泯灭"。[16] 转折点不再以几何的精度出现于作品的正中，这是中篇小说发展过程中的一个重要转变。中篇小说发展至19世纪上半叶已具备很高的文学性，甚至是当时独当一面的文学形式，它不再只是罗曼语时期传播信息的一种新闻工具，作者关注的内容已不仅仅限于一个单纯的事件本身。在中篇小说中，可能有简单的插叙故事，有作者的介入点评，也有描写、对话等各种文学因素，要绝对精确地通过转折点将小说情节一分为二已经不再可能。上文对《俄巴底亚》与《林中人》两部中篇小说的结构分析便可用来证明这一观点。当我们在总结其不平衡的段落分割以及转折点的明显后移时不免疑惑，究竟是何种原因造成毕德迈尔中篇小说结构上的变化？究竟是什么因素替代了迅速推动的情节，放缓了小说的节奏？答案便是"描写"。以施蒂夫特为代表的毕德迈尔作家们将极重的笔墨放在了对"景观"与"物件"的描写上，这种手法是否违背了中篇小说以情节为重的准则？它究竟妨碍了读者对故事的理解，还是促进了读者的感知？施蒂夫特笔下"物"的世界有着何种特征？他以怎样的视角与笔触来描写它们？在这些描写背后隐藏着作者怎样的意图？在下一章节就将对此一一展开叙述。

2. 描写的意义

> 读施蒂夫特意味着将文字看做暗示的标记，将描写解读为示意——但是：不要将其透露出来，而是在阅读过程中感受这些暗示，让它们继续作用。

---

〔16〕Siehe：Wolfgang Rath：*Die Novelle-Konzept und Geschichte*. Göttingen 2008. S. 176. Fußnoten.

Sapienti sat，再来一次。

读施蒂夫特意味着感受作者展示的一切，意味着要关注未曾提及，却通过上下文喻示的一切。读施蒂夫特还意味着要克制对人物及其行为的评判，在整个故事中不需要对价值的评价，无论是褒是贬。作者也不会使着眼色或是诡笑着呈现出模棱两可的东西。既无赞誉，也无批评，施蒂夫特的中立已经接近了苦涩的边缘。

读施蒂夫特同时意味着时刻铭记这里的描写并非为了娱乐读者，也不是想要证明作者何等精于此道。

读施蒂夫特意味着仔细聆听一切是怎样交织安排在一起。一切是怎样事先就小心低调地被触及。[17]

——博登海默尔

19 世纪伊始，中篇小说作家的视野不再局限于人，而是渐渐转移至客观的物与环境，物本身获得了话语权。——它不再附属于人类，而是同样有着自己存在的意义：小说中的“物”也反映着时代的审美，反映着社会的兴衰，也同时反映着主人公的荣辱悲喜。因此毕德迈尔作家普遍倾向于告别抽象的内心世界，转而直接展现经验的现实世界。在作家眼中，“世界并不需要通过艺术，而是通过自身体现意义。”[18]世界是不需要被艺术化的，将每一个细节真实忠诚地还原出来，这种描述在作家们看来本身就是艺术创作（dichten）。他们热切地描写着，不问这种描写在创作中是否合理，在“自然主义的场景前”[19]也毫不退缩。后人将毕德迈尔作家们这种不分巨细，占据小说大量篇幅的描写称之为细节现实主义（Detailrealismus）。正是这种细节现实主义使毕德迈尔跳脱于之前的浪漫主义文学与之后的现实主义文学之外。它是毕德迈尔式小说的显著特点，也曾是大多数评论家倾向于否认其艺术性的重要原因。然而随着 50 年代后新一轮毕德迈尔研究高潮的来临，人们从

[17] Aron Ronald Bodenheimer：*Der Waldgänger-Wenn die Melancholie dichtet*. Wien 1993. S. 112－165.

[18] Friedrich Sengle：*Biedermeierzeit Band I*. Stuttgart 1971. S. 128.

[19] Ebenda，S. 128.

详尽的描写中解读出了更多并非流于表面的隐喻与暗示，物与风景的描写也同样参与了情节发展，这样的解读被渐渐认可。森格勒就提出人们应该防止那些弱化风景描写作用的阐释。这里讲的是一个混合的形式(Mischform)，它在毕德迈尔时期经常出现。而这个形式，基于我们现今的理解以及自浪漫主义以来的传统，已不再应被视为审美上的不良品味来对待。[20]

同样，悠远冗长的描写是作为作家的施蒂夫特一张最贴切的名片。他何以如此热衷描写自然景观以及人们的生活环境？我们首先因考虑到施蒂夫特的另一个身份——风景画家。唯一一部《林中人》研究专著的作者博登海默尔(Aron Ronald Bodenheimer)就曾这样总结道："施蒂夫特并不报道，也很少评论，而是绘画，偶尔素描。[21] 施蒂夫特用画家格外客观且敏锐的观察来为自己的钢笔润色。长篇小说《晚夏》开篇，主人公海因里希回忆年少时父亲传授绘画知识，施蒂夫特这样写道："当我们散步的时候，他会指给我们看光与影的效果，他告诉我们物体中的颜色，他还解释给我们听线条的作用，哪些线条产生了运动，在哪些运动中又存在着静止，而运动中的静止便是成为一件艺术品的条件。"[22]这段话可以被看做施蒂夫特从一名风景画画家的角度出发对于绘画艺术的评判标准。同样的话亦适用于文学领域。如果将一部小说中的情节推动类比为一幅风景画中的运动因素，那么作为故事发生环境的自然景物或是人文环境则可因其亘古不变的性质被视为"静止的因素"。小说中的情节与场景就好像构成绘画的错综线条，缺一不可，再跳脱再离奇的情节中必然蕴含着不变的，恒定的环境。"空间，或者如施蒂夫特所习惯称呼的物的世界(Die Welt der Dinge)比时间更可靠，更坚固，清晰，持久。"[23]独立于场景及物体以外存在的人与情节是平面的，转瞬即逝的，只有在具体、明确的物的环绕中小说才得以立体，得以持久，这便是毕德迈尔文学中物与风景的意义。

同时，更需要强调的是，无论作为画家或是作家，施蒂夫特对空间的突出刻画归根结蒂正是基于他的秩序观。因为与线性的时间相比，空间显然更持久，更有规

---

〔20〕 Friedrich Sengle: *Biedermeierzeit Band I*. Stuttgart 1971. S. 965.

〔21〕 Aron Ronald Bodenheimer: *Der Waldgänger-Wenn die Melancholie dichtet*. Wien 1993. S. 29.

〔22〕 Adalbert Stifter: *Der Nachsommer*. Frankfurt am Main 1982. S. 15 – 16.

〔23〕 Friedrich Sengle: *Biedermeier Band III*. Stuttgart 1980. S. 966.

律性。这便进入了问题的真正核心，为何施蒂夫特的中篇小说并不着重推动故事发展的情节叙事，而流连于对人物的生存环境，对"物"的描写？正是因为情节的发展是向前的，人们从一个故事的开始追寻至结局，故事便结束了，它是一次性的，或者说，是时间性的。而人物所处的环境，包围着人物的日升月落，露凝霜陨，却是恒常的，也就是空间性的。情节在施蒂夫特的小说中凝滞了，描写大行其道，运动的光影存在于静止的背景中，正是施蒂夫特试图在小说中建立起普世秩序的尝试。

如果我们试图去除《林中人》或是《俄巴底亚》或是施蒂夫特任意一部中篇小说中的描写部分，便会发现无论小说的情节如何紧凑，如何跌宕，真正用于表现情节的篇幅其实相当有限。或者说，因为这样一个去除的动作，施蒂夫特的小说的篇幅会大大缩水。那么是否真如卢卡奇所说，描写是作者因为无法找到叙述的意义而摆在那里勉强支撑局面的呢？答案当然是否定的。在上文中已多次强调，比起单一的，偶尔的事件施蒂夫特更重视"典型的，普遍的人类行为，而不是一次性的不重复的特殊事件"。[24] 在《彩石集》的前言施蒂夫特就明确表达了他所关注的并非闪电、雷雨或是地震等震撼人心，甚至充满暴力的现象，因为它们是一次性的，无秩序的，因此也是短暂的。相反，微小生命的生长，阳光雨露的降临是自然规律的具体化表现，是秩序，是可以一再出现的规律性现象，是符合"温柔的法则"的。同样，中篇小说中突然而至，令人猝不及防的转折点在施蒂夫特看来就如同那些突发的"大"的事物一般，并不需要太多的关注，反而是孕育了这一转折的自然环境与日常生活是恒常的，是需要详细记述的。也就是说，只有把"情节"或是"事件"放入一个普遍的规律中，它才不至显得毫无逻辑。

施蒂夫特如此看重规律，是因为这些规律中的重复验证了他笔下世界的客观与科学。重复是秩序的象征，只有在典型的，可重复的大场景下中篇小说的事件才有其示范意义。在《俄巴底亚》中施蒂夫特对两次改变主人公命运的闪电的描写只有只言片语，但却极其详尽，甚至不厌其烦地从各个细节向读者展示了犹太人俄巴底亚怎样在陌生的奥地利山谷中栖身，怎样将荒原变成沃土，怎样与女儿蒂塔过着

---

〔24〕 Benno von Wiese: *Die deutsche Novelle von Goethe bis Kafka. Interpretationen II*. Bern 1986. S. 140.

日复一日重复的生活。蒂塔复明后学习重新“看”世界是一个漫长的过程，而施蒂夫特则以几乎专业的科学态度记录了这一过程。在小说区区100页的篇幅中，蒂塔学习观察世界的描写占了10页。施蒂夫特将整个过程从日转星移放大至春去秋来，从室内放大至室外，不分巨细。限于篇幅无法将所有的篇章一一分析，在此仅选取蒂塔刚刚复明之时的片段试以说明：

> “俄巴底亚开始教蒂塔‘看’。他抓着她的手，好让她感觉到那正是之前总是带着她在房间或花园里来回散步的同一只手。他把她从小沙发上抱起。医生和家里的三个仆人站在一边。他带着她离沙发走远了一步，然后让她抚摸很喜欢的靠背，接着是椅子的扶手，椅子的腿，还有其他——然后他告诉她，这就是她一直喜欢坐着的小沙发。然后他举起脚凳，让她触摸它，然后告诉她：她以前就是把脚搁在这个上面。然后他让她看自己的双手，她的手臂，她的脚尖。[……]当她坐下后，俄巴底亚指给她看房间里她所熟悉的一切，并分别解释她曾经怎样使用过它们。为了使她明白空间的概念，尽管蒂塔因为害怕碰撞而竭力反抗，他还是带着她一一穿过房间里的各样物件，这是为了让她明白，虽然人们能够一眼看到它们，却要花时间才能走到它们面前。[……]”[25]

这一类日常生活的描写看似与自然景物描写一样拖沓，一样毫不推动情节的发展，但却恰恰是施蒂夫特眼中亘古不变的人生规律的表现之一，是生活的常态。施蒂夫特希望通过笔下舒缓客观的生活状态来给自己与读者以秩序感。在这样的叙述中，时间静止了，读者仿佛也如初见世界般随着俄巴底亚循序渐进的指导认知着世界。这个世界是客观的，蒂塔分别认识椅子的触感，视觉和语言概念，最终将三者融为一体，在这样一个秩序建立的过程中，人们达到了最完整的、最具象的认知。也正是因为在这样平静甚而平淡的叙述中，在这样几乎停流的生活状态中闻所未闻的突发事件的降临才显得如此震撼，它的独特性才会有所凸现。

---

〔25〕Adalbert Stifter：*Abdias.* In：Helmut Bergner und Ulrich Dittmann（Hg.）：*Adalbert Stifter. Werke und Briefe. Historisch-Kritische Ausgabe*. Bd. 1,5. Studien Buchfassung. Zweiter Band“. Stuttgart 1982. S. 323 - 324.

同样，在《林中人》中施蒂夫特不吝笔墨地描写格奥尔格童年时生活的北德平原以及他年迈后归隐的森林，因为在这样不变的、循环的自然中作为“人”的个性的形成才有因可循。不仅在大处，在一些琐碎的细节上，例如格奥尔格摆放与归类他的石头收藏（在后文还将有提及），一切都是一个将凌乱归于秩序的过程。施蒂夫特试图通过描写来告诉读者，无论是俄巴底亚、格奥尔格，抑或科罗娜，甚而是他笔下的所有主人公，他们的“成人过程”（Menschenwerdung）并非是基于某种可被分析研究的心理学，而是基于他所处的客观环境，基于他每日重复的正常生活。施蒂夫特将这样的生活与自然、森林、流水一样真实而永恒地呈现在读者面前，读者无须再苦苦纠结在玄学的虚无缥缈中，便可获得一个现实、可信的主人公的形象。

3. 描写的准则

那么作为毕德迈尔作家的代表，施蒂夫特的描写遵循何种标准？关键词便是客观。施蒂夫特几乎苛刻地控制着自己的笔尖，力求在每一个细节上做到客观真实，忠于原型。这种对于周身环境的发现（die Entdeckung der nächsten Umwelt）是毕德迈尔文学很重要的成果，人们甚至可以将其称为19世纪上半叶中篇小说的主要标志。随着科学技术发展对世界作出更多合理的解释，人们逐渐放弃浪漫主义转而投身经验主义，将视线放在了与自身生活休戚相关的各方面，推崇对身边近物的观察，试着用观察这种实际的方式来认识自然，理解世界。自然科学因此成为了最可靠，最具普遍意义的学科，“因为它最少受限于‘意会’，也最能满足新进增长的对于‘直接经验’和‘实用’的要求”。〔26〕换句话说，人们喜欢小的、近的、具体的事物，因为这种可触可摸、有因可循的自然与人以“平静感”与“安全感”。〔27〕可以说，客观而真实的描写才有可能建立起作家笔下充满秩序的世界。能够达到这一点归功于施蒂夫特细腻的观察力以及扎实的科学知识储备。当施蒂夫特还是个孩子时，他便非常喜欢收集与观察各种植物与石块：“当我还是个孩子时，除了那些让我心悦神往的藤条、灌木和花朵外，我还会往家里带其他东西，它们甚至因为不会像植物那么快地失去颜色和形状而更令我喜悦，那便是各式各样的石头和矿物。

〔26〕Friedrich Sengle: *Biedermeierzeit Band I*. Stuttgart 1971. S. 35.
〔27〕Ebenda, S. 36.

[……] 一有时间我就会把我的宝贝们排成一排，观察它们，从中得到享受。这种收藏的爱好从未在我生命中被抹去过。"[28]常年的细致观察使施蒂夫特积累了大量的植物学与矿物学知识。在维也纳求学时，施蒂夫特对自然科学，尤其是物理学产生了浓厚的兴趣。在成为职业作家前，他的夙愿是成为物理学教授，只是因为多次申请受挫，才放弃了这一梦想。他的一生深受当时著名科学家冯·鲍姆加特纳(von Baumgartner)的影响，不少当时的科学，尤其是自然科学的最新成果都在他的作品中得以体现。我们几乎可以看到一个在各个领域都相当专业的施蒂夫特。我们看到了作为昆虫学家、植物学家、纺织专家，甚至营养学家的施蒂夫特。[29] 即便是自己不熟悉的领域，施蒂夫特依然凭借广泛且深入的阅读来保证描写的真实性：例如尽管并未亲眼见过非洲沙漠，作家在《俄巴底亚》中对当地风貌景物的描写经过考证被证实与事实完全吻合，令人不由啧啧称奇。甚至有学者根据《俄巴底亚》中对主人公的房屋、衣着、生活习性及生活环境的描写中推断出俄巴底亚的族落属于今天的突尼斯。[30] 丰富的知识，严谨的态度与长期细致的观察保证了施蒂夫特笔下世界的真实、客观。施蒂夫特的感官是以视觉出发的，他通过细腻的文字将视觉的效果做到了极致。

4. 描写对表现人物与情节的作用

当然，这种极度追求真实感的描写也为施蒂夫特招来了许多批评。作家在世时最著名的论战产生于他和黑贝尔之间，后者曾称他的作品为"一个有趣的货物清点"[31]，在对《晚夏》的点评中黑贝尔更是讽刺施蒂夫特不分巨细、不分对象的描写

---

[28] Zit. nach: Urban Roedl: *Stifter*. Hamburg 1965. S. 17.

[29] 施蒂夫特将其广阔的知识大量运用在作品中。如在《林中人》里，施蒂夫特详细描写了格奥尔格的蝴蝶标本，介绍各种蝴蝶的形态、色泽、名称、珍贵程度，与飞蛾及其他昆虫的区别等。他的植物学知识在《晚夏》中得到淋漓尽致的表达：里萨克男爵的玫瑰园中种植着成千上百种玫瑰，施蒂夫特借男爵之口向读者详细叙述了玫瑰自采种到培土、除虫、嫁接的种植过程，及其玫瑰的花期、香味、色彩、花形等各种知识。此外，另一种令作家痴迷的植物便是仙人掌。施蒂夫特的挚友，作家艾兴多夫的妹妹露易丝曾记叙过施蒂夫特半夜拜访她，邀请她去观察仙人掌开花的轶事。在《晚夏》中施蒂夫特也将这一事件融入了故事中。在《俄巴底亚》中，施蒂夫特向世人介绍了闪电这一自然现象与人体磁场间的相互关系，这在当时也是非常时兴的科普知识。

[30] Vgl: *Barbara Pischel*: *Adalbert Stifters Novelle Abdias ethnographisch interpretiert*. In: *VASILO* 1978. Linz 1978.

[31] Friedrich Hebbel: *Sämtliche Werke Bd*. 12. (Hg.): Richard Maria Werner. Berlin 1905. S. 184f.

为“逗号都穿上了燕尾服”。[32] 到了20世纪，格奥尔格·卢卡奇(Georg Lukács)同样针对施蒂夫特的描写癖做出尖锐批评：“这种将描写作为叙事最重要的组成部分的方式只会存在于一个出于社会原因而失去了对叙事结构重中之重的理解的时代。描写是在丧失了叙事的意义后作家寻找的替代品。”[33]无论是黑贝尔对由描写而生的“无聊”几乎气急败坏的讥讽，还是卢卡奇所谓的因为丧失了可以叙述的内容与意义转而投入描写的蒙蔽中，这种认识的关键原因在于人们在探讨一部文学作品的价值时越来越多地融入了非文学的标准，融入了目的论与功利主义的杂质，而忽略了从文本内部去认识它，评论它的初始标准。事实上施蒂夫特冗长的描写当然是有其价值的。如果人们可以抛却先入为主的无聊的成见，可以从文本本身出发来寻找描写的意义，那么就会如托马斯·曼一样，将这位“奇特的教学督导”看成“最有勇气的‘无聊’的名声拯救者”，在他的作品中，“无聊甚至可以成为激动人心的(Sensationellwerden)”。[34]

那么长篇的描写在作品中究竟有何作用？它是否真如人们所言阻碍了中篇小说理应干脆迅速的情节进展？还是它也是情节的一部分？1862年的《时代人物》(Männer der Zeit)曾这样写道：“大多数情况下施蒂夫特的自然描写并非是不连贯或者与情节不相关的。诗人非常清楚地知道如何用最细腻的直觉［……］将自然的氛围与人类灵魂的调子带入互相作用的关系中。”[35]通过描写施蒂夫特的中篇小说中出现了大量主观与客观的辩证，他用娴熟的技巧、深刻的观察与想象，将作者的主观意象隐于客观描写背后。虽然在当时，这种论调不足以盖过铺天盖地对施蒂夫特冗长描写的谴责声，虽然作者只是点到为止地叙述了这个想法，但是它在下一个世纪的施蒂夫特研究者间播下了灵感的火苗。而在下文中就试图以具体文

〔32〕Friedrich Hebbel：8. *Literaturbrief*. *Der Nachsommer*. *Eine Erzählung von Adalbert Stifter*. In：*Illustrierte Zeitung*. Bd. XXXI. Nr. 797 - 1858“. Zit. nach：Peter Küpper：*Literatur und Langeweile*. *Zur Lektür Stifter*. In：*Geborgenheit und Gefährdung in der epischen und malerischen Welt Adalbert Stifters*. Würzburg 2006. S. 60.

〔33〕Georg Lukács：*Erzählen oder Beschreiben*? In：*Probleme des Realimus*. Berlin 1959. S. 117f.

〔34〕*Brief an Fritz Strich vom* 27. *Nov*. 1945. In：Thomas Mann：*Briefe* 1937—1947. Frankfurt a. M. 1963. S. 458ff.

〔35〕*Männer der Zeit*. *Biographisches Lexikon der Gegenwart*, 2. *Serie Leipzig* 1862. In：Moritz Enzinger：*Adalbert Stifter im Urteil seiner Zeit*, Wien 1968. S. 236.

本来证明并解释这一说法。

首先,施蒂夫特非常注重对于主人公生存环境的再现。浓重的笔墨,几乎是复刻式的画面使小说中的风景画变成了“奥地利的地质学”。[36] 当然施蒂夫特的身份并非游记作家,也非中小学地理课本的编写员。他不吝笔墨,甚至冒着与故事脱节的危险细致刻画地形地貌的目的在于他将人物的内心与判断,将自己希望传递给读者的信息都隐藏在了各式风景之下。例如施蒂夫特在《布丽吉塔》中大篇幅地描写了布丽吉塔所居住的匈牙利大草原的风貌,埃米尔·施戴格尔(Emil Staiger)认为“这里描写的草原不仅构成了人物的生活空间,也成为了‘内心的荒漠’,成了内心斗争的象征。恐惧与威胁也是必要的生活感受,与之相对的是美与和谐,是那一句安抚人心的‘如今一切重又安好’”。[37] 而在《俄巴底亚》一书开篇我们读到这样的章节:

> “在地图册上那沙漠的深处有一处古老的、已被历史遗忘的、孤独的罗马城池。它渐渐地衰败,几百年来无名无姓。人们不知道它荒芜了多久,即使在最新的地图上欧洲人也未将其标出,因为人们根本不知道它的存在。有时柏柏尔人会骑着骏马飞驰而过,看到那些半挂着的残垣断壁,根本不会想到它的用途,或者用一些迷信的话语打发去心中的不祥,直到最后一堵城墙从人们眼前消失,而栖居其间的胡狼的最后一声嘶吼也不再可闻。[……] 然而除了对自身以外的世界一无所知的胡狼,废墟中还住着其他居民,阴沉、黝黑、肮脏的犹太人好像幽灵一样在废墟间穿梭,他们走进走出,和胡狼生活在一起,有时给它们喂些食。”[38]

贫瘠荒凉,胡狼出没,此外杳无人烟、无人知晓的沙漠以及沙漠内掩埋于古城

---

〔36〕 Walter Rehm: *Stifters Erzählung der Waldgänger als Dichtung der Reue*. In: *Begegnungen und Probleme : Studien zur deutschen Literaturgeschichte*. Bern 1957. S. 322.

〔37〕 Emil Staiger: *Meisterwerke deutscher Sprache aus dem 19. Jahrhundert*. Zürich 1948. S. 126.

〔38〕 Adalbert Stifter: *Abdias*. In: Helmut Bergner und Ulrich Dittmann (Hg.) : *Adalbert Stifter. Werke und Briefe. Historisch-Kritische Ausgabe*. Bd. 1,5. Studien Buchfassung. Zweiter Band. Stuttgart 1982. S. 239 – 240.

下的地下洞穴构成了俄巴底亚的生活空间，而这一空间的展现将读者带入了更深的视角，它意喻着主人公内心深处那一隅见不得人的阴暗面，那是他的欲望。如同外表看去荒芜一片的沙漠中隐藏着最奢华的生活，俄巴底亚的贪婪与欲念也隐藏在一个看似纯洁美丽的男孩心中。外部与内部环境的强烈对比是俄巴底亚内心困顿与迷茫的写照。俄巴底亚的一生都挣扎于对抗命运——和解命运的矛盾中，他是否能告别自己的犹太人属性，融入欧洲社会，是否能真正战胜内心的欲望与贪念，是否能成为蒂塔的引路人，一切早在俄巴底亚最初的故乡中便埋下了伏笔。同样，波西米亚森林的寂静忧伤也衬托着格奥尔格内心的孤寂与百年不变的孤独：

> 在分水岭的高处有着一处杳无人烟的土地，那儿有一座孤独矗立的教堂。[……]磨坊周围许多排零星分布的小树林以及树林间开垦过的，泥土经过长期的晴天已变得泛白的土地一直延伸至波西米亚森林高处愈发深邃的浓色中。而整个磨坊的上方笼罩着深灰色的云层，云层隆起处泛着浅灰，而下层则显出一种温柔的浅蓝，将淡淡的昏沉播撒在各种四散着的小树林上，使它们看上去仿佛深蓝色的条纹夹杂于干涸的农田间，直到很远处波西米亚森林更深更蓝的边界与云朵的灰色融为一体，以至人们再也无从分辨出两者的界线。[39]

这是《林中人》的叙述者带着一丝"甜蜜的忧伤"[40]回忆起的故乡的风景，也是我们的林中人格奥尔格最后停留的土地。施蒂夫特连续用了多个孤寂的同义词，也以他画家的眼为读者描述了色彩间最细微的差别。而这些色彩，深灰，淡蓝，浅灰等等无不透着淡淡的忧伤。那不是一片明朗欢快的土地，叙述者在这里失去了年少时的恋人，格奥尔格在这里邂逅了木匠的儿子，却经历了又一次避无可避的离别。在这里施蒂夫特的描写直白而不隐晦，他直接以景之孤独对应人之寥落，以景

〔39〕Adalbert Stifter：„Waldgänger". In：Johannes John und Sibylle von Steinsdorff (Hg.)：*Adalbert Stifter. Werke und Briefe. Historisch-Kritische Ausgabe*. Bd. 3,1. Erzählungen. Erster Band". Stuttgart 2002. S. 96.

〔40〕Ebenda，S. 95.

之感伤对应人之戚戚。通过上述例子我们知道对于人物生存环境的细部描写归根结底还是要回到人物的身上。"作者成功地将内在的自然,即人心的自然通过语言表达了出来"。[41] 自然是一面镜子,从这面镜子中人们可以读出主人公内心深处的起落和命运的预示。自然从来不是人类生活的背景或布幕,它和人类一样有自己的存在和本质。"在自然和人类之间存在着交流"。[42] 或者说对于施蒂夫特来说,"场景就是故事本身"。[43] 换句话说,在他的世界里,自然现象的展现反映的正是主人公对这些现象的认知,而他们的认知就是事件。[44] 这是自然描写最重要的作用:它指向人,它代替论述、语言或意识流反映着人物的内心。

而另一方面,施蒂夫特的描写同时也是指向读者的,因为描写使读者有了参与感。当俄巴底亚在沙漠中艰难跋涉时,他看到了一座山:

> "旅程的第二天才过了一小半,俄巴底亚的下一个目的地——一座蓝色的山脉就庞大且清晰地耸立在沙漠的边缘。但是几小时后它依然清晰明确地矗在那里,却没有迹象表明人们哪怕是接近了一寸。[……]然而那座美丽湛蓝,吸引着他们目光的山峰数小时笔直地出现在他们面前平原的边缘,仿佛伸手可及。它一整天都在那儿,虽然人们一直笔直地接近它,它却既未改变色彩,也未改变大小。[……]直到他们又走了三个整天,才来到那片富饶的土地及它背后的山脉。"[45]

如果有一些自然科学知识的读者了解到沙漠中距离感的偏差以及视觉幻象的概念,那么这冗长的描写非但不会增加无聊,反而会激起读者的紧张感。俄巴底亚

---

〔41〕 Adalbert Stifter: *Der Waldgänger*. Graz 1938. S. 14.

〔42〕 Benno von Wiese: *Deutsche Dichter des* 19. *Jahrhunders. Ihr Leben und Werk*. Berlin 1979. S. 433.

〔43〕 Vgl: J. P. Stern: *Re-interpretations-Seven Studies in Nineteenth-Century German Literature*. London 1964. S. 242.

〔44〕 Wolfgang Rpesendanz: *Die Erzählfunktion der Naturdarstellung bei Stifter*. In: *Wege des Realimus. Zur Poetik und Erzählkunst im* 19. *Jahrhundert*. München 1977. S. 94.

〔45〕 Adalbert Stifter: *Abdias*. In: Helmut Bergner und Ulrich Dittmann(Hg.): *Adalbert Stifter. Werke und Briefe. Historisch-Kritische Ausgabe*. Bd. 1,5. Studien Buchfassung. Zweiter Band. Stuttgart 1982. S. 291,295.

一行人以为山脉近在眼前却迟迟无法靠近，令读者对主人公的担忧有了一个事实的依托。读者知道自己的情绪来源于何。这是一种永远不会过时的手法，且人们完全有理由说，随着科学的发展，随着世纪的更迭，随着越来越多的秘密被揭开，这种参与感与解释感也会越来越深。

而在《林中人》中，施蒂夫特惯用的将自然描写与人物命运紧密交织这一艺术手法得到了更是得到了最细致最丰富的体现。除了宏观的生存环境，施蒂夫特还极其细致地描写了格奥尔格与科罗娜生活的花园。花园，这是自然环境的最小单位，它连接了家庭（房屋）与真正的自然（生存环境）。当科罗娜向格奥尔格提出离婚的建议后，两人再一次并肩在花园里散步。这本是格奥尔格怀着对未来生活的憧憬而建造的花园，在散步的过程中，花园中的一切被施蒂夫特如此详细地列举出来：

> 他带着科罗娜走进花园。他们走过花丛，他们沿着暖房玻璃温柔的光泽往前走，走过格奥尔格通过山上森林经过山峰间的松动压下的水压修建的喷泉，他们走过十字花丛，它矗立在那儿，蓝色、有力而又茂盛的枝叶轻抚着科罗娜的衣裙。他们走过李树，走过格奥尔格刚让人修起的扶栏，走过低矮的果树，走过春天从法国带来的苹果树——最后走到了日工们正在劳作的新开垦的土地上。它是格奥尔格亲手清理出来的，他除去杂石，收拾干净，准备在来年并入已有的花园，使它更大，更丰富些。这时夜幕已至——终于夜色如墨——他们枕着枕头，进入安眠。[46]

施蒂夫特在这里罗列了花园中的每一处景物，似乎正合了黑贝尔嗤之以鼻的“清点”之言。但其实施蒂夫特所要表达的并非那一样样物品，而是两人对这些物体的感受。而这种感受正是两人的生活。秉承毕德迈尔式的写实风格，作家甚少直描人物内心，在小说中，本应出现的心理描写为冗长的景物描写所替代，但若细

〔46〕 Adalbert Stifter: „Waldgänger“. In: Johannes John und Sibylle von Steinsdorff (Hg.) : *Adalbert Stifter. Werke und Briefe. Historisch-Kritische Ausgabe*. Bd. 3,1. Erzählungen. Erster Band“. Stuttgart 2002. S. 191 – 192.

心体会，不难发现这样的写法恰恰给了读者更大的想象空间。正如博登海姆所言："我很感谢施蒂夫特他想到了我，想到了他的读者们。在我早就合上了书，在我的想象早已飞走后，他又刺激了它，使它再度飞翔，就好像做梦的感受。"[47]在那个花园中，格奥尔格与科罗娜感怀的不仅是迄今为止的生活，也是本应延续到将来的生活。施蒂夫特将景物一样样地叫出名来，希望读者通过科罗娜和格奥尔格的眼同时感受到两人对这个环境，对这些自然的熟悉，在这种熟悉中包含了两人的未来。然而两人后来选择了分离，这种熟悉的未来便成泡影，而一件件熟悉的景物便成为了分离后格奥尔格与科罗娜不幸的预言与见证。不难想象如今奔流的泉水一年后依然奔流，却不知为谁。枝叶轻抚科罗娜的衣裙，明年却只能自生自灭，一年后无人看管的花园变成一堆衰败的杂草，就像分离后两人的命运一般。通过这一个个具体的描写，施蒂夫特成功唤起了读者的想象，在他们心里留下了两人错失的生活的具体画面。

同样，除了人物生存的自然环境，施蒂夫特亦非常细致的描绘了家庭的布置。在《林中人》里，科罗娜与格奥尔格的家极尽简朴，却依然透露着毕德迈尔式的宜居与洁净：

> "靠着窗户间狭窄的墙面立着一张桌子，更小些的一张摆在另一侧墙边，还有两把椅子。床（die Betten，复数！）摆在隔壁房间。其他东西还没来得及收拾。现有的家具都是未上漆的软木制成。月光透过还未装上帘子的窗户照进屋内，和蜡烛的光芒奇妙地交织在一起，将屋里的物件照成了重影。这时科罗娜的箱子在楼下被取下车抬上来放在了屋子里。人们互道晚安。[……]第二天一早，第一缕晨光微露，科罗娜便蹲在格奥尔格从城里带来的箱子边，从箱子里找出白色的窗帘，将它挂在窗前。接着她掸去了桌上昨夜的积尘，将东西从自己与格奥尔格的箱子里取出摆放在桌子以及唯一的两把椅子上。然后她走出房间，走进了厨房。寡妇为两人搞来的干净餐具在对面的橱柜上闪闪发亮。墙新刷了白色，使得整个厨房都仿佛泛着微光。在板凳上摆放着低

[47] Aron Ronald Bodenheimer: *Der Waldgänger-Wenn die Melancholie dichtet*. Wien 1993. S. 38.

矮的，蹭的雪白的软木桶，里面已经盛满了干净、新鲜、闪烁的清水。[……]在这期间其他物件被陆续送来。它们被摆放在房间各处。床边放了一张摆着鲜花的小桌，柔软的床垫铺上了雪白的亚麻床单。只要一回到家，格奥尔格总能感到进入了洁净的圣殿。"[48]

在施蒂夫特描写的最为详尽的地方，往往也埋下了最精巧的伏笔。[49] 在短短几百字的文字中，施蒂夫特四次提到了"白色"。白色是洁净纯洁的象征，对白色的偏好本身是科罗娜坚毅自洁的个性的象征。然而在这个只有白色与木色的空间里，新婚的生活显得何等寥落与寂寞！科罗娜把家里打扫得一尘不染，哪怕前一天的灰尘也擦拭得干干净净。她小心翼翼地维持着家里的整洁，几乎机械化地苛求一切不会老化生锈，蒙上粉尘，他们的房屋一天天保持原样，预示着两人的生活平静中也难再有惊喜。清洁的家庭是一个典型的施蒂夫特式的世界。他曾说过妻子阿玛丽娅唯一的优点也在于她能将家里打理的一丝不苟。然而，过度的清洁也是不育的象征，甚至对清洁的狂热"出卖了科罗娜内心的绝望"。[50] 无论科罗娜怎样布置，都难掩"在两人的屋顶上没有生活的气息"[51]这一悲哀的事实。这一点，读者可以从夫妻两人的房东——一位与科罗娜同样精于持家，同样骄傲善良的寡妇身上看到预示，也从科罗娜后来的命运中得到了证实。同时，施蒂夫特反复强调房屋里仅有的几样摆设，这种干涩的重复事实上是对读者的提醒。当两人搬入新居时，唯一随身携带的一件物品是箱子。然而箱子代表的是出行的意象，屋里的主客提起箱子立刻就成了离人的形象。之后，两人的东西陆陆续续运来，可是读者看到的是什么？运来的是一个小桌子，以及一张床单。施蒂夫特并非不懂生活的情趣，

---

〔48〕 Adalbert Stifter: „Waldgänger". In: Johannes John und Sibylle von Steinsdorff (Hg.): *Adalbert Stifter. Werke und Briefe. Historisch-Kritische Ausgabe*. Bd. 3,1. Erzählungen. Erster Band". Stuttgart 2002. S. 169 - 170.

〔49〕 Aron Ronald Bodenheimer: *Der Waldgänger-Wenn die Melancholie dichtet*. Wien 1993. S. 137.

〔50〕 Alexander Stillmark: *Der Waldgänger. Stifters Rückblick auf die verlorene Zeit*. In: *Stifter und Stifterforschung im 21. Jahrhundert. Biographie-Wissenschaft-Poetik*. Tübingen 2007. S. 222.

〔51〕 Walter Weiss: *Adalbert Stifter: Der Waldgänger. Sinngefüge, Bau, Bildwelt, Sprache*. In: Adolf Haslinge (Hg.): *Sprachkunst als Weltgestaltung. Festschrift für Herbert Seidler*. Salzburg 1966. S. 365.

不懂奢华的享受(直接对比一下俄巴底亚的地下洞穴就可知一二),作家通过简陋家具以及箱子的寓意来暗示此处并非定居之所,格奥尔格与科罗娜的离别与漂泊在此处就埋下了伏笔。

那些不苟同于施蒂夫特冗长的写作风格的评论家们并不愿承认,“施蒂夫特是以怎样大师般的精确来铺设故事的发展,他是怎样精妙地描写了这段婚姻中来自自身的困境”。[52] 格奥尔格需要常年外出工作,科罗娜将家里收拾的一尘不染,寄居的寡妇丧偶无子,甚至是科罗娜母亲的人生悲剧,一切的细致与周到都不是随意而发的,而是一步步仿佛抽丝剥茧般将这个婚姻注定的无望结局客观地呈现在读者面前。表面上两人命运是被一场晚宴改变的。实际上这看似突然的事件只是压垮科罗娜的最后一根稻草。他们的婚姻并非因为某种巧合的外力而被击碎(博登海姆在书中调侃似地提到了莫须有的“挤奶姑娘”,换句话说并非是疾病、车祸、自然灾害甚至是外遇导致了两人的分离),恰恰相反,这段姻缘是从内部瓦解的,一切都有因果可循,而这因与果全伏笔在施蒂夫特看似无关拖沓的细节描写中。可以说,施蒂夫特是非常擅长象征的,但是他的象征手法充满了毕德迈尔式的写实风格。他们是“完全客观、实在的,并且带着无情的嘲弄”。[53]

我们看到了施蒂夫特对生存环境,对房屋布置的描写,同时也不应遗漏他对一个个实意的、具体的物品的关注。施蒂夫特的“物”的概念是复杂的。它包含了自然界万物以及由人类双手创造的物,只要在这些“物”中表现出人类精神的追求和影响,都可能成为施蒂夫特描写的对象。“人”对“物”自身的本质充满敬畏,以至在纷乱、争执及必要时,人们可以不以自身利益,而只以物本来的要求,以其自身何如来做出安排,[54]这便是施蒂夫特眼中“物”的世界的安全感。“物”就是那样存在,文学创作不能改变它的本质一丝一毫,而只能忠实地反映它,借助它自身的话语来辅助表达作者的心意。随着年龄的增长与敬畏的加深,施蒂夫特越发看重“物”的概念。在作品中,“物”以自身的特征直接表现,而不需要任何作者的阐释与说明。

---

〔52〕 Aron Ronald Bodenheimer: *Der Waldgänger-Wenn die Melancholie dichtet*. Wien 1993. S. 154.

〔53〕 Walter Rehm: *Stifters Erzählung der Waldgänger als Dichtung der Reue*. In: *Begegnungen und Probleme : Studien zur deutschen Literaturgeschichte*. Bern 1957. S. 333.

〔54〕 Vgl: Benno von Wiese: *Deutsche Dichter des 19. Jahrhunders. Ihr Leben und Werk*. Berlin 1979. S. 431.

科罗娜第一次向格奥尔格提出离婚时后者正在观察他收藏的石头，听完妻子的建议，格奥尔格“将之前摆放在面前观察的石头慢慢地收拢起来，然后长久地，几乎是同情地注视着它们”。[55] 当科罗娜再次重申自己的想法，而格奥尔格最终屈服，同意离婚后，“他取出一块石头，又摆放回去。他把许多石头推到面前，又把它们全都推了回去”。[56] 石头是没有思维的，它也没有植物的敏感，它是一纪纪地壳变动的凝固的产物，它承载了千年的自然风化与雕琢，亘古不变地展示着其坚硬固化的特性。施蒂夫特选择在这里描写石头，是为了取意暗示格奥尔格思维的僵化与懵懂，在妻子显然是错误的决定前，他无法做出任何反应，也无力改变或突破这种状况，只能被动地接受强加于两人身上的错误。是的，他能做的只是服从：“格奥尔格默许了一切，他屈服于科罗娜的意愿”。[57] 同时，看似施蒂夫特描写格奥尔格摆放石头的动作是啰嗦重复，但这种机械的摆放动作恰恰比任何心理描写都更直观地表达了格奥尔格试图整理思路的艰难。他的痛苦斟酌，他的左右为难在他下意识的动作中跃然于纸。然而，他的动作终究只是一种机械的无用功，正如他的思维并没有真正跟上科罗娜的脚步。在整个过程中，施蒂夫特未用一字来描写格奥尔格的心理活动，他的叙述平静而客观，人们甚至对格奥尔格当时的表情也一无所知，但他的痛苦与矛盾却通过石头这个“物”清晰地展现在读者面前。

同样，格奥尔格的收藏也以其特有的性质透视着主人公的心情与命运。通过文中叙述者的回忆，读者得知晚年的林中人热衷收藏蝴蝶与苔藓。如果人们了解这两种物品的特性，便可揣测施蒂夫特对于林中人收藏物的选择并非随意。首先蝴蝶标本“这种无生命的物体只是一个缺失的人性悲伤的替代物”。[58] 蝴蝶生时的美丽绚烂仿似林中人与科罗娜曾经幸福富裕的家庭，如今灵魂空洞被定在标本簿上则映衬着林中人晚年生命的空虚落寞。同样，苔藓作为植物的生长特性也在

---

〔55〕Adalbert Stifter：*Waldgänger*. In：Johannes John und Sibylle von Steinsdorff（Hg.）：*Adalbert Stifter. Werke und Briefe. Historisch-Kritische Ausgabe*. Bd. 3,1. Erzählungen. Erster Band". Stuttgart 2002. S. 190.

〔56〕Ebenda，S. 191.

〔57〕Ebenda，S. 192.

〔58〕Alexander Stillmark：*Der Waldgänger. Stifters Rückblick auf die verlorene Zeit*. In：*Stifter und Stifterforschung im 21. Jahrhundert. Biographie-Wissenschaft-Poetik*. Tübingen 2007. S. 217.

文中得到象征性的彰显。“苔藓植物无花，无种子，靠孢子繁殖”。[59] 这里影射的首先是格奥尔格生命中曾经困扰过他，扭转过他的命运的“不育”母题。此外，因为苔藓只有茎与叶而无根，所以只能依附于裸露的石壁或潮湿的森林和沼泽地中，而孢子则散发在空中，人们不由也联想到收集这些苔藓的林中人自身无根无乡，随处漂泊的命运。格奥尔格随身携带着代表“流逝”的蝴蝶标本以及代表“流浪”的苔藓，这些细节都证明施蒂夫特的描写并非多余，他将自己的阐释，将作者主观的理解融进了客观现实的“物”的象征中。

《林中人》结尾处科罗娜将苹果递给格奥尔格的两个孩子这一细节被普遍视为整部小说中最充满隐喻，也最伤感的场景。当然，施蒂夫特无意在原本就尤其短小的最后一章中浪费笔墨描写一个看似无关紧要的细节物品，因此我们应当将苹果的传递视为主人公命运无言的诉说。众所周知苹果是丰收(Fruchtbarkeit)的象征，科罗娜将这一象征子女后代的果实递给了格奥尔格的孩子。这一举动意味深长之处在于这本应是他们两人的孩子，本应是生活中最司空见惯的情景，太普通，甚至唤不起人们的幸福感。而科罗娜却只有这一次机会，它是如此稀少，以至传递之后惟余落寞和悲伤。同时，自《圣经》以来苹果一直被视为智慧之果，亚当偷食苹果获得了分清善恶的明鉴之力，格奥尔格通过科罗娜传递出的苹果恍悟自己的人生能够得到普世价值观下的完整全凭科罗娜的牺牲。这一传递中写满了牺牲的苦涩，因为给出了，所以留给她的只有单身一人的寂寞。“这两个象征孕育，诱惑与认知的苹果使得两人失落的时光更具说服力地展现在读者面前 。[60]

在《俄巴底亚》中，施蒂夫特也同样通过“物”自身的特质来喻示人物的性格与命运。在叙述父女两人在欧洲的岁月时，施蒂夫特曾花很多笔墨描写了亚麻这种植物的生长，包括它的花朵、色彩以及功用。在蒂塔复明后，俄巴底亚在院子里为她种上了成片的亚麻地：“第一个夏天到来的时候，俄巴底亚开垦出一篇新的土地，播种上了亚麻。当亚麻花盛开时，蒂塔被领了出来，俄巴底亚告诉她，在这绿色丝

---

〔59〕 http://baike. baidu. com/view/46033. htm.

〔60〕 Alexander Stillmark: *Der Waldgänger. Stifters Rückblick auf die verlorene Zeit*. In: *Stifter und Stifterforschung im 21. Jahrhundert. Biographie-Wissenschaft-Poetik*. Tübingen 2007. S. 224.

线的尖头轻响的一整片天空都是属于她的”。[61] 蒂塔喜欢蓝色的亚麻地，“现在她经常站在蓝色的布匹前，注视着它”。[62] 通过蒂塔的眼睛，施蒂夫特描写晴天的亚麻地：“我在看我的亚麻花，看，昨天它们还一朵未开，今天却全部绽放了。我相信，是宁静与温热使它们开放的。”[63]同时，他也描写雷雨天的亚麻地：“空气纹丝不动，滴雨未落[……]蓝色的亚麻地上空一只云雀在空中鸣唱，它的歌声偶然被远处轰鸣的雷声打断。”[64]在这里施蒂夫特似乎又一次陷入不分场合的描写中，这些亚麻地的描写是否累赘？再近一步问，为何这里详细描写的是亚麻地？为何蒂塔独独钟爱亚麻花，而非欧洲大陆品种丰盛的其他花卉，为何不是施蒂夫特同样钟爱的玫瑰花？施蒂夫特在文中给出了答案。在与父亲一同注视亚麻花时女孩这样说道：

> “我非常喜爱亚麻花[……]很久以前，当那张悲伤的黑布还蒙在我头上时，萨拉在我的询问下讲了很多关于亚麻花的事。现在我理解了它，也亲眼观察过它。萨拉说，这种植物是我们人类的朋友，它非常喜爱人类。现在我懂了，萨拉说的是对的。首先它在绿色的小柱子上开出美丽的花朵。当它死去，经过空气与水的作用，便为我们提供柔软的银灰色纤维，人们用它来织成布匹。萨拉说，那些布匹就是人类真正的家，它伴随我们从襁褓到坟墓。你看，这也是真的。——只要这种植物被神奇地漂白成白色光亮的雪白。——当孩子们还很小的时候，就像我曾经那样，人们把它放进亚麻里，裹住四肢。萨拉的女儿离家嫁给那个想要她的陌生男人时，萨拉给了她许多亚麻。她是一个新娘，人们能够给予新娘的白色雪山越高越大，她便越富有。[……] 而当我

[61] Adalbert Stifter: *Abdias*. In: Helmut Bergner und Ulrich Dittmann (Hg.): *Adalbert Stifter. Werke und Briefe. Historisch-Kritische Ausgabe*. Bd. 1,5. Studien Buchfassung. Zweiter Band. Stuttgart 1982. S. 332.

[62] Ebenda, S. 332.

[63] Ebenda, S. 337.

[64] Ebenda, S. 338.

们死去时，人们为我们裹上白色的布巾。你知道的。”[65]

当那片忧伤的黑布还蒙在蒂塔的额头，当蒂塔还只能通过听觉与触觉感知世界的岁月里，女孩就已表现出对亚麻的喜爱。亚麻是一种温柔细腻的织物，它裹挟着女孩幼嫩的肌肤。出于好奇女孩缠着仆人询问关于亚麻的一切。这种对布料的敏感，是常年从事布料生意的犹太民族刻在血液里的天性，是懵懂世界里蒂塔最原始的本能，它昭示着虽然生来金发碧眼，在蒂塔内心深处依然烙印着犹太身份。其二，对于这种可以为人类提供布料的植物的自身价值，年幼的蒂塔已经有了深刻的认识，在这里，亚麻以“物”的自有意义出现，它非常急切地赢得影响。于是在长篇累牍对亚麻的重复提说后，人们豁然领悟它的寓意所在——即它象征了人类从生到死的过程。它漂染后的雪白代表降生时的神圣，出嫁时的纯洁以及死亡的寂寞与悲伤。在小说中，读者已经经历了蒂塔的出生，也被俄巴底亚抹杀了蒂塔出嫁的可能：“当俄巴底亚开始想像未来该是怎样，当他想像蒂塔未来的丈夫时，乌拉姆美丽，黝黑，友好的身影闪现他的脑海，如果可能，他愿意将蒂塔交付于他。——可是乌拉姆已经死了。于是除了想到蒂塔会越来越美丽地绽放与生活下去，他的脑中一无所有。”[66]当蒂塔已经看到了亚麻伴随着人生的最后一个“家”——坟冢的时候，等待她会的是什么呢？这是施蒂夫特在那个雷雨天长段的描写后传达给读者的疑惑与期待。于是就在下一段落，一道突如其来的闪电夺走了蒂塔的生命。在这里读者再次经历了《林中人》的阅读经验。在整段的冗长描写后，读者面前突然展现故事的转折，故事在极其缓慢地爬上顶端后急转直下。这便是描写对组成施蒂夫特中篇小说的独特结构的作用所在。

5. 小结

初入文坛的施蒂夫特在创作上仍留有浪漫主义，尤其是让·保罗影响的痕迹，在《热气球》或是《野花》中，读者还能寻到不少情节上的跳跃以及对内心的阐释。

---

〔65〕 Adalbert Stifter: *Abdias*. In: Helmut Bergner und Ulrich Dittmann (Hg.): *Adalbert Stifter. Werke und Briefe. Historisch-Kritische Ausgabe*. Bd. 1,5. Studien Buchfassung. Zweiter Band. Stuttgart 1982. S. 340.

〔66〕 Ebenda, S. 335.

成熟后施蒂夫特很快形成了自己的风格，他越来越注重“客观”的价值，而作品中对于外在事物的描写比重也随着年龄的增加而上升。渐渐施蒂夫特的中篇小说形成了其鲜明独特的结构。它表现在小说通常在缓慢、细致的描写下展开，在前百分之八十的篇幅中施蒂夫特为读者刻画了一幅完整详实、客观生动的生活景象，在作者描述的环境中，主人公日复一日安静地生活着。除了描写，小说鲜少出现真正的情节。中篇小说的转折点在大多数情况下已后移至篇幅的后百分之二十(甚至后百分之十)的内容中，在短短几页的篇幅里，故事急转直下，主人公遇到了改变命运的某个事件，但小说并未达到高潮，在经历了一个潜伏期后，主人公的命运被最终定格，而中篇小说也结束在制高点上。

造成这样一种特殊的、不成比例的小说结构的原因在于施蒂夫特致力于描写。为了将读者带入更深的对于人物命运的思考，为了给读者在所描写的与未描写却暗示的事物间留下想象空间，一直以来他都以热忱的执着在追求展现一幅现实的客观画面，而这幅广阔的画面取代情节成为小说的重要部分。施蒂夫特相信在人物的生活环境与生存状态背后隐藏着情节的前因后果，也即是万物间的秩序。缺少了描写，故事的发展就会显得缺少逻辑。施蒂夫特有选择地进行描写，他所选择的对象与他所提出的“温柔的法则”中“空气的流动，河水的呜咽，粮食的生长，大海的波涛，土地的新绿，天空的光芒，群星的闪耀”有共同的特性，它们拥有自身固有的本性，这各异的本性并非巧合的产物，而是经历了时间的磨砺，因此都是可重复的规律的象征。当人们说道“施蒂夫特从不偏离他的准则：表现情景而非情绪，将情绪放在情景中展现”，[67]指的便是这样一种秩序和逻辑的建立，情景与情绪的对立并非作家的随意选择，而是有规律的对照。

在描写时，作家告别了浪漫主义的虚无缥缈，他笔下的自然与万物不仅诗意，更带有自然科学式的严谨和细致。很少有两种截然相反却同时正确的理解施蒂夫特某个文本的方式，因为他已经将他想要告知读者的一切通过文字表达了出来。施蒂夫特努力想要在文学中还原真实的现实，避免融入个人的情感或经历，因此也

〔67〕Aron Ronald Bodenheimer：*Der Waldgänger-Wenn die Melancholie dichtet*. Wien 1993. S. 155.

有人称他的小说是将“科学文章进行了美化”。[68] 总之，无论此类评价是褒是贬，无论人们对描写的价值承认几何，不可否认的是，风景描写在施蒂夫特的小说中即真实又充满意义，它们的价值得到了最大化的体现。

二、中篇小说中的“田园牧歌”主题

世事难测，自然无常，毕德迈尔作家眼中的世界似乎只剩下一片灰色，如何可以不在随之而来的虚无主义面前缴械投降？当个人就像“一个完完全全被孤立的主体站在威胁着他的世界中心”[69]，作家该如何逃避这种敌对的氛围和陌生的孤立？毕德迈尔作家们寻找的答案是——家庭以及以家庭为中心的田园生活。家庭成了他们笔下人类的避难所，人们虔诚的信仰。当人们在这样一个疯狂浮躁甚至嗜血的社会(尤其是1848年革命之后的奥地利)无法找到自己的存在价值时，只有在最为亲密和令人信任的家人身边才有获得安宁的可能：“家庭在德国一直是和平，爱睦与人性的聚宝盆，而德意志家庭的基础是日耳曼人一直以来的原始感觉，即妇女是神圣的，而孩子身上也会时时散发出神性”。[70] 人们对家庭的神化和热望还来源于当时社会伦理道德上对“情欲”的妖魔化。施蒂夫特本身在此方面也非常的敏感，羞涩，甚至忧郁。年轻时他与法妮的爱情悲剧从某种程度上说也是时代道德的缩影。而这些欲望，这些超越了“柏拉图式”精神恋爱界限的“魔鬼”只有在“家庭”中才可被驯服，于是家庭成了一切来自外部世界的苦难和威胁的避难所。20世纪初期英国小说家E. M. 福斯特(E. M. Forster)在小说《莫瑞斯》(Maurice)结尾处借主人公莫里斯对曾经的同性情人说出的话虽不在本文的论述时间与重点之内，却也巧合地充分说明了家庭对个人情欲的庇护作用。莫里斯这样说道：“我确实认为你有点关心我，然而我不能把自己的整个人生寄托在这一点上，你不是这样的。你把自己的人生寄托在安妮身上。你不必为自己和她的关系是否精神恋爱而

---

〔68〕Michael Wild: *Wiederholung und Variation im Werk Adalbert Stifters*. Würzburg 2001. S. 14.

〔69〕Wolfgang Matz: *Gewalt des Geowordenen. Adalbert Stifters Werk zwischen Idylle und Angst*. In: *Deutsche Vierteljahrsschrift für Literaturwissenschaft und Geistesgeschichte*. Stuttgart 1989. S. 716.

〔70〕Friedrich Sengle: *Biedermeierzeit Band I*. Stuttgart 1971. S. 20.

苦恼。你只知道它的身价很高，值得把自己的人生寄托在上面。”[71]缺乏婚姻这一纽带的爱情为人所唾弃，无法用来支撑人生的希望，这很好地解释了施蒂夫特小说中那些逾越了情欲的边界（哪怕只是颤抖却热烈的一吻）的主人公，尤其是女性的悲剧命运。（如《古老的封印》中的切吕思特（Celöste），《热气球》中的柯内莉亚（Cornelia），她们因为最终未能与情人结成婚约，而成为了上流社会竞相追捧却灵魂空洞的千百世俗女人之一）与之相反，也有幸运地被婚姻所救赎，过上健康生活的典型（如《两姐妹》中的卡米拉）。

除了男女双方缔结家庭，来自于家族间的往来也是家庭关爱的体现。作为家庭权威存在的（曾）祖父在青年乃至少年的性格培养中总是起着积极的引导作用。他们教导孩子从善（《花岗岩》Granit），鼓励孩子像威廉·迈斯特一样周游欧洲，历练视野，他们用自己的切身经验，甚至是自己所走过的弯路来为后辈的行为作出楷模（《曾祖父的文件夹》）。即使是脾气乖戾，目不识丁的祖母也在经意不经意间成为孙辈的引路人（《荒原村庄》）。此外，施蒂夫特还特别强调叔伯（Oheim）及婶婶（Tante）对甥辈的教导。《老鳏夫》或《虔诚的箴言》（Der fromme Spruch）中都讲述了年轻的主人公因为清高骄傲而在最初拒绝婚姻，却在叔父及婶婶的引导下认识到婚姻的神圣，最终走向幸福的故事。至于表兄妹之间的关系，则更为亲密。他们往往机缘巧合生活在同一屋檐下，情同手足，甚至最终总能走到缔结婚姻的大团圆结局。这种我们今日不可想象的同族之情却是毕德迈尔文学的典型素材。施蒂夫特是如此钟爱兄妹联姻这个母题，以至于因此受到诟病也不以为意。

为何毕德迈尔诗人们如此钟爱家庭的图景？在一幅田园牧歌的画面里诗人们寻求到了怎样的安慰与寄托？也许从不同的角度理解可以得出迥然的结论。消极避世抑或逃离异化都不是新鲜的论断。笔者认为所有的解释都有其存在的意义，而在此引入的观点则是田园生活是毕德迈尔作家秩序观作用下的理想场景。捷克作家米兰·昆德拉在小说《生命中不可承受之轻》中这样解释特蕾莎的“田园牧歌”情怀，可见其对现代人的生存心理依然有着庇护作用，他这样写道：“我们都是被《旧约全书》的神话哺育，我们可以说，一首牧歌就是留在我们心中的一副图景，像

[71] E. M. 福斯特：《莫瑞斯》，文洁若译，北京：文化艺术出版社，2002 年，第 272 页。

是对天堂的回忆：天堂里的生活，不像是一条指向未知的直线，不是一种冒险。它是在已知事物当中的循环运动，它的单调孕育着快乐而不是烦愁。只要人们生活在乡村之中，大自然之中，被家禽家畜，被按部就班的春夏秋冬所怀抱，他们就至少保留了天堂牧歌的依稀微光。"[72]昆德拉可谓极其诗意地阐释了毕德迈尔文学中"田园牧歌"这一反复出现的母题的意义（虽然他的小说很可能并不由此而发）。在这样一个回望天堂的自然图景中，小说中的人们受到了理性与秩序的保护。对于19世纪上半叶危机暗涌、人心躁动的浮世来说，森林与乡村成了人们最后的避难所。在那里，创世时期的秩序令人安心地被保留下来，在那里，春去秋来，斗转星移还按照古老的规则周而复始，在那里，人们离现代的、无秩序的异化最远。也许从表面看，它确实体现了诗人们逃避现实问题的懦弱心理，但纵观历史，每一次的起义与革命往往只如闪电般划过人类的天空，而亘古不变的，更具普世意义的，或者说在每一次动荡之后以不可阻挡之势执过命运之鞭的依然是毕德迈尔们曾孜孜追求的理性与秩序。这种秩序的表象是外部的田园生活，但它同时指向人们的内心，它是对人类智慧的驯化，是真正的"自由"的前提。它在每一个年代被追寻，循环往复。

1. 作为居住环境的田园生活

在施蒂夫特所处的年代，避世的田园生活同时象征希望与断念，对于田园的追求表现出当时的总体社会环境已经不再是政治信任的承载。[73] 而在毕德迈尔风格的田园小说中，家庭是最重要的场景。这里所指的家庭首先是空间概念上的，它表示个人最小的活动单位，它的对立面往往是人头攒动的都市，它包括作为"人类文化空间内的自然"[74]的森林与山谷（包括零星布于其间的村落）[75]，人们居住的

---

〔72〕转引自吴晓东：《从卡夫卡到昆德拉》，北京：生活·读书·新知三联书店，2003年，第335—336页。

〔73〕Wolfgang Matz: *Gewalt des Geowordenen. Adalbert Stifters Werk zwischen Idylle und Angst*. In: *Deutsche Vierteljahrsschrift für Literaturwissenschaft und Geistesgeschichte*. Stuttgart 1989. S. 744.

〔74〕Vgl: Benno von Wiese: *Deutsche Dichter des 19. Jahrhunders. Ihr Leben und Werk*. Berlin 1979. S. 432.

〔75〕这里将森林作为家庭的外延，是以森林为代表的田园风光与自然自18世纪以来便有其特殊的存在意义。它是在城市化、工业化进程下所谓"文明"与"文化"的对立面，是人们试图脱离政治，逃避腐化的市民生活的最佳去处。在自然中人们可以找到一个纯粹、自由、欢欣的自我。也就是说，田园景致是一个与人们日常生活相对的世界，在这个世界中反射着毕德迈尔作家对内心和外在的和平，对安宁、幸福与和谐的渴求。在这个意义上，它与狭义上的家庭（房屋）一样共同对抗着腐化没落的世界与充满威胁的社会。

房屋以及将私密的房屋空间与相对公开的森林连接起来的花园。可以说，田园是建立在家庭的基础上的。[76]

作为毕德迈尔文学的代表人物，施蒂夫特绝少描写生活在大城市的家庭。他笔下的主人公通常居住在一个局限的生活环境中(der begrenzte Lebensraum)，而这一环境往往是作者所熟悉的，从小生长于其中的森林。在这些森林居民中，可以区分出两种人。一种是真正生活在林中，世代扎根，以林业或农牧业为生的农民阶层。他们虔诚、勤劳，却缺乏基本的知识以及审美的情趣(如《林中人》中的木匠夫妇，后山的老亚当一家，俄巴底亚选择的奥地利山谷中的邻居等)。在这些人的理解中，他们没有选择地出生并生活在森林中，靠山吃山，靠林吃林，森林对于他们更多的是实用功用。此外，他们中的绝大多数从未走出过森林，因此也未受到外面的世界的浸润与压迫，可以说，他们是被森林保护的最牢的一群人，却也同时是无法体会到森林的保护作用的人："这里的居民生来就看着这四处环绕的森林，已经无法再理解它的美好了"。[77] 在毕德迈尔田园小说中，这一类人是不可缺少的布景，却并非作家特意刻画的角色。

而俄巴底亚，格奥尔格则属于另一类人。他们曾经在这个世界的很多角落做过停歇，见识过外面世界的丑陋与威胁，在他们身上，相对缩小的生活空间更能体现毕德迈尔式的保护。森林成了他们的最终避难所。这个避难所是温柔的，是不具有攻击性的，而对于生活于其中的人们它就像母亲的温暖怀抱，将丑恶复杂的都市隔于臂弯之外。同时，这一类人也更懂得欣赏森林，在其中感到由衷的幸福。格奥尔格除了教授木匠的孩子知识，"看起来似乎尤其钟爱森林。他经常会走进这片森林，他在基恩山的白桦树与榛子木间来回穿梭，或者走进这儿一带常见的赤松林。——是的，他甚至还很喜欢走进河对岸更大，更深，幅员广阔，一般来说只有伐木区和狩猎小径的森林里去。人们还惊奇地发现他会从森林往家带苔藓，他把它们漂亮地铺开，细细观赏"。[78] 曾是建筑大师的格奥尔格天性孤独内向，因为工作

---

〔76〕Ulrich Eisenbeiss：*Das Idyllische in der Biedermeierzeit*. Stuttgart 1973. S. 96.

〔77〕Adalbert Stifter：*Waldgänger*. In：Johannes John und Sibylle von Steinsdorff (Hg.)：*Adalbert Stifter. Werke und Briefe. Historisch-Kritische Ausgabe*. Bd. 3,1. Erzählungen. Erster Band". Stuttgart 2002. S. 116.

〔78〕Ebenda，S. 116.

不得不长期与人打交道。他始终没有能够在城市里找到舒适的位置，而独自归隐森林后的生活虽简朴甚至艰苦，却怡然自得。人们甚至可以在那个余味无穷的结局后继续遐想林中人在另一片森林中的生活，遐想他在绿荫与溪水的庇护下渐渐与往事和解。

在《俄巴底亚》中，施蒂夫特将幽静的森林与野蛮的沙漠对立起来。对于本就不擅交往的主人公们来说，森林便是扩大了外延的家庭（房屋）。俄巴底亚曾经生活在北非的沙漠中与虎狼为伴，还时刻受到野蛮残暴的竞争对手的威胁，这一切都是施蒂夫特一贯反对的无节制的激情与暴力的象征。遭遇洗劫后，俄巴底亚带着蒂塔迁徙到文明的奥地利山谷中，这一举动所蕴含的寻求庇护的意味不言自明。在游历了欧洲多国后俄巴底亚挑选在一处人烟稀少的山谷栖居，在那里他感到由衷的安全："他曾渴望欧洲，现在他来到了这儿。在欧洲他不会被殴打，他的财产也不会被从身边抢去。"〔79〕（当然这里的欧洲并非指巴黎、伦敦、或是维也纳这般的现代都市，而很可能正是施蒂夫特从小便熟悉的，带着家乡的安全感觉的"奥博普兰的山谷"。〔80〕）小说重写于 1847 年，古老的哈布斯堡王朝与君主制度正处于革命的门槛前，风雨飘摇的局势以及自 40 年代后半期以来日益增多的对其作品的批评声迫使施蒂夫特逃离到熟悉的波西米亚及巴伐利亚森林中，在那里，作者与他笔下同样拙于交际，惧怕人潮的主人公一样如至所归。

除了作为生活环境的森林，在毕德迈尔文学中，房屋是家庭这一形式的具体体现，是人们逃离激情与威胁的场所。格奥尔格在父母去世后放弃了法律的学习，选择成为一名建筑师。"他的心被那些独自存在，也只为自己存在，那些对他一无所求，那些他的父辈就已愉快地经历过的事物所深深吸引，因此他的心将他引领至建筑艺术。它是亡者的纪念碑，它们以独有的个性矗立于世，这些美丽的纪念碑以流芳万古的气质影响着人们灵魂的感知，在忧伤的华丽中它们指向那些已经逝去，如今和他的父母同在一处的人们"。〔81〕 建筑艺术背负着逝去的人们的灵魂，在今世，

---

〔79〕 Adalbert Stifter：„Abdias". In：Helmut Bergner und Ulrich Dittmann（Hg.）：*Adalbert Stifter. Werke und Briefe. Historisch-Kritische Ausgabe*. Bd. 1,5. Studien Buchfassung. Zweiter Band". Stuttgart 1982. S. 334.

〔80〕 Eric A. *Blackall*：*Adalbert Stifter. A Critical Study*. Cambridge 1948. S. 173.

〔81〕 Adalbert Stifter：*Waldgänger*. In：Johannes John und Sibylle von Steinsdorff（Hg.）：*Adalbert Stifter. Werke und Briefe. Historisch-Kritische Ausgabe*. Bd. 3,1. Erzählungen. Erster Band". Stuttgart 2002. S. 151.

在未来不朽，它代表了一个瞬息万变的时代中不变的因素。在房屋上寄托着人们对先人的怀想。同时，它不索求，不苛刻，而是默默地以固定、永恒的姿态为人类提供着身体与心理上的双重庇护。在作为建筑师漂泊多年后，与科罗娜的相爱与结合使格奥尔格心中升起了想要定居的愿望，他最终选择了一处靠近南部，森林环绕的土地，在那里盖起了一所漂亮温馨的小屋。在两人搬入新居后，“他将自己的收藏一一陈列出来，科罗娜则整理着其他物品。一座充满品味与秩序且宽敞明亮的殿堂就这样出现了。——如果人们能有一处地产，能将自己的财产放置其中，如果他可以说：‘我将在这儿生活直到死去，这是属于你的。’这是一个多么令人欣喜的想法！”[82]他本是孤独的，在一个熙攘的世界他是那样举足无措。科罗娜也是害羞与内敛的，她的童年奢华漫溢，她目睹了父亲对母亲的背叛，经历了众亲的嫌弃。在这样一所房子中人们有理由相信两人暂时找到了内心的平静，有理由相信两人会至死不渝地相爱，直到上天想起召唤他们的那一天。在另一部小说中，施蒂夫特同样以细腻详细的笔触为读者展示了俄巴底亚位于沙漠中的房屋，“穿过一道罗马式的凯旋门，走过两排干枯的棕榈树，人们来到一堆已看不出用途的残垣乱瓦前。人们必须爬过这些石堆，才能进到墙上的洞中，穿过这个洞人们能来到阿隆的家。”[83]（之后作者一路向里，详细描写了洞内的居室，在此限于篇幅不再列举。）那是俄巴底亚保护家人与财产，抵挡虎狼、贝都因人、柏柏尔人这些野兽与野蛮人的堡垒。在一堆外表的断石残垣中犹太人建立的舒适，甚至可以说是奢华的栖身之所，而人们必须爬过的那条通道则象征了外部世界的野蛮荒芜到自家居室的温馨安全的过渡。即便在地底下，即便为文明所不齿，人们仍然无法否认它对俄巴底亚一家的保护作用。“他（阿隆）在外被揍，从一个栖居之地被撵到另一个栖居之地，而当他回到家里，就可以享受到他的种族中那些古老的国王，尤其是那一位所罗门王所说的生命的喜悦的一切，这时他总会感到一阵强烈的，令人震颤的极乐”。[84]

---

〔82〕 Adalbert Stifter: *Waldgänger*. In: Johannes John und Sibylle von Steinsdorff (Hg.): *Adalbert Stifter. Werke und Briefe. Historisch-Kritische Ausgabe*. Bd. 3,1. Erzählungen. Erster Band". Stuttgart 2002. S. 178.

〔83〕 Adalbert Stifter: *Abdias*. In: Helmut Bergner und Ulrich Dittmann (Hg.) : *Adalbert Stifter. Werke und Briefe. Historisch-Kritische Ausgabe*. Bd. 1,5. Studien Buchfassung. Zweiter Band". Stuttgart 1982. S. 240.

〔84〕 Ebenda, S. 243.

同样，当俄巴底亚来到欧洲后，几乎与人类社会隔绝，他与女儿说着混杂着阿拉伯语与其他东方语言的只有彼此能理解的话语，并按照沙漠的习惯建造房屋。可以说，在他和蒂塔几乎与世隔绝的生活中，房屋的保护意义得到了最直接的体现。在修建之初，俄巴底亚的房屋对外是严防死守的："花园修建好后，他在周围竖起高耸坚硬的厚木板。"〔85〕在内部装潢时，"他在每道门后都上了两道锁，他在窗前竖起了坚固的铁栅栏，甚至拆去了之前花园外的厚木板，砌起了更高更密不透风的围墙"。〔86〕俄巴底亚为自己的家上了如此坚固的防护都是出于保护蒂塔的考虑，因为失明的蒂塔丧失了一切安全感："当人们抽出她握着的手，她便孤独的站在空气中，不朝任何方向前行，她的小脚战抖着，她的面容诉说着恐惧与求助。"〔87〕这是一个典型的对外部世界没有认知，没有灵魂的人的形象。俄巴底亚自己也怀疑蒂塔没有灵魂，"他不能自已，控制不住地想，也许蒂塔是痴呆的。"〔88〕随着闪电赐予蒂塔视力，俄巴底亚自身对孩子的教育意识也开始觉醒。他帮助蒂塔学习认识世界，给她鼓励，助她成长，而当他相信蒂塔已获得基本的认知，相信蒂塔已能自信地生存于世，俄巴底亚开始解除房子过多的枷锁："他扩建了他的花园，让人们拆除了花园外的围墙。"〔89〕"他又开始雇佣了许多女仆与长工。"室内同样被做了改动，原先被铁栅栏层层阻隔的窗户如今装上了"黄色的丝绸窗帘，人们可以将它往两边拉开"。〔90〕他开始慢慢卸下将女儿与世界分隔开来的障碍，房屋变得比以前明亮，开放了，或者说房屋的防护功能被渐渐弱化了。从这一区别可以看出，施蒂夫特认为越是没有理性、越是软弱、越是缺乏认识高点与判断力的人就越是需要家庭，需要房屋的保护，需要这一最小，最紧密的形式来保护自己免受异化的社会关系、野蛮化的政治诉求的侵扰。

---

〔85〕Adalbert Stifter：„Abdias“. In：Helmut Bergner und Ulrich Dittmann（Hg.）：*Adalbert Stifter. Werke und Briefe. Historisch-Kritische Ausgabe*. Bd. 1,5. Studien Buchfassung. Zweiter Band“. Stuttgart 1982. S. 303.

〔86〕Ebenda，S. 304.

〔87〕Ebenda，S. 307.

〔88〕Ebenda，S. 308.

〔89〕Adalbert Stifter：„Abdias“. In：Helmut Bergner und Ulrich Dittmann（Hg.）：*Adalbert Stifter. Werke und Briefe. Historisch-Kritische Ausgabe*. Bd. 1,5. Studien Buchfassung. Zweiter Band“. Stuttgart 1982. S. 332.

〔90〕Ebenda，S. 332 - 333.

同样，花园在毕德迈尔文学中也有相似的功能。不同的是，它是房屋与世界，或者说个人与自然的中间地带。他将人们的安全生活圈进行了有限的扩大。花园中体现的毕德迈尔式的闲情逸致是“人类灵魂中阻拦魔性与野蛮的围墙。围墙内人类可以承受的幸福郁郁绽放，围墙之外随处皆是任意妄为”。[91] 在建造好了房屋后，俄巴底亚就开始慢慢修建屋前的花园。这片“因其荒芜与贫瘠吓退了大多数人的山谷”[92]渐渐变得温馨、富饶起来。尤其是屋前的亚麻地是蒂塔最喜欢的地方，亚麻花蓝色的绽放与她蓝色的眼眸呼应，这种与人类非常亲近的植物是女孩美好灵魂的外在表征。“通过亚麻地的种植，俄巴底亚在人间与天堂间建立了通道，他的种植使两人脱离了尘世，进入了蒂塔的梦的世界”。[93] 几乎找不到比这更贴切表达花园对人类的庇护作用的象征了。俄巴底亚与蒂塔脱离的是寂寞的北非的沙漠，是带着敌意与嘲讽，不解与诅咒的仇人的世界，而读者在这篇亚麻地中找到的是一个远离尘嚣、远离政府监控的世外桃源。同样，格奥尔格也在屋前修起了小巧的花园，他引来了林泉，种起了果树，甚至若非与科罗娜的分手他已经叫人开垦了新地，想在来年扩大花园的规模。“花园应该一直延伸至森林，直到它不被察觉地融入其中”。[94] 不难想象，花园的扩建正是主人公内心安全感上升时对外部世界的小心触探。

2. 作为人文环境的田园生活

上一章节所讲到的家庭生活主要局限在田园与房屋这一空间概念，是家庭具象的、外部的表现。除了如屏障般的房屋的保护，人们还应关注家庭成员间的共处，这是田园牧歌式的生活的内涵。家庭之所以有如此庇护作用，森格勒认为是与天主教教义有关的。“在天主教统治的奥地利地区普遍将婚姻视为神圣图像。这

---

〔91〕Susi Gröble：*Schuld und Sühne im Werk Adalbert Stifters*. Basel 1965. S. 47.

〔92〕Adalbert Stifter：„Abdias“. In：Helmut Bergner und Ulrich Dittmann（Hg.）：*Adalbert Stifter. Werke und Briefe. Historisch-Kritische Ausgabe*. Bd. 1,5. Studien Buchfassung. Zweiter Band“. Stuttgart 1982.. S. 302.

〔93〕Gerhard Kaiser：*Stifter-Von Kurt Mautz dechifferiert*? In：*Antithese. Zwischenbilanz eines Germanisten* 1970—1972. Frankfurt a. M. 1973. S. 155.

〔94〕Adalbert Stifter：*Waldgänger*. In：Johannes John und Sibylle von Steinsdorff（Hg.）：*Adalbert Stifter. Werke und Briefe. Historisch-Kritische Ausgabe*. Bd. 3,1. Erzählungen. Erster Band“. Stuttgart 2002. S. 177.

是因为爱与婚姻在原则上是应该始终分开的。自然的激情在这里必须面对超自然的机构”。[95] 当然这里所谓的“爱”更多指的是原始的，非理性的激情与冲动。而家庭这种代表秩序的体制与形式可以同时在实际表意与象征意义上安抚与抑制最原始的冲动，“情欲的诅咒在这里也失去了它的效力”。[96] 在家庭中上演着个人的喜怒哀乐。这一有限的、精密的人类社会的最小形式的理想化结构反映了它所包含的族长制社会的特征与秩序，对每一个个体施加着道德的影响。他代表了田园——感伤的风格。在一个动荡不安的世界里，人们只能在小家庭中找到庇护。在最小却最亲密的团体里苦苦对抗着外部世界的各种政治、科学、经济问题。“家庭将所有它的成员团结在一个紧密的圈子里来对抗敌对的世界”。[97] 人们满足于家庭的幸福与欢愉，对政事不闻不问。从这个意义上说，对家庭的回归帮助人们摆脱了政治的抽象。施蒂夫特作品中的家庭就是这样一个典型的存在。“它是人类社会的最初细胞，因此是永恒的，不受历史约束的”。[98] 作者笔下所有的主人公都生活在极小的交际圈里，且多为家族成员间的交往。如《后代》、《老鳏夫》等，而俄巴底亚与格奥尔格更是将关系集中到了最狭义的家庭中，除了父女与夫妻关系，别无社交。格奥尔格与科罗娜因为“两人同样害羞，同样孤独的个性而互相吸引”[99]，这种日益强烈的好感促使科罗娜脱离性情乖戾的贵族妇人，投入与格奥尔格的两人世界中。婚后多年，格奥尔格的财富与名望日积月累，可是两人的交际依然非常狭窄，因为工作格奥尔格长期在外，如有时间，他便与科罗娜在家中共度：“即使在这儿他们生活得也非常孤独。即便是格奥尔格的画室也不在家中，而是分散在国土的其他各处，只为了不要打扰这一份乡野的安宁。——他们从来没有社交，也毫不关心人们的闲言碎语。——他从来不与他人往来，事实上他们只属于彼

〔95〕 Friedrich Sengle: *Biedermeierzeit Band I*. Stuttgart 1971. S. 59.

〔96〕 Friedrich Sengle: *Biedermeierzeit Band I*. Stuttgart 1971. S. 57.

〔97〕 Wolfgang Matz: *Gewalt des Geowordenen. Adalbert Stifters Werk zwischen Idylle und Angst*. In: *Deutsche Vierteljahrsschrift für Literaturwissenschaft und Geistesgeschichte*. Stuttgart 1989. S. 728.

〔98〕 Ebenda, S. 730.

〔99〕 Adalbert Stifter: *Waldgänger*. In: Johannes John und Sibylle von Steinsdorff (Hg.): *Adalbert Stifter. Werke und Briefe. Historisch-Kritische Ausgabe*. Bd. 3,1. Erzählungen. Erster Band“. Stuttgart 2002. S. 166.

此。”[100]只属于彼此，只在自己的小家庭中他们才感到自在，感到安全。同样，当俄巴底亚选定落脚之处后，便悄无声息地破土动工，修建房屋，而邻村的居民竟然是在去教堂的途中才得以发现在那片无人居住的山谷中竟建起了房屋和花园。俄巴底亚用高高的木板挡住邻居好奇的目光，而人们也渐渐习惯了这个变化，仿佛它原本如此，因为“那位主人从不出门与他们打交道，也未给他们留下任何谈资。[……]俄巴底亚来到欧洲大陆的目的——拥有自己的住处，已经达到，如今他只是完全单独地与蒂塔坐在一块儿”。[101]

那么，这样的家庭观建立在怎样的基础上？在前文已经有所分析，它建立在一个有爱的前提下，而婚姻是维护爱的唯一可能。这是毕德迈尔保守的感情观的唯一信仰。施蒂夫特在绝大多数作品中向我们展现了一个个典型的毕德迈尔式的家庭生活模式。翻看施蒂夫特的全集，不难看出家庭完整、婚姻美满的人们与漂泊流浪、或是经历家庭解散的人们之间截然不同的命运。他在《晚夏》中为主人公海因里希创造了一个世外桃源式的家庭，它虽然隐蔽在远离尘嚣、远离人际往来的森林深处，却比海因里希游学三年所去过的任何大都市都要来的安全、纯净，因为在那个家中，有着他挚爱的未婚妻娜塔莉，有他的精神导师里塞克男爵与马蒂尔德夫人，也有与他感情亲密，仿佛异卵同胞的弟弟古斯塔夫，这是一个比《林中人》，比《俄巴底亚》都更理想化、更完整的家的形态。

然而，施蒂夫特对生活，对家庭的探索并未就此止步，因为即便爱再长久，也会随着所爱之人的死亡而消散，家庭再稳固，也会因为死亡的降临而解体。这便是笼罩在毕德迈尔市民心中对于流光易逝的喟叹和感伤。如何使家庭的结盟延续下去，这里触及到的是毕德迈尔文学，尤其是施蒂夫特作品中家庭最核心的部分：孩子。“孩子与老人间的互动关系是典型的毕德迈尔传统”。[102]“孩子身上也会时时

---

[100] Adalbert Stifter: *Waldgänger*. In: Johannes John und Sibylle von Steinsdorff (Hg.): *Adalbert Stifter. Werke und Briefe. Historisch-Kritische Ausgabe*. Bd. 3,1. Erzählungen. Erster Band". Stuttgart 2002. S. 179.

[101] Adalbert Stifter: „Abdias". In: Helmut Bergner und Ulrich Dittmann(Hg.): *Adalbert Stifter. Werke und Briefe. Historisch-Kritische Ausgabe*. Bd. 1,5. Studien Buchfassung. Zweiter Band". Stuttgart 1982. S. 303 - 306.

[102] Vgl: Alexander Stillmark: *Der Waldgänger. Stifters Rückblick auf die verlorene Zeit*. In: *Stifter und Stifterforshcung im 21. Jahrhundert*. Tübingen 2007. S. 213.

散发出神性”。[103] 只有通过一代代的后裔传承，家庭的形式才得以对抗时间的洪流，不为其吞噬。“血亲联系是对抗个体永恒的短暂性的唯一办法”。[104]

格奥尔格和科罗娜是特殊的，出众的才华，惊人的美貌，以及由此带来的似乎可以被理解的骄傲和清高使他们明显跳脱于周围的社交圈。他们对对方的爱深刻隽永，仿佛两人只需为对方存在，只需陪伴对方左右。他们是如此与众不同，以至于他们必须承受无子女的命运，不然就仿佛被世俗的幸福和价值同化了。他们的爱又是如此密不可分，以至于无法再插入第三个人，哪怕是“美丽的，有着金黄色卷发的天使般”[105]的后代。“两人就这么一直生活下去，他们被拒绝的愿望依然未能实现”。[106] 小说行将结束，读者以为这便是格奥尔格与科罗娜最后的背影了，两人互相扶持，互相依靠，在即便没有孩子的家庭中坚持携手到老。遗憾的是，故事并没有这样结束。当格奥尔格深色的发丝间出现了斑白，当科罗娜美丽的面容上生出了细小的纹理，当衰老的迹象如期而至，科罗娜崩溃了。这样和谐爱慕的两人世界依然无法给与他们足够的力量来对抗整个毕德迈尔社会对于家庭和孩子的崇拜：孩子是神圣婚姻赐予人类的最大礼物，它是徜徉在爱中的美的法则的启示，这一观念在科罗娜的独白中表露无遗：

> “格奥尔格，你几乎已是一个完美的人，除了我们的境遇所亏欠你的。但是也许这还是取决于我们自己。人类最初的权力与最神圣的义务，便是生育孩子。正因如此上帝怀着无尚喜悦使两性结合，除此之外不存在更令人欢欣满溢的事。我们看到那些最粗俗的人，当他们有了孩子，便抛下了世上的其他一切，全心全意为孩子效劳。——是的，甚至在危险时为了挽救孩子而抛弃自己的生命。年轻的生命向前延续，年老的生命渐渐消逝，年轻的生命被唤起，

---

[103] Friedrich Sengle: *Biedermeierzeit Band I*. Stuttgart 1971. S. 20.

[104] Vgl: Wolfgang Matz: *Gewalt des Geowordenen. Adalbert Stifters Werk zwischen Idylle und Angst*. In: Deutsche *Vierteljahrsschrift für Literaturwissenschaft und Geistesgeschichte*. Stuttgart 1989. S. 728.

[105] Adalbert Stifter: *Waldgänger*. In: Johannes John und Sibylle von Steinsdorff (Hg.): *Adalbert Stifter. Werke und Briefe. Historisch-Kritische Ausgabe*. Bd. 3,1. Erzählungen. Erster Band“. Stuttgart 2002. S. 173.

[106] Ebenda, S. 180.

完成它被赋予的使命。这是多么神圣,多么全能的生命的搏动!每一个全新的生命看到的都是崭新的世界,正因如此世界才如此美好。当他生活着,他坚定地认为生命此刻刚刚开始,当他衰老,他在孩子的绽放与起航中再次绽放与起航——当生命不知不觉地停止,当他去世,在孩子身上他又一次开始新的生活。"[107]

这是《林中人》中科罗娜向格奥尔格提出离婚时的自白。孩子在她的心中占据着至高无上的地位,她无法将那幅天使的画像从心中抹去。孩子代表着生命的传承,它还代表了成人已失去的,或是已无法理解的一切美好。孩子的存在使成年人相信这种美好可以永存,他们的身上承载了一切乌托邦式的幻想。因此科罗娜将子女的缺失视作无法原谅的罪责,视作为人的渎职。格奥尔格被妻子的提议惊得失去主张,"一定不是你说的这样的"。[108] 他反复强调着,却无法坚定地驳斥妻子,科罗娜的话同样触动了他深埋心中的认识。"在那个年代,将孩子视为无可替代的宝物并不仅仅是妇女的专利。为了平衡没有完成生儿育女的责任,施蒂夫特本可以以天主教徒的身份暗示婚姻的不可解除,使整个故事更为人性化。可是他并没有这样做"。[109] 相反,他令笔下的主人公为心中的梦魇所蛊惑。虽然在小说结尾施蒂夫特以作者的插人评论点出了两人对命运的误解,但这何尝不是一次纸上谈兵的点评?可以说,夫妻两人的观点正是毕德迈尔市民的普遍价值取向,也是施蒂夫特本人的价值取向。(不难想象两人的故事若是放在当今会有多么不同的结局)在谈到《林中人》时,许多学者也揭示了这部小说对作者生平上的意义,它被视为施蒂夫特的赎罪之作。因为在自己的真实生活中,他也许也曾因为同样的困境而产生过与阿玛丽娅离婚的念头。《林中人》创作于1846年,巧合的是同样在1846年好友赫克纳斯特的母亲去世,在给友人的信件中施蒂夫特这样安慰道:"人会死,这是自然法则。但如果他真正地生活过了,如果他的衰老在孩子身上得以称颂,那么

[107] Adalbert Stifter: *Waldgänger*. In: Johannes John und Sibylle von Steinsdorff (Hg.): *Adalbert Stifter. Werke und Briefe. Historisch-Kritische Ausgabe*. Bd. 3,1. Erzählungen. Erster Band". Stuttgart 2002. S. 186 – 187.

[108] Ebenda, S. 190.

[109] Friedrich Sengle: *Biedermeierzeit Band III*. Stuttgart 1980. S. 969.

他便没有完全死去。因为在孩子身上记忆会继续传承，直到它在孙辈与曾孙辈那儿逐渐泛白。正因如此世界才总是以一个新鲜、原始、庄严的整体存在于斯，仿佛昨天它才从造物主的脑海中跳显一般”。[110] 作家的创作意图由信件便可见一斑。

在另一部小说《俄巴底亚》中，妻子黛博拉常年不孕后生下女儿蒂塔，看似俄巴底亚摆脱了膝下无儿的命运，但是蒂塔的生命却如此短暂，她的离去亦如此突然，以至于完全有理由将俄巴底亚与格奥尔格同归于那一类缺少子女，至少在晚年缺少子女陪伴的人。在小说中，蒂塔是一个具有深刻象征意义的角色，她是父亲俄巴底亚的一个反照。那些俄巴底亚所缺失的，人们都可以在他生命的延续——女儿蒂塔身上找到。俄巴底亚拥有肉体的视力，却缺少心灵的眼睛，读者看到他曾一度忽视自己预言者的天赋，追求物质享乐，即便对于蒂塔的教育，他亦置若罔闻："他并没有展开可以开发智慧与生活的教育，而是想到了一个完全不同的念头，那便是他要在孩子身上堆积巨大的财富，这样若有一天他死了，孩子可以用这些财富买到护理她的手与爱她的心”。[111] 相反，虽然肉眼失明，蒂塔的“心眼”却是开明的，在她获得视力前，她的安全感全来自于通过触觉对空间和物体的感知，以及通过听觉从父亲(唯一的人)这里获取对世界的认识。当一道神奇的闪电赋予她视力后，她获得了一种全新的感官体验。施蒂夫特详细描写了俄巴底亚教授蒂塔用眼睛认识世界的过程，在这里作者想要表达两层含义：其一，俄巴底亚在这件神圣的意外之后彻底放弃了对财富的追求，而拾起了被他忽略多年的教育，随着女儿的眼睛获得光明，他的灵魂也被光明普照，这是“他自己的灵魂的重生”。[112] 在孩子身上，俄巴底亚童年时的缺憾得到补偿，被他忽略的预知者的天赋也因此获得释放。人们可以说，在那短暂的几年间，俄巴底亚为人的任务因为女儿而得到圆满。其二，在蒂塔这个孩子的形象上展现着自然最完整的状态，这是时代赋予孩子的象征意义，它

---

[110] *Brief an Gustav Heckenast. Wien, Januar oder Februar* 1846. In: Adalbert Stifter: *Die Mappe meines Urgroßvaters, Schilderungen, Briefe.* München 1995. S. 668.

[111] Adalbert Stifter: *Abdias.* In: Helmut Bergner und Ulrich Dittmann (Hg.): *Adalbert Stifter. Werke und Briefe. Historisch-Kritische Ausgabe.* Bd. 1,5. Studien Buchfassung. Zweiter Band". Stuttgart 1982. S. 313.

[112] Gerhard Kaiser: *Stifter-Von Kurt Mautz dechiffeniert?* In: *Antithese. Zwischenbilanz eines Germanisten* 1970—1972. Frankfurt a. M. 1973. S. 157.

与成人的"入世存在"(*In-der-Welt-Sein*)形成鲜明对比。[113]"自18世纪以来'孩子'就代表了人们理想中以返璞归真之势出现的不自知的完整形态。它在未来投射了一个雌雄同体的幻想"。[114]也就是说孩子身上融汇了两性特征,它柔化了任意一边的极端,这从孩子一词的中性属性上便可得以证明。同时,这种融合并不仅仅是生理上的。在孩子身上,自然与文化,个人与世界无隙而美妙地共处一室,一切矛盾在这混沌纯洁的个体中隐去了棱角,达到和平而永恒的共处。而正由于蒂塔比其他孩子多经历了失明这样一个阶段,她对世界的感知与理解以一种尤其融合的姿态得到展现。蒂塔的世界画面是通感的,是最完整的。

在这个更安全、更永恒、也更生动温暖的世界里,俄巴底亚与蒂塔本应长此以往地生活下去,忘记一切仇恨与欲望。然而第二道闪电顷刻划破了这片宁静。孩子在家庭中的角色如此重要,使得施蒂夫特只用只言片语便向我们道明了失去女儿的俄巴底亚的命运。他又一个人活了三十年甚至更多,像格奥尔格一样;在小说初版中,人们看到老人每天坐在太阳下,玩弄着衣服的褶皱,像每天出门搜集蝴蝶或苔藓的格奥尔格一样(这是一种在常人眼中碌碌无为的生活);有一天人们不再看到俄巴底亚的身影,他的房前多了一座新坟,像孩子离开八个星期后杳无踪迹的格奥尔格一样。施蒂夫特一次次向读者证明,孩子的缺失,是毕德迈尔作家所如此看重的家庭生活中最大的承重的倒塌,它代表了本应按部就班循环下去的家族规律彻底断裂。秩序被打破了,这也是家庭的破碎,主人公避无可避的遗世独立的命运的起因。

3. 小结

如上文提到,19世纪全欧洲皆笼罩在拜伦式的悲天悯人的氛围下。"普世悲伤——这一后唯心主义时代人们精神——世界观危机的表达渐渐成了一个令人费解的概念,它表达了自我与世界间基本且主观的矛盾:它的范围广泛,包括由悲观主义哲学而生的对尘世的哀叹,因政治——社会现状,具体说即是梅特涅领导的复

---

[113] Roland Schneider: *Naturgestalten. Zum Problem von Natur, Kultur und Subjekt in den Erzählungen Joseph von Eichendorffs und Adalbert Stifters*. Marburg 2001. S. 175.

[114] Eva Geulen: *Worthörig wider Willen. Darstellungsproblematik und Sprachreflexion in der Prosa Adalbert Stifters*. München 1992. S. 127.

辟时期的社会现状所导致的不满与痛苦；个人对生命的倦怠与厌恶之感，对生存荒谬之感悟等”。[115] 在施蒂夫特的小说中这种普世悲伤的情怀表现为幸福的无常，自然的喜怒不定，人类的漂泊。为了抵抗这种虚无主义的威胁，为了不要孤独地面对敌对的世界与荒谬的人生，人们逃到家庭的庇护中。因此毕德迈尔的文学并非都市文学，而是田园文学，是乡村文学，对这一主题的偏好并非是出于庸民的无知，人们也不应批评毕德迈尔使人们蒙蔽了双眼看不到社会的危机，恰恰相反，正是因为他们看到了危机，才“洁身自好”地躲进家庭的屏障中。毕德迈尔作家们憎恶暴力与过激，他们选择的方式更自我，更内敛。房屋与森林在毕德迈尔文学中获得了保护的象征意义，它在人与纷乱的世界间竖起一道墙，墙外的世界纷乱嘈杂，激情横行，墙内的田园充满秩序，是人们回望天堂的最后场所。毕德迈尔式的家庭建立在忠诚、互相信任的爱的基础上，家的最高理想与寄托是孩子，孩子的诞生为易逝的生命带来了传承的希望与安慰，失去孩子的家庭在施蒂夫特看来是悲剧的，它使得人类不得不面临着终级的孤独与结束。这在他自己的命运中也得到了印证。[116]

---

[115] Johann Lachinger: *Schreiben gegen den' Weltschmerz'. Adalbert Stifter im Horizont von Byronismus und Skeptizisismus*. In: *Adalbert Stifters schrecklich schöne Welt*. Antwerpen 1994. S. 17—18.

[116] 施蒂夫特与阿玛丽娅的婚姻始终未能带来子女，但他并不甘心放弃子女所能为生活带来的福音。夫妻俩先后领养了阿玛丽娅的两个侄女就是最好的证明。可是两次领养都是不幸的，1859 年 3 月约瑟芬(Josephin)死于结核病，同月自幼叛逆不羁的尤利亚娜(Juliana)在又一次与养母发生争吵后离家出走，几天后被人发现溺死在水中。养女们的先后离世为施蒂夫特带来沉痛的打击，之后的岁月他愈加郁郁寡欢，在与友人赫克纳斯特与露易丝·封·艾兴多夫(Louise von Eichendorff)的通信中他曾流露出深深的自责与悔恨。在那之后夫妻俩领养了阿玛丽娅的另一个远方亲戚卡特琳娜(Katharina)做养女，但是对方又丑又笨，施蒂夫特终究没能以父女之爱对待她，女孩后来成了年迈夫妻的女仆。

“被解除的变形”——埃利亚斯·卡内蒂的戏剧理论初探

„Entwandlung“: Eine Untersuchung zu Elias Canettis Dramentheorie

张克芸

内容提要： 英籍德语作家埃利亚斯·卡内蒂虽然以小说《迷惘》获得1981年的诺贝尔文学奖，但作家一直强调，他全部创作的核心乃是戏剧，假如人们不了解他的戏剧作品就无法理解其所有的创作。本文对卡内蒂散见于随笔、采访和讲话中的戏剧概念进行梳理，以期勾勒出一个较为完整的卡内蒂的戏剧理论，并结合他的代表作《虚荣的喜剧》分析其理论在剧本中的实际运用及效果。在卡内蒂的戏剧理论中，“变形”是其核心思想，而“类型人物”和“声学面具”是表现手段。在《虚荣的喜剧》中，他以一成不变的“类型人物”推演他的奇思妙想，用呆板的“声音面具”塑造直线型的“类型人物”，最终展现在世人面前的是一个充斥着呆板人偶的彼此隔绝的世界——一个“被解除了变形的”世界。表面看起来，作为核心思想的“变形”同其他三个理论概念以及作家的剧本实践自相矛盾。但这正是卡内蒂戏剧理论所揭示的要义：用极端僵化人物从外部探照我们这个被技术文明去魅的、“被解除了变形的”世界。

关键词： 卡内蒂，戏剧理论，“变形”，“声音面具”，《虚荣的喜剧》

一、“变形”

“我不想知道(wissen)我的过去,我只想成为(werden)我的过去。”[1]

——埃利亚斯·卡内蒂

1. 卡内蒂的神话观

“变形”[2]是卡内蒂戏剧理论的核心思想。而要理解卡内蒂的“变形”理论,必要先对他的神话观进行梳理。卡内蒂对“变形”的体会始于十岁时阅读古斯塔夫·施瓦布所著的《希腊的神话和传说》。在自传《获救之舌》中卡内蒂生动回顾了幼时阅读法厄同、普罗米修斯、美狄亚等希腊故事的体会。自幼年时候起,卡内蒂整个一生从未中辍过对神话的阅读。作家晚年曾在随笔中反思:“究竟何事令你对神话如此着迷?”[3]那谜底正是“变形”。

在所有神话人物中,卡内蒂对机智多变的奥德赛评价最高,称其为“完满而充实的榜样”。[4] 奥德赛的形象最后也进入小说《迷惘》中。即使在《群众与权力》这本学术性的社会学著作中,也不乏希腊神话里的诸多“变形”故事。[5] 此外,奥维德的《变形记》对卡内蒂的神话观影响颇深。卡内蒂认为,奥维德不满足于在书中仅仅分析各种变形故事,而是去感受变形。[6] 感受,正是卡内蒂对神话的基本态

---

[1] Elias Canetti: *Das Geheimherz der Uhr. Aufzeichnungen* 1973—1985. Frankfurt am Main: Fischer Taschenbuch Verlag GmbH, 1990, S. 69.

[2] 关于 Verwandlung 的汉译,本文没有采用冯文光、刘敏、张毅译的《群众与权力》中所使用的“转变”一词,而是采用了卫茂平教授在《中国对德国影响史述》中所使用的“变形”。笔者认为,卡内蒂对人类起源传说、希腊神话故事(奥维德《变形记》)以及动物世界的研究,正是着眼于人与动物之间的变形,诸神在动物和植物界之间的千变万化。况且,卡内蒂明确说过自己的变形思想受到卡夫卡的影响,参见卡内蒂的讲话集,Aufsätze Reden und Gespräche. S. 115. 卡内蒂二十多岁时读过卡夫卡的小说《变形记》,参见 Sven Hanuschek: *Elias Canetti*. Biographie. München Wien: Carl Hanser Verlag, 2005, S. 606. 因此 Verwandlung 一词译为“变形”更贴合卡内蒂本人的思想。

[3] Elias Canetti: *Aufzeichnungen* 1992—1993, München Wien: Carl Hanser Verlag, 1996, S. 72.

[4] Elias Canetti: *Die Gerettete Zunge*. Frankfurt am Main: Fischer Taschenbuch Verlag GmbH, 1979, S. 116.

[5]《群众与权力》中卡内蒂详细分析了《奥德赛》里聪明的海中老人普罗透斯的变形故事。为逃脱斯巴达国王墨涅拉俄斯及其同伴的纠缠,普罗透斯变化为狮、蛇、豹、猪、水、树等。但无论其如何千变万化,最终都被对手挫败。卡内蒂将这种徒劳的逃跑变形称作“圆周式的变形”。参见:埃利亚斯·卡内蒂:《群众与权力》,冯文光、刘敏、张毅译,北京:中央编译出版社,2002 年,第 241—242 页。

[6] Elias Canetti: *Die Gerettete Zunge*. S. 116.

度，即，不把神话当作封闭的整体去做体系化、程式化的研究，而是切身体会那“古老的、解放性的变形气息”。〔7〕因此卡内蒂坚决反对列维—斯特劳斯的神话研究方法。后者把结构主义运用到神话研究，以寻求神话中普遍有效的结构和原则。卡内蒂研读了斯特劳斯的四卷本《神话学》，认为后者的神话研究把神话切割后，按照体系重组，反而破坏了神话。卡内蒂比喻说，列维·斯特劳斯对神话进行收集、分类、整理的所谓科学方法，犹如将花卉榨干水分后一片片夹进书中，分门别类。在卡内蒂看来，“神话恰恰是体系的反面”。〔8〕列维—斯特劳斯的“体系追求”，导致他的神话研究只剩下干枯的结构。〔9〕卡内蒂和列维—斯特劳斯两者对神话不同的工作方法，正如卡内蒂研究专家达格马·巴尔瑙夫所言：

> 列维—斯特劳斯关心的不是主体间性（Intersubjektivität）、跨文化之间的影响和成果，流变和转变，而是一些结构——习俗、睡梦、游戏等，一堆可以任由选择组合的元素。[……]卡内蒂对语言的兴趣不在于其体系，而在于涉及谈话对象的言说行为本身；神话也如此，吸引卡内蒂的不是体系，而是其作为发出者本身的意义构建和理解。〔10〕

由此可以看出，卡内蒂看重的是现代人跟神话的精神交流和切身体验，是流动的相互作用的过程，而非所谓科学的体系建构。列维—斯特劳斯的结构和体系正是理性和科学高度发达的成果。卡内蒂则质疑现代社会冷冰冰的技术和知识领域的专业化。因此他视亚里士多德为神话的敌人，是“无梦的思想家”，并称其为“杂食动物，向世人证明，只要把万物分类就能将它们全部收入腹中。”〔11〕亚里士多德的世界取缔了梦境与非理性存在的合法性。亚氏对神话的否定态度和卡内蒂对神话的痴迷代表了欧洲知识分子两种截然不同的世界观。

---

〔7〕Elias Canetti:*Aufzeichnungen.* 1942—1985. München Wien: Carl Hanser Verlag, 1993, S. 352.
〔8〕Ebenda, S. 352.
〔9〕Elias Canetti:*Aufzeichnungen* 1992—1993. S. 68.
〔10〕Dagmar Barnouw: *Elias Canetti*. Stuttgart:Metzler, 1979, S. 56 - 60.
〔11〕Elias Canetti: *Die Provinz der Menschen*. Frankfurt am Main: Fischer Taschenbuch Verlag GmbH, 1976, S. 46.

早在公元前6世纪开始，希腊人就以代表人类理性思考的哲学替代神话认识自然、解释自然。人们不再满足于神话世界观对于自然和人自身的解释，试图借助于人的理性探求世界的奥秘，以哲学思考实现智慧追求。于是人神分离，人要“认识你自己”，获得主体性。到了启蒙时代，科学与理性得到进一步激发。哥白尼、伽利略、牛顿、开普勒等人的科学发现和科学假说以及笛卡尔和帕斯卡等人的数学贡献，大大增强了人类认识世界和自身的信心。人们摆脱了所有的禁忌，把一切当作认识的对象。培根的名言“知识就是力量”曾经响彻寰宇。人类满怀希望地要借助理性的明灯去照亮隐匿在黑暗中的自然以及世界的真相，用人的理智在科学的帮助下寻找出自然运动的普遍规律，希图借助启蒙这一工具，以使每一种自然事物得以再现或可被预测。于是，“对启蒙运动而言，任何不符合算计与实用规则的东西都是值得怀疑的。”〔12〕在人类的科学理性面前，思考替代了想象力，一度曾被人类敬畏的神秘自然界失去了魔力。由科学和技术产生的智力的理性化为自然去魅，如韦伯所说，“再也没有什么神秘莫测、无法计算的力量在起作用，人们可以通过计算掌握一切。”〔13〕神话的世界让位于理性、普适法则和结构。神话的世界黯然失色，隐隐消失，强大的人类理性高调登场。同时，对时代命脉最为明锐的文学家们又纷纷在神话的故园中寻求医治现代文明弊病的良方。

我们考察一下Mythos一词的意义，不难认识到现代技术在给我们带来科学知识的同时，正与Mythos的本意渐行渐远。首先，从普通语言使用上看，Mythos有两个含义：一、源自一个民族的远古时代流传下来的文学创作、传说、叙述作品等，主要关于神祇、妖魔、世界的产生和人类的起源等。二、（大多出自模糊的、非理性的想象）被颂扬的具有传奇色彩的人、物或者事件。〔14〕以上两个义项都强调了Mythos的“非理性”以及“想象”在人们认识和解释世界的实践中的重要作用。其次，从文学术语上考察，Mythos分为三类：一、源于对现实的想象，如神祇创世、人类起源和对自然现象进行解释等；二、具有半真实色彩的神话，其内容关乎历史

〔12〕霍克海默、阿多诺：《启蒙辩证法》，渠敬东、曹卫东译，上海：上海人民出版社，2003年，第4页。

〔13〕马克斯·韦伯：《学术与政治》，冯克利译，北京：北京外文出版社，1998年，第29页。

〔14〕*Duden Deutsches Universal Wörterbuch*. Mannheim; Wien; Zürich: Dudenverlag, 1989, S. 1048—1049.

上的战争和英雄人物，常常同神祇的神话交相融合，由想象加工而成；三、完全出自想象的毫无根据的神话，比如近代以操纵群众为目的而编造的一些政治伪神话。对神话的阐释也有两种方向：其一，如早期基督教对神话采取的冷静理性的态度；其二，对神话采取带情感色彩的非理性态度。这是因为人们"所渴求的非理性的、诗意的、统一、完整的世界图像遭遇理性世界的文明进程"，于是文学家们依靠神话提供的解读世界的素材宝库，"不仅采用单个的神话象征，而且对整个神话体系接收、丰富、更新，对其进行文学构造，如希腊悲剧、荷马史诗，奥维德的《变形记》等，制止理性为世界去魅"。[15] 无论是歌德、浪漫派的众多作家、黑贝尔、瓦格纳、豪普特曼、托马斯·曼、赫尔曼· 布洛赫还是霍夫曼斯塔尔，他们都在作品中流露出对神话世界的眷恋。在这个意义上，卡内蒂跟他们是同路人。

现代人对神话的呼唤，是对意味着"理性"（Vernunft）和"算计"（Berechnung）的 Logos[16] 的反抗。启蒙消除神话，用知识代替想象。神话里那个充满奇幻魔力、模糊神秘的世界消失了，取而代之的是被人们的理性思维条分缕析、分门别类后的有序世界。神话里那些不朽的、绵延的、活生生的元素被抽象为所谓普适的理论和法则。然而，在对世界去魅之后，科技成果以及理性统治世界的结果却直接导致人们生活在一个冷冰冰的、固化的世界中。表面上技术进步带给我们安全感，但这个安全感不堪一击。1912 年轰动世界的泰坦尼克号的沉没给笃信技术的人们以沉重打击。事后，泰坦尼克号的军官说："我们当时信心十足，这以后我们不会再如此自信。"[17]卡尔·克劳斯在《泰坦尼克号》一文中写道："人们再无法相信工程师们的轮船。他们把上帝出卖给了机器。"[18]卡内蒂在《获救之舌》中记录了 7 岁时获悉此事的经过和震惊的感受。[19] 的确，人们再难像上世纪初那样对技术进步毫无疑虑，踌躇满志。现代科技的发展带来的一系列的生态、伦理、社会问题，"使我们认识到我们技术合理性的极限"。[20] 于是，我们也不难理解，卡内蒂会在随笔

---

〔15〕 Vgl. Gero von Wilpert：*Sachwörterbuch der Literatur*. Alfred Kröner Verlag. 2001. S. 541—542.

〔16〕 *Duden Deutsches Universal Wörterbuch*, S. 963.

〔17〕 转引自 Hermann Glaser：*Kleine Kulturgeschichte Deutschlands im 20. Jahrhundert*. München：C. H. Beck Verlag，2002，S. 36。

〔18〕 Ebenda.

〔19〕 Elias Canetti：*Die Gerette Zunge*. S. 62.

〔20〕 伽达默尔：《科学时代的理性》，薛华译，北京：国际文化出版公司，1988 年 12 月，第 74 页。

中写道："人们穷极无聊地从那些张口就谈亚里士多德的人面前走开。科学难道就这么彻底失败了？"〔21〕

此外，失败还体现在现代科学带来的分工和隔离。科学追求的是自然的普遍性，"每个事物都划入到同类物质之中，于是，科学的对象变得僵化了。"〔22〕自然被去魅(Entzauberung)成为科学的对象，世界在变得僵化的同时也就被"解除了变形"(Entwandlung)。对精确知识的追求，使人类对自己的领域进行分工，这不可避免地推动了专业化和效益化。人被迫沦为工具。如此的现代文明催生的是机械人、体系人、结构人。正如卡内蒂 1960 年在笔记中所写："你仅还剩下结构而已。你是以几何形式出生的呢？还是时代抓住你，把你硬塞进它那无可救药的平直的模版？你再也无从认识那个大秘密——那个最遥远的路途的秘密？"〔23〕那个人类的秘密，那个追溯到远古时代的人类先祖的秘密，那神话世界中人类"变形"的天赋，它是"人类最本真、最神秘的部分"。〔24〕

如是观之，卡内蒂的神话观正是对技术文明的质疑。"技术最危险之处在于：它使人类远离其本质，远离人类的真正所需。"〔25〕理性把人从听天由命的状态解放出来，却又将人置于异化劳动的境地。理性从解放人的工具转变成奴役人的枷锁。现代人如同俄狄浦斯，看似聪明地逃避着神谕的厄运，其实依然无可避免地采取着毁灭自己本源的行为。人类的行为看似理性其实正如俄狄浦斯一样盲目。卡内蒂要撇开被理性烛照的所谓知识世界，去往神话的非理性王国，回溯到人类的本源。"我不想知道我的过去，我想成为我的过去。" 这便是卡内蒂的"变形"愿望。

2. 卡内蒂的"变形"观

1）人类"变形"的天赋与僵化的现实

卡内蒂的"变形"理论，其最初的灵感和启发来自于欧洲古代的神话故事。除了神话之外，卡内蒂的"变形"思想还得益于原始部族的人类起源传说、狩猎仪式以

---

〔21〕Elias Canetti：*Aufzeichnungen* 1992—1993. S. 25.

〔22〕伽达默尔：《科学时代的理性》，第 74 页。

〔23〕Elias Canetti：*Die Provinz der Menschen*. Frankfurt am Main：Fischer Taschenbuch Verlag GmbH，Februar 1976，S. 245.

〔24〕Elias Canetti：*Gewissen der Worte*. Frankfurt am Main：Fischer Taschenbuch Verlag GmbH，1981，S. 276.

〔25〕Elias Canetti：*Die Provinz der Menschen*. S. 66.

及世界各国的变形神话。以下将分别叙述之。

首先，人类起源传说：

卡内蒂对澳大利亚人的人类起源传说尤为感兴趣。关于先祖的传说中有许多变形的故事：他们是半人半兽，或半人半植物。卡内蒂在《群众和权力》中第九章《变形》里引用了澳大利亚中部的北阿兰达人的两则神话。在一则神话中，先祖于沉睡中腋窝下生出袋鼠，然后生出状如牛鸣器的物事，这物事化作人形。先祖以此方式生出了许多儿子，他们以袋鼠为食。在另一则神话中，沉睡中的先祖其右腋窝里生出白色幼虫，虫子落地成人形，迅速生长。这些最初的人类可以在人形与虫形之间随心所欲来回转变。[26]

其次，原始部落的狩猎仪式：

卡内蒂在《关于动物》一书中讲述了生活在北美洲的印第安部落曼丹人的水牛舞：因部落弱小，曼丹人遭强敌环伺，因此不敢远离驻地去狩猎。遭遇饥馑时，族人就拿出早已准备好的水牛皮和水牛角，将自己装扮成水牛，并通过水牛舞将真正的水牛吸引过来。男性们头顶水牛头，手拿弓箭和长矛，伴随着隆隆的鼓声舞蹈。唱歌声、喊叫声不绝于耳。舞蹈者的外围也有戴着面具的村民，他们手持武器，随时准备替换场上疲惫的舞蹈者。而被替换者则类似于被猎获的水牛，倒伏于地，由族人抬走，做完剥皮分肉的动作后，才放他离去。卡内蒂在这种原始舞蹈的表现形式上，在这个原始部落的狩猎方式里发现了"变形"：舞蹈者既扮演水牛，同时又是手持武器的猎手。舞者在场上扮演兽，被替换离场时则扮演猎物。[27]

再次，亚洲神话中的"变形"故事：

除了欧洲神话，卡内蒂还阅读过亚洲各国的神话传说。卡内蒂在随笔中记录过中国的"变形"故事，情节类似于聊斋中的《画皮》，只不过将鬼换做了虎：虎披上美女人皮，坐于路口等待猎物。过路书生问女子何以独身枯坐于此，女子自言遭逢不幸，书生怜悯之余，纳其为妾。夜里，虎脱去人皮，原形毕现，撕开书生胸膛，噬其

〔26〕埃利亚斯·卡内蒂：《群众与权力》，冯文光、刘敏、张毅译，第244—248页。
〔27〕Elias Canetti：*über Tiere*. München Wien：Carl Hanser Verlag，2002，S. 22—23.

心，随后跳窗逃之夭夭，屋中唯留一张光鲜耀眼的人皮。[28] 卡内蒂还熟知一则印度故事《虎皮驴》。洗衣工为了养活驴，便给它披上虎皮，趁着夜色拉到别家的农田里吃食。守田人身披灰衣，手持弓箭，徐徐接近“虎”伺机歼灭之。假虎却把伪装的猎手误为灰色母驴，发出驴叫向其奔去。猎手辨出驴声，遂射杀了这只假扮老虎的驴。[29] 在此需要指出的是，卡内蒂所指的“变形”既指原始神话里彻头彻尾的“变形”，也包含了利用面具、服饰等的伪装，这对卡内蒂来说也是一种“变形”。还有一则格鲁吉亚的变形故事，也为卡内蒂所津津乐道：恶魔抓住某男孩，强迫他习得种种本领后将其囚禁。男孩为逃脱师傅控制，化作鼠从门缝里逃出，师傅即变作猫追赶。徒弟变鱼跃入水中，师傅则化作网紧随其后。徒弟变野鸡，师傅则成老鹰。眼看师傅就要得手，徒弟立即化作红苹果落入国王怀中，师傅马上变成国王手中刀，国王正要切开苹果，苹果却成了一堆小米。师傅变身为谷堆前的母鸡，带着鸡仔啄食米粒。最后一粒米在紧急关头化为一颗针，母鸡立即变成穿在针孔里的线。线骤然间燃烧起来，师傅来不及变身遂被烧死。针重新变回男孩，回到父亲身边。[30] 不难看出，这则故事里的“变形”是为了逃脱优势强力的压制而获得自由，这也是卡内蒂在《群众与权力》中对“变形”的阐释。

卡内蒂用原始部族的人类起源传说和狩猎方式证明，“变形”是伴随人类起源和繁衍的基础，并在人类早期的生活实践中得到切实的运用。卡内蒂由此得出结论：“人是变形的动物，因为具备变形的本领，才成为人。”[31]借助于对原始部落神话的记述，卡内蒂使“变形”不再是传说中神仙鬼怪的专属本领，而成为人类的天赋。他用中国、印度等不同民族文化里的变形故事说明，“变形”是人类共同的精神财富，表达出人们对另一生命纬度的渴望。

既而，卡内蒂指出，现代社会中这些原始的“变形”形式已逐渐消亡。作为人类先天能力的“变形”在现代濒临灭绝。在现代文明发展的限制下，人们只能固定保

---

〔28〕 Elias Canetti：*Nachträge aus Hampstead. Aufzeichnungen.* Frankfurt am Main：Fischer Taschenbuch Verlag GmbH，1995，S. 7.

〔29〕 Elias Canetti：*über Tiere*. S. 37. 在这个故事里，卡内蒂还特意指出，洗衣工的职业就是洗衣，“衣服就是人类的第二层皮”。卡内蒂在《群众与权力》里也分析了这个故事，参见《群众与权力》，第261页。

〔30〕 Elias Canetti：*über Tiere*. S. 35. 该故事在《群众与权力》里也有详细的叙述，见第240—241页。

〔31〕 转引自 Sven Hanuschek：*Elias Canetti. Biographie.* München：Carl Hanser Verlag，2005 S. 14。

留某种单项的能力。古希腊哲学家柏拉图在《理想国》里所宣扬的“不同等级之人各尽其职、各行其事”，这在卡内蒂看来是“逆人类天性的”。[32] 因此，“以让人们从事某一职业为目标”的教育也为卡内蒂所诟病。按照作家的观点，人人都应多方面学习，发挥与生俱来的多种资质，掌握不同领域的知识，并且要人尽其用。卡内蒂明确反对仅以追求效率为目标的现代分工以及“专业化”(Spezialistentum)。“人类原来多元的资质被单一训练和效率化”的结果，从而导致人不再是完整的人，这正是“人类大部分不幸的根源”。[33] 作为20世纪初的出生者，卡内蒂感受到工业革命以来发生在欧洲的巨大变化；同时身为整个20世纪的见证人，他亲眼目睹科学技术在取得辉煌成就的同时也为人类带来了深刻的灾难和困境。科学究竟是给人类带来光明和火种的普罗米修斯，还是给人类带来罪恶、疾病和祸害的潘多拉的盒子？在20世纪将尽之时，卡内蒂在笔记中写道：“在巴尔扎克的时代，科学如同野火般席卷一切；而在我们的时代，科学则成为令人苦恼的重重疑虑。”[34]对西方现代文明失望的卡内蒂试图在遥远的古希腊的神话中，在澳洲、北美等原始部族那里，在印度和中国等民族的变形故事里求得解题，他甚至还引用孔子“君子不器”的思想来反对专业化和工具化。[35]

然而，分工、专业化、对效益的追求，这是科学技术的发展要求人类必须付出的代价。现代社会是一个分裂矛盾的社会。人类用理性实践改善和控制生活环境，希翼达到自由王国。而理性化的社会分工带来的工业化、制度化、机械性重复，却使人越来越片面化、单一化、非人化。一个被专一化限制的人，一个被体系固定了的人，必然丧失了起源故事里人类先祖来回“变形”的自由。面对强大的客体化世界，卡内蒂唯有寄希望于从事精神活动的艺术家。他把作家封为“变形的守护者”(Hüter der Verwandlung)，并进而解释了“守护者”的三重含义。

其一，作家要继承人类的文学遗产，这其中包含有丰富的变形文化，比如奥维德的《变形记》和荷马的《奥德赛》。卡内蒂认为，无论在阿里奥斯托(Ludovico Ariosto)、

---

〔32〕 Ebenda, S. 260.

〔33〕 Elias Canetti: *Aufsätze Reden und Gespräche*. München Wien: Carl Hanser Verlag, 2005, S. 260.

〔34〕 Elias Canetti: *Aufzeichnungen* 1992—1993. S. 60.

〔35〕 卡内蒂在采访中说道：“孔子反对把人变成工具。〔……〕反感把人当作工具利用的专业化”。见 Elias Canetti: *Aufsätze Reden und Gespräche*. S. 262。

莎士比亚的戏剧作品中还是在现代文学中，奥维德《变形记》的影响依然无处不在。[36] 此外，卡内蒂认为，对其他民族文化里的变形财富也要积极吸取。[37]

其二，作家要守护那些至今尚存的原始族群以及他们宝贵的精神财富。"他们因为物质文化的贫困而遭到我们的歧视，并被我们盲目地无情灭绝。"原始族群及其文化是与现代社会"并列共存的"、"多样的本真的东西"。他们的祭祀习俗、图腾崇拜里蕴含着丰富的"变形"文化。而要真正保留、复兴它们，则是"作家之责"。[38] 身为作家，卡内蒂正是在文学世界里为"变形"保留了一方圣土。《迷惘》里汉学家基恩跟弟弟关于希腊神话的探讨长达十几页，而作为这一节小标题的"足智多谋的奥德赛"正是解读该部分内容的钥匙。小说里大量出现的人兽互变手法，不了解卡内蒂的"变形"观的话就很难对其进行准确的分析，事实上学界对此并未引起足够重视，有的只把它们当作象征手法来处理。[39] 前面提到的"书生与老虎"的中国变形故事也在《迷惘》中被用作刻画主人公基恩被扭曲的对女性的恐惧。[40]《群众和权力》的第九章专门阐述"变形"的起源和运用。在所有一切文学形式中，卡内蒂认为戏剧是最能完整体现 "变形"思想的文学样式。"人们通过用戏剧形式表演的神话故事，使得变形世代相传。"[41]正如起源故事里的先祖那样，人类可以根据需要，在戏剧形式里随心所欲地在人与动物间来回变化。关于"变形"在卡内蒂戏剧中的具体运用，本文将在后文详述。因此，可以说，卡内蒂身为作家，通过自己在文学领域里的实践履行着"守护变形"的职责。

其三，卡内蒂希望，作家自身应保存普通人业已"萎缩"的变形天分，打破彼此

---

〔36〕Elias Canetti：*Das Gewissen der Worte*. S. 276—267.

〔37〕卡内蒂在新近发现的古老文化里发现了"变形"的实例。比如一个多世纪以前才为世人所发现的美索不达米亚的史诗吉尔伽美什(Gilgamesch)。"该史诗的开篇就讲述了在荒野中同野兽共同生活的原始人恩奇都(Enkidu)如何演变成一个城市人、有教养的人。"卡内蒂将四千多年前的史诗中的形象——半人半兽的恩奇都同科学考察中发现的那些跟狼群一起生活的人类的孩子联系起来，由此他在现实生活中找到了"变形"的实例。见 Elias Canetti：*Das Gewissen der Worte*. S. 277。

〔38〕Ebenda，S. 278.

〔39〕《迷惘》中的人物都被赋予了动物特征，如看门人普法夫是红雄猫、银行家弟弟是大猩猩，此外还有猪、狗、河马、狮子。比如"一头猪在估价，一头狗在开票。"参见《迷惘》，望宁译，长沙：湖南人民出版社，1985 年，第 610 页、577 页、296 页等 。值得注意的是，卡内蒂较少使用"如"、"像"等比喻手法，而是直接把人描述成动物，具有丰富的"变形"意味，但这一点却长期被研究界所忽视 。

〔40〕根据《迷惘》中对该故事的进一步推演 ，笔者认为卡内蒂阅读过蒲松龄的《聊斋志异》：书生之妻到闹市吞食疯子口痰，口痰化为心脏，救回亡夫。参见望宁译《迷惘》，第 213 页。

〔41〕Elias Canetti：*über Tiere*. S. 21.

僵化隔绝的状态,“使人们之间的通道保持畅通。”卡内蒂认为,作家本人要具备“变形”的能力,“成为任何人”,成为“最小者、最单纯者、最无能者”。他们乐于感受他人的经验,没有任何功利的企图,全然出自“变形的热情”。这其中就包括“一个总是张开的耳朵”。卡内蒂指出,现今社会中许多人已丧失了说话的能力,“他们用报纸和传媒的套话来表达自己”,“他们说的话越来越一致,但真正的意图却并不一致。”对此,卡内蒂提出了解决之道:通过“极端意义上的变形”去感觉“言语背后的人”。卡内蒂视其为“走向他人的唯一通道”。他自己也承认,尽管这一过程与“设身处地”、“移情”有类似之处,但他坚持使用“变形”一词。[42] 笔者认为,这一方面是因为作家希望与其他概念相区别,另一方面卡内蒂的“变形”包括“移情”,但远远超出之,还具备了另一个生命的纬度—— 动物。

2) 人兽互变——避“权”之途与自由之路

“动物的形态就是他思考的形式。动物的形态造就了他。”[43]

—— 埃利亚斯·卡内蒂

正如上文所说,卡内蒂要求作家成为任何人,成为“最低贱者”,“时代之犬”。[44] 这是卡内蒂在赫尔曼·布洛赫五十岁生日时的致辞。这一观点卡内蒂在他后来的随笔《关于作家》中再度重申。[45] 需要指出的是,卡内蒂将作家比喻为“犬类”,未有丝毫贬损之意。对变形大师卡内蒂来说,人变形为动物,既是起源故事中人类先祖最惯常的活动,也是现代社会中被固化的人获得另一生命纬度的方式。为了较为准确地把握卡内蒂的“人兽变形”,在此有必要先对卡内蒂的动物观稍作梳理。

卡内蒂在《关于动物》中讲述了他对各类动物的认知,如骆驼、鸡、龙纹蝰蛇、狼、老鼠等。章鱼、猩猩、墨鱼、海鸥、羚羊、苍蝇等也不时出现在他那些简短的警句里。如“墨鱼可以被催眠,因为它具备最接近人类的眼睛”,又如“巨型章鱼要把整座宾馆从沙滩上拖走”。[46] 他的一本随笔的书名《蝇之痛》(Fliegenpein)也指向作

〔42〕 Elias Canetti:*Das Gewissen der Worte*. S. 279.
〔43〕 Elias Canetti: *über Tiere*. S. 85.
〔44〕 Elias Canetti: *Das Gewissen der Worte*. S. 17.
〔45〕 Elias Canetti: *über die Dichter*. München Wien: Carl Hanser Verlag, 2004, S. 122.
〔46〕 Elias Canetti: *über Tiere*. S. 85.

者对动物的偏好。不过，卡内蒂在作品动物的描写，还仅限于他对动物的极具个体色彩的认知，因为作家卡内蒂在其个人生活中并未真正去饲养或豢养过某种动物。

> 我所说的关于动物的一切，在我自己看来就像骗子一样，因为我跟动物打交道的经验少而又少。我大量阅读关于动物的神话，有时也观察它们，理解它们，仿佛我置身于一个古老的变形神话中，此外再无其他。我从未经年累月地跟某只动物为伍。我对它们深感畏惧。假如我的生活中有什么配得上"神圣"二字的话，那就是我对动物的这种带有畏惧的崇拜吧。〔47〕

可见，即使是认知，卡内蒂的动物知识也多源自神话中有关动物的故事，对动物的着迷依然是出自对"变形"的兴趣和需要。因此卡内蒂对动物的研究，不同于一般生物学家或者动物学家的科学考察。动物不再是生物学上的研究客体，而被作家赋予了文化学的意义。动物也因而具有了某种神秘的或说是神圣的色彩。在作家的世界里，动物生存的意义远胜过人类存在的价值："为了能当几天的动物，我愿意用几年的生命去交换。"〔48〕这一非现实的愿望，正是对现实的文明进程的反抗。现代社会中，动物随同曾经赋予过它们神秘色彩的神话一起被人类的理性夺去光环。卡内蒂意识到"动物神圣化的时代"（动物曾经作为人类部落的图腾被顶礼膜拜的时代）已经一去不复返，人类唯一能做的是"考虑如何保护它们"。〔49〕正是因为卡内蒂对动物特殊的感情，他本人也成为动物保护领域里人们最喜欢引用的作家之一。〔50〕

面对现实世界里动物的悲惨境况，卡内蒂欲救之而不能。他在超现实的非理性的假想和梦境中寻求出路。"最后的动物请求人类手下留情。就在此时，人类爆

〔47〕Elias Canetti：*Aufzeichnungen* 1992—1993. S. 75.
〔48〕Elias Canetti：*über Tiere*. S. 56.
〔49〕Elias Canetti：*Aufzeichnungen* 1992—1993. S. 49.
〔50〕经常被引用的段落：哦，动物啊，被宠爱的、凶残的、濒死的动物啊；它们挣扎着、被吞食、被消化、被食用者吸收；它们捕食，又带着血迹腐烂；它们逃亡，或成群结队，或形只影单，被发现、被追捕、被肢解；它们非上帝的造物，被上帝掠夺，如同弃儿一般被抛弃到陷阱密布的生活里！见 Franz Kromka：*Tierschutz auf Abwegen*. In：*Politische Meinung*. Nr. 402. S. 8。

炸了。动物存活了下来。想到动物比人类长命时,我不禁幸灾乐祸。"[51]此时的卡内蒂似乎已经忘记了自己也是人类的一份子,甚至希望以人类的毁灭换取动物生存的权力。晚年的卡内蒂时常在睡梦中梦到动物。在1981年的笔记中卡内蒂详细记录了"梦鼠"的过程。[52] 即便死后卡内蒂也希望与动物为邻。他为能在动物园附近的公墓找到一席之地而高兴,夜晚可以听见狮子咆哮,猿猴呜咽,丛林之鸟啼叫。[53]

卡内蒂对动物的珍惜,反映了他人兽平等的思想,同时也是"变形"的必须。毕竟人兽变形,离开了动物的存在将无法想象。《变形记》所记载的250个变形故事里,其中人形幻化为动物者数量众多:譬如宙斯把美丽的少女伊俄变形为雪白的母牛,以逃脱善妒的妻子赫拉的加害;吕卡翁因其暴行而被变成狼;阿克泰翁因无意间撞见沐浴的狄安娜的裸体而被变成熊;至于人形变为蜘蛛、蛇、蜥蜴、喜鹊和猫头鹰等的故事更是数不胜数。卡内蒂为什么对"变形"如此着迷?"变形"除了前文所说是人类的天赋以及对抗工具化和专业化的途径外,对卡内蒂而言究竟还有何特殊的意义?

幼时起就一直阅读希腊神话的卡内蒂,二十多岁时又接触到卡夫卡的《变形记》、《乡村医生》和《饥饿艺术家》。1968年卡内蒂着手研究卡夫卡写给菲莉斯·鲍尔的信件,并于1969年出版了《另一个审判——卡夫卡致菲莉斯的信》。卡内蒂对卡夫卡推崇备至。1981年卡内蒂在荣获卡夫卡文学奖的感言里自谦:"全世界没有任何人以任何语言真正有资格获得以卡夫卡命名的奖励。"[54]卡夫卡对卡内蒂的影响持续大半生。对此,卡内蒂在76岁那年做过生动的总结:"51年我一直跟他在一起,这比他自己活的时间还要长。"[55]在获得卡夫卡奖的同一年,卡内蒂又被授予当年的诺贝尔文学奖。在授奖辞中,卡内蒂感谢了四位作家。卡夫卡继卡尔·克劳斯之后排在第二位。卡内蒂在讲话里阐明了自己师从卡夫卡的原因,

---

〔51〕Elias Canetti: *über Tiere*. S. 14.

〔52〕Ebenda, S. 87. 卡内蒂在笔记中写道,他一再梦到一群小老鼠曲曲折折地奔跑,其中还有一只体型较小的瞎眼的白色老鼠。

〔53〕Peter von Matt: *Der Entflammte. über Elias Canetti*. München: Nagel &Kimche im Carl Hanser Verlag, 2007, S. 38.

〔54〕Sven Hanuschek: *Elias Canetti. Biographie.* S. 606.

〔55〕Ebenda, S. 607.

正是后者“善于变小，以此逃脱权力”。[56] 卡内蒂把卡夫卡的“变形”称作“终身的教益，最必不可少的教益”，并明确说明“我是从他那里学到”。[57] 由此可见，卡内蒂从卡夫卡处所学的正是以避权为目标的“变形”。卡内蒂对卡夫卡的研究，其侧重点正是卡夫卡在个人生活中、两性关系中对“权”(Macht)的拒绝和逃避。

在《另一个审判——卡夫卡致菲莉斯的信》中，卡内蒂分析了卡夫卡因为身体的羸弱而导致的无助感以及生活中出于自我保护而形成的特殊好恶。比如他耻于到浴场去游泳，不喜家庭生活，回避与亲属共处，遭受无休止的失眠的折磨，对饮食的安全以及空气的质量过度担心。[58] 卡内蒂在卡夫卡的书信中读到的是一个怯弱的灵魂：他羞于在陌生人前开口说话，失去了与人交流的能力，他在给恋人菲莉斯·鲍尔的信里甚至把自己说成“一条地上的软体虫豸”。因为自身个体的弱小，卡夫卡便格外警惕外界的权。“对权的恐惧对卡夫卡具有核心意义。他对抗的办法就是使自己变小。[……]人们尽可能地通过使自己消失来逃脱每一个不公正的权。”而使自己消失的途径就是“变得非常小或者变成昆虫”，他渴望的是“体积越来越小、声音越来越弱、重量越来越轻，直到完全消失”。卡内蒂进而分析说，卡夫卡对婚姻的恐惧，也正是因为害怕家庭生活和孩子的问世使他失去变小的自由。而卡夫卡为自己设想的最好的生活方式便是：带着书写工具和灯把自己关在一个长长的封闭的地窖中最里面的房间。这种“地洞”(卡夫卡一小说名)生活其实也是一种形式上的“使自己消失”。卡内蒂在《另一场诉讼中》提到卡夫卡除了“地窖生活”之外的另一有“幸福感”的活动便是：看自己的熟人们欢快地饮食，而他自己则希望被人们所忽视所遗忘，如此一来人们便不会向他提任何要求。[59] 这也正是“变形”的目的之一，即通过“变小”，使自己不为人所注意，从而逃脱任何被要求、受制约的

---

〔56〕*Dank in Stockholm. Rede bei der Verleihung des Nobelpreises für Literatur.* am 10. Dezember 1981. In: Elias Canetti: *Aufsätze Reden und Gespräche*. S. 115 - 116. 需要说明的是，卡内蒂讲话的原文为“Der Zweite ist Franz Kafka, dem es gegeben war, sich ins Kleine zu verwandeln und sich so der Macht zu entziehen”，对这句话国内研究中存在误译，见望宁所译《迷惘》的附录第682页：“第二位就是使自己遁入小小的题材，以避开权势之漩涡的弗兰茨·卡夫卡”。对比粗体字部分，不难看出，卡内蒂本意是“使自己变小以避权”，而这也正是卡内蒂“变形”的意义之一。

〔57〕Elias Canetti: *Aufsätze Reden und Gespräche*. S. 116.

〔58〕Elias Canetti: *Der andere Prozess—Kafkas Briefe an Felice*. München Wien: Carl Hanser Verlag, 1984, S. 27 - 33.

〔59〕Ebenda, S. 35 - 39.

处境。对卡夫卡和卡内蒂来说，“权”已经超出强势的政治社会权力，泛指任何异己的外来的影响、要求和控制。

卡内蒂还从“变形”的角度发现了卡夫卡与瑞士作家罗伯特·瓦尔泽(Robert Walser)之间的联系。关于这两者之间的文学关系，国际学术界已有大量研究，最著名的当属瓦尔特·本雅明，我们国内的学者也在这方面做了不少工作。[60] 在参观完罗伯特·瓦尔泽的档案馆后，卡内蒂在致维尔纳·莫尔朗(Werner Morlang)的信中写道：“我认为，变小，以及越变越小的艺术，正是卡夫卡从瓦尔泽处学到的本质的东西。”[61]卡内蒂为“变形”找到了更远的源头。

变小，变成无足轻重的弱小者，是卡夫卡和卡内蒂共同的手法。变成甲虫后的格里高尔·萨姆沙丧失劳动力，失去物质价值。他不再是家人的指望，不再受工作和上司的驱使，他在注重有用性的世界里偏偏丧失了有用性，却因而摆脱了被关注、被外力奴役的处境。卡夫卡小说重点不在描写格里高尔·萨姆沙的变形过程(这一描写可能对喜欢神鬼怪诞小说的读者相当有吸引力)。在卡夫卡笔下，“变形”是突如其来的，没有原因，也不描写过程，“变形”不过是小说故事的起点。卡夫卡让主人公“变形”、“小化”、“虫化”，从而免除建立在有用性和工具化基础上的各种“权”的制约，进而得以不受打扰地深入体察周围的世界。格里高尔，这个为生计四处奔波，无暇感受自己周围生活的人，只有在变成虫后，才能理所当然地(尽管在某种程度上也是种无奈)待在自己的家里，完整地感受自己在社会关系里的位置，体察周围环境的本质。正如卡内蒂自己所说，他从卡夫卡处学到了用“变小”来逃脱“权”。个人面对强大的外部世界，如何保持自己的独立，不被外力所吞噬，“变小”成为了卡夫卡和卡内蒂的选择。“你要说的一切都跟‘小’有关。这就是你的内容。”[62]

不过，综观卡内蒂的“变形”理论，“变小”以脱离“权”的控制只是吸引他“变形”的原因之一。原因之二，应该是“变形”打破一切束缚，挣脱固有的外在形式而带来的自由感。卡内蒂甚至从身体的外在形式变化想到了“灵魂转世”。需要指出的

[60] 参见范捷平：《论瓦尔泽与卡夫卡的文学关系》，载《当代外国文学》，2005 年第四期。
[61] Werner Morlang (Hg.): *Canetti in Zürich*. München Wien: Carl Hanser Verlag, 2005, S. 113.
[62] Elias Canetti: *Aufzeichnungen* 1992—1993. S. 96.

是，吸引卡内蒂的并不是功利性的“灵魂转世”，比如前世的田舍郎端坐今世的天子堂之类。卡内蒂的“转世”对象依然是他魂牵梦萦的动物。他所设想的是“人通过灵魂转世成为某种动物，成为别样的生物。”[63]卡内蒂说：“这种变形必须是自由的，首先要具备能够返回现在的生命的可能性。”他肯定了现在的生命是中心，同时又强调“这个中心绝不是唯一的、最重要的中心，而是无数中心中的一个，每一个中心都同样重要。”“变形”需要的一个重要条件——即各种生命的平等性在此表露无遗。自由，则是“变形”需要的另一个重要条件。“对人类来说美妙的、真正的变形所不可或缺的正是其自由性”。自由，如前所说，首先是“变形后要具备返回现在的生命的可能性”；其次，“变形”不受因果报应或任何先行条件的规定，“人们站在通往上百个方向的分岔口，却不知道该如何选择”。这意味着，人们可以任意变形，不受任何辖制，也没有任何计划或权威的引导。在卡内蒂看来，“计划性是人类后来才生发出来的特性，它扭曲了人的变形本性”[64]，限制了人们的“变形”，人们被解除变形，被剥夺获取多样的生命经历的可能性。生命的灵活性被僵化所扼杀。

卡内蒂给了我们断片式的启发，但通往“变形”的路途依然不甚明晰。作家最后也不得不承认：“我认为我已经找到通往变形的钥匙，而且钥匙已经插进门锁里了，但是我没有转动钥匙。门关上了，无法走进去。还要费很大的劲。”[65]

卡内蒂的“变形”概念超出文学领域，具备了浓厚的人类学、社会学以及哲学的色彩。作为卡内蒂所有创作的核心思想，它又是理解卡内蒂其人、其作的关键。因此，本文用了不小的篇幅试图梳理卡内蒂的“变形”观，以期对作家的思想有较为全面的把握，对卡内蒂的创作有更深入的了解。不过“变形”理论内容庞杂，且卡内蒂本人对“变形”的叙述更像是种断片式的说明，没有系统的总结。这颇合乎卡内蒂的神话观点以及“变形”思想自身的特点。用他自己的话说：“我讨厌那些迅速建立体系的人，我会留神绝不让我的体系完毕。”[66]的确，对体系反对者来说，建立自己完整的理论体系无异于“以己之矛攻己之盾”。况且，对于灵动自由的“变形”而言，

〔63〕Elias Canetti：*über Tiere*. S. 89.
〔64〕Ebenda，S. 90.
〔65〕Elias Canetti：*Die Provinz der Menschen*. S. 249.
〔66〕Ebenda，S. 129.

一个完整的理论体系似乎只会给它带来限制性。这或许也是卡内蒂最终没有写出完整的戏剧理论的原因。

3）卡内蒂作品中的“变形”

卡内蒂的“变形”理论发轫于希腊的神话故事和原始部落的人类起源传说，并吸取了多个国家的变形故事，之后又在卡夫卡处获得新的内涵，最后，这一切又再现于他的文学作品中。卡内蒂的“变形”思想体现在以下创作中。

其一，源于现实生活的“变形”记。卡内蒂将他本人在日常生活中的“变形”经历写入其自传作品或随笔中。卡内蒂童年时代听母亲讲述过冬天结冰的多瑙河上狼群扑食拉雪橇的马的故事。故事给小卡内蒂留下深刻印象，以至于狼的模样经常出现于孩子的梦中。一天夜里，父亲戴着狼头面具出现在小卡内蒂的睡床前，孩子吓坏了。“一只手伸过来，揪住狼的耳朵把狼的头扯了下来。后面竟然是父亲，他在笑。”〔67〕父亲与狼的互变，应该是卡内蒂生活里所经历的最早的变形。这段经历在卡内蒂回忆童年经历的传记《获救之舌》中有详细的描述。

母亲对老鼠的恐惧在卡内蒂看来也是变形的实例。母亲见到老鼠时的无助和恐慌与她平素沉着优雅的举止大相径庭。父亲在处理“母亲遇鼠”时也运用了两张面孔，一张严肃冷静以驱逐老鼠，一张温和慈祥以安慰孩子般恐惧的母亲。〔68〕卡内蒂也亲眼目睹院子里一再上演的“变形戏”：衣着寒碜的黑衣男子，被一群假扮成母鸡的顽童追逐。男子于是也变身为母鸡，扑腾着翅膀，嘴里“咯咯”叫着，最后躺倒在地上假装死去，以此摆脱孩童的纠缠。“每当他变成一只大大的黑母鸡时，我总是百看不厌，并且每次都怀着同样激动的心情。”〔69〕卡内蒂在维也纳求学期间，发现房东太太的怪癖。她在白天的举止一如常人，但每到夜晚就会梦游到卡内蒂的房间，把挂在墙壁上的已故先生的照片摘下来，细细嗅闻照片后面墙壁的味道，并用舌头舔相框的边缘。“她动作轻柔，舌头伸得长长的，犹如狗的舌头，她变成了狗，且看上去对此非常满意。”〔70〕诸如此类发生在作家现实生活中的奇异的“变形”

〔67〕Elias Canetti：*über Tiere*. S. 64.
〔68〕Ebenda，S. 65.
〔69〕Ebenda，S. 63.
〔70〕Ebenda，S. 83.

事例，在卡内蒂的《关于动物》以及传记里均有详细的描述。

其二，卡内蒂虚构作品中的“变形”。这是卡内蒂“变形”思想体现最突出之处。当然，卡内蒂并非是把“变形”用于文学中的第一人。比如奥维德的《变形记》、《奥德赛》都是经典范例。乔纳森·斯威夫特(Jonathan Swift)、弗里德里希·哈格道恩(Friedrich Hagedorn)以及约翰·海因里希·福斯(Johann Heinrich Voβ)等人都写过《费雷蒙和鲍西斯》，[71]这个变形故事也被歌德用在《浮士德》第二部的第五幕里。卡内蒂与这些作家不同的是，他并没有将神话故事里的变形实例运用到创作中去，用文学作品对这些神话故事进行意义阐释或新解。卡内蒂抛开单个的变形故事，而使用变形的最原始的元素—— 人与动物之间变形的可能性，从而使人的单一纬度因为动物而获得丰富。因此，卡内蒂更偏向于阿里斯托芬的作品，他在其中发现了自己创作的榜样——舞台上动物的参与。马蜂和鸟类出现在阿里斯托芬的作品中，并且如人一样说话。卡内蒂断言，阿里斯托芬的作品“展现了最早的变形”，他的“喜剧还没有被缩减到只剩人类的纬度”。[72] 因此对卡内蒂来说，喜剧不仅仅是人的舞台，也应该有动物的参与，有动物说话的声音。卡内蒂的剧本《虚荣的喜剧》中尽管未出现动物的角色，但也有人兽变形的场景，并且卡内蒂在朗读自己的这部作品时还赋予每个人物角色以不同的动物声音。卡内蒂也因此在朗诵会现场被奥地利作家弗兰兹·韦尔弗讥讽为“动物声音模仿者”。[73] 其实，用动物的声音对角色进行刻画，正是卡内蒂在戏剧中运用“变形”的实践。

1970 年在同曼弗雷德·杜尔查克的访谈中，卡内蒂说道，他二三十年代在维也纳所经历过的“最震撼之事”，“甚于卡尔·克劳斯及其讲座，甚于日本歌舞剧”的，乃是英国生物学家朱利安·赫胥黎录制的各种动物叫声的唱片。[74] 这张唱片分为两部分，分别为“白天的非洲动物”和“夜晚的非洲动物”。唱片录制了狮子在捕捉斑马时发出的声响，以及各种动物闻讯而来，围绕斑马死尸的动静。鬣狗雀跃

---

〔71〕宙斯带着儿子赫尔姆斯到人间视察，所到访之地，富人们都不愿意接待他们，唯有一对贫寒的老夫妇费雷蒙和鲍西斯收留了两位神祇。宙斯于是将夫妇的破屋变为金灿灿的神庙，把冷酷心肠的人们的居住之地变成了大海。宙斯还满足夫妇两人的愿望，在他们死后，把丈夫变成了橡树，把妻子变成了菩提树。

〔72〕Elias Canetti：*über die Dich* ter. S. 45.

〔73〕Elias Canetti：*über Tiere*. S. 94.

〔74〕Elias Canetti：*Aufsätze Reden und Gespräche*. S. 306.

其中，其中一只鬣狗“声音如同笑声”。唱片在“一个疯子的笑声中”，即“这只鬣狗的笑声 ”中结束。[75] 此处不难看出，卡内蒂对鬣狗逐步展开人格化的描写。先是“如同笑声”，再到“鬣狗的笑声”。对卡内蒂来说，“变形”是双向的，从鬣狗到人，是一种“变形”，从人到兽是另一种“变形”。因此卡内蒂在朗读自己的喜剧时，赋予了剧中人物动物声音的特点。此时，无论是正在朗读这 30 个角色的作家本人，还是那 30 个具有动物声色特点的角色，都在作家的演绎过程中经历着“变形”的奇异过程。多数人惊叹于作家富于变化的声音表现力，却无法理解作家的意图。作家韦尔弗也许说出了他们的心里话。“您是个动物声音模仿者”，这在旁人包括韦尔弗自己看来，都是一句“斥责话”。但卡内蒂却如被“闪电击中”，他知道韦尔弗听出了朗读中故意使用的动物声音，只是他不明白卡内蒂模仿动物声音的用意。卡内蒂希望他剧本中的角色各个性格鲜明，犹如“一只动物跟别的动物区别开来，并要在声音上能够让人分辨出区别。”[76]参照本文此前分析过的卡内蒂的动物观，模仿动物对作家来说并非是自降身份，以雕虫小技娱乐大众。既然形体上的变形不可能，要如阿里斯托芬般在自己的喜剧中穿插动物角色也非易事，卡内蒂便给人物增加动物的声音特色。他朗读时在各个角色间转换穿梭，成功实现了“变形”。这样的表演，也是卡内蒂乐此不疲之事，因为它最能直接体现“变形”。“在熟悉的人们面前不为人知地表演新的形象，其乐趣远胜于创作新的个性人物，后者与之相比便无聊了。”[77]作家在此把表演的乐趣置于创作之上，正是源于表演的过程本身即是可以走出平时状态的自我，自由地成为他人的“变形”过程。在此过程中，卡内蒂运用了“声音面具”(akustische Maske)[78]，利用角色不同的音色、用语特点，对其进行区别刻画。

---

〔75〕 Ebenda，并且卡内蒂在 über Tiere 中也有关于鬣狗笑声的描绘，S. 26。

〔76〕 Elias Canetti：*über Tiere*. S. 94.

〔77〕 Elias Canetti: *Die Fliegenpein. Aufzeichnungen.* Frankfurt am Main：Fischer Taschenbuch Verlag，1995，S. 28.

〔78〕 “声音面具”，卡内蒂戏剧理论的重要概念之一，作家 1937 年 4 月 18 日在接受《维也纳日报星期日副刊》的采访时第一次较为详细地说到“声音面具”：每个人 说话时在形态特征上，在各方面都有所区别，与他人有所不同，就如他的相貌也是独一无二一样。一个人的这种语言形态特征，他一成不变的说话方式，这种随他而形成的语言，他专门使用的语言，只会随他消亡而消亡的语言，我称为之“声音面具”。

除了在人物角色中运用动物的“声音面具”外,《虚荣的喜剧》中还有非常明显的“人兽变形”戏。剧本第三部分:患了“镜子病”的人们纷纷到方特经营的镜馆排队买票入场等候照镜子。人们进入镜馆后,灯光突然熄灭,黑暗中传来自动机器装置发出的声音:“欢迎您下次光临。”卡内蒂的舞台说明紧随其后:

> 四周一片漆黑,只听到许多脚爪杂沓刨地的声响。人们(Menschen)趴在地面上摸索前行。不过这些也可能就是动物(Tiere)。一只狼突然嚎叫起来:嗷!嗷!其他的狼也加入进来:
>
> 嗷!嗷!
>
> 是什么?
>
> 嗷!嗷!
>
> 安静,老天啊,安静!
>
> 我也不想啊!
>
> 我透不过气来!
>
> 快开灯,开灯![79]

卡内蒂在此借助于灯光熄灭后的黑暗,让进入镜馆的顾客变形成为狼群。这首先始于听觉上,人的脚步声变成了“脚爪刨地声”,接着人们走路的姿势发生变化,趴在地上手足摸索前行。卡内蒂似乎担心观众还不够明白他的用意,索性点明说“这些也可能就是动物”。最后,一只狼的嚎叫引发的一群狼的嚎叫声,其间还夹杂着人类的惊呼声。“刨地声汇聚成一个声音:往前走啊!”[80]刨地的动物就是那会说话的人。“我害怕!”“你是谁啊?”“嗷嗷!”“闭嘴!” “快开灯啊!”“嗷嗷!嗷嗷!”[81]人与狼的声音交替出现。黑暗中的舞台上发生着人狼变形。最后,人群或者说狼群在黑暗中抵达镜厅。这时卡内蒂又做出如下的舞台说明:现在全是狼了。

---

〔79〕Elias Canetti: *Komödie der Eitelkeit*. Reklam, 1997. S. 114.

〔80〕Ebenda.

〔81〕Ebenda.

他们因为饥饿和恐惧大声嚎叫：嗷嗷嗷嗷嗷！嗷嗷嗷嗷嗷！[82] 这时，自动机器装置又发声了：请注意！请注意！灯光骤然亮起，人们置身于明亮的镜厅。[83] 聚集一起的人群朝着同一个目标行进，同兽群有相似之处。人们在剧本的第一部分遵照禁令烧毁砸碎了镜子，在第二部分过了 10 年无镜生活后，人们对自己的认识完全停滞，受到扭曲的自我认识也影响了跟他人的交流。第三部分，人们纷纷涌到投机商人方达开的镜馆。“男人们的帽子都遮住了脸，大衣的领子都高高竖起，女人们脸上都蒙着面巾，有的则用围巾包住了头。没人说话。此情此景，宛如大家都身着黑衣，正在买票去赶赴葬礼。”[84]从这段舞台说明来看，此时的居民们从外形上看已非正常人。他们不愿被别人看到，也不愿意看到别人。在这个部分，他们既没有面貌，也没有名字，唯一保留的只有性别：“一个高大健壮的女人”或者“一个冷静的男士”，“男孩”或者“尖嗓子的干瘦男子”。[85] 有的甚至丧失了人类说话的能力。比如“一个戴着面纱的女士对着馆主方达轻声说了几句无法听清楚的话”，而“干瘦男子”根本无法表达自己，要么“用嘴吹气”，要么“只会说‘不’”。[86] 人们的语言能力正在退步，说话正在被肢体行为所替代。而这正是动物交流的方式。在卡内蒂看来，“动物比我们人奇特之处正在于，它们经历了许多，却不能说出来。一个说话的动物不过就是人而已。”[87]因此，在卡内蒂的笔下，这样一群从外貌到内心都非常态的人们在黑暗中变形为狼亦在情理之中。狼化人“因为饥饿和恐惧大声嚎叫”，人们在黑暗里全然暴露了自己后，接着便在明亮的镜厅接受康复治疗。其实，早在“狼化人”进入镜厅之前，他们已经表现出变形为动物的特征。他们随意躺卧于大街上，匍匐于黑暗的大街上呻吟，如同守候猎物般等候那些无意中踩踏到他们的行人。[88] 以上行为都呈现出动物的特点。他们悄无声息地潜伏在海因里希·富恩故意打开的窗户下，贪婪地偷听他说的每一个字。“他们聚集成群，衣着褴褛，

---

〔82〕Elias Canetti：*Komödie der Eitelkeit*. S. 115.
〔83〕Ebenda.
〔84〕Ebenda，S. 109.
〔85〕Ebenda，S. 110 - 111.
〔86〕Ebenda，S. 113.
〔87〕Elias Canetti：*über Tiere*. S. 44.
〔88〕Elias Canetti：*Komödie der Eitelkeit*. S. 79.

踮起脚尖挨挨挤挤。"[89]作为人类重要特点之一的外部衣装已经破损不堪。再者,群聚和以脚尖走路的行为,与动物在狩猎时的表现非常相似。剧本第二部分结束的时候,夏克尔收缴人们私藏的镜子碎片后着手掩埋,只见他"身体僵直,蹑手蹑脚上前来。他环伺四周,俯身到地面上,左闻右嗅"。[90] 假如把这些描写单独抽离出来,脱离剧本的语境,人们会以为作者刻画的乃是一只警觉的正在搜索目标物的动物。

在卡内蒂的剧本里,人物表现出似兽非兽的行为方式,由作家本人亲自朗读的角色也被赋予动物声音的特点。"人兽变形",这是作家笔下"变形"的表现方式之一。"变形"的第二种方式则偏重于人物心理精神上的变化。这是更深层次的"变形"。卡内蒂没有正面去描绘丰富自由的"变形"人生,而是通过塑造僵死的人物形象揭示丧失"变形"能力的人的状态。因此卡内蒂作品中的人物无一例外被解除了"变形"的天赋,无一例外成为变形的对立面——僵化的人物。《迷惘》里的汉学家、女管家、驼背、看门人等,都是固守于自己的思维模式和语言表达方式的类型人物。因为不会"变形",因而缺乏有效沟通的能力,无法真正理解彼此的内在。即使是书中唯一的聪明人——基恩的弟弟、巴黎精神病专家格奥尔克也未能幸免。格奥尔克自以为洞察他人心理,人情练达游刃有余,尽管他有意识地利用自己心理学方面的科学知识,利用女管家和看门人的心理模式从表面上解决了基恩的生存危机,但也只不过是有效地使用了"模仿"或者说"伪装"而已。格奥尔克在此过程中,"伪装成非己的生物去迷惑其他生物",[91]只是"暂时地戴上面具","他的本性永远不会有丝毫改变"。[92] 这种不彻底的"变形"导致格奥尔克无法真正把握基恩的内心世界,即"内在状况"。因此当后者满意地离开后,基恩用一把大火回答了弟弟的自以为是。作为精神分析专家的格奥尔克,正是卡内蒂的"变形理论"反对的专业化和体系化的代表人物。尽管格奥尔克精于模仿和伪装,似乎走近了偏执人物的内心,但其实根本没有走进他们的内心,按照卡内蒂的说法,模仿和伪装,"这两者

---

〔89〕Ebenda, S. 80.

〔90〕Ebenda, S. 107.

〔91〕埃利亚斯·卡内蒂:《群众与权力》,第 269 页。

〔92〕同上书,第 262 页。

不是真正的变形”。[93]

戏剧《虚荣的喜剧》中，在镜子被销毁之后，居民们度过了多年缺乏镜子的生活，因此得了不同程度的“镜子病”(Spiegelkrankheit)[94]。症状之一便是人体和语言的僵化。卡内蒂在戏剧中运用荒诞手法，形象描绘了剧中人弗里茨·夏克尔(Fritz Schakerl)的僵化状态。结巴教师夏克尔作为知识分子，在剧中是“权”的传声筒。对镜子、照片以及影剧院的禁令便由他宣读。在第一部分，夏克尔初次出场时就同女孩罗莉(Lori)因为照片发生口角。

> 萝莉：我妈妈生病了，派我带来23张照片。它们都要扔进火里去。
>
> 夏克尔：多—多—多多少？
>
> 罗莉：23。我妈妈说的。

夏克尔：二—二—二十三，这—这—这—这还是值得的。给—给—给—给我，我扔—扔进去。[95]

随后夏克尔在同方特的冲突中，面对方特咄咄逼人的质问，他只能结结巴巴地命令对方住口：“闭—闭—闭—闭嘴！”[96]没有自己的头脑，失去了自己话语的夏克尔，不仅仅在语言上口吃僵化，在行动上亦表现出石化的先兆。他“步履僵直”[97]走向方特。可见，在镜子被禁止之初，夏克尔作为权的发言人已开始僵化。在剧本的第二部分，夏克尔的病态有增无减。通过夏克尔的女友海蒂之口，我们得知他可以八天不跟人说话。“假如有人跟他说话，他就会大发雷霆。”[98]这意味着，即使是结结巴巴的交流也被夏克尔主动阻断。接着卡内蒂又通过杂货铺老板娘特雷莎的评论，描绘了夏克尔跟周围人的交往。“每当他打我面前走过，我就感到无比荣幸。他戴着墨镜的样子多么高贵。他不跟人打招呼就扬长而去。”[99]此时的夏克尔作

---

〔93〕同上书，第269页。

〔94〕Elias Canetti：*Komödie der Eitelkeit*. S. 98.

〔95〕Elias Canetti：*Komödie der Eitelkeit*. S. 18.

〔96〕Ebenda，S. 20 – 21.

〔97〕Ebenda，S. 19.

〔98〕Ebenda，S. 63.

〔99〕Ebenda，S. 67.

为执行“禁镜令”的“四人委员会”的首脑，处于有权阶层，并博得他人的崇拜。与此相应的是，夏克尔通过墨镜遮住眼睛，避免别人以自己的眼睛为镜，也避免自己以他人的眼睛为镜，不跟人打招呼，则避免日常交流中可能发生的“变形”。夏克尔的僵化更为严重。当委员会为了避免居民们照眼睛，通过了“刺瞎眼睛的决议”后不久，夏克尔彻底病入膏肓。他“任由人们摆弄他的肩膀、头部、手指以及鼻子，四天来整个过程中就是一动不动”。[100] 给人当女佣的弗兰绮(Franzi)拿来镜子，一边给夏克尔照镜子，一边大喊他的名字。这时“夏克尔有了生气。他看见自己。他苏醒过来。他从一块石头变成了一棵干巴巴的树木”。[101] 夏克尔由活人到石化，从石化到变成树木再到苏醒的过程就是卡内蒂的“变形”理念在剧本中应用的实例。在夏克尔身上，形体与心理两种“变形”方式被结合起来。因为“禁镜”，人们无法了解自己的面貌，也就无从了解自己多年来形象的变化，心理上对自我认识的发展更无从谈起。因此，无论是物质形态上的还是内在的状态都无从发生相应的“变形”。这正应和了卡内蒂所说的“没有形象者(Gestalt)是无法变化的”。[102]镜子的缺失使得夏克尔被解除了变形。需要进一步指出的是，夏克尔不仅自己僵化，而且他主动承担起执行禁令的职责，阻止他人具备“变形”的能力。因此，夏克尔在第一部中逼迫弗兰绮交出她兄弟弗兰策(Franzl)的照片烧毁，间接导致姐弟俩无法相认，并强抢六个女孩手里的照片。[103] 当成为委员会头领后，他更将“充当抵制罪行的看守和卫士”视为己任，[104]甚至不惜戳瞎人们的眼睛。夏克尔既是被解除“变形”的人物，也实施着解除他人“变形”的职能。

再如，女佣弗兰绮同自己的弟弟弗兰策失散30年。即使对面相逢，甚至姐弟俩发生争吵，他们仍然没有辨认出对方就是自己苦苦寻找的亲人。姐弟俩虽然没有像夏克尔一样形体上发生僵化，但是他们的意识却是停滞的。因为没有照过镜，他们不知道自己的长相，也无从在对方的长相上发现血缘关系带来的相似性。他

---

[100] Ebenda, S. 98.

[101] Ebenda, S. 99.

[102] Elias Canetti: *Die Fliegenpein*. S. 16.

[103] Ebenda, S. 18.

[104] Ebenda, S. 71.

们的思想也各自定格在30年前“我姐姐是女佣”、“我弟弟是男仆”的旧认识上。[105]这种僵化的思维最终导致各自获得了新身份的姐弟俩(姐姐以给人照镜子牟利,弟弟以阿谀奉承为生)相见不相识,竟互相仇视、争吵,乃至告发对方。[106]

又如,女仆玛丽(Marie)在镜子被禁止之后,时常回想起有镜子时候的生活。面对主人对她办事不力的责难,玛丽的想法是:“过去我可安稳度日,那时还有镜子”。[107] 当布罗萨姆(Brosam)提醒她想照镜子是一种罪恶时,她回答说:“过去这也不是什么罪恶。”[108]“过去”指的是10年前未执行禁镜令的时候。那时,男人们打窗户下经过时都喜欢抬头欣赏擦玻璃的玛丽。“可现在呢?再也不能擦玻璃窗了!”[109]玛丽无法接受已经改变的现实,依然固守于过去的生活经验里。她如此评价现在争着唱歌的男人们:“以前他们互相忍让。现在他们整天争吵。总是唱个不停。互不相让。每个人都要唱。”[110]玛丽是剧中最喜欢拿过去跟现实比较的人物。她执着于过去拥有镜子时候的生活,拒绝接受眼下的现实,因此她拒绝别人的求婚,执着地渴望得到那已被禁止之物——镜子。布罗萨姆于是把镜子交给了玛丽。接着出现戏剧化的一幕:玛丽忙着照起了镜子。照第一眼时,她摇了摇头;照第二眼时,她的不满有增无减,最后竟然勃然大怒,奋力跺脚:“天啊,镜子是骗人的!骗人的!”[111]事实证明,这块后来治好了夏克尔的“僵化病”的镜子并没有问题,问题出在玛丽自身。她对自己所有的认识依然定格在“过去”,固守于以往的观念和看法,无法接受10年来已悄然发生了变化的自己。“变形”无法发生。卡内蒂在此揭示了僵化造成的可怕后果:人们丧失并拒绝对自己的认识和接受。而这,又源于镜照过程的缺失!

卡内蒂在《虚荣的喜剧》里塑造了30个被解除了“变形”的刻板人物,正是我们这个技术化、专业化、工具化的世界的缩影。理性与科学为神秘的自然祛魅后,人类离开自己的本源越来越远。自然的、原始的、非理性的因素被现代科技排挤,

---

[105] Ebenda, S. 33.
[106] Ebenda, S. 101.
[107] Ebenda, S. 55.
[108] Ebenda, S. 83.
[109] Ebenda, S. 82.
[110] Ebenda, S. 83.
[111] Ebenda, S. 87.

人类起源里的动物性逐渐消失，人在越来越人性化的过程中也越来越僵化刻板。作为人类的普通一员，卡内蒂对此无能为力。作为作家，他视自己为“变形的守护者”。守护的方式，便是在创作中去经历“变形”。除了在戏剧中，“变形”还体现在卡内蒂其他文学类型中，比如备受好评的传记作品。

卡内蒂在三部自传里描写了他所接触到的一些同时代的文化界名人，如布莱希特、茨威格、穆西尔、布洛赫、阿尔班·贝尔格、韦弗尔等。他们在卡内蒂笔下展现出鲜明的个性特点。晚年的卡内蒂在描写这些他二三十岁时接触到的名人时，笔法或喜或怒，或嗔或赞，读者能够在几十年后真切地体会到作家当时的鲜活感受。这也正是卡内蒂运用“变形”的效果。“当我投身于一项工作中时，我就尽量运用变形。那就是一种持久的变形奇遇。”[112]不过，对事实研究、科学调查更为感兴趣的人未必会接受这种写传记的方法。他们一方面叹服于作家敏锐的感受力和入木三分的笔力，另一方面也指出 70 多岁的卡内蒂在回忆自己早年经历的人与事时，字里行间依然激荡着当时当事的感受，缺乏应有的距离感和中间立场，因此难免对某些人物的描写有失公允。比如《眼睛游戏》里的韦尔弗给人的印象就只是举止粗鲁、自以为是，在卡内蒂的作品朗诵会上大声嚷嚷还拂袖而去。布莱希特则是唯利是图的“当铺老板”式的文人，可以为了汽车出卖自己的文字。穆西尔敏感内向，当卡内蒂高兴地告诉他自己收到了托马斯·曼写来的赞扬《迷惘》的长信时，穆西尔当场与他断绝了朋友关系。[113] 卡内蒂所崇拜的松内博士(Sonne)则是一个学识与品德俱佳的完美的圣人形象，以至于卡内蒂的朋友都怀疑松内不过是卡内蒂杜撰出来的人物。[114] 对于卡内蒂写传记缺乏距离感的批评，卡内蒂研究者斯文·哈努舍克(Sven Hanuschek)反驳说，事实上，卡内蒂在刻画这些人物时，运用了他出色的“变形”技巧。从写作时的古稀老叟回溯到当年与这些人物打交道时候的热血青年，并将自己当时的感受和情绪传递给读者。这正是卡内蒂的传记成功的因素之一。[115] 作家是“变形的守护者”，作家应该具备成为任何人的本领。晚年的卡

[112] 转引自 Sven Hanuschek：*Elias Canetti*. *Biographie*. S. 14。

[113] Elias Canetti：*Das Augenspiel*. Frankfurt am Main：Fischer Taschenbuch Verlag GmbH，1994，S. 256.

[114] Sven Hanuschek：*Elias Canetti*. *Biographie*. S. 625.

[115] Ebenda，S. 626－627.

内蒂在撰写回忆录之时再一次经历了“变形的奇遇”。

二、“类型人物”

如前文所述，“变形”是卡内蒂的人类学和戏剧创作的重要手段之一。乍看之下，似乎类型人物因其固定死板的特点恰恰是“变形”的对立面。然而，从另一个方面看，实现不断流动的“变形”过程的，正是每一个阶段形态，即“形象”。卡内蒂指明“变形”和“形象”的关系：“形象是由诸多变形中选择出来的。”[116]“变形”千变万化，而戏剧要抓住的则是“变形”过程中的某个阶段形态，它是相对静止的、固定的。

卡内蒂自小阅读的文学作品如《堂吉诃德》以及后来接触到的莫里哀等人的作品中，都塑造了鲜明的人物形象。这些人物形象夸张，超脱于现实生活，却给人们留下了难以磨灭的印象。“作家创造出形象，人们不相信这些形象，却对其念念不忘。”[117]卡内蒂认为，文学创作不是原样摹写生活，原样刻画活生生的人。卡内蒂的一段笔记，颇能说明作者的这一思想。

> 要写一个真实的人，可以写上整整一本书。即便如此，也还是写不完，也永远写不完。不过如果人们关注的是自己对此人的看法，对他的记忆，就会得到一幅简单得多的图像：那是为数不多的几个特点，使他形象鲜明，与众不同。人们夸大这些特点，忽略其余方面。[118]

诚然，用文学去全方位扫描真实的人并进行精确地再现，无疑是不可能完成的任务。在这方面，文学未必胜过以精确和客观见长的自然科学。但是人类特有的感性认知力和记忆力却能抓住认知对象最重要的特征，并通过文学手段重新鲜活地呈现出来。这一手段在卡内蒂那里，便是“夸大”。“我对精确描写我认识的人没有兴趣，我所感兴趣的是如何精确地夸大他。”[119]需要注意的是，卡内蒂此处所说

---

[116] Elias Canetti：*Die Fliegenpein*. S. 27.
[117] Elias Canetti：*über die Dichter*. S. 7.
[118] Elias Canetti：*Das Geheimherz der Uhr*. *Aufzeichnungen* 1973—1985. S. 21.
[119] Elias Canetti：*Aufzeichnungen*. 1942—1985. S. 342.

的乃是"精确地夸大"，意即以事实为基础，抓住特征准确放大。这一创作手法，在卡内蒂的自传三部曲里得到很好的体现。卡内蒂在回忆录里对自己所结识的文学艺术领域里的名人的描写，尽管有失片面偏颇，但却因为抓住并突出了他们某一方面或某几个方面的特点，让一众名流如斯蒂芬·茨威格、罗伯特·穆西尔、贝托尔特·布莱希特、格奥尔格·格罗兹等跃然纸上，且情趣各异。

除了对现实中的人物进行精确的夸大描写外，身为作家，卡内蒂自然也创造自己的特色人物。当卡内蒂还是维也纳的青年学子时，就产生了创造极端人物形象的念头。"我当时感到，用现实主义的小说已经无法把握住我们今天这个已经变得纷繁复杂的世界，因此我想用非常极端的人物形象从外部来探照这个世界。"[120]在年轻的化学系学生卡内蒂看来，原样摹写世界已经不可能，必须由作家创造个性人物才能展现世界。

卡内蒂将这一认识付诸于实践中。他雄心勃勃地计划写一部恢弘的巨著《疯子的人间喜剧》(Comédie Humaine an Irren)，拟写八本小说，每本以一个极端形象为中心。"每一个形象从语言直到最隐秘的思想都与其他人物截然不同。"[121]卡内蒂把这八本小说比作"八个聚光灯"，他要借助它们，"从外部来探照世界"。[122] 这八个人物形象分别是宗教信徒、沉迷于太空计划的技术狂热分子、痴迷的收藏家、为真理疯狂者、极度挥霍者、死亡的反抗者和书呆子。尽管最后完成的仅有书呆子小说《迷惘》，但是小说里主要人物的塑造的确体现了卡内蒂所推崇的通过极端人物形象反映世界的原则。在创作完书呆子的形象后，卡内蒂转向他一直情有独钟的戏剧创作。不过，正如学界所得出的结论，《耳证人》里的五十个各具特性的人物描写可以看作是卡内蒂《疯子的人间喜剧》的延续。[123] 在出版了《耳证人》后，卡内蒂写道："我要创作更好的个性人物，它们进入人们的普遍意识，有些个性人物的名字还会成为该语言的组成部分，以至于人们已经遗忘了创作它们的作家。"[124]卡内蒂的榜样是塞万提斯笔下的堂吉诃德和莫里哀笔下的伪君子，这些固定的形象的

---

[120] 与弗里德里希·威茨的谈话，见 Elias Canetti：*Aufsätze Reden und Gespräche*. S. 198 - 199。

[121] Elias Canetti：*Das Gewissen der Worte*. S. 243.

[122] Ebenda.

[123] Sven Hanuschek：*Elias Canetti. Biographie*. S. 603.

[124] 转引自 Ebenda，S. 605.

确已经成为某种典型性格的代表。1980年卡内蒂还计划写第二本《耳证人》继续他的人物形象创作。不过，从他现在已经出版的作品看来，这一计划并未真正实施，抑或已经写出但未出版，这些疑团或许会在2025年作家的日记公开发表之后得到解答。

与独立成篇的《耳证人》相比，小说《迷惘》有贯穿始末的故事情节，且人物之间彼此关联，不过从整体上看，他们依然是卡内蒂极端人物形象理论的实践。无论是瘦骨嶙峋、迂腐僵化的汉学家，还是肥胖庸俗、贪婪愚蠢的女管家，性格暴躁的看门人，狡诈油滑的骗子等人物都具有漫画般的效果，并给人留下深刻的印象。就连在自传三部曲即《获救之舌》、《耳中火炬》和《眼睛游戏》里，卡内蒂也刻画了与他同时代的德语文化圈的文学家、艺术家等名人的形象，如布莱希特、穆西尔、布洛赫、沃特鲁巴(Wotruba)、弗兰茨·韦尔弗、松内博士(Dr. Sonne)等都在卡内蒂的传记里留下了某一方面的鲜明特点。即使在他的随笔里，也不乏典型人物刻画的痕迹。比如，某个"无所谓先生"：在他眼里一切都没有分别，所有的人都一样。他不会伤害任何人，也记不住任何人、任何事。人们租借他、洗劫他、虐待他，他都无动于衷。他的不记事，使得人们乐于向他倾诉。他的生存依赖人们的施舍，他身无长物。他从不参与辩论，也不隶属于任何人。他不会说话，因此也没有记忆。他的来历和年少时代成为一个谜。[125] 如此一个超脱到极致的人物正是无权和避权人物的典型。该人物身上也体现出卡内蒂对完全脱离"权"的个人生活状态的构想。该人物脱"权"的方式同卡内蒂所期望的"变小、变弱、变轻"的"变形"思想颇为相似。

如前所述，类型人物的创作是卡内蒂的一大特色。但是这一特色也常常为人所诟病。比如埃克特·格贝尔(Eckart Goebel)就指出《迷惘》中的人物是作者的"木偶"。卡内蒂的人物在保持了明晰性的同时，却丧失了紧张感、矛盾性、丰富性和出人意料的效果，人们对卡内蒂的人物的行为反应可以先行预测。[126] 同样的诘难也发生在卡内蒂的戏剧作品身上。比如克里斯托夫·瓦格纳(Christoph Wagner)撰文指出《虚荣的喜剧》缺乏相应的故事把人物的发展串联起来。[127] 其

[125] Elias Canetti：*Nachträge aus Hampstead. Aufzeichnungen.* S. 42.
[126] Eckart Goebel：*Die Blendung ein Puppenspiel.* In：*Text + Kritik Hefte* 28. Juli 2005. S. 47.
[127] Extrablatt. Juli. 1979. Nr. 6.

实，这些批评均源于对卡内蒂创作理念的不理解。类型人物丧失了悬念和丰富的矛盾性，但这正是卡内蒂为实现自己的目标所采取的手段。卡内蒂的目标并非真实描摹现实的人或者塑造真实可信的人物，而是塑造类型化的极端人物来反照现实世界。至于对人物行为逻辑的可预测性，是因为卡内蒂的戏剧建立在“突念”(Einfall)上，卡内蒂强调，“突念”并非作家一人的思想游戏，而是要让观众可以把玩它，自己去推演它。[128] 那么作为“突念”承载者的剧中人物的行为和反应在观众和读者的预测范围内，也在情理之中了。其次，对于戏剧中缺乏“发展的人物”的批评，卡内蒂自己也曾做过一番辩护。他把戏剧人物的设置当作音乐的主题来处理。

我渐渐明白，我在戏剧中要实现的，源自于音乐。一旦人们决定选择这一种或那一种乐器后，就坚持下去，不能在作品进行中，把这种乐器又改造进另一种乐器中。音乐的美妙的严谨就建立在乐器的这种清晰基础上。[129]

如此的明晰伴随着的必然是单一，放弃了戏剧人物可能的峰回路转的发展路线。这的确有违传统戏剧对人物的塑造手法。但这正是卡内蒂的特点。卡内蒂明言反感“发展的人物”，因为戏剧中人物的发展给人以假象，“似乎这些人物就是真实的活生生的人”。[130] 对此，卡内蒂作了非此即彼的选择：“我对活着的人感兴趣，我对人物感兴趣。我厌恶那两者的结合体。”[131]要么致力于对现实人的研究，要么明确地虚构，不制造虚幻的真实。这就不难理解，为什么卡内蒂毕生所从事的正是这两件事：其一，观察现实的人，以耳听之、以目观之、以笔记之；其二，创造自己的人物，个性极端，特点鲜明。不过，这两者之间绝非毫无关联。创造正是基于长期对现实中活生生的人群的观察和记录，是在现实基础上的浓缩和抽象。不仅如此，在创造人物的过程，常常也是作家认识自己的过程。1974 年卡内蒂在笔记中写道：

我创造出来的人物，其中一些可以看做是小说人物的速写，另一些是对自我的观照。看第一眼，看到的是熟人，看第二眼，发现的是自己。在写作时我

[128] Elias Canetti：*Aufsätze Reden und Gespräche*. S. 109.
[129] Elias Canetti：*Die Provinz der Menschen*. S. 17.
[130] Ebenda.
[131] Ebenda，S. 248.

不止一次意识到，我脑海里想的正是我自己。当我选取我创造出的50种性格人物写出一本书时，我惊异地发现自己身上具备其中的20种。一个人的构成是如此的丰富，假如把构成此人的这些性格中的某一个夸张到极致的话，他就会呈现出这一种个性来。[132]

事实上，瑞士小说家兼记者弗朗索伊斯·邦迪(Francois Bondy)告诉卡内蒂，他在那些令人不快的性格里发现自己具备其中的2个。卡内蒂则安慰对方说，自己的某位友人可以与其中8个对号入座，而他本人则多达20个。[133] 从这段话不难看出，卡内蒂认为人是由许多性格构成的。作家用放大镜将其中的某个性格放大、突显出来，便成为某种性格的典型。这样的夸张仍然不失真实，因为人们依然可以在这些被极端化了的个性人物身上发现自己的那部分特点。平时，人身上的这些特点被理性自觉或不自觉地约束，在每个人身上被协调为一个平和的整体，具有多种个性的个体被社会公义和法律道德约束为一个四平八稳的个体。卡内蒂用荒诞作为放大镜，将人们身上那些被束缚起来的扁平个性立体化为典型的人物形象，让人们重新认识自己，接近真实。正如卡内蒂对格罗兹绘画的钟爱，“由于它的极端，我才把它当作真理。”[134]

然而，面对强大的机械化和物质化的世界，“如同许多动物一样，个性也面临绝灭”。[135] 对于个性的丑恶美善，卡内蒂遵循了物种多元化的原则，“不论是丑恶的还是滑稽的性格，更好的是——它们不从地球表面消失”。[136] 卡内蒂提出了拯救之道：“世界上到处是个性，人们只要创造它们，就能看到它们”。[137] 也就是说，个性本来就存在着，只是出于种种原因被遮蔽起来，需要通过“创造”去发现它们，这个“创造”，在卡内蒂那里则是“精确地夸大”。

正如卡内蒂自己所说，塞万提斯在《堂吉诃德》中对人物的塑造方法在现代依

[132] Elias Canetti: *Das Geheimherz der Uhr. Aufzeichnungen* 1973—1985. S. 22.
[133] Sven Hanuschek: *Elias Canetti. Biographie.* S. 604.
[134] Elias Canetti: *Die Fackel im Ohr*. S. 261.
[135] Elias Canetti: *Das Geheimherz der Uhr. Aufzeichnungen* 1973—1985. S. 22.
[136] Ebenda.
[137] Elias Canetti: *Das Geheimherz der Uhr. Aufzeichnungen* 1973—1985. S. 22.

然有效，值得学习。[138] 在此需要特别指出的是，在卡内蒂的时代，心理学领域的发现和理论为文学创作开启了新的源泉。不少作家如杰克·伦敦、戴维·赫伯特·劳伦斯、詹姆斯·乔伊斯、司各特·菲茨杰拉德、罗曼·罗兰、托马斯·曼、赫尔曼·黑塞等都在自己的作品中实践着心理分析的理论，从而描绘了更为丰满的人物形象。[139] 布洛赫在同卡内蒂关于小说人物创作手法的讨论中也说道：在弗洛伊德和乔伊斯的时代可以更好地刻画"真实的"、"多维度的人"。[140] 然而卡内蒂断然拒绝"潮流"，正如同他偏爱前科学时代的神话和"变形"一样，他执拗地拒绝使用现代心理学的方法，更倾向传统的文学表现手段。卡内蒂坚持了塞万提斯之路。"通过创造轮廓清晰的单个形象，让他们相互映衬。通过他们之间的交互作用表达出他（指塞万提斯，笔者注）对人的认识"。那么要反映塞万提斯之后三百年的新时代，卡内蒂认为就"只能通过新的人物形象来展示"。[141]

这个新时代，对创作《迷惘》时候的年仅 25 岁的卡内蒂来说，是两次世界大战期间的维也纳和他短期造访的经济文化较为发达的都市柏林。物质发达的商品经济造就光怪陆离的社会现实：人们的贪欲、道德的沦丧以及战争的威胁。卡内蒂如此评价自己在柏林的经历："几周来我毫无抵抗力地深陷于罪恶的渊薮中"。[142] 这是一个令年轻作家迷惘的世界。他要创造一系列可怖、可憎的形象来从外部去探照它。这样的形象也同样出现在戏剧《虚荣的喜剧》中。不过，戏剧与小说《迷惘》中的手法有所不同。小说里，作家从外貌描写、服饰衣着到心理活动对人物进行了全方位的刻画。比如主人公汉学家基恩"高高的个子，奇瘦的身材"，"脸瘦削而严肃，皮包骨头"，[143]小说还辅以心理描写和言行刻画，创造了生动的典型形象。夸张凸显的真实达到了较好的效果，评论家的好评如："看完小说，读者震惊慌乱，

[138] Elias Canetti: *Das Augenspiel*. S. 41.

[139] 参见王宁:《论弗洛伊德的文学观点及其对西方现当代文学的影响》，见《弗洛伊德心理学与西方》。

[140] Elias Canetti: *Das Augenspiel*. S. 41.

[141] Ebenda.

[142] Elias Canetti: *Die Fackel im Ohr*. Frankfurt am Main: Fischer Taschenbuch Verlag GmbH, 1994, S. 251.

[143] 埃利亚斯·卡内蒂:《迷惘》，第 5 页。

因为作家成功地表明，读者自己的世界也可能就是小说中的样子。”[144]

在《虚荣的喜剧》里，卡内蒂则主要通过人物的个性化语言来实现对人物的塑造。这首先是因为小说和戏剧的不同特点造成的。前者以文字的呈现形态给了作家更多的想象空间，结合外貌描写和心理刻画塑造形象。后者作为语言艺术的运用则要求作家从对白、独白等语言手段上去表现人物。再者，卡内蒂对语言的关注和敏感使得他格外注重用不同的语音特点来刻画人物的特性。这便是卡内蒂的“声音面具”。关于“声音面具”如何塑造形象及其特点，本文将在下节详述。

简言之，类型人物作为卡内蒂的创作手法之一，展现了“变形”过程的某一特定的阶段，并将这一阶段放大极端化。类型人物本身的极致性和固定性又使它成为“变形”的反面。他们来自于“变形”，从流动的“变形”过程中被选择出来之后又被凝固，成为“被解除了变形”的面具人物。他们是作家对刻板、僵化的现代社会量身定制的肖像画。

三、“声音面具”

在戏剧作品中，卡内蒂主要依靠语言来塑造类型人物，赋予人物各具特色的“声音面具”。作为“声音面具”发生作用的途径——“听”这一认知行为则具有至关重要的作用。因此，本节先总结 “听”对卡内蒂的认知过程和文学创作中的独特作用，继而梳理“声音面具”这一概念的来历与定义，分析卡内蒂在作品中对“声音面具”的运用并评述其效果。

1. “耳证人”卡内蒂[145]

要理解“声音面具”对卡内蒂的意义，首先必须了解声音以及“聆听”对卡内蒂的重要性。1921 年 16 岁的卡内蒂到法兰克福求学，住进提供膳宿的夏洛特公寓。公寓里居住着各色人等，俨然一个混杂的小社会，因此也立即成为卡内蒂观察他

---

[144] Detlef Krumme: *Lesemodelle. Elias Canetti. Günter Graß. Walter Höllerer*. München Wien: Carl Hanser Verlag, 1983, S. 77.

[145] Karoline Naab: *Elias Canettis akustische Poetik*. Frankfurt am Main: Peter Lang Europäischer Verlag der Wissenschaften, 2003.
作者全面总结了卡内蒂从家庭、学校到文学世界里的“听”路历程，并从犹太人教传统、奥地利口头文学的传统以及卡内蒂的人类学思想分析“听”对卡内蒂的重要意义。本文并非以此为研究重点，因此仅对卡内蒂之“听”做简要梳理，为介绍他的戏剧理论“声音面具”做铺垫。

人、了解社会的场所。餐桌上房客们的谈话——从对战争和时局的不同看法到对通货膨胀的担忧、对邻人私生活的闲谈以及对绘画和戏剧的讨论——中学生卡内蒂将一切尽收耳中，不作评价。近60年后人们才在《耳中火炬》里读到那些餐桌闲谈，这正是卡内蒂当"耳证人"的结晶。[146]

卡内蒂在法兰克福的时期，也是德国战后政治、经济形势发生巨大变化的动荡的年代：战后死亡的阴影依然笼罩在人们心头，《凡尔赛条约》的签订引起民众的不满，通货膨胀已达顶峰，日常生活拮据，拉特瑙遇刺，民众示威游行[……]卡内蒂获取信息最快的渠道，正是公寓的饭桌。不容忽视的是，夜晚也是各种声音的舞台。

> 我经常参加集会，听夜晚在大街上进行的辩论，听到各种讲解、各种理由、各种信念与其他的看法产生碰撞。大家热情地讨论着，激昂万分；我从不参与讨论，只是认真地听别人说[……][147]

无疑，法兰克福的声音远比在维也纳的中学课堂上更丰富，普通市民集会上的各种观点也远比教师和教授那儿的知识更鲜活。

在法兰克福生活三年后，卡内蒂回到维也纳攻读化学专业。此时，19岁的卡内蒂依然关注他身边的各种声响：从裁缝家缝纫机的嗡嗡声、女邻居的笑声到房东太太每日重复的家常话，卡内蒂无一遗漏。至于身边熟人或朋友的声音，他自然更不会错过。1927年4月，卡内蒂在维也纳市郊租房时同房东太太关于土豆价格的初次谈话后来就原封不动地出现在小说《迷惘》的第三章中。[148]

虽然"听"是人获取周围信息的简单自发性行为，但每个人"听"的方式和侧重点却不尽相同。卡罗利妮·纳布(Karoline Naab)在其专著《埃利亚斯·卡内蒂的声音诗学》(*Elias Canettis akustische Poetik*)中把卡内蒂的"听"区分为两种类型：一、广泛地听，不露声色地听，听者把自己隐蔽起来收集众人的声音。二、听者全身

[146] Elias Canetti：*Die Fackel im Ohr*，S. 7 – 12.
[147] Elias Canetti：*Die Fackel im Ohr*，S. 54.
[148] Elias Canetti：*Das Wissen der Worte*. S. 236.

心投入到与说话对象的交谈中，留意对方说话的内容，而不是说话的方式。[149] 这样的分法还可以进一步细化，比如区别的第一种“听”，是卡内蒂听的方式方法，除了隐蔽的泛听之外，其实卡内蒂还有与说话对象直接交流的“听”，比如同文艺界朋友的交往，对此卡罗利妮·纳布没有提及。卡罗利妮·纳布所说的第二种“听”，则是侧重于卡内蒂听的内容，从卡罗利妮·纳布的引文看，内容指的是对方所表达的思想。然而，事实上卡内蒂的“听”除了听其内容外，还有很重要的一个方面，那就是听音，听说话者说话的音色、高低、快慢等。因此，本文按照 “听”的方式和“听”的内容把卡内蒂的“听”进行总结。

首先，按照“听”的方式划分，卡内蒂的“听”可以区分为边看边听和只听不看。

第一种类型：边看并听。对方音容笑貌、举手投足等无一错漏，这类型的“听”大多发生在熟人间，卡内蒂在“听”的同时也在“看”自己的说话对象。本文上面所列举的卡内蒂对周围朋友熟人的评价便是这类“听”的结果。此外，卡内蒂还记录了同当时的文学名流赫尔曼·布洛赫、罗伯特·穆齐尔、詹姆斯·乔伊斯、贝托尔特·布莱希特等以及画家如乔治·格罗兹以及雕塑家沃特鲁巴等的交往，既绘声绘色地描绘了他们的音色、语速，又原样搬出他们说话的内容，同时也不乏外貌衣饰、神态动作的描写。且看卡内蒂 1928 年第一次到柏林时对布莱希特的印象：

> 在所有人当中，唯一引起我注意的就是布莱希特了，因为他一身无产者装束，且骨瘦如柴，一脸的饥饿相。由于帽子的缘故，他的脸看上去有点歪。他说起话来很笨拙，而且说得支离破碎。在他目光的注视下，别人会感觉自己像个一文不值的贵重物品，而他，这位当铺主人，正用他那咄咄逼人的黑眼睛估着价。他话不多，别人也无从知道他估计的结果。[150]

接下来，还有关于布莱希特说话内容的复述：“‘我只为钱而写作。’他恶声恶气、干巴巴地说，‘我为斯特耶汽车写了一首诗，并因此得到一辆斯特耶汽车’。”[151]

---

[149] Karoline Naab: *Elias Canettis akustische Poetik*. S. 38 – 39.
[150] Elias Canetti: *Die Fackel im Ohr*. S. 254.
[151] Ebenda, S. 258.

这段描述里，不仅有布莱希特说话的内容，对他的外貌刻画，也有他说话的特点，如上文所引的“笨拙”和“支离破碎”等。

第二种类型：只听不看。这类“听”多发生在公共场所，“偷听”陌生人的谈话。擅长此种听音本事的，非盲人莫属。事实上，卡内蒂的确专门去听过一个盲人钢琴师的报告，其中有关盲人日常生活的细节给卡内蒂留下了深刻的印象，比如盲人优于视力正常人的地方：他可以同时听取好几个人谈话，并且可以找到自己感兴趣的内容。视力正常者双目望着谈话对象，因此无法听到他们身边或者身后其他人的谈话。从说话者的声音上盲人就可判断出他们的情绪和性格。对新认识的人，盲人可以从他们的声音和说话的方式上立即做出准确的判断。[152]

对于这种盲人的听力游戏，卡内蒂乐此不疲。他走进维也纳的夜间咖啡店，兴致勃勃地观察那些进进出出的陌生人。他闭上眼睛，身子转向墙壁，耳朵却毫不懈怠地听人们说话。“如果不害怕重复，如果没有轻视地完全接受它们，那么，你会立刻听出说话和回答的韵律，说来说去，这是声音面具的活动，由此产生出一个个场景。这些场景与那些由名字发出的空洞的自我标榜式的叫喊相比，要有趣得多。”[153]在这里，卡内蒂对自己“听”的行为方式悄然做了矫正：初到维也纳大学读化学专业的卡内蒂对人名有着非同寻常的敏感，甚至从他人名字的发音来决定自己对此人的好恶。这也体现在卡内蒂跟卡尔·克劳斯和薇莎的相识过程中。两人的名字都是先经由熟人的口碑传到卡内蒂的耳朵里。卡内蒂因为克劳斯名字的普通起初对他的能力和知名度满腹怀疑，而他对薇莎最初的好感竟也来源于名字。[154] 当卡内蒂在维也纳亲眼目睹弗洛伊德及其精神分析学说的影响时，居然从弗洛伊德的名字发音的角度对弗氏的成功进行了分析。似乎弗洛伊德的单音节名字也是他成为维也纳广为传颂的人物的原因之一。[155] 自从在柏林被淹没在众多

---

[152] Elias Canetti：*Die Provinz der Menschen*. S. 133.

[153] Elias Canetti：*Die Fackel im Ohr*. S. 336.

[154] Veza这个名字令卡内蒂联想到Wega（织女星），“但因为辅音的变化而听上去更美”。Elias Canetti：Die Fackel im Ohr. S. 67。

[155] “几乎每一次谈话都会出现弗洛伊德的名字。这个名字(Freud)与卡尔·克劳斯的名字一样简练，但因为有了深沉的复合元音和结尾的‘d’，再加上它本身的含义，所以，比卡尔·克劳斯的名字更具吸引力。在这里且不论卡内蒂的这一总结是否有科学性，但我们由此可以看出卡内蒂对声音的敏感和关注的确非同寻常。”Elias Canetti：*Die Fackel im Ohr*. S. 115－116。

的名人和人名的海洋中后，卡内蒂对名字产生了厌恶和抗拒情结。重返维也纳后，卡内蒂的“听”变得更纯粹，排除了名字和外貌给人的第一印象的误导，只专注于单纯的“听”的过程。仅凭声音对咖啡馆的人进行特征捕捉，排除了眼睛的帮助，这是对“听”更高的要求。在《耳中火炬》里卡内蒂详尽描述了他在夜间咖啡馆里的“窃听”行为：

> 我享受这种乐趣，把眼睛闭上，像是半睡着一样，或是靠着墙，只是听。我学习仅凭声音去区分人。有人离开咖啡馆时虽然我看不见，但我会发觉没听到他说话了，当我再次听见他说话时，我立刻知道，他又回来了。[156]

这种只“听”不看，默默偷听，悄悄记录的做法，同卡内蒂自己塑造的那位无所不听、无时不听的“耳证人”(Ohrenzeuge)的行为如出一辙：

> 耳证人并不努力去细看，而是靠耳朵去听。他靠近、停住、悄悄地蜷缩到角落里去，他瞧着一本书或一个橱窗，他听听有无什么可听的，尔后他便无动于衷且心不在焉地离去。他那么善于消失，以至于几乎以为他根本没来过。倏忽之间他已身在别处，把听来的东西好好放进口袋里且从无遗忘。[157]

“耳证人”的低调隐形是卡内蒂对理想作家形象的部分设想，即通过“变形”使自己消失，从而无所不在，无时不在。正所谓“说者无心，听者有意”，卡内蒂这个“耳证人”什么也没有忘记，市井里采集来的声音，既增加他对世人的了解，也成为他创造文学形象的素材。他把听来的东西放进了他的三部回忆录里，放进了他的小说《迷惘》的人物身上，放在了他的戏剧《虚荣的喜剧》中。

其次，按照听的内容划分，卡内蒂的“听”可以区分为听声音和听内容。

第一类型：听声音。这个习惯应该说同卡内蒂多语言多文化的出生背景有关。

---

[156] Ebenda，S. 336.

[157] Elias Canetti：*Der Ohrenzeuge. Fünfzig Charaktere*. Carl Hanser Verlag München. 1981，S. 49.

他从小就接触到西班牙语、保加利亚语、法语、英语、俄语、德语等各种不同的语言，对不会读写的孩子来说，从语音的差别对各种语言进行区分，是唯一的途径。卡内蒂六岁时候尽管对德语只字不识，但会偷偷模仿父母的语音、语调说德语句子。父亲猝死后，母亲在日内瓦湖畔教卡内蒂德语，不给他看课本，而是先听她说句子，让儿子模仿最后记住。[158] 这种完全依靠"听"音学习语言的过程，无疑也强化了卡内蒂对声音的敏锐。

尽管不明白文字内容的意义，但能关注声音的特色，这一点也体现在卡内蒂首次亲历卡尔·克劳斯讲座的印象中。由于克劳斯在讲座中对维也纳当地的时事多有影射和暗讽，初到维也纳的卡内蒂无法理解听讲座的内容，于是他注意到的便是克劳斯说话本身的特点：

他的声音突然向我袭来，这声音里有着某种不自然的颤抖，就像被拖长了的叫喊。但这种印象又在瞬间烟消云散，因为他的声音变化得那么快，不停地变化，人们即刻就为它能如此多余地发生变化而感到惊讶。[159]

从引文里不难看出，卡内蒂完全忽略了克劳斯讲座的内容，关注的唯有说话的特点和声音产生的效果。也正是克劳斯的讲座，为本就对声音敏感的卡内蒂打开了更为广阔的"听"的大门。卡内蒂曾撰文总结自己在卡尔·克劳斯处得到的收获。

> 其一，彻底的责任感。[……]。其二，卡尔·克劳斯打开了我的耳朵，除了他没人能够办到。自从我听过他的讲座后，我再也无法自己不去倾听了。从我周围城市里的声响开始，惊呼声、叫喊声[……]多亏他我开始理解，单个的人有各自的语言形象，并由此与其他人区别开来。[160]

1937年5月，卡内蒂因小说《迷惘》被翻译成了捷克语而应邀到布拉格举行作

---

[158] 关于自己接触德语和学习德语的过程，卡内蒂在自传《获救之舌》的第一部和第二部中有详细叙述。

[159] Elias Canetti：*Die Fackel im Ohr*. S. 69.

[160] Elias Canetti：*Das Gewissen der Worte*. S. 48. 同样的叙述可见于卡内蒂同 Rudolf Hartung 的谈话，In：*Aufsätze Reden und Gespräche*. S. 233。

品朗诵会。在布拉格逗留期间，他虽然听不懂捷克语，却不让当地的陪同翻译给他听。“就这么听别人说话，听形形色色的人说话，听他们说我听不懂的语言”。[161]卡内蒂自此一直保持着这一癖好，在30年后出版的游记《马拉喀什的声音》中，他依然传神地描绘了他虽然无法理解、但依然为之着迷的异域的声音：

> 在天色微明中我来到市中心的大广场上。[……]那是一个低沉的、拖长了的、嗡嗡的“—？—？—？—？—？—？—？—？”。它既不会增加，也不会减少，但绝不会停止，在广场上这数千种的叫喊声后面总能听到它。这是德吉玛广场最永恒的声响，整晚是同样的声响，夜夜如此。[162]

即使是卡内蒂能听懂的语言，他也不会因为说话者言辞的意义而忽略他说话的声音。“我习惯于倾听别人说话，听那些我没有与之交谈过的陌生人说话。我满腔热忱地听那些与我无关的话。倘若与某个人约好从此不再见面，那我最希望能保留下来的，是他说话的腔调。”[163]这段引文很好地说明，卡内蒂留意的不是对方话语的意义本身，他更感兴趣的是说话者本人的“腔调”。

第二类型：听内容。据卡内蒂自己说，这种深入地“听”是从后来成为他妻子的维也纳女作家薇莎那里学来的。卡内蒂将自己对文学的见解、对卡尔·克劳斯的崇拜、跟母亲的矛盾、对枯燥的化学实验室的不满等都向比自己年长8岁的薇莎倾诉。而薇莎“倾听着，不会遗漏任何地方，她留意每一句话，但会保留自己的评论，没什么能扰乱她的思维与判断”。[164]“我学会了如何与一个有思想的人亲密交往。在交往过程中，重要的不是只听他说每一个字，还要努力去理解他的话，并通过细致、毫不失真的反应来证实这种理解。对人们的尊重，始于关注他们所说的话。”[165]在与薇莎的交谈中，卡内蒂学到与卡尔·克劳斯的讲座上排山倒海的气势

[161] Elias Canetti：*Das Augenspiel*. S. 298.-299.
[162] Elias Canetti：*Die Stimmen von Marrakesch*. S. 85.
[163] Elias Canetti：*Das Augenspiel*. S. 135.
[164] Elias Canetti：*Die Fackel im Ohr*. S. 203.
[165] Ebenda，S. 207.

截然不同的静听。这就是卡内蒂所说的“寂静教育”。[166] 而这种“寂静教育”还只是“倾听的学校”的一部分。在维也纳这所倾听的学校里，卡内蒂从三方面得到了训练：其一，他从薇莎那里学会了关注地静听；其二，卡尔·克劳斯富有声音表现力的讲座打开了他的耳朵。仅从卡内蒂第二部自传的标题《耳中火炬》就不难看出卡尔·克劳斯对青年卡内蒂的影响。其三，除了克劳斯本人的演讲和语言特色令维也纳大学的新生卡内蒂大开“耳界”外，更为重要的是，在克劳斯的讲座上朗诵的内斯特罗伊的作品，真正为卡内蒂打开了富有维也纳特色的声音世界。在同曼弗雷德·杜尔查克的谈话中，卡内蒂坦言：“假如没有这些朗诵会的话，我也许不会热衷于出入那些毫不起眼的小酒馆，长达数小时有时甚至整夜坐在那里倾听人们的谈话。”[167]此处还须指出的是，克劳斯的讲座不仅让年轻的卡内蒂张开耳朵，克劳斯本人对声音以及现实生活中话语的兴趣也成为卡内蒂的榜样。“克劳斯被维也纳现实世界的各种声音所追随，比如他在大街上、广场上随处可以听到支离破碎的句子和叫喊声。”[168]当多数知识分子对这些声音置若罔闻时，克劳斯却把耳朵随时张开，“就连看报对他来说，似乎也是在听报。这些没有生命的黑色印刷文字对他而言是响亮的话语。”[169]

卡内蒂作为奇特的“听者”，在不少作家和文学家的文字中得到印证。瑞士作家保罗·尼丛(Paul Nizon)曾同卡内蒂有过亲密谈话，他描述卡内蒂如何“带着魔力般的专注”和“极大的好奇和敏感”倾听他说话。[170] 另外，医生约翰·施托伊尔(Johann Steuer)也对卡内蒂有过类似的描述。卡内蒂能让初识者在10分钟内把从未对别人透露过的东西说给他听，并且他还能“过耳不忘”。哪怕这10分钟的交谈后两人再未重逢，卡内蒂仍会在数十年后向别人打听对方的情况。[171]

---

[166] Ebenda.

[167] Elias Canetti：*Aufsätze Reden und Gespräche*. S. 227.

[168] Elias Canetti：*Das Gewissen der Worte*. S. 45.

[169] Ebenda，另见 Karoline Naab：Elias Canettis akustische Poetik. Naab 在文章中概括了 Sigurd Paul Scheichel 的研究成果，即卡内蒂和克劳斯对声音共同的敏感和热忱并非偶然，而是与奥地利的口头文学尤其是大众剧的传统(注重用声音刻画人物)有关。内斯特罗伊、克劳斯和卡内蒂都属于这一传统的继承人。S. 57－61.

[170] Werner Morlang (Hg.)：*Canetti in Zürich*. S36.

[171] Sven Hanuschek：*Elias Canetti*. *Biographie*. S. 9.

"耳证人"的确成果斐然。卡内蒂的长篇小说《迷惘》中主要人物的语言以及剧本《婚礼》和《虚荣的喜剧》里几十个人物的对白都来自于维也纳街头的声音。《婚礼》的产生甚至就源于卡内蒂偶然偷听的几个妇女的谈话。因为听到的一句话作家竟然创作了一个剧本。[172]

卡内蒂的作品中充满了各种声音。小说《迷惘》在一些评论家看来就是一本适合朗读的小说。[173] 剧本《婚礼》在剧中人"房子,房子,房子"的叫喊声中落幕。剧本《虚荣的喜剧》的末尾,众人举着镜子高喊"我,我,我"。《被限定了死期的人们》里"满意,满意,满意"的喊声不绝于耳。在《马拉喀什之声》中盲眼乞丐抑扬顿挫的叫喊声给人留下深刻的印象。在自传三部曲中,小城鲁斯丘克居民的多种语言的说话声,父母亲密的德语对白,窗户下大学生小贩反反复复的叫卖声,卡尔·克劳斯富有表现力的讲座,咖啡馆里人们的谈话声[……]这些声音有的温和轻柔,有的断断续续、支离破碎。于是,"耳证人"卡内蒂又让读者作为"耳证人",听到来自现实世界的真实的声音。

在现实生活中卡内蒂也是运用声音的高手。获得诺贝尔文学奖后,各色访客络绎不绝,卡内蒂不胜其扰。作家于是时常假扮成带有维也纳口音的女佣接听电话。假如电话那头是他所不愿交谈的人,卡内蒂就用女仆的口气说卡内蒂先生不在家,如果是自己愿意与之谈话的人,作家则马上变回原来的身份。[174] 虽然在卡内蒂去世前,这事早已成为公开的秘密,但是每个打电话的人依然难以分辨出,在电话上同他们周旋的女人声音究竟是否就是卡内蒂本人。"变形"大师卡内蒂用这样的方式谢绝了不少不受他欢迎的来访者,罗尔夫·霍赫胡特(Rolf Hochhuth)便是其中一位。[175]

---

[172] 卡内蒂回忆说:"我当时住在维也纳郊区的许尔特多尔夫(Hütteldorf)。我怀着极大的热情聆听人们的谈话。有一次我在远处听到三个妇女紧挨着坐在一条长椅上聊天,绘声绘色又郑重其事。我慢慢靠近,但又害怕打断她们。在走过她们身旁的时候,我听到这句话:"他把我拉上圣坛亲吻我,他多好。"这句话我再也无法忘怀,一直跟着我进入睡梦。[……]半年后,由这一句话诞生了剧本《婚礼》。我一字不改地搬进剧本,作为护身符。除了这句话,其他的都是我自由发挥的。甚至可以说,我就为这句话而创作了这个剧本。*Gegen-Satz zur Hochzeit*. In: Elias Canetti: *Aufsätze Reden und Gespräche*. S. 71.

[173] Dagmar Barnouw: *Elias Canetti*. S. 30.

[174] Jeremy Adler 对此有相关描述,见 Werner Morlang (Hg.): *Canetti in Zürich*. S. 52.

[175] 参见卡内蒂去世前几年过从甚密的医生 Johann Steurer 的回忆,见 *Canetti in Zürich*. S. 191.

2. “声音面具”

其实，卡内蒂早在幼年时期就已经展现出运用“声音面具”的才能。五岁的卡内蒂就曾模仿父亲呼唤母亲的声音，并且以假乱真地使母亲误以为是父亲在叫她。[176] 运用他人的声音，掩饰自己的身份，获得他人的身份，这同头戴面具的人扮演异己的身份是同一个道理。因此在论述卡内蒂的“声音面具”之前，首先简要陈述面具对卡内蒂生活和创作的意义。

卡内蒂在五六岁的时候，适逢镇上犹太人过普珥节（Purim），他看到人们化了装，戴着假面具进进出出，还亲眼目睹酷爱戏剧表演的父亲在节日期间接二连三地变换面具，小卡内蒂还被父亲戴着的狼形面具吓哭。[177] 卡内蒂自幼就体验到面具如何帮助人们实现“变形”。半个多世纪以后，他在《群众和权力》中写道：“面具的作用主要是向外的作用，它创造了形象。”西方戏剧的开端便始于古希腊酒神祭祀的活动，人们戴着各色面具表演神话里的人物和故事。同时面具因其固定性，又成为明确的特征和标志。“面具吸引人的地方就是它的一成不变。”这种明确性和固定性同卡内蒂塑造类型人物形象的追求非常吻合。“面具是清晰的，它表达某种完全确定的东西，不多也不少。面具是呆板的：这种确定的东西不会改变。”[178]声音面具因而也必须是确定的、一成不变的，这样才能准确标志某个特定的形象。

1）“声音面具”的来历与定义

曾经把卡内蒂所有剧本搬上舞台的德语戏剧界的著名导演汉斯·霍尔曼称卡内蒂为“声音面具的发明者”，并指出了卡内蒂在奥地利戏剧史上的重要作用：

> 卡内蒂对声音面具的要求以及对这一概念的定义，不仅树立了现实主义戏剧的地标，并赋予了内斯特罗伊、霍尔瓦特和卡尔·克劳斯的批判现实主义以及这些前辈们的作品以理论基础，同时也为埃尔弗里德·耶利内克和维尔讷·施瓦布（Werner Schwab）设计人物语言的方式提供了理论根基，而后两者

---

〔176〕Elias Canetti：*Die Gerettete Zunge*. S. 35.

〔177〕Elias Canetti：*Die Gerettete Zunge*. S. 28－29.

〔178〕埃利亚斯·卡内蒂《群众与权力》，第264—265页。

在某种意义上就是卡内蒂的子孙。[179]

从汉斯·霍尔曼的这段总结可以看出,“声音面具”作为创作手法在19世纪的奥地利戏剧中早已存在,而且内斯特罗伊和霍尔瓦特也在各自的戏剧中运用过。根据卡内蒂研究者西古德·保罗·沙伊希尔(Sigurd Paul Scheichl)的看法,卡内蒂不仅是内斯特罗伊和克劳斯的学生,并且同这两者一样都是奥地利口头文学传统的继承者。汉斯·霍尔曼的评价则突出了三者在“声音面具”上的不同特色:“尽管卡内蒂所命名的‘声音面具’,人们在内斯特罗伊处已经听到过,卡尔·克劳斯也几乎将其推向了讽刺漫画的境界,霍尔瓦特也时常使用,但他们对‘声音面具’的使用并未始终如一,也并非体现在所有的作品中。唯有卡内蒂完全用它来创造自己的形象。”[180]

1937年4月18日在接受《维也纳日报星期日副刊》的采访时,卡内蒂第一次较为详细地提出“声音面具”的概念,他以在咖啡馆里结识一个陌生人为例:

> 他的说话方式是独一无二,不容混淆的。这种说话方式有独特的音高和语速,有独特的节奏。他很少使句子相互之间有所区别。特定的词语和短语总是一再出现。他的语言仅由五百个词语组成。他运用这些词语轻车熟路,足以应对。这是他的五百个词语。而另一个人也是词语贫瘠者,他用另外五百个词语说话。如果您认真听过他说话,下次您不用见面就能从语言上辨认出他来。他说话时在形态特征上,在各方面都有所区别,与他人有所不同,就如他的相貌也是独一无二一样。一个人的这种语言形态特征,他一成不变的说话方式,这种随他而形成的语言,他专门使用的语言,只会随他消亡而消亡的语言,我称为之“声学面具”。[181]

---

[179] Hans Hollmann: *Erfinder der akustischen Maske*. In: *Wortmasken. Texte zu Leben und Werk von Elias Canetti*. Frankfurt am Main: Oktober 1995, S. 90.
[180] Karoline Naab: *Elias Canettis akustische Poetik*. S. 57.
[181] Elias Canetti: *Aufsätze Reden und Gespräche*. S. 137—138.

由卡内蒂对“声音面具”所做的定义，我们可以总结出以下两个特点。

一、“声音面具”是说话者“说话的表层现象”，并非他所说话的内容以及含义，是指说话者“独特的音高和语速”以及“独特的节奏”。这些特点是说话者本身个性化的，在语言符号所代表的话语内容之外的，是未被体系化、统一化的部分。因此，这才是反映说话者本来面目的最本真的部分。关于这点，从卡内蒂对待自己全然不懂的外语的做法上可以得到更明晰的印证。1937 年卡内蒂在布拉格举行作品朗诵会。卡内蒂听不懂捷克语，却不让陪同翻译给他听。卡内蒂在马拉喀什也同样如此，摆脱语词的内容意义，只依靠自己的直接感官去对说话的当地人做最本真的解读。“每一种完全陌生的语言都是一种听觉面具；一旦懂得这种语言，它就变成一张可解释的，并且很快熟悉的脸。”[182]陌生的语言对听者来说完全脱离了熟悉的语言符号体系，话语内容不再会干扰听者的注意力。“但是如果将那些异国的话语翻译成他熟悉的语言，他就会由怀疑到释怀，最后还有些失望。”[183]翻译使得符号体系重新发挥作用，使得纯粹关注说话行为的表层现象遭到破坏，对说话者的理解重新堕入语言符号的窠臼，其结果当然是“失望”。

二、“声音面具”是个性化的重复。如前面引文里所说“特定的词语和短语总是一再出现”，卡内蒂认为一般人经常使用的词语在五百个左右。重复性词语从说话内容层面标记说话者的特点。这些反复出现的词语一方面勾勒出说话者的身份、地位、生活环境、精神世界，另一方面也因其重复性和固定性成为说话者的声音面具。卡内蒂在随笔中用第三人称写道：“他就只由他经常重复的寥寥数语组成。”[184]

对于“声音面具”在创作中的运用，卡内蒂不赞成单纯地收集、机械地运用的做法。他认为剧作家不是“会走路的留声机”。戏剧创作不是尽可能多地记录下人们说话的方式，然后按照需要用收集到的“声音面具”组合成戏剧。如此这般的话，那又是“一种对生活机械抄袭的形式”，“本身与艺术毫无关系”。化学专业毕业的卡内蒂把作家比喻成实验室的“烧瓶”，他必须把所听到的东西“在自己体内彻底混

---

[182] 埃利亚斯·卡内蒂《群众与权力》，第 264 页。

[183] 同上。

[184] Elias Canetti：*Die Fliegenpein*. S. 143.

合，以使他笔下产生的形象在声音面具的作用下清晰而有效。”[185]下文中将具体分析卡内蒂在文学创作中、主要是《虚荣的喜剧》中对“声音面具”的运用。

2）卡内蒂作品中的“声音面具”及其效果

卡内蒂的虚构作品，如小说《迷惘》、戏剧作品《婚礼》和《虚荣的喜剧》等在刻画人物时，都无一例外地使用了“声音面具”。小说里基恩的词汇是“书、孔子、孟子、秦始皇、希腊神话、古罗马历史［……］”，特雷莎的词汇则是“现在物价都在涨价、土豆已经贵了一倍、孩子们变得这么野、遗产是我的、钥匙、存折［……］”。[186] 长达五六百页的长篇小说使得人物说话的内容有时并不局限于五百字，比如汉学家跟弟弟格奥尔格倾诉时候连篇累牍，指点东西方历史文化，尽显书呆子本色。读者随手翻开书中的对话，读上两句，便能识别出说话者的身份。在小说中“声音面具”的运用主要体现在词汇内容上，而没有体现也无法体现“说话的表层现象”，即音色、语速、语调、节奏等。而在戏剧中，在这个主要依靠语言来表达的艺术形式里，人物的“声音面具”在上述两个方面得到了最佳的展现。

《虚荣的喜剧》便是突出运用了“声音面具”的戏剧作品。卡内蒂明确说：“要理解这出喜剧，得用耳朵听，它是由我称之为‘声音面具’的东西构成。每个人物所使用的词汇、说话的声调以及说话的速度，都与其他人物截然不同。”[187]也就是说，喜剧里的人物通过“表层现象”和词汇内容彼此相互区别开来。

在此我们先从词汇内容的层面分析“声音面具”在《虚荣的喜剧》里的运用。喜剧里共出现了30个人物。每个人物都有自己的特色词汇。总体来说，有文化占一定社会地位的人物，如号召人们砸碎镜子的宣告者旺德拉克（Wondrak）、教师夏克尔（Schakerl）、传道士布罗萨姆（Brosam）、医生蕾达（Leda）及其有知识的未婚夫富恩（Föhn）在剧中一直使用标准德语，而贫民阶层如仆佣弗兰绮（Franzi）、米莉（Milli）、玛丽（Marie）、弗兰策（Franzel）以及尚未成年的六位小女孩，他们使用的则是维也纳的老方言。这是沿袭维也纳大众剧的传统：维也纳18、19世纪的大众剧主要面向下层民众，代表人物如菲迪南德·雷蒙德和约翰·内斯特罗伊，他们在喜

[185] Elias Canetti：*Aufzeichnungen*. 1942—1985. S. 438—439.

[186] 参见埃利亚斯·卡内蒂：《迷惘》。

[187] Elias Canetti：*Das Augenspiel*. S. 115.

剧中直接使用下层民众的语言。时至今日，在维也纳公众心目中，方言仍是属于无产者的，使用者来自较低的社会阶层。出于这个原因，在《虚荣的喜剧》中卡内蒂也有意识地使用了维也纳方言作为社会下层人物的"声音面具"。

从数量上看，话语句子多、篇幅长的，都是社会上层人物。他们要么宣布政府命令，如旺德拉克，他作为当权阶层话语的传声筒，占据绝对的话语权；要么是给当权阶层效力的执行者，如夏克尔，他在宣布当局的禁令时同样连篇累牍；剧中的海因里希· 富恩作为受过教育的有识之士，说起话来头头是道，议论比喻，铺排甚多。同上述这些开口就说上一两页纸的人物相比，社会地位卑微阶层的"声音面具"就立显寒碜，比如女佣弗兰绮的言语："仁慈的先生，我的兄弟叫弗兰策，我们失散 30 年。他那会儿当男仆。吻您的手，文雅的，可敬的好先生。"[188]同为仆人的弗兰策·纳达的语言也很有限："看在上帝的份上，年轻的先生，别侮辱我！我的头发都花白了。要是我姐姐知道的话，会怎样！现在我都当了 56 年的杂役了。[……]姐姐曾叫弗兰绮，我叫弗兰策。[……]弗兰绮，我姐姐曾叫这个名字。"[189]在家庭和社会上都没有地位的六个小女孩——丽茨（Lizzi）、罗莉（Lori）、璞琵（Puppi）、汉茜（Hansi）、格雷特（Gretel）、海蒂（Heidi）等人的话语常常就只有寥寥数词："给你两张照片"、"我也要"、"好"、"我也要"，"我也有两张"。[190]

除了从话语的长短上可以反映不同阶层人物的特点，人物话语的内容更是"声音面具"的着重体现者。本节选取剧本中最具典型意义的人物，对他们的"声音面具"进行分析。

在剧本开头第一个出场的是通告人旺德拉克，他在广场上发言总计 45 行，翻来覆去主要就重复了下列几个句子："女士们先生们，我们，我们有个宏伟的计划。你们得到五个球，请对准你们的镜像，砸坏你们的镜像。先生，您虚荣吗？上前来吧，人并非总是猪猡，我们，我们，女士们先生们！"[191]这几个句子颠倒次序，反复出现，成为旺德拉克的"声音面具"。在第一部分的广场集体焚镜场景中，为纷乱杂沓

---

[188] Elias Canetti：*Komödie der Eitelkeit*. S. 14 - 15.
[189] Elias Canetti：*Komödie der Eitelkeit*. S. 13.
[190] Ebenda，S. 16 - 17.
[191] Ebenda，S. 5.

的大场面提供背景的正是旺德拉克的通告声。作为发布禁令的当局的代言人，旺德拉克的词语多有通告呼吁的特点，如“女士们，先生们”、“你们”，出现频率最高的“我们，我们，我们”的使用，在剧本第一部分的第一幕开始就点明了主旨，即号召人们放弃个体，融合于“我们”这一复数的整体中来。这正符合舞台上正在上演的焚镜大戏，因其目的正是要消灭“虚荣”的个体，变个体为“我们”。市集广场上熊熊燃烧的大火把代表个体特性的照片和投射个性的镜子毁灭，把无数的个体消融为一。

传道士布罗萨姆的话语与他的身份同样相得益彰：

> 撒旦抓住我们，吃掉我们，我们是魔鬼最毒的食物。魔鬼虽然坏，但他不带镜子，没有照片。地狱里也没有镜子。我曾在他那里呆了很长时间，我把手伸进他所有火热的口袋里，我搜遍了他所有的罪恶之箱，[……]我辛辛苦苦地搜遍了整个地狱，——地狱很大，有的是地儿，[……]尽管镜子很小，但是我在那么大的地狱里还是没有发现镜子。地狱里没有镜子。[……]镜子前的人比魔鬼更邪恶，就连地狱里也没有他的位置。他的灵魂将沦落何方？〔192〕

布罗萨姆发现倒伏于地的陌生男子在得到几句夸奖话后立即恢复健康，于是斥责他是“可怜的撒谎的罪人”。〔193〕“魔鬼”、“撒旦”、“邪恶”、“地狱”、“灵魂”、“罪人”等带有宗教色彩的词语，成为传道士布罗萨姆的语言标志。这些标志性词语在剧本的后半部分也准确无误地代表着布罗萨姆的身份。在特雷莎的杂货铺里，因发现女儿米莉私藏的镜片，特雷莎举止失常，手舞足蹈，这时布罗萨姆安慰她说：“您怎么啦，好夫人？魔鬼不会进入这家好铺子的。”〔194〕布罗萨姆的词汇里，少不了对善恶的判断或者警句箴言。“一个人走夜路会迷失。独来独往的人是虚荣的。”〔195〕当玛丽表达了迫切期望得到镜子的愿望时，布罗萨姆说道：“好孩子，您所期盼得到的是罪恶的。”〔196〕剧本第二部分对布罗萨姆的住处有舞台说明：“舞台右

---

〔192〕 Elias Canetti：*Komödie der Eitelkeit*. S. 27－28.
〔193〕 Elias Canetti：*Komödie der Eitelkeit*. S. 77.
〔194〕 Ebenda，S. 74.
〔195〕 Ebenda，S. 83.
〔196〕 Ebenda.

边亮光四射、干干净净、井井有条,这全是玛丽的杰作。舞台左边则一片漆黑。”[197]布罗萨姆的房子同黑暗的街道形成鲜明的对照,暗示着这是上帝使徒的住所。布罗萨姆的“声音面具”也很好地配合了此意向的表达。

再如,杂役工弗兰策·纳达在剧本第二部分向浪荡子弟方特谄媚,反复说的内容均为:“年轻的仁慈的先生,当我再次见到年轻的仁慈的先生,他变得更漂亮了。”“然后我看到年轻的仁慈的先生,不由得心花怒放,我多高兴啊,巴不得跳舞,乐得跳起来呢。”“年轻的仁慈的先生,您说得对。”“年轻的仁慈的先生,我好久没见到您了。”[198]纳达的话语卑躬屈膝、极力讨好方特,只为了从后者手里得到一个硬币的赏赐。纳达的“声音面具”在底层人物中具有代表性。跟纳达近似的词汇也出现在其他小人物身上,比如理发师弗里茨·黑尔德,他对吕娅开口,言必称“我最仁慈的夫人”或“美丽的夫人”,通过让吕娅猜谜来间接夸赞后者拥有“星星般明亮的双眸,玫瑰花般的嘴唇,如东方夜色般乌黑的头发”。[199] 从黑尔德嘴里说出来的台词:“一位漂亮夫人就如太阳照亮了所有人”[200],此话也一字不差地在米莉讨好吕娅的场景中得到再现。[201] 此外,米莉也跟黑尔德一样,对吕娅说出了一模一样的话:“美丽的夫人,能允许我给您猜个谜吗?”[202]两者类似的“声音面具”点明他们共同的谄媚者的身份,都是虚荣的传播者。黑尔德是理发师,在他的理发店里人们对着镜子琢磨自己的发型和外貌,沾沾自喜,镜子被禁止之后,他又偷偷给人送照片。卡内蒂也正是因为在理发室里的类似经历而萌生创作剧本的念头。至于米莉在剧中更是被其母直接斥责:“这姑娘虚荣啊!”[203]卡内蒂通过两个角色相似的“声音面具”在他们之间建立了联系。

剧中的文化人海因里希·富恩一出场就对自己的未婚妻蕾达发表了长篇演说,猛烈批评生活中出现的“女性化”(verweiblichen):“人们厚着脸皮在照相机前装出可亲的假面具。照片是摄影师和被拍照者两者之间虚荣心妥协的产物。

---

[197] Ebenda.
[198] Ebenda, S. 48 – 49.
[199] Ebenda, S. 49 – 50.
[200] Elias Canetti: *Komödie der Eitelkeit*. S. 50.
[201] Ebenda, S. 85.
[202] Ebenda, S. 86.
[203] Elias Canetti: *Komödie der Eitelkeit*. S. 70.

[……]他们洗脸。在哪儿？在镜子前。他们梳头。在哪儿？在镜子前。他们刮胡子。在哪儿？在镜子前。他们化妆。在哪儿？在镜子前。他们给自己扑粉？在哪儿？在镜子前。”[204]与杂役弗兰绮、女仆米莉、包装工巴罗赫，摄影师布莱斯等角色满嘴的维也纳方言不同的是，文化人海因里希·富恩还偏好使用标准德语，语言流畅，句子结构比较复杂，从句出现频率高，注意斟词酌句，偏好虚拟式，这也与他知识份子的身份相符。[205] 这便是富恩的“声音面具”。颇有学识的富恩在剧本的第二部分，准确地总结出人们以歌代言的境况：“每个人今天都有自己的歌，这歌只属于他，没人能够夺走。这我懂。”富恩还洞悉了这其中的缘由：“既然不能看见自己的话，人们想至少听听自己的声音，以某种特殊的方式听听自己。”[206]富恩是少数没有因为镜子的缺失而失去语言能力的人，他从头至尾都侃侃而谈，长则数页，短则成段。剧本末尾大部分人都失语的情况下能够继续高声演讲的人，依然是富恩，他在镜馆的豪华间里的台词毫不间断长达一页半纸。

对于绝大部分人物，卡内蒂并没在剧本中说明其语音、语调、语速等个性化的说话特点。笔者在卡内蒂的三部传记、随笔、访谈中并未发现对此有过相关的解释。想来作家要在静默的剧本中对30个人物进行音色、语调等的描述因其本身的抽象性的确难以实现。如此一来，读者也就丧失了对剧本中人物在所谓表层现象上的“声音面具”的体会。这一缺憾，通过另一个方式得到了非常完满的解决——即：卡内蒂对自己作品的朗读。

无论是长篇小说《迷惘》，还是后来的剧本《婚礼》以及《虚荣的喜剧》都在正式出版前由卡内蒂在文学圈子里部分朗读过。这些朗读几乎都非常成功，即使在朗读《虚荣的喜剧》时，弗兰兹·韦尔弗的中途离场让卡内蒂一直耿耿于怀；即使弗兰兹·韦尔弗对卡内蒂的剧本内容表示“无法接受”，但仍然评价说“您读得不错”。尽管“模仿动物声音的人”[207]这一称呼从韦尔弗的本意出发是贬损的，但却从侧面反映出卡内蒂对声音的模仿能力和表现效果。至于在朗读角色时赋予他们动物声

---

[204] Ebenda, S. 22－23.

[205] Ebenda, S. 24. 富恩告诉蕾达，他4岁会识字，5岁不到就会读报，还曾经纠正过父亲读错的字。

[206] Ebenda, S. 81.

[207] Elias Canetti: *Das Augenspiel*. S. 120－122.

音的特点，实乃作家刻意为之，本文前面已有分析。埃里希·弗里德(Erich Fried)评价说，在今天的德语文学圈里很难找到像卡内蒂这样能够把一部有30个特点各异的人物组成的戏剧读得如此精准，如此生动。[208] 这种"单人戏剧"[209]的魅力在于，朗读者通过瞬间变换表情和声音展现不同的人物形象。当代德语文学评论家赖希·拉尼茨基曾在伦敦拜访过卡内蒂。拉尼茨基感受到卡内蒂身为作家却具备强烈的演员特质。如今的"德语文学教皇"回忆说："不考虑说话的内容，仅仅听卡内蒂说话，就是一种享受。"[210]卡内蒂作为作家能如此传神地朗读自己的作品，这对他来说，既是值得骄傲的地方，也恰是他的不幸之处。正如克劳斯·福克尔所断言，"对这些戏剧而言，也许没有比卡内蒂本人更好的阐释者了。作家在朗读时所使用的每一个语调，向我们展示了关于人物和故事发生地的清晰画面，每一个表情都具备语言价值和社会意义。"[211]评论家进而认为，卡内蒂通过自己富有表现力的朗读反驳了那些认为剧本只是"阅读剧"的戏剧界人士和文评家。[212]

据卡内蒂自己所言，他的朗读技巧同样师从卡尔·克劳斯。卡内蒂听了克劳斯上百场讲座，不仅从克劳斯那里学会了倾听，还"学会了如何真正地朗读"[213]，他直言自己"模仿克劳斯"，称他是"无法企及的榜样"。[214] 不过，此处还应指出的是，卡内蒂对卡尔·克劳斯的模仿，除了学习后者高超的朗诵技巧外，克劳斯在朗诵中体现出来的通过变化语言特点刻画人物的本领，直接形象地展示了"声音面具"的运用。克劳斯能够使自己成功化身为各种角色，并通过语言把它们加以区别和表现。克劳斯在讲座中朗读了大量戏剧作品，从莎士比亚到豪普特曼，从斯特林堡到内斯特罗伊。男女妇孺也好，暴戾温和也罢，所有的角色，克劳斯一人独自通读下来，"所有的形象宛如就在眼前"，"以至于人们竟然不再把剧院放在眼里"。碰到剧场里的演出和克劳斯朗读的是同一个剧本的话，人们会毫不犹豫地选择克劳斯的

---

[208] 转引自：Dagmar Barnouw：*Elias Canetti*. S. 30.

[209] Ein-Mann-Theater，见与 Rudolf Hartung 的谈话，In ：Elias Canetti：*Aufsätze Reden und Gespräche*. S. 232.

[210] Marcel Reich-Ranicki：*Mein Leben*. S. 450.

[211] In：*TEXT + KRITIK*，Heft Nr. 28 Elias Canetti. Juli 2005. S. 43.

[212] In：*TEXT + KRITIK*，Heft *Nr.* 28 *Elias Canetti*. Juli 2005. S. 43.

[213] 参见同弗里德里希·威茨谈话，In：Elias Canetti：*Aufsätze Reden und Gespräche*. S. 205。

[214] 参见同 Rudolf Hartung 谈话，In：Elias Canetti：*Aufsätze Reden und Gespräche*，S. 233.

讲座。用卡内蒂的话说，这在当时几乎已成为人们"附庸风雅"的表现。[215] 不过，克劳斯和卡内蒂的"单人戏剧"的缺憾之处也显而易见：只能由他们本人去朗读阐释的剧作在很大程度上限制了剧本的舞台实现。因此，《虚荣的喜剧》尽管在朗诵会上颇受好评，但搬上舞台难度很大。1965 年在德国的不伦瑞克首演，1969 年在奥地利的格拉茨上演，1978 年在瑞士的巴塞尔被搬上舞台，效果均差强人意。这的确与剧本自身的难度和卡内蒂本人过于完美的朗读有关系。正如奥地利作家黑里贝特·施瓦茨鲍尔所言："但凡读过剧本或者听过作者本人朗读剧本的人，就知道要在舞台上表现这出戏剧有多困难。"[216]1979 年由汉斯·霍尔曼执导的《虚荣的喜剧》在维也纳的城堡剧院上演，受到媒介多数好评。最近的一次大型演出是 1999 年 5 月在维也纳的人民剧院，但评论家大都偏向于 20 年前汉斯·霍尔曼的版本。主要原因便是年轻导演鲁道夫·尤西茨(Rudolf Jusits)没有体现出卡内蒂原作中"声音面具"的特色。[217] 在格拉茨剧院的演出也因导演赫尔曼·库彻(Hermann Kutscher)未能充分展现剧中众人物的"声音面具"，而受到评论家的批评。[218] 反之，汉斯·霍尔曼不仅有将克劳斯和霍尔瓦特成功搬上舞台的经验，况且他与卡内蒂私交甚好，他本人对卡内蒂的"声音面具"的特点有较深刻的理解。[219]

需要说明的是，卡内蒂的"声音面具"理论本身也如他的"变形"理论一样并未闭合，在作家的创作实践中被不断补充修正。卡内蒂的前两个剧本《婚礼》和《虚荣的喜剧》无疑都体现了"声音面具"的特点。不过第三个剧本《被限定了死期的人们》，是否运用了卡内蒂意义上的"声音面具"则需要推敲。曾有研究者认为《被限定了死期的人们》并未使用"声音面具"，但卡内蒂却声称"剧中人物的名字本身就是声音面具"。[220] 不过在 1981 年接受曼弗雷德·杜尔查克的访谈时，卡内蒂却承

---

[215] 参见同弗里德里希·威茨谈话，In：Elias Canetti：*Aufsätze Reden und Gespräche*. S. 205。

[216] Heribert Schwarzbauer：*Vor Spiegelstürmern wird gewarnt*. In：Die Welt. 09. 02. 1965. S. 5.

[217] *Die Furche*. Nr 18/6 Mai 1999. S. 19 Feuilleton.

[218] Heribert Schwarzbauer：*Vor Spiegelstürmern wird gewarnt*. In：Die Welt. 09. 02. 1965. S. 5.

[219] 汉斯·霍尔曼写有文章论述卡内蒂的声音面具特点，并邀请卡内蒂到排练现场亲自指导，参见 *Erfinder der Akustischen Maske*. In：Wortmasken. S. 89 – 92。

[220] 汉斯·霍尔曼认为该剧中人物说一样的话，人物没有在句子结构、口头禅等方面彼此区别的特色语言，因此并未使用声音面具。卡内蒂说："这里名字就是面具！一个可以活到 88 岁的年轻人名字就叫'八十八'，因而自视为精英，他说话的方式肯定与一个名字叫'四十六'岁且时日无多的中年人大不相同了！"In：*Wortmasken*. S. 90。

认了第三个剧本没有使用“声音面具”:因为所有的人物都说着标准德语,没有标志性的个人习惯用语。[221] 但恰恰是没有使用“声音面具”的第三部剧作,在观众方面接受度较好。

笔者认为,原因正在于“声音面具”本身三方面的特点 。

一、典型的维也纳方言是卡内蒂戏剧世界众多人物普遍的“声音面具 ”。因此《婚礼》和《虚荣的喜剧》脱离了维也纳的语言和文化环境几乎很难被观众理解。卡内蒂于 1935 年 1 月在瑞士苏黎世朗读《虚荣的喜剧》的第一部分时,听众中的非维也纳文化圈的名人,如詹姆斯・乔伊斯就一头雾水。[222] 这在客观上阻碍了剧本的理解和接受。反之,使用了标准德语的《被限定了死期的人们》可以被很好地翻译成英语,这使得该剧在牛津的演出非常成功,并在大学的研讨会上讨论数月之久。用卡内蒂的话说,是“令人吃惊的事”。此外,该剧本在同样使用标准德语的德国,也收到了良好的效果。剧本曾经作为广播剧在科隆播出后,卡内蒂称“很少收到那么多的听众来信”。[223] 因此,卡内蒂的维也纳喜剧的确也因为语言关系影响读者对它的接受。

二、“声音面具”的运用令卡内蒂的戏剧更适合于“读”,适合于“听”。1978 年 2 月《虚荣的喜剧》在瑞士巴塞尔被搬上舞台,便有评论家指出:“喜剧在阅读中通过大脑想象出来的画面要比在舞台上看到的更多。”[224]戏剧舞台背景简单,很少气氛烘托。有些布景描写甚至非常抽象化,难以在舞台上实现。如彼得・布里(Peter Burri)就指出,剧本的舞台提示词颇具小说特点,比如《虚荣的喜剧》里有这样的描述:“ 空气如玻璃。”[225]的确,这样的意境在舞台上是无法用视觉展现出来的。卡内蒂的剧本中对人物描写着墨甚少。用夸张荒诞的“声音面具”来塑造人物以及推动故事情节的发展,这与要求以生动的舞台形象客观真实地摹写现实生活的艺术手法和审美要求大相径庭。再者,要使“声音面具”得到恰当的体现,既需要高水平的朗读技巧又要深谙作者对人物塑造的意图。身兼作者与优秀朗读者的卡

---

[221] Elias Canetti:*Aufsätze Reden und Gespräche*. S. 312.
[222] Elias Canetti: *Das Augenspiel*. S. 168 – 169.
[223] Elias Canetti:*Aufsätze Reden und Gespräche*. S. 312.
[224] Georg Hensel: *Zerrspiegel der Wahrheit*. *In*:*Frankfurter Allgemeine*. 15. 02. 1978. S. 23.
[225] *Peter Burri*:In:*Basler Zeitung*. Nr. 43. 13. Februar, 1978.

内蒂是演绎自己剧本的最佳人选。卡内蒂承认，他在创作的时候“就想象是自己在朗读这些剧本”。[226] 这也造成卡内蒂的剧本在舞台上演出的困难。因此除了卡内蒂本人，人物的“声音面具”很难得到令人满意的体现。

同时，现代科技手段的发展，尤其是以电脑为代表的多媒体技术的运用，人们更热衷于制造和享受以假乱真的视觉盛宴。与追求逼真多维效果的舞台演出不同，卡内蒂的戏剧非常“史前”：简单的布景加演员们的台词。[227] 对卡内蒂来说，戏剧只有形象和话语。话语就是形象。形象具备一切语言的特性。卡内蒂的工作方式也一样“史前”。他写作拒绝打字机，坚持使用铅笔，还发明唯有他自己才看得懂的速记符号。怀着对人类远古神话的无限向往，他恰如远古的行吟诗人，孤独漫步于荒原，用眼睛收集沿途景致，用耳朵收集各类声响，最后再用自己的嘴巴传达信息。笔者认为，在这个意义上，卡内蒂的戏剧特点的确贴近神话的本源。因为神话的本意正是“Wort（话语）”和“Erzählung（叙述）”。[228] 主要依赖于语言特色的卡内蒂戏剧在舞台上的确难以吸引需要视觉享受的观众，但如果考虑到其戏剧自身的这些特点，或许把卡内蒂的戏剧搬上舞台，本身就是一个适得其反的冒险。

三、“声音面具”作为人物的音色标志，人物所使用的词汇存在高度的重复。这种重复有其积极的作用，既使得人物的语言面貌清晰可辨，又在客观上达到了一种喜剧效果。而实际上，通过重复实现喜剧效果，是戏剧家们惯用的手法。重复一成不变的言语、思维方式、个人观点，从而使人物及其言行变得可笑。不过，这种表现手法带来的僵化死板的面具特征也是客观存在的。因此，卡内蒂使用“声音面具”塑造类型人物的同时，无形中也让人物失去了自由“变形”的可能。他借助于“类型人物”和“声音面具”抓住“变形”过程的某些阶段形态的同时，也恰恰为这些形象“解除了变形”。这些呆板的形象成为我们现实世界的真实写照。

四、结语

虽然卡内蒂的戏剧理论并非独创或首创，却源于作家独立的阅读和思考的领

---

[226] Elias Canetti：*Aufsätze Reden und Gespräche*. S. 309.
[227] *Der weise Komödiant*. In：*Der Entflammte*. S. 38.
[228] Gero von Wilpert：*Sachwörterbuch der Literatur*. S. 541.

悟，并且在创作中一以贯之。此处援引同为戏剧家的弗里德里希·迪伦马特的话倒是颇为恰当：

> 艺术家不能接受不是他自己发现的法则[……]。而当艺术家的确发现了他的法则时，那么这同一法则虽已经为学术研究所发现，也没有关系。[……]学术研究把戏剧看作是一个客体；但是对戏剧家它从来不是纯粹的客观物，不是独立于他之外的东西。[229]

这说明，艺术家在创作实践中发现法则、总结法则，又在实践中运用法则，即使它们或许已为前辈艺术家或理论家们所发现和总结，但艺术实践的个体性和差异性依然令艺术家们获得具有自己特色的经验和理论的提炼。卡内蒂便如此。

因为父母对维也纳的独特情结，出生于保加利亚的卡内蒂进入德语文学的殿堂。由于在维也纳听到卡尔·克劳斯朗读内斯特罗伊的戏剧作品，卡内蒂对维也纳的大众喜剧产生浓厚兴趣，并开始聆听收集维也纳市井中的各色声音。

卡内蒂的戏剧理论与他的人类学研究和神话观紧密相关。“变形”成为他创作中最重要的思想。他对人类起源传说和神话故事中自由“变形”的向往使得他反对现代社会中僵化、禁锢人类多方面能力的分工和专业化。戏剧，对卡内蒂来说，正是实现“变形”的最佳场所。首先，作家在写作中可以化身于那各色的人物；其次，卡内蒂在朗读自己作品的时候，用各种声音技巧来塑造剧中人物的形象，朗读者在朗读的过程中成功地化身为自己塑造的人物 。然而，对戏剧家兼优秀朗读者的卡内蒂来说，他的确在戏剧中实现了“变形”的愿望，但对他剧本中的各色人物来说却正相反。因为，卡内蒂另一个重要的戏剧概念——类型人物，既是“变形”过程的产物，又恰恰是“变形”的反面。呆滞的一成不变的“声音面具”则更是他塑造类型人物的杀手锏。这些乍看上去似乎让卡内蒂的戏剧理论互相抵触，其实正是作家意图的体现。一、既然真实的人性丰富变幻难以把握，不如利用极端人物形象展现人

[229] 周靖波主编：《西方剧论选——变革中的剧场艺术》，北京：北京广播学院出版社，2003年，第595页。

们身上的各色人格特点。二、呆板的类型人物和固化的“声音面具”产生重复的喜剧效果的同时，也让读者以及观众看清僵化的世界、丧失了“变形”的世界是如何单一和荒诞。

“声音面具”除了塑造个性鲜明的类型人物外，它本身对于戏剧这一依靠语言而存在的艺术非常重要。卡内蒂走向了极端，他基本去除了通常戏剧中刻画人物的其他手段，如外貌描写、服饰装扮等，而仅仅凭借人物语言去完成。而“声音面具”的矛盾性也在于：塑造鲜明的“类型人物”的同时也剥夺了其“变形”的可能性。卡内蒂的文学世界以“变形”为核心思想，以“声音面具 ”和“类型人物”为艺术手法，塑造出作品里诸多被解除了“变形”的人物。这正体现了卡内蒂自由“变形”的理想世界与固化的现实社会之间不可调和的冲突。

埃里希·凯斯特纳早期少年小说情结和原型透视

Komplex-und Archetypusanalyse zu Erich Kästners Frühwerken für Kinder

侯素琴

内容提要： 文章的研究对象是德国著名儿童文学作家埃里希·凯斯特纳的早期少年小说《埃米尔擒贼记》、《小不点和安东》、《5 月 35 日》和《飞翔的教室》。本文首先通过介绍有关作家和作品的研究现状，指出利用精神分析的方法对凯斯特纳的小说进行剖析是完全可行的，然后探讨凯斯特纳的少年小说承载的人类集体追求不懈的成长主题。在梦幻般的世界里，少年的经历和周遭的一切，构成了凯斯特纳笔下蒙太奇式的成长小说。成长，是典型的人类集体无意识的体现。单独分析凯斯特纳的早期作品，鲜见成长的痕迹，但是如果纵观这四本小说并将其相互关联，即可生成一部寓意深刻的蒙太奇式的成长小说。这样的小说一方面秉承了德国传统成长小说的特点：男孩主人公在接触社会的过程中不断塑造和完善自身的道德修养，另一方面它具备自己的独到之处：主人公较少受到道德抉择的苦恼，他需要的完成的是学会如何让自己的道德在客观世界中生存。然后，文章从家庭结构发生巨变而导致父亲严重缺失的德国魏玛时期入手，借用集体无意识中的原型概念来分析小说中塑造的“代父”形象并探讨他们之间的关联，通过研究他们与少年主人公之间的互动模式挖掘其“父亲”特质，进而分析“代父”们所表现出的赫克托尔的父亲隐喻——对孩子的渴望，对父亲角色的反思以及对孩子的希望。

文章最后说明“代父”形象可视为作家理想中的父亲意象，是作家理想的一种诠释。

关键词：埃里希·凯斯特纳，早期小说，代父

一、引言

1. 有关作家及其儿童文学的研究现状

20世纪，埃里希·凯斯特纳风靡全球，是迄今为止享有极大国际声誉的德国儿童文学作家之一。[1] 在德国文学批评史上，凯斯特纳的名字虽远不及位于德国文学批评顶尖地位的歌德等人响亮，但他的儿童作品的发行数量之多，普及程度之广，没有上述哪位文学大师能望其项背，“尽管有关于他们的研究和评论文章规模之大，数量之多，都是凯斯特纳无法企及。”[2]“现在已经长大的那些孩子中，没有一个未读过凯斯特纳的小说，未看过由他的小说拍成的电影，未听过将他的小说灌成的磁带。如果要给德国青少年文学作家冠以‘大师’的称号——还有谁比凯斯特纳更适合？”[3]

20世纪德国魏玛时期，凯斯特纳以其新客观主义诗歌和成年人小说《法比安》而蜚声文坛，并被冠以各种称谓，如“德国文学的街垒战士”[4]，“伪英雄泛滥时代里的真英雄”[5]，“多虑的悲观者和本质上的乐观者”[6]，“没有幻想的理性

---

〔1〕Malte Dahrendorf：*Erich Kästner und die Zukunft der Jugendliteratur oder über die Neubewertung einer Besonderheit des Erzählens für Kinder und Jugendliche bei Kästner* . In：*Erich-Kästner-Buch*, Jahrgang 2003. Würzburg，2004 ，S. 30.

〔2〕Stefan Neuhaus：*Schlechte Noten für den Schulmeister? Der Stand der Erich-Kästner-Forschung*. In：*Literautr in Wissenschaft und Unterricht*，32. 1. 1999，S. 43－71，hier S. 43.

〔3〕Michael Sahr：*„Es geht um die Kinder“* . In：*Disussion Deutsch*，23（1992），H 127，S. 450－264.

〔4〕Konstantin Prinz von Bayern：*Die großen Namen. Begegnung mit bedeutenden Dichtern unserer Zeit*. München 1956，S. 277－290，hier S. 279.

〔5〕Kasimier Edschmid：*Rede auf den Preisträger. Georg-Büchner-Preis*. In：*Jahrbuch der Deutschen Akademie für Sprache und Dichtung Darmstadt*. Heidelberg，Darmstadt 1958，S. 77－82，hier S. 80.

〔6〕Hanns-Erich Haack：*Dr. Kästenrs Kaleidoskop*. In：*Deutsche Rundschau*，LXXXV，1959. S. 128－132，hier S. 129.

者”[7]，“青年文学大师[8]”，“源自爱的道德者”[9]等。赖希—拉尼茨基称凯斯特纳为“德国最满怀希望的悲观主义者和德国文学最积极的否定者”。[10] 与此同时，他的儿童小说创作也取得了意想不到的巨大成功。《埃米尔擒贼记》(1929)的出版，“揭开了德国现代儿童文学发展的序幕”。[11] 即使在凯斯特纳遭禁的纳粹统治期间，《埃米尔擒贼记》也得以幸存。[12] 克劳斯·多德雷尔甚至认为，不能将作为诗人、成年人作家或者儿童小说家的凯斯特纳割裂开来，因为他在诗歌中所表达的“时代精神、风格和主题，[……]其实早已根植于他的儿童小说中”。[13] 1966 年，库特·博伊特勒的博士论文出版。德国有关凯斯特纳以及他的儿童作品的研究也因此发生转折，随后涌现出众多具有较强学术价值的研究成果。主要涉及以下几个方面：

第一，文学教育分析。二战结束后，凯斯特纳继续活跃在儿童文学领域，推出更多新作，对战后的道德重建和教育起了重要的作用。因此，许多研究者多讨论凯斯特纳作品的教育功能。库特·博伊特勒在专著《埃里希·凯斯特纳——文学教育研究》中运用语文学和阐释学的研究方法，从凯斯特纳的成年人小说和儿童小说出发，以凯斯特纳自身受教育的过程为前提，探索作家生活和作品之间的因果关系。研究的重点置于凯斯特纳的教育动机，即对教育当局的批判等，证明凯斯特纳

---

[7] Herbert Ahl: *Urenkel der Aufklärung. Erich Kästner*. In: *Liferarische Portraits München*. Wien 1962, S. 144 - 151, hier, S. 144.

[8] Rudolf Hagelstange: *Verzeihliche Zumutung. Erich Kästners „Kästner für Erwachsene“*. In: *Der Spiegel*, Nr. 33. 8, August 1969, S. 77.

[9] Willi Fehse: *Ein Moralist aus Liebe. Erich Kästners zum 75. Geburtstag*. In: *Der Literat*, 16. Jg, Nr. 2, Februar 1974, S. 29 - 30, hier S. 29.

[10] Marcel Reich-Ranicki: *Erich Kästner Der Dichter der kleinen Freiheit*. In: *Nachprüfung Aufsätze über deutsche Schriftsteller von gestern*. Deutsche Verlags-Anstalt, Stuttgart 1980, S. 284 - 293.

[11] Stefan Neuhaus: *Schlechte Noten für den Schulmeister? Der Stand der Erich-Kästner-Forschung* In: *Literautr in Wissenschaft und Unterricht*, 32. 1. 1999, S. 43 - 71, hier S. 55 Vgl. Klaus Doderer: *Erich Käsnter. Für die Jugend schreiben*. S. 312.

[12] „Alles außer Emil“：1933 年 5 月，德国纳粹列出一张“黑名单”(Schwarze Liste)，涉及到的 130 多名作家以及他们的作品遭禁，埃里希·凯斯特纳也被列入其中，他的名字后特别注明：“埃米尔除外”。

[13] Stefan Neuhaus: *Schlechte Noten für den Schulmeister? Der Stand der Erich-Kästner-Forschung*. In: *Literautr in Wissenschaft und Unterricht*, 32. 1. 1999, S. 43 - 71 hier, S. 59. Vgl. Klaus Doderer: *Erich Kästner. Für die Jugend schreiben*. S. 312.

具备“建立在正直和洞察力基础上的社会责任感”。[14] 最后得出如下结论：“凯斯特纳将教育视为社会不断改善的唯一手段，认为直接的政治措施只是辅助或者收效甚微，他赞成一项长期的社会改革方案，反对利用政治手段实现社会迅速变革的激进革命。”[15]1976 年，雷娜特・本森的专著《埃里希・凯斯特纳作品研究》公开出版。作者在书中分别对作为讽刺作家、儿童小说家、通俗文学作家以及现实主义诗人的凯斯特纳进行分析，不仅触及作品中的讽刺和幽默的创作风格，还探讨了其中的道德意义。“凯斯特纳是一位道德者，不是道德的布道者，而是一位道德哲人，他在作品中抨击了人及人类的某些行为方式”。[16] 本森指出，凯斯特纳借助文字表达他的人道主义理想，即“在道德领域内对个体进行改造，教育他们进行负责任的思考和行为，这是个体自由的必要基础”。[17] 本森还认为，在儿童小说中，凯斯特纳的哲学观点带有一种脱离现实的浪漫色彩，但并未深入讨论。

第二，社会批判性分析。进入 20 世纪 80 年代，学者多关注凯斯特纳儿童作品与时代的关系。1986 年，彼得拉・基尔施在她的博士论文《对历史转折期的埃里希・凯斯特纳儿童小说的文学史学研究》中提出，凯斯特纳的儿童小说在其诞生的年代中承载着一种历史意识，因此是整个社会的反映。基尔施视凯斯特纳为“政治作家”。[18] 论文从勇敢、诚实、行善等美德出发，分析作品中人物的“道德政治的价值”。[19] “儿童小说中存在大量的道德价值和真理”，因此胜任“表达政治理想，或者关于社会实践和可操作性的理想”[20]，而凯斯特纳笔下的童年体现出“自由道德的完美性[21]”。基尔施认为，凯斯特纳的儿童小说是社会和政治现实的反面现象，童年的画面完全是对成年人世界的否定。儿童小说的道德教育功能在凯斯特纳的

---

〔14〕Kurt Beutler：*Erich Kästner*. *Eine literaturpädagogische Untersuchung*. Diss. Marburg，1966，Weinheim 1967. S. 132.

〔15〕Ebenda，S. 300.

〔16〕Renate Benson：*Erich Kästner*. *Studien zu seinem Werk*. Diss. McGill University Montreal，1970，Bonn 1973. S. 8.

〔17〕Ebenda，S. 9.

〔18〕Petra Kirsch：Erich Käsnters Kinderbücher im geschichtlichen Wandel. Eine literarhistorische Untersuchung. Diss. München，1989，S. 22.

〔19〕Ebenda，S. 45.

〔20〕Ebenda，S. 18.

〔21〕Ebenda，S. 25.

作品中多表现为实现政治可能性的动力，即有助于从出发点上（儿童）来改变社会现实。[22] 儿童文学评论家克劳斯·多德雷尔发表多篇文章，研究凯斯特纳儿童小说的社会批判特点，其中具有代表性的论文是《埃里希·凯斯特纳的〈埃米尔擒贼记〉——儿童小说中的社会批判》（Erich Kästner. Emil und die Detektive Gesellschaftskritik in einem Kinderroman）和《团结和奴性 —— 对〈埃米尔擒贼记〉和威廉·施普雷尔的〈中学之战〉》（Solidarität und Untertanengeist. Zu Erich Kästners Emil und die Detektive und Wilhelm Spreyers Der Kampf der Tertia）。

第三，道德分析。20 世纪 90 年代，研究者对凯斯特纳儿童小说的分析集中在道德范畴，对此做出最大贡献的是安德烈亚斯·德罗弗（Andreas Drouve）的专著《埃里希·凯斯特纳 —— 双重根基的道德者》（Erich Kästner Moralist mit doppeltem Boden，1993）。书中重点研究凯斯特纳道德观的双重性，指出凯斯特纳将双重的道德观置于儿童小说（好的世界）和诗歌以及《法比安》（坏的世界）中。

第四，语言风格分析。卡尔海因茨·丹尼尔（Karlheiz Daniel）在文章《语言和社会批判者埃里希·凯斯特纳的语言模式运用》（Erich Kästner als Sprach-und Gesellschaftskritiker dargestellt an seiner Verwendung sprachlicher Schematismen）中主要分析了凯斯特纳作品中的幽默因素。莱纳尔德·博斯曼（Reinaldo Bossmann）在他的专著《埃里希·凯斯特纳的作品和语言》（Erich Kästner Werk und Sprache）中重点分析了凯斯特纳小说的文风以及作品中诸如发音、词汇、句法和修辞等语言现象。

第五，精神分析。英格·维尔德（Inge Wild）的《完美儿子的想象》（Die Phatasie vom vollkommenen Sohn）和彼得·盖伊（Peter Gay）的《精神分析和故事 ——〈埃米尔擒贼记〉》（Psychoanalyse und Geschichte-oder Emil und die Detektive）在利用精神分析法剖析凯斯特纳的儿童作品方面具有代表意义。两位学者将心理分析的重心放在作家自身以及作品中的人物形象所体现出来的“俄狄浦斯情结”上，多探讨母子关系及其在艺术中的象征意义。

第六，作家角度分析。1999 年，正值凯斯特纳诞辰 100 周年，德国文学界出现

〔22〕 Ebenda，S. 18. 20.

了大量有关凯斯特纳及其作品的介绍和讨论，出版了数量可观的文章和书籍。这些文章和书籍多探究凯斯特纳的身世，有助于从作家的角度出发来研究作家笔下的形象和故事编排。如：弗朗茨·约瑟夫·格尔茨（Franz Josef Görtz）和汉斯·萨克维茨（Hans Sarkowicz）在所著的传记中，提出了有关凯斯特纳生父的讨论，以及作家的个人经历和文学创作的关联；〔23〕斯文·哈努施克（Sven Hanuschek）所著传记《无人窥入你内心》（Keiner blickt dir hinter das Gesicht），材料事实最为丰富，把作家生平与作品相联系。〔24〕对儿童文学研究来说，这本传记的价值在于提供了有关凯斯特纳儿童小说产生和出版条件的详细史实。

其七，其他分析角度。玛丽安娜·博伊姆勒在其论文《澄清后的现实》中，对凯斯特纳创作于1933—1945年间的作品提出尖锐的批评，其中还包括《小不点和安东》。她认为“凯斯特纳在做着中产阶级田园般的阶级和平的白日梦”〔25〕，因此他的作品并不适合进行客观的科学研究。露特·K. 安格雷斯在《埃里希·凯斯特纳的儿童小说批评》这篇文章中甚至否定了其作品的文学价值，认为“儿童小说难免走向通俗和道德说教，凯斯特纳也同样流于俗套”。《埃米尔擒贼记》远称不上真正的侦探小说，孩子的团队行为也仅是“生搬硬造而已”。〔26〕凯斯特纳的儿童小说在“本质上来说是感性小说。[……]或者说，它们是优秀的通俗小说，可以引发广泛的阅读，这才是其成功所在。”〔27〕

埃里希·凯斯特纳被引入中国，始于1934年由林雪清翻译的《埃米尔捕盗记》，以及同年成绍宗的译本《小侦探》。〔28〕随着抗日战争爆发，以及战后新中国成立直到1976年，国内几乎没有任何有关凯斯特纳的译著出版，或仅有若干译自英

---

〔23〕Vgl. Franz Josef Görtz u. Hans Sarkowicz: *Erich Kästner. Eine Biographie*. München: Piper Verlag, 1998.

〔24〕Vgl. Sven Hanuschek: *Keiner blickt dir hinter das Gesicht Das Leben Erich Kästners*. München, Wien: Carl Hanser Verlag, 1999.

〔25〕Marianne Bäumler: *Die aufgeräumte Wirklichkeit des Erich Kästner*. Köln: Prometh Verlag GmbH. und Co Kommanditgesellschaft, 1984, S. 58.

〔26〕Ruth K. Angress: *Erich Kästners Kinderbücher kritisch gesehen*. In: Paul Michael Lützeler (Hg.) *Zeitgenossenschaft Zur deutschensprachigen Literatur im 20 Jahrhundert*. Atehnaum, Frankfurt am Main, 1987, S. 91 - 102, hier S. 95

〔27〕Ebenda, hier S. 101.

〔28〕成绍宗译本《小侦探》中附多幅电影剧照。

文版的译本发行。[29] "文革"结束后，包括埃里希·凯斯特纳在内的众多德国作家的作品开始被译成中文。1979年，由江苏人民出版社出版《埃米尔擒贼记》和《穿靴子的猫》，之后并有多种译本发行，如1980年由王燕生和周祖生翻译的《埃米尔捕盗记》，陈双壁翻译的《爱弥儿和侦探》，1981年由黄传杰翻译的《两个小路特》等等。1999年，凯斯特纳100周年诞辰之际，明天出版社出版了凯斯特纳儿童小说集，其中包括《埃米尔擒贼记》、《小不点和安东》等八部儿童作品。德国著名儿童文学研究者、日耳曼语言文学和文艺学教授汉斯—海诺·埃韦斯为该书作序。2008年4月该书再版，并收录了凯斯特纳的最后一部小说《袖珍男孩儿》。就此，凯斯特纳的全部儿童小说在中国与读者见面。[30] 尽管如此，在中国的日耳曼文学批评界鲜有对凯斯特纳的研究。2000年，孔德明在《当代外国文学》发表《战后德国儿童文学之父凯斯特纳》，通过对凯斯特纳三部重要作品的简要分析，为中国读者介绍了这位"德国儿童文学之父"。在有关德国文学史的记述中，凯斯特纳占据一定的位置，但通常局限于简单的介绍。

2. 研究方法

日本著名儿童文学理论家上笙一郎的《儿童文学引论》(1982)一书中指出：在一般的文学研究中，所谓"精神分析学"曾流行一时。在这种学说流行时期，产生出一种把所有的文学都结合某种"欲望"而加以评论的思潮。但是，由于儿童文学研究的历史尚浅，没有经历那样的思潮。至于"精神分析学"是否适于儿童文学作品论及作家论的研究，姑且不论，但是心理学的研究方法必然将会发挥更大的作用。[31] 在经过如上有关研究现状的总结之后，我们发现，风靡20世纪的对文学文本的精神分析方法被置于对凯斯特纳研究的边缘位置。其实，正如法国理论家J.贝尔曼·诺埃尔所指出的："文本分析就是'文本的精神分析'，或者更确切的说是

---

[29] 英译本转译：40年代由林俊迁译述的《小学生补盗记》，具体年份不详；1943年程小青的译本《学生补盗记》。参见卫茂平《德语文学汉译史考辩—— 晚清和民国时期》，上海：上海外语教育出版社，2004年，第344页。

[30] Vgl. Cai Hongjun：*Erich Kästners Kinderbücher in China*. In：Hans-Heino-Ewers(Hrsg)：*Erich Kästners weltweite Wirkung als Kinderschriftsteller*. Frankfurt am Main：Peter Lang Europäischer Verlag der Wissenschaften ,2002.

[31] (日)上笙一郎：《儿童文学引论》，郎樱、徐效民译，成都：四川儿童文学出版社，1983年，第202页。

'对一个文本进行精神分析'。"[32]

在德国，有关凯斯特纳儿童小说的研究专著多用文献学、社会历史学以及教育学的方法进行。20世纪末，随着凯斯特纳的生平受到众多儿童文学学者关注，心理学的研究方法也逐步被纳入凯斯特纳的研究中。由于运用精神分析理论对儿童文学作品进行分析始于近年，多集中在对神话或者各种童话的文本分析上，因为在这些作品里很容易借助其中的象征意义找到作家创作的自主情结的来源。"只有在我们能够承认它是一种象征的时候，才是可以进行分析的。但是如果我们不能从中发现任何所象征的价值，我们也就仅仅证实了：它并没有什么言外之意。或者换句话说，它实际上的价值并不会超过他看上去的价值。我使用'看上去'这个词，是因为我们自己的偏见可能妨碍对艺术作品进行较为深刻的鉴赏。"[33]作者自主创作的成果，需要评论者去寻找"进行分析的刺激和出发点"，去追问"隐藏在艺术意象后面的，究竟是什么样的原始意象。"用精神分析的方法对儿童文学作品进行阐释并非不可为，重要是寻找合适的"进行分析的刺激和出发点"。因为从心理学角度解释艺术作品，"关键在于严肃看待隐藏在艺术作品下面的基本经验即所说的幻觉。"[34]正如彼得·盖伊指出的一样，"对于精神分析者来说，一场战争，一份简历，一张照片——或者一本写给儿童的小说，所有的一切都是精神分析的材料——或者将要成为其材料。"[35]

本文进行精神分析的材料即凯斯特纳早期创作的四部少年小说：《埃米尔擒贼记》、《小不点和安东》、《5月35日》、《飞翔的教室》，透过看似迥异的文本，挖掘小说之间深层的关联。以弗洛伊德为代表的精神分析法，为文学文本的分析提供了重要的理论依据。随着心理学研究的发展，弗洛伊德的学生卡尔·荣格创立了分

---

〔32〕(法)J. 贝尔曼·诺埃尔《文学文本的精神分析——弗洛伊德影响下的文学批评解析导论》，李书红译，天津：天津人民出版社，2003年，第85页。作者还补充说明，"这种方法是一种极端的尝试，是一种激进的试验，或许也可以说是一种理想。"本文的研究方法主体在于"文本的精神分析"，必要段落仍借助作者的生平和相关的文字，因为作家和作品本身无法完全隔离开来。

〔33〕荣格：《论分析心理学与诗歌的关系》，冯川译，见《德语诗学文选》下卷，上海：华东师范大学出版社，2006年，第148页。

〔34〕荣格：《心理学与文学》，冯川译，见《荣格文集 让我们重返精神的家园》，北京：改革出版社，1997年，第238页。

〔35〕Peter Gay: *Psychoanalyse und Geschichte-oder Emil und die Detektive*. In: *Wisschensahftskolleg-Institute for advaned study-zu Berlin*. Jahrbuch 1983/84. S. 135 - 144, hier S. 139.

析心理学。他在弗洛伊德有关无意识研究的基础上，提出构成个体心灵的三个层次，即意识、个体无意识和集体无意识。个体无意识中以各种情结为主导，集体无意识的中心构成则是原型。荣格这样区分意识、个体无意识和集体无意识："如果用海岛作比喻，那么不妨说：高出水面的部分代表意识，水面下面因为潮汐运动显露出来的部分代表个人无意识，而所有孤立海岛的共同基地——那隐藏在深海之下的海床就是集体无意识。"[36]这一划分同样适合文学文本的分析。一方面，如果将文本视为个体，同样有上述的意识、个体无意识和集体无意识三个层面，或者称为"文本的无意识"；另一方面，这三个层面又分别与创作者作为个体存在的三个层次的人格息息相关。本文将逐步研究凯斯特纳早期少年小说中"大海深处"的集体无意识部分——成长主题以及隐藏于小说深处的父亲原型。

二、蒙太奇式成长小说

埃里希·凯斯特纳早期少年小说中的主人公是10岁到15岁左右的少年，这个时期的孩子们远不像成年人想象得那么愉快。他们游戏在童话世界，但终要回归现实，幻想中暂时的愉悦无法掩饰成长的磨难。济慈曾发出这样的感慨："孩子和成人都有着健康的想象力。但是在两者之间有一个人生阶段，在那个时期，灵魂处于激动不安的状态，性格尚未定型，生活方式还没有确定，志向还是混沌一团[……]"。[37] 凯斯特纳笔下的少年的经历，不单纯是个体的经历，当人们把这些少年按照时间顺序串联在一起时，会惊奇地发现，这是一个生活在魏玛时期的少年笑中带泪的成长故事。

1. 德国成长小说

成长首先是一种处在内心深处的特殊变化，荣格曾经如此描述成长："为了描述它的特征，我不得不拿太阳每天行走的路线来做比喻，不过这是个带有人类情感与人的受局限的意识的太阳。清晨，他从无意识的夜晚的海上升起，放眼纵观展现

---

〔36〕冯川：《荣格的精神》，海口：海南出版社，2006年，第50页。

〔37〕Jerome H. Buckey: *Season of Youth*: *The Bildungsroman from Dickens to Golding*. Harvard University Press, Cambridge 1974. S. 1，转引自易乐湘《马克·吐温青少年题材小说的多主题透视》，2007年，第93页。

在自己面前的辽阔光辉的世界，那是个一望无际的世界，其阔度已逐渐增大，而太阳也愈爬愈高，到达苍穹。[……]中午一到便开始下降。下降的涵义便是把早晨它所憧憬的一切理想与价值都一笔勾销了。太阳开始陷入自我矛盾之中。[……]光与热渐渐地消失，最后终于熄灭。”关于这段比喻，荣格自己其实并不太满意，因为“幸亏我们人不是日出日落的太阳，否则我们的文化价值就不堪设想了。”但是，“我们又确实有点像太阳，而把人生比喻为早晨、春天或傍晚、秋天的说法，也并非纯属感伤性的隐喻而已。”〔38〕太阳的陨落可以发生在人生的晚年，中年，甚至青年时期。经历上升阶段、人生顶点以及下降阶段的过程是人生发展的必然趋势。在凯斯特纳笔下，成长少年埃米尔还处在太阳不断上升的早期，躲在家庭、老师和成年人的保护之下，虽无剧烈的波澜起伏，但也在经历着内在和外在的矛盾冲击。少年成长的顶点无从得知，但是长成大人后的法比安却注定要踏上下降之路，原因在于“他所憧憬的一切理想与价值都一笔勾销了”。死亡与年龄无关。“生命的终点——死亡，只有当我们觉得人生乏味时，才会觉得乐于去接受；或是当我们已深信，太阳到了他沉落之点(照射它的普天下的子民)，也和它上升天顶时有用样的毅力时，我们才觉得死无遗憾。”〔39〕

成长同时又是个人类学的词汇，意指少年经过生活的磨练之后，获得对人生和社会的经验，从而拥有独立面对世界的精神力量。然而，人类个体的发展，只有在人类文化经验的伟大集体意象的引导之下才能完成。古老而神秘的宗教仪式常常暗含着人类早期对生命的尊重以及对神灵的崇敬。正如凯斯特纳在他诗中所写，“现在开始，人们称之为生活”。作为“人”的生活从此正式起航。

人类的成长必将引起诗人和作家的关注。在他们的作品中，人类的集体成长借助个体来实现，成长者在经历重重磨难后，最终通过成人礼的测试，完成少年到成年的人生蜕变。沃尔夫拉姆·冯·埃申巴赫的中世纪史诗《帕齐法尔》和汉斯·格里美豪森的《痴儿流浪记》把传说里的成长故事上升到文学的高度。歌德的《威廉·迈斯特的学习时代》真正确立成长主题在文学中的特殊地位，被视为德国成长

〔38〕(瑞士)C. G. 荣格：《探索心灵奥秘的现代人》，黄奇铭译，北京：社会科学文献出版社，1987 年，第 100－101 页。

〔39〕同上书，第 101 页。

小说的发轫之作。

首先来探讨小说的问题。卢卡契认为，小说这种文学形式“就是一种超验状态下的无助状态的再现”，史诗曾经提供生命的意义，主体在芸芸众生中去感受世界和生命的意义。当这种统一被打破的时候，小说代替史诗：小说的主人公在寻找失落的生命意义，而小说的“内在形式”就是一次“挣扎着的个体走向自我的旅途。”[40]小说不免具有两面性，一方面，小说陷入“抽象的理想主义”，主人公通过积极地与世界进行抗争实现了自己的理想，另一方面，小说陷入一种“幻灭的浪漫主义”，主人公退入自己的内心，因为他感到在外部世界所做的每次尝试都是毫无意义。[41]

同时，成长本身也具备小说的两面：成长代表一种内倾文化，即“局限在个体生活的范围”，但同时又具有外倾性，因为成长不可避免地与外界发生关联，与客观世界抗争，寻求集体无意识下的虚像世界与客观世界的认同。因此，在卢卡契看来，以《威廉·迈斯特》为代表的“成长小说”介于他所定义的两种小说类型的中间。成长小说的主题通常是“矛盾重重，为理想所累的个体与具体的社会现实之间的妥协。”这类作品的前提就是，消除主体和客观世界时间的鸿沟，在现实中有意义地存在。为了让他们的主人公有个好的结局，设计者们就不得不“让现实的某些方面理想化”。[42]

从词源学的角度来分析成长小说。德语词 Bildungsroman 中的 Bildung 来自动词 bilden，ausbilden 或者 einbilden 都是中世纪神学讨论中的常用语，意为“塑造”、“形成”，即教徒在不断完善自己的过程中在头脑中“形成”上帝的形象，或者“按照上帝的形象来塑造”。18 世纪末的德国出现了前所未有的民族意识的崛起，法国大革命与资本主义的出现为成长小说的萌生与繁荣提供了条件。当“人们不再按封建秩序的要求来履行社会角色时，成长便成了一个问题，在某种程度上成长的顺利与否要由他们自己决定了，正如政府的形式要由他们自己来决定一样

---

〔40〕转引自 Jürgen Jacobs：*Der deutsche Bildungsroman Gattungsgeschichte vom* 18. *bis zum* 20. *Jahrhundert*. München：Ö Beck Verlag，1989，S. 27。

〔41〕Ebenda，S. 27.

〔42〕Ebenda，S. 28.

[……]。在民主革命之前，成长小说是不可能出现的，因为以前人们的成长与社会挂钩太紧密，不够有趣。”[43]当时的德国被分割成上百个自治小邦，人们生活非常艰难。资产阶级所倡导的个人意志又与社会责任之间矛盾重重。文学界掀起一场轰轰烈烈的狂飙运动，作家们表达他们在社会中的感受、经历和体验。在他们看来，维护和平和秩序是每个公民的首要职责。为了能够让少年迅速适应环境，必须培养他们的自律精神和维持秩序的能力。于是，该时期的众多人文主义者如赫尔德、歌德、席勒和洪堡等大力提倡“成长教育(Bildung)”理念。bilden这个词随之世俗化，演变为“教育”、“修养”和“发展”之意，强调对人的德行和理性的塑造。Bildungsroman作为文学术语于1820年左右在卡尔·摩根斯坦有关“成长小说的本质”研究中首次出现。摩根斯坦认为，Bildung(成长)首先是指作品中反映出来的作者的生活经验和内心发展，再者就是小说主人公的成长轨迹，第三层意思即“读者的成长”，而正是“成长小说”的根本所在。其实，早在摩根斯坦之前，让·保尔就在他的《美学引论》中提到，“《威廉·迈斯特》成功塑造出了些更加出色的学生(追随者)，如诺瓦利斯，蒂克，E. 瓦格纳等人的小说”。[44] 在此之前，格里美豪森的《痴儿历险记》主要表现基督教教义对成长主体的“内在塑造”，并不追求完整的故事情节和人物的心理律动。而到18世纪末19世纪初，以《威廉·迈斯特的学习时代》以及凯勒的《绿衣亨利》为代表的众多作品勾勒出了成长小说的经典模式：主人公离家后，经历成长和抗争的各个阶段。在和周围环境相接触、和社会交往的过程中，主人公的个性在不断变化、不断形成和完善，最终实现理性与激情、个人与社会的和谐统一。歌德在1786年的日记中总结道：“威廉·迈斯特的开始活动是来自对伟大真理的一种模糊预感，就是人常常愿意从事某种尝试，哪怕他的天生气质不适合于这些方面——比如错误的意向，一知半解以及诸如此类，都可以计算在内。甚而许多人为此浪费了大好光阴[……]然而所有一切错误的步骤，却有可能导致

---

〔43〕Thomas L. Jefferson: *Apprenticeship: Bildungsroman from Goethe to Santayana*. Palgrave Marmillan, New York 2005, S. 51.

〔44〕Vgl. F. Martini: *Der Bildungsroman*. S. 44ff. In: Jürgen Jacobs: *Der deutsche Bildungsroman Gattungsgeschichte vom* 18. *bis zum* 20. *Jahrhundert*. Ö Beck Verlag, München, 1989, S. 69.

一种难以估量的好处。”〔45〕巴赫金在《教育小说及其在现实主义历史中的意义》〔46〕一文中指出，成长小说是“另一种鲜为人知的小说类型，它塑造的是成长中的人物形象。这里，主人公的形象不是静态的统一体，而是动态的统一体。主人公的性格在这一小说的公式中成了变数，主人公本身的变化具有了情节意义。这一小说类型从最普遍的涵义上说，可称为人的成长小说。”〔47〕在他看来，成长小说的基本点在于：主人公在一个陌生的、敌对的世界里寻找生命的意义，经历过矛盾和痛苦后，最终走向成熟，实现与客观世界的平衡和融合。〔48〕

米歇尔·贝多在他的《人性小说》一书中指出：“这类小说的主要特征是通过虚构小说中主人公的成长发展过程来赋予自然人性某种特殊的性质，并让这种特质具备普遍意义。”〔49〕因此，成长小说被抹上一层先验色彩。卢卡契也强调成长小说的心灵世界与史诗的先验秩序有着未曾泯灭的联系。但是，人物的职业、阶级和等级这些存在的前提条件，又在很大程度上决定着他们的理想和最终目的，甚至与原始的虚像世界相悖。所以，社会最深层的整体性意义对心灵的呼唤，与孤独的个体和具体的社会存在之间构成一道深壑。卢卡契在《小说理论》中得出这样的结论：成长小说的主人公通过学习和奋斗，认识到了内心与世界间的差异，在一个团体相互扶持之下，个人命运在揭示整体性意义时得到拯救。按照贝多和卢卡契的观点，成长的主人公足以代表人类，个体行为反映集体无意识活动，折射出某些特定的生存心理、社会和道德准则。借助主人公的成长，在个人与社会、主观与客观、感性与理性之间寻找独特的平衡，在探索对立双方的交互反应基础上，缓解它们之间剑拔弩张的紧张关系，实现自我的虚像世界与客观世界的融合。另外，从人文主义传统上来看，自我虚像世界与客观世界认同的过程，是人类在成长中寻找精神家园的过

〔45〕董问樵：《〈威廉·麦斯特的学习时代〉译本序言》，转引自歌德《威廉·麦斯特的学习时代》，董问樵译，上海：上海译文出版社，1993 年，第 2 页。

〔46〕Bildungsroman 在德语中亦称 Erziehungsroman（教育小说），其涵义有所不同，研究者究其原委，但都各执一词。本文统一按照 Bildungsroman 译成中文“成长小说”。如出现“教育小说”的说法，亦指 Bildungsroman（成长小说）。

〔47〕巴赫金：《巴赫金全集小说理论三》，白春仁、晓河译，保定：河北教育出版社，1988 年，第 230 页。

〔48〕Vgl. Jürgen Jacobs: *Der deutsche Bildungsroman Gattungsgeschichte vom 18. bis zum 20. Jahrhundert*. Ö Beck Verlag, München, 1989, S. 28.

〔49〕Ebenda, S. 31.

程，是人类的永恒追求和共同经历，成长小说也因此是人们认识自我、认识社会，建立个人身份、实现人生价值的一个有力切入点。威廉·狄尔泰在1906年出版的《体验与诗》中指出："成长小说自觉地、富于艺术地表现一个生命过程的普遍人性。[……]歌德的《威廉·迈斯特》比任何其他小说更开朗、更有生活信心地把它说了出来，这部小说以及浪漫主义者的小说之上，有一层永不消逝的生命之乐的光辉。"〔50〕人们可以从个体的生命历程把握人类存在的整体意义，从而获得一种对存在意义的理解。"永不消逝的生命之乐的光辉"正是人类成长前的虚像世界的景象，又是人类成长的终极目标。

这一目标不会随着人类历史的发展而消失，而是随着人类精神的变化发生转变。19世纪至20世纪初，成长小说主人公的视角由外部世界转向内部世界。少年成为新的成长主体，随着人类异化感日益增长，再加上"心理人"的出现，内心和自我意识与社会等客观环境也日渐疏离。随着尼采的一声"上帝已死"，以及弗洛伊德精神分析学说的确立，上帝逐渐被剥去神秘的面纱。成长小说的主人公不再是踌躇满志、怀有远大理想的青年，而是敏感内向的、具有自我意识的人物。迈尔斯曾对20世纪成长小说做过这样的描述："呈现在现代作家面前的实际上只有两种选择：要么迈出最后一步，进入完全崩溃、精神错乱的世界，[……]在那里一切现实都有问题；要么迈出不太激进的一步，把整个小说带到自嘲这个可以拯救的平台——换言之，去创作反成长小说，戏仿这类小说的两个分支，流浪汉小说和忏悔小说。第二种途径在二十世纪成长小说中最常见。"〔51〕在现代成长小说或"反成长小说"中，主人公并没有得到"幸福"，也没有为未来做好切实的准备。同经典小成长说中那些已成为"对社会有用的人"相比，他们并未长大成人。凯斯特纳的成人小说《法比安》具有典型的"反成长小说"的结尾：道德者法比安最终未能实现与社会的融合，甚至失去了自己的生命。

〔50〕威廉·狄尔泰：《体验与诗 莱辛·歌德·诺瓦利斯·荷尔德林》，胡其鼎译，三联书店，2003年，第324－325页。

〔51〕孙胜忠：《德国经典成长小说与美国成长小说之比较》，载《安徽师范大学学报》（人文社科版），2005年5月，第324页。

2. 凯斯特纳式成长小说

1）蒙太奇式的成长过程

凯斯特纳在魏玛时期总共发表了六部小说：《埃米尔擒贼记》，图画书《长胳膊阿瑟》和《中魔法的电话》，《小不点和安东》，《5 月 35 日》，《飞翔的教室》等。在每部小说中，凯斯特纳都遵循不同的线条来表现小说主题：《5 月 35 日》中，康拉德穿过叔叔家的衣橱，经过了四个分别不同的地方，最终到达目的地南太平洋。构成一个单一的旅行历险故事。《埃米尔擒贼记》中，跟着埃米尔以及柏林少年们追踪小偷的脚步，凯斯特纳展现出一幅现代都市的画面。《小不点和安东》的故事主要由两条线以及两条线的相互交织构成，其一是小不点化妆卖火柴，其二就是安东和母亲的故事。两条线的交点在于安东识破了小不点保姆的阴谋，帮助伯格先生抓住了企图入室盗窃的小偷，表现出少年的正义和善良美德。《飞翔的教室》中，故事的线条颇为复杂，其中包括贯穿故事始终的圣诞节戏剧的排练和演出，寄宿学校的学生和实科中学的学生之间的争端，学生乌利勇敢的一跳，两个儿时伙伴多年后再次相见以及马丁因为没钱而无法回家过圣诞节的苦恼。五条线索互相交织，多个主题并存，有关道德的思考散布在小说各个角落。

四个故事的表现手法各不相同，透过表面的神奇之旅、都市历险、纯真友谊和圣诞故事，无不渗透出只有一个少年才有的忧虑和苦恼。除了仍处在懵懂阶段的康拉德之外，埃米尔、安东和寄宿学校里的少年们都有各自的忧愁：埃米尔独自前往陌生的地方，因为对母亲的愧疚，他执着地要找回丢失的钱；安东忍受着生活的不公，主动担负起家庭的重任；学校少年的苦恼更多，约尼缺失父母的温暖，明显比同龄人早熟，乌利因为被同学认为是“胆小鬼”而苦恼，而马丁则因为家里缺钱，不得不在圣诞节与父母分离而伤心。如果深入至凯斯特纳小说的心理层面，可以发现，四个故事都笼罩着一层淡淡的阴郁色彩。这些忧郁源自主人公逐步脱离充满天真幻想的童年生活，成长为一个对家庭、社会和朋友背负责任感的少年的过程。宏观上观察四部小说中的少年就不难发现，以埃米尔为代表的他们身上具备传统的成长小说中成长主体的特点，构成了一条少年成长的线索。埃米尔是凯斯特纳在后来的儿童小说中多次提到的儿童形象的原型。他生活的社会和家庭环境，也构成了凯斯特纳小说中的一个模式，比如，母子二人的家庭，母亲辛苦工作，儿子体谅母亲，他们总是受到经济问题的困扰等。[52] 因此，凯斯特纳的儿童小说中，尤其是魏玛时期的儿童小说中，小主人公们为了母亲从小就学会了承担责任，都刻有“模范少年”埃米尔的影子：

埃米尔是个好孩子，但他不是因为母亲胆小、不舍得给他钱或者年纪大才要当好孩子。是他自己想要做个模范少年，当然，他经常会感到有些吃力。

[……]他喜欢受到表扬，也在学校和其他地方到处受到表扬。这不是因为他自己喜欢，而是因为妈妈会因此而高兴。他很自豪可以用自己的方式来报答母亲。(ED. 219)[53]

“模范少年”对母亲的爱和责任，以及在面对外界环境变化时产生的不同心理状态，是贯穿凯斯特纳魏玛时期儿童小说的重要线索，在多侧面反映模范少年成长的关键因素。

《5 月 35 日》里的少年康拉德走出了少年成长的一步，进而是《埃米尔擒贼记》中的埃米尔，《小不点和安东》里的安东以及《飞翔的教室》中的马丁，包括马丁周围的少年朋友。少年的成长经历了康拉德阶段、埃米尔阶段、安东阶段以及马丁阶段。纵向来看，各个发展阶段紧密相连。儿童文学上区分儿童的发育阶段和成长的过程划分：幼儿期（3—6 岁），童年期（7—12 岁），少年期（13—15 岁），青年期（16—23、4 岁）。[54] 从康拉德、埃米尔、安东还有马丁的发育年龄上来看，基本上在 10 到 15 岁之间，但从其行为方式和心理特征上来分，我们可将他们归入到童年期和少年期两个阶段。康拉德处于童年后期，开始逐步脱离童年的幻想，虽然还未走远，但他已经开始在虚幻世界中思考现实。埃米尔、安东和马丁处于不断成长的少年期。康拉德这时长成了埃米尔，开始真正独自面对现实，解决碰到的难题；安东的出现，显得比埃米尔要成熟许多，不仅要面对现实，还要接受并且努力改变现实，甚至无暇顾及到自己的烦恼；马丁则比埃米尔和安东更为独立，他的经历让他开始去思考身处其中的社会现实，但也因为生活中的不幸而苦恼，思考社会是埃米

---

[52] 比如在《小不点和安东》和《飞翔的教室》里，都有同样的主题。

[53]《埃米尔擒贼记》(ED.)，出自《凯斯特纳全集》，第七册，第 287 页(GS. Bd. VII S. 287)。《小不点和安东》(PA.)，《飞翔的教室》(FL.)。下面使用该简写。

[54] 王泉根：《儿童文学教程》，北京：首都师范大学出版社，2008 年，第 38 页。

尔成长为马丁的一大标志。对于10岁到15岁的少年来说，真正细分其成长过程的各个阶段非常困难，少年期本身就是多元复杂的成长期。他们初涉人世，懵懂、好奇，但富有勇气，同时面临很多烦恼。主人公与社会现实的关系构成贯穿少年纵向发展过程中的红线。成长是逐渐从家长和外界给童年时期的康拉德提供的虚幻世界中走出来，经过了在现实面前的惊慌情绪、努力改变现实的本能行为，到后来开始思考社会中的不公现象，从被动接受到主动思考的过程。

按照凯斯特纳小说中成长主题的特殊模式，笔者将这四部小说归为一体，称为蒙太奇式的成长小说。蒙太奇是电影制作的基本手段，运用画面剪辑和画面组合等方式，把零散的镜头有机地连接起来，从而表达一定的意图。不同的连接方式或许会造成不同的理解。运用蒙太奇手法，电影的叙述在时空上可以自由切换，特定的跳跃场景甚至有增强故事感染力和说服力的作用。凯斯特纳本身就是新兴媒体科技的追随者，他把童年生活的画面作为电影的镜头，自己作为导演经过万般斟酌取舍之后，把这些镜头连接成一部关于少年成长的小说。在埃米尔这个故事的开头，瓦尔特·特里尔的插图就像是凯斯特纳电影的片头，随后成长的故事慢慢展开。

2）少年成长的线索

成长具有普遍性，是人类集体无意识中的永恒主题。以埃米尔为代表的四个少年的成长主线是少年脱离家庭、逐步实现与外界关联的过程，也是集体无意识的虚像世界和客观世界碰撞交融的过程。凯斯特纳式的蒙太奇手法，虽然镜头是零散的，但是却都包含着少年成长的几个重要因素，构成少年成长的主要线索。

线索一：代表社会的都市。都市始终是凯斯特纳的创作主题。

康拉德见到的是一个未来都市"电动城"。这时的他还未获取完全的社会意识，当城里的一切让他觉得反感而无法接受的时候，他可以选择离开。随着他的逃离，电动城也自行崩溃。这暗示一种美好的泡沫般的幻想。

埃米尔虽然乘火车来到了这个大城市，但还保留着小城的观念和思维方式。在柏林他开始学习像城里人一样行为。一开始埃米尔因为"不了解大城市的规则"[55]

〔55〕Helga Karrenbrock: *Märchenkinder-Zeitgenossen Untersuchung zur Kinderliteratur der Weimarer Republik*. Stuttgart :M und P Verlag für Wissenschaft und Forschung, 1995, S. 209.

而疑惑，像位迷路的游客一样观察周围——柏林的世界。城市不是个人的城市。作为公共场所，城市要求自制和高度的社会性，个人才可在其中获得或提供帮助。在柏林，孩子们的公共活动不再局限于在新城时给雕像画胡子这么简单。埃米尔一到柏林，就被涌动的大都市所吸引。"少年像着了魔一般，他几乎忘记了为什么站在这里，也忘记了他刚丢了140马克。"(GS. Bd. VII S. 264)

身在柏林就意味着更强的社会化程度。生活在柏林的安东就不再有埃米尔初到此地时的青涩。柏林是他无法选择的生存环境，生活的艰辛让他无暇顾及城市的繁华和喧闹。安东具有更为明显的社会性，冷静且机智，主动承担作为普通公民的社会和道德责任。他看到夜幕下的罪恶并及时制止，社会道德感是他行为的驱动力。

寄宿学校是个封闭的幻想世界，但同时又是社会的缩影。聚集在这里的少年都有各自的故事。首先，寄宿学校里的学生们性格鲜明，他们自行决定团体里的分工，就像他们在舞台剧中的角色分工一样。他们跟实科中学的学生发生冲突是年少气盛的结果，但他们敢于承担后果，接受老师尤斯图斯的惩罚，这同样是作为社会人承担责任的一种表现。另外，寄宿学校之外的社会在小说中并未直接体现，但约尼很早就尝到了现实的冷酷。约尼在很小的时候就被父母抛弃，长大后的他独立自主，心智成熟。好学生马丁的父亲失业，家里没有经济来源，他不得不跟安东一样，无奈地接受社会的不公。马丁成长的标志是，他开始对社会产生怀疑，开始思考社会不公产生的根源。当然，对一个少年来说，找到"人类不平等的起源"是个让人挠头的难题。

从康拉德到马丁的成长，是少年逐步实现社会性的过程。

线索二：脱离家庭庇护。成长主题的一个经典模式是成长者离家出走，寻找自己理想中的世界。在凯斯特纳的四部小说中，离家同样是贯穿少年成长的行为。这里的离家出走不仅指空间地域上的离开，也指心理上的疏远。

《5月35日》中，与康拉德一起前往南太平洋的不是父母，而是叔叔。康拉德和叔叔，康拉德的父母分别形成家庭里的两个阵营，即儿童阵营和成人阵营。成长者离家出走的重要原因之一在于自己的理想与家庭，尤其是与成人世界价值观之间的冲突。故事的结尾，康拉德从幻想国最终还是返回到父母的家中，他的出走仅为梦中的自我满足而已。

家庭的构成主要是父母和孩子，那么开始脱离家庭的过程就是与父母的关系发生变化的过程。埃米尔和安东与母亲共同生活，父亲早逝，约尼被父母抛弃等。埃米尔、安东、马丁一方面逐步脱离深爱着的母亲，同时又慢慢获得对自己充满父亲般关爱的成年朋友。成长中，母亲和父亲的地位在悄悄地发生变化，这将是本文第四章和第五章重点分析的主题。

线索三：自我教育的过程。在凯斯特纳的成长主题中，自我教育的基础在于少年成长的痛苦和悲伤。痛苦和悲伤在人格的成长有其不可取代的作用和意义。“在完全没有悲伤和痛苦，完全没有不幸和混乱的情况下，成长和自我实现可能吗?”焦虑导向整合和超越。激情使人的经验更加充实和成熟，悲剧意识不仅不是对人的否定，而且还能使人的经验变得高贵深刻。[56]

自我教育的过程与成长主体的社会性的过程紧密相关。埃米尔在柏林的经历，是他生命的首次释放。脱离母亲关切的目光，是面向自我教育走出的第一步。在面临困难时，他自由地选择能给他帮助的人。在火车上，对母亲的责任不离左右，埃米尔的每个行为都与母亲不无关系。但踏上柏林土地的那一刹那，对大城市的迷恋让他对母亲的愧疚暂时消失。大城市教会了少年要向别人寻求帮助，这是个互相关联的社会，不仅仅获得别人的帮助，同时也要履行自己的责任。正如卢梭的爱弥儿，他也在学习，变成一个社会性的人，“能在社会中生存，而不破坏世界。教育的目标是要成为完整的个人，——思想如是，行为自由——，这样的个人可以签订一份社会契约，这份契约会让个体存在的社会化过程控制在适当的程度。”[57]

成长为一个道德者是成长者最终实现自我教育的重要表现之一。同时，埃米尔的成长过程和他在不同境况下的经历，也是现实中每个人必经的挑战和心理发展历程。但无论心理发展的轨迹如何，埃米尔的善良勇敢、关心他人以及他的责任心，都蕴含着丰富的人性内涵，表现出一种道德的力量，让读者去亲近他，模仿他。其实，埃米尔的成长也是对儿童自我价值的认可。他成长的每个阶段都离不开有

〔56〕冯川：《文学与心理学》，成都：四川人民出版社，2003 年，第 14 页。

〔57〕转引自 Helga Karrenbrock：*Märchenkinder-Zeitgenossen Untersuchung zur Kinderliteratur der Weimarer Republik*. Stuttgart：M und P Verlag für Wissenschaft und Forschung，1995，S. 210。

关美德的传递，提示出了一个积极的主题：传统美德诸如爱、宽容、责任、团结等无论在哪个时代都是伟大的。他的自我教育其实是一种让孩子们通过对话和交流来实现的教育乌托邦。自我教育的目的此时在于获得社会交往的能力，如团结互助的美德等，发展行为和交流技巧，能更好的解决矛盾。凯斯特纳尝试实现自我教育运用如下手法：第一，鼓励小读者对自己进行评价，寻找他们眼中的榜样；第二，加入作者自己的评价，引导孩子们做出判断。

3）与传统成长小说的异同

综上所述，作家早期的少年小说展现了一个少年成长的故事。“凯斯特纳在小说（指《埃米尔擒贼记》——笔者注）中引入了经典成长小说和历险小说的元素，只是在内容和功能上做了些改变。”[58]虽然在凯斯特纳魏玛时期的儿童文学作品中可以找到成长小说的影子，但埃米尔的成长并不完全符合德国传统成长小说中主人公成长的模式。德国传统成长小说的模式被赋予了凯斯特纳的语言。

凯氏成长小说与德国传统小说的相同点在于：

第一，成长小说以一个年轻的主人公的生命历程为中心。在上述四部作品中，小说的主人公更为年轻，处在生命的懵懂阶段。

第二，成长的主人公清一色的男性。凯斯特纳的四篇小说中的主人公也是成长中的少年。故事中的女孩形象基本上处于边缘位置。如表妹小帽子很想帮助少年们一起抓小偷但遭到柏林少年们的拒绝，不得不沮丧地回家。小不点虽然同样作为主人公，但作者对小不点在道德上的评价却远逊于男主人公安东。

第三，德国成长小说大多注重青少年的人格成长和道德塑造。凯斯特纳在上述四部作品和众多小说、散文、评论和演讲中同样关注少年儿童的道德教育和发展问题。

如上所述，凯斯特纳的四部小说具有连续性，关注少年在成人之前的不同成长阶段，也符合德国传统成长小说的基本特点。但是，由于凯斯特纳笔下的成长者不

---

〔58〕Isa Schikorsky：*Literarische Erziehung zwischen Realismus und Utopie-Erich Kästners Kinderroman Emil und die Dedetive*. In：Betthina Hurrelmann(Hg.)：*Klassicker der Kinder-und Jugendliteratur*. Frankfurt am Main：Fischer Taschenbuchverlag，1995，S. 216 – 231，hier S. 223.

是单纯的一个人，而是通过不同少年的经历来表现人类意识中的成长主体的不同阶段。我们称之为成长主体，而康拉德、埃米尔、安东和马丁则代表着连续发展的成长阶段。就这一点上，凯斯特纳所描写主人公的成长过程又与传统成长小说的成长主题有所不同：

第一，传统成长小说中的主人公通常是经过一系列的错误和失望之后，最终实现与客观世界的平衡，这正是成长小说的“目的”所在。如果没有这个角度，只能说是成长小说的一种变体——“幻醒小说”。凯斯特纳的成长主体也在经历失望和错误，但他们仅仅处在接触客观世界的最初阶段，因此也谈不上最后实现与客观世界的融合。就人生阶段来讲，他们处在人生阶段的初期。

第二，传统成长小说的主人公的成长是个完整的过程，经历苦恼——反叛——适应三个阶段，最终达到与社会的融合。凯斯特纳的成长主体始终处在成长初期。他们的苦恼笑中带泪，无需像传统成长小说主人公那样必须通过个人叛逆来摆脱成长的烦扰。凯斯特纳的艺术创作手法正好符合他笔下特殊的成长主题，幽默和讽刺中夹杂着淡淡的忧伤。埃米尔、安东和马丁在半推半中接受成长的必然过程。

第三，虽然传统成长小说和凯斯特纳的儿童小说都注重道德塑造，但道德教育的手法有所不同。启蒙运动之前的成长小说，主要通过主观思辨获得心灵的净化和道德的提升，因此在故事情节的编排上就略显单薄，比如《痴儿历险记》主要表现基督教教义对人的内在塑造。启蒙运动后的成长小说注重成长者的社会化历程。成长不仅是个人的事件，甚至是民族和国家的公共事件。随着他们社会经历逐渐丰富，成长者通常自主实现道德上的净化。凯斯特纳笔下的成长主体本身已经具备特定的道德素质，在成长过程中也实践着自己曾经受到的道德教育，但由于其发展的特殊阶段，通常需要成人的指导。在这一点上来看，凯斯特纳成长主体的道德本质已经确定，随着与社会和客观世界的接触，他们的道德本质不断体现出来并得到外界的肯定。比起传统成长小说的主人公，以埃米尔为代表的主人公较少受到道德抉择的苦恼，他需要的完成的是学会如何让自己的道德在客观世界中生存。

第四，凯斯特纳在魏玛时期还创作了一部成人小说《法比安》。凯斯特纳在他的成人小说中一改少年小说里轻松幽默的文风，笔触尖锐严肃，整体基调黑暗。获得博士学位的日耳曼学者法比安，漫无目的地穿梭在经济危机下的柏林城市的大街小巷，因找不到满意的工作而苦恼。其实，凯斯特纳借助法比安的经历表现的却是一个道德者在现代大都市中无所适从的状态。如果把法比安也作为埃米尔成长的一个阶段，或者埃米尔成长的终极阶段来看，就更加丰富了凯斯特纳作品中的成长主题。不管是传统成长小说，还是凯斯特纳小说中的成长主线，都体现了主人公，主要是一个男孩的成长经历和磨难。但是埃米尔等所经历的磨难近乎平淡无奇，他们成长的高潮不在于遭逢标志性如死亡、再生等事件来实现成为一个社会的人。埃米尔在发展到成年后的法比安阶段，戛然而止。法比安脱离社会，借生命的终结喻示埃米尔成长的失败。

凯斯特纳把成长主题进行蒙太奇式的组合，分散到不同的作品中。随着康拉德到马丁进而到成年人法比安的成长，传统道德在经过实践之后，却无法在现实社会中实现价值，道德载体的没落象征传统道德的告终。法比安为救落水儿童不幸自己溺水身亡是小说中的标志性场景。看似悲剧的结尾，同时也隐藏着作家的希望：落水的儿童是会游泳的。他从水里爬上了岸。这个结尾象征着新生力量的适应性。爬上岸的识水性的儿童代表着一种新秩序的产生，体现了整个社会的过渡，或者说重新开始了新的成长之路，对于成长的结果则有一种“拭目以待”的意味。如上分析足以说明，凯斯特纳笔下的成长主题的基点在于，他认为孩子们承载着一个美好的未来世界。在某种意义上来说，这是一种被称为“乐观现实主义”的幻想。

三、父亲原型分析

魏玛时期的社会结构发生巨大变化，家庭结构也随之转变。成长主体一方面要克服“本我”的“俄狄浦斯情结”的过程中，另一方面还要慢慢地贴近理想中的父亲。在《5月35日》、《埃米尔擒贼记》、《小不点和安东》和《飞翔的教室》中，埃米尔、安东和约尼都没有父亲，或者故事中父亲的角色边缘化，如康拉德和马丁的父亲。正如尼采所说，“[……]没有父亲的人必定会编造一个父亲。”[59]那么父亲对个体成长究竟有何重要作用？在凯斯特纳的小说中“编造”出怎样的“一个父

〔59〕(意)鲁伊基·肇嘉：《父性：历史、心理与文化的视野》，张敏、王锦霞、米卫文译，北京：中国社会科学出版社，2006年，第83页。

亲”呢？

1. 集体无意识之原型概念

在荣格看来，构成集体无意识的两大基本结构是本能和原型。他曾分别于1919和1934年发表《本能与无意识》和《集体无意识的原型》两篇论文，探讨本能和原型作为集体无意识构成的合理性。

原型，是荣格集体无意识的一个基本结构，是一种与生俱来的心理形式，可思不可见的实体。Archetypus（原型）来源于希腊词根arch，意为“Urbild，Muster”等。在柏拉图哲学中，他用来描写被人认为存在于神圣的心灵中的理想形式，与日常生活中的具体事例无关。卡尔·荣格在他的心理学中曾广泛地采用了原型这一概念，并将它定义为“形成神话主题图像的人类思维的遗传倾向”，他还更有诗意地将它定义为“人类共有的原始意象处于休眠状态的潜意识的更新层次的表现形式”。“正像本能把一个人强行迫入特定的生存模式一样，原型也把人的直觉和领悟方式强行迫入特定的人类范型。本能和原型共同构成了‘集体无意识’。我把它称之为‘集体的’是因为与个人的无意识不同，它不是由个人的、即或多或少具有独特性的心理内容所构成，而是由普遍的、反复发生的心理内容所构成。[……]原型也和本能有着同样的性质，它也同样是一种集体现象。”而且，由于集体无意识原型的作用，甚至在个人出生之前，他将要“出生在其中的世界的形态业已成为一种虚像诞生于他的心间”（《自我与无意识的关系》，1928）。在作出如上结论之前，荣格就提出，在集体无意识的内容中，包含了人类往昔岁月的所有生活经历和生物进化的漫长过程，包含了“前婴儿前期，即祖先生活的残余。”（《无意识心理学》，1917）作为祖先生活的一种贮藏，集体无意识所隐藏的父亲、母亲、孩子、男人、妻子的个体经验，以及在本能影响下产生的整个精神痕迹，都作为原型和本能预先形成于大脑及神经系统中，成为个人存在的原则和通道。就此而言，集体无意识既是人类经验的贮藏所，又是这一经验的先天条件；既是驱动和本能之源，同时也是将创造性冲动和集体原始意象结合起来的人类思想感情的基本形式之源，它们的表现形式就是集体无意识原型。荣格把“原型”理解为与“生命的起源一样‘神秘’（就目前的科学水平而言）、一样不可思议、一样不可企及的内在性质和固有模式。[……]如果说‘原型’可以遗传，那么可以遗传的并不是任何特定的内容而仅仅是某些‘纯粹的形式’，而且所说的‘遗传’并不一定是生物学领域中的遗传而完全可能是文化意义上的‘遗产’(荣格更多使用的是这个词)。”这只是荣格“被迫做出”的“理论假设”。他做这样的假设是“为了帮助我们更清楚地看到在没有这两个概念之前我们未能看到或习焉不察的那些现象。”〔60〕

从这个假设出发，在世界各民族的宗教、神话、童话、传说中，荣格找到了大量这样的原型，包括出生原型、再生原型、死亡原型、儿童原型、英雄原型、母亲原型、父亲原型等等。每一原型对所有人都具有普遍一致性，宛如磁石一般吸引着与之相关的各种生活经验，形成影响个人发展的情结，进而在生活中表现出来。在个人发展的世界中，出生前的虚像通过与现实世界中与之相对应的关系的认同转化为意识，个体在意识指引下被施加一种预先形成的行为模式。荣格的集体无意识，为人类、人类文化和客观世界的探讨提供了一个更为宽阔的领域。从集体无意识的角度来看，世界不过是一种内在精神世界的显现，是一个意象的世界，但它同时又作为外在的诱惑和内在的驱力，吸引并推动着人们去认识、创造和生活。〔61〕

而作家的文学创作，“就在于从无意识中激活原型意象，并对她加工造型精心制作，使之成为一部完整的作品。通过这种造型，艺术家把它翻译成了我们今天的语言，并因而使我们有可能找到一条道路以返回生命的最深的源泉。艺术的社会意义正在于此：它不停地致力于陶冶时代的灵魂，凭借魔力召唤出这个时代最缺乏的形式。艺术家得不到满足的渴望，一直追溯到无意识深处的原始意象，这些原始意象最好地补偿了我们今天的片面和匮乏。艺术家捕捉到这一意象，他在从无意识深处提取它的同时，使它与我们意识中的种种价值发生关系。在那儿他对它进行改造，直到它能够被同时代人所接受。”〔62〕

2. 父亲原型的来源

父亲的概念是随着人类文明的产生而产生。“父亲身份的起源沿着自然与文

〔60〕参见冯川(编)：《荣格文集 让我们重返精神的家园》，冯川、苏克译，北京：改革出版社，1997年，第491—492页。

〔61〕尹立：《意识、个体无意识与集体无意识——分析心理学心灵结构简述》，载《社会科学研究》，2002年第2期。

〔62〕参见冯川(编)：《荣格文集 让我们重返精神的家园》，冯川、苏克译，北京：改革出版社，1997年，第228页。

化接合的缝合之处延伸。”父亲身份“是一种心理和文化的事实，而生理的父亲身份并不足以保证其存在。[……]父亲的身份必须被宣告和创立，而不是在孩子出生的那刻便得到展示，它必须在父亲和孩子建立关系的过程中一步一步地揭示出来。”〔63〕由此可见，父性行为以及父亲身份逐渐产生并发展。在原始的母系氏族黄金时期，女性多居住在相对稳定的定居点，而男性外出寻找食物，这时的父亲对孩子们来说仅存在于“概念之中”，甚至没有机会与父亲接触。进入家庭后的父亲与母亲之间形成合作和竞争的关系。与母亲的先天优势相比，父亲与家庭和子女的关系自从人类和家庭产生以来就处在一种或对立、或亲密、或若即若离的状态。因此，父性也总是带有一种神秘面纱出现在各种文化中。

分析心理学明确给出了原型的概念和意义甚至范畴，但是对原型的起源并未给出具有说服力的建议。既然构成集体无意识的中心就是原型，那么，我们借用“原型”这个词来表示人类和人类文化的基础，以及人类文化基础得以形成的根深蒂固的潜意识模式。那么父亲原型，或曰父性行为，在某一天出现，然后发展，最后变成了一种永续的具有社会意义的行为。但是，不管父性行为如何变化和发展，人类的“父性”深植于人类的集体无意识层面，代表一种人类文化深层潜意识模式。“将双亲意象区分为天地两种形式就是与地理因素或历史条件无关的人类共有的原型模式的原始例子。这种天地模式不但在人的梦境和幻想中，而且在创世神话、宗教、偶像以及社会结构中都如此普遍存在。”〔64〕

在家庭结构中，最直接的双亲意象的区分就是天父和地母的区分。在多种文化的传统家庭结构中，地位母，天为父。这是一种广泛流行的模式。当然，按照性别来区分该范畴并非绝对有效，但目前为止，性别区别却是大家所熟悉并牢固不变的。天父和地母各司其职。他们既是合作者，又是对立者，因为创造生命而联系在一起，并因为子女的存在而存在，共同构成完整家庭的基本要素。地母的天性决定了她们的精力主要的地的领域，广博而温暖，对家庭成员负担着一种神秘的、无限

〔63〕(意)鲁伊基·肇嘉:《父性:历史、心理与文化的视野》,张敏、王锦霞、米卫文译,北京:中国社会科学出版社,2006年,第16、19页。

〔64〕(美)阿瑟·科尔曼、莉比·科尔曼:《父亲:神话与角色的变化》,刘文成、王军译,北京:东方出版社,1998年,第6页注释。

的亲密的抚养责任，与他们建立起一种坚固的亲属联系。与地母相反，天父把精力则集中在了天的领域，超越家庭之外，总是表现出保护者的特征。他们思维敏锐、头脑清晰、做事理性、不会为感情所左右。但是，由于他们与子女之间的血缘关系，又决定了天父们本身的矛盾，虽然活动于家庭之外，却无法完全脱离家庭。但是回归家庭时，又发现是“地的世界的局外人”。天父的位置决定了他们与地母不同，天父们没有与儿女过多亲密的行为，而是多关心他们的成长和前途，关心他们日后进入的天的世界的行为，关注“他们作为小男人和小女人的地位，而不是把他们看成孩子。”父亲的社会和家庭角色决定了他对孩子的道德和社会性的影响力，这令地母无法企及。天父型的父亲是连接家庭世界与外部世界的纽带，在孩子社会性形成过程中起着非常重要的引导作用。

3. 天父原型——赫克托耳

1）天父的缺失

20 世纪 20 年代，德国魏玛共和国建立。初期，国内尚未成熟的议会制度，国外巨大的战争赔款压力等纷繁复杂的局面导致魏玛共和国政治上动荡不安，经济上通货膨胀，普通民众“无依无靠地听任日益加剧的混乱局面的摆布，因而感到非常绝望”。[65] 直到 1923 年，时任总理兼外交部长的施特雷泽曼推行新的货币制度而结束通货膨胀，“共和国和国家的统一得救了”。[66] 随后，科学技术和各种现代化产业不断涌入大城市，此时出现“出人意外的经济和政治安定局面”。[67] 然而，在表面的繁荣背后却隐藏着社会价值的巨大转变。茨威格在《昨日的世界》中对当时社会价值的变化做了精辟描述：“一切价值都变了，不仅在物质方面是如此；[……]没有一种道德规范受到尊重，柏林成了世界的罪恶渊薮。[……]在一切价值观念跌落的情况下，正是那些迄今为止生活秩序没有受到波动的市民阶层遭到一种疯狂情绪的侵袭。”[68]

市民阶层不仅受到了经济动荡的冲击，他们的家庭结构也在悄悄发生变化，父

---

〔65〕迪特尔·拉甫：《德意志史 从古老帝国到第二共和国》，Inter Nations，波恩，1985 年，第 252 页。
〔66〕同上书，第 254 页。
〔67〕同上书，第 255 页。
〔68〕斯蒂芬·茨威格：《昨日世界》，舒昌善、孙龙生、刘春华、戴奎生译，三联书店，1991 年，第 174 页。

亲在家庭中的地位岌岌可危。20世纪初，德意志第二帝国和威廉皇帝倒台，统治欧洲的父权制受到前所未有的重创。随着工业化程度的加深，“一个史无前例的现象出现在西方社会的集体意象中：不健全的父亲。19世纪的小说、插图，甚至最后连法律都开始注意这一现象。”〔69〕直到第一次世界大战之后，欧洲大陆经历了现代化潮流，“父亲的缺失与不健全的父亲等现象是伴随着无产阶级的贫困以及工业革命的开始而爆发出来的。[……]20世纪的战争：残酷的战争更加拉大了父亲与孩子之间的距离。和平来临的时候，父亲也没有随之一起回来。[……]他们虽然回来了，但是再也不能恢复他们做父亲的身份了。”〔70〕在政治经济形势突变的魏玛时期，从战场归来的父亲们茫然于如何教导孩子。他们没有能力完成父亲应该承担的教育子女的任务，甚至不知该把孩子导向何处。对于父亲们来说，“物质上的成功似乎比道德正直更加恰当。……父亲未能成功，导致他失去了甚至对自己的尊重与爱。当社会变得越来越世俗化时，传统的伦理法则开始消退。”〔71〕原本作为孩子道德领袖的父亲，在恶性循环之中逐渐退出。社会变革导致个体父亲亲手扼杀了孩子们对父亲的理想，主动抛弃了他们原始意象中的父亲形象。

作家凯斯特纳的家庭也打上了时代的烙印。第二帝国时期，凯斯特纳的父亲曾经拥有自己的作坊，但随着工业化程度的加速，作坊倒闭，他自己到皮箱厂去上班赚钱。在作家的童年记忆中，他的生父总是忙于生计，默默无闻地履行着养家糊口的责任。再者，凯斯特纳的父亲少言寡语，甘愿让孩子母亲代替自己在家庭中的地位，父亲因此“失去了对孩子的权威以及[……]在孩子心目中和想象中的安全地位：他们的工作、他们的日常生活、他们的情感都发生在远离孩子的地方。”〔72〕与此同时，凯斯特纳对父亲的期待在家庭医生齐默曼和教师房客身上获得补偿。在母亲碰到精神困扰的时候，小埃里希首先是在齐默曼先生那里寻求帮助，而以舒里希为代表的老师房客则引导了凯斯特纳的职业理想。

---

〔69〕(意)鲁伊·基·肇嘉：《父性：历史、心理与文化的视野》，张敏、王锦霞、米卫文 译，北京：中国社会科学出版社，2006年，第234页

〔70〕同上书，第299页。

〔71〕同上书，第351页。

〔72〕(意)鲁伊·基·肇嘉：《父性：历史、心理与文化的视野》，张敏、王锦霞、米卫文译，北京：中国社会科学出版社，2006年，第231页。

童年的生活经验进而反映在凯斯特纳的文学创作中。1928年,凯斯特纳在《莱比锡新报》上曾经发表一篇题为《艺术作品中的母与子》的文章,他始终认为母亲才是艺术的主题。“家庭——父亲、母亲、孩子三位一体——是家庭和艺术的永恒模式。……但是,事实上却不是这样的。艺术中的‘父亲’主题又在何处?在现实中,父亲是家庭重要的成员,不管是生理上、经济上还是道德上。但是对于艺术家来说,‘父亲’作为家庭主题的一个组成部分却无关紧要。”[73]但是,当亲生父亲无法完成“父亲”功能时,作者却塑造出具备“父亲”特性的男性作为补偿,如《埃米尔擒贼记》中的记者——凯斯特纳先生,《小不点和安东》中的伯格先生,以及《飞翔的教室》里的尤斯图斯和不抽烟的人。我们称其为“代父”,如在作家生命中起到至关重要的家庭医生齐默曼先生和老师房客们。从小说中“代父”们的行为来看,作家理想中的父亲意象可追溯至荷马史诗《伊利亚特》中的英雄形象——赫克托尔。

2)赫克托尔的父亲意象

《伊利亚特》中,“头戴闪亮钢盔的伟大的赫克托尔”[74]是特洛亚的保卫者。关于特洛亚的故事在此无需多谈,众多的英雄形象在西方文学和艺术上都留下了深深的印迹。而其中,唯有赫克托尔具有典型的父亲特征。“尤利西斯让我们着迷,阿基琉斯让我们激情燃烧,而赫克托尔却唤醒了一种柔和的温暖感觉,就像某个我们深爱的人再一次回到家中,我们的心窝感觉到的那种无法描绘的舒坦。与其他英雄相比,他代表着某种更为真实的事物,而它的真实使他与我们更加靠近。”[75]

赫克托尔“与我们更加靠近”的父亲角色的真实,尤其体现在他奔赴战场之前与儿子告别的场面:显赫的赫克托尔这样说,把手伸向孩子,/ 孩子惊呼,躲进腰带束得很好的/保姆的怀抱,他怕看父亲的威武形象,/ 害怕那顶铜帽和插着马鬃的头盔,/ 看见那鬃毛在盔顶可畏地摇动的时候。/ 他的父亲和尊贵的母亲莞尔而

---

〔73〕转引自 Gundel Mattenklott: *Erich Kästner und die Kinder*. In: Matthias Flothow(Hg.): *Erich Kästner. Ein Moralist aus Dresden*. Evangelische Verlagsanstalt, 1995, S. 69。

〔74〕[古希腊]荷马:《荷马史诗·伊利亚特》,罗念生、王焕生译,北京:人民文学出版社,2008年,第140页。

〔75〕(意)鲁伊·基肇嘉《父性:历史、心理与文化的视野》,张敏、王锦霞、米卫文译,北京:中国社会科学出版社,2006年,第121页 。

笑，/ 那显赫的赫克托尔立刻从头上脱下帽盔，/ 放在地上，那盔顶依然闪闪发亮。/ 他亲吻亲爱的儿子，抱着他往上抛一抛，/ 然后向着宙斯和其他的神明祷告：/“[……]日后他从战斗中回来，有人会说：/ ‘他比父亲强得多’[……]”[76]

战场上所向披靡的赫克托尔扮演起父亲的角色来却稍嫌笨拙。他走到孩子面前，“把手伸向孩子”，可男孩“惊呼”，孩子因父亲的盔甲和可怕的头盔受到惊吓。在孩子面前，防御敌人的盔甲成了父子之间的障碍。虽然赫克托尔一开始遭到儿子的疏远，但是他意识到自己的失误并积极弥补，“脱下帽盔，[……]亲吻亲爱的儿子”，因为“再让自己沉浸在忧郁之中将十分危险。对于未来，他构建了美好的愿望。”赫克托尔将儿子举过头顶，“往上抛一抛”，同时表达他无限的关怀。“这个姿势，在接下来所有时代，将是父亲的标志。”[77]

在上述几部凯斯特纳的小说中，从埃米尔、安东再到以马丁为主的学校少年，鲜有生父伴其左右，取而代之的是路边的好心人如凯斯特纳先生，“善良”的父亲伯格先生以及孩子们的成年朋友尤斯图斯和不抽烟的人。凯斯特纳利用这些“代父”形象，弥补了孩子们生命中父亲的缺失，因此，也刻意给这些“代父”赋予了浓浓的赫克托尔式的父亲特征。他们沿着赫克托尔与儿子互动的模式和轨迹，逐渐地与小说的少年主人公亲近，履行一位从外部回到家庭的父亲的功能。

在《埃米尔擒贼记》中，电车上一位看报的先生——记者先生符合准备履行父亲责任的“代父”形象。他小心翼翼且不露声色，显得不苟言笑，刻意与孩子保持距离。但是，“代父”在埃米尔最无助的时候伸出援手对整个故事的发展起到了决定性作用。如果没有这位看报的先生，故事极有可能走上另外一个轨道。在故事的结尾，记者凯斯特纳先生再次出现，带小主人公去自己工作的报社参观。“代父”一开始只是试探性地闯入少年的视野，在他人生关键时刻提供帮助，然后再次隐身。当然，“代父”也不忘记告知他的回归计划：“凯斯特纳先生说：‘你到家后，向你妈妈问好。她一定是位很好的太太。’”(ED 287)这句话一方面表现出父亲跟家庭的关

[76] [古希腊]荷马：《荷马史诗·伊利亚特》，罗念生、王焕生译，北京：人民文学出版社，2008 年，第 147—148 页。

[77] (意)鲁伊·基·肇嘉：《父性：历史、心理与文化的视野》，张敏、王锦霞、米卫文译，北京：中国社会科学出版社，2006 年，第 116—117 页。

联，另一方面表达了父亲对母亲的欣赏和谢意。另外，他也期待自己作为孩子父亲出现，但现在还为时尚早。“凯斯特纳先生喊道，‘请你读一下今天下午的报纸，你会感到吃惊的，我的孩子。’”(ED 287)记者凯斯特纳先生在此完成了赫克托尔对孩子张开双臂的动作，尽管最后选择离开，但“我的孩子”这一称呼则预示着他不久的回归。

作家在《小不点和安东》中塑造了一个真正的父亲形象：伯格先生。伯格先生是小不点的生父，但作家赋予了他浓厚的“代父”意义。凯斯特纳给伯格先生的评语为：“他太好了”。从社会学和心理学角度分析，则意味着：“他太无力了”，属于战后虚弱畏缩的那一代父亲。[78] 这里的“无力”是指在家庭中的“弱”。伯格先生拥有自己的工厂，在经济社会中获得了一定的社会地位。但在家庭里，他一开始忽视自己的父亲职能。他虽然看到小不点对着墙壁“乞讨”，也发现女儿的脸色苍白，但他没有多问什么，甚至有时候会对小不点感到不耐烦。

但是，凯斯特纳后来给伯格先生很高的评价。“伯格先生的举止无可挑剔，他做得非常得体。我越来越喜欢伯格，对他越来越有好感”。(PA 537)不仅因为伯格先生懂得感激，更因为他还反省自己作为父亲的失误，开始对小不点表达其浓浓爱意。从伯格先生对小不点的态度转变来看，他完成了赫克托尔的反思之举，实现了自己在社会角色和家庭角色之间的转换，正如聪明的赫克托尔一样，在发现失误之后积极弥补，脱下“铜帽和插着马鬃的头盔，[……]亲吻自己的孩子”。

在《飞翔的教室》中，尤斯图斯和不抽烟的人是两个典型的“代父”形象。如果在家庭里没有可以信赖的父亲，那么孩子们接受教育的学校是寻找“父亲”的最佳场所。贡德尔·马滕克洛特强调说，他们是“理想化了的父亲形象，只会出现在以男孩为主的寄宿学校里，而不是在现实的家庭生活中。”[79]“伯克博士外号叫尤斯图斯，德文的意思是公正的人。”(FL 63)“这位不抽烟的人正派、聪明。”(FL 63)尤斯图斯和不抽烟的人是学生时代的好朋友。他们厌倦了物质社会的“金钱、地位和

[78] Inge Wild: *Die Phantasie vom vollkommenen Sohn*. In: *Rollenmuster-Rollenspiele*, Jahrgang 2006. Frankfurt am Main, S. 34。

[79] Gundel Mattenklott: *Erich Kästner und die Kinder*. In: Matthias Flothow(Hg.): *Erich Kästner Ein Moralist aus Dresden*. Evangelische Verlagsanstalt, 1995, S. 69。

荣誉”。尤斯图斯童年的经历让他决心“以后就在这所学校里，[……]当一名主管教师，以便孩子们有个贴心人，有什么苦处，都能向他诉说。”(FL 95)他们共同选择回到学校，或者回到少年们身边，来履行“父亲”的职责。

这两个成年人可称为凯斯特纳早期少年小说中完美的“代父”形象。他们实现了赫克托尔对儿子的期许，他们不仅用自己的双手将儿子举起，还适时地为少年们解决生命中的烦恼。赫克托尔的一个动作就让父子之间的信任关系得以确立，而两位“代父”在取得孩子信任道路却颇为坎坷。以少年马丁·塔勒为例，家里拮据的生活以及强烈的自尊，让他回避本可以帮助他的尤斯图斯和不抽烟的人。他的骄傲让他决定自己忍受因没钱而圣诞节不能回家的痛苦，以及对母亲的思念。“代父”尤斯图斯以他作为教师的敏锐，发现了马丁的苦恼并给予帮助。最后，马丁的问题得到了一个圆满的结局。有别于赫克托尔的儿子，小说中的少年给了“代父”明确的回应，尤斯图斯也因此真正被赋予了父亲的意义。马丁画了一幅画。“他在画一个年轻的男子，从这个男子后面的上衣里，长出两只巨大的天使翅膀，这位奇特的人从云里飘然而下，[……]手里拿着一个厚厚的皮夹，向小孩递过来。…画的下面，马丁用印刷体字母写上：一个名叫伯克的圣诞节天使。”(FL 154)

在与成长少年的互动中，以不抽烟的人和尤斯图斯为代表的“代父”们逐渐取得孩子信任。从一开始名叫凯斯特纳的那位记者走到孩子面前开始，经过伯格先生“脱掉头盔”对父亲角色的反思，以及最后尤斯图斯和不抽烟的人“亲吻亲爱的儿子，抱着他往上抛一抛”，凯斯特纳笔下的“代父”们终于如赫克托尔，“向着宙斯和其他的神明祷告，[……]‘他比父亲强得多’[……]”。其实，不管是赫克托尔还是凯斯特纳小说中的“代父”们，他们身上都充满着对孩子浓郁的爱，正如尤斯图斯和不抽烟的人所希望的：“我们[……]成为你们的一部分了。如果你们像我们爱你们一样，哪怕只拿出一半的爱来爱我们，那就好了。”(FL 138)

3）赫克托尔作为父亲原型的隐喻

《伊利亚特》中，赫克托尔不仅是永远的英雄，还是一位充满温情的父亲，这是一个传统父亲古老的隐喻，但也是一个父亲与孩子的世界有着无法弥补的距离的古老隐喻。赫克托尔的盔甲在父子关系之间的暗示意义在于：盔甲“是家庭中的父亲建立起来的防御工事。不仅仅单独位于他自身和外部世界之间，还将自己保护在家庭之外：远离将要长大成人的儿子和女儿，[……]同时，当母亲与奶妈和年幼的儿子交流时，没有碰到任何问题，而赫克托尔必须脱下他的盔甲。”[80]凯斯特纳笔下的“代父”同样身披“盔甲”，但与赫克托尔不同，他们努力让孩子认识并熟悉自己的“盔甲”，并进而接受它。

首先，小说中的“代父”作为外在的主体存在。虽不像赫克托尔一样披着英雄的外衣，也无须四处征战，但是他们的社会角色就如赫克托尔那身盔甲：凯斯特纳先生是见多识广的记者，伯格先生是勤劳富裕的手杖厂的厂长，而尤斯图斯则是学校的老师，以及生活方式独特的不抽烟的人。

其次，他们就像赫克托尔一样迫切地想亲近自己的儿子。赫克托尔因为自己身上的头盔和盔甲吓到孩子，不得不脱掉之后再去接近儿子。凯斯特纳的“代父”们不仅身披社会的“盔甲”，而且他们努力让儿子接受自己的“盔甲”。第一次尝试，记者凯斯特纳先生先让埃米尔认识了自己和自己的职业，并带埃米尔到工作的报社去体验社会角色的快乐；第二次尝试，伯格先生把安东接来自己家，“父亲”与儿子之间的关系更进一步；第三次尝试，“代父”尤斯图斯和不抽烟的人和孩子们的生活产生了一个交集，他们都是学校生活的主体，建立起某种互相依赖的关系。尤其在马丁和天父伯克教授之间，他们虽然被赫克托尔的盔甲隔离，但逐步试探着去了解对方。一开始孩子对“父亲”回避，“胆怯地抓住老师的一只手，轻轻地握了一下。”(FL 145)后来“父亲”在孩子心里得到认可，获得孩子的祝福：“我要为我的母亲，为我的父亲，为尤斯图斯，[……]祝福，祝(他们)一辈子无比幸福。”(FL 155)这一过程说明，经过“代父”的努力，他身上的盔甲并非危险之物，而“父亲”的社会角色和家庭角色在此融为一体。

最后，赫克托尔对孩子的宽容和帮助也体现在“代父”身上。在史诗范围内，赫克托尔把儿子举过头顶，预示着父亲的回归，并向诸神祷告，让他的儿子变得比他自己更强大。小说中“代父”们对孩子们的行为表示宽容，最终取得了孩子的信任。而他们对孩子的希望也是一种“父亲”般的方式：“祝你一路平安，马丁！”(FL 146)

---

[80] (意)鲁伊·基·肇嘉：《父性：历史、心理与文化的视野》，张敏、王锦霞、米卫文译，北京：中国社会科学出版社，2006年，第125页。

这不仅是一种简单的祝福，祝马丁圣诞节回家的路上一路平安，同样也是"父亲"对孩子人生的希冀：一路平安。隐含着一种"我就在身旁"的意味。

荣格在他有关父亲原型的例子中指出存在一个"智者"，或称为"智慧老人"。荣格并未完全明确智慧老人是以父亲的形象还是以上帝的形象出现。只是在早期，荣格逐渐意识到有一个嵌入其自身人格之中的年长的权威形象或经验之声。荣格开始把"智慧老人"称作腓力门(philemon)(他追随于希腊时期的一位诺斯替教思想家)。智慧老人帮助人格来处理那些复杂的道德问题。[81] 凯氏的成长小说中，原型父亲最好的方面根植于他道德的威严。凯斯特纳的作品被视为时代的镜子，在表现现实的基础上更体现了作家对自己理想的一种诠释。在魏玛共和时期这个特殊的历史背景下，凯斯特纳的少年小说没有回避该时期尖锐的社会和家庭问题，尤其是父亲的退出所导致的家庭结构的不平衡状态。改变父亲缺失的这一现实举步维艰，因此承载原始父亲意象的"代父"角色反复出现在作品中。充满父亲隐喻的赫克托尔在凯斯特纳的笔下渗透至小说中的"代父"们身上，他们相继完成了赫克托尔对孩子表达渴望、对父亲角色进行反思和为孩子的未来祷告的过程。"代父"们与少年互动的上述轨迹揭示出，作家在着力追求一种赫克托尔式的父亲归家之旅。小说中"代父"角色的意义在于：英雄的"盔甲"绝非父子关系的障碍，社会角色与家庭角色之间的转变需要父亲们的反思与实践。这不是个体的希望，而是对一个时代的希望，而且正如荣格曾经提出的："一部艺术作品被生产出来后，也就包含着那种可以说是世代相传的信息。"[82]

四、结语

本文采用文本分析的方法，捕捉埃里希·凯斯特纳早期少年小说所表达的成长主题，进而把凯斯特纳隐藏在成长主题背后的关涉少年成长的父亲原型展现在广大读者面前。父亲原型是人类集体无意识的一个重要命题，代表智慧和美德，是少年成长道路上的"精神导师"，帮助少年为实现人格蜕变。

---

[81] [美]R. 比尔斯克尔：《荣格》，北京：中华书局，2004 年 6 月，第 39 页。

[82] 冯川(编)：《荣格文集 让我们重返精神的家园》，冯川、苏克译，北京：改革出版社，1997 年，第 243 页。

荣格提出："伟大的诗歌总是从人类生活汲取力量，假如我们认为它来源于个人因素，我们就完全不懂得它的意义。每当集体无意识变成一种活生生的经验，并且影响到一个时代的自觉意识观念，这一件事就是一种创造性行动，它对于每个生活在那一时代的人，就都具有重大意义。一部艺术作品被生产出来后，也就包含着那种可以说是世代相传的信息。"〔83〕凯斯特纳的作品被视为时代的镜子，魏玛时期的社会现象，如阶级差别、社会现代化等现象在他的作品中都有所体现。在小说中，少年是生命的主体，甚至是"颠倒的世界"的主宰。但是，对现实的表现并非凯斯特纳少年小说的主要内容，根本上说是他对自己理想的一种诠释。然而，创造性活动永远是人类可以感受，但是难以理解甚至不能完全把握的活动。心理学为作家和文本分析提供多种可能。精神世界对于儿童小说创作活动的探究来说略显抽象晦涩，但本文的讨论并未消除凯斯特纳作品本身固有的魅力。相反，笔者在对文本的阐释过程中还渐次打开通向作者心理世界和文本深层的一扇扇门，为凯斯特纳儿童小说的研究开辟一条新的道路。

〔83〕冯川（编）：《荣格文集 让我们重返精神的家园》，冯川、苏克译，北京：改革出版社，1997年，第243页。

马丁·瓦尔泽自传体小说《迸涌的流泉》中的语言和回忆诗学

Sprache und Erinnerungspoetik im autobiographischen Roman *Einspringender Brunnen* von Martin Walser

李　益

内容提要： 瓦尔泽的《迸涌的流泉》是一部关于作家成长的自传体小说，也是一部以语言为本质线索的小说。语言既是小说回忆叙事的对象，也是回忆的载体。主人公依靠文学语言对宗教和政治意识形态的潜在抵抗，维持并发展着独立的自我。小说最后他确立了自由的语言观，标志着一个作家自我身份的形成。小说叙事中，方言既是重现以往的重要途径，也是人们集体身份的载体以及对外来意识形态的天然屏障，代表着纯洁无辜又完满美好的童年家乡。小说阐明并实践的回忆诗学本质上与作者的文学语言观一致：回忆是当下对以往的构建，也是作家的文学语言之一；只有保持独立自由、不受外在意志限制，才能呈现美和真实。

关键词： 语言，意识形态，身份，回忆

20 世纪 90 年代，随着世纪末的到来和末世情绪的蔓延，全球范围内掀起了一股回忆热潮。这股回忆潮对德国社会来说有着特殊的意义，随着亲身见证纳粹时期历史的一代人纷纷辞世，健在的见证人中兴起了书写回忆的热潮。马丁·瓦尔泽（Martin Walser，1927— ）1998 年出版的小说《迸涌的流泉》（*Ein springender Brunnen*，1998）就是其中之一，也是这位德国当代著名作家晚年最重要的作品。

瓦尔泽与格拉斯等作家同属“预备役一代”(Flakhelfergeneration),他们在青少年时期经历了纳粹时代并曾加入预备役部队但未参加过全面战争,可以说是在世德国人中完整经历过第三帝国的最后一代人。小说叙述了主人公约翰从1932年到1945年期间,即从6岁到18岁的人生中三个阶段,表现了男孩直至走上写作之路的发展历程,同时也再现了当时封闭而平静的德国村庄生活,并穿插了对当下和以往、回忆与真实的反思。

毫无疑问这部小说带有明确的、高度的自传印记。小说主人公名为约翰,这正是瓦尔泽自己的第二个名字;[1]小说中提到的约翰的兄弟和母亲等重要人物的名字也与现实中瓦尔泽亲人的名字一致。瓦尔泽本人已公开的早年经历、在访谈中提到的童年生活细节,比如父亲的生卒年份、性格、经历,[2]都能在小说中找到详细的叙述。作者自己也直言这部小说所写的就是他自己的童年。[3] 从文体上看,自传从它兴起开始,就一直带有追寻人的精神身份的烙印。与其他也以自身经验为题材的文体如日记、书信、回忆录等不同的是,自传对一定条件和环境中的人生或人生片段进行重构,关注的核心是“我”。也就是说,自传是作者对自己以往的阐释,是个人的一段“哲学的历史”,它要表现的是独一无二的个体中不断变化着的身份。[4] 瓦尔泽这部自传体小说叙述的从一个孩子走上写作之路的个人成长史,其核心是为了重构一个作家的精神身份如何在成长中形成的。对作家而言,其语言表达能力和语言观可以说是其精神身份的最好体现。因此这部小说对主人公精神身份的构建,正是以他的语言发展为红线展开,并以他初步形成自己的语言观为结束。

可以说,这是一部关于语言的小说。语言既是回忆叙事的对象,又是回忆用来重现以往的载体。这并不仅仅是指自传回忆和一切其他文学作品一样以语言为媒

---

〔1〕Vgl. Jörg Magenau: *Martin Walser. Eine Biographie*. Reinbek bei Hamburg: Rowohlt, 2005, S. 23.

〔2〕Vgl. *Erinnerung kann man nicht befehlen. Martin Walser und Rudolf Augstein über ihre deutsche Vergangenheit*. In: *Spiegel*, 45/1998, S. 55.

〔3〕Vgl. *„Jeder Tag bringt eine kleinere oder größere Provokation."* *Interview mit Martin Walser*. In: *Die Welt*, 6. 10. 1998.

〔4〕Vgl. Roy Pascal: *Die Autobiographie. Gehalt und Gestalt*. Stuttgart, Berlin, Köln, Mainz: W. Kohlhammer, 1965, S. 12.

介。小说在约翰个人成长的纵向主线之外，还精细而又极富真实感地刻画了德国南部博登湖畔瓦塞堡村庄在第三帝国时期的生活景象，以平静而富有诗意的基调描绘了一个乌托邦式的家乡和童年。在瓦尔泽笔下，这个童年家乡很大程度上是通过语言即家乡方言来呈现的。消逝的方言是重现以往的载体，也是家乡的人文传统和众人的集体身份。在教会和纳粹意识形态这些“陌生的外语”的统治下，方言代表的童年家乡仍然是纯洁无辜、美好而给人安全感的乌托邦。

小说一开头就提出了回忆的困境，指出以往本质上已不复存在、无法重现，“只要某事是这样，它就不是将会是的那样。倘若某事已经过去，某人就不再是遭遇过这件事的人。”(3)[5](„Solange etwas ist, ist es nicht mehr das, was es gewesen sein wird. Wenn etwas vorbei ist, ist man nicht mehr der, dem es passierte.“)既然如此，那么人们如何书写回忆，再现真实呢？小说最后的回答是，把自己“托付给语言”，语言“是一派迸涌的流泉”(362)。小说的书名来自尼采《查拉图斯特拉如是说》中的“夜歌”，尼采用来比喻自由的灵魂的意象，在瓦尔泽这里成了对自由的语言的隐喻。这种摒弃主体命令和干预、保护文学语言独立自在性的语言观在小说中具有核心意义：它是主人公作为作家的语言观和精神身份的体现，也是小说叙事本身力求践行的回忆诗学的核心。

一、一部关于语言的小说

1. 作家的成长史：文学语言作为抵抗权力的途径

在一个作家的成长史中，语言的发展是主人公约翰自我身份发展和整个小说叙事的红线。瓦尔泽称这是“关于约翰如何以及在怎样的条件下找到自己”的“发展小说”。[6] 传统的教育小说或发展小说叙事模式往往包含主人公在与环境的冲突和妥协中创造性天资的发展和精神变迁历程。瓦尔泽的这部小说中，约翰的个体发展和精神成长就是在他与宗教和政治意识形态统治下的周遭环境的冲突中进行的。不过与他似乎并不愿、最终也没有与那些“敌对环境”达成某种妥协，而是利

---

[5] 此处及下文中括号内页码均为《迸涌的流泉》中译本(上海译文出版社，2005 年)中的页码。

[6] Dagmar Kaindl: *Lebensreisen. Walser über seine Kindheit, Politik und Kritik*. In: *News*. 30/1998, S. 116.

用语言潜在的抵抗力量，获得了精神上的独立性，最终找到了自己的语言，走上写作之路。

1）精神发展的起点：词汇树和书籍

正如教育小说或发展小说常常有一个目的论的预设，约翰的成长之路从一开始就预示着，这必定是一个诗人的文学成长之路。孩提时代的约翰就在父亲的熏陶下，对语言有着特殊的亲近。约翰的父亲体弱多病，他试图改善家庭经济的窘况，却因想法不切实际而多次失败，在约翰6岁时就早逝。父亲爱好文学和音乐艺术，热衷东方文化和神秘主义。小说一开头就叙述了，父亲爱好让还没有上学的约翰拼读长长的单词，比如"胸膜炎（Rippenfellenentzündung）"。他给约翰的词汇大多都是深奥陌生，带着神秘异域风情的名称和概念：波波卡特佩特（Popocatepetl，墨西哥地名）、福音之歌（Bhagawadgita，印度教经典《摩阿婆罗多》的一部分）、拉宾拉德纳特·泰戈尔（Rabindranath Tagore，印度作家）、斯维登堡（Swedenborg，瑞典科学家和神学家）、婆罗多舞（Bharatanatyam）等等。父亲并不解释这些词的意义，而是让约翰把它们挂在"词汇树"里用来看。它们不像日常生活里那些复合词的意思一望而知，读了前面几个字母人们马上就能补充完余下的字母，比如兴登堡（Hindenburg）、旗杆（Fahnenstange）、婚宴（Hochzeitsschmaus）（5），是任何教科书或者宗教祈祷文中都无法找到的父亲的私人语言，也是父亲的一个精神场。约翰在与父亲独一无二的交流方式中发展出对词汇和语言的敏感，也获得了自由的想象空间。这棵词汇树不是静止的，而是通过父亲传递给他的词汇不断丰富着、成长着的动态文本。它对约翰的意义，在此后整部小说中不断体现出来。小说最后约翰用尼采的"迸涌的流泉"来作为自己写作的语言的隐喻，童年的词汇树就是这迸涌的流泉最初的源头，是约翰语言和精神发展的出发点。

发展小说中，阅读书籍是主人公重要的教育经历。年幼的约翰从为病榻上的父亲朗读书籍开始有了文学阅读的经验。他最喜欢的，是尼采《查拉图斯特拉如是说》中的"夜歌"。约翰朗读的时候，觉得自己在长大，"他的声音完全在自行歌唱"（144）。在这个成长的起点上，查拉图斯特拉似乎已经决定着约翰发展进程的方向和最终结果。约翰对文学阅读的热情远远超过同龄人，在那些秘密的、孤单的时光他沉浸于拜伦（George Gordon Byron）、克洛普施托克（Friedrich Gottlieb

Klopstock)、斯特凡·格奥尔格(Stefan Georg)、歌德(Johann Wolfgang von Goethe)、席勒(Friedrich Schiller)、荷尔德林(Johann Christian Friedrich Hölderlin)、海涅(Heinrich Heine)、福克纳(William Faulkner)、史蒂夫特(Adalbert Stifter)等的作品,特别是他钟爱的查拉图斯特拉。在学校那些以战争和政治宣传为主的贫瘠语言材料之外,文学阅读仿佛父亲给它秘密收藏物品的精致小柜,让他拥有一片私密的精神庇护所,并学到了表达自己纯粹个人的、真实的感受的语言。

2) 语言对宗教意识形态的抵抗:秘密命名和瓦塞堡奇迹

小说第二部分中,马戏团姑娘阿尼塔的到来唤起了青春期的约翰对异性最初的爱恋。阿尼塔在马戏团中表演印度舞蹈婆罗多舞,这是属于约翰词汇树的一个词,她身上的异域风情与约翰从父亲那里继承来的精神世界有着某种对应,更让约翰对她着迷。随着性意识的初次觉醒,约翰在这天夜里第一次自慰。然而过后他感到了深重的罪孽,因为他违背了天主教不可淫欲的戒律;更令他惊恐无比的是,他还要在次日带着这个罪孽的玷污参加第一次圣餐仪式。瓦尔泽在谈论童年时,曾说到母亲对宗教的虔诚态度几乎是托马斯·阿奎因式的,“我可以说成长在中世纪。母亲将我完全封闭在那个恐惧的世界里,没有领域不渗透着恐惧,从吃饭到金钱、疾病、死亡,所有一切。[……]宗教没有给她一分一秒的安宁。这给了当时的我这个观众一种完全癫狂的感觉。”[7]这可以看作小说中约翰童年生活的注脚,可以想见,在那样的家庭和社会环境下,无处不在的宗教伦理道德作为一种外在的意识形态,如何用恐惧统治着包括母亲和约翰在内的村民们的自我。

在开始探索自己身体时,约翰陷入一个语言的困境:他的性器官还没有“名字”。在宗教意识形态控制下的日常话语里,性属于禁忌,性器官是唯一没有正式名称的身体部位。“也许这个部位没有名称,因为这个部位既不能触碰也不能思考。这个部位根本就不该存在。”(179)阿道夫用从他父亲那里听来的词称之为“男性”,比他年龄大三四岁或五六岁的伙伴们称之为“尾巴”或“小袋”。约翰无法用伙伴间流行的“粗俗的词汇”来指称它,他自己给它取了名字:“他得用你来称呼它,因

---

[7] Martin Walser: *Das wäre meine Religion: nicht allein zu sein*. In: Karl-Josef Kuschel: *Weil wir uns auf dieser Erde nicht ganz zu Hause fühlen*. 12 *Schriftsteller über Religion und Literatur*. München, Zürich: Piper, 1986, S. 140.

为对此没有其他名字。[……]你是你自己。我是我自己。”(180)次日,参加首次圣餐仪式的那天清晨,约翰用“我是我是的我”(Ich bin der ich bin)这个句子每个词的首字母创造了一个缩写名字 IBDIB。这个秘密的命名过程意味着,约翰第一次用自己的语言反抗着宗教意识形态对自己身体的否定,他开始试着将自己从宗教意识形态强加于他的身份认同内容中解放出来。约翰的父亲在“见神论协会成立大会”上曾经说过,“是寻找自身的时候了。把我们的肉体和灵魂分割开,这是宗教的失误,打那以后我们成了迷途的羔羊。”(95)循着父亲的精神足迹,此时的约翰开始用语言的创造迈出了寻找自我身份的第一步。

圣餐仪式中约翰经历着自我挣扎,在恐惧中他却又不断看向罪孽的根源阿尼塔;在弥撒的合唱声中他捕捉到了令他陶醉的格吕贝尔激越的嗓音,感到“似乎那是他自己在唱,反抗着深重的罪孽、反抗着所有的惩罚”(188)。歌唱和语言一样,让他找到了生成于父亲世界的自我,从而可以抵抗宗教意识形态强加给他的恐惧。不过,他进退两难地吞下圣饼后,却并没有发生天塌地陷的灾难和上帝的严惩。这虚惊一场隐含着小说叙事对宗教的揶揄。

事实上约翰的秘密命名可能来自圣经中耶和华对摩西说的话:“我是自有永有的”(Ich werde sein, der ich sein werde)[8],表明他作为神是不可追问的。在早期流传的圣经版本中这句话也曾表达为 Ich bin, der ich bin. 因此约翰的“我是我是的我”似乎象征着,他内心已经开始将存在于语言的自我视作上帝了。对语言的信仰萌芽悄悄地将他与基督教信仰拉开了最初的距离。这一新的信仰意味着对语言审美和创造的追随:后来约翰在第一次写下诗句后对他的“我是我是的我”说:“所有这些提供选择的词汇都让人觉得痛苦。你是你是的你,他说。而他的部分说,我是我是的我。而约翰轻轻地说,我是我是的我,你听见我吗?[……]约翰将只为自己发现词汇。”(234)

小说第二章“瓦塞堡奇迹”叙述的是阿尼塔随马戏团离开瓦塞堡后,约翰决定独自到朗根阿根去追寻她。遇到阿尼塔后,离别的痛苦让他写下了最初的两句诗行。约翰忐忑不安地回到家后,发现没有人发觉他的离家出走,似乎有个替身出色

---

〔8〕*Die Bibel, das Zweite Buch Mose*. Kapitel 3. Vers 14.

地完成了他在学校和家中的日常生活。这段奇迹是整个小说极富真实性的现实主义叙事中一个匪夷所思的、超越现实的片段。在对这部小说的阐释中,这段奇迹被理解为一种对不能实现的愿望的补偿,或是对回忆真实性的挑战。不过瓦尔泽自己的解释是,这是个宗教意义上的“奇迹”,是约翰的神圣宣言。〔9〕读者如果细心回顾之前的情节会发现:约翰在去朗根阿根的路上,一个叫“歪帽”的人物留给他一张写着“比阿特丽丝(Beatrijs)”的字条。“比阿特丽丝”这个词随即未经任何指示自动进入了约翰的词汇树。小说中没有对这个词作任何解释,这是13世纪荷兰的一个圣人故事,修女比阿特丽丝离开修道院多年,过了幸福和罪恶的生活,后来她悔恨地回到修道院时,竟然没有人发现她多年来的缺席。这坚定了她从此一心侍奉上帝的决心。神秘的“歪帽”是小说中唯一没有真实姓名和身份的人物,此后再也没有出现,仿佛上天的使者。这意味着,约翰追寻阿尼塔之行和比阿特丽丝一样,受到了上天的最高庇护。〔10〕然而,奇迹出现后的这天晚上,约翰拿起圣经,读了“比连的驴”。“比连(Bileam)”现在也是他词汇树中的一个,这是圣经里引诱以色列人堕落的一个负面人物,在新约圣经中被看作是诱惑者和误导者。此前小说多次描写约翰凝视墙上的保护天使图像,这天晚上起,约翰再看到天使时,只是吹灭蜡烛,任凭天使黯淡下去。这些细节意味着,约翰背离了天主教信仰。而奇迹中另一个重要的事实是,在约翰与阿尼塔在一起时,决心“自己造句”,并且在朗根阿根开始了初次的诗歌创作。因此,帮助他实现双身术的,不是上帝而是诗。语言代替了宗教,将成为他追随的信仰,从此成为他弥补生活缺陷和痛苦的工具,从此他要等待的是语言指示的神圣讯息。这一虔诚的姿态也体现在小说最后约翰的语言观,“那些通过语言、亦即自己来到纸上的东西,只需要他阅读。”(362)瓦塞堡的奇迹实际上无声地宣告了约翰对语言的皈依,此后他对宗教的虔诚将转化为对语言和文学的虔诚。童年还想当神甫的约翰,几年后在哥哥的墓前已经“无法祷告”(330)。而“不管他拿席勒或迈耶的书,他总是非常虔诚。”(347)这段奇迹的叙事,是对天主教用来传播其宗教意识形态的无数圣人奇迹故事的戏仿,这本身暗含了

〔9〕参见李益:《“写作就像是种游戏”——马丁·瓦尔泽谈〈迸涌的流泉〉》,载《文景》,2008年12月,第62-65页。

〔10〕同上。

作者对宗教猾黠的揶揄和嘲讽。

2. 语言对纳粹意识形态的抵抗：词汇树

从和父亲之间私密的词汇树开始，约翰就发展着对词汇和语言的敏感和审美力，逐渐学习着纯粹个人的语言。与他形成对照的是伙伴阿道夫。他父亲布鲁格先生是纳粹冲锋队的小头目，为自己五年前就给儿子以希特勒的名字施洗感到骄傲。布鲁格先生总是用粗鲁鄙俗的行话鼓吹纳粹思想，不失时机地污蔑贬低约翰远离纳粹组织的父亲。阿道夫总是鹦鹉学舌地说些从父亲那里听来的词汇和习语，比如"闲逛"、"娘娘腔的鬣毛"、"秘书和破布长在一个树墩上"，"在咬第一口时就该拿走女人的面包"。在学校，阿道夫是忠于纳粹党的黑勒老师最喜爱的学生，能"手臂高高抬起"行标准的希特勒礼。他不假思索地坦然使用着父亲的词汇，也自然接受了父亲狂热的纳粹意识形态。约翰为阿道夫感到尴尬和惊讶，因为那些是不属于阿道夫自己的语言。约翰从不会轻易使用别人的语言，尽管那些习语在伙伴间很流行。在这些鄙俗而陌生的词汇的震撼下，父亲的词汇树是他的庇护所。"一旦他在这里无法忍受，他将把自己关入这些词汇：忧虑、珍品、求知欲、高傲[……]他把父亲的这些词汇同阿道夫从他父亲那里得来的词汇作比较。男性、鞋具、尾声[……]即使他只是自言自语，他甚至也无法暂时地使用尾巴这个词。"(233)那个时代许多约翰的同龄人正如瓦尔泽在《本地的半人半兽》(„Einheimische Kentauen") 中所说"被放逐到教育的荒原"，在那些"意识形态词汇的养育下营养不良"[11]，因此和布鲁格父子一样，对纳粹种族主义那些充满虚假激情的胡言乱语缺乏抵抗力。约翰却有着完全不同的自我存在方式。他"只给自己寻找语言"，这说明，他不断地找寻属于自己的身份，这种精神上的独立性让他能与纳粹意识形态本能地保持距离。

如前所述，除了词汇树外，文学阅读也一直滋养着约翰的心灵。"瓦塞堡奇迹"中，约翰离家期间作文本上有一篇他写的作文"人类需要多少家乡"，批评了抢走别人家乡的"白种人"，内容来自卡尔·迈耶(Karl May)作品中印第安人被美洲殖民者

〔11〕Martin Walser: *Einheimische Kentauren. Oder: Was ist besonders deutsch an der deutschen Sprache?* In: ders.: *Ansichten, Einsichten.* Frankfurt a. M.: Suhrkamp, 1997, S. 98.

赶出家园的故事。在“瓦塞堡奇迹”作为圣人传奇的语境中，这是约翰皈依语言或者说诗的信仰后，来自语言的某种最高力量自动给它的指示。也就是说，作文的语言是从约翰的阅读经验里自动来到作文本上的，这暗合着最后“阅读作为写作”的语言观。这篇作文常被看作小说中不多见的、少年约翰对纳粹种族主义意识形态的明确反对。当然这离有意识的政治批判还很远，只是无意识、无目地的自我观点表达，既没有雄辩的激情也没有明确的诉求。但是作文在老师和同学面前被朗读的时候却相当有说服力，忠于纳粹思想的老师最后也词穷。这说明，文学语言的滋养下，还不曾深谙世事的少年约翰在无意识状态下，也有了对纳粹意识形态的初步免疫力；而这种天真自发、纯洁无辜的个人语言却可能是对政治意识形态话语最好的抵抗。

小说第三章中，青年约翰开始了参军生活。在艰苦的训练间隙，约翰没有停止过阅读德国古典主义诗歌，以及黑塞、格奥尔格、史蒂夫特的作品。走出瓦塞堡村庄的封闭环境后，约翰在军旅生活中直接经历了纳粹的语言和意识形态。一个党卫军分队长用纳粹语言跟他谈论自己的父母，“像是在谈某个动物种类”：

> 他们已无可救药。永远佝偻着，被摧毁了。艰难和胆怯的产物。对天堂的恐惧，对地狱的恐惧。两千年的宗教奴役，封建奴役，就是被奴役。现在一切结束了。人们挺起了胸膛。首先是德意志人民，不过别人也准备好，跟随他，现在新人被创造。无所畏惧的人。只有他是美的。只有美的人才可爱，有生命价值。(308)

约翰也感到了这些激昂句子的感染力，“有些话像是出自扎拉图斯特拉的句子”，但“它们同扎拉图斯特拉的句子不是一回事。更像是教会的句子。”(309)约翰一直感受到纳粹和宗教意识形态在它们表达形式上的类同，一方面两者有着相似的激情澎湃：幼年听到收音机里“戈贝尔博士刚一开口，约翰就感到背上传过一个个寒战。这种情况平时只有发生在教堂里，倘若格吕贝尔先生唱起《以色列颂》。”(97)另一方面，两者都要求使用各种套语：在军队里宣誓效忠元首时，约翰联想到天主教的忏悔：“对套语的鹦鹉学舌，从他嘴唇里出来，就像忏悔时的决心一样。多了一种套语。”(315)套语的使用往往能消解人们独立思考的能力，强化顺从。尽管

1933年纳粹势力进入瓦塞堡村庄生活后，与传统基督教世界观相竞争、并竭力要取代其在人们价值观上的主导地位，但在约翰这里，它们同为两种陌生的、侵略性的世界观。小说接近尾声处18岁的约翰这样总结："1933年以来他所学习的语言，接着教会语言，成了他的第二外语。没有比教会语言更接近他。他同这两种语言纠缠不清。他得找到一种自己的语言。为此他必须自由。"(359)在艰苦乏味的高山训练中，约翰靠想象扎拉图斯特拉那些夸张的词句而充满动力、不知疲倦。"他多么希望整天地说另一种语言，而不是这通常的军队用语。"(316)从外在的服从至上的军队环境到内在的查拉图斯特拉环境，他经历着"从受操纵的语言里掉出、摔入自由的语言里的坠落。"(317)由于拒绝服从中尉的命令承认雪是黑的，他的军官梦破灭了。作为扎拉图斯特拉的信徒，他要追求灵魂的自由，不愿再屈从于任何强权。有关语言也一样，他抗拒一切受操纵的、意图操纵他的语言。而唯一不向人们兜售任何意识形态的，是文学语言，"没有什么比文学的语言更能让人自由"[12]。他如此地向往着自由的文学语言。

只有自由的文学语言可以反抗受操纵的语言。在《本地的半人半兽》(„Einheimische Kentauen")中瓦尔泽分析了纳粹政治意识形态是如何操纵语言，从而来控制人们的意识的。他认为，德语语言的特点在于，每个人都可以用复合词创造新词。这种可能性可以被模糊和误导的目的滥用，很多词汇是"概念和现实构成的半人半兽，真实的躯干必须为虚无的概念骗取真实的存在"，它们很适合"威吓、挑拨和煽动"[13]，纳粹意识形态就是通过大量生造出来的复合词来传播和兜售的，比如希特勒说外国媒体是Auslandspresse，本国媒体则是Intelligenzpresse，而不会说Presse der Intelligenz。

> 1933年我们的语言被没收，被强制服役。它运作得多么迅速，词汇多么迅速地被整肃、被排列整齐，并不令人惊讶，如果人们考虑到这语言背后的专

〔12〕Martin Walser: *Erfahrung beim Verfassen einer Sonntagsrede*. Frankfurt a. M.: Suhrkamp, 1998, S. 26.

〔13〕Martin Walser: *Einheimische Kentauren. Oder: Was ist besonders deutsch an der deutschen Sprache?* In: ders.: *Ansichten, Einsichten*. S. 98.

门训练的话。我们的语言随时可以构建那些不大或者根本不符合现实的词汇。并且一代代民众早已习惯那些“真实在彼岸的”(马克思)的词汇。[14]

但这个可能性在诗人那里，却能让这门语言不断获得全新的生命。那些壮丽的、隆重的、温柔的复合词，比如 Schwermut，Schadenfreude，Eigendünkel，Beichtgeheimnis。那是“半人半兽”词最好的可能性。阿道夫从父亲那里听来的词汇，和约翰从父亲那里得到的词汇树上的词汇，也展示了这两种可能性。阿道夫和约翰代表两种语言、也是两种生存方式。语言不是人，它可以被操纵。“但它最好的可能性”，亦即文学语言，“反抗着操纵”[15]。被纳粹意识形态操纵的语言，从不可能写出一首真正的诗。美是属于自由的，无法被操纵的。自由的语言包含着最多的价值和生命，而行话如果不从自由语言里吸取营养，就很容易僵化死亡。

那么文学语言如何抵抗意识形态统治呢？瓦尔泽认为，真正的作家一生都在为“缺陷”、也就是为受损的、不确定的自我身份而写作。每个人从童年起就带着负面经验的烙印，作家不愿意痛苦地默默忍受，而是用文学形式来回答或弥补这缺陷。正如童话和宗教就是人们集体创作出的虚构故事，是对人们反面经验的集体回答。上帝就是人类集体创作的最大的人物，他是所有被压抑的、有缺陷的人们所缺乏的一切的集合。[16] 强权的意识形态操纵语言让人们顺从它们的思想，通过语言的暴力强加给人们符合它们思想的身份内容。诗人得用文学创作来弥补这暴力造成的损伤。他们用一切文学手段，如“回忆、命名、咒语、诅咒、幻想、摧毁幻想、更有益的幻想”构建自我身份。于是，“伤口渐渐愈合”长出伤疤，“世界文学史”就是“这些精彩伤疤的集合”[17]。只要诗人存在，这项工作就不会停息。

战争结束后，青年约翰回到家乡瓦塞堡。他终于在令人迷醉的完美性爱中体验到巨大的幸福和解脱，他要为自己的梦幻寻找语言。他不再写诗，诗歌的“过度清晰”和“秩序”对他有种“统治欲”(335)，而是转向散文。但他写作梦幻并非一开

---

〔14〕 Ebenda.

〔15〕 Ebenda.

〔16〕 Vgl. Martin Walser: *Wer ist ein Schriftsteller*? In: ders.: *Ansichten, Einsichten.* Frankfurt a. M.: Suhrkamp, 1997, S. 501.

〔17〕 Vgl. Martin Walser: *Wer ist ein Schriftsteller*? In: ders.: *Ansichten, Einsichten.* S. 506.

始就成功。起初,他带着一种"能够通过记录平静自己"或者减轻"对于梦幻的羞惭"(361)的希望,但事与愿违,这样他记录的不是梦境本身,而是"以为的梦幻的意义","他摧毁了梦"(361)。最终他意识到,"梦幻不应该听从他的意志"。他得戒除瞄准目标的习惯,"把自己托付给句子","托付给语言"(362)。命中目标属于充满命令、服从和操纵的语言的军队生存方式,有放弃一切权力意志的语言,才是真正自由的。最后,他觉得语言"是一派迸涌的流泉(ein springender Brunnen)"。这一隐喻来自查拉图斯特拉的"夜歌":"正是夜的时候:现在所有迸涌的流泉更朗声高吟。我的灵魂也是一派迸涌的流泉。"这意味着,在约翰的语言观里,语言是和灵魂合二为一的,它们是自由的、自行言说着的。这不再是他幼年和少年时期对文学语言天真而自发的倾向,而是发自内心的、对自由的文学语言的自觉信仰。瓦尔泽在《作家是谁?》(„Wer ist ein Schriftsteller?")一文中也提到,作家通过虚构来弥补受损的身份,宗教也有着类似的功能,"上帝就是人类集体创作的最大的人物,他是所有被压抑的、有缺陷的人们所缺乏的一切的集合。"在这个意义上,他用宗教来比拟文学,"作家也试图以宗教继承人的身份出现,并只用文学就为无信仰者建立一个宗教。"〔18〕小说前两章中隐藏着约翰对语言的皈依,也许暗示着,只有将语言视为信仰,虔诚地相信语言的讯息,才能最大程度地去除主体意志对语言的干涉,获得尼采意义上的自由。

小说最后,约翰设想,"在一个由句子组成的木筏上飘洋过海,即使这个还在建造中的木筏不断地散架,必须不断地用其他的句子把它建造。"正如海德格尔称语言为"存在之家","我们是通过不断地穿行于这个家中而通达存在者的"〔19〕。语言如同木筏,是独立自主的有着自身规律的交通工具,诗人用它承载自我的存在,渡过话语的汪洋大海。这是诗人生存所需,瓦尔泽说,"让我们阅读和写作的是相同的原因",即"对我们的存在进行拼写的必须性"〔20〕。而不断破损的木筏,意味着诗人那永远"富有缺陷的身份(mangelreiche Identität)"〔21〕,诗人用语言的构建弥补

〔18〕 Ebenda.

〔19〕 马丁·海德格尔:《诗人何为?》,见《林中路》,孙周兴译,上海:上海译文出版社,2008 年,第 280 页。

〔20〕 Martin Walser: *Erfahrung beim Verfassen einer Sonntagsrede*. S. 26.

〔21〕 Martin Walser: *Wer ist ein Schriftsteller*? In: ders.: *Ansichten, Einsichten*. S. 502.

有缺陷的身份的劳作，生生不息，永无止境。木筏是诗人保持自我的工具，但它本身处在不断变化中，“作家从一本书到另一本书一直在改变着”，“改变的趋势不可预测”[22]，这改变的需求一直存在。约翰幼年的词汇树，那不断变化、从不静止的词汇文本维持着个体独立的身份和存在，保护它不受外界意识形态的干预，似乎就是这木筏的雏形。而此时的约翰，已经不用再与那些陌生的语言纠缠不清，他知道自己可以也必须，以一个诗人对语言的手工劳作，来弥补、抵抗包括各种意识形态的强权外力可能造成的、以及一切其他的身份损伤。流泉和木筏的隐喻说明，他已经找到了一个作家的自我身份和生存方式。

综上所述，《迸涌的流泉》是一部关于作家的成长或发展小说，表现主人公的个人身份和精神发展历程，当然是通过其语言能力和语言意识的发展为线索的。主人公依靠语言本身抵抗意识形态的潜力，在宗教和纳粹政治意识环境下，维持并发展了一个独立的自我身份，这独立的自我身份最后体现在，他成为一个作家后形成的自由的语言观上。在这些历程中，文学语言对意识形态的一切抵抗，都是潜在的，不主动的，甚至没有主观意志的。“迸涌的流泉”所代表的自由的语言观，在瓦尔泽本人的作品和文学批评中都可以找到更多的表达和阐释。不过，小说最后的青年约翰只是站在瓦尔泽作家生涯的起点，朝着人们所了解的瓦尔泽发展的路途上。作为自传体小说，虽然也是作家本人用来弥补和构建更完美的自我身份的虚构作品，但从本质上，它还是给我们展示了作家瓦尔泽早年的精神发展史及其诗学源头。

3. 乌托邦式的童年家乡：方言作为回忆载体、集体身份和意识屏障

马丁·瓦尔泽可以说是一位家乡作家。他一生都与家乡博登湖地区联系紧密，并且这种联系对他的文学创作也有深远影响。他不但在博登湖畔的家乡瓦塞堡度过了童年，成为自由作家后他于 1968 年迁往博登湖畔小城于伯林根居住至今，于伯林根市还曾授予他博登湖文学奖。在电台采访中瓦尔泽曾经透露，他对博登湖附近地区的历史、地理、民俗乃至植物都有长期的研究[23]，家乡渗透入他灵

---

〔22〕 Ebenda.

〔23〕 参见 2007 年 3 月 5 日德国西南广播二台纪念瓦尔泽 80 寿辰访谈节目。

魂的每一个角落。家乡是“给落后取的最美好的名字”，没有什么地方有比家乡有更多的“羚羊毛、合唱团、祈祷治病者、明信片风景、舞刀弄棒、盛装表演团、挤奶小板凳、忏悔长凳、坦白学校”[24]。他的许多作品都以家乡博登湖地区为叙事背景，如代表作中篇小说《惊马奔逃》(*Ein fliehendes Pferd*)，长篇小说《半生》(*Halbzeit*)、《独角兽》(*Das Einhorn*)、《坠落》(*Der Sturz*)，以及《超越爱情》(*Jenseits der Liebe*)、《捍卫童年》(*Die Verteidigung einer Kindheit*)等。因此瓦尔泽被称为“博登湖畔的巴尔扎克”，人们将他与19世纪的作家特奥多尔·冯塔纳相提并论：“马克勃兰登堡地区以及大不列颠相对于前者的意义，就是博登湖地区以及美国对于后者的意义。”[25]

在《迸涌的流泉》这样一部以自己童年和青年时代经历为素材的作品中，对家乡的表现更是不可或缺的主题。小说情节在纵向上以主人公约翰个人成长为主线，表现了他从拼读单词直至走上写作之路的发展历程；横向上则细致入微地再现了第三帝国时期作者家乡德国南部一个封闭村庄中的生活景象。主人公约翰内心虽然一直追寻着独立于众人的自我，但这种自我身份深深地植根于他对家乡的认同感。家乡对他来说是个近乎完美的乌托邦，在这里，“所有的事都比世上其他地方做得好”(190)。小说“瓦塞堡奇迹”一章中，天使替代约翰写下的一篇堪称典范的作文中心内容也是家乡：没有家乡的人是“一个可怜虫”，是“风中的一片树叶”，“人对家乡的要求没有止境”(223)。家乡永远是人们精神上的庇护所，保护着童年的纯洁无辜。然而与作者其他作品不同的是，小说并未花太多笔墨描写家乡典型的博登湖畔自然风物，而是与约翰成长的纵向线索中用语言发展来表现自我成长一样，小说中无处不在的家乡气息的呈现同样依靠语言，也就是对家乡方言的运用。小说1998年8月出版之前，巴登—符腾堡州的南德意志广播二台就播出了瓦尔泽朗读的这部小说。瓦尔泽的朗诵以盒带形式在小说印刷版面世后不久出版发行。1999年夏，巴伐利亚广播二台再次播送了小说朗读版。他也多次在巡回朗读会上朗读片断。瓦尔泽对小说印刷版和朗读版在文学市场同时发行的重视，在其

[24] Martin Walser: *Heimatkunde*. In: *Ansichten, Einsichten*. S. 265.

[25] Stefan Neuhaus: *Martin Walser*. In: *Metzler Autoren Lexikon*. Stuttgart, Weimar: J. B. Metzler, 2004, S. 770.

他作品上从未有过。他曾表示，如果听众能通过听觉多少感受到一些阿莱曼方言的氛围，可以对小说有更真切和感性的理解。法兰克福汇报文化记者洛塔尔·米勒(Lothar Müller)认为，“整部小说都由口头语言翻译而成”，瓦尔泽的书面德语“充满着博登湖畔村庄里的习语”。[26]

的确，最普通的村庄也有其独一无二之处，这种特点往往最直接地体现在人们口头使用的方言的细微差别中。方言在语言应用中最接近生活的底层，因此比标准语言能更深入地接近现实。方言对许多日常概念的指称也比标准语言更加精确传神。在这部小说的后记(*Vorwort als Nachwort*)[27]中，瓦尔泽特意对方言和标准德语的关系作了注释。标准德语的表达常常无法代替方言，它的有些缺陷只有方言词汇可以弥补。比如，约翰父亲对祖父的一句话：Ihr werdet Euch wundern, Vater, wie es Euch da ring wird um die Brust，用现在的标准语言习惯，应该说 wie es Euch da *leicht* wird um die Brust。但是方言中的 ring[28] 一词却包含了比 leicht 更多的意思，有 weit(远远)以及 wohl(小品词，表示可能的语气)之意，它的意义与名词 Ring 无关，而与 gering 一词有关。瓦尔泽引用了《格林德语辞典》(*Grimmes Deutsches Wörterbuch*)：自从 17 世纪以来 ring 一词很少被使用，但是它作为形容词和副词在许多方言中活跃地保留着。[29] 瓦尔泽难以理解，为什么标准德语让这样的词汇消亡，并且无法提供一个等值的词。现在人们使用的 gering 这个词只能替代 ring 可以表达的意味中很少的一部分。瓦尔泽认为，阿莱曼方言尤其具有标准德语无法替代的、甚至其他方言不具有的精确性，即“一种针对事物关联内部不同现实程度的系统的敏感性”[30]，比如，比标准德语更加丰富细腻的虚拟形式。在他早年的数篇杂文中，瓦尔泽都谈到方言和标准德语的距离感：

---

[26] Lothar Müller: *Ein springender Brunnen. Martin Walsers neues Buch als Fortsetzungsroman in F. A. Z.* In: *FAZ*, 12. 6. 1998. S. 41.

[27] 小说中译本未译出这部分后记。

[28] *DUDEN Deutsches Universalwörterbuch*, 5. *Auflage*, 2003: ring 〈Adj.〉 [mhd. (ge) ringe, gering] (südd., schweiz. mundartl.): leicht zu bewältigen, mühelos. 意即：容易的，不难克服的。

[29] Martin Walser: *Vorwort als Nachwort*. In: *Ein springender Brunnen*. Frankfurt a. M.: Suhrkamp Taschenbuch Verlag, 1998, S. 409.

[30] Martin Walser: *Zweierlei Füß. Über Hochdeutsch und Dialekt*. In: ders.: *Ansichten, Einsichten*. S. 576.

谁要是在方言中成长起来，多年来仅仅在书本和报纸中遇见不断发展的标准德语的语言，他就会永远感觉到这两种语言之间的距离。一个对他来说是第一语言，另一个是第二语言。这不仅仅在政治词汇上。[31]

然而随着现代化的进程和影视媒体的普及，标准语言逐渐渗透到村庄生活中，在越来越大的程度上改变、替代着方言。许多地区的方言处在消亡过程中。方言口音听起来往往是一个人缺乏教育、属于社会底层的标志。即便在村庄，所有人都说方言的时代也如同童年一样逐渐一去不回。作家的语言敏感性让瓦尔泽感到有责任逆向而行，去追忆这些濒死的语言。“与所有自然的东西一样方言也会死去，当它的生存环境不再有利的时候。[……]那么现在是时候，为它们准备悼词了。”[32]

但是，小说对过去的方言的运用并不只是出于对一种语言文化遗产的保护。在语言随时代变迁的过程中，濒临消亡的语言和它存在的那个时代紧密联系在一起。瓦尔泽在关于方言的一篇散文中说，“我母亲那一代人和环境是我的方言天然的地点。一个纯粹的死亡之国。以一种语言为形式的一段逝去岁月。”[33]方言是作者童年的第一语言，它像一个容器，存储着那个时代的家乡的鲜活气息。因此，对方言的重新使用是一种回溯以往、追寻消逝的家乡的行为。方言不只是一种独特的语言形式，也是通向以往现实的一种方式。[34] 那些现在人们不再使用的词汇，仿佛是一种特定的频率，随时能激活对过去时代的回忆。这是作者回忆以往的重要途径，他“经常以此作乐[……]唤起那些旧时的频率让它们在我头脑中振荡”[35]。于是，在这部自传体小说中，作者时常通过方言重现过去那些人和事，例如约翰祖父常说的一句话：“但愿我去了美国（Wenn i bloβ ge Amerika wär）！”

方言是作者回忆和重构以往的独特途径，曾经的家乡存在于一个语音的世界

---

〔31〕 Martin Walser: *Bemerkung über unseren Dialekt*. In: ders.: *Heimatkunde. Aufsätze und Reden*. Frankfurt a. M.: Suhrkamp, 1968, S. 35.

〔32〕 Martin Walser: *Vorwort als Nachwort*. In: *Ein springender Brunnen*. S. 413.

〔33〕 Martin Walser: *Zweierlei Füβ. über Hochdeutsch und Dialekt*. In: ders.: *Ansichten, Einsichten*. S. 576.

〔34〕 Jürgen Bongartz: *Der Heimatbegriff bei Martin Walser*. Diss. Köln, 1996, S. 146.

〔35〕 Martin Walser: *Zweierlei Füβ. über Hochdeutsch und Dialekt*. In: ders.: *Ansichten, Einsichten*. S. 578.

里。小说叙事中，方言也是勾勒众多人物形象的手段。在村庄这个小社会中，每个人以自己所操的方言携带并向他人展示着自己的以往。

> 暂住的、嫁到此地的、疏散到这里的、被什么风吹到这里的人，在这个村庄的语音世界中，都带着自己的方言，仿佛房子的颜色、徽章、军队的旗帜。这个村庄是独一无二的声音景观，这景观除了将时间的作用形象化之外别无他用。[36]

小说中很多人物的说话方式都标志着他们不可替代的身份。约翰的父亲说的是在巴伐利亚实用中学学来的标准德语，在瓦尔泽看来这是标准德语对阿莱曼方言的殖民化。母亲说的则是屈默斯威勒德语，“从不使用标准德语词”(12)。从小对语言敏感的约翰常常通过说话方式来感知他人，他最喜欢路易丝柔和的南蒂罗尔口音。方言与家乡有着天生不可更改的联系，“多伊尔林先生通过他的继续来，继续来(Geh-weida-geh-zua)，不断地提醒人们，他出生在巴伐利亚的莱西河畔。”(33) 海关的哈普夫先生说弗兰肯—巴伐利亚方言，不操此地方言的汉泽·路易斯模仿他说话的样子就显得很滑稽。赫尔默的赫尔米内只说标准德语，“在读赫尔米内这个名字时，她自己，这个掌握标准德语和嗜好标准德语的人，非常严格和毫无例外地把重音放在第一个音节上。这至少同她鼻子左边被称为肉赘的紫色小灯塔一样，属于她的本质。”(112)

小说中人们日常使用的方言里有很多习语。比如米娜说，“同样的人说过，要是母鸡蹲得好，它就会一直刨地，直到它蹲不好。”(22)此外还有“要是这样的人还活着，那么席勒就得去死”(38)、“每把扫帚都得找到它的把手”(274)，等等。这些习语的源头难以考证，一代代说方言的人们就是它们的集体作者。习语往往表达着普遍的道理，是村庄中众人共有的现成的语汇，使用这些习语就意味着与众人共同拥有着某种身份认同。约翰从青年义务军返回家中碰上“公主”时，就以她的口吻用习语对话：

---

〔36〕 Ebenda.

> 然后她开口：啊，痛苦可以舒解了。而约翰说：阿德尔海德公主，您好吗？她没有回答，一直还在上下打量约翰，说：内行看门道，外行看热闹。然后又说：要是现在不发生什么事，约翰就对她来说太老了。说着笑开了。[……]然后说：嘿，你这个小子，腿抬起，爱在召唤，领袖需要士兵。阿，痛苦可以舒解了，约翰以她的口吻说。[……]现在只缺少这么一句：要是这样的人还活着，那么席勒就得去死。然后她的名言差不多就用完了。[……]也许还有一些他已经忘了的名言。其实，别人说什么话，都是无关紧要的。(265)

在这里习语的内容并不重要，对习语的使用表现了对话双方对这些意义关联的共同认同，揶揄打趣的交流才可能实现。但约翰生活在这个语言环境中并不喜欢、或者说不满足于用现成的别人的语言，他一直在追寻自己的语言，“要是牵涉到姑娘或女人，有些词汇约翰无法忍受。[……]他不会这样表达自己的意思。可他不愿被人称为‘巴结’。可他自己对此也缺少词汇。正因为如此，他写诗，并把它们交出。”(274)这点与其他小伙伴们不同。他的好朋友阿道夫就热衷于使用从他父亲那里学来的习语，诸如“秘书和破布长在一个树墩上”、“在咬第一口时就该拿走女人的面包”、“谁什么都会，就什么也不会”等等，这些由阿道夫引进的习语往往很快在小伙伴间流行开来，“有些句子和表达方式，一天后就出现在吉多或保尔或路德维希的嘴里，仿佛它们不是源自阿道夫，而是他们自己刚好使用的。[……]因为这类习语总由阿道夫引进，所以他在同龄人中间威望最高。”(67)小伙伴们中大部分人也都乐意接受这些习语作为自己的表达方式。大部分村民也是如此。他们并不追求专属于自己的、不同于大众的表达，而是满足于使用众人共同的习语。可见他们很少有约翰那样对独立的自我身份的追求，方言和习语代表的集体身份认同对他们的影响更大。

通过方言形成的集体身份认同感将操方言的人与操标准德语的人清楚地区分开来。赫尔默的赫尔米内是村民中少有的说标准德语者，她为村边别墅里那些外来居民做擦洗的活，把那些外来词汇带进村里：“地下层，盗窃狂，偏头痛，彻底清理，心理学，绅士，等等，等等。”(9)她是唯一为村民带来别墅世界信息的沟通者，这些标准德语才有的词汇对村民们来说是那么陌生，它们代表的外来者的别墅世界和村庄里的世界截然不同。方言与标准德语之间存在着天然的隔阂和距离。一贯操方言的人若使用标准语言多少会陷入表达的困境,这并不完全由于对标准语言掌握得不好,而是标准德语里也许找不到与方言等值的词汇。语言传达的不仅是意义,更是使用者对意义的阐释;方言不是标准语言派生的碎片,而是独立的语言,反映了人们阐释世界时特有思维方式的独立语言。[37] 在瓦尔泽的小说中时常可以看到方言与标准语言之间的对立和游戏。约翰总能感受到两者之间的距离和差别:赫尔默的赫尔米内只说标准德语,她的兄弟却只说方言,"所以无法想象,他们互相用什么语言交流。最简单的想象方式是,他们从不一起说话。或者他们拥有一种不依赖词语的语言。"(110)对方言使用者来说,标准语言意味着一种陌生的、有距离的思维和表达方式。约翰母亲只说方言,只有说到屁股这个词时,母亲说"后面","这是她语言里唯一的一个标准德语词。每当她说出这个词,就显得有些压抑。"(233)屁股属于有着禁忌意味的身体部位,在母亲的方言所包含的意义阐释中可能带有下流的意味,标准德语里的"后面"则比较抽象,带有中性、客观的意味。因此她宁愿选择陌生的标准德语词汇,以避开表达的尴尬。汉泽·路易斯平时说任何话都用方言,偶尔转用标准德语说话,"给人的感觉就是,为说每个字他都特地站到了小讲台上,像是作演讲。"(83)

> 别担心,奥古斯塔,(Kui Sorg, Augusta) 他说,一个善于踉跄走路的人不那么容易摔倒(an guate Stolperer fallt it glei)。[……]到了门边,他再次转身,举起手说,要是现在时兴不说你好,而是把手伸直,那他可就担心要遭罪了,因为他的前爪如此弯弯曲曲,[……]然后又回到他的标准德语类型:人民同志,我预见到了灾祸。接着又回到自己的方言:同样的人说,要是面临死亡,不要没有耐心(Der sell hot g'seet: No it hudla, wenn's a's Sterbe goht)。(84)

值得注意的是,路易斯只在以纳粹的口吻说"人民同志"这个政治词汇时特意

[37] Vgl. Jürgen Bongartz: *Der Heimatbegriff bei Martin Walser*. S. 305.

转换到了标准德语。瓦尔泽曾分析过标准德语难以译成方言的根源,即"方言比标准德语更依赖于实物"[38],因此少有适合表达抽象意义的词汇。所以,只说方言的人作为一个地区居民、一个国家的公民以及一个文化民族的成员,会对意识形态有着天生的憎恶。虽然纳粹政治力量逐渐渗透到村庄生活中,但在路易丝等只会说方言的村民们的感觉中,那是以标准德语为载体的陌生意识形态。他们对标准德语缺乏像对母语方言那样的亲近和认同感,因此这种外来语言代表的意识形态的入侵始终难以得到他们内心的真正认同。也就是说,家乡方言为人们形成了一道与纳粹政治意识形态保持距离的天然屏障。这一屏障也体现在,小说中的纳粹狂热分子传播他们的纳粹意识形态时也无法使用方言,而总是自觉地转换成标准语言。青年团领袖埃德蒙在一次点名时把有犹太血统的沃尔夫冈的自行车扔下田埂,对集合的青年团宣布,根据上面的命令他必须把沃尔夫冈清除出青年团。"自从埃德蒙·菲尔斯特当青年团领袖以来,他还从未在一次集合点名时说这样的标准德语。"(116)约翰在军中碰到的分队长许步施勒是党卫军成员,他狂热的纳粹思想令他与说方言的父母已经隔膜得如同陌生人。"戈特弗里德·许布施勒当着他父母的面也说标准德语。约翰觉得惊讶,因为他的双亲不会说一个字的标准德语。他们也没做过这样的尝试。"他母亲拿着手提包的姿势透露出内心的拘谨:"似乎担心着,有人会把包夺走,她也不想让自己被儿子的标准德语搞糊涂。[……]想象着这个又瘦又小的尖鼻子女人得试图说标准德语,约翰几乎觉得有些伤心。"(308)许步施勒彻底接受纳粹意识形态的同时自然就放弃了方言,同时也就放弃了父母和家乡——他宁愿听约翰讲话而不愿听来看望他的父母亲讲话,更不愿听关于黑根斯威勒的小农庄的事。许步施勒与父母之间已经没有了"共同语言",他们共同的身份认同已经断裂,他已是一个背弃了家乡的没有根的人。这里作者似乎要表现出,纳粹政治意识是一种要求人们切断对传统精神家园归属感的意识形态,能与之对抗的是人们对家乡和传统文化的归属感。

但在另一方面,方言缺少抽象意义词汇的特点又阻碍了人们发展独立的、有反思能力的自我。瓦尔特·本雅明在《叙事者奥斯卡·玛丽亚》(*Oskar Maria Graf*

---

〔38〕Martin Walser: *Bemerkung über unseren Dialekt*. In: *Ansichten, Einsichten*. S. 215.

als Erzähler)[39]一文中认为与重在表现个体的小说叙事方式比起来，史诗叙事重在描绘群像，倾向于削弱个体。他认为现代史诗中的个人的个体身份往往由集体身份决定，并且个人以一种被动的、不加反思的方式参与这一集体身份。小说《迸涌的流泉》兼具这两种叙事方式，一方面在纵向上与教育小说类似，突出表现约翰的个人成长；另一方面在横向上则以史诗方式描绘了一幅村庄人物的群像。瓦塞堡村民对这种在方言传统基础上的集体身份认同的归属是被动的，他们在集体身份认同之外往往缺乏对独立的自我身份的追寻。这点可以在约翰父亲和母亲的对比中看出。小说第一章的中心事件是"母亲入党"，描述了30年代初村庄里一些家庭由于经济危机而破产、纳粹势力逐渐蔓延之时，母亲为了维持家中旅店的经营而加入了纳粹党。关于纳粹党的一切，母亲都是从其他村民那里听说来的，"母亲说：那个马克斯·布鲁格说：现在只有希特勒能帮忙。父亲说：希特勒意味着战争。"(48)约翰父亲不说方言，他醉心于文学艺术以及神秘理论，似乎不属于这个村庄大部分人构成的集体。他有着独立的自我，有能力认识到纳粹意味着的危险。母亲则属于从来只说方言的村民中的一员，她与大部分村民一样，只能不加反思地将集体意识作为个人的意识。"父亲说，灾难叫希特勒。母亲说：他没这么说。父亲说：是这个意思。"(73)"她讲的当然不是同父亲一样的语言。她说一种与父亲不同的语言，屈默斯威勒德语。父亲说巴伐利亚实用中学德语，[……]"(73)父亲和母亲说的不同语言代表了两人自我身份的不同构成，方言似乎是与缺少反思能力以及政治上的不成熟状态相关联的。另外，直到战后约翰才从沃尔夫冈口中得知了"地方上一直存在的反法西斯小组"(356)，1933到1945年纳粹在瓦塞堡对反法西斯人员进行了迫害。"属于这个小组的有普雷斯特勒夫人，吕腾博士，贝斯腾霍费尔教授，哈耶克－哈尔克等。都是住在别墅里的人。"(356)这些外来居住者生活水平比村庄居民要高，他们多是商人或知识分子，都说标准德语。与说方言的村民相比，他们对政治更有感知和反思能力。对大部分村民而言，由于方言所包含的固有的集体认同的屏障作用，他们对待纳粹政治既不真正认同，也不具备自觉进行反思

〔39〕Walter Benjamin: *Oskar Maria Graf als Erzähler*. In: ders., *Gesammelte Schriften* 3. Frankfurt am Main: Suhrkamp, 1972, S. 309—311.

和抵制的觉悟，对纳粹的认识停留在相当肤浅的层面，对第三帝国发生的残暴屠杀等也几乎一无所知。方言保护了他们的纯洁无辜，也限制了他们政治上心智的成熟。

总的来看，瓦尔泽描绘的瓦塞堡村庄在第三帝国时期的基本情形是纳粹作为外来势力的入侵和占领。瓦尔泽在德国西南广播二台的访谈节目中这样说到瓦塞堡村庄："村庄没有发展出一种纳粹语言。那是进口的。"村子里积极参加纳粹组织的除了布鲁格先生外，几乎都是迁入的外来者。纳粹分子和反法西斯者主要都是住在村外的别墅区里的人。纳粹—社民党的地方小队长、船匠米恩先生就"不是这个地方、甚至不是这个教区的人"(75)，并且他全家都信仰新教，而不是瓦塞堡村庄里人们信仰的天主教。约翰母亲必须用标准德语和他有些费力地说话，"她的标准德语是一种杂有陌生口音的方言"(75)。瓦塞堡村民对这些纳粹地方头领总是保持着距离。汉泽·路易斯模仿新的地方小队长、海关的哈普夫先生的弗兰肯—巴伐利亚方言，嘲弄他说话的样子。马戏团的小丑奥古斯特因为在表演中嘲弄对奥地利加入德国的全民投票而在一天夜里被人殴打，约翰的哥哥约瑟夫本能地猜想，这也不会是瓦塞堡人干的，而是冲锋队的后备军。(222)在作者笔下，纳粹是种外在的敌对势力，他们从根本上不属于村庄居民这个集体。瓦塞堡村庄就是整个人类整个世界的代表，这个世界是当时纳粹德国的反面。方言代表的家乡，如同人的童年一样，永远是美好完满的乌托邦。

二、瓦尔泽的回忆诗学

1. 回忆是当下的构建

小说《迸涌的流泉》每一章都用开头一节来对自传写作和回忆本身进行反思。第一章这样开始："Solange etwas ist，ist es nicht das，was es gewesen sein wird."这个第二将来时的句子意即：某事当它正是怎样的时候，并非它将来被人回顾的时候所成为的那样。小说开头在整部作品中总是起着相当重要的作用，它决定着小说的叙事者要扮演的角色。瓦尔泽自己也强调，小说的开头是他整个作品叙事的纲领。这一开篇的哲思不仅坦陈了小说必然的虚构性，似乎也在提醒人们，由于当下和以往不可逾越的鸿沟，今日一切回忆和历史陈述都不可能完全符合以往真相。

一切回忆的基本问题和困境是：回忆与经历无法同时进行，“人们不能在生活的同时又知道这点。”(108)正如恩斯特·布洛赫(Ernst Bloch)说过，经历着的时刻是黑暗的：“我们说的曾经存在的那些事情发生的时候，我们并不知道，它正存在着。”(Als das war, von dem wir jetzt sagen, dass es gewesen sei, haben wir nicht gewusst, dass es ist.)[40]小说开篇第一句中又重复出现在第一段最后：“尽管当以往是当下时，它还不存在，可它现在挣扎冒出，似乎它就这样有过，像它现在挣扎冒出一样。不过只要某事是这样，它就不是将会这样的事。”(3)再次强调了回忆是靠不住的，它无法忠实地重现以往，事后的回忆必然是种新的构建。

真正的以往不复存在，这是由回忆本身的机制决定的。传统意义上人们认为，记忆仿佛电脑的硬盘，保存着关于过去事件的各种信息。在漫长岁月里，遗忘侵蚀着这些信息，但人们可以依靠留存在这存储器上的点滴片断拼接出以往。现代的回忆研究则将回忆(Erinnerung)和记忆(Gedächtnis) 区分开来，记忆是人脑机械存储以往信息的能力。由于记忆力的有限，它不可能保留一切关于以往的信息，记忆本身就有选择性，被记忆所保存的未必就是生活中最重要的事件。被记忆所储存的信息也并非处于一成不变的稳定状态，记忆中的其他内容也相互作用，有的记忆受到排斥而变弱，有的则被强化。许多记忆内容被弱化后消解了，也就是遗忘。20世纪 70 和 80 年代以来的神经学研究也告诉我们，记忆并非保护回忆的容器，而是一个创造性的、可变的、因而也是基本不可信赖的网络。

回忆则是人们在某一时刻回顾以往的思维过程，这个过程中记忆储存的以往的信息被回忆着的人当下的思维所激活。相比作为客观生理功能的记忆，回忆则具有更大的主观性和构建性。当下的视角影响并塑造着记忆内容在脑海中的再现，记忆中的一些细节被忽略，一些空缺之处被想象所填补，从回忆过程中人们得到一段完整连续的“以往”，但这其实是回忆融合了以往与当下的创造。瓦尔泽在一次访谈中也谈到他对“记忆”和“回忆”的区分：“记忆”是“某些发生的事情掉进人脑中，人们以后可以就这样将它取出。听起来仿佛是，它一直在那里没有改变，尽

---

[40] Ernst Bloch: *Das Prinzip Hoffnung*. *Gesamtausgabe Bd*. 5. Frankfurt a. M. : Suhrkamp, 1979, S. 334.

管保留了相当长的时间。这就是记忆。我和它一点关系都没有。”他“不用记忆工作”，而是用回忆。“回忆是一种生产，当下与过去同样地参与了这个过程。”〔41〕西格弗里德·J. 施密特(Siegfried J. Schmidt)也阐述过回忆的工作机制：“回忆并不取决于过去，而是过去主要依靠回忆的方式获得一种身份：回忆构建着当下的过去。换句话说，我们处理的不是过去，而是一些故事，我们对于过去的观念参与了这些故事的构建。这些故事，而不是过去，传达出回忆的指涉层面。”〔42〕

文学作品通过回忆呈现以往的一个著名范例是马塞尔·普鲁斯特(Marcel Proust)的小说《追忆似水年华》(*Auf der Suche nach der verlorenen Zeit /A la recherche du temps perdu*)。主人公马塞尔拥有一种无意识回忆(mémoire involontaire)的能力，小说中充满意识流式的无秩序的回忆片断，通过主人公潜意识的联想把当前的意识内容与过去的意识内容结合起来，追回了逝去的岁月。不过，瓦尔泽在巴黎歌德学院朗读小说《迸涌的流泉》片断时，特意将他的回忆与普鲁斯特式的无意识回忆划清界限：他的小说是为反对普鲁斯特“重新找回的时光”(wiederaufgefundene Zeit)而写，因为他认为这纯粹只是幻想。〔43〕小说《迸涌的流泉》第三章开头“以往作为当下”的哲思中也暗示了对普鲁斯特式回忆的反对：

> 人们可以唤醒以往，就像唤醒某种沉睡的东西，比如凭借合适的暗语或有关的气味或其他可以回溯到很久以前的信号、意义或精神数据，这样的想象是幻觉。只要人们没有发觉，人们以为重新找到的以往，其实只是当下的一种氛围或者一种情绪，以往为此提供的更是题材而不是精神，人们就会热衷于这样的幻觉。那些最最热心地收集以往的人，大多面临这样的危险，把他们自己创造出来的东西，当作他们寻找的东西。我们不能承认，除了当下别无其他。(251－252)

---

〔41〕*Erinnerung kann man nicht befehlen. Martin Walser und Rudolf Augstein über ihre deutsche Vergangenheit*. In：*Spiegel*，45/1998，S. 63.

〔42〕Vgl. Günter Waldmann：*Autobiographisches als literarisches Schreiben*. Baltmannsweiler：Schneider-Verl. Hohengehren，2000，S. 30.

〔43〕Vgl. Martin Walser：„*Gegen Proust*“. In：*FAZ.*，27.5. 1999. S. 49.

在瓦尔泽看来，“重新找回的时光”不过是回忆的迷惑性幻觉，他无法认同，“普鲁斯特所谓‘重新找回的时光’及其在艺术作品中的复活怎能够放弃时间这一要素”[44]，“时间”即对当下和以往的批判性认识。在当下和以往纠缠的相互作用中，真正的以往无法追寻和重现：

> 以往以某种方式包含在当下中，它无法从当下中获取，就像一种包含在另一种材料中的材料，无法被通过一种聪明的程序取出，然后别人就这么拥有它。这样的以往不存在。它只是包含在当下中的某种东西，起着决定性作用或被压抑，然后作为被压抑的东西起决定性作用。(251)

瓦尔泽认为回忆无法重现一切，将无意识回忆不加思辨地堆砌并不能表现以往现实的本质。早在40年前他就在评论文章中表达了对普鲁斯特回忆模式的不认同，“现实并非由各种问题、事件和行为构成，而是比这些更加模糊不清。关于人，则更要难以认清、难以理解得多。”[45]回忆和记忆不同，它的价值和目的不在于提供若干以往的事实碎片，而在于构建一个关于以往生活的整体构型，并生成一种意义关联。从这个圆合的、一体的意义关联中人们总想提炼出一个内核，也就是生活的意义。对于自传体小说而言，回忆要构建的意义关联就是人，即个人的自我身份。找回以往的时光这一不可能的任务，不是自传回忆的本质意义所在。

瓦尔泽强调自己与普鲁斯特不同的回忆形式，他的回忆应该如水上的浮标，由不断溶化的句子构成，不断需要新的创造。[46] 漂浮的状态意味着回忆是不受外力固定和命令的，是自由的、自在的。这容易让人想到这部小说结尾约翰对写作的认识：“乘在一个由句子组成的木筏上漂洋过海，即使这个还在建造中的木筏不断地散架，必须不断地用其他的句子把它建造。倘若不愿沉没。”(362)以及瓦尔泽的“缺陷理论”，作家总是用文学形式的构建来回答和弥补自我身份的缺陷，“回忆、命

[44] Martin Walser: *Leseerfahrungen mit Marcel Proust*. In: *Erfahrungen und Leseerfahrungen*. Frankfurt a. M.: Suhrkamp, 1977, S. 141.

[45] Ebenda, S. 127–128.

[46] Vgl. Martin Walser: „*Gegen Proust*“. In: *FAZ.*, 27. 5. 1999, S. 49.

名、咒语、诅咒、幻想、摧毁幻想、更有益的幻想：这些都是构建自我身份的手段。当然是诗的手段。"[47]可以说，在瓦尔泽这里，回忆和文学创作本质上是同构的，都是用想象和语言的构建来弥补、维持独立的个体身份的劳作。回忆是文学创作的手段之一。瓦尔泽的回忆写作，就是《迸涌的流泉》这部小说最后借主人公约翰之口表达的，实为瓦尔泽本人写作观的实践。

2. 自传体小说中虚构性的回忆及其文学意义

正是在这种回忆诗学和文学写作观的基础上，《迸涌的流泉》与大多数自传体小说相比凸显了更多的虚构性。福尔克尔·哈格（Volker Hage）称《迸涌的流泉》为"一部明显带有自传特征的小说，但显然不是自传"。[48] 整部小说现实主义叙事风格中，一段不可思议的"瓦塞堡奇迹"似乎要故意颠覆读者对自传纪实性的期待。如前所述，11 岁约翰为了自己心仪的杂技团女孩阿尼塔，在第一次圣餐仪式后偷偷离家出走，独自骑车到朗根阿根去追寻她、与她见面。当他愧疚不安地回到家准备接受责罚时，才发现在他离开的这一天半内，竟然没有人发现他的缺席，无论在家里还是在学校：母亲赞扬他准确完成大车过磅的任务，帮工尼克劳斯感谢他帮忙清理了马戏团占用的草地，哥哥约瑟夫夸奖他之前一天钢琴课上的出色表现，作文本上有一篇他的笔迹写的《人类需要多少家乡》，甚至同学都称赞他在课堂上面对纳粹老师为自己的作文进行了出色的辩护，还为受老师惩罚的女同学打抱不平。这段奇迹类似荷兰传说中的圣女比阿特丽丝（Beatrijs）离开修道院多年却没有为人发觉的双身人奇迹。小说在这里似乎已经超出了传统意义上自传的范畴，更应属于"传奇"。瓦尔泽的解释是，这是约翰的神圣宣言，他要给约翰的童年赋予传奇色彩，因为童年总是一段神话般的时期。[49] 这句话可以理解为，作家无力也无意让以往的童年如实重现，他要呈现的，是当下的回忆工作所构建的一个童年的可能性。

事实上，在一部自传体小说中读出虚构性并不令人惊讶。尽管许多自传写作都

---

[47] Martin Walser: *Wer ist ein Schriftsteller?* In: ders.: *Ansichten, Einsichten.* S. 502.

[48] Volker Hage: *Königssohn in Wasserburg*. In: *Der Spiegel*. 31/1998. S. 148.

[49] 参见李益：《"写作就像是种游戏"——马丁·瓦尔泽谈〈迸涌的流泉〉》，载《文景》，2008 年 12 月，第 62—65 页。

追求客观真实性,但任何自传都无法摆脱虚构性。没有人能够摆脱自己主观的感知视角。主导着人们感知自我和感知外部世界的往往是人的愿望和想象,因此心理分析学认为人的自我认识(Selbsterkennung)也正是自我误识(Selbstverkennung)。即便对自我之外的事实的复述,也无法做到完全将构成事件的所有因素和关联都加以考虑和再现。因此客观真实性是自传体作品无法根本实现的目标,何况它本身就是一个模糊的、很成问题的标准。但人们又无法否认,它是自传体作品重要的价值所在。另一方面,自传体作品一直处于这两种视角和阅读方式的冲突中。一方面作为个人和历史的见证,它的价值在于告诉人们一些他们未曾知晓的生活,于是自传体作品被看作指涉现实的文本。另一方面,自传体作品又因其美学功用属于文学艺术作品范畴,它的产生过程必然有人的回忆和想象力的作用,这意味着任何自传都必然有虚构的成分。

许多作家深深洞悉这一点,因此主动挑明自传作品中的虚构性。德语文学自传作品中最早的典范之作歌德的自传就在《我的自传》后加了一个副标题"诗与真"(*Dichtung und Wahrheit*),Dichtung 确切的意思应是"文学创作"即"虚构"。他在书名中将 Dichtung 置于 Wahrheit 之前,除了可能有音韵上的考虑,也可能是由于他认为虚构是自传的本质属性,自传要追求的是一种区别于现实(Wirklichkeit)的"真正的基本真实"(das eigentliche Grundwahre)。[50] 随着自传写作的发展,自传写作的目的从对人生发展历程的模仿逐渐变为以审美为目的的艺术构建,从而无法回避地向虚构领域延伸。近几十年里很多自传作品都用"小说"为副标题,研究文献将它们称为自传体小说,甚至称为"虚构自传"(Autofiktion)。英格伯格·巴赫曼(Ingeborg Bachmann) 就将自己的小说贴上"精神的、想象的自传"的标签,反对将自己的小说《玛利那》(*Malina*)简单归结为"自传"。[51]

实际上长期以来人们观念中一个潜在的前提,即自传作品应该具有现实真实性,并且这种现实的真实是与虚构相对立的概念。沃尔夫冈·伊瑟尔(Wolfgang Iser)在其著作《虚构与想象》(*Das Fiktive und das Imaginäre*)中对人们默认的虚

---

〔50〕范大灿:《德国文学史》第二卷。南京:译林出版社,2006 年,第 494 页。
〔51〕Michaela Holdenried: *Autobiographie*. Stuttgart: Reclam, 2000, S. 24.

构与真实二元对立的合法性提出了质疑，认为文学文本是虚构和现实的混合物，它是既定事物与想象事物之间相互纠缠、彼此渗透的结果。文本中现实与虚构的互融互通的特性远甚于它们之间的对立特性。[52] 现实与虚构这种互相融通的特点在自传体作品中可能比其他在体裁中更加显著，并且已经成为现代自传体作品的共通特征。罗伊·帕斯卡(Roy Pascal)曾分析过传统意义上自传和小说的关系。传统的自传作者常常难以解决的一个问题是，如何表现过去发生的某件事情的必然性。而小说表现的事件虽然是虚构的，但却完全是"可能的"、"可信的"，蕴含着一种普遍性和必然性的意义。正如亚里士多德对历史和文学之区别的阐述，"诗人的职责不在于描述已经发生的事，而在于描述可能发生的事，即根据可然或必然的原则可能发生的事。[……](历史)记述已经发生的事，后者描述可能发生的事。"[53]因此，现代自传文学作品常常与小说相糅合，在个人以往经历的基础上，用小说的虚构手段开拓事件和人物更大的宽广度，超越个别的、特殊的个人经历，达到普遍性和必然性意义上的"基本真实"。这样，自传体小说不同于传统意义上指涉现实的自传，而是封闭、完整、独立的艺术作品，其真实性价值也不完全在于历史的、客观性的真实，而在于审美的、可能性的真实。

《迸涌的流泉》中的瓦塞堡奇迹，虽然超越了现实世界的逻辑常识，却通过神话色彩更丰富地表现了约翰内在精神身份的发展。事实上，瓦尔泽提起过，文中约翰的初恋对象马戏团女孩阿尼塔其实是从同学那里听来的人物，他自己喜欢过的是另一个女孩。[54] 但是阿尼塔的故事发生在约翰这样一个主人公身上完全可能。瓦尔泽曾这样说到主人公约翰："这个我向他接近的、朝我迎面走来的孩子，是纯粹的虚构。读者来信中我发现很多人都喜欢这个约翰。那么很清楚的是，他是根本不可能存在过的。"[55]小说第一节就描述了村庄中众多形成鲜明对比的人物，传播各种

---

〔52〕沃尔夫冈·伊瑟尔:《虚构与想象——文学人类学疆界》，陈定家、汪正龙等译，长春：吉林人民出版社，2003 年，第 14 页。

〔53〕亚里士多德:《诗学》。陈中梅译注，北京：商务印书馆，2008 年，第 81 页。

〔54〕参见李益:《"写作就像是种游戏"——马丁·瓦尔泽谈〈迸涌的流泉〉》，载《文景》，2008 年 12 月，第 62—65 页。

〔55〕Willi Winkler: *Die Sprache verwaltet nichts. Ein Gespräch mit Martin Walser über Poesie, Politik und die Frage, wieviel Macht der Literaturbetrieb wirklich hat*. In: *Süddeutsche Zeitung*, 216 (19./20.9.1998). S. 15.

小道消息的赫尔米内和一言不发的菲尔斯特夫人，菲尔斯特夫人永远昂首挺胸而黑克尔斯米勒太太则永远佝偻着背。“要是没有这一切，尤其是这些天差地别的对比，这个村子会是一个怎样的世界！”(8)这里村庄的人物都是各种可能性的典型代表。

与传统自传作品不同的是，《迸涌的流泉》的叙事没有以第一人称而是以第三人称进行。菲利普·勒热讷(Philippe Lejeune)认为，自传叙事中第三人称和第一人称叙事没有本质区别，因为第一人称的“我”实际上同时包含了一个叙述自我(erzählendes Ich)和一个经验自我(erlebendes Ich)，它们是叙事者和主人公的关系，两者并不同一。对于叙述自我(erzählendes Ich)来说，经验自我(erlebendes Ich)实际相当于一个第三人“他”。因此，Lejeune认为第一人称叙事之下实际隐藏着的是第三人称，在这一意义上，所有的自传都是间接的。而第三人称在自传中的使用则清楚地宣称了这种间接性，将叙事的自己与曾经的自己分离开来，仿佛在说另一个人的事情一样。[56] 这种间接性和叙事的距离感，在瓦尔泽笔下是有意为之。他透露过，设想中的小说题目曾经是“我母亲的入党”(„Der Eintritt meiner Mutter in die Partei“)，但这最终并未成为小说题目，而只是第一章的标题“母亲的入党”(„Der Eintritt der Mutter in die Partei“)。[57] 在小说的母亲这个人物身上，作者放弃从约翰视角出发的第一人称物主代词meiner，而采用更有距离感的第三人称定冠词，目的在于试图弱化母亲这个人物的特殊性，强化其普遍性和典型性。他说：“如果我能够叙述，她(指母亲)为何入党，我就有种幻觉，我叙述了为什么德国入了党。”[58]可见，小说叙事的目的是要构建尽量具有典型性的事件和人物，从而能超越个人生活经历的局限，揭示更大范围内的必然性和真实性。为此，虚构和保持距离感的叙事可以给作品提供更大的表现自由。

可以说，自传和小说之间并没有严格的分野。乔治斯·古斯多夫(Georges Gusdorf)认为，每部小说都是某种媒介的自传。[59] 阿尔伯特·蒂博代(Albert

---

[56] Philippe Lejeune: *Autobiography in the third Person*. In: *New Literary History* 9 (1977/78). S. 27–50.

[57] Vgl. Volker Hage: *Königssohn in Wasserburg*. In: *Der Spiegel*. 31/1998. S. 148.

[58] *Die Welt im Gespräch: Martin Walser*. In: Klaus Siblewski (Hg.): *Auskunft*. Frankfurt a. M.: Suhrkamp, 1991, S. 217.

[59] Georges Gusdorf: *Conditions and Limits of Autobiography*. In: James Olney (Hg.): *Autobiography: Essays, Theoretical and Critical*. Princeton, 1980, S. 43.

Thibaudet)也称“小说是可能性的自传”[60]。作为文学创作手段的回忆，必然要融合现实和想象，才能构建圆合完整的意义关联，令自传作品具有更大的文学艺术价值。

3. 回忆的自在性：“无兴趣的兴趣”和“梦幻建房”

如前所述，回忆是当下的构建，那么回忆应该如何构建以往？小说开头对当下、以往和回忆的哲思中，有一个对回忆的隐喻：

> 这一天的最后一班火车停在瓦塞堡，你伸手抓向你所有的东西。东西太多，你无法一次抓住。好吧——全神贯注——一件一件来。不过要快，因为火车不会永久地停在瓦塞堡。每当你把下一个袋子抓到手里，另一个你以为已经抓住的袋子就从你手里滑落。让两个或三个甚至四个袋子留在车上？这可不行。好吧，再次用双手。两只手抓向尽可能多的袋子。这时火车启动。事已太迟。(4)

行李袋子仿佛一个个以往的片断。火车短暂的靠站后总要开走，象征着永恒流逝的时间，人作为短暂过客总想要带走属于自己的以往。伸手抓袋子就是急切而贪婪地主动攫取记忆内容的象征，但这种想要占有更多以往的回忆行为注定失败，能抓住的不过是记忆袋子中的一两个而已。以往和回忆有它们自己的存在方式，也就是独立的自在性，并不能忠诚于我们的召唤。乌韦·约翰逊(Uwe Johnson)在自传体小说《纪念日》(*Jahrestage* ，1970—1983)中这样描述“回忆之猫”：“不依赖，不被收买，不驯服。当它出现之时，即使它表现得不可接近，却是令人惬意的家伙。”[61]只有尊重以往和回忆的独立自在性，它们才能比较真实地显露出来。在小说第一章的“以往作为当下”一节中，叙事者言明“我们越让它保持原状，以往就会以自己的方式变得更加当下。”(3)小说用梦幻来比喻自在性的回忆：

---

〔60〕Zit. n. Michaela Holdenried：*Im Spiegel ein anderer. Erfahrungskrise und Subjektdiskurs im modernen autobiographischen Roman*. Heidelberg：Carl Winter，Universitätsverlag，1991，S. 7.

〔61〕Uwe Johnson：*Jahrestage. Aus dem Leben von Gesine Gresspahl*. Frankfurt a. M.：Suhrkamp，1971，S. 670.

“我们摧毁梦幻，倘若我们叩问其意义。被用另一种语言阐明的梦，透露的只是我们问它的事。犹如拷问者，他会道出一切我们想听的事，就是丝毫不说自己。这就是以往。”(3)梦幻的意义人们可能无法理解并且无可追问。如果试图将梦幻翻译成“另一种语言”，一种理性的评判的语言，必将失去梦幻本身的价值。小说结尾处约翰就尝试着“记录”梦幻，“他想通过记录，去除对于梦幻的羞惭。”(361)这里影射的是出于安抚自己的良知而进行的回忆及写作，这种方式的写作必然因其目的性而失败，“当他记录了自己的梦幻后，他发觉他记录的不是梦幻，而是他以为的梦幻的意义。有关丰富的梦境本身，什么也没有留下。”(361)在第三章的哲思部分中，瓦尔泽提出理想的回忆是对以往的“在场”，而不是做以往的主人；要带着“对以往无兴趣的兴趣”(ein interesseloses Interesse an der Vergangenheit)，这样以往“会自动朝我们走来”。(253)正如康德在《判断力批判》中提出要带着“无兴趣的愉悦”才能感受到美；放弃“意志冲动”，带着“无兴趣的兴趣”，才能让回忆呈现出更为基本的真实。

将回忆语言化的过程也需要尊重并再现回忆的自在性，瓦尔泽将回忆写作比喻为梦幻之后的建房：“叙述以前的事情如何，是一次梦幻建房。梦已经做得够长。现在该建房。梦幻建房时没有导致某些希望之事的意志冲动。只是接受。持准备好的姿态。”(4)文学创作与梦幻相提并论并不鲜见。狄尔泰在《施莱尔马赫的生活》(*Leben Schleiermachers*)中关于浪漫主义文学写作这样说道：“文学创作似乎与梦幻有着亲缘关系，因为两者当中行为着的是我们灵魂的创造力，没有解释现实的约束。”[62]法国超现实主义作家安德烈·布雷顿(André Breton)认为“有意识的艺术创作状态与无意识的睡眠和梦幻状态紧密相连”[63]，因为两者包含的个体想象都脱离了认知与道德赋予的责任义务。瓦尔特·本雅明(Walter Benjamin)在《拱廊街计划》(*Das Passagen-Werk*)中提到他的文学回忆观，完全真实的回忆(authentische Erinnerung)只在梦幻中可能，因此这种回忆是意识无法到达的，因为根据弗洛伊德的理论，梦幻并非意识而是下意识的反映。[64] 瓦尔泽的小说叙事

---

〔62〕Zit. n.: Karl Heinz Bohrer: *Die Kritik der Romantik. Der Verdacht der Philosophie gegen die literarische Moderne*. Frankfurt a. M.: Suhrkamp, 1989, S. 254.

〔63〕Ebenda.

〔64〕Walter Benjamin: *Gesammelte Schriften* V. 1, Frankfurt am Main: Suhrkamp, 1982, S. 491, S. 511.

就依靠梦幻般自在的回忆,令早已消逝的以往呈现出惊人的逼真和在场感。正如赖因哈特·鲍姆加特(Reinhard Baumgart)的评论,这部小说“直观地以千百个细节仿佛梦幻和幽灵似地用词语在我们面前建造起一个遥远的瓦塞堡,充满着早已消逝的声音、重新活跃起来的面孔、颜色和气味。”[65]

以小说一开头为例,在对以往和当下的哲思之后,小说叙事以约翰病弱的父亲被担架抬出家门的场景开始,随后叙事的目光落在了旅店的内部陈设:

> 厨房门旁的房屋入口处,墙上挂着一个铃箱。要是二楼有客人按铃,玻璃窗后他的房号就会出现在铃箱中为他准备的那一个方块上。得立刻给客人送上热水,让他能刮胡子。铃箱旁,也在玻璃窗后,是一幅画,画上是汉堡—美国邮船股份公司“不来梅”号船甲板上的网球运动员。混双。男人穿着白色长裤,女人着百褶裙,头戴小帽,帽下仅露出些许刘海。(5)

这些画面细节精确如照相一般,一开篇就给读者以身临其境感,“半个多世纪前那早已消逝的场景和事件就这样得到激活,得以重现。”[66]然而谁能靠记忆储存如此精确的细节,连一幅画上人物的衣帽头发都丝毫不差?正如瓦尔泽在“以往作为当下”的思考中强调的以及前文所述,消逝的以往根本无法再度重现。那么这些细节从何而来?它们无非来自回忆,而不是记忆。“那些令回忆为我呈现当时的人和物的光线是种肯定的光,有着精确的本质。”[67]瓦尔泽曾透露一则轶事解释他所理解的“回忆”。在这部小说已经完稿但尚未付印之际,他来到家乡瓦塞堡弟弟开的酒馆里和当地人一同吃饭,一位记性很好的同乡顺便说起,自己还是个男孩子的时候,他父亲在村子里要找他时便吹起口哨,一声高调,再降为两声短促的低调。瓦尔泽马上告诉他,这样的口哨在他小说第271页写到了。他说:

---

〔65〕Reinhard Baumgart: *Wieder eine Kindheit verteidigt. Eine Kritik zu Martin Walsers „Ein springender Brunnen“ mit fünf späteren Zwischenreden.* In: Dieter Borchmeyer (Hg.): *Signaturen der Gegenwartsliteratur. Festschrift für Walter Hinderer.* Würzburg: Königshausen und Neumann, 1999, S. 84.

〔66〕卫茂平:《记忆与真实》,《文景》2004年No. 1/7。

〔67〕Martin Walser: *über Deutschland reden.* In: *Ansichten, Einsichten.* S. 896.

> 这就是回忆。我并不知道我这位朋友的父亲的口哨是怎样的。可是我在书里却作了仔细的描写。我很肯定地知道，我事先并不知道这点。别人可能会说，你只不过不知道你曾经知道。但这就是区别。对于记忆，人们可以使用它，但对回忆不行。对记忆你可以想要求什么就要求什么。对于回忆不行。〔68〕

可见，回忆对细节的逼真呈现并非来自作者的记忆，而是回忆自发地对现实可能性的模仿和重现，类似梦幻对现实的无意识再现。

正如“梦幻建房”的比喻，小说叙事在时间结构上，也忠实呈现了犹如梦幻的、回忆思维的原本形式。和许多现代自传作品一样，小说没有采用传统自传写作编年史式的、时间层次划分清晰的线性叙事，而是以点状的、非连续性的、跳跃的、无相关性的形式，表现了回忆的意识流。小说在结构上将作者对童年和青年时代的回忆划分为三段，总体上按照生平顺序排列，但并不完整连续。对父亲的回忆性描述大部分都零星地穿插在父亲去世之后的两章中，在时间上以倒叙的方式出现，也就是“回忆中的回忆”。比如，在第六节“追她”中，约翰在去朗根阿根路上经过玛尔埃和埃莉萨·绍特的房子时，联想起他曾在菲尔斯特小姐那里读到报纸上对父亲葬礼的报道。约翰对报纸内容的回忆又不断关联到他自己参加葬礼时，一个尚不更事的孩子回忆中的一些场景：白雪地里的黑衣人、神甫的下巴胡子、赶也赶不走的大鸟等等。人们在童年时期的很多回忆都以视觉图像的形式铭刻在记忆里，正如当代自传作家宾杰明·维乌科米尔斯基（Binjamin Wilkomirski）在1995年也这样写道：“我早期的童年回忆，主要基于留在我的照相式记忆中的精确画面以及我为它们保留的那些感觉——其中也包括肉体感觉。”〔69〕瓦尔泽的叙事形式非常符合人们对早期记忆的经验，因此能引起读者真实在场感的心理共鸣。小说叙事还充满了意识流的内心独白、偶然的想法、意外的联想、跳跃的思路等。比如约翰在

---

〔68〕*Erinnerung kann man nicht befehlen. Martin Walser und Rudolf Augstein über ihre deutsche Vergangenheit*. In: *Spiegel*, 45/1998, S. 63.

〔69〕转引自阿莱达·阿斯曼《回忆有多真实?》，见哈拉尔德·韦策尔编：《社会回忆：历史、回忆、传承》，季斌、王立君、白锡堃译，北京：北京大学出版社，2007年，第63页。

骑车去朗根阿根的路上，从清澈湍急的“阿根河”联想到上游的“亲戚家”，由“亲戚家”回想到他们送去的“果汁”，再由“果汁”回忆起水果磨以及磨果汁的情形，哥哥约瑟夫手指受伤，最后想到的“德国式敬礼”与开头的概念“阿根河”已毫不相干。(207—208)这些显然由梦幻式回忆虚构出的意识流动细节，也是为了营造约翰个人视角下的真实在场感，让读者对小约翰当时的个人经历和思想能感同身受。

总之，瓦尔泽的回忆强调“无兴趣的兴趣”，像记录梦境一样书写回忆，目的在于保护回忆的自在性，摒弃主观意志对回忆施加的影响。也有人质疑瓦尔泽的追求不过是一厢情愿，因为任何回忆都不可避免地有主观性，没有主体涉足的回忆是不可能的。然而瓦尔泽的回忆诗学并不在于否定回忆的写作的主体性和主观性，从回忆是当下的构建这一点就可以看出。他对回忆的立场是，要摒弃主观意志对回忆的索取，以及对回忆增删、美化、改变等等，让它符合人们当下的某种需要。要摒弃任何掌控回忆、做回忆主人的试图，这样回忆才会如梦境般给人逼真的在场感，并如梦境般呈现出现实中人们也许已经忽略或忘却的真实。

4. 回忆以及文学语言的自由

瓦尔泽用“无兴趣的兴趣”下的“梦幻建房”来强调对回忆的自在性的尊重，这些哲思绝非空谈，而是在当代德国社会历史文化背景下有着非常的意义。在战后德国“克服过去(Vergangenheitsbewältigung)”的回忆文化背景下，对二战和纳粹时代的自传回忆、文艺作品层出不穷。人们应该如何回忆以往，成了文化学中的一个重要话题。以往常常成为人们可以任意取用的资源，人们向它索取着想要的东西：在社会道德评判的标准和“政治正确”的需要下，人们往往为了当下的利益，按照自己的需要改变着以往：

> 有些人学会了，拒绝自己的以往。他们发展出一种现在看起来比较有利的以往。他们这么做是因为当下的缘故。倘若在正好有效的当下里想得到好的结果，人们十分清楚地知道，该有一个怎样的以往。我有几次留心观看，有些人如何在形式上从他们的以往中脱身而出，以便给当下提供一个更有利的以往。(252)

瓦尔泽暗示了,“政治正确”等社会道德评判标准可能成为对以往的要求和干涉:“以往是人们可以从中各取所需的资源。一个完全开放的、透明的、纯净的、彻底适合当下的以往。在伦理学和政治方面被从头到尾地审阅过。”(252)“事实上,对以往的处理年复一年地、更严格地变得标准化。这种处理越是标准化,作为以往所表现出来的东西,就越是当下的产物。”(252)回忆一旦成了有目的和意图的行为,失去了自在性,就不可能呈现真实。“当下的产物”在这里指道德和政治利益驱动下,带着某种先入为主的预设对以往进行审问的结果。这样的结果可能是人们乐于见到的,或令人们良心安宁的,但这样的回忆不啻于自欺欺人的谎言。

瓦尔泽也许已经预料到了,用这样一部仿佛“一个回溯以往的乌托邦,一个美好的梦”[70]的小说来呈现纳粹德国时期的童年往事,在当下的德国文学界可能意味着怎样的挑衅,因此在小说每一章的开头都用一节“以往作为当下”来表达自己的回忆诗学。然而这些显然并不能阻止批评和之后的一场风波的发生。在“文学教皇”拉尼茨基(Marcel Reich-Ranicki)主持的电视节目“文学四人谈”中,参与讨论的安德烈亚斯·伊森施密特(Andreas Isenschmidt)对小说《迸涌的流泉》总体上作了正面的评价,但批评了这部小说狭窄的视角,“这是一个德国法西斯时期的童年,其中奥斯威辛这个词却没有出现,[……]我们所认识到的法西斯的恐怖,却几乎都被淡化了。”他直指瓦尔泽“戴着有色眼镜描绘这样一个青年时代”、“拒绝做一些诸如克服过去的事情,或者说表现出对当时的时代的羞耻”[71]。

的确,小说从头至尾都以小约翰的个人视角来叙事,无论是父亲的葬礼,还是纳粹在村庄生活中影响,都没有超越儿童局限的认知水平。小约翰注意到,人们伸直手臂敬礼时,母亲的被动、不确定和隐含的不认同,她“没有伸直手臂,而只是弯了手臂”(99)。他对父亲说过的“希特勒意味着灾难”深信不疑,对这个时代有着天真的不信任感,但“约翰从来不敢大声重复父亲的这句话。[……]幸亏母亲入了党。”(131)看马戏团演出时,小丑奥古斯特将奥地利加入德国的全民投票作为讽刺

---

〔70〕 Joanna Jablkowska: *Zwischen Heimat und Nation. Das deutsche Paradigma? Zu Martin Walser*. Tübingen: Stauffenburg Verlag, 2001, S. 265.

〔71〕 Andreas Isenschmidt im Programm „Literarisches Quartett“(13. 8. 1998). Zit. n. Joanna Jablkowska: *Zwischen Heimat und Nation. Das deutsche Paradigma? Zu Martin Walser*. S. 278.

的笑料，约翰注意到，"布鲁格先生和布鲁格夫人没有鼓掌。"(141)他感到一阵同情，"他至少想把阿道夫拉到自己身边，离开他的父亲。来到约翰这边，来到约翰的父亲这边。"(143)小丑因为对投票的嘲讽而被殴打，约翰有把握地知道，布鲁格先生一定清楚是谁打了奥古斯特。但他对心仪的马戏团女孩阿尼塔说，"干了那事的人，不会是瓦塞堡人。"(191)似乎要为自己家乡保留一些纯洁。尽管在老师的教育下，11 岁的约翰也以为是希特勒拯救了德国，但却本能地同情着小丑奥古斯特。作为无知懵懂的儿童，约翰在父母和周围环境的影响下与纳粹保持着较远的心理距离，没有主动反抗，也没有积极认同。在"瓦塞堡奇迹"一节中，约翰在离家出走的同时，仍然在作业本上写下了一篇反对种族主义的文章。这篇文章并没有对纳粹明确的有意识的批判诉求，而只是阅读经验之上的简单的自我观点的表达。正如瓦尔泽说过，"我当时既不是一个法西斯的也不是反法西斯的孩子"〔72〕。青年约翰在军旅生活中直接经历了纳粹意识形态，他在内心用文学语言无声地进行着本能的抵抗，是因为纳粹意识形态和教会推行的意识形态有着同构之处，它们都以激情澎湃的形式，强迫人们无意识地接受它们的统治，本质上这些意识形态的目的都是要实现某种权力意志。约翰的抵抗本质上是对这种权力意志的抵抗和对心灵自由的追求。以他当时所处客观条件和认知能力，对奥斯威辛的残暴罪行确实是无知的。

早在 1965 年，瓦尔泽就在散文"哈姆雷特作为作者"(*Hamlet als Autor*)中这样说到童年回忆：

> 人们无法令回忆否认，青年时代是最美好的。即便这段青年时代发生在 1933 到 1945 年的德国。事后人们获悉在这个国家同时发生的事。在我第一次将普鲁斯特式的小糕点蘸进巧克力中时，奥斯威辛的烟囱正冒着烟。[……]然而我无法做到，在青年时代平凡而壮观的画卷上覆盖我事后了解的色调。我最初的夏夜梦想的经历与应为同时发生的逮捕迫害无法统一地并列

〔72〕„*Jeder Tag bringt eine kleinere oder größere Provokation.*" *Interview mit Martin Walser*. In: *Die Welt*, 6. 10. 1998.

存在。无法统一的事情依然无法统一，可是现在一直看着它们并列存在着。因此青年时代是个怪诞之物。[73]

在经历某事时，人不可能具有全知的视角，无法在生活的同时了解生活。“我们现在说此事曾经有过，可当它以前有的时候，我们不曾知道，这就是它。现在我们说，它曾是这样或那样，尽管当时，当它曾是的时候，我们对我们现在说的事一无所知。”(3)同一段历史中的德国，从个人视角和宏观历史视角看可能大相径庭。瓦尔泽认为，个人视角不必也不应该为历史视角所取代，“获得的关于那个屠杀专政的知识是其一，我的回忆是另一。”[74]

个人视角的叙事在文学创作中毫不鲜见。文学文本中的单个人物往往都被赋予了某种“视角”，向读者提供了其了解的信息状况、心理倾向以及指导行为的价值和规范。[75]

自传体作品通过回忆重构以往时，“视角是构建意义的中心要素”[76]。在获得德国书业和平奖的致辞中，瓦尔泽也以“视角性”是“叙事的原初规则”回应了伊森施密特的指责。

为何在其他作品中毫无问题的、局限于个人视角的叙事，在涉及纳粹历史的个人回忆时就成了挑衅，这无疑与德国战后主流回忆文化和舆论道德将对纳粹罪责的反思作为“克服过去(Vergangenheitsbewältigung)”的必然要素有关。

小说出版不久，瓦尔泽的书业和平奖获奖致辞引起媒体和文化界一片轩然大波，更将这部小说推到争议的风口浪尖。他说，“没有一个值得认真对待的人会否认奥斯威辛”，但他“心里有些东西反抗对我们耻辱的这种喋喋不休”，对媒体将纳粹历史和耻辱的反复呈现和工具化，他将“扭头不看”。[77] 这引起了在场的犹太人

---

〔73〕 Martin Walser: *Hamlet als Autor*. In: *Erfahrungen und Leseerfahrungen*. S. 53.

〔74〕 Martin Walser: *über Deutschland reden*. In: *Ansichten, Einsichten*. S. 897.

〔75〕 Vgl. Vera Nünning, Ansgar Nünning: *Multiperspektivisches Erzählen. Zur Theorie und Geschichte der Perspektivenstruktur im englischen Roman des* 18. *bis* 20. *Jahrhunderts*. Einleitung. Trier: WVT, 2000, S. 15.

〔76〕 Hans-Edwin Friedrich: *Deformierte Lebensbilder. Erzählmodelle der Nachkriegsautobiographie*. Tübingen: Niemeyer, 2000, S. 304.

〔77〕 转引自卫茂平:《关于复原以往的尝试与哲思》,《迸涌的流泉》译序。

中心委员会主席伊格纳茨·布毕斯的强烈愤怒,他指责瓦尔泽为右翼极端分子发出声音,意味着对奥斯威辛罪行的遗忘,是对犹太人和外国人"精神上的纵火"。这一风波引发了一场众多著名记者和文化名人参与的论争。[78] 小说中约翰以及村民们局限的视角和对纳粹罪行的无知也当然地被解读为瓦尔泽"扭过头去"姿态。事实上,小说中约翰对此也有着自己的回应。战争结束后,约翰的同学、犹太血统的沃尔夫冈向约翰讲述了他的家庭受到的迫害、他的母亲兰茨曼夫人曾经经历的恐惧。

> 他感受到了,沃尔夫冈告诉了他想告诉他的事,因为约翰得知道这些事。也许沃尔夫冈以为,否则约翰会指责他,以为他不知道这一切,没觉察这一切。约翰抵抗着这种猜测的指责。他能从哪里知道,亨泽尔夫人是犹太人?他不愿别人这么要求自己。他愿意自己去感受他该感受到的东西。没人该要求,他得有一项自己没有的感受。他要生活,没有恐惧的生活。兰茨曼夫人会把她的恐惧传染给他,这他能感觉到。他不能去想她的恐惧。一种恐惧会带来另一种恐惧。[……]他就不知道,他该如何面对她。[……]怎么把目光投过去或者把目光移开?(359)

约翰感到无法开口说话,因为他觉得他人加给他的恐惧感受是一种负担,并且背后还隐含着某种道德审判的意味。他本能地抵抗着,如同他曾经抵抗着宗教强加给她的恐惧和罪责感:第一次触犯了淫欲之戒的次日,他在圣餐仪式的长凳上做着"良心研究"(172),深深怀疑自己的忏悔能否得到真正的宽恕,从那时起,他内心就对作为外在的道德审判机关的宗教产生了本能的怀疑和反抗。感受、良知只能是自己的、个人的,无法来自外在的强加。

瓦尔泽在书业和平奖的获奖致辞中引用黑格尔的话说,良知是"自己同自己相处的这种最深奥的内部孤独",每个人和良知都是独处的。人们只能对自己的、而不该对他人的良知负责。[79] 德国历史语境下的回忆以往中,良知的审判是"克服

---

〔78〕参与论争的主要文章收录于 Frank Schirrmacher (Hg.): *Die Walser-Bubis-Debatte. Eine Dokumentation*. Frankfurt a. M.: Suhrkamp, 1999。

〔79〕Vgl. Martin Walser: *Erfahrungen beim Verfassen einer Sonntagsrede*. S. 20–21.

过去(Vergangenheitsbewältigung)"的核心。在瓦尔泽看来,良知的审判只能是自我审判,不应是外在的审判,人们应该有良知的自由(Gewissensfreiheit)。因此一切回忆、"克服过去"都应该是属于个人的、自由的,否则它们就没有了本身的意义。小说第三章的"以往作为当下"一节中,再次出现耐人寻味的火车隐喻:"他们在火车上。光线相当黯淡。火车停下,约翰让人把他的行李抛出车厢。两个箱子。约翰到了外面。逃了出来。这是瓦塞堡车站。一个箱子不是他的。这让他感到难堪。"(251)"逃了出来",似乎可以想见火车上挤满了人和各式行李,这影射着数不胜数的、对以往的个人回忆和公共回忆,约翰想要拿取属于自己的以往的"行李"时十分困难。别人扔给他的箱子,影射的是他人传递给你的、告诉你的以往。但"一个箱子不是他的",别人给你的关于以往的回忆终究不是自己的,因此是难以接受的。瓦尔泽通过《迸涌的流泉》表达了一种对"回忆合法性"[80]的诉求,也就是反对公共道德对个人回忆的规范化,在对纳粹时代充满恐惧和罪责感的回忆占主流的德国社会回忆文化中,捍卫着自己与主流回忆姿态相异的、平静无辜的个人回忆的合法性。

1998 年 12 月 12 日瓦尔泽和布毕斯双方在法兰克福汇报编辑部摄制的电视节目中会面,布毕斯提出带有和解意味的愿望,"我们必须找到一条共同回忆的道路",但瓦尔泽回应道,"这种回忆形式我们还没有找到。"[81]他们的争执和分歧实际上在于,双方用不同的语言,说着不同的事情。作家使用的文学语言和公众生活中的政治语言是完全不同的,在这次会面中瓦尔泽也强调,他一直使用的是"一种个人的语言,不是政治家的也不是科学家的语言,而是一个作家自我探索的语言"[82]。迪特·博希迈耶(Dieter Borchmeyer)将瓦尔泽在文学和时政方面的语言应用与歌德、海涅以及托马斯·曼作了类比,他认为对作家的言论不应该脱离他的

---

[80] Joanna Jablkowska: *Zwei Autobiographien auf zwei Polen „der Jahrhunderterfahrung": Martin Walsers „Ein springender Brunnen" und Ruth Klügers „weiter leben"*. In: Izabela Sellmer (Hg.): *Die biographische Illusion im 20. Jahrhundert. (Auto)-Biographien unter Legitimierungszwang*. Frankfurt a. M.: Peter Lang, 2003, S. 55.

[81] Ignatz Bubis, Salomon Korn, Frank Schirrmacher, Martin Walser: *Wir brauchen eine neue Sprache für die Erinnerung. Ein Gespräch. F. A. Z.* 14. 12. 1998. In: *Die Walser-Bubis-Debatte. Eine Dokumentation*. S. 461.

[82] Ignatz Bubis, Salomon Korn, Frank Schirrmacher, Martin Walser: *Wir brauchen eine neue Sprache für die Erinnerung. Ein Gespräch. F. A. Z.* 14. 12. 1998. In: *Die Walser-Bubis-Debatte. Eine Dokumentation*. S. 442.

作品来评价，那些作品不是为了“政治正确”而写，而是指向“自我探索”。对于一个擅长虚构的作家来说，视角性的思维是必然的。[83] 瓦尔泽也在之后一篇文章“关于自言自语”(„Über Selbstgespräch“)中说到，作家写作时听从的是一种无意识的语言，完全不同于有目的的、要证明自己正确的演说语言。文学不必对任何人作启蒙，除了自己，因此写作是一种自我探究而不是教导什么。康德说过“启蒙运动就是人类脱离自己所加之于自己的不成熟状态。[……]这一启蒙运动除了自由而外并不需要任何别的东西。”[84]自我探索的语言应该是自由的不受束缚的，可以深入非道德的甚至反道德的领域。因为这种自由和不受规定，文学才创造了美：“为什么诗歌是我们了解的最美的语言？因为诗歌不要证明什么是正确的。为什么政治家演说是我们了解的最虚弱无力的语言？因为政治家依赖于，要证明自己正确[……]最阻碍我们的、总是要证明自己正确的方式就是道德。”[85]文学语言不兜售任何意识形态，没有权力意志，是真正自由的、美的语言。作家的回忆，本质上就是这样一种自由的、指向自我探究的文学语言。正如《明镜》周刊登载对瓦尔泽的一篇访谈的标题“人们无法命令回忆”(„Erinnerung kann man nicht befehlen“)[86]，它无法命令、教导什么，也不接受命令和教导。只有让回忆如梦幻般自在、如流泉般涌出，摒弃一切道德审判和权力意志，它才会呈现以往的某些真实。

如前所述，《迸涌的流泉》是一部关于语言的小说。语言是主人公约翰在成长中不断构建自我身份的途径，也是小说其他次要人物个人身份以及村庄环境中集体身份的载体。文学语言因其基于审美价值的自由独立性，是对作为意识形态的宗教和纳粹政治统治的潜在抵抗。方言之所以能成为乌托邦式的家乡童年的载体，也因它是地区传统生活中自然生长出的语言，对有着权力意志的意识形态拥有天然的免疫力。小说叙事中言明并实践着的回忆诗学，与小说主题所反映的作者的文学语言观本质上是同构的：回忆本身就是一种文学语言，只有尊重它的独立自

[83] Vgl. Dieter Borchmeyer: *Von der politischen Rede des Dichters*. *F. A. Z.* 30.1.1999. In: *Die Walser-Bubis-Debatte*. *Eine Dokumentation*. S. 608 - 616.

[84] 康德：《答复这个问题："什么是启蒙运动？"》，见康德《历史理性批判文集》，何兆武译，商务印书馆2007，第98页。

[85] Martin Walser: *über das Selbstgespräch*. *Ein flagranter Versuch*. In: *Die Zeit*. 13.1.2000.

[86] *Erinnerung kann man nicht befehlen*. *Martin Walser und Rudolf Augstein über ihre deutsche Vergangenheit*. In: *Spiegel*, 45/1998, S. 63.

在性，摒弃对一切外在意志，它才会呈现出美和真实。正如瓦尔泽多年前就在“本地的半人马座”(„Einheimische Kentauren“)一文所写的：“语言是作家最可靠的历史书。[……]对作家来说语言就是记忆。发生的事情对他来说，都保留在语言中，它会自动报道。一切统治权力都有专门服务于它们的语言，自由的语言就是它们令人慰藉的敌人。”〔87〕

〔87〕Martin Walser：*Einheimische Kentauren*. In：*Ansichten*，*Einsichten*. S. 101.

析伊尔莎·艾兴格小说中的“边缘人”形象

Die Auβenseitergestalten im Werk von Ilse Aicinger

王羽桐

内容提要：奥地利当代女作家伊尔莎·艾兴格被视为“德语文学中的边缘人”，而从未成为德语文坛瞩目的焦点，虽然她的创作成就早已受到肯定。因具有一半犹太血统，艾兴格被纳粹种族法案划归为“一级混血儿”，在二战中受尽屈辱与迫害，身心遭到重创。战后她开始文学创作，并应邀加入“四七社”，但在以男性作家主导的德语文坛，她的作品未受到足够重视。因此，“半犹太”血统与“女性性别”构成了艾兴格写作时的边缘性身份。尽管在作家的创作生涯中，其小说在内容与形式上不断发展变化，但“边缘人”的书写却是贯穿其整体创作的主题。惨遭纳粹种族迫害的犹太儿童群体、身处男权社会边缘的现代女性群体、被青年人忽视、排斥的老人群体是艾兴格塑造的三类典型的边缘人形象。这些边缘人以逃离作为摆脱生活枷锁的生存方式，承受着从外在生存到内在心灵的双重孤独，最终走向死亡，实现灵魂的拯救。

关键词：伊尔莎·艾兴格，身份，边缘人，边缘人群体奥地利当代女作家伊尔莎·艾兴格(Ilse Aichinger,1921—)享有“女卡夫卡”[1]之美誉,在其五十余年的创作生涯中,收获多项德语文坛至高殊荣[2],创作成就颇受肯定,但她始终是一位“熟悉的陌生作家”[3],被视为“德语文学中的边缘人”[4]。艾兴格的众多作品发表于20世纪五六十年代,因其不能归属于当时任何主流文学派别,不可用当时文学批评范式阐释,长时间徘徊在批评家视野之外。然而,这一切并未对她造成伤害,她始终身居一隅,以边缘人的姿态冷峻清醒地旁观社会,洞察现实,以一种独特的方式去体味生活,感悟生命的意义,探寻存在的本真,并对未来寄予了无限希望。艾兴格的小说看似艰深晦涩,实则是以寓意方式揭示现实,探讨人的存在问题,饱含深刻的哲思和犀利的批判意识,潜藏着深刻意蕴,留待读者去解密、释读。

本文联系艾兴格青年时代的生活经历,论述其身份的边缘性,选取长篇小说《更大的希望》(*Die größere Hoffnung*,1948)、短篇小说《镜中的故事》(*Die Spiegelgeschichte*,1949)、《月亮的故事》(*Die Mondgeschichte*,1949)、《我的稻草父亲》(*Mein Vater aus Stroh*,1962)和《古老的爱》(*Alte Liebe*,1964),分析小说中典型的边缘人形象,挖掘艾兴格笔下边缘人的生存特征,体味她寄予笔下人物的浓郁人文关怀。

一、伊尔莎·艾兴格的边缘性身份

萨穆埃尔·莫泽尔(Samuel Moser)在其编纂的论文集《伊尔莎·艾兴格。生

---

〔1〕参见 Liska, Vivian: *Und dieser Schatten wird mich streifen, solange ich atme. Ilse Aichinger und Franz Kafka*. In: Britta Herrmann / Barbara Thums (Hg.): *Was wir einsetzten können, ist Nüchternheit. Zum Werk Ilse Aichingers*. Würzburg: Verlag Königshausen & Neumann, 2001. S. 189。

〔2〕艾兴格曾获“四七社奖”(Der Preis der Gruppe 47,1952)、“内莉·萨克斯奖”(Nelly-Sachs-Preis,1971)、“格奥尔格·特拉克尔奖”(Georg-Trakl-Preis,1979)、“卡夫卡奖”(Kafka-Preis,1983)等德语文坛重要奖项。参见 Preise und Auszeichnungen (zusammengestellt von Richard Reichensperger). In: Samuel Moser (Hg.): *Ilse Aichinger. Leben und Werk*. Frankfurt am Main: Fischer Taschenbuch Verlag, 2003. S. 343。

〔3〕*bekannte unbekannte Dichterin*. 参见 Schmid-Bortenschlager, Sigrid: *Der Ort der Sprache. Zu Ilse Aichinger*. In: Walter Buchebner (Hg.): *Das Schreiben der Frauen in Österreich seit 1950*. Wien, 1991. S. 86。

〔4〕Moser, Samuel (Hg.): *Ilse Aichinger. Leben und Werk*. Frankfurt am Main: Fischer Taschenbuch Verlag, 2003. S. 11.

活与作品》(*Ilse Aichinger. Leben und Werk*)的导言中曾如此标签式地为艾兴格定性:“伊尔莎·艾兴格的重要性毋庸置疑,但她的周围十分安静。她是德语文学伟大的边缘人。”[5]达格玛·洛伦茨(Dagmar Lorenz)的观点与其不谋而合:“尽管在艾兴格的创作生涯中,作品形式在不断发展和改变,但她始终是一个边缘人。”[6]诚如两位评论家所言,艾兴格一直都在边缘写作,追本溯源,实与其身份息息相关。“半犹太”血统令她在二战中免于驱逐,却承受了纳粹种族主义政策的排斥与迫害。“女性”身份令她在“四七社”位列一席,却未受到真正关注。饱受种族与性别双重歧视的“半犹太”女作家身份使她始终以边缘人的姿态冷峻清醒地旁观主流社会,察微见远,明析透辟。

1. “半犹太”混血儿的边缘身份

1921年11月1日,伊尔莎·艾兴格与她的双胞胎妹妹在奥地利首都维也纳降生。母亲是一名具有犹太血统的医生,父亲则出身基督教家庭。1927年,父母离异后,这对双胞胎姐妹一直在外祖母身边长大。1938年,纳粹德国并吞奥地利,随之对犹太人的迫害进一步升级,其灾难性的后果给这个早已破碎的家庭带来了更大的冲击:纽伦堡法案将“犹太人”定义为拥有三个或四个犹太裔祖父辈的人。据此,艾兴格的母亲虽已在大学毕业后就改信天主教,却仍被归为犹太人,并失去了城市医生的职位,但因一双女儿尚未成年,得以暂时逃脱被驱逐出境的命运。由于具有一半犹太血统,艾兴格和妹妹被划归为“一级混血儿”,艾兴格进入大学攻读医学的申请遭到拒绝。1939年7月,妹妹在基督教新教贵格会组织的最后一次援救犹太儿童与青少年的行动中,被运送至英国。然而,全家逃亡英国的计划却因9月1日战争的全面爆发而未能实现。战争期间,来自纳粹分子的压迫与威胁日益严重,母女俩整日生活在极端恐惧之中,处境十分艰难。经历了长达6年的苦难之后,母女俩终于得以在战争中幸存下来。

作为半犹太人,艾兴格面临着比犹太人更加艰难的困境。父母离异后,一直寄居在外祖母家的艾兴格,同母亲一方的亲人,即犹太人有着十分深厚的感情,因此,

---

[5] Moser, Samuel (Hg.): *Ilse Aichinger. Leben und Werk*. S. 11.
[6] Lorenz, Dagmar C. G.: *Ilse Aichinger*. Königstein: Athenäum Verlag, 1981. S. 8.

她非常坚定地选择与犹太人一同承担被驱逐的命运。[7] 然而,纳粹的种族法案将她划归为混血儿,这种身份给予她和母亲庇护,得以免除驱逐。但这种保护是暂时的,甚至不堪一击,一触即垮。正如艾兴格所述:"我的母亲因我而受到保护,因为我的父亲不是犹太人。但这种保护像羽毛一样会随时飘走。"[8]留下来的艾兴格首先经历了彻骨的离别之痛。与亲人的生死离别使她一直记忆犹新,她写道:"到另一个国家去为时已晚,我经历了一个混血儿在这段时间所经历的一切,首先是离别,多种形式的离别,与移民国外的人、流亡的人、入伍的人和被驱逐的人。"[9]这种亲身经历使得艾兴格对于离别有了更加深刻的认知和理解,最终浓缩在她格言式的解读中:"不要相信到达,真实的是离别(Den Ankünften nicht glauben, wahr sind die Abschiede.)。"

相较于犹太人在集中营的悲惨生活,艾兴格遭到的纳粹种族歧视与迫害更加残酷,日常生活处处被挥散不去的恐怖阴影所笼罩。在一次采访中,她回顾了半犹太人在食品分配时遭受的歧视与不公待遇:

> "比如,当人们必须去领食品卡时,在普通人的卡上没有任何标记,在犹太人的卡上印着一个大写的J,此外也几乎没有区别。在我的卡上,印着一个E,又红又大。这个符号我深深牢记。"[10]

这个食品卡上明显不同的标记将其持有人分类,并以此决定每类人应得的食品配给量。红色大写字母"E"显然将混血儿与雅利安人和犹太人都区别开来,使其成了游离于两个群体之外的边缘人。由此,这个符号便成了混血儿的特殊印记。

---

〔7〕艾兴格曾说:"我一直想,如果母亲被他们带走的话,我也跟她一起走。"参见 Esser, Manuel: *Die Vögel beginnen zu singen, wenn es noch finster ist*. Auszug aus einem Gespräch mit Ilse Aichinger im Anschluss an eine Neueinspielung des Hörspiels *Die Schwestern Jouet*. In: Samuel Moser (Hg.): *Ilse Aichinger. Leben und Werk*. Frankfurt am Main: Fischer Taschenbuch Verlag, 2003. S. 49。

〔8〕Ebenda, S. 49.

〔9〕Aichinger, Ilse: *Die Vögel beginnen zu singen, wenn es noch finster ist*. In: Samuel Moser (Hg.): *Ilse Aichinger. Leben und Werk*. Frankfurt am Main: Fischer Taschenbuch Verlag, 2003. S. 29.

〔10〕Esser, Manuel: „*Die Vögel beginnen zu singen, wenn es noch finster ist*". S. 50.

在《更大的希望》中，作家将主人公命名为埃伦(Ellen)，这个大写字母"E"预示了其混血儿的身份。同时，作家还将"红色"巧妙地设计在小说情节之中。第七章中埃伦为了鼓励外祖母重拾生存下去的信心，讲述了一个自编的、全新版本的童话《小红帽》。她将自己的现实处境融入其中，这个"新小红帽"收到了妈妈送的鲜红色小帽。一旦戴上，这顶帽子就牢牢地黏在头上，永远也摘不掉。〔11〕由此可见，这个红色大写字母"E"给艾兴格的生活带来了极大影响，恰如在她心中刻上了一道深深的、鲜红的伤口，永远无法抹平。

此外，作为半犹太混血儿，艾兴格的生存空间也一再被挤压，最终只能在纳粹的时刻监视下居住〔12〕，在远离城市中心的公墓里活动〔13〕，甚至连获取信息的渠道也被切断〔14〕。总之，"在这个世界上，作为人的角色与这种混血儿的存在密切相关。"〔15〕艾兴格如此总结她作为半犹太混血儿的生活。

"半犹太"血统使得艾兴格既不能同犹太人一样，或流亡异国、或被驱逐到集中营，又不能像非犹太人一样过上正常生活，虽然得以幸存，却经历了难以名状的痛苦，受尽屈辱、歧视与迫害，心灵遭到重创。可见，在纳粹畸形的种族政策下，"半犹太"混血儿身份将艾兴格与犹太人群体和非犹太人群体都隔离了开来，不能融入其中任何一个，也不能被其中任何一个完全接受。由此，半犹太血统造就了她的边缘人身份，使她成了一个漂泊无根的边缘人。

2. 女性的边缘处境

身为女性，艾兴格对于长期背负爱情、婚姻与家庭枷锁，主体意识与内在心声

---

〔11〕参见 Aichinger，Ilse：*Die größere Hoffnung*. Frankfurt am Main：Fischer Taschenbuch Verlag，1991. S. 172—174。

〔12〕外祖母被驱逐后，艾兴格和母亲也被赶出了住处。直到 1945 年战争结束，她们一直居住在盖世太保主办公楼旁边的一处住所。参见 Reichensperger，Richard：*Orte zur Biographie einer Familie*. In：Kurt Bartsch und Gerhard Melzer（Hg.）：*Dossier. Ilse Aichinger*. Graz：Literaturverlag Droschl，1991. S. 237。

〔13〕依照纳粹种族法案，犹太人禁止在市中心公共场所活动，如禁止在公园长凳上休息、在维也纳市内森林散步等。

〔14〕1980 年，艾兴格在接受采访时谈到："因为我是半犹太人，我的母亲是犹太人，我们不被允许拥有收音机。如果在某处收听国外电台，对我们来说是双重危险的。"参见 Vinke，Hermann：*Sich nicht anpassen lassen.* [……]*Gespräch mit der Schriftstellerin Ilse Aichinger über Sophie Scholl*. In：Vinke，Hermann：*Das kurze Leben der Sophie Scholl*. Ravensburg：Otto Maier Verlag，1980. S. 180。

〔15〕Esser，Manuel：*Die Vögel beginnen zu singen，wenn es noch finster ist*. S. 50.

受到男权体制制约的女性的处境有着强烈的感知和深刻的体会。作为一名女性作家，在战后初期由男性作家雄霸的德语文坛，她因女性身份致使其作品未受到应有关注和重视。

战后，奥地利工厂、出版社、印刷厂、图书馆的物质基础并不像在德国那样破坏得那么严重。有人甚至考虑，用维也纳取代受破坏严重的莱比锡，将之建造为新的出版中心。然而大多数新建的出版社都很短命。[16] 在这种情况下，女作家的处境尤为艰难。她们须依赖男性的支持才能发表作品，因为1945年后男性有权出版杂志，出版机构、电台、文化机构中男性都起着主导作用。几乎所有的女作家都深切地感受到了这种社会现状。[17] 汉斯·魏格尔(Hans Weigel)在他的《以伊尔莎·艾兴格为开端：对1945后奥地利文学重生时刻的碎片式回忆》(*Es begann mit Ilse Aichinger. Fragmentarische Erinnerungen an die Wiedergeburtsstunden der österreichischen Literatur nach*, 1945)[18]一文中，着重提到了他在艾兴格小说《更大的希望》发表过程中起到的重要作用。1947年年中，魏格尔读到了当时还未完成的《更大的希望》的部分章节。在一次与费舍尔出版社社长戈特弗里德·贝尔曼—费舍尔(Gottfried Berman-Fischer)及其夫人的交谈中，他向后者推荐了这部小说，并极力促成了艾兴格与费舍尔出版社签订出版合约。此后，艾兴格成为费舍尔出版社的一名编辑。随着贝尔曼—费舍尔决定将出版社驻地从维也纳迁回法兰克福，艾兴格也一道离开奥地利，开始了她在联邦德国的文学生涯。从这时起，艾兴格所有书籍均在费舍尔出版社出版发行。这个举动令曾给予艾兴格帮助的魏格尔极为失望，他在1966年出版的回忆录中愤怒地写道："艾兴格和费舍尔出版社都

---

〔16〕海因茨·伦策(Heinz Lunzer)经过调查研究，得出结论：战后大多数出版社的建造都是半吊子工程(Dilettantismus)。参见 Lunzer, Heinz: *Der literarische Markt* 1945 *bis* 1955. In: Friedbert Aspetsberger (Hg.): *Literatur der Nachkriegszeit und der fünfziger Jahre in Österreich*. Wien, 1984. S. 24。

〔17〕参见 Gürtler, Christa: [……]*weil ja fast alle Frauen stumm dabeisaßen. Debüts österreichischer Schriftstellerinnen* 1945—1950. In: Christiane Caemmerer (Hg.): *Erfahrung nach dem Krieg. Autorinnen im Literaturbetrieb* 1945—1950. Frankfurt am Main: Peter Lang Verlag, 2002. S. 207。

〔18〕Weigel, Hans: *Es begann mit Ilse Aichinger. Fragmentarische Erinnerungen an die Wiedergeburtsstunden der österreichischen Literatur nach* 1945. In: Otto Breicha, Gerhard Fritsch (Hg.): *Aufforderung zum Mißtrauen. Literatur, Bildende Kunst, Musik in Österreich*. Salzburg: Residenz Verlag, 1967. S. 25-30.

没有履行他们在战后的最初岁月里许下的承诺。”[19]在他看来，艾兴格应留在维也纳，成为一位纯粹的奥地利作家，即既在奥地利创作，作品也在奥地利出版。在1967年出版的《奥地利文学全集》中，虽以艾兴格的杂文《呼吁怀疑》(*Aufruf zum Mißtrauen*)作为奥地利战后文学的起点，但却将原本一页半长的文章缩减为短短的20行，而魏格尔对艾兴格的回忆却全文登载。[20] 由此看来，编者仅仅为了避免作品遗漏，才收录艾兴格的文章，而并非真正地想去倾听她，理解她，承认她对战后奥地利文学起到的开创作用。可见，艾兴格在当时被奥地利主流文学排斥，她的边缘地位显而易见。

在战后的最初几年里，联邦德国文坛情况也是如此。男性作家盘踞主流文学，无论是流亡者的作品、还是“内心流亡”作品，似乎均与女性无关。通常，文学讨论会上女性的观点不被重视，甚至连女性的名字都很少被提及，几乎只有男性的陈述才被引用，男性也作为有代表性的情况被评述。因此，女性往往很少参与文学讨论，这使得女性创作的文学作品极少得到关注。在战后德国文学界，女性作家是弱势群体，长期处于边缘地位。

来到德国后，艾兴格首先参与了乌尔姆造型艺术学院的筹建，在乌尔姆结识了一批“四七社”成员，并应邀参加他们的作品朗诵会。1951年，艾兴格第一次在“四七社”聚会上诵读了短篇小说《被戴上镣铐的人》，1952年又凭借另一部短篇小说《镜中的故事》获得了“四七社奖”，成为继君特·艾希和海因里希·伯尔之后第三位获此殊荣的德语作家。然而，就此认定艾兴格的作品在德国得到认可或者她在文坛的地位被承认似乎尚早。

艾兴格超现实、诗意化并带有神秘色彩的语言风格并不符合“四七社”所倡导的质朴风格，但里希特为何还要邀请她加入“四七社”，并将“四七社”年度大奖颁发给她呢？卡塔琳娜·格斯登贝格尔(Katharina Gerstenberger)大胆指出，“四七社”自成立以来，一直因女性作家成员少，是纯粹的男性作家团体而屡遭批评。将艾兴

---

〔19〕Ebenda, S. 25.

〔20〕参见 Otto Breicha, Gerhard Fritsch (Hg.): *Aufforderung zum Mißtrauen. Literatur, Bildende Kunst, Musik in Österreich*. Salzburg: Residenz Verlag, 1967. S. 24。

格纳入"四七社",里希特希望以此消除他人诟病。[21] 此外,众多男性对艾兴格姣好的容貌、温柔的性格也颇为欣赏。据里希特回忆,艾兴格初进"四七社"时即受到了几位男性成员的青睐。1951 年春,"四七社"会议结束后,时任西北德意志广播电台台长便邀请艾兴格一同乘摩托车出游。1951 年秋,两位"十分有希望的年轻诗人"被艾兴格深深吸引,其中一位甚至赖在艾兴格房间装睡,后被里希特强行拉走。[22] 马丁·瓦尔泽虽没有以上几人疯狂,但在一篇文章中也对艾兴格的外表流露出赞美之词。他将艾兴格形容为一个"害羞的女作家",拥有"令人倾倒的迷人魅力。"[23]

对于将文学创作视为终身事业来经营的男性作家来说,艾兴格仅是他们"期望的对象"[24],首先吸引他们的是艾兴格的外表,而后才是其文学创作。"四七社"利用艾兴格奥地利女作家的身份,既消除了外界对其女性作家成员少的质疑,又达到了"四七社"取消国别限制,扩大为德语作家最大团体的目的,可谓一举两得。可见,在男性主导的联邦德国战后最重要文学团体中,艾兴格即使获得奖项,但作品未受应有关注,文学成就也未真正获得肯定,仍处于边缘地位。

二、伊尔莎·艾兴格小说中的边缘人形象

艾兴格的边缘性身份在她整个创作生涯中留下了鲜明的印记。她始终把创作的笔触伸向那些身处社会底层、遭受各种歧视与压迫的边缘人,因为在她看来,"人们必须描述弱者,而且要十分清楚地描述统治下的弱者,创世的弱者"[25],她正是

---

〔21〕Gerstenberger, Katharina: *Frauenliteratur oder jüdische Literatur oder schwierige Literatur? Zur Rezeption Ilse Aichingers*. In: Caemmerer, Christiane (Hg.): *Erfahrung nach dem Krieg. Autorinnen im Literaturbetrieb* 1945—1950. Frankfurt am Main: Peter Lang Verlag, 2002. S. 250.

〔22〕Sonnleitner, Johann: *Grenzüberschreitungen. Ilse Aichinger und die Gruppe* 47. In: Stuart Parkes, John J. White (Hg.): *The Gruppe* 47 *fifty years on. A reappraisal of its literary and political significance*. Amsterdam, 1999. S. 195-212.

〔23〕Walser, Martin: *Als Ilse in Stuttgart erschien*. In: Samuel Moser (Hg.): *Ilse Aichinger. Leben und Werk*. Frankfurt am Main: Fischer Taschenbuch Verlag, 2003. S. 58.

〔24〕Gerstenberger, Katharina: *Frauenliteratur oder jüdische Literatur oder schwierige Literatur? Zur Rezeption Ilse Aichingers*. S. 250.

〔25〕Stettler, Luzia: *Stummheit immer wieder in Schweigen zu übersetzen, das ist die Aufgabe des Schreibens*. In: Samuel Moser (Hg.): *Ilse Aichinger. Leben und Werk*. Frankfurt am Main: Fischer Taschenbuch Verlag, 2003. S. 43.

以笔下一个个鲜活的边缘性人物形象来践行自己的创作宗旨。纵观艾兴格的小说作品，惨遭纳粹种族迫害的犹太儿童、身处男权社会边缘的现代女性、饱受年龄歧视的迟暮老者是三类典型的边缘人群体。

1. 儿童

“儿童和游戏是存在的顶点。因此我认为，与正常衰老相比，缺失童年损失要大得多。衰老固然有它的困难和悲剧，但童年的缺失不能与之相比，因为游戏和童年让这个世界变得可以忍受。也许如此之多的儿童在我的作品中出现，正是因为没有他们这个世界便不可忍受。”[26]也许正是为了“让这个世界变得可以忍受”，艾兴格在她 1948 年出版的处女作《更大的希望》中就将儿童作为叙述主体，并以独特的儿童视角，书写了一群犹太儿童在纳粹独裁统治下的一段黑暗时代里的苦难人生。

艾兴格将小说主人公埃伦的身世与境遇设计得与其本人颇为类似：同样拥有源自母亲一方的“半犹太”血统，同样遭受种族歧视与迫害，同样亲历了失去至亲的伤痛。作家设计如此多的相似，足见青年时代的悲惨经历已深深印刻在作家的记忆中，留下了难以抚平的创伤。

在残暴的纳粹种族迫害下，埃伦首先沦为孤苦无依、无家可归的孤儿。身为纳粹军官的父亲在埃伦幼时就已抛弃家庭，远走异乡，多年杳无音信。母亲是埃伦唯一的依靠，在她看来，母亲的“面容让这个世界变得真实、温暖”(GH 22)。因此，在母亲逃亡美国后，她匆忙赶到领事馆，希望获得签证，追随母亲一同移民美国。为此，她苦苦哀求领事：

> “她该给谁梳理头发、搓洗袜子？如果她独自一个人，晚上她该给谁讲童话？如果我不能随行，她该给谁削苹果？我不能让我的妈妈独自离开，领事先生！”(GH15)

埃伦将母亲给予孩子照顾、保护的义务颠倒，似乎母亲更依赖女儿，没有女儿，

〔26〕Esser, Manuel: *Die Vögel beginnen zu singen, wenn es noch finster ist*. S. 55.

母亲的移民生活就过不下去，实则反衬出孩子需要母亲、需要保护的迫切心情。然而，追随母亲移民美国的愿望最终因无法获得签证而破灭，从此，埃伦彻底失去了家庭的保护。母亲移民美国后的每个夜晚，埃伦都无法安然入睡，多次因紧张害怕而惊醒，甚至滚落床下。即使外祖母将她抱回床上，试图安慰她，但仍无法排解这个被双亲遗弃的孤儿的心灵伤痛。埃伦想要"回家"的愿望贯穿全书，既体现了她对一个真正的安全港湾的渴求，又凸显了当下缺乏保护的悲苦处境。

小说在第二章末尾处上演了父女不期而遇的尴尬一幕：埃伦原本认为从此将重回父亲怀抱，度过在父亲呵护下的童年生活，然而父亲冷漠、决绝地再次将埃伦遗弃。

埃伦与父亲是在公园里相遇的。当时，埃伦和一群犹太小伙伴坐在公园的长凳上，正巧遇到身为纳粹军官的父亲与两个士兵在公园内巡逻。埃伦"一跃扑向了父亲的怀中，抱住他的脖子。她亲吻着他。[……]她哭着，眼泪弄脏了他的制服。她的身体哽咽地抽动，[……]"(GH 50)。女儿突如其来的亲密举动，令这个强硬、冷漠的父亲一时不知所措。然而，片刻的惊愕过后，父亲"毫无耐心地、愤怒地"(GH 50)试图从埃伦的拥抱中解脱出来，他用力将埃伦推开，仅以一句"你病了，你可以走了"(GH 51)果断地为这个意外事件画上了句号。在他用手绢擦去女儿留在他身上的最后印记(泪水)之后，他又重新回归本来面目，担任纳粹军官的职务。这次意外相见让埃伦清醒地认识到，父亲对于纳粹专制政权的绝对屈从与对父亲角色的排斥与拒绝，这种双重背叛令埃伦倍感失望与痛心，父亲仍然是那个从前离家时就让她"忘掉他"(GH 49)的那个人。一个拥有着纳粹至高权力的父亲，一个深受种族迫害与心灵创伤的女儿，彼此之间是如此的陌生与疏离。残暴的纳粹政权将人世间最真挚的骨肉亲情无情地打碎，留下了父女之间难以弥合的裂缝。

自与父亲分别后，埃伦与外祖母过着相依为命的生活。然而，外祖母却因不堪忍受无处不在的纳粹追捕威胁，决定服毒结束自己的生命。埃伦守在外祖母的床前，一次次地央求外祖母给她讲故事，希望以此给予外祖母勇气和力量，与死亡抗争，重拾生存的希望。然而，面对埃伦的苦苦哀求，外祖母始终重复地回答："也许我今天夜里就会被带走。"(GH 164)可见，外祖母向死的决心已定，她最后的愿望仅仅是要求埃伦"躲藏起来"。(GH 163)在发觉外祖母逐渐衰弱、奄奄一息之后，埃伦一遍遍大声呼喊:“外祖母,你要活着吗?”(GH 180、181、183)外祖母以服毒自尽的最终选择给予了埃伦回答。随着外祖母的离世,埃伦失去了最后的安身之所,成为一个彻底无家可归的孤儿。

家庭的破碎、亲人的离去已在埃伦幼小的心灵上留下了深刻的伤痕,友谊的缺失更让她茫然无措,找不到慰藉心灵的避难之所。这一切均缘于她的“半犹太”混血儿身份。既然拥有“半犹太”血统,埃伦也就不可避免地要面对自己的身份归属问题。正如她自己所说:“她的祖父母们有点问题,两个(指埃伦的祖父祖母)是对的,两个(指埃伦的外祖父外祖母)是错的!没有一个决断,这是最令人生气的。”(GH 34)这种看似孩子气的说法正是纳粹种族法案的反映。拥有两个“对”的祖父母的埃伦可以享有特权,免遭驱逐;同时,拥有两个“错”的外祖父母又让她身陷囹圄,被歧视、被排斥。两“对”两“错”,负载到一个幼小的儿童身上,作家用“一场悬而未决的游戏”(ein unentschiedenes Spiel, GH 39)来形容埃伦的两难处境。既然如此,埃伦既不属于被迫害者(Verfolgte)又不属于迫害者(Verfolger),只能游离在两个群体之外的边缘位置。非犹太儿童因她有两个犹太祖辈,与她划清界限,不愿再同她一起做游戏,这让埃伦再次感觉到被遗弃、被孤立。为了能够重新获取安全感和身份认同,埃伦努力寻求新的朋友——犹太儿童。然而,在与犹太儿童的接触中,埃伦逐渐意识到,她“半犹太人”的身份不能被犹太儿童接受,因此无法真正融入犹太儿童群体。从以下埃伦与犹太儿童的对话中可以略见犹太儿童对她的排斥。

> “让我跟你们一起玩吧!”
>
> “你不属于我们!”
>
> “为什么不属于呢?”
>
> “你不会被带走。”(GH 132)

即便她将本不必佩戴的、象征犹太人身份的六角星章毫不犹豫地别在自己的大衣上,但此举并没能获取犹太儿童的信任与支持,反而将她的处境推向更加危险的边缘。埃伦佩戴星章的初衷是以实际行动向犹太儿童发送信号,表示她想完全加入犹太儿童群体的决心，但事实上，她并不知晓佩戴星章的人所要面临的一系列限制。她不仅不再能够为自己的犹太伙伴格奥尔格(Georg)购买生日蛋糕，而且还被蛋糕店老板赶了出来，此时她才对犹太人所遭受的种族歧视有了切身体会。此外，佩戴星章后的埃伦与其他犹太儿童一样，只能承受被诋毁、被排斥的命运安排，时时刻刻生活在恐惧之中。

纳粹残酷的种族迫害让埃伦沦为无家可归的孤儿，纳粹畸形的意识形态又让埃伦生存在“对”与“错”、非犹太与犹太两个极端之间的边缘地带，找不到心灵归宿。由此，埃伦成了一个真正“无根”的边缘人。

与埃伦的境遇不同，犹太儿童有父母，有亲密团结的伙伴，但在纳粹惨无人道的种族隔离政策的迫害下，他们的童年生活充满了坎坷与苦难，身心遭受重创，过早地体味到被歧视的痛苦。

犹太儿童虽与父母同住，但小说中对他们的父母并未提及，作家仅仅告知读者他们的父母均是犹太血统，其他信息读者全然不知。作家刻意不提犹太儿童的父母，似乎想告知读者，事实上这些孩子也是无父母的孤儿。因为犹太父母自身难保，根本没有能力保护自己孩子免遭纳粹迫害。犹太儿童团结起来，相互依靠、相互扶持、相互安慰，即便如此，在纳粹残酷的暴行面前，力量仍十分弱小。他们的悲剧宿命似乎无法摆脱，是纳粹强权社会中被排挤、被欺凌、被迫害的一个边缘人群体。

历史学家在对大屠杀幸存者的采访中发现，犹太儿童对于纳粹迫害的反应与其父母有着根本区别。[27] 由于儿童的体会与成人差别很大，因此他们与纳粹主义对峙的经历也有所不同。1933 年，希特勒政府宣布禁止犹太人经商、从军和担任公共职务，将犹太人从一切有社会影响力的职位中排除。纳粹党徒骚扰犹太人商店，剥夺他们的财产。这些反犹措施的实施极大地限制了犹太父母的自由，强烈地威胁着他们的生存处境。然而此时，犹太儿童却未受到直接影响，他们虽已发觉家庭生存状况的改变，但是他们自身的生活还没被损害。直至他们的行动自由被限

---

〔27〕参见 Rosenberger，Nicole：*Poetik des Ungefügten. Zur Darstellung von Krieg und Verfolgung in Ilse Aichingers Roman „Die größere Hoffnung*. Wien：Willhelm Braumüller Universitäts-Verlagsbuchhandlung Gesellschaft，1998. S. 8。

制时，他们才真正意识到了处境的危险。

“被学校开除——教育上突然的种族隔离是犹太儿童最初遭受的合法化的社会歧视。纳粹颁布数不尽的禁令的目的就在于在日常生活点滴中刁难、恐吓、压迫犹太人，逼迫他们按照截然不同的法律法规生活。这些反犹措施限制了儿童的自由，束缚他们并极大地威胁他们。公开的反犹政策通过过去朋友和同伴的个人歧视的形式反映在私人领域。之前与非犹太邻居保持友好甚至亲密关系的犹太儿童感觉自己被拒绝、被蔑视。”[28]

纳粹各种反犹、排犹政策接踵而至，一再挤压犹太人的生存空间。当犹太儿童切身感受到日常生活中的各种束缚与限制、恐怖与威胁无处不在时，他们开始叩问自己的身份：究竟是什么让他们成为了犹太人？难道仅仅因为他们必须佩带黄色星章，他们就是犹太人吗？因为被禁止坐在公园长凳上，而只被允许在犹太人公墓做游戏，他们就是犹太人吗？因为他们被迫害、被驱逐、被杀害，他们就是犹太人吗？由于缺乏父母和学校的教诲，这些天真幼稚的犹太孤儿遵循纳粹颁布的“纽伦堡法案”来确定自己的身份，这个被视为“最成问题的种族生物学表达和犹太种族灭绝基础”[29]的法案用最简单的回答解释了“谁是犹太人”这个极为复杂的问题：“谁拥有四个或至少三个完整的犹太人祖父母，谁就是犹太人。”据此法案，孩子们推测：

“我们的祖父母出问题了。我们的祖父母不能为我们担保。我们的祖父母对我们负有罪责。我们在那里，就是罪责。我们夜以继日地成长就是罪责。原谅我们的这些罪责。罪责是上一辈附加到我们身上的，是再上一辈附加到上一辈身上的，是最老一辈附加到再上一辈身上的。”(GH 52)

---

〔28〕Ebenda，S. 9.

〔29〕Blasberg，Cornelia：*Ein unentschiedenes Spiel? Über Juden und Judentum in Ilse Aichingers Die größere Hoffnung*. In：Britta Herrmann / Barbara Thums (Hg.)：*Was wir einsetzen können, ist Nüchternheit. Zum Werk Ilse Aichingers*. Würzburg：Verlag Königshausen & Neumann，2001. S. 43.

孩子们出于对法案的不理解，以孩子的视角将罪责归于他们的祖父辈。在此，犹太属性的划归与犹太历史、宗教毫无关联，而仅仅出自反犹人之口，由其确定，是纳粹主义意识形态下的产物。萨特在《关于犹太问题的思考》(*Les Reflexions sur la question juive*)一文中明确指出："人之所以是犹太人，是因为别人都认为他是犹太人。"[30]犹太儿童正是这种"别人"认为的"犹太人"，他们并不清楚自己的身份归属，在毫不知情的情况下，成为纳粹反犹政策下的无辜牺牲品。因此，是环境、是畸形的纳粹意识形态将他们推向社会的边缘，使之成为现实生活与精神世界均"无家可归"的孤儿。

2. 女性

作为一位女性作家，艾兴格对女性命运、女性的生存状况有着本能的关注和深刻的感知。很大层面上，她会从女性视角出发，去观察问题，体味生活。正如洛伦茨所述："仔细看来，艾兴格作品视角有着典型的女性特征。"[31]身为女性，艾兴格深切地体会到在战后的德国与奥地利社会，女性的地位并未得到真正意义上的提升，女性的从属地位仍旧被认为是理所当然的。因此，艾兴格小说中大多数女性主人公都遭遇类似的生存困境——"边缘性"处境。她们遭受着男权价值观的压迫与欺凌，被剥夺了话语权，致使内心的自我诉求无处言说，真实感受无人倾听，成为沉默的弱势群体，徘徊在男权社会的边缘，承受着宿命的悲剧。然而，在充分展现女性的边缘境遇后，艾兴格往往在小说中为女性摆脱命运枷锁、脱离从属地位、重新建构女性主体身份探寻出一条可行之路。下文以艾兴格颇负盛名的短篇小说《镜中的故事》及《月亮的故事》中的两位年轻女主人公为例，分析艾兴格笔下的女性边缘人形象，透视艾兴格是如何在小说中鞭辟入里地呈现女性的真实命运与女性自我意识的觉醒。

《镜中的故事》逆时序地讲述了一个死于堕胎的年轻女子短暂的生命历程。小说并没有遵循时间发展顺序将女子的出生和童年生活、母亲的早逝、与青年男子的

---

〔30〕转引自贝尔纳·亨利·列维：《萨特的世纪——哲学研究》，闫素伟译，北京：商务印书馆，2005 年，第 491 页。原文见 Sartre, Jean-Paul: *Betrachtungen zur Judenfrage* (Les Reflexions sur la question juive, 1945). In: Jean-Paul Sartre: *Drei Essays. Mit einem Nachwort von Walter Schmiele*. Berlin, 1965. S. 143。

〔31〕Lorenz, Dagmar C. G.: *Ilse Aichinger*. S. 7.

相识相恋、堕胎、痛苦的病榻生活和最后的死亡下葬这些情节逐个串接，而是以女子的葬礼为故事的开端，采用完全逆转时序的叙述手法，用第二人称“你”将女子短短一生经历的迷惘与痛苦、相识与别离、谎言与背叛娓娓道来，恰如在读者面前摆放了一面通透澄澈的镜子。读者透过镜子，清晰地看到了一个女人在男权社会挤压下的悲惨一生。

作为家中的长女，母亲的早逝让这个幼小的女孩过早地担负起家庭的重担。因要照顾父亲与弟弟，她的课余生活便与游戏无缘，生活的负累剥夺了她玩耍的权力。每日放学后她定要立刻赶回家，因为“你的爸爸在等你，弟弟们大声叫嚷，并拉扯着你的头发。你让他们恢复平静，并安慰你的爸爸。”(SG 73)由此看来，女主人公的父亲不仅并未承担父亲应尽的家庭责任，将一切推在了女儿身上，还需女儿的特别照顾与安慰。弟弟们的戏弄与不配合使得她的生活变得更加艰辛。

与青年男子的初识似乎为女子暗淡的生活带来了一丝曙光。那是一个“充满希望”(SG 72)的秋日，女子的苹果散落一地，青年男子过来帮忙。

> “他只将夹克松垮地披在身上，微笑着转动便帽，不发一言。[……]你谢了他，并稍稍抬起头，高高梳起的辫子散开。‘啊’，他说，‘你难道不去上学吗？’他转过身去，向前走着，用口哨吹出一首歌。”(SG 72)

女子对青年男子的外貌、动作、神态观察得如此细致入微，足见在她心中已对男子漾起了莫名的情愫。然而这次浪漫的邂逅与“毫无痛苦”(SG 72)的暂别却成了女子后来人生一切痛苦的起始。为了俘获女子的芳心，青年男子将女子带到易北河边。两人漫步河堤，男子满腔热情地大谈对未来的憧憬，对孩子的期盼，对长久生活的向往。然而，三天过后，“他便不再拥抱你的肩膀。又过了三天，他问你，你叫什么名字，[……]”(SG 71)仅仅六天时间，男子的行为判若两人，起初炽热的情感瞬间化为乌有，女子由他热恋的爱人突变成连名字都忘却的陌生人。对他来说，女子也许只是暂时填补他感情空白的工具，女子的纯真感情就这样被他愚弄、欺骗。

对于男子得知女子怀孕后冷漠的反应和毫不负责的态度，作家进行了细致的刻画：

> “你们沉默着。你等待着第一个词，你让他说，这样最后一个词就不会留给你了。他会说什么？快，在你们到达海边之前！他说什么？什么是第一个词？说一个词难道有这么困难吗？以至于他变得结结巴巴，一直不敢抬头。[……]第一个词——现在他说出来了：是一条胡同的名称。就是那个老妇人住的胡同。这可能吗？在他还不知道你期盼这个孩子时，他就说出了老妇人的名字；在他还没说他爱你时，他就提起了老妇人。”(SG 69)

这个老妇人便是对女子实施非法堕胎手术的无照行医者。女子虽死于她蹩脚的医术之下，但男子才是将女子推向死亡的罪魁祸首。对于女子的真挚情感，他完全辜负；对于堕胎带给女子肉体与心灵的双重伤害，甚至死亡的危险，他毫不顾及。他仅仅简单地用一个实施堕胎手术的地点来逃避所有责任，掩盖之前发生的一切，抽离自己，将所有的伤痛和罪过转嫁到女子身上。可见，男权观念在他身上深深的渗透，并清晰明显地体现在他的行为中。

《镜中的故事》中年轻女子的悲惨遭遇深刻地揭示出男权社会对女性的冷落、对女性生命的漠视。同时，作家巧妙地将小说发生地点设置在位于陆地与海洋边缘的海港城市，并将叙述时间设置为过去时与将来时之间的现在时，进一步凸显出年轻女子的边缘处境。

小说《月亮的故事》塑造了一位在历经一系列的选美比赛后，最终物化成一个展览品的年轻女性。主人公屈服于由男性设定的审美要求，整日游走于接连而至的各大选美比赛。在男性审美霸权的主宰下，她逐渐失去了女性自身存在价值，最终生存信心耗尽，选择以自杀的方式结束男权话语主导的世界对她的精神侵害。

小说首段就已充分肯定了这位年轻女子的倾城美貌：“她无论如何都是她所在国家最美的人，她是芬兰小姐(Miss Finnland)或英格兰小姐(Miss England)，对此没有人会质疑。”(MG 75)随后，她代表国家参选洲际小姐选美，艳压群芳，如愿获得欧洲小姐(Miss Europa)称号。从此，她声名远播，所到之处，无不受到众人的追捧与艳羡。当她由三艘领航船护送，驶抵评选地球小姐(Miss Erde)赛事的举办地时，码头上已人头攒动，“礼炮声与众人的欢呼声通过各大电台全城直播”（MG 75）。经过激烈角逐，她最终在各大洲佳丽中脱颖而出，摘得地球小姐桂冠。但这位地球上最美的女子并不喜欢这个称号，她甚至将其称为“可笑的称号”（MG 76）。在获奖后的电台采访中，她解释道：“因为地球小姐听起来有降级的意味。它让我想起父母家周围的花园，想起野草、蚯蚓、孩子圆圆的、红润的面颊。”（MG 76）〔32〕也许评审委员会委员觉得地球小姐称号还不足以形容这位绝代佳人，一致决定将她封为“宇宙小姐”（Miss Universum）。但其中一位委员却提出了异议。他认为，在没有确定宇宙间其他星球是否有人居住之前，不能贸然将“宇宙小姐”称号授予地球人。因此，他建议将年轻女子用火箭送入月球。如果她的美貌也能得到月球人（如果月球有人居住的话）的认可，那么她才是名副其实的“宇宙小姐”。委员会采纳了他的建议，委员们带着女子奔向月球。对于委员会的决定，女子一直沉默不语，然而她越沉默，委员们越发起劲，使出浑身解数挑逗她。在月球冰冷的岩石间度过了漫漫长夜后，她得以回到地球。一个好奇人士接连三次的提问（“您为什么这么做？”（MG 81）“您为什么走入水中？”“为什么？”）（MG 82）把女子从梦境拉回了现实。到此，读者恍然大悟，原来这次神秘的月球之旅并非科幻小说情节。年轻女子因痛恶选美，不堪忍受数次选美的精神重压，绝望地投河自杀，被人救起后，一度昏迷。月球上发生的一切均是高烧性谵妄（Fieberphantasie）。

艾兴格以女性选美为主题，深刻地揭示了男性话语占主导地位的社会中女性主体地位的丧失，在审美活动中成为被观赏、被塑造的客体。女性外表美丽与否完全由男性判定裁决。男性不仅依照自己的观念为女性的美丽下定义，更主宰着整个社会的审美标准。在男性审美霸权的压制下，女性只是美丽的载体、男性的从属，游走在男权社会的边缘。艾兴格在五十多年前就已用生动的小说情节，精准、透彻地反映了男权社会中女性被物化的边缘地位，足见作家犀利敏锐的洞察力。

综上所述，无论是《镜中的故事》中被恋人残忍逼迫实施堕胎手术而最终致死的年轻女子，还是《月亮的故事》中因不堪忍受被男性评审肆意摆布、规划命运而选

〔32〕德语 Erde 一词既有地球之意，又有地面、土地之意。参见潘再平主编：《新德汉词典》，上海：上海译文出版社，2000 年，第 343 页。

择投河自尽的年轻女子，她们都承受着性别上的歧视和压迫，孤独地生活在男权社会的边缘，是男权社会的边缘人。

3. 老人

衰老是人生命历程的必经阶段，是不可阻挡、不可避免的客观规律。现代社会中，生活节奏日渐加快，竞争日益激烈，逐渐形成了追求高效、快捷的新的价值体系。而老人因其身体机能的衰老、可行能力的降低，导致无法适应这种高节奏、高压力的社会生活，从而成为社会忽视、甚至排斥、歧视的对象，生活在社会的边缘地带。传统文化中尊老敬老的美德渐渐被老人无用、多余的观点所取代，老年人由此可能遭受不公的社会待遇。艾兴格在其小说中描绘了多位年华渐逝、权力尽失的枯槁老人凄凉的晚年生活，深刻地揭示出年龄歧视及社会不平等待遇合力造成的老年人边缘生存处境。

艾兴格创作于1962年的短篇小说《我的稻草父亲》采用第一人称叙述方式，详尽描述了叙述者“我”的父亲的晚年生活片段。小说开头即对稻草父亲的生存现状进行了一番细致描述：

> “在一个旧(alt)车库里住着我的父亲，我的父亲坐在冰上。谁不相信，可以跟我一起去拜访他，[……]我的父亲坐在一个完全由稻草制成的旧(alt)椅子上，他将左手放在一块墙上取暖，右手放在冰块上。他穿着旧(alt)制服，他之前在老(alt)铁路局工作，[……]”(VS 13)

作家仅用这几个凝练的语句，勾勒出一幅衰败、凋零、破旧的画面。从稻草父亲身上穿着的衣服、坐着的椅子直到他居住的车库，作家都只用同一个形容词“旧”(alt)来描绘，反映出父亲正处于生命历程中的最后阶段。人们通常将暂时不需要的物品、需要修理的物品或完全不可用的物品存放在车库之中，简单来说，车库就是废弃之物的贮存场所。不仅如此，从残存的墙体碎块和冰块也可以看出，父亲居住的车库本身更加破旧、年久失修。父亲被人遗弃在这样一个由废弃物品和腐烂垃圾包围的环境中，足见其生存状况的凄惨悲凉。

除了父亲栖身之地的破败荒凉外，作家把父亲塑造成一个完全由秸秆编制成的稻草人。众所周知,成熟的谷物在经历收割、脱粒、干燥等一系列过程后,谷粒与湿度通通被带走,收获果实的同时,留下的副产品即为稻草。这种完全失去使用价值后的残存之物正好同父亲现在的人生阶段十分契合。他的社会价值已丧失,人生的辉煌逐渐淡去,在周围凋零衰败的景象的映衬下,一个早已失去权力的垂垂老者形象跃然纸上。这个已被排挤到社会边缘的老人还要承受那些认为稻草毫无价值的人持续不断的嘲笑和歧视,因为在他们看来,稻草是完全无关紧要的劣等物品。拥有一双"稻草手"和一个"稻草头",穿着稻草西服,戴着稻草帽子的稻草人仅仅是一个掩护他人的木偶,扮演一个替代品的角色。不仅如此,整篇小说中老人始终保持固定不动的坐姿,从未离开过仓库,被动地接待各种职业的人的来访,忍受他们的嘲讽,毫无还击之力。这种情节安排暗示出处在衰老阶段的老年人既受他人侵害,又不能按照自己的意愿过有价值的生活。主导自己生活能力的主动自由由于身体、身份、社会角色等方面的改变受到了限制,被残酷地剥夺。更为可悲的是,稻草的易燃性会随时引发火灾,威胁老人的生存,无行动自由的老人根本无法逃离这种危机四伏的处境,由此,进一步凸显了老人孤独无助的生存境遇。

这个栖身于破旧仓库、由废弃稻草制成的父亲是作家笔下典型的老人形象。艾兴格以凝练却不失细腻、严谨却不乏情感的语言形象地刻画了一个年老体衰、失去权威的退休老人苦涩悲凉的晚年生活,深刻地揭示出"老人无用"这种功利现实逻辑主导下,老年人被排斥、被歧视的边缘人境遇。

艾兴格创作于 1964 年的短篇小说《古老的爱》描述了一对老年人重返家乡,在寻找故居过程中的遭遇,反映了青年人侵占老年人财产后,非但不给予老年人尊重,甚至变本加厉地侵害老年人权益,掠取他们物质财产的同时,更剥夺了他们的精神权威。

两个老人返回从前的住处,路上偶遇一群朝气蓬勃的年轻人。他们"戴着蓝色、红色、绿色的小帽,脚蹬溜冰鞋"(AL 19)从老人身边疾驰而过,老人不无伤感地说:"这些年轻高大的人不会来拜访我们。"(AL 19)可见,两个老人只有彼此结伴而行,青年人对他们根本不予理睬,更不能指望青年人为他们带路。同这些高大强壮的青年人相比,两个老人显得尤其矮小脆弱:"两个矮小并且头发有些花白的老人艰难地在大街上行走。"(AL 19)他们身上似乎背负着沉重的苦难,过去经历的痛苦仍历历在目。他们不停地交谈着，言谈之中流露出些许感伤。当谈话中数次提及“水晶”、“玻璃”（AL 22、23）时，读者恍悟，原来两位老人曾经历过第三帝国“水晶之夜”（Reichskristallnacht）[33]的梦魇，他们至今仍对这个灾难性事件记忆犹新。

当两位老人从痛苦往事的回忆中重回现实，他们已到达从前的住处。这里已面目全非，变得破败不堪。老妇人甚至无法相信这就是她之前的住所，她十分震怒地说道：“这里看起来如此的衰败，这不可能是我曾经离开的地方，绝对不是，不，不是这样！”（AL 22）经过一番仔细观察，他们最终断定，这所房子已落入他人之手。果真不出所料，新主人随即出场：“门突然开了，一个高大、相当健壮的女人向外张望。她穿着厨房围裙，带着白色围巾和一副角边眼睛，留着一头蓬乱的短发。”（AL 22）从外表上可以明显看出这个新主人与两位老人身体状况的差别。起初，老人试图友好地跟她搭话，但她却始终站在门口，态度冷漠，或只以淡淡一句“不知道”（AL 22）敷衍老人，或干脆对问题避而不答。这样的漠视与不屑令老人十分恼怒，他逼问道：“您现在跟我们的家具相处得怎么样？您已经除去灰尘了吗？[……]这个方向您觉得怎么样？你找到工具了吗？或者您必须采取暴力吗？[……]”（AL 24）面对老人的步步逼问，女人终于开口：“您该停了！”此时，一匹马冲进了女人的视野，她慌张地试图将马推回到过道，然而马的力量过大，她似乎招架不住。当马猛地挣脱她，跑向街道时，她甚至“用并不娴熟，且还有一些粗鲁的动作抱住马的脖子。”（AL 25）这匹马为何执拗地想冲出家门，而女人又为何不顾一切地阻止马的行动呢？其实这是一匹老人当年饲养过的马。它似乎是为了挣脱一切，同老主人相见，而女人正是害怕这种相见。因此，她的情绪甚至一度失控，大声吼道：“我警告您，我要让您明白，您必须失去什么！”（AL 25）这样强硬的语气实则已经暴露出她内心的虚弱。她手上一松，马突然抖了抖鬃毛，彻底挣脱女人的束缚，径直向老妇人跑去，并低头嗅着她的帽子。马的举动令老妇人惊喜不已，她激动地对老人说：“是的，它还是同一个，不管你是否相信，我只是换了一条围巾。”（AL 26）作家

---

〔33〕指 1938 年 11 月 9 日至 10 日凌晨，希特勒青年团、盖世太保和党卫军袭击德国和奥地利犹太人的事件。

在行文中插入此情节是以动物的忠诚反衬人的冷漠无情，凸显老人处境的艰难。年轻女人从始至终站在门槛处，阻挡老人进入房内，最后两位老人满怀苦涩与无奈地离开了这个悲伤之地，从此不愿再回。

《古老的爱》勾勒出两位还乡老人的现实处境。过去的伤痛回忆始终无法摆脱地印照在现实中，从前的财产不仅被掠走，连再看一眼的机会也被剥夺。在青年人看来，老人已没有能力照看和保护自己的财产，因此霸占他们的财产理所应当。另一方面，青年人害怕给予老人补偿，他们既不想赔偿损失，又不想归还财产。因而，他们唯一的选择就是拒绝老人的所有要求，唯有如此，他们才能继续将财产霸为己有。由此看来，老人被歧视、被孤立的边缘处境很难得到改变。

三、边缘人的存在特征

1. 逃离——边缘人的存在方式

在艾兴格的小说中，逃离是边缘人的存在方式。从犹太儿童到年轻女性，再到垂垂老者，他们均是社会中的弱势群体。主流社会或主流价值观的排斥、歧视、甚至迫害使这些边缘人产生了强烈的恐惧感，引发了他们焦虑不安的情绪。正如艾兴格所说："恐惧来源于迫害，[……]它已是所有人的原始现象（Urphänomen）。在特殊情况下，却源自个人经历[……]人们必须尝试结束这种恐惧，这也许就是生活的任务。"[34]为了完成这项"生活的任务"，摆脱内心的恐惧，挥别不安，边缘人选择了逃离。在主体尚未在周遭环境的压迫与侵害下完全丧失时，逃离是他们重新获取生存意义的出路，唯有逃离现实环境，才能真正卸下禁锢在身上的枷锁，彻底拒绝周遭环境的进一步侵蚀。

儿童的逃离

在小说《更大的希望》中，逃离首先表现为无家可归的犹太儿童对生存的渴求。纳粹无处不在的威胁与压迫摧毁了半犹太小女孩埃伦及其犹太小伙伴赖以生存的基石，让他们变成了无家可归的孤儿。摆脱被驱逐的命运、对安宁快乐生活的希冀迫使他们踏上了艰辛而又漫长的异国流亡之路。

---

〔34〕Esser, Manuel: *Die Vögel beginnen zu singen, wenn es noch finster ist*". S. 53.

埃伦的逃亡之路以她来到美国领事馆寻求赴美签证为起点。深夜，埃伦独自一人悄悄来到美国领事馆。为了说服领事为她签署签证，她一次次苦苦哀求："请您为我签署签证！"(GH 15)；"签证！""请您给我签证！"(GH 17)"我已将所有东西都准备齐全，您只需签字。亲爱的领事先生，求求您了！"(GH 18)。在怎样哀求都无法说服领事之后，埃伦气得浑身发抖，牙齿打颤，开始向领事施压："如果您现在不签字，那么我就想变成一只海豚。这样的话，不管您愿不愿意，我都可以在轮船旁边游动，最后围着自由女神像跳跃。"(GH 18)这种天真的孩童想法当然无法撼动冰冷残酷的政治现实，领事仅以无人为她提供担保这个原因无情地拒绝了埃伦。由此，埃伦第一次逃亡尝试以失败告终。

此后，埃伦加入了以逃亡为生命主题的犹太儿童群体，再次踏上了寻找新的命运与新的生命状态的苦难历程。犹太儿童无人照顾，居无定所，为了躲避纳粹的追捕，一次次转换活动地点。从码头到公园，从犹太人公墓到英语老师家中，生活在逃亡中度过，他们希望借助每一次地点的转换为生命的延续寻找新的可能性，然而，每一次逃亡均以失败告终。他们似乎根本无法逾越纳粹垒砌的恐怖高墙，逃脱不了进无可去、退无出路的围城般的绝境。既然身体无法实现逃离，他们选择在幻想中逃离，即在精神世界中越过命运的安排去寻找一种新的生命状态。

犹太儿童首先在秘密进行的旋转木马游戏中体验到了逃脱现实恐怖的快感。坐在飞驰的旋转木马上，犹太儿童"飞了起来。他们违反笨重的鞋子的法则，违反秘密警察的法则在飞行。他们依照内心力量的法则飞行"(GH 43)。尽管广播喇叭一连三次大声喝止("回来！""回来！"(GH 43)"回来！"(GH 46)，但沉浸在游戏中的孩子们对此充耳不闻，因为"他们已经触碰到远方星星的光辉"(GH 43)。这"远方星星的光辉"不正是他们期盼的自由国度吗？由此，孩子们在幻想中成功完成了第一次逃离。

被剥夺了在公共场所的活动自由后，埃伦和犹太儿童只好在犹太人公墓暂避。他们不甘于在此坐以待毙，想方设法越过边境，逃离这个恐怖笼罩下的城市。他们选中运送尸体的马车，希望搭乘马车完成逃亡。途中道路颠簸，孩子们昏昏欲睡。马车急速飞驰，"越来越快，比快更快"(GH 79)，似乎将孩子们带离这个现实世界。他们穿越到了梦想世界，埃伦和格奥尔格不约而同地在梦境中遇到了"奥古斯丁"、

“哥伦布”和“大卫王”。在他们的帮助下，孩子们成功逾越早已封锁的边界，逃亡到圣地。然而，马车夫的叫喊声却又将孩子们拉回到残酷的现实世界。令人颇感意外的是，孩子们醒来后，并无失望，而是齐声喊道：“我们已经越过了。”(GH 80)说完后，随即跳下马车，向黑暗深处跑去。可见，在梦想世界中成功逃离的孩子们不再乞求能在现实世界中真正逃离地理边界，因为他们的心已经到达圣地。

现实逃亡计划屡次失败后，埃伦与她的小伙伴将语言设定为他们下一个要逃离的对象，因为他们逐渐意识到母语德语是他们顺从纳粹迫害的工具。他们下定决心学习英语，以此来对抗所遭受的致命迫害。英语是孩子们梦寐以求的移民国家所使用的语言，它与其渴求自由的希望密切相关。因此，学习英语的计划被视为在一个陌生国度展开新生活的实际准备。然而，移民的请求已被驳回，学习英语似乎已是徒劳之举，但孩子们仍旧坚持上英语课。虽然地理边界已被封锁，孩子们仍想通过德语到英语的转化打开他们希冀的语言空间，以此逃避德语环境的歧视、谩骂和伤害。随着所遭受的排挤与迫害不断增强，他们越发努力地学习，以期尽快逃到英语的避风港。这种逃离的行动甚至升级为完全摆脱德语的愿望。为了能够荒废已变得陌生的母语，孩子们付出了巨大努力。然而，最终却发现一切努力均是徒劳——“今天已经是第 12 个小时了，我们连一个词都没忘掉。”(GH 89)

不断加剧的迫害让孩子们产生了反对德语语言本身的想法，因为面对言语上的攻击，他们似乎毫无反驳之力。这种借助英语将德语从记忆中毫无痕迹地抹去的打算旨在完全彻底地代替德语。但要实施这个语言逃离计划，孩子们却面临着既来自于自身又源于语言本身的诸多困难：孩子们并不能将所熟知的、且储藏着他们经历的德语词汇全部忘记；英语对于他们来说始终无法去除陌生感；从德语到英语的转化更非一蹴而就；并非每一个德语词汇都能找到完全对应的英语词替代。由此看来，逃避母语，融入外语的想法与行动根本行不通。孩子们语言上进退两难的边缘处境在此也十分清晰地显露出来。

女性的逃离

女性的逃离行为与其在男权社会中的边缘处境密切相关。在现代社会中，男权价值观念仍将女性禁锢在家庭、婚姻、爱情的牢笼中，使之成为男性的附属。因此，一旦面临生存困境，她们往往以逃离的方式来躲避伤害，同残酷破碎的生存现实抗争,迈出的每一步坚实步伐均是女性向着自我实现、独立自主的目标靠近。

艾兴格小说中女性逃离边缘处境的方式及逃亡目的地不尽相同,然而,无论以何种方式逃离,最终逃至何处,逃离是否真能得偿所愿、达到预期目的,逃离无疑都体现出女性不肯妥协屈服的态度,体现出对男权壁垒坚决的挑战和顽强的抵抗。因此,逃离是处于边缘境遇的女性的生存方式。

《月亮的故事》中的女主人公虽然以倾国倾城之美貌摘得各大选美比赛桂冠,但这些美誉并没有带给她任何幸福与快乐的感受,反而将她推到自我迷失的痛苦漩涡。准备、参选、示美、折桂、接受掌声与欢呼,这种被人设定规划、毫无个人自由的生活早已令她倦怠。为了逃离周而复始、循环往复的生活怪圈,她选择了投河自杀。如前文所述,自杀后的她进入了自己的幻觉世界,在这里她再次经历了男性的摆布与压迫。仅为满足男性自身的审美需求,评审委员强迫年轻女子随同他们来到冰冷的月球,不想就此屈从的女子在这次虚幻之旅中继续自己的逃亡之路。她首先逃到与奥菲莉娅(Ophelia)构筑的女性封闭的情谊世界。这位莎士比亚最负盛名的剧本《哈姆雷特》中的女主人公拥有优美绝伦、令哈姆雷特为之疯狂的美貌,然而哈姆雷特却为复仇,无情地将她抛弃,加之父亲的死对她造成了更大的打击,以致她精神疯癫,最终不幸失足落水溺毙,生命在花样年华逝去。有着类似悲惨遭遇的两位女子在月球上不期而遇,瞬时惺惺相惜。奥菲莉娅不仅给予女子深切的同情与关爱,更帮助她下定了彻底逃离男性构筑的牢笼的决心。当她再次面对那位提出异议的评审委员,即便“从前的一切都依赖他”(MG 81),但此时“她惊讶于自己的沉着镇定。”(MG 81)即使委员最终肯定地说出“你很美!”(MG 81),但却已“不再能够感动她”(MG 81)。“她决定,重回地球。她想要在今夜就通过电台向世人宣布,她放弃宇宙小姐的头衔。”(MG 81)这一决定标志着女子断然割断与男权世界的一切联系。由此,在幻觉世界中,她成功实现了逃离。

如果说《月亮的故事》中的选美小姐最初逃至幻觉世界是因不堪忍受男性评审的摆布与控制,是在情急之下而采取的消极躲避,那么在接下来的逃离过程中,尤其是在奥菲莉娅劝慰之后,她不再像从前一样隐忍怯懦、优柔寡断,而是表现出了前所未有的果敢与坚决。“重回地球,放弃宇宙小姐的头衔”的最终决定反映出她已完全逃离男性意识形态的束缚,重新认知自我的生存意义及存在价值,从而开启了她人生的崭新篇章。

老人的逃离

艾兴格笔下的老年人也有着逃离被歧视的边缘处境的独特方式:《我的稻草父亲》中的父亲选择逃至自己遐想的梦幻世界,而《古老的爱》中两位老人却选择逃至对过去的回忆与追索中。

《我的稻草父亲》中的父亲在破旧车库的生活充满了艰辛与苦难,不仅遭到来自各方的嘲讽与排斥,随时可能爆发的火灾更加剧了居留的危险。然而"我"的稻草父亲却并未受此伤害。他的注意力全然不在此处,因为他始终向往着夜空中光芒闪耀的繁星,他"想要进行一次遨游星空的旅行"(VS 17)。"但遨游星空的旅行是什么呢? 我应该怎样理解呢? 我的父亲没有解释。他指的是全部,海洋、轮船和过去的岁月吗?"(VS 17)可见,叙述者"我"并不理解父亲"遨游星空旅行"的真正意图,但从"我"的猜测中读者也许可以发觉,父亲希冀的"遨游星空旅行"是他逃离现实困境,回到"过去岁月"的一种憧憬。"海洋、轮船"正是呼应了小说开头"我的父亲曾和阿蒙森(Amundsen)〔35〕一同航行,他知道海洋"(VS 13)这句铺垫。南极的星空已深深地印刻在父亲的脑海中,也许只有逃到"辉煌的过去",才可真正逃脱当下世人的歧视、社会的不公。

追忆过去是《古老的爱》中的两位还乡老人逃离现实的生存方式。面对青年人的冷漠和歧视,他们选择逃到自己的回忆中。也许在过往伤痛的记忆中他们可以找到一点平衡,来战胜此刻内心的无助和孤独。小说开篇两位老人费力地沿街踱步,时而驻足,仔细查看周遭的变化;时而交谈,回首过往在此处的点滴经历。当一群头戴各色帽子、脚蹬溜冰鞋的"高大的年轻人"(AL 19)从他们身边一闪而过时,老妇人不禁回忆起在"水晶之夜"惨遭纳粹迫害的青年男子。"从前那里不是有位想拜访我们的青年男子吗?"她说,"他们将他置于玻璃之后。""当我想看到某个人到我家来喝咖啡的时候,比如在一场赛马之后,我就期望着他能来。"(AL 19)也许这位青年男子就是老妇人少女时代的心仪对象,而这份朦胧美好的默默情愫却葬

〔35〕罗阿尔·阿蒙森(Roald Amundsen,1872—1928),挪威籍探险家。1911 年 12 月 14 日,阿蒙森与其他 4 名探险队员历尽艰险,最终成功抵达南极点。

送在纳粹分子的铁蹄之下，在老妇人心中留下了无法弥补的遗憾。接下来，两位老人开始回忆他们自身在战争中的死亡体验。

> “你是在哪儿醒来的？”他问。
>
> “我被淡黄色的帆布包裹着，躺在寒冷刺骨的海风中，就是这样。”
>
> “我在公园大门旁的公羊圈里醒来。”
>
> “还有一些人，他们仅仅是被扎紧的牛皮纸裹着。”
>
> “我知道”，老人说，“这些事情我都知道。”
>
> “当我考虑到我的旧练习本时”，老妇人说，“我的字迹十分清晰准确，它们像是在俯身看着我，喊道‘穆里尔，好，很好’！然后人们就睡着了，在渔夫那里或火车站回廊再次找到自己。”
>
> “就是这样。”老人说。（AL 19—20）

从上述两位老人的回忆中可以得知，在战争中不幸死去的人的尸体竟只用破帆布或牛皮纸来包裹。他们并不能被埋葬在墓地中，获得最后的灵魂归宿。

当两位老人终于到达他们从前的住所时，不禁惊讶于这里的破败冷清。然而透过沾满灰尘的窗户，老妇人发现了写字桌抽屉里的一根钢笔杆，再次唤起了她对那位青年人的记忆。

> “这里”，老妇人喊道。“就是这里，一定是这里！”
>
> [……]
>
> “我一直给他写信。”她十分激动，“除了初秋的几个星期三，四封或五封，人们可以数。”
>
> 此时她已泪眼婆娑。（AL 22）

房子的新主人把门打开时，老人起初试图说明他们的来意，然而，年轻女子却极其冷漠地拒绝了他们想重温故居的请求，甚至毫不客气将门关上。为了逃离这种尴尬处境，老人话锋一转，将他们来到此地的目的变为追寻那位青年人的足迹，由此，他们再次陷入了回忆中。

> “他曾通知我们会来此做客，他也来了。[……]但当他第二次想来的时候，他来不了了。[……]我们已经做好一切准备，我们坐在那儿等。[……]有人说，他们将他放在玻璃后面了，但我们不相信。”(AL 23)

而年轻女人仅以一句“您真是厚颜无耻”(AL 23)打断了老人的回忆，由此，老人以回顾过去来唤起年轻人同情的努力彻底宣告失败。没有经历过战争伤痛的年轻人根本无法理解老年人的内心世界，他们之间的鸿沟难以弥合。老年人也只能逃至自己的回忆中，以此获取心灵的慰藉。

2. 孤独——边缘人的精神困境

孤独是生命个体的一种内心感受，当个体重新恢复起与他人的交流和沟通，并同时得到他人的理解时，孤独感可被排解。然而，对于边缘人来说，他们因受到社会主流价值观或社会主流群体的忽视、排挤、压迫，不仅感到与外在环境的疏离与隔绝，内心的真实感受更是无处言说，无人倾听。因而，较之于常人，边缘人的孤独感更加强烈，更加难以排遣。即便有些边缘人尝试自我表述，希冀重建与外界的沟通渠道，但这种声音往往被漠视、被忽略。在艾兴格的小说中，种族、性别、年龄上的歧视与迫害持续地侵蚀着边缘个体的生活，导致边缘人陷入到孤独的精神困境中。

儿童的孤独

埃伦的孤独感首先源自没有关爱温暖、没有理解支持、被亲人和朋友抛弃的落寞与痛苦。随着同母亲一道移民美国的愿望破灭、父亲的拒不相认、外祖母的自杀离世，埃伦彻底成了无家可归的孤儿。没有亲情呵护、独自面对恐怖黑暗、承受各种痛楚的埃伦拥有强烈的孤独感自然不言而喻。而伙伴们对她的疏远与怀疑无疑将她茕然孑立、形影相吊的边缘处境推向了更加苦难的深渊。

小说《更大的希望》第二章中犹太儿童们在码头边苦等七个星期，仅仅是为了等待一个落水婴儿的出现。他们想以营救婴儿的行动为自己平反，重新恢复生活的权利。孩子们满怀憧憬地想象着重回美好自由的生活，因此，当杂货店老板提示可以让他们秘密玩一次旋转木马游戏时，他们欣然答应，跟随老板径直向旋木走去。而埃伦却被拒绝同往，仅因老板的一句“她本被允许玩这个游戏”(GH 41)。独自留在码头的埃伦巧遇一位带着两个孩子的年轻女人，其中一个是尚在襁褓中的婴儿，另一个则站在婴儿车旁，不断与母亲说话。母亲由于过度疲劳慢慢地睡着了。大孩子抱起婴儿，从码头的斜坡迅速跑下来，将婴儿放在一只停靠在码头边的小船上。在巨大的浪花拍打下，小船随即倾斜。此时，刚刚结束旋木游戏的犹太儿童目睹了接下来发生的一切：

> “他们所看到的，超越了他们对世界不公所下的所有定义，超越了他们的承受能力：埃伦手臂上托着婴儿，从湍急的河水中浮了起来。
>
> 这正是他们等待了七周的孩子，他们为了自我辩护、为了最终被允许坐在所有的长凳上，而想要营救的孩子，他们的襁褓中的婴儿。”(GH 47)

埃伦及时营救深陷生命危险的婴儿的行为意味着破灭了犹太儿童恢复名誉的希望，此刻，身处两难处境的埃伦，孤独感油然而生。而当埃伦成功转移身为纳粹军官的父亲的注意力，以一己之力保护小伙伴，为他们争取更多的逃跑时间时，小伙伴们早已跑得无影无踪，再次抛弃了埃伦。此刻，埃伦的孤独感进一步加深。

> 她转身望向长凳。“格奥尔格！”她轻声喊道。
>
> 但是格奥尔格不在这儿。没有人在这儿。所有人都跑了。
>
> 此刻风将云吹到旁边。埃伦跑下台阶，站在水边。(GH 51)

埃伦更为深切的孤独，却是内心想法无法被周围人感知和理解、心灵不能交流互通的精神孤独。埃伦在美国领事馆一次次地苦苦哀求领事。她努力地讲述自己，把内心深处的真实感受讲得清清楚楚，期望能获得领事同情。但领事根本听不懂，甚至不愿听她真切的倾诉。

> “没有人能为我担保。每个冰箱都有一个能为它担保的人，只有我没有。我的外祖母告诉我：人们不能为我担保是对的，但是如果还活着的话，人们能

为谁担保呢？我的外祖母说。海豚和风也没有为它们担保的人，但是海豚和风他们不需要签证！”

“我们现在能不能像理智的人一样说话？”领事毫无耐心地说。(GH 16)

可见，领事并不能理解埃伦以冰箱、海豚、风作比，实则是想表达获取签证的强烈愿望。埃伦的述说被领事视为幼稚可笑、不理智，因此他“毫无耐心”地、无情地打断了埃伦的话。

不仅周围接触的陌生人无法理解埃伦的内心世界，就连最挚爱的外祖母也不能体会埃伦的想法。尤其是在埃伦数次央求外祖母为她讲故事，而外祖母却始终沉浸在死亡恐惧中没有答应之后，埃伦将自己的亲身经历融入童话《小红帽》中，自编自叙了属于埃伦的《小红帽》。在埃伦的故事中，小红帽是远在美国的母亲每夜赶工，亲手为孩子编织的“带着长长流苏的”(GH 172)的红色圆帽，其中装满了母亲满满的“思念”。待编织完成后，母亲将小红帽装入筐中，让其漂洋过海，到达孩子的手中。戴上小红帽的孩子在去往外祖母家的路上遇见了“战争”。在埃伦看来，战争如同狼一样可怕。

他(战争)有着一张肮脏的皮，几乎像狼一样。——“你去哪儿?”——“我去外婆家。”——“你给她带了什么?”他充满恶意地问道。“你的筐是空的！”——“我带给她思念。”——狼生气了，因为他无法吃掉思念。他愤怒地向前跑，小红帽生气地紧跟其后。但狼跑得更快，并且首先到达了终点。外婆躺在床上。但是他看起来完全不同。(GH 173)

小红帽说：“外婆，你的耳朵怎么这么大?”——“为了更好地听你说话！”——“但是外婆，你们牙齿怎么这么大?”——“为了更好地咬你！”——“但是外婆，你的嘴唇为什么这么厚?”——“为了能更好地咀嚼！”——“毒药？你是指毒药吗，外婆?”(GH 173f)

故事到这里戛然而止，埃伦似乎已意识到外祖母无法理解她讲这个童话的意图在于唤起她生存的信心，外祖母一心向死的决绝加重了埃伦内心的孤独感受。

埃伦借助家喻户晓的童话故事蓝本讲述了自己遭遇的每一个点滴，把自己内在无声的孤独化为有声的孤独，这是身处社会边缘、无依无靠的孤独，也是一种无人理解、无人认同的精神漂泊的孤独。

女性的孤独

艾兴格笔下的很多女性都生活在破碎的家庭环境中，缺失家庭的温暖和保护。不仅如此，她们在爱情中也常常受到伤害。她们的爱情之路颇为坎坷，往往得不到幸福圆满的结局。因此，在男性话语霸权主宰的社会中，她们内心的真切愿望和想法无法倾诉，承受着生存与精神上的双重孤独。然而，在女性自我意识逐渐觉醒后，她们却选择坚守孤独，并以此来保护自己，防卫男权的侵害，避免社会的异化。

《镜中的故事》中的女主人公自幼丧母，担负起家庭重担的她把全部课余时间倾注于对父亲与弟弟的照顾，根本无暇与同伴玩耍。面对父亲的无能、弟弟的无理，她心力交瘁，内心的苦楚无人倾诉，艰苦的境遇无人怜悯，她深感孤独。因而在同青年男子相遇之后，她对这段爱情寄予了无限希望。男子稍纵即逝的温情令初尝爱情甜蜜的她备受伤害，而得知女子怀孕后的冷漠与决绝更令女子痛彻心扉。可见，男子非但没有带她走出生存与精神双重孤独的困境，反而将他推入更加孤独的深渊。经历过一番彻骨之痛的年轻女子选择坚守孤独，用孤独保护自己真切的内心世界，甚至在面对死亡时，她也异常冷静，用一种如水般淡然的态度看待自己的浮生。

同《镜中的故事》中的年轻女子一样，《月亮的故事》中的年轻女子也并未体味到爱情的温暖。当她获得所有人的认可与赞誉后，唯一提出异议的却是她“曾依赖一切”(MG 81)的男子。这位她最重视的男子不但没有给予她任何鼓励与欣赏，还亲手缔造了一个更大的牢笼，将她困住。艾兴格在小说中对年轻女子到达月球后的孤独境遇进行了直接书写：

> “在月球上的停留唤起了地球上最美的女子心中强烈的孤独之感。”(MG 77)
>
> “宇宙小姐的头衔是与命运的孤独联系在一起的。”(MG 80)

除了直接抒写的孤独体验以外，作家更多地将孤独遣散到主人公的精神世界之中。而这种更为内在的孤独感则是通过对主人公周围环境和人的描写中表现出来。

为了打发时间，她在岩石间的小路上来回踱步，但风景十分单调。[……]评审委员会委员谈论着明天为她设置的计划，谈论着即将在地球上举行的欢迎庆祝会。（MG 78）

由此可见，评审委员根本无视年轻女子的状态和想法，完全按照他们的需求来设定女子的生活。女子被忽视、被摆布的现实处境投射到其精神世界便是灵魂的孤独，这是一种女性个人命运被男权社会漠视的孤独。女子最终选择了沉默，以此固守在自己孤独的精神世界中，拒绝男性审美霸权的物化。

老人的孤独

《我的稻草父亲》中的稻草父亲也经受着精神孤独的煎熬。失去往日权力与价值的父亲栖居在废弃车库里，鲜少有人探访。即使磨坊工人偶尔前来，也仅仅是“描述他的圣诞聚会及玻璃阳台。磨坊工人在圣诞节期间总是将蕨类植物放在玻璃阳台，以此吸收日光”（VS 15）。磨坊工人炫耀的这一切同稻草父亲的处境形成了鲜明的对比。没有行动自由、被遗弃在车库的父亲根本无法参加任何聚会，而车库的密封环境也接收不到阳光的照射，这一对比更加凸显出父亲孤独的生存现状。此外，父亲的“稻草头”也一直遭人贬损嘲讽。为了给稻草父亲正名，叙述者“我”着重强调：“稻草头很美，空气可以轻轻地穿过，连车库里最猛烈的风也可以。我的父亲有很多思想。”（VS 16）原本被视为笨蛋的“稻草头”（Strohkopf）[36]经过风的滋养为父亲提供了“很多思想”，但却“没有人注意到”（VS 26）。由此，父亲陷入到无人关注、无人理解的精神孤独之中。

3. 死亡——边缘人的灵魂拯救

死亡意味着生命的终结，因此人类对死亡有着一种天生的恐惧感。然而在边缘人看来，死亡到达了生命的另一种境界，是对孤独更高意义上的升华和超越。或许只有死亡才能强有力地对抗荒诞异化的世界，真正体现自身的存在价值。边缘

[36] Strohkopf 译为笨蛋，草包。参见潘再平主编：《新德汉词典》，上海：上海译文出版社，2000 年，第 1139 页。

人在死亡的时刻回溯过往生活，思考存在的意义，找寻实现精神自由的方式。一言以蔽之，只有走向死亡，边缘人才能真正获取灵魂的拯救。

曾经历战争阴霾的艾兴格目睹了太多生命的终结：从青年时期外祖母、舅舅、阿姨被驱逐到集中营惨遭杀害，到人至中年丈夫艾希和母亲的相继离世，再到痛失爱子白发人送黑发人[37]，死亡贯穿于艾兴格整个人生轨迹。因此，对于死亡，艾兴格有着深刻的体悟与思考。她认为，死亡是生存的基本条件[38]，所以她无惧死亡："我并不害怕它（死亡）。其他人的离去比我自己的离去更令我害怕。我希望，那些已经离去的人帮助我。但这只是一个希望。"[39]回顾艾兴格的整个创作生涯，死亡始终是其作品永恒的主题。她让笔下的主人公接近和体验了各种各样迥然不同的死亡：被榴弹击中而死的埃伦、服毒自杀的外祖母、死于堕胎手术的年轻女子以及投河自尽的"地球小姐"。这些饱受歧视与压迫的边缘人都试图以各自的方式，在死亡的角度上反思生命的意义，从逝去的生命中找寻存在的价值。

小说《更大的希望》在埃伦被榴弹击中后戛然而止，残酷的战争就这样夺走了无辜的生命。表面上埃伦死于偶然，是战争的牺牲品，但如若回顾埃伦的成长历程，不难发现，对于身边人不敢直面的死亡，羸弱的埃伦恰恰表现出了强者的风范。

> 对她来说，好像是最后一次跃上旋转木马。铁链发出劈裂的声响。它们时刻准备着，让埃伦飞起来。它们时刻准备着彻底断裂。埃伦跑向码头，跑向战火中的桥梁。没有人阻止她，没有人能阻止她。一位穿着亮色大衣的女士喊道："不要过去！"她的大衣已被鲜血浸透。她抓住埃伦的手，但埃伦挣脱了她，投向呛人的烟雾中，揉搓着眼睛。
>
> 她眯着眼睛，感受着一群来回奔跑的人，泥土、火炮以及灰绿色的、泛起波浪的河水。但是它们的后面已渐渐变得蔚蓝。（GH 269）

---

〔37〕君特·艾希于1972年去世，艾兴格的母亲于1983年去世。儿子1998年在一次车祸中不幸身亡。

〔38〕在被问及为何她的作品几乎都是充满希望的有关死亡的故事时，艾兴格解释道："不包含生存基本条件的希望是伪造的。"参见 Steinwendtner，Brita：*Ein paar Fragen in Briefen-Gespräch mit Ilse Aichinger*. In：Kurt Bartsch und Gerhard Melzer（Hg.）：*Dossier. Ilse Aichinger*. Graz：Literaturverlag Droschl，1991. S. 7。

〔39〕Esser，Manuel：*Die Vögel beginnen zu singen，wenn es noch finster ist*. S. 56.

由此看来，埃伦在死亡面前表现出超常的理智与冷静，展现出非凡的勇气和胆量。面对死亡这一人类永无更改的结束，她毫不胆怯，毫不畏惧，坚守着自己最后的信念。埃伦在无序、混乱、危险的现实背后，发觉到象征着宁静淡美的“蔚蓝”；在令人恐惧的死亡背后，看到了象征“更大的希望”的星星。

> 埃伦再次听到了士兵们刺耳的、令人惊愕的叫喊声，她看到格奥尔格的脸比以往更加明亮、更加通透。
>
> “格奥尔格，桥已经不在了！”
>
> “我们重建一座新的！”
>
> “它应该叫什么名字？”
>
> “更大的希望，我们的希望！”
>
> “格奥尔格，格奥尔格，我看到了星星！”
>
> 灼热的目光投向桥梁碎片状的残骸，埃伦纵身跃向已被炸裂的有轨电车铁轨。在重力还没将她带回地面时，她已被爆炸的榴弹撕裂成了碎片。(GH269)

埃伦处在一个本无希望的环境里，环境的荒诞虚无和埃伦追求意义的愿望相冲突。为了重新寻找生存的意义，获得真正的自由，她慨然赴死，走向存在的本真状态。埃伦死后，“在已炸断的桥上一颗晨星(Morgenstern)正冉冉升起”(GH269)。这与本章开始时“昏星(Abendstern)像一枚高高升起的榴弹，违背每个愿望，挂在天空”(GH 245)形成了鲜明的对照，令人回味无穷。闪耀着熠熠光辉的晨星已驱散一切阴霾。历经苦难洗礼后的埃伦在死亡的一瞬终于实现了“更大的希望”，得到了灵魂的拯救。

艾兴格曾如此描述死亡：“临死时像在一面镜子中重新经历生活，直到最终在死的那一刻来到世界。”[40]小说《镜中的故事》可谓这句话的最佳诠释。作家刻画了一个年轻女子短暂的一生，而故事正是从她的死开始。女子在死的那一刻重回

〔40〕转引自 Friedrichs, Antje. *Untersuchungen zur Prosa Ilse Aichingers*. Die Philosophischen Fakultät der Westfälischen Wilhelms-Universität Münster, 1970. S. 61。

现实，在老妇人的镜子中回顾了自己短暂的人生路。死亡让女子扩大了视野，使得她以一个局外人的身份重新观照自己的人生，重新理解自己的遭遇。由此看来，这部小说是艾兴格对其死亡理解的最佳诠释。

小说首段即以第二人称的叙述方式，不仅呼唤年轻女子由死回生，更引领每一个潜在的读者融入女子的故事，逆转地看待她的人生。

> “如果有人把你的床从大厅推出来；如果你看到，天空变成绿色；如果你想让代理牧师省去祷告，现在就是你起来的时刻。轻轻地，像孩子起来一样，如果早晨的阳光照进来，悄悄地，在护士没发现时，快！”(SG63)

随后，年轻女子的人生之路从下葬开始，历经死亡、堕胎、爱情、童年，最后重回出生，作家一一逆转式地娓娓道来。其中从敞开的墓地重回病榻之路虽是最短的一段人生旅程，却是小说中内容最为丰富、涵义最为深刻的一段描述，女子的人生经历几乎都隐含其中。灵车载着女子的尸体重回医院的途中所发生的一幕预示了女子曾有过的堕胎经历。

> “车载着棺材沿街上行。左右都是房子，所有的窗边都摆放着黄水仙，同捆扎在花圈上的一模一样。孩子们的脸压在紧锁的窗玻璃上，外面下着雨，但是他们中的一个孩子却跑出了家门。他尾随着灵车，被抛下，摔在后面。孩子把双手放在眼睛上，生气地看着你们。”(SG 64)

在医院的停尸间安放遗体之后，男子将花圈送回，缠绕在花圈上本已枯萎的黄水仙一夜之间重新长出花蕾，这同热恋时男子送给女子的花环十分相似。而“你已经哭够了！把你的花环拿回去！”(SG 65)又将场景拉回到两人相识之前。男子透过停尸间窗户看到的比翼齐飞的鸽子也暗示了两人最初的恋爱关系，而原本美好甜蜜的爱情却以女子出乎意料的怀孕凄凉收场。从停尸间重回病榻，女子经历了第二次死亡抗争。女子临死时，轮船的鸣叫声不断环绕在她耳边。正如汽笛嘶鸣不能就此推断轮船是起锚还是停泊，女子濒临死亡时的最后呼喊就与获得重生时的第一声呼喊达到了一致。

> “他们将你单独留下。他们将你这般单独留下,所以你睁开眼睛,看见了绿色的天空。他们将你这般单独留下,所以你开始呼吸,沉重地呼噜着,像锚链收起时发出的丁零的响声。你猛然起身,呼喊着你的母亲。”(SG 66)

在这条从公墓重回病榻的崎岖之路上,每一个站点都暗示了决定年轻女子生活的重大事件,同时也预示着她人生历程的镜像般的反照。正如赫勒勒(Höllerer)所说:“死亡是一个尤其合适的时刻,在此可以对生命全部一览无余。”[41]身体的消亡反而使精神获得了拯救,两个层面同时进行,既不相互影响,又不彼此交叠。在死亡这个时刻,女子才能更深入地观察生命的本色,发觉生命的有限。正是死亡赐予尘世生活这样一种唯一性,因此临死之人在死亡时能够发觉:“一切不是在现在才开始吗?”(SG 64)正如克莱伯(Kleiber)所言:“在死亡中变为整体的存在才走进自己。”[42]因此,在死亡中,灵魂获取了真正的拯救。

《月亮的故事》中女主人公投河自尽的自杀方式并不代表一种懦弱和逃避,而是一种对抗,是拒绝被男权社会异化所做出的最为孤绝坚韧的姿态。随着临上火箭前,她摆脱“缠绕在她脖颈与头发上的水草”(MG 81),她也拔除了多年缠绕在她内心深处的男性霸权“水草”。从此,她不再“听命于选美委员们”,不再“保有选美委员认为的美”(MG 82)。体验过死亡的她开始重新评估人生的价值,重新发掘生命存在的意义。

从以上分析中可以得出结论,边缘人已在逃离各种歧视和压迫的旅途中身心俱疲。边缘境遇给他们带来了太多伤害和痛苦,而只有走向死亡,做生命里最后一次大逃亡,才能使自己的灵魂获得真正彻底的拯救。

---

〔41〕Höllerer, Walter: *Statt eines Nachwortes*. In: Kurt Bartsch und Gerhard Melzer (Hg.): *Dossier. Ilse Aichinger*. Graz: Literaturverlag Droschl, 1991. S. 182.

〔42〕克莱伯尝试运用黑格尔有限与无限的辩证法阐释小说中的死亡:“有限意味着被限制,注定死亡,重新陷入虚无。无限意味着永不到达终点,永不结束。它们的综合在无限中实现,因此临死之人在死亡时能够发觉:‘一切不是在现在才开始吗?’(SG,64)在死亡中变为整体的存在才走进自己。死亡是未来,艾兴格似乎已尝试战胜虚无,很有可能也战胜死亡,她将死亡去神秘化,并融入尘世生活。”参见 Kleiber, Carine: *Ilse Aichinger. Leben und Werk*. Bern: Peter Lang Verlag, 1984. S. 57。

身份的边缘性为艾兴格的前半生带来苦难与伤痛的同时，也造就了她独立自主、敏感细腻的个性，并给予她对于现实生活的一种特殊洞察力。在对边缘人的生存境遇与命运抗争的描写中，艾兴格实现了对生存意义的探索。她笔下的边缘人并不固步自封，甘守边缘处境，接受命运的悲剧，而是敢于直面并超越自身的生存困境与精神炼狱。虽被主流社会排斥、甚至舍弃，心身均伤痕累累，却仍积极地呼唤生命的激情，追求个性的解放与自由，建构着自我实现的理想。对如此之多不同类型的边缘人的书写，正是艾兴格基于自身边缘性生存体验而产生的对人类生存的一种普遍关怀。

汉斯·本德尔（Hans Bender）曾说："她（艾兴格）有读者和听众，他们入迷似地倾听她的声音。"[43]，诚然，艾兴格并不缺乏肯定与褒奖，只是一个时代的话语霸权让她蒙尘太久。世易时移，当我们以另一种角度重新来审视，不免惊叹，艾兴格对现实社会与生存本身的追问和思考，是如此透辟、深刻，而且历久弥新！

论文中所引伊尔莎·艾兴格小说之缩略语：

GH：*Die größere Hoffnung*. Frankfurt am Main：Fischer Taschenbuch Verlag，1991.

SG：*Spiegelgeschichte*. In：*Der Gefesselte*. *Erzählungen* 1（1948—1952）. Frankfurt am Main：Fischer Taschenbuch Verlag，1991.

MG：*Mondgeschichte*. In：*Der Gefesselte*. *Erzählungen* 1（1948—1952）. Frankfurt am Main：Fischer Taschenbuch Verlag，1991.

VS：*Mein Vater aus Stroh*. In：*Eliza Eliza*. *Erzählungen* 2（1958—1968）. Frankfurt am Main：Fischer Taschenbuch Verlag，1991.

AL：*Alte Liebe*. In：*Eliza Eliza*. *Erzählungen* 2（1958—1968）. Frankfurt am Main：Fischer Taschenbuch Verlag，1991.

---

〔43〕转引自 Moser，Samuel：*Ilse Aichinger*. *Leben und Werk*. S. 11。

《飞灰》——莫妮卡·马龙批判和拯救现代异化生活的序曲

Flugasche-das Präludium von Monika Marons Kritik und Rettung von dem entfremdeten Leben

徐琼星

内容提要： 马龙的处女作《飞灰》是首部反映东德时期环境污染问题的著作。她披露了强制性的现代化进程一方面造成了个人生活的异化，另一方面给人们留下了乌烟瘴气的生活和劳动环境的事实。小说主人公约瑟芙身体的各个感觉器官都参与了对B(比特费尔德)城真相的调查，特别是味觉和嗅觉器官深受化学烟雾的刺激。调查完后，她决定如实陈述："B城是欧洲最脏的城市。"但她必须面对东德的文化体系。她非常渴望并且始终在寻找持续的安全和自由。她害怕孤独，畏惧强迫。在她看来，自己的命运总是由别人主宰，人生的各个方面都有详尽的政策条文，为此她深感烦恼。人生旅程中的自由翱翔和心灵安宁等梦想与之形成鲜明的对照。马龙的"反抗三部曲"，即《飞灰》、《越界女子》和《宁径六号》，集中描写了在两德统一前，她对东德社会施行的钳制政策的反抗，表达了她对东德社会体制的批判和怀疑。此外，"反抗三部曲"还探索了人们如何构建自我身份和捍卫真实创作等问题。东德和西德的读者与文学评论家均认为，马龙的个人生活及作品为读者展现了历史的断裂、人生轨迹的转向和价值观的流变等发人深思的社会现象。

关键词：《飞灰》，身份构建，社会体制本文主要推介马龙的处女作《飞灰》。该部作品既是一部首次披露东德社会在强制性的现代化进程中给环境造成严重污染的"环境书"[1],同时也是一部建立在自己职业经验基础之上的、鞭挞东德文学体系的"反省书"。[2] 马龙的这部作品使她成为东德社会的异见者。在马龙看来,成为异见者是她获得自由,构建自我身份的必由之路。批评不人道的社会体制并不是她的最终目的,她只是想找到自己的身份而已。马龙有着很强的自我意识,她依靠反抗和批判精神试图为自己在社会上谋得一席之地。马龙也曾谨小慎微地尝试着避免和国家领导集团的冲突,甚至是尝试着和国家领导集团的合作加入了国家安全部,但每次尝试都未成功。[3] 她也因此逐步加深了和国家领导集团的矛盾。

一、作品简述与分析

1981 年,菲舍尔出版社推出了马龙的作品《飞灰》。它不是一般意义上的初登文学殿堂的作品,因为《飞灰》完全改变了马龙的生活。《飞灰》是一部冒险的、毫不向社会妥协的作品。在书里,新闻记者约瑟芙写了一篇不加文辞修饰、不避批评锋芒的关于比特费尔德(Stadt B.)一家化工厂给环境带来严重污染的报道,"这家化工厂日排出一百八十吨飞灰"。由于马龙第一次在小说中披露了工业对东德环境造成的污染,因此,她的《飞灰》也被称作"环境书(Umwelt-Buch)"[4]。在当时,只有西德的人们才能够公开地谈论《飞灰》一书,而在东德,由于政府决定书的出版、阅读,和评论,因此人们只能偷偷地阅读,人们把这本书奉为"禁果"。现在二十多年过去了,人们对于异见者文学(Dissidentenliteratur)所传递的政治信息的兴趣也日益减少。今天的读者再来重新读《飞灰》,仍然会被女主人约瑟芙的勇于探求事实真相的大无畏精神所震撼。

在《飞灰》中,女主人公约瑟芙开始很自信地寻找和维护自己的身份。后来,报

---

[1] Winfried Giesen: *Monika Maron*, *Begleitheft zur Ausstellung*, Frankfurt a. M. 2005, S. 7.

[2] Christian Rausch : *Repression und Widerstand im Literatursystem der DDR*, Tectum Verlag, Marburg, 2005.

[3] 马龙先是铣工,后是记者,再到为化名"蜜楚",成为国家安全部门的合作者。这些都说明了马龙在决定成为作家和反抗国家领导集团之前,都是一个对国家抱有好感的人。

[4] Winfried Giesen: *Monika Maron*, *Begleitheft zur Ausstellung*, Frankfurt a. M. 2005, S. 7.

社派她到B城去采访，随着工作的深入，约瑟芙慢慢地意识到：寻找和维护自己的身份不是单向的，它既包括自我被动地对社会影响做出反应，也包括自我的生活状况和心理素质主动地触发自我意识，催生出自我怀疑，导致理想和现实的人生不一致。

约瑟芙非常关心B城的环境问题。在约瑟芙顽强的斗争下，设施极其简陋严重污染环境的B城火力发电厂最终被“最高委员会”关闭。小说的焦点也随之转向了环境问题所引发的“民主和专制”、“民主原则及其特征”等问题。约瑟芙在采访时很天真地问一位发电厂的煤工，为何不争取更好的劳动条件，为何不维护自己的劳动权益。煤工回答说，他只是一盏“小灯”而已，一切都要仰仗厂长。约瑟芙谴责煤工，声称就是像他这样的人把整个民主给糟蹋了。煤工苦笑着说：

只要我们工人一闹事，部长就会打个电话、写封公函或是递张条子给我们的厂长，声明一下几项原则，强调一下几个注意事项，我们的厂长就蔫了，不敢替我们说话，因为我的厂长还想继续当他的厂长。(51)〔5〕

这位煤工的话听起来好像没错，约瑟芙也无从知晓煤工是否真地维护过自己的权益。在她采访煤工几天之后，这位煤工出车祸死了，原因是他在下班回家的路上，由于四周弥漫着飞灰，他看不清路面，和迎面的汽车相撞了。约瑟芙采访回来后，将不加文辞修饰的报告交给她的顶头上司——编辑部的主任路易泽——的手中，路易泽看了后，提出了需要大刀阔斧修改的意见，约瑟芙拒绝主任的要求。路易泽苦笑着说，这是行规，“报纸都这样”。

如果你坚持的话，那就请你好好享受你所谓的自由吧。你辞职，去一家工厂，花三五年的时间学习技术。我看你的这股认真劲混个工程师的头衔不成问题。反正你还年轻，输得起。没有人强迫你去写连你都怀疑的稿子。(81)

路易泽和约瑟芙不一样，她不想冒着被报社辞退的风险。路易泽年龄较大，没有其他的选择，她对约瑟芙的批评其实也是说给自己听的：

你想找一份你感兴趣的工作，希望工作给你带来快乐，这当然是你的权力。马

〔5〕笔者以后再应用马龙的作品《飞灰》时，直接在引文的后面添加括号，并在括号里注明作品页码，所有引文均为笔者所译。

克思早就注意到了这个问题，所以他把毕生的精力倾注在无产阶级身上。谢天谢地，他没有把目光盯在像你这样的知识分子身上，否则他老人家定会闷疯的。你承受一点不自由，总比丧失你的权力好些吧。你不要既丢了枷锁，又接着输了其他。(83)

约瑟芙听了路易泽的话后，便讽刺她一谈到现在的不好，就开始数落着过去，约瑟芙很反感路易泽所使用的机会主义者的那一套。一谈到当今现实的不完美，路易泽马上诉说更加糟糕过去，总是拿现在和不堪回首的过去相比。在她的眼中没有将来，只有现在和过去。约瑟芙并不看好所谓的“完美的平均主义体制”和消灭了“最后一批造反者”的社会体系，路易泽语重心长地对约瑟芙讲：

我可不像你那样想。你知道，我经历过法西斯主义。我知道，你们的人生际遇和我们这代人不一样。你们很难看到社会主义的长处，因为你们没有可供比较的、苦难的过去。我认为眼下的日子，是我经历过的最好的日子。(80)

路易泽以社会主义革命者的口吻和身份批评了年轻的社会主义建设者——约瑟芙。在年轻的约瑟芙面前，路易泽建立起了社会主义追随者的身份，为自己的机会主义进行了辩护。在报社里，路易泽是唯一竭力帮助约瑟芙的人，其他人和约瑟芙没有真正的交流。约瑟芙在向领导们反映问题时，尽管相关的“负责同志”能够耐心地仔细倾听约瑟芙的汇报，但是约瑟芙事先知道在他们之间不可能存在真正的交流：

相关的领导作出了决定，他通过施图策向约瑟芙准确无误地传达了处理意见。该处理意见不可撤回。路易泽说，现在结束了[……]约瑟芙不知道，她和领导之间还能说些什么。(164)

如果说火力发电厂的工会干部有着维护工人利益的权力和讲出事实真相的责任，那么约瑟芙作为记者就应该有报道真相的勇气。事实上，别说约瑟芙，就连编辑部主任路易泽也很难做到这一点：

的确，路易泽有着坚定人生信仰。但是，她也难以把理想的人生规划和现实中的事业统一起来。路易泽是一个共产党员，她的最高理想就是解放世界上被压迫、被剥削的劳苦大众。然而，每当一期又一期的报纸呈现在眼前，每当审视自己的劳动成果时，路易泽悲从心来。因为她做出的报纸，不断自己不喜欢，而且读者也不

喜欢。(99)

约瑟芙为"难以成为真实的自己" 而愤怒,为难以披露事实真相而苦恼。她向路易泽抱怨道:

我难以展露自我,我总是被要求这不能做,那也不能做。领导们在评价我时,喜欢用个"太"字。说我太冲动,太幼稚,太真诚,太急于下结论[……]总之,我要放弃自我。我很奇怪,领导们为什么不按照我本来的秉性给我分派工作?(78)

约瑟芙注重自我,关注个体,这和社会上普遍盛行的、压抑个性的、千人一面的思潮格格不入。一般人很难顶住这一思潮的压力,而在约瑟芙看来,恰恰就是这股压力唤了她的反抗精神,强化了她的捍卫身份的意志。约瑟芙不想和路易泽一样在实用主义和机会主义之间摇摆,她比路易泽晚三十年参加社会革命和建设,她只是通过书本的学习来了解历史上革命斗志昂扬的先辈们:从古罗马奴隶起义领袖斯巴达克斯到圣—茹斯特[6],从马克思到反法西斯斗士。在约瑟芙看来,这些先辈们的革命意图都是激进社会主义的而不是现实社会主义的。约瑟芙一直信奉马克思主义的一个观点:社会矛盾和英雄人物推进了社会历史的进程。尽管约瑟芙注重自我,关注个体,并不是说她与世隔绝,不与其他人来往。约瑟芙并不放弃和其他人交流的机会,也愿意和报业以外的人打交道。约瑟芙虽然维护和寻找自我,注重个体,但是约瑟芙并没有把个人和集体绝对对立起来:

约瑟芙的痛苦产生于自我意识和集体精神的冲突。约瑟芙承认和接受了集体精神的一些特点,但是她反对把这看作是性格软弱的说法。约瑟芙真正在乎的是:作为社会生产要素之一的个体的自我实现。因此约瑟芙很担心工业劳动中存在的暴力行为。[7]

说出事实真相在约瑟芙看来就是维护自我,寻找身份的表现。约瑟芙的男朋友克里斯蒂安建议约瑟芙写两个版本的新闻稿:"第一个版本是真实的,第二个版本是可以刊登的"(24)。

---

〔6〕圣—茹斯特(法文:Antoine Louis de Saint-Just,1767 年 8 月 25 日—1794 年 7 月 28 日),法国大革命的雅各宾专政时期领袖,公安委员会最年轻的成员。

〔7〕彼得·彼特斯(Peter Peters):*Ich Wer das. Aspekte der Subjektdiskussion in Prosa und Drama der DDR*(1976—1989),Frankfurt a. M.,1993,S. 145。

这不是疯了吗，我说，把精神分裂症当作拯救生活的手段。与一般人相比文明人的两面派或许少了些可恶。这以玩世不恭的态度放弃了探究事实真相。这是知识分子的反常行为。(FA 24f)

约瑟芙很难做到言行不一致，她决定只写一篇报道真相的新闻稿。“我不能过着两种生活，一种是合法的，一种是不合法的”。(111)

约瑟芙捍卫真理，主宰着自己的命运，为人们树立了追求自我的光辉形象。但是，小说《飞灰》的意义远不止如此。彼得·彼特斯说：

随着故事情节的推进，如果我们只是看到了约瑟芙在历经磨难之后获得了“自我意识”，那么我们就忽略了个体和环境之间的辩证关系。个人在影响着环境，环境也同样能改变一个人。如果我们没有考虑环境的影响、个人的要求、个人的责任，那么我们很明显地把社会化看作是一个单向的演进过程。因此，在分析约瑟芙关于B城的新闻报道时，如果我们没有顾及到女主人公约瑟芙的心理状况和当时的社会状况，那么对《飞灰》的文本分析就有些片面了。[8]

当然，并不是所有的因素都能决定约瑟芙身份的构建，如，报社的同事们。但是，约瑟芙的性格特征以及她对朋友、社会榜样和私生活的看法等影响了约瑟芙的身份构建。

“她所寻找的就是与众不同的、独一无二的人生”(99)，没有人能摆脱过去，过去的知识和意识影响了人的一生。约瑟芙在小说的开头以第一人称的形式，从小孩的视野出发向读者介绍了自己的家庭。约瑟芙重点介绍了她的外祖父帕维尔。帕维尔有着波兰人和犹太人的血统，这和传统的、重视理性的普鲁士家庭格格不入。帕维尔有股“疯劲”，但是在约瑟芙眼中，这可是获得自由和养成羁傲不驯的秘诀。外祖父脾气暴躁、做事富于幻想，好冲动。除此之外，外祖父还有一定的艺术才能，看问题乐观向上，遇事紧张等特点。约瑟芙在孩提时代就决定继承外祖父的这些性格特征。约瑟芙在后来的生活中像外祖父一样时常紧张，特别是当她受到同事们排挤的时候，当她看到别人在争权夺利的时候。约瑟芙有时感觉自己被恐

〔8〕Antonia Grunenberg：*Träumen und Fliegen. Neue Identitätsbilder in der Frauenliteratur der DDR*. In：Jahrbuchzur Literatur der DDR Bd. 3，Hrg.：P. Klußmann und H. Mohr，Bonn 1983，S. 168.

惧包围着，身陷一个黑洞之中：

外祖父一看到玉米地就紧张，害怕自己被赶进去烧死。那我害怕什么事呢？我害怕我睡觉的床，担心自己一睡不醒，死在上面；我害怕别人强迫我过着另外的一种生活；我害怕生活中的单调乏味；我担心自己的颓废。(12)

约瑟芙在小说开头之所以重点介绍她的外祖父，是因为她想为自己的性格特点找个合理的解释。约瑟芙在外祖父身上既获得了反抗的勇气，同时也找到了自己担惊受怕的源头。外祖父的这些性格特征潜在地决定了约瑟芙的所作所为，贯穿了约瑟芙的不同的人生时期。

约瑟芙的私人生活也是支离破碎的。她虽离了婚，但不想再婚，因为她不想老是被别人问"你在想什么？你从哪儿来？你到哪儿去？你什么时候再来？你为什么笑？她不想成为一个用两个脑袋思考，用四条腿跳舞，用两种声音说话，而只有一个心脏跳动的连体双胞胎"(22)。约瑟芙虽然不想再婚，但是她并不是孤苦伶仃的，她有男朋友，她也能体会到有个"男人"在身边的好处。约瑟芙虽然不想再有个"丈夫"，但是她并不排斥有个"男人"。在男朋友克里斯蒂安面前，约瑟芙可以放声大哭，把眼睛哭肿都不要紧。她从B城回来后，就是从克里斯蒂安那里获得暂时安慰。克里斯蒂安也离了婚，他们两个人在一起既各自独立，又相互关心。

在约瑟芙熟知的人群当中，她认为只有三个人过着真实自我的生活。除了约瑟芙的外祖父、外祖母以外，第三个人就是男朋友克里斯蒂安的父亲——格雷曼：

克里斯蒂安是我的男朋友，他像一个母亲或是大哥哥一样关心我。他让我有安全感，让我觉得生活很美。但是，克里斯蒂安的这一切素养都来自于他良好的家庭教育，也就是他父亲格雷曼的教育。每次去男朋友家，我都很喜欢他家文明、知性的家庭氛围。克里斯蒂安能给我带来安全感也正是来源于此。(38)

不久，格雷曼搬走了，约瑟芙只能指望克里斯蒂安了。克里斯蒂安不仅给约瑟芙带来了精神上的慰藉和安全感，而且在性生活上也让她踏实：

在她认识的男人当中，没有一个是工人，这难道是巧合？不，不是的。当她在生产企业里采访时，她总能看见一些虎背熊腰、肌肉健美的工人。他们扛着沉重的胚件从车间走过，他们的胳膊真是粗呀，连里面紧绷的血管都看得见。和这样的人在一起，身体上的安全系数肯定很高，没人敢对她动武。有时候，她在想，如果她躺在这样的身体下面，会不会很舒服呢，那么他又能对她讲些什么？她只是想想而已，她可不想真的这么去做。她害怕离开她已经熟悉的人际交往圈子；她不想置身于完全陌生的另一套价值体系；她不想听他们父权思想浓厚的道德格言；她不喜欢他们在市井生活中养成的小市民心态。和这些人在一起，她肯定只能唯唯诺诺，大气都不敢出一声。她和克里斯蒂安在一起，却自由多了，把天吵翻了都不怕。(141)

约瑟芙和克里斯蒂安的同居生活开始还是有些摩擦。一开始，克里斯蒂安想在房间里搭两张床，就像十几岁少年之间那样友爱，而约瑟芙则渴望着克里斯蒂安能用身体温暖自己。所以，约瑟芙一开始觉得克里斯蒂安就虐待自己：

这不是克里斯蒂安，这是一个陌生人。他也会和其他的人一样，伸出双手试探性的在我身上摸一摸，看看我有什么反应。如果我没反应，那么很可能会被扣上性冷淡的帽子。如果反应很激烈，那么他还会试试我有没有性高潮。(26)

约瑟芙和克里斯蒂安同居一晚之后，约瑟芙第二天出门就问自己一个问题：我现在去谁那里？是去找以前可靠的老朋友，还是去找新朋友克里斯蒂安(37)？约瑟芙和克里斯蒂安的第二个同居之夜是在克里斯蒂安的一个朋友家里度过的：

现在，他们两人要么坐在床边打扑牌，玩个通宵；要么约瑟芙坐在克里斯蒂安的腿上，相拥到天明。总之，想办法把这一晚上熬过去，毕竟在别人的住处，两人睡在一起总归有些不妥。不管怎样，只要和克里斯蒂安在一起，约瑟芙感觉心里就比较踏实，她白天所受的惊恐在晚上会慢慢地消去。(113)

白天的工作常常使约瑟芙神经紧张，心里惊恐。只有在晚上和克里斯蒂安在一起的时候，她内心才少许安稳些。在和克里斯蒂安同居不久，约瑟芙在晚上不仅淡忘了B城和路易泽，甚至还忘了自己：

一只墨鱼和我一起在海里游弋，慢慢地我们一起飞向天空。我长翅膀了。我变成了一条墨鱼！[……]我的生活里终于没有《每周画报》了。(114—155)

在晚上，约瑟芙感觉自己白天所做的工作很“荒谬”(155)，那些工作“违背了人的自然本性”，是人们刻意想象出来的、生活中不存在的东西：

工作使人绝望，爱情给人希望。此时，有一股感受痛苦、招致痛苦的绝望向她袭来。她爱克里斯蒂安，因为他愿意陪她坠入深渊，约瑟芙朝着深渊疾驰，好像那

里能找到解救一样。(FA 156)

约瑟芙和克里斯蒂安之间的、松散的、互不担当责任的同居生活不仅让约瑟芙逃避了白天"荒谬"的工作,而且也是她生活的力量源泉:

他们之间互相信任,不给对方以压力。只有在晚上,当他们躺在约瑟芙宽大的床上时,他们就变成了无言的生物,变成了会飞的墨鱼。他们忘记了自己是谁,他们沉默,悉心感受身下的大海。他们同居的生活被严格分为白天和黑夜,友谊和爱情,清心和销魂。(154)

约瑟芙在撰写披露B城事实真相的新闻报道,以及有关社会主义民主理论等方面的文章时,她从克里斯蒂安那里得不到帮助。因为,克里斯蒂安只是知道,假如约瑟芙不想被辞退,那么她的安身立命之道只有一个:

你听好,在开党组会的时候,你就听别人指责你就行了,千万不要去反驳。在会议即将结束时,你要着重声明你已经知错了。他引用了他最喜欢的句子:重要的不是你有没有理,而是你要维护别人的理。(192)

约瑟芙一直希望在白天的工作中也能在克里斯蒂安那里获得慰藉。她可不想和同事杨尔一样接受心理治疗,让自己"变得安静",感觉"幸福",让自己"变胖并略带痴呆"。(223)一天晚上,约瑟芙做了一个梦,就在这场梦中,约瑟芙开始明白了她和克里斯蒂安之间的关系。梦中出现了约瑟芙的两个熟人,一个是渴望去"海边"的女人,一个是只有一条腿"不能走远路"的男人。女人每次看见男人残疾的身躯就丧失了性趣。男人生气了,打晕了女人并强奸了她。男人的粗暴行径最终导致了女人的死亡。第二天,约瑟芙从梦中醒来,心里一阵慌乱,这场梦暗示着什么?约瑟芙担心克里斯蒂安会离开她,维系两人之间关系的最重要的、最美的性生活也因此会中断。约瑟芙认为:

克里斯蒂安想征服我,不,不是我,而是我的身体。他把我的身体悄悄地偷走,他要征服它,直到他胜利为止。他要我完全属于他,直到他精疲力竭才罢休。最后,他又会把我的身体悄悄地还回来,带着一丝悔意吻吻我的脸。(213)

约瑟芙向克里斯蒂安讲述了她的梦境以及自己对梦的理解。克里斯蒂安觉得被约瑟芙看穿了,他再也难以忘我地和约瑟芙温存了。两人在一起亲热时,克里斯蒂安觉得"痛苦",感觉"和以前的其他晚上不一样"。(225)克里斯蒂安想慢慢地从两人的关系中抽身离去，他不想再帮助约瑟芙，他甚至劝约瑟芙去看精神病科医生，在医生那里吃药打针，求得“帮助”。他们两人在一起本来都希望在对方的身上找到“坚强”，可惜事如愿违。克里斯蒂安对约瑟芙说：“你以前可不这样，我之所以喜欢你，是因为那时你做事信心十足，比我更为坚强。你所做的事，我一样也做不来。”(239) 然而，克里斯蒂安却一直没有注意到约瑟芙的内心矛盾和紧张不安。当他对约瑟芙的幻想破灭后，就主动离开了她。相反，在梦中，约瑟芙知道了克里斯蒂安的一个缺点，而这在平时的清醒状态下她是不可能知道：他缺乏自信，不够坚强。但是，约瑟芙并不指责克里斯蒂安：

约瑟芙不生气。她对克里斯蒂安，也包括对自己都很坦然。一切该发生的终归会发生。一切事情都有各自的法则。我们是可以预料事情糟糕的结果。(241)

尽管约瑟芙在晚上能在克里斯蒂安那里得到慰藉，但是时间长了他会发现彼此并不合适，他们并不想真正地成为各自生活的一部分，他们之间有一条“互不干涉对方”的友谊路线。私生活的失败可以被看作是约瑟芙维护自我身份的尝试。约瑟芙从来没有把自己的生活分为公开的和私密的两种形式，她的生活只有统一的、整体的形式。除了晚上短暂的幸福时光以外，约瑟芙在私人生活中找不到如何消减和弱化工作上的冲突。在经历了第一届党员代表大会以后，约瑟芙开始反思自己：

那个时候约瑟芙第一次明白了人们所说的私生活是什么。她到目前为止还不清楚私生活和其他生活的神秘界限在哪里。我的丈夫，你的妻子，我的事情，你的事情，私人财产，禁止入内，小心恶狗等等。人们借助物主代词或是动词命令式来表达所谓的私生活。但是，在约瑟芙的眼中，她很难把自己的婚姻和孩子等属于私密生活的事情，同工作上的和路易泽、施特鲁策、霍德日维茨卡等人的交往区分开来。(208)

所以，约瑟芙认为：如果人们把自己的生活区分的很精细，把生活分成不同的种类，那么这种生活就是一种分裂的生活。

在《每周画报》的编辑部里，一切事情是难以被计划和安排的。就像难以预料汤里所加入的调料一样，“约瑟芙难以预测同事们的回答、反应、电话交谈。她根本不知道部门负责人施特鲁策下一步要做什么”。(192) 约瑟芙感觉编辑部的一切事情好像都有着各自神秘的运动轨迹，自己的行为根本影响不了它们。但是，约瑟芙并不因此和周围的事情保持距离，而是带着强烈的感情色彩——包括痛恨施特鲁策——去捍卫事实真相。约瑟芙不想和其他人那样，在会上通过"自我批评"这种幼稚的仪式来打磨自己。约瑟芙认为这种方式侮辱了作为一个正常的成年人的尊严。因此，约瑟芙为了躲避"自我批评"缺席了由施特鲁策主持的第二次党代会，党员们在会上公开指责约瑟芙的这种行为"是一种不成熟、不懂事的、党员的叛逆行为"。

在白天，约瑟芙就像希腊神话中的伊卡鲁斯[9]一样，经常翱翔在自己的幻想世界里。白天的幻想和晚上的噩梦构成了约瑟芙相互对立的两种心理世界。晚上的噩梦折磨着约瑟芙，而白天的幻想则让约瑟芙得到休息。白天的幻想平衡了晚上的噩梦。幻想增强了约瑟芙的生活信心，成为了一种不可或缺的生活技巧。约瑟芙在《每周画报》编辑部里遇到的困难迫使她养成了幻想的习惯。约瑟芙的这种习惯完全可以和编辑部的米勒先生的嗜酒和杨尔先生的心理治疗相提并论。约瑟芙虽然翱翔在幻想的世界里，虽然能获得一时的逃避和慰藉，然而翱翔时起飞容易，"降落"难。编辑部"相关的负责人"告诉约瑟芙，在"蓝天和大地之间仍然有很多东西"，即使是"飞"，也会"飞"得很累。(173)约瑟芙在最近的一次飞翔中感觉自己像一只翅膀受到伤害的黑鸟，悄无声息地坠落在地上；或者说像一辆黑色的轿车，尽管前面的大路封了，轿车还是一如既往地往前冲。(176)但是，总的来说，白天的幻想给约瑟芙带来了生活的力量，尽管有关B城火电厂的真实报道在编辑部

[9] 伊卡鲁斯(德语：Ikarus)原是最聪慧的艺术家和工匠第达罗斯(Daedalus)之子。第达罗斯奉命到克里特岛去为国王迈诺斯建造神奇的迷宫，迷宫里面有凶猛的半牛半人怪物迈诺陶(Minotaur)。等到第达罗斯失去国王恩宠后，他和儿子伊卡鲁斯先是被关在迷宫里，后来又被囚禁在沿海的一座石堡中。不久，聪明的第达罗斯想到脱逃妙计。他们把剩饭留下来诱捕海鸥飞入高塔中，然后耐心收集鸥鸟的羽毛，同时还从蜡烛里收集蜡滴。第达罗斯以羽毛、线和蜡为自己和儿子各自黏制了一幅翅膀。他们终于准备好飞向自由。第达罗斯在替儿子绑翅膀时，警告他不要飞得太快或太高，以免阳光的热融掉蜡。当他们父子俩从岛上的石塔展翅飞翔时，当地的渔夫和牧羊人仰望天际，还以为他们是天神呢。当伊卡鲁斯发现克里特岛已抛在身后时，不禁欣喜若狂地展翅高飞，整个人全然沉浸于飞翔的自由中。不知不觉间他飞得愈来愈高，后来他太接近太阳，仿佛能触及天堂。但不久太阳的高热融掉蜡，他翅膀上的羽毛也纷纷掉落。伊卡鲁斯此时惊醒，但为时晚矣。他像叶子般坠落海中，零散的羽毛飘落在海面上。他父亲第达罗斯目睹此景，满怀悲伤和绝望地回到家乡，把自己身上的那对翅膀悬挂在阿波罗神殿里，从此不再想飞翔。宇宙中有一颗行星以伊卡鲁斯命名。转引自《大百科全书》，约翰·格里宾著，黄磷译，2008年版。

受阻，约瑟芙还是鼓起勇气给部长先生写申诉信。

约瑟芙在小说的最后给读者留下了孤苦伶仃的形象，她终日病怏怏地卷曲在自己的床上顾影自怜。《飞灰》给读者留下了一个开放性的结局：约瑟芙最后是否如愿地找到了自己的身份？约瑟芙是否真地维护了自己的身份？对于这些问题马龙没有明确地给出答案。但是，马龙在《飞灰》中明确的表达了这样一个观点：一个人为了寻找和维护自己的身份将自己与社会完全隔离开来，这样的做法已经过时了。人们只有在和他人以及社会的互动游戏中寻找和维护自己的身份。彼特斯得出的结论是：约瑟芙想通过退出社会，孤立自我的方法来实现身份，这种做法是行不通的。约瑟芙激进地、毫不妥协地追求自我，其结果只能是失败，并加快了自我的迷失。逃离或是屈服于社会是导致约瑟芙寻找自我、维护自我失败的主要原因。马龙关注的重点不是社会主义制度如何发展的问题，她关注的焦点是集中在社会中的个人身上。马龙认为，一定的社会制度只是影响自我意识、和自我身份实现的程度，社会政治环境并不能完全决定个人的身份。个人可以在私人生活，在相爱的人身上获得生活的力量，并从中找到自己的身份。马龙通过《飞灰》这部小说向读者说明了这个道理。[10]

马龙曾经讲过："我在创作《飞灰》时比较随意，没有更多地考虑审美问题。"[11]马龙在小说的前半部分采用了第一人称的叙述方式，让读者身临其境地感受发生在女主人公约瑟芙身上的故事，读者和约瑟芙直接地深层交流。小说接着把叙述方式转为了全知式，并在大多数情况下将叙述视角集中在约瑟芙身上，这样不仅拉开了读者和约瑟芙之间的距离，而且也便于马龙对约瑟芙的行为和思想进行点评。当然，全知式的叙述视角有时也对准了克里斯蒂安：

约瑟芙意志消沉，这让克里斯蒂安感到憋闷；约瑟芙的紧张，甚至是恐慌令克里斯蒂安大为不解；约瑟芙写给人民最高委员会的信简直让克里斯蒂安笑掉大牙；约瑟芙幼稚，简直是一个不谙世事的小孩，这让克里斯蒂安感觉又气又笑。(190)

---

〔10〕 Peter Peters: *Ich Wer ist das. Aspekte der Subjektdiskussion in Prosa und Drama der DDR* (1976—1989), Frankfurt a. M. 1993, S. 151.

〔11〕 Michael Hamether: *Von Tätern, die zu Opfern wurden. Gespräch mit Monika Maron.* In: Börsenblatt für den deutschen Buchhandel 51, 26. 6. 92, S. 43.

在语言层面上，《飞灰》充分体现了马龙"语言瘦身"的这一思想。她一直追求散文式的、洗练的语言，摒弃叙事的、冗长的表达。

二、为作品的出版而斗争

莫妮卡·马龙作为一个东德内务部部长卡尔·马龙的继女从小受过良好的国民教育，政治素养也很高，谁知她后来演变为一个受到国家安全部监控的政治异见者，其中的缘由还得从德国统一社会党的高级干部、马龙的继父身上说起。莫妮卡·马龙对东德社会主义体制的憎恨很多是从憎恨继父开始的。马龙对社会主义制度的反抗也就是对继父的反抗。总之，马龙喜欢挑战继父的威严。

1975 年，继父卡尔·马龙的去世成为马龙生活中的转折点。为了在社会主义的东德找到自己的生活角色，马龙先后尝试了不同的工作领域。从铣工到剧院里的帮工，再到新闻记者。1975 年，莫妮卡·马龙毫不掩饰继父死后重新规划自己生活的喜悦和勇气。

马龙的母亲赫拉在日记中记录了马龙在继父死时的情形：

莫妮卡、约拉斯和我站在门内，看着我丈夫的尸体被抬出门外。我们每个人此时的感情各异。我内心悲痛欲绝，永失真爱；女儿莫妮卡，我深信她有一种轻松解脱的感觉，她终于解放了。莫妮卡和继父一起生活了二十四个年头，但她却一直不亲近继父。(PB 192)

继父留下的遗产足够让马龙在一段时间内生活无忧。〔12〕尽管马龙是一位单身母亲，有一个六岁的孩子，但她还是决定放弃固定安稳的记者职位，去尝试着当一位作家。继父死后，马龙便缺失了在现实生活中直接与东德社会对立和反抗的对象，也减少了很多反思和批判东德社会的机会，但是马龙决定通过写作的形式来梳理自己对东德社会的反思和批判：

写作弥补了生活的虚无，写作平衡了我的生活。很多人猜测，我在写《飞灰》时生活状态一定很糟。其实，我那时生活得很好，我有整整一年的时间安安静静地来

〔12〕Michael Hamether：*Von Tätern, die zu Opfern wurden. Gespräch mit Monika Maron*. In：Börsenblatt für den deutschen Buchhandel 51，26. 6. 92，S. 43.

写作。尽管政府发给单身母亲的补贴不是很高，但是别忘了我还有继父给我留下的一小笔遗产。我住得很不错，经济上也是无忧无虑。[13]

1976 年 10 月 1 日，马龙辞去了记者的工作，准备用两年的时间来写作。谁知就是这两年成为马龙生活中最闹哄哄的一段时光：

1976 年 10 月 1 日，马龙辞职了，并开始着手写作《飞灰》。刚刚写到第五天的时候，国家安全部的工作人员就找上门来，要求马龙和他们合作。从 1976 年 10 月到 1978 年 5 月 9 日，马龙化名“蜜楚”为国家安全部工作。谁知马龙为国家安全部效力一个月后，也就是 1976 年 11 月 16 日，就发生了作曲家比尔曼被驱逐出境的事件。马龙对此感到很震惊，在接下来的一段时间里，她多次向国家安全部申诉，抗议他们的决定。马龙原本创作《飞灰》的计划也被延怠下来。[14]

马龙本来相信东德政府会慢慢地改革社会政治体制，可是比尔曼事件却扼杀了她的最后希望，她也因此陷入了个人信仰危机。马龙对比尔曼事件的申诉、反抗也使得自己的形象在东德政治领导人的印象中走向反面。不仅如此，马龙的家庭生活也出现了深深的裂痕。以前，尽管马龙和继父之间的关系紧张，尽管马龙的母亲始终站在继父的立场上，但是一家人之间还有着默契，不在家里为信仰的不同而互相争斗，类似于以前的“城堡和平”。[15] 但是，这一次马龙的母亲赫拉·马龙坚决拥护东德政府驱逐比尔曼出境的决定，公开地和莫妮卡·马龙决裂。马龙后来回忆当时的情景：

1976 年 11 月，赫拉以及她的朋友们围坐在家里的楼下，众口一词地严厉谴责比尔曼在西德科隆举行的音乐会，盛赞东德政府驱逐比尔曼出境的决定。当时，我和我的朋友们正坐在楼上，听到这些言辞都感到很惊愕、苦闷和无奈。我的儿子约拉斯楼上楼下来回地跑，他两边都掺和，因为他相信我们一家人又会再次言和的。(PB 210)

---

[13] Kathrin Gräbener, *Interview mit Monika Maron*, S. 73.

[14] Katharina Boll: *Erinnerung und Reflexion. Retrospektive Lebenskonstruktionen im Prosawerk Monika Marons*. Königshausen & Neumann, Würzburg, 2002, S. 23.

[15] 城堡和平，德语：Burgfrieden，指中世纪城堡的贵族亲属间关于城堡里及其周围不得进行战斗的协议。又指资本主义国家经过协商后党派斗争的暂时停息。——笔者注

沃尔夫冈·埃梅里希[16]在他的著作《东德文学简史》中描述了马龙创作《飞灰》时的精神状态：刚开始，马龙以改革者的姿态创作《飞灰》，而比尔曼事件则坚定了马龙把改革精神贯彻到底，把《飞灰》赶快写完的决心。[17]

马龙自己也曾谈到类似的心理状况：

写完《飞灰》的前半部分后，我再也写不下去了。女主人约瑟芙在书的前半部分斗志昂扬，是一幅改革者的形象。后来，比尔曼事件改变了我的创作思路。当时我就在想，我再也不能让女主人公继续像前半部分那样单纯、幼稚了，我要让她更坚强、勇敢些。就在这样的思路下，我完成了《飞灰》的后半部分。[18]

马龙决定写一本针砭时弊、批判东德政府的小说不仅使得自己和母亲关系破裂，而且也惹怒了国家安全部。除此之外，她还饱受同行们的攻讦：

在同行眼中，马龙有着双重的形象。一方面，她是一个有着特权的、高干的女儿；另一方面，她是一个言行太过分的女作家。[19]

马龙的政治立场、价值观的改变使得没有一家东德出版社敢出版她的处女作《飞灰》：

出版社不敢出版马龙的处女作《飞灰》。很明显，《飞灰》有着批评社会的言辞，把一段东德社会的日常生活图景毫无保留地、真实地体现出来。[20]

即使有家出版社敢于出版《飞灰》，文化部长副部长克劳斯·霍普克也会断然拒绝。[21]

1978 年，马龙和位于鲁道尔施塔特[22]的格来芬(Greifenverlag)出版社签订了出版合同。谁知在临近出版《飞灰》前的一个月，文化部长副部长克劳斯·霍普克

---

〔16〕沃尔夫冈·埃梅里希(Wolfgang Emmerich，1941—)，德国文学家，德国文化研究者，1988 年在不莱梅大学创立了德国文化研究所，并于 1988—2005 担任该所所长。沃尔夫冈·埃梅里希的研究重点为流亡文学、东德文学以及 89/90 过渡期的文学，特别研究重点作家为：保罗·策兰、海勒·米勒以及戈特弗里德·本。80 年代初写了《东德文学史简史》，最新修订于 2005 年。

〔17〕沃尔夫冈·埃梅里希：《东德文学史简史》，第 315 页。

〔18〕Monika Maron：*Literatur，das nicht gelebte Leben*. In：Süddeutsche Zeitung，6. 3，1987.

〔19〕Wiedemann：*Literatur der DDR*. S. 23.

〔20〕Kerstin Dietrich：*DDR-Literatur im Spiegel der deutsch-deutschen Literaturdebatte*，Frankfurt a. M.，1998，S. 37.

〔21〕Ebenda，，S. 22.

〔22〕鲁道尔施塔特，Rudolstadt，位于德国图林根州。

一道禁令毁掉了出书合同：

我认为该书诋毁了工人的劳动，亵渎了劳动的神圣概念。[23]

马龙回忆道：

我不知道，除了我和出版社的领导胡贝特·绍尔（Hubert Sauer）以外，还有谁相信这本书能够在东德境内出版。但是我还是抱着侥幸的心理。（PB 194）

我花了两年的时间和文化部协商《飞灰》的出版事宜。文化部一会儿说“可以”，一会儿又说“不可以”，一会儿又说“可以”。当时我对文化部还抱着一丝希望的。后来，文化部到底还是禁止出版《飞灰》。[24]

《飞灰》的遭禁第一次公开地表明了马龙不受东德政府的欢迎。同一年，马龙退出了德国社会统一党，并终止了和国家安全部的合作。马龙彻底和东德政府的决裂使得她不能在东德境内出版任何作品。不仅如此，马龙还违背了向母亲赫拉许下的不在西德出版作品的诺言。1981 年，西德的萨穆埃尔·菲舍尔出版社推出了马龙的处女作《飞灰》。

1978 年，没有一家“我们的”出版社愿意推出我的第一部作品《飞灰》。当我知道在母亲的阶级敌人—— 由“资产阶级分子执政的”西德有一家出版社愿意出版我的第一部作品时，我心里非常高兴。（PB 163）

继父死后，我生活发生了变化。我开始写作；我退出了德国社会统一党；我在西德出版了处女作《飞灰》。我所做的这一切都违背了家人原先的意愿。（PB 195）

虽然莫妮卡·马龙成功地在西德出版了《飞灰》，但是由于没有经过东德版权局的批准，因此马龙又被版权局盯上了，按照当时东德的外汇法，马龙的行为已经触犯了刑法。

《飞灰》一出版，在西德便引起了轰动，其销量节节攀升，马龙也因此扬名西方。不久之后，马龙在德国电视一台的文化品论节目中看到了电台对自己处女作的宣传介绍。

我当时也看到了这档节目，人都气疯了，心里很是难受，一气之下撕掉了几本

---

〔23〕 Kerstin Dietrich: *DDR-Literatur im Spiegel der deutsch-deutschen Literaturdebatte*, Frankfurt a. M., 1998. S. 37.

〔24〕 Kathrin Gräbener, : *Interview mit Monika Maron*, S. 73.

刚刚出版的《飞灰》。唉！我和母亲赫拉之间的关系算是完全破裂了。尽管我没有参加电视台的节目录制工作，也不需要对主持人的评论承担责任，但是我在书中说了我以前没有说的话，我的言行激怒了母亲。节目播出之后，我没有去找母亲，而母亲也没有上门来找我。(PB 202)

节目播出之后，马龙和母亲赫拉彼此有一年多的时间没有讲话。不仅如此，马龙最不喜欢的事情发生了：在西德，人们到处传说，马龙是东德内务部部长卡尔·马龙的女儿。马龙非常痛恨节目编辑的浮夸工作态度：一味地追求轰动效应，不顾马龙的心理感受。

接下来，萨穆埃尔·菲舍尔出版社推出了马龙的两部小说，即：《误解》(1982)和《越界女子》(1986)。

我直接把《越界女子》寄给了文化部，免得层层上报拖延时间。我留给他们三个月的时间去考虑这本书。三个月的期限在当时是惯例。[25]

《飞灰》在西德取得瞩目的成就之后，马龙希望东德的出版社也能推出这一作品。但是结果证明这只是马龙的一厢情愿而已。在得到文化部明确的拒绝之后，马龙终于做出移民的决定。

虽然马龙在西德成功地出版了她的前三部小说，但是马龙本人仍生活在东德。1986 年，马龙多次向东德政府提出到西方国家旅行的要求——被拒绝。虽然如此，马龙作为一个有批判意识的社会主义者仍然忠于她的国家。只是到了 1987/88 年间，马龙和西德作家约瑟夫·封·韦斯特法伦[26]的通信连续刊登在《时代》报上。由于马龙在《时代》报上批评东德政府对发生在 1988 年 1 月 12 日东柏林的李卜克内西——卢森堡示威游行处置不当而得罪了东德政府。于是，东德政府拒绝了马龙在东德出版处女作《飞灰》的计划。莫妮卡·马龙只好做出到另外一个社会体制去生活的决定。[27]

马龙为争取《飞灰》在东德的出版努力以失败而告终，看起来好像是东德文化

---

〔25〕Kathrin Gräbener: *Interview mit Monika Maron am* 22. 1993, S. 73.

〔26〕约瑟夫·封·韦斯特法伦(Joseph von Westphalen, 1945—)，德国作家，系德国作家协会会员，是德国 90 年代首批使用多媒体，因特网建立文学工厂的作家之一。

〔27〕Kerstin Dietrich: *DDR-Literatur im Spiegel der deutsch-deutschen Literaturdebatte*, Frankfurt a. M., 1998. S. 49.

政策赢得了最后的胜利。谁知世事难料，一年之后，东德就成为了历史。

三、对领导集团和体制的批判

尽管马龙对东德政府的批判始自于和继父的对立，但是马龙作品里的批判之声却是多方位的，远远超出和继父卡尔·马龙之间的恶劣关系。马龙很痛恨东德的社会体制带有明显的男权特征。东德社会的缔造者和他们的子女之间的代沟，以及他们之间出现的家庭冲突都很明显地反映在国家层面上。第二代人要求解放，希望能参与国家的权力分配，但是他们的父辈，也就是第一代，以子女们年少不更事为由，严格禁止他们干预国事，极力控制他们在社会上的影响。东德第一代人有着僵硬的等级观念，浓厚的官僚习气，誓死捍卫他们建立的东德社会制度。因此，第二代人只好把主要精力转移到构建自己的社会圈子之上，他们甚至建立了“地下组织”。再加上东德社会缺乏一定的言论自由，东德公民缺乏一个公开地表达自己言论的平台，这更加深了两代人之间的矛盾。一些本来应该公开讨论的话题，诸如，社会价值观、国家的现代化等，却都成为私下激烈讨论的焦点。

莫妮卡·马龙在小说中描写了父辈们、权倾一时、独断专行的东德第一代领导人的形象。像马龙一样，小说的女主人公也是属于年轻的一代，她们和老一代国家领导者之间关系也很紧张。在马龙的小说《宁径六号》中，老少两代人之间的冲突表现得尤为充分。马龙于1985年开始创作这本小说，直到两德统一后她才完全脱稿。退休后颐养天年的、党的高级干部贝任堡曼是小说女主人公罗莎林特的对立者。马龙在小说中经常把那些年迈的、退休的、党的低级干部刻画成大大小小的、令人恶心的人物。这些人并不像贝任堡曼那样是国家的受益者，而是国家的受害者。这些人在高级国家领导人面前总是卑躬屈膝，并且他们的身体状况一直是衰微的。借此，他们在东德长年累月所受的煎熬充分地被体现出来。

卡特林·路易泽·格雷贝尔[28]一针见血地指出这一特征：

在莫妮卡·马龙的小说中，年长的男性都是残疾人。这些小说中的次要人物构成了一道独特的风景线。他们糟糕的身体状况，一方面是国家高压统治造成的，

---

〔28〕卡特林·路易泽·格雷贝尔(Kathrin Louise Gräbener，1943—)，德国文学评论家。

另一方面则是他们生活中的苟延残喘之计。

在小说《飞灰》中,马龙塑造了一个名叫鲁迪的人物,他是女主人公约瑟芙的上司。在纳粹统治时期,鲁迪十九岁时就被关进集中营,共关押了十一年。

他好像饱受了痛苦和不幸,再多那么一点点他也承受不了。鲁迪有一个《每周画报》主编非常不喜欢的毛病。每当报社需要鲁迪对某些事情做出决定时,他总是声称胃疼或是牙疼呆在医院借此逃脱责任。(44)

鲁迪是德国历史的牺牲品。在纳粹集中营里,鲁迪是个囚犯头头,他不仅负责照看囚犯,而且还负责上报死亡名单。出狱后,鲁迪就开始想尽一切办法逃脱责任。在《每周画报社》里,人人都知道鲁迪一团和气,害怕和任何同事闹矛盾,做起事情来总喜欢推来推去。

约瑟芙还有一个名叫杨尔的同事,他做过脑部手术,额头上流下了一道红色的伤疤。杨尔经过手术后,变得特别温顺,几乎没有自己的主见,完全成为了社会的牺牲品。无论是鲁迪还是杨尔,他们俩人的行为都不正常,一般人都能从他们的身体状况略知一二。

鲁迪和杨尔的例子说明,谁要想在现实的东德社会中生存下来,就得像他们一样有着病态的身体,过着变态的生活。在东德社会生存下来的代价很高:必须完全放弃自我。[29]

第三个例子就是出现在《宁径六号》中的人物——巴荣。巴荣受到贝任堡曼的告发,在监狱里度过了三年的铁窗生活,他也是一个东德社会的受害者,被指责违反了东德的社会道德。巴荣是一位语言学家,他和罗莎林特的男朋友布鲁诺经常在酒馆消磨时光,因为在那里他们能逃脱东德社会主义现实的生活。

即使是东德的第一代人,他们也是身心疲惫,年老力衰。马龙描写了贝任堡曼的神态:

虽然贝任堡曼在工作中意志坚定,满怀自信,洋溢着自豪;但是另一方面,贝任堡曼狂妄自大,顽固不化。他那松塌的面部时常流露出倦怠的表情,让人生厌。

〔29〕Katharina Boll: *Erinnerung und Reflexion. Retrospektive Lebenskonstruktionen im Prosawerk Monika Marons*. Königshausen & Neumann, Würzburg 2002.

（SZ6 26）

在小说《越界女子》中，还出现了更为古怪的人物。里面有位奇特的老人：

老人的右腿上方垂下一只僵死的胳膊，胳膊上吊着一只干瘪的手。老人看起来就像一块腐肉。罗莎林特心想，这个老人少说也有二百岁了，莫非是一个神仙？原来，这人先是一个纳粹分子，后来成为一名火车售票员，现在没事干忙着到处拣香烟头。他右腿跛了，眼睛也瞎了一只，可是还是喜欢到处走走。（üL 130）

马龙给读者勾勒了一副受人奚落老一代人的残疾形象。他们尽管看起来衣衫褴褛，气息微薄，却是长生不老，喜欢穿越德国的历史，到处走走看看。

以上的几例说明了，代际冲突是马龙和东德领导集团之间冲突的中心。马龙除了向读者揭示东德公民在精神和身体两方面沦为社会的牺牲品以外，她还点破了东德公民无法显现自我的事实。公民的个性、差异化的需求、个人的发展等等要么被纳入东德第一代领导人施行僵化的计划性体制之中，要么被该体制粉碎，化为乌有。从这点意义上讲，马龙对自由的呼喊超出了拆除柏林墙的这一单纯的要求。

马龙对东德社会体制无情的批判慢慢超出了东德政府有限的忍耐力和宽容，马龙的作品也因此全部被禁。

马龙小说里的主人公见证了统治集团在日常生活中如何摧残公民的精神和肉体的事实。这也是马龙的小说被禁止出版的原因所在。[30]

东德政府把人看作是劳动过程中的生产要素，是构成社会革命的最小单位。政府否定个人的自由，阻碍个人的发展。人在东德只能以群体的、大众的面貌出现。独特的个体发展在社会上难觅立足之处。马龙谴责东德政府像小偷一样窃走了作为个人应该拥的经历和阅历，取而代之以千人一面的大众形象。

在《越界女子》中，马龙通过一个克隆人的形象来说明国家偷窃了个人的经历和阅历。女主人公罗莎琳特在晚上散步时碰到了一个克隆人。它是一个人的复制品，是千万个复制品中的一员，它却固执地认为自己比原型更优秀。马龙用克隆人这一形象辛辣地讽刺了东德社会千人一面的社会现象。[31]

---

〔30〕 Kathrin Gräbener: *Interview mit Monika Maron am* 22. 1993， S. 15.
〔31〕 Ebenda， S. 19.

此外，马龙还借玛尔塔之口道出了千人一面的可怕之处：

最糟糕的是，我在社会上没有碰到陌生人，所有的人我都认得。人人都没有秘密可言，好像人人都是对方的剽窃品。（üL 200）

东德政府特别希望全体公民有着统一的政治思想。然而，马龙却难以接受这一点。马龙在东德的报社工作时，就强烈地反对过政府的这一做法。因为马龙在报社平生第一次碰到了严格的新闻审查。马龙一气之下辞去了报社里的工作，之后不久她创作了处女作《飞灰》。在《飞灰》中，女主人公约瑟芙碰到了一个难题：她想写一篇关于B城的新闻稿，可是报社不允许她如实报道。面对现实，约瑟芙陷入了主观感受和客观事实之间的矛盾，她第一次感受到了个人权力和社会义务之间的冲突；面对现实，约瑟芙也切身感受到了公共生活和个人生活之间的紧张关系。

所见的和所写的不一样，这不仅让约瑟芙内心很苦闷，同时也促使她重新思考自己的人生。马龙在描写约瑟芙的苦闷时，探讨了所谓的“自审”问题。

稿件不能被刊登说明有些问题不能被讨论，长此以往，新闻撰稿人自己也会明白衡量稿件的标尺。[32]

约瑟芙的同事路易丝有“自审”的习惯。从年龄上讲，路易丝是属于第一代人，但是她和约瑟芙之间却有着融洽的关系，她是约瑟芙的良师益友。路易丝始终为东德社会体制的不足辩护。约瑟芙对社会的批判，对工作的抱怨，在路易丝看来纯属多余。路易丝认为，建设一个美好的社会需要每个人付出辛勤的劳动，而不是一味地想着去批判社会。尽管路易丝的话听起来很在理，但是约瑟芙明白，路易丝已经完全被东德社会体制所驯化，不管体制的好坏，她一股脑儿地全盘接受。

我在寻找一个词，这个词是唯一合适的。[……]不被印刷的也就是不该想的，两者之间的区别不大。(32)

可见，路易丝已经养成了自审的习惯。她依据国家的法律法规和新闻出版制度来检验自己的工作。

路易丝自审带来的结果是，她每周都出版自己不喜欢读，读者也不喜欢看的报纸。路易丝不敢报道产业工人恶劣的工作环境，不敢披露工业对环境的污染，不敢

---

〔32〕Ebenda，S. 18.

关注城市里被人们遗忘的角落。(99)

马龙在《飞灰》中批判了国家对公民实施的钳制言论自由的政策。马龙认为，如果政府长期禁锢人们的思想，那么人们对社会问题就会变得麻木不仁。人们不仅不会去思考哪些是被禁止的，就连哪些是被允许的都懒得去想了。

马龙曾在几家报社当过记者，她谙熟相关的新闻审查制度。但是，最令马龙深恶痛绝的是新闻记者的“自审”习惯(其中也包括马龙本人)。于是，马龙在辞去记者职务后，就通过创作文学作品《飞灰》来批判新闻记者的这一恶习。

马龙在《飞灰》中塑造了新闻记者约瑟芙这一人物。很明显，马龙想借约瑟芙来清算自己作为记者时的“自审〔33〕”。

马龙创作《飞灰》还有另外一个目的。“莫妮卡·马龙原本的目的并不是想去批评国家领导集团，她只是想找到自己的身份而已。”〔34〕马龙有着很强的自我意识，她依靠反抗和批判精神试图为自己在社会上谋得一席之地。马龙在成为知名作家之前，她一直过着漂泊不定的生活。马龙也曾谨小慎微地尝试着避免和国家领导集团的冲突，但是每次尝试都未成功。〔35〕马龙也因此逐步加深了和国家领导集团的矛盾。

只要国家存在，国家就是莫妮卡·马龙强大的对手。马龙和国家间的对立也体现在她的文学作品中。在马龙的小说里，女主人公也都面临着国家这一强大的对手。马龙及她的小说女主人公与其说是和国家对立，还不如说是为了夺回决定自己命运的权力。正如马龙在《越界女子》中所说的一样：“我的目标就是我自己。”(üL 64)

马龙强烈地批判了东德社会体制的不成熟、东德领导人缺乏解放思想的勇气。在马龙看来，东德领导集团故意让东德人民思想意识不成熟。东德领导人不仅让年轻的一代亦步亦趋地跟着他们，而且还给年轻的一代冠以“不成熟的一代”的称谓。年轻的一代不可触犯东德领导集团已经确立的价值观和制定的法律法规。不

〔33〕Kathrin Gräbener：*Interview mit Monika Maron am* 22. 1993，S. 13.

〔34〕Ebenda，S. 11.

〔35〕马龙先是铣工，后是记者，再到为化名“蜜楚”，成为国家安全部门的合作者。这些都说明了马龙在决定成为作家和反抗国家领导集团之前，都是一个对国家抱有好感的人。——笔者注

仅如此,东德领导集团还阻碍年轻一代染指国家权力。东德领导集团还监管着年轻的一代,试图让重视个人价值和个人自由的年轻一代回到千人一面的工人和农民阶级中去。马龙在《生活设计和时代断裂》一文中写道:

如果一个人总是不能对自己行为的后果负责,长期不能顺利地和周围世界交流,那么他就不能正确地了解自己,终生也难以长大。〔36〕

在东德的社会体制下,人们难以自立,思想难以成熟。对此,马龙有着亲身的感受:

有时候,我在想,在1989年秋,也就是两德统一后,我才真正地长大。那时候,我已经四十八岁了。(PB 131)

其实,马龙在东德的报社里任记者时〔37〕,就已经注意到了自己的不成熟,尤其是在面对严格的新闻审查制度的时候,她毫无经验。马龙从报社辞职以后,就决定写一本关于"一位年轻女性解放故事"的书,在书中马龙也审视着自己的不成熟。〔38〕

马龙所说的解放有两层意思:第一层意思是,年轻一代要摆脱年老一代的控制,要使得自己尽快成熟起来,要树立起个人的身份;第二层意思是,妇女要在男权主义的东德社会获得解放。马龙特别强调了女性在东德的男权社会里被迫变得不成熟的事实。

女性要按照政府的意愿来工作。如果女性想摆脱政府的这一压力,她们只有选择尽快结婚,逃避到婚姻生活中去。只要她们一结婚,政府就不会纠缠她们了。(FA 39)

在《飞灰》中,马龙塑造了一位名叫海蒂的女工人。尽管同事们对她很友好,但是她一直想辞职,可是厂领导一直拖着不批。海蒂结婚后,她又向厂里提出一年不工作的要求,这回厂领导同意了,理由是因为她结婚了。马龙在批评男权主义盛行的东德同时,她也把关注的目光投向了男性:

男人的世界比女人的更为破碎。女人在婚后最起码还有一个私人的生活,而

---

〔36〕Monika Maron: *Lebensentwürfe, Zeitenbrüche*, S. 18.

〔37〕1971—1976年,马龙先后在东柏林妇女杂志《为你》(Für Dich)以及《周报》(Wochenpost)工作了六年。

〔38〕Kathrin Gräbener: *Interview mit Monika Maron am* 22. 1993, S. 5.

男人们的生活完全取决于外部世界，他们的生活是支离破碎的。[39]

马龙尖锐地讽刺了东德社会对女性作家的歧视。在《越界女子》中，马龙描述了一位“东德男性作家协会”的代表造访约瑟芙好友玛尔塔的故事。由于玛尔塔正在尝试写作，而“东德男性作家协会”是不允许任何东德女性从事该工作。因此，这位“东德男性作家协会”的代表要求玛尔塔自杀：

我们协会早就建议您们女性不要写作，我们完全赞同国家颁发的禁止女性写作的法令。谁知您们就有些人对此置若罔闻。

我毫不客气地讲，您的写作严重威胁着我们的协会。您的行为不仅改变了人们的文学观，而且还影响着他们的文学品味。您在写作中滥用写作技巧，您的作品也难以按流派归类。目前，您在作品中流露了浪漫的、抒情的、激情的、感伤的和幼稚的情绪。更为突出的是，您在作品中提倡了现代的女权主义思想。您在作品中使用了大量诸如希望、渴望、痛苦、郁闷等词组，您滥用形容词[……]天哪，女士！语言可不是一个鲜花盛开的大草地，不是任何人都可以在上面散步！（üL 156）

有的读者认为，以上描述可能就是马龙本人在接受文化部审查时所做询问记录的翻版。但是，马龙在一次访谈中否定了这一说法。[40] 玛尔塔迟疑地问“东德男性作家协会”的代表：

啊，请问，社会上不是也有很多男性作家只会写些乌七八糟的东西，他们怎么不去死呢？（158）

面对这一质问，“东德男性作家协会”的代表保持缄默。

马龙从人们的日常生活中，还敏锐地觉察到了东德生活的荒谬性。人们生活中的每个细节都被国家规划好了，人们没有时间去享受生活，只有时间去劳作。国家不提倡个人从事发明创造，一切都是按部就班。[41] 马龙在《越界女子》中辛辣地讽刺了东德领导集团对公民个人创造性的压制：

罪名：胡思乱想罪。事实证据：犯罪嫌疑人未经允许擅自运用想象力，而且屡教不改，罪行深重。（170）

---

〔39〕Ebenda，S. 37.

〔40〕Kathrin Gräbener：*Interview mit Monika Maron am* 22. 1993，S. 3.

〔41〕Ebenda，S. 3.

今天的胡思乱想行为，到了明天就成为刑事犯罪行为。（172）

马龙除了觉察到东德人民生活的荒谬性以外，她还道出了东德人民仇恨当下生活的心理状况。“人们知道，在生活中，有时候抗争也是无效的。于是，他们就开始想法逃避生活。”[42]“先把眼前的生活搅乱，至于以后怎么办，只好顺其自然了”。（144）当然，莫妮卡·马龙在讽刺性短篇小说《奥日希先生》[43]里塑造了一个热爱生活、名叫奥日希的人物。奥日希先生是一位德国统一社会党的高级干部，他除了迷恋手中的权力外，还喜欢维护高尚的社会道德。有一次，奥日希先生在一家酒吧里碰到了两位女士，她们正在拿挂在墙上的国家领导人昂纳克[44]的肖像开玩笑。奥日希先生在一旁听不下去了：

够了！奥日希大声吼道。他浑身发抖地站在两位女士身旁[……]您们敢嘲笑国家最高领导人，您们不害怕吗？您们不害羞吗？您们知道我是谁吗？奥日希先生的声音听起来都变调了。我有责任保卫祖国，我是国家的国家干部！

这两位女士先是一愣，接着就大笑起来，旁边的一对小夫妻也跟着笑，酒吧里的所有人也都狂笑不已。

奥日希扯着嗓子朝着所有人骂道：敌人、叛徒、颠覆者！骂着骂着，奥日希感到胸口一阵剧痛，他两手压住心脏的位置，倒地死去。[45]

很明显，奥日希先生之所以热爱东德的生活，听不得丝毫的批评社会的言论，是因为他是国家的高级干部，有着至高的权力。他是东德社会的缔造者之一，也是既得利益者之一。奥日希先生官瘾十足，高高在上，生活在理想之中。尽管如此，奥日希先生在年轻一代的面前终归不堪一击，断送了性命。在小说《宁径六号》中，女主人公罗莎林特言辞激烈地谴责德国社会统一党的高级干部贝任堡曼的丑陋行径。谁知贝任堡曼心脏病突发，倒地死去。

如果一个人做了可怕的事情，事后被人一问就会崩溃而死，那么，此人的死也只能怪他自己。（213）

---

〔42〕Ebenda, S. 75.

〔43〕Monika Maron: *Herr Aurich*, S. Fischer, 2001.

〔44〕昂纳克（1912—1994），1971年成为德国统一社会党第一书记。

〔45〕Monika Maron: *Herr Aurich*, S. 78.

奥日希和贝任堡曼之死很容易让人联想到马龙的继父卡尔·马龙之死。因为继父在马龙的眼里就代表着整个老一代国家领导人的形象。贝任堡曼之死让罗莎林特觉得,“我不仅是向贝任堡曼的尸体告别,而且也是庆幸他永远从我的生活中消失了。”(57)

马龙批评东德老一代人阻碍年轻一代人掌握国家权力,总是企图让年轻一代人保持在不成熟的状态:

老一代人说话总是喜欢用“我们”。他们用“我们”来抵抗年轻一代的“我。”他们总是说年轻人爱发牢骚,喜欢独来独往,不听老人的教导,目空一切,任性自大,叛逆[……]老一代人联合在一起,沆瀣一气,用“同志”称呼对方,形成了强大的“我们”。他们每一个人都躲在“我们”的后面,让年轻一代人看不见他们,找不到他们,攻击不了他们。(33)

在小说《宁径六号》中,马龙批评了老一代人彼此联合,誓死捍卫他们手中权力的行径。罗莎林特本来想和维克托一起共同对付贝任堡曼,谁知维克托却和贝任堡曼联合起来,结成了同盟。

马龙还指责东德领导人紧跟苏联政府,一步一趋,试图把年轻的一代人永远置于革命的状态。东德政府只是重视培养年轻的社会革命者,而忽视了年轻一代人身上所发生的变化。

最糟糕的是,老一代人总是给我们讲他们的革命故事,向我们灌输革命理论,好像生活中如果没有革命,人生就没有意义。老一代人对年轻的一代讲:我们这代人通过革命建国,你们这代人就得通过革命守卫革命胜利的果实,要成为国家这座大厦的英勇守卫者。革命的尘沙已经被扬起,但还未尘埃落定。(101)

马龙批评东德领导人一直把东德标榜为反法西斯国家,指责东德领导人建设共产主义的手段和他们以前反对德国法西斯的手段大同小异。马龙指责东德政府领导人思想僵化,害怕改革,不敢建立一个现代化的国家。在《飞灰》中,马龙还批评了东德领导人不去正视社会当今的发展变化,总是把东德和以前的法西斯德国相比较,并得出东德社会制度的无比优越性:

我经历过德国法西斯。你们年轻人不可能体会到法西斯的凶残,和以前的法西斯德国相比,我们现在的制度是无比的优越。我跟你们讲,这是我经历过的、最

好的国家制度。(FA 80)

在《宁径六号》中,贝任堡曼为东德的斯大林主义[46]辩护,理由是,1939 年秋,他的太太格蕾特被纳粹关进专门囚禁女性的拉文斯堡集中营[47],直到二战结束,他的太太才被救出。马龙认为,贝任堡曼所做的一切无非是"努力使自己不再成为一个牺牲品。"(141)马龙指出,诸如贝任堡曼这样的纳粹德国受害者,同时也是下一个非法权国家的始作俑者。

在《越界女子》中,罗莎林特的好友布鲁诺最喜欢呆的地方是酒吧。酒吧在马龙的小说里是一个对抗外部世界的地方,因为人们在那里可以寻求片刻的自由。人们喜欢去酒吧消磨时光,同时也说明了人们日常生活的分裂性,体现了外部世界和个人世界的对立。布鲁诺喜欢用"耻辱"一词来形容人们的生活:

我们都生活在耻辱之中。我的耻辱是什么也不做,你的耻辱是做了你不该做的事。(113)

罗莎林特的另外一位好友玛尔塔为了维护自己在社会上的无辜,她不去上班,她呆在家里研究世界上的秘密。玛尔塔是一个无政府主义者。[48]

你必须发现自己的无用之处。因为在你出生以前,人们已经为你做好了安排,已经评估出你的将来可能给社会带来的好处。但是,每个人身上肯定有国家和社会不需要的才能,这才是你的独到之处,不可小觑的地方,它可能是心灵方面的、诗歌方面的,也可能是音乐方面的。你必须挖掘这些看似无用的才能,因为这才是你真正生活的开始。(üL 50)

马龙以批评的眼光创作了以上两个人物。马龙认为,不去工作,拒绝踏入社会

---

[46] 斯大林主义是一套以前苏联 1929—1953 年间领导人约瑟夫·斯大林命名的政治和经济理论体系。其主要包括了共产主义国家通过广泛的政治宣传手段,建立起围绕某一独裁者的个人崇拜政治氛围,并以此来保持共产党对全国人民的政治控制。名词"斯大林主义"最早由拉扎尔·卡冈诺维奇提出。以马克思列宁主义者自居的斯大林本人从未使用过这个词汇。里昂·托洛茨基称斯大林主义体制为独裁政策,这个解释被反对斯大林主义的评论家们广泛运用。斯大林主义还经常被称为"红色法西斯主义",该称呼在 20 世纪 30 年代出现,在 1945 年后的美国使用尤其普遍。参见:罗伊·梅德韦杰夫:《让历史来审判——论斯大林和斯大林主义》(上下),何宏江译,东方出版社,2005,12。

[47] 拉文斯堡集中营,Ravensbrück,位于德国北部距柏林 90 公里的拉文斯堡,在二战中专门囚禁女性"犯人"。

[48] Kathrin Gräbener: *Regimekritik bei Monika Maron*, S. 21.

是不能真正维护自己的无辜，也不能正真建立起自己的身份。但是，如果完全按照东德政府的要求去做，也会给自己带来不满。因为，“政府领导层已经远离了劳动，即使是劳动人民，他们也不懂什么是劳动。”〔49〕马龙在《飞灰》中描述比特菲尔德化学工厂时，写道：“B市是欧洲最脏的城市。”(32)“连每个婴儿都在为国家的富强做出应有的贡献。”(34)

我跑得越来越快[……]我要离开恶臭，离开污秽，离开灰飞笼罩的狭小车间[……]二十年前一个炉工负责烧两个煤炉，现在则负责四个煤炉，而且大多数炉工还是女性。(20)

不仅是体力劳动，精神劳动也让人备受折磨。在《越界女子》中，罗莎林特为了摆脱研究所的劳动，她决定听任自己的双腿瘫痪，这样她就可以呆在家里用不着去上班了。(10)由于马龙在小说中披露东德社会恶劣的劳动环境，东德审查官决定封杀马龙的《飞灰》以及其他作品：

东德文化部副部长克劳斯·霍普克在莱比锡书展上说，如果马龙的小说《飞灰》描写的是劳动给我国人们带来的幸福和快乐，那么我们肯定能够出版这本小说。可惜的是，《飞灰》用了很多笔墨危言耸听地讲劳动给工人们带来的危害。马龙简直是在污蔑劳动，这令我们难以容忍。〔50〕

在《越界女子》中，马龙还描写了罗莎林特绝望的心情。罗莎林特把未来的美好计划当成自己的“希望”。她要学钢琴，还要翻译莫扎特的歌剧《唐璜》等。

总之，马龙对东德社会秩序的批判是多方位的。马龙对东德社会的批判并不是天生的，而是后天使然。早在十岁的时候，她就积极参加“德国青少年自由联盟”〔51〕的活动，后来还加入了德国统一社会党。她在毕业后尝试着融入到东德社会的体制之中，在社会主义的东德找到自己的生活角色。她先后从事过铣工、剧院帮工和记者等职业。但是，她在社会中一直寻找不到自己真实的身份，她不想自己在身体上和精神上成为东德社会体制的牺牲品。马龙本来相信东德政府会慢慢地

---

〔49〕 Kathrin Gräbener：*Regimekritik bei Monika Maron*，S. 39.

〔50〕 Silke Wegner：*Ein wenig zärtliches Techelmechel*，1993.

〔51〕 德国青少年自由联盟(Freie Deutsche Jugend)，是东德唯一合法的青少年组织。德国青少年自由联盟和东德中小学联系紧密。德国青少年自由联盟是世界青少年民主联合会和世界学生联合会的成员。1951年，德国青少年自由联盟曾被西德政府以“违反西德基本法法”为由遭禁。

改革社会政治体制，可是比尔曼事件[52]却扼杀了她的最后希望，她也因此陷入了个人信仰危机。马龙对比尔曼事件的申诉、反抗也使得自己的形象在东德政治领导人的印象中走向反面。“莫妮卡·马龙原本的目的并不是想去批评国家领导集团，她只是想找到自己的身份而已。”[53]正如马龙在《越界女子》中所说的一样：“我的目标就是我自己。”(64)

马龙的小说道出了很多同胞的心声。尽管她的作品在东德遭禁，能够读到她作品的人不是很多，但是这并不影响她在东德文学中的重要地位。就拿马龙的处女作《飞灰》来说，当时马龙从菲舍尔出版社免费获一百本赠书，马龙将全部赠书送给喜爱她的读者，这批读者读完后，又传递给下一批读者。这样算来，马龙的《飞灰》在东德约有一万名读者看过。

四、施塔西对马龙的评价

一般情况下，马龙把自己创作的文学作品交给三个部门审查。有的由她本人直接寄给国家安全部，如小说《飞灰》[54]；有的寄给文化部，如小说《越界女子》[55]；有的马龙则寄给了文化部下属的出版社 & 书业总局，因为该部门也负责文学作品的出版审查工作。尽管如此，德国比较文学专家约克·戈特尔特·米克斯[56]却在联邦德国档案馆找不到当时由文化部给《越界女子》出具的审查意见。米克斯曾询问过档案馆的工作人员，他们解释说，该馆收藏都是那些有望出版的文学作品的审查意见。至于像马龙这样，受到国家安全部监控的作家，即使她把文学作品寄给文化部，文化部也会把寄来的文稿转交给国家安全部。因此，国家安全部是最终审查马龙作品的部门。

国家安全部的 HA IX/2 部门负责审查马龙的作品，并做出书面鉴定。该部门对《越界女子》所作的鉴定：

---

〔52〕沃尔夫·比尔曼(Wolf Biermann，1936. 11—)，东德歌曲作家，抒情诗人，1976 年因“违反了公民义务”被东德驱逐出境。

〔53〕Kathrin Gräbener：*Regimekritik bei Monika Maron*，S. 68.

〔54〕Kathrin Gräbener：*Interview mit Monika Maron am* 22. 09. 1993，S. 72.

〔55〕Ebenda，S. 73.

〔56〕约克·戈特尔特·米克斯(York Gothart Mix，1951. 12—)，德国比较文学家。

HA IX/2 部门的卡尔斯特(Karstedt)上尉在 1986 年 7 月 4 日出具了题为“关于莫妮卡·马龙书稿《越界女子》的法律鉴定书”,其结论如下:

总的来讲,这份书稿表达了作者对社会主义制度的悲观情绪。该书语言乏味,思想贫乏,情感平淡。该书里面的人物一直处于紧张、绝望的状态,他们大多数好逸恶劳,随意攻击国家领导人。该书作者创作态度消极,肆意弯曲事实,污蔑社会主义制度,因此,从法律角度讲,该书作者已经触犯我国刑法。

如果该书流入国外市场,将会严重伤害我国利益。特此建议安全部门要严防该书稿流入国际市场,尤其不能落入西德书市。我部门近日从 HA II/6 处得到消息,西德的菲舍尔出版社即将推出该书。如果此事属实,就要找到确凿的证据证明马龙故意规避我国法律,让其书稿流入西德之事实。

鉴于马龙非法在西德出版该书之铁定事实,按照我国版权法和外汇法等相关法律可以依法独立追究马龙的经济责任。〔57〕

卡尔斯特上尉对马龙的小说做出“如果该书流入国外市场,将会严重伤害我国利益”的评价。卡尔斯特很可能说的是该书会伤害东德的国际声誉。因为,《越界女子》所反映的不是真实的东德社会主义图景,该书“肆意弯曲事实,污蔑社会主义制度”。

由于国家安全部当时还没有查清楚《越界女子》书稿是如何流入西德的,因此,卡尔斯特除了建议进一步查找确凿的证据外,还特意建议先行控告马龙违反了外汇法,要承担经济赔偿责任。此外,卡尔斯特还指责马龙违反了版权法,因为她的书稿在西德出版之前没有获得国家版权局的批文。

1980 年,国家安全部上述同一部门的克鲁特·安定(Knut Anding)上尉曾给马龙的处女作《飞灰》做出如下鉴定:

总体可以判断,该书污蔑了国家政府部门以及社会单位所从事的脑力和体力劳动,嘲弄了我国实施的劳动保护措施,恣意攻击我国社会体制。如果该书流入国内市场必将误导读者,蒙蔽了他们对我国的正确认识;如果流入国际市场,势必严

〔57〕 Joachim Walther: *Sicherungsbereich Literatur. Schriftsteller und Staatssicherheit in der Deutschen Demokratischen Republik.*, Berlin , 1991.

重影响我国利益。[58]

1981 年，克鲁特·安定上尉又给马龙的《谁害怕黑人》、《晋谒》、《阿达和埃法特》、《误解》和《阿纳爱娃》等书稿做出了一个大同小异的鉴定：

总体可以判断，《谁害怕黑人》污蔑了国家政府部门以及社会单位所从事的脑力和体力劳动，恣意攻击我国社会体制。如果该书流入国内市场必将误导读者，蒙蔽了他们对我国的正确认识；如果流入国际市场，势必严重影响我国利益。从法律角度来看，我们可以追究作者的刑事责任。《晋谒》、《阿达和埃法特》、《误解》和《阿纳爱娃》等没有触犯国家刑法的地方。[59]

鉴于《飞灰》"污蔑了国家政府部门以及社会单位所从事的脑力和体力劳动，嘲弄了我国实施的劳动保护措施，恣意攻击我国社会体制"，因此，安定上尉建议政府按照东德刑法追究马龙的刑事责任。此外，安定还把马龙的《谁害怕黑人》也列入可以追究刑事责任之列。

我们可以看出，追究刑事责任、追究经济责任是国家安全部为相关作家出具鉴定的主要目的。因此，这些鉴定往往看起来像一本参考工具书，里面很详细地罗列了作家的反动言论，歪曲事实的地方，并标明了页码。如，诗人乌韦·贝格尔（Uwe Berger），是国家安全部的一位线人，他把《飞灰》的主人公约瑟芙的对政府的诽谤言论列了一个长达十几页的清单，并一一标明了作品中的出处。[60]

约瑟芙的反党言论：第 6 页、28/29 页、42/43 页、60 页、98/99 页、100/101 页、116—119 页、130 页、180 页、219 页、233 页……

约瑟芙肆意污蔑、我国领导同志的言论：第 116 页、159 页、160 页、164 页、167 页、171—173 页、177 页、192/193 页……

诋毁公民日常生活的言论：第 25 页、34 页、54 页、66 页、68/69 页和 118 页。

---

〔58〕Joachim Walther：*Sicherungsbereich Literatur. Schriftsteller und Staatssicherheit in der Deutschen Demokratischen Republik.*, Berlin，1991，S. 308.

〔59〕Ebenda.

〔60〕Ebenda，S. 312.

约瑟芙煽动、挑拨工人不和的言论：第 48 页、49 页、131 页和 140 页。

约瑟芙恶毒攻击国家安全部的言论：第 179 页。

约瑟芙反革命意图明显的言论：第 57 页、69/70 页、72 页、111 页、127 页、154 页、173 页、194 页、202/203 页和 209 页。[61]

除了以上几份鉴定以外，国家安全部还对马龙的其他作品出具了鉴定。正是有了以上鉴定的存在，马龙的所有小说、戏剧等文学作品在东德都一一被封杀。当然，也没有资料显示马龙因为自己的创作而被关进监狱。国家安全部所作的鉴定其目的很明显：先将鉴定存档，在适当的时候和地点可以拿出来起诉莫妮卡·马龙，追究马龙的刑事和经济责任。

五、马龙的自我反思和自我身份认同

马龙依靠自己的个人力量长期和东德文学体制较量。在这场较量中，马龙难免有时身心疲惫，甚至产生了自我怀疑。为了增强信心，鼓舞自己的斗志，马龙必须对自己和对手有一个清醒的认识。克里丝塔·沃尔夫曾经用“主观真实性”[62]来讽刺新闻出版审查机构对自己的审查以及鉴定。马龙孜孜不倦的努力为的是建立自己的“客观真实性”[63]，要找到自我，发现自我。[64]

马龙在作品中反复地抨击东德政府不让东德人民构建自己的身份、不让东德人民去体念自己的人生经历和获取自己的人生经验的做法。马龙在寻找自己的人生，构建自己的身份过程中，她也提出了个人人生和个人身份究竟是什么的问题。

如果马龙想要在东德社会建立一个新的、只属于自己的人生，构建一个新的个人身份，那么她必须使自己现在的生活和以前的生活形成鲜明的对照。她必须砸

---

〔61〕 Joachim Walther：：*Sicherungsbereich Literatur. Schriftsteller und Staatssicherheit in der Deutschen Demokratischen Republik.*，Berlin 1991，S. 312f.

〔62〕 克里丝塔·沃尔夫(Christa Wolf)：*Die Demension des Autors. Essays und Aufsätze, Reden und Gespräche* 1959—1985，Hermann Luchterhand，Darmstadt/Neuwied，1987.

〔63〕 主观真实性和客观真实性的概念在法律(审判)、经济(会计统计)、新闻出版、文学创作等领域用得比较多。此外关于真实性，还有微观真实和整体真实之说。——笔者

〔64〕 Katharina Boll，*Erinnerung und Reflexion. Retrospektive Lebenskonstruktionen im Prosawerk Monika Marons*. Königshausen&Neumann，Würzburg，2002.

碎旧的一切,重新开始生活。[65]

同时,马龙还面临着一个问题:人们该怎样描述自己的生活?[66] 在《飞灰》中,马龙第一次向人们提出了这个问题。在《飞灰》的第二部分,马龙突然转换叙事视角,用回顾的手法将第一部分给自己留下的印象和梦境逐一串联起来,形成和第一部分迥然不同的叙述内容。[67]

约瑟芙在第二部分没有继续讲述眼前郁结在心中的苦闷,而是开始回忆自己过去的人生。约瑟芙试图依靠回忆来认清自己。约瑟芙在等待上司路易泽向她传达党员大会对自己的处理结果。就在等待的这一段时间里,约瑟芙回顾了自己以前的生活。马龙在《飞灰》的第二部分放弃了按照时间顺序向前推进的写作手法,而是通过约瑟芙的视角,将第二部分写成了"由回忆、梦境和想象组成的文本。"[68]

马龙在小说的后半部分没有按照时间顺序来讲述故事,而是直接把故事的结尾放到了第二部分的最前面,并顺着女主人公的回忆来叙事。[69]

马龙在后来的作品中大都采用了以上手法。如:《误解》(1982)、《越界女子》(1986)、《寂静的第六行》(1990)、《悲伤动物》(1996)、《冰渍堆石》(2002)等。

作品中的女主人公回忆和反思自己的旧生活,同时她们也开始规划新生活。[70]

以上这句话不仅适用于小说人物,而且还适用于马龙本身。马龙一直在重拾记忆,反思经历,评估自己。

回忆不是重现昨日的历史,而是在回顾中去"虚构"历史。[71]

马龙经常通过写小说来规划自己的生活。她特别喜欢把"坦白、忏悔"自己的生活,并把它作为创作的主题之一。

---

〔65〕Monika Maron :*Lebensentwürfe*, *Zeitenbrüche*, S. 18.

〔66〕具体内容本论文第3章的第2部分"为《飞灰》的出版而斗争"。

〔67〕Katharina Boll: *Erinnerung und Reflexion. Retrospektive Lebenskonstruktionen im Prosawerk Monika Marons*. Königshausen&Neumann, Würzburg 2002, S. 31.

〔68〕Ebenda, , S. 33.

〔69〕Ebenda, S. 24.

〔70〕Ebenda, S. 24.

〔71〕Ebenda, S. 101.

外祖父帕维尔、祖母约瑟芙以及维尔纳·格雷曼[72]——这三个人是《飞灰》女主人公约瑟芙最崇拜和欣赏的人。因为他们三人不屈服于社会体制压力，始终忠实于自己的生活，敢于创造只属于自己的人生。[73]

外祖父母和格雷曼不仅是约瑟芙最崇拜和欣赏的人，而且也是莫妮卡·马龙的好榜样。尽管马龙根据自己真实生活中的外祖父母创造了《飞灰》中的外祖父母，尽管他们有着相同的名字，但是马龙对自己真实生活中的外祖父母并不了解，因此，《飞灰》中的外祖父母形象仍是马龙凭着自己的想象虚构的。此外，格雷曼这个人物形象也是虚构的，他在马龙的小说中只出现过一次。总之，莫妮卡·马龙虚构了自己的人生典范。

马龙在《飞灰》中回忆起了以上三个人物，因为他们的形象是主人公约瑟芙病态、畸形日常生活形象的对照：他们从不脱离自己的生活。外部压力再大，他们也不“出卖”自己的生活。[74]

马龙和继父关系失和，很大程度上就是因为马龙很“忠”于自己的生活，在乎个人的价值。在很多作品中，马龙就是以继父为原型刻画了东德第一代领导人的形象。“本世纪，欧洲有两大野蛮集团，他们都在伤害人民。一个集团的受害者沦为另外一个集团的始作俑者。”[75]

一个集团的受害者沦为另外一个集团的始作佣者，这是马龙批评东德领导人，尤其是谴责继父卡尔·马龙最为突出的地方之一。马龙认为，继父没有忠于自己的生活，忘了自己在战争中作为一个共产主义者在纳粹魔爪下所受的灾难，二战结束后，继父就摇身一变，成了德国统一社会党的高级干部。马龙在小说《宁径六号》中对德国统一社会党的高级干部贝任堡曼的谴责就是隐射自己的继父卡尔·马龙。

《越界女子》中的个人冲突，即罗莎林特和她自己的冲突，到了《宁径六号》中就变成了人际冲突，即罗莎林特的生活和贝任堡曼的生活之间产生的冲突。[76]

---

〔72〕格雷曼是约瑟芙男朋友克里斯蒂安的父亲。——笔者注

〔73〕Katharina Boll：*Erinnerung und Reflexion. Retrospektive Lebenskonstruktionen im Prosawerk Monika Marons*. Königshausen&Neumann，Würzburg ，2002，S. 35.

〔74〕Ebenda，S. 37.

〔75〕Monika Maron：*Ich war ein antifaschistisches Kind*，S. 17.

〔76〕Katharina Boll：*Erinnerung und Reflexion. Retrospektive Lebenskonstruktionen im Prosawerk Monika Marons*. Königshausen&Neumann，Würzburg ，2002，S. 21.

马龙经常用回忆代替小说的故事情节，用回忆的创作方法来塑造小说中的人物。特别是在《越界女子》中，小说的故事情节基本上由罗莎林特一连串的回忆和梦境组成。马龙用回忆和梦境倒错故事的时空，模糊了故事的现实和真实性。小说中的想象和现实穿插在一起。

回忆构成了故事情节，小说有了“回忆小说”的特点。回忆和梦境构成了罗莎林特的人生，她在寻找自我。〔77〕

马龙在重拾记忆、反思经历和评估自己的过程中，不免要涉及到她和东德国家安全部合作的那一段时间(1976 年 10 月至 1978 年 5 月)。1995 年，马龙在东德安全部工作的档案偶然被曝光。〔78〕一些研究者(如德国比较文学专家约克·戈特尔特·米克斯)发现，马龙本人的记忆和安全部档案里的记载有很多出入。马龙至今对自己为什么首先拒绝，然后同意和国家安全部合作这个问题没有做出解释。马龙档案的曝光，不仅伤害了一些同为政治异见者的作家，同时也让一批喜欢她的读者感到失望。她昔日在东德时期表现出的反抗者形象也受到人们质疑。在东德以及施塔西成为历史后，马龙开始声称自己一直“有一颗自由的心”。〔79〕自她与东德国家安全部合作的事实被披露后，马龙在后来的包括随笔和散文在内的文学作品中，再没有把自己标榜为反抗者和政权批评者。这一将近两年的人生插曲，成了马龙构建自己身份时避不开的历史。

2002 年秋，马龙在哈勒举行的历史学家大会上发表了题为《生活的设计，时代的断裂》一文。马龙对“自我发现”〔80〕提出了质疑：

为了更好地说明我本人对所谓的“自我发现”和“真实的自我”表示出的怀疑，我提请各位别忘了我们有时不得不屈服于不可抗拒的压力，不要忘了我们在回顾自己不光彩的历史时，总喜欢找个合适的理由为自己的行为开脱，以便留下一个

---

〔77〕Katharina Boll: *Erinnerung und Reflexion. Retrospektive Lebenskonstruktionen im Prosawerk Monika Marons*. Königshausen&Neumann, Würzburg , 2002, S. 41.

〔78〕在 1990 年的公民运动(Bürgerbewegung)中，东德安全部 HV/A(Hauptverwaltung Aufklärung)部门的档案大部分被毁，其中就包括莫妮卡·马龙的大部分档案。

〔79〕“我一颗自由的心”，*Ich habe ein freies Herz*，是马龙在 1994 年接受《明镜》报采访时说的，这句话后来成为这篇采访报道的主题。

〔80〕Monika Maron: *Lebensentwürfe, Zeitenbrüche*, S. 18.

“完美的真实的自我。”[81]

勒内·笛卡尔[82]在《哲学原理》[83]中提出了两种哲学意义上的证据：

在科学研究上有两类证明方法，即分析和综合。我们采用分析的方法从事物的原因开始推导出事物的结果；相反，我们用综合的方法从事物的结果出发，来寻找事物的原因。我在冥思的过程中只采用分析的方法。[84]

笛卡尔拒绝使用综合的证明方法，反对从事物的结果，也就是从后往前推导的证明方法。与此相反，马龙使用的是综合的方法来进行反思。综合的证明方法更多地被用在辩论、辩护等方面，而不是获取科学知识的良好方法。

马龙使用从后往前推导的综合方法，她在回忆中构建自己身份，以回顾的目光审视自己的过去。马龙不是在原因（也就是亲身经历）中建构自己的身份，而是从她理想中的自我身份——受害者或是反抗者出发，在回忆中找出自己想要的原因（亲身经历）。

马龙在记忆的海洋里打捞出她想要的原因，为自己构建一个想象的、直达心中意愿的自我身份，这看起来好像并无不妥，也不会给读者带来危害。但是马龙为了构建这一身份，却有选择性地遗弃了自己的一些经历。

在《宁径六号》中，贝任堡曼也采用了同一方法。贝任堡曼把自己看作是纳粹德国的受害者，而不是东德社会的极权统治者。当有人指责贝任堡曼残酷不仁时，他辩解说，“我们不是残酷的人，相反，我们是和残酷作斗争的人”（SZ6 206）。贝任堡曼有选择性地、按照心中的意愿构建了自己的身份。

马龙始终对自己曾为东德安全部工作的那段历史守口如瓶。谁知这段不光彩的历史最终还是被《明镜》报披露了。为此，马龙怒不可遏。这一事件也说明马龙难以调和历史真实和回忆虚构两者之间的矛盾。

六、结 语

诚然，自由的生命不甘于平庸的生活。但在军事中，谁越界就意味着战争。譬

---

〔81〕 Ebenda.

〔82〕 勒内·笛卡尔（Rene Descartes，1596—1650），法国哲学家、数学家、物理学家和生理学家。解析几何创始人。

〔83〕 王荫庭、洪汉鼎译，斯宾诺莎：《笛卡尔原理》，北京：商务印书馆，1980 年。

〔84〕 同上书，第 6 页。

如公元前49年，恺撒越过了意大利北部的界河卢比孔河，结果就挑起了战争。在生活中，谁越界就意味着面临危险。马龙的主要作品，尤其是处女作《飞灰》反映的是人们在追求自由生活、批评强制性现代化进程中构建自我身份所面临的各种危险。当然，马龙所说的不是指存在于自然灾害、核威胁、经济危机以及战争等要素里的危险，而是指隐含于现实社会制度中的危险。因此，马龙的主要作品也被称作迟到的、反映他们那一代人生活的"命运之书"。[85]

两德统一后，马龙的创作出现了转折。她减少了对现实社会的关注，把创作的重点转向了"回归"和"冥想"，在人的内心世界寻找自由。马龙还依靠回忆，在回忆中重构自己的身份。尽管社会环境发生了巨大变化，但是马龙一贯坚持"按照自己的理解力来诠释生活和世界"(75)。她有着阿伦特式的自信——人们首先必须相信自己的看法"[86]，而不是一味地沉默。

除了追求自由，构建自我身份外，爱情始终是马龙关注的中心之一。她笔下人物的爱情生活都不是幸福美满的，他们追求浪漫爱情的想法是危险的。马龙对荣格的原型理论颇为推崇，她认为由于阿妮玛和阿妮姆斯的存在，恋人之间的爱情变得不确定，暗含着死亡。她作品中的人物无论是在现实生活，还是在"大脑旅行(Kopfreise)"中都充分演绎了爱情和死亡、爱情和谋杀的必然联系。马龙笔下人物的爱情观总体趋势是越变越宽容：从相互控制变得相互尊重；从要么得到你，要么杀死你，变为要么得到你，要么离开你。

---

[85] Matthias Göritz: *über den Rubikon*, *Einige Bemerkung zum Begriff der Grenze bei Monika Maron*, Universitätsbibliothek Johann Christian Senckenberg, Frankfurt am Main, 2005.

[86] Hannah Arendt: *Was heißt persönliche Verantwortung unter einer Diktatur*, 1989.

本哈德·施林克小说罪责主题个案研究
——《朗读者》的叙述策略

Der Umgang mit dem Diskurs der vergangenen Schuld-am Beispiel *Der Vorleser* von Bernhard Schlink

施显松

内容提要： 有关纳粹大屠杀问题上，无论是施害者还是受害者及其后代都无法按照常规的方式去回忆，面对惨无人道的事实，恐惧与压抑在心理上造成难以名状的创伤，在阴影之下选择沉默、逃避或者流于形式上的悼念，被历史证明是常态的反应。由于时间距离的拉开，德国人再有没有必要进行选择性的讲述。《朗读者》是历史再度反思的力作，施林克借助米夏尔与作为纳粹大屠杀的参与者汉娜之间的恋情，将历史嵌入个人情感纠葛之中，引导读者对罪责相关问题进行深思。本文重点论述如何将沉重的历史反思通过文学手段加以呈现。

关键词： 施林克，叙述策略，文学与历史反思

一、声音在叙事中的运用

声音在《朗读者》中具有很重要的作用。《朗读者》的题名中包含着声音——“朗读”(Vorlesen)。“Vorlesen”在德语中原意是在别人面前发出声音朗读，即“给别人读”，它包括朗读和倾听两个方面。在《朗读者》中，文字通过声音融入到写、读与听中，最终变成了情节的一部分，起着到穿针引线的作用。朗读与色欲、权力融

合在一起，施林克借用了这个模式移用到他的小说《朗读者》中。汉娜与米夏尔之间的朗读，主动朗读的不是汉娜，而是米夏尔。年少的米夏尔将朗读作为与汉娜做爱的交换条件，这一条件在小说结构上有决定意义——汉娜虽然是听众，但她主宰着朗读。小说男主人公必须先给汉娜朗读，而且朗读成了他们每次幽会的仪式。声音在施林克的小说《朗读者》中是作为叙述手段，这部小说使用了声音这一媒介。这部小说是声音的小说，只不过声音是通过文字的传达出来的。小说的名字中就有“声音”——给（别人）朗读（Vorlesen），包括朗读和倾听，这是两个动作，为别人朗诵，借别人的声音，将没有生气的文字复活。朗读者使死去的文字带有灵气。施林克在声音与文字、写与读以及朗诵与倾听方面的安排实际上融入到情节中去了。我们可以看到米夏尔与汉娜的结合不是融合，而是差异的博弈。汉娜演绎出米夏尔家庭所缺少的东西，她的控制欲证明她是不可以战胜的，作为远离文明的人，汉娜没有自控能力，只想随心所欲。米夏尔作为唯一知道汉娜秘密的人，他想介入法官的判决，实现对汉娜的公正，但他又没勇气暴露自己与汉娜的隐秘关系，这在他是一种新的犯罪（153）[1]。他求得平衡的方法是研究第三帝国的历史（172）和学生运动（160）。在离婚之后，与妻子和女人分开以后，米夏尔开始大声朗读，自己给自己朗读，后来决定给汉娜在录音机里朗读。（174）他将自己的声音寄送录音带“借给”狱中的汉娜达十年之久，直到汉娜在狱中呆了 18 年无罪释放。已经成为法学史研究者的米夏尔送给汉娜的录音带里都是自己亲口朗读的，但他不留任何与朗读文学作品以外的任何评论或提示、暗语。即使是自己写的文学作品，也是和其他正统文学一样，保持距离的朗读，不做任何解释。我们在这一过程中所要关注的是个人化交流的失败。在他们俩交往过程中，开始是米夏尔单方面的被动接受，在汉娜入狱的这一时期，局势发生了变化，汉娜是单向交流，米夏尔不是一直录音而是隔段时间录音，他收到汉娜学会写字的第一张纸条后也不作任何反应，继续朗读，也不回信，也不作出去狱中拜访她的决定，也就是说，米夏尔与汉娜交流的声音是间接的、租借的（像音像出租店的带子），恰恰切合他们之间不冷不热的距离。在

---

〔1〕本文文中括号内页码为引文在《朗读者》德语版 *Der Vorleser* (Bernhard Schlink: Diogens Verlag AG, Zürich, 1995)中的位置，下文不再作单独标注。

这里，我们发觉现实的真实与现实的距离：声音，米夏尔呈现给汉娜的声音，实际上变成了从身体切割下来的、分离的、被借出去的东西，这里声音的存在更加加强了异体的感受。

纯粹录制的声音从空间和时间两个方面扩大了汉娜与米夏尔的距离，他们之间的话语交流少之又少，声音不是自己的，而是借来的，是另外一个“他我”。可以说，录音使汉娜想到了他们以前相处，对此进行回忆，但录音中的朗读不能取代当时的情景，激发情欲的想象。施林克作品中的“深夜不在场”现象，强制性的空无状态，只有通过无语的状态达得到。录音实际上是不在场的标志，汉娜与米夏尔的距离随着录音的存在而扩大，在他们时隔多年那一次探监中得到了验证，米夏尔发现眼前的女人苍老，身上发出难闻的味道。声音在这里是唯一联接他们的纽带：“她的声音还是那么年轻”(191)

汉娜的自杀不应该理解为认罪，从我们对他们俩声音的分析来看，汉娜在修道院式的监狱里既是受罚，但对她是一种保护，给她营造了熟悉的环境，她不得不放弃听朗读，现实的声音倒是虚空的、为自己所不能接受的，现实的声音被监狱的大墙隔断，真实的声音离她越来越远。根据路德维希·克拉格(Ludwig Klag)的研究，录音的声音可以激发远距离的爱欲[2]。汉娜对别人声音的索取先是在纳粹集中营那些受她保护的体弱女囚犯身上(111)，接着在米夏尔身上。汉娜借此弥补自己不识字的缺陷。米夏尔知道，他与汉娜之间通过录音朗读保持恰当的距离，距离太近对他来说是不安的，他与汉娜一接近就让他想到自己是汉娜当年强迫朗读纳粹女囚的替代品。直到小说后半部，米夏尔才发现汉娜犯下的罪，这种罪具有极大的毁灭性。而已经成年的米夏尔和他的同龄人一样，先前对历史只有一种符号性的集体讨伐。当他意识到自己是为一个有罪者朗读时，他真正意识到什么是罪责(205)，对历史的体验一下子变得具体起来，罪责在自己身上得到直接的体验。直到小说尾部，米夏尔才指控汉娜有罪，指出自己是她的牺牲品，当他已经成为所谓洗心革命的文化启蒙过的人试图为自己“鸣不平”时，汉娜是这样申辩的：“我认为

---

〔2〕PREUSSER，HP. *Letzte Welten*，*Deutschsprachige Gegenwartsliteratur diesseits und jenseits der Apokalypse*[M]. Heidelberg：Universitätsverlag Winter GmbH，2003. S. 90.

谁都不能理解我，法庭不能夺走我的理由，只有那些死去的人，他们理解我，同时才能要求我做出解释。”(124)

二、空间的象征意义

房子在《朗读者》是作为一个重要的叙事象征物。德语中“房子”对应词“Haus”也可指代“家”——“Familie”。房子作为家庭与外界隔开的空间，是私密的。小说的开端设置在阪霍夫路(德语为“Bahnhofstraβe”即“火车站路”)，与这条路紧密相连的火车站在小说中扮演着重要的暗示作用。火车站一度是成千上万的受害人通向死刑室的最后一站，现在的德国人对火车站“挖了又挖”，改建的目标是一座法院建筑物(9)。人们可以联想到，过去的罪孽取而代之的是新的法律公正，反映了德国一心挽回的愿望，改颜换貌，汉娜窗户本来可以唤起对过去罪孽的回忆，但这个净土已经被“消灭”(消灭现场)，取而代之的是法律建筑超然其上。

米夏尔自从与汉娜分手以后，总是处在不安定之中，总是在回家与出走之中徘徊。无论是在日常还是在梦中，有一个地方是他始终向往的，那就是当初汉娜在海德堡的住所，火车站路那座房子。在这里米夏尔度过一段缠绵时光，汉娜的房子使米夏尔真正有家的安全感。在自己的家里，米夏尔感到与父亲的距离与隔阂。因为在他自己的家里，想进入父亲的房子还得在“预约的时间里走到门前，先敲敲门，才被允许进去”(135)。在米夏尔的眼里，自己的家根本不是回归自己内心的地方，“父亲一般在家里工作，只是要上课或主持讨论课，才到大学里，同事们、学生们有事就到家里来找他，学生们沿着走廊排着队，等待他接见”(134)。米夏尔的家在自己的意象中成了父亲的的工作场所，是“充满着书籍纸张、理性思考与雪茄和咖啡味道的混合体”(135)。而在汉娜火车站路的房子里，米夏尔感觉到一个完全属于自己的世界。尤其是在汉娜的厨房里，那里密不透风，几乎没有任何外人的声音干扰他们俩奇特的性体验，米夏尔与汉娜彻底放松，接受汉娜的洗浴，他们俩在这座密闭的房子里朗读、做爱、清洗和并排小睡。在这座房子里，汉娜与米夏尔既处在罪中，同时又可以自作主张地通过朗读和淋浴洗涤罪责感。在汉娜与米夏尔的朗读仪式中，有用水洁净身子的过程。在基督教里洗礼中的水暗示人的罪可以被洗掉。[3] 洗涤行为从心理层面来分析，是清洗自身肮脏感的原始欲望，并且将外在的不洁和内在的不洁都寄托在水上面，通过水的洗涤可以减轻心里对于不洁的负罪感。汉娜给米夏尔洗澡的过程，既让米夏尔享受母亲的爱抚，有回到母体的感觉，又从汉娜身上找到了超出同龄人的成年男子气概。米夏尔给汉娜朗读，让朗读来抵御内心的罪责感。但在小说中，这种安全感并非持久的，因为“火车站路的房子从名称来看就象征着不安稳”[4]。米夏尔在不同的阶段，都曾经对这座房子发生着兴趣，在没有认识汉娜之前，他已注意到这座房子。米夏尔对它的印象是：

> 其实，我从小男孩时代就注意到了这栋房子。因为，在左右那一排排房屋中，这栋建筑实在鹤立鸡群。我暗自猜测，这种厚重高大的房子仅仅是有头有脸的人才能住，可惜，因为年代久远，又受着附近火车的烟熏火燎，它已经黯然失色，所以，我又突发奇想，也许，里面原先体面显贵的居民也已经晦暗无光，变化、成怪里怪气的人了。(8)

房子里面没有人，门也没有打开过，进入这个房子是不可能的事情，正如米夏尔无法同汉娜建立真正的知心关系。只有在汉娜死后，米夏尔在美国做梦时候，才真正进入这个房子，“我梦中回到了那个屋子，汉娜比我初次认识她的时候要年老，比我再次见到她的时候要年轻，她年纪比我大，比从前漂亮，正值那动作已趋沉稳、身材依旧健壮的年华”(201)。对汉娜的理想化，表明对汉娜的过去米夏尔还是没有完全接受，将属于汉娜的罪过纳入自己身上，米夏尔对汉娜的思念转化为对房子的思念，他明白，与汉娜紧密相关的思念并不是对她的思念，只是对回家的一种向往。

在汉娜房子内部，可以看到汉娜在没有窗户的厨房里熨烫内衣，象征着深藏过去的秘密和性欲。正因为如此，米夏尔见到汉娜安然理得地熨烫内衣“我不想看过

---

〔3〕冯亚琳：《〈生死朗读〉的叙事策略探析》，外国文学评论，2002(1). 第112页。

〔4〕EGERBS M. *Interpretationshilfe Deuttsch*, *Berhard Schlink*: *Der Vorleser* [M]. München. Stark-Verlag GmbH & Co. KG, 2009. S. 56.

去，但又禁不住”。(14)内衣让人联想到性欲，同时又夹杂汉娜小心翼翼保护好的过去，“熨去所有痕迹”，使人联想到房子外墙平整、光亮。德语中“ausbügeln”有“解除冲突”的意思，如果是“Schumutzige Wäsche waschen(洗脏的洗衣服)”就是指将“错误和失误公诸于众”[5]。米夏尔对内衣拒绝但又好奇的心理正是德国战后一代在父辈历史面前的境遇：一方面米夏尔不想看过去，同时这与汉娜的沉默不语形成照应。

三、《奥德赛》在小说中的叙事作用

朗读在《朗读者》中是一个关键情节。朗读改变了汉娜的生活，也改变了米夏尔的生活。在小说中被提到的朗读作品共计 21 部，其中《奥德赛》扮演了穿针引线的作用。每到米夏尔人生陷入迷惑之际，就想回到大声朗读的世界去，而《奥德赛》又是其首选之作。“返乡”作为母题的《奥德赛》在施林克的《朗读者》中占重要地位。

《奥德赛》叙述特洛伊城失而复得后，英雄奥德修斯在回家途中经受漫长历程和精神考验，一再踏入迷途而又不放弃寻找归乡之路[6]。《奥德赛》影射了小说主人公米夏尔自己的命运。米夏尔是在中学时接触到《奥德赛》的。由于米夏尔既读过它的希腊文版本，又读过它的德文版本(66)，因而米夏尔对《奥德赛》非常熟悉。有时候史诗里的人物令米夏尔联想到身边的人，如中学女同桌苏菲。米夏尔为汉娜第一次朗读的读物就是《奥德赛》，原因很简单，就是汉娜想听听希腊文是什么样子，米夏尔与汉娜当时并没有在意朗读这件事情，但奇妙的事情发生了：汉娜对朗读自此感兴趣，在以后的交往中，汉娜与米夏尔约定，先朗读才能例行米夏尔和她的嬉戏；另一方面，日后的米夏尔回顾自己所经历的变迁竟然和《奥德赛》中的奥德修斯命运相似——无尽地重复着回归与逃离[7]。《奥德赛》作为象征符号，是米夏尔将朗读变成一个仪式的真正开始。米夏尔就像《奥德赛》中不断流浪的奥德修斯，一直选择逃避：逃避父母的约束，逃避同学的友情，逃避爱，逃避家庭，逃避职

---

〔5〕MOSCHYTZ-LEDGLEY M. 2009. *Traum*, *Scham und Selbstmitleid*. *Vererbtes Trauma in Bernhard Schlinks Roman „Der Vorleser“*[M]. Marburg: Tectum Verlag Marburg: 173.

〔6〕谢建文：《现代与后现代之间的文明批判——博托·施特劳斯作品研究》，上海：上海外语教育出版社，2009 年，第 205 页。

〔7〕MOERE H. *Berhardt Schlink*: *Der Vorleser*, Freising: Stark Verlagsgesellschaft GmbH, 1999. S. 46.

业。米夏尔勉强结婚，不久又与自己的妻子格特露德离婚。正因为在爱的道路上米夏尔走入歧路，导致米夏尔将“逃避”当作习惯。米夏尔在面临职业选择时，同样“在逃避生活，逃避挑战和责任”(171)，放弃了法官或者律师的职业，最后选择一个不关乎现实的“法史学家”的职业。

按照米夏尔的想法，逃避和回归是紧密相连的，只有逃避才能使人轻松。与法律相关的所有工作米夏尔都领略过。他的感受是“法”的工作是最简化也是最滑稽的。作为通过候补文官考试的毕业生，米夏尔也可以到政府部门工作，但“我发现那里一切都一概苍白、单调、无味”(171)。法学史的研究使米夏尔有了第二次逃避的机会。最初，米夏尔以为“在那儿可以不需要任何人，也不打扰任何人”。可是事与愿违，米夏尔不但没有能够逃避掉，反而与之短兵相接。米夏尔所接触到的过去，其鲜活性并不比现实性来得差。实际上，法学史研究在现实和历史之间架设了一座桥梁，“那是对历史和现实两者之间的观察，并且活跃于其间，对过去绝不是超然观察而是切身参与”(172)。如果说米夏尔对作为“死去的”历史的看法有了什么改变的话，那就是米夏尔对这种现实的“法之理想”看法破灭了：本以为法律发展史给人们带来信念可以使世界有了良好的秩序，法律总是向前的，会发展得越来越接近完美，越来越符合真实，越来越充满理性，越来越饱含人道。(173)现在米夏尔认为那只是一种不现实的理想化状态，事实证明自己的这种信念是错误的。在他最困惑的时候，《奥德赛》这部小说又闪现在他的脑海，他又开始朗读起这部书了。米夏尔对《奥德赛》情有独钟，其意义是：回归不是为了留下，而是为了新的出发 。(173)他在《奥德赛》中看出了法学史的规律：法学的历史并不是进步的，和奥德修斯一生一样，“它是运动的历史，有目的，同时又无目标；是成功又是徒劳”(173)。

小说中的米夏尔无法忍受内心的荒芜与外在生活的单调，为了逃避琐碎和焦虑的现实，他不断莫名其妙地出游、乘车，似乎只有奔跑的时光之车能够找回自己的“诗意栖居”。米夏尔不断地旅行，乘车或者逃离，回归、怀乡成了“朗读”以外的另一主题。持续地在路途中，远离日常的事物，与他人隔绝，预示着主人公米夏尔不做出决定，不寻找解决方案。即使做出决定，做出抉择，施林克笔下的米夏尔也并没有轻松地回到家，在家的氛围里栖息享受安宁。这从米夏尔在小说尾部的感叹中可以感觉到：“已经过去的没有结束”(206)。伴随着米夏尔的成长，米夏尔对

《奥德赛》的理解更加深刻，同时一再陷入歧途又迫使米夏尔一再产生回家的愿望。米夏尔发现《奥德赛》印证的就是自己的故事，施林克在借用代表背井离乡、误入歧途、寻找自我的希腊故事，揭示米夏尔的寻求自我过程中，“乘车”这一情节扮演了一个重要角色。因为乘车是米夏尔为自己创造的一个特殊空间，在这个运动的空间里，米夏尔不断地在路上，感受到自己的生活就像“轨道”（Bahn）相同的意象，只有在乘车中他才能摆脱自己的烦恼。

复活节期间那一次电车之行对米夏尔来说是一场噩梦，汉娜与米夏尔大闹了一次。在空空荡荡的车厢里，“我感觉到与世隔绝了，与人们生活、居住、相爱的正常世界隔绝了，好像我命中注定要在这节空空如也的车厢里，既无目的、也无止境地乘坐下去”。（46）奥德修斯“迷途”的母题在这里再次得到明显的验证，预示着小说主人公同奥德修斯一样命中注定要不断启程、重新出发。

全程见证法庭审理汉娜案件的法律大学生米夏尔完全看出了审理过程的漏洞，米夏尔虽然不想直接替汉娜当庭辩护（轻松易如反掌，比如戳穿汉娜不会写字，也就不存在纳粹那份报告指控汉娜的事实，汉娜也就不该承担全部责任）。但米夏尔决心间接影响法官，经过巨大的思想斗争，还是硬着头皮找法官谈心。但这场一厢情愿的谈心令米夏尔大失所望，原来法官在法庭上正襟危坐的主持辩论和判决完全扮演自己的另外一个“角色”。现实中的法官根本不关心案件的委实，只对法庭以口头与物证构成的“事实”感兴趣，因而根本不愿意和米夏尔讨论汉娜案的任何实质问题，却倨傲而又不失宽容地以“鼓励好好学习”等搪塞之辞打发米夏尔离开他的书房。而在这个无功而返的谈话结束后，米夏尔跳上一列慢车，米夏尔对围困在米夏尔周遭的上上下下、谈笑风生的旅客毫无感觉，一切在米夏尔面前晃过。米夏尔发现，麻木不仁终于对自己的感情和思想产生了影响，米夏尔不再为汉娜的弃米夏尔而去、为她对米夏尔的欺骗和利用感到伤心，米夏尔虽然没有说完全解脱，但米夏尔对周遭的麻木不仁使米夏尔能够重新回到米夏尔的日常生活中去，并在这种生活中继续生活下去。（155）

汉娜被判刑后不久，指导米夏尔的法律教授死了，在去参加葬礼乘坐电车的途中米夏尔回忆起了米夏尔的第一次电车之行。那次乘电车去施威青，想借机会给汉娜惊喜，却被汉娜冷落，米夏尔自此忌讳坐有轨电车，而更愿意乘火车，火车是

“无售票员的”，这样刚好让米夏尔免除了售票员令他想起了汉娜。米夏尔感觉到“乘坐这种电车，对我来说也是一种同过去的接触，就仿佛回到一处曾经熟悉过的地方，一个面目全非的场所一样”(167)。电车的一切实际上打开了米夏尔对汉娜日常真实世界的想象：电车人来人往活跃着各型各色的人，而当时的汉娜应该是这一切的“中心”，现在回忆起来，米夏尔当年去乘车期待与汉娜车上的浪漫，应该是想追究“她”的日常世界。尔后米夏尔赶上返程车的情景耐人寻味：一辆有轨列车已经启动了，米夏尔跳上踏板，跟着车子狂奔，并且用手掌拍打车门，令人意想不到的是，车门竟然打开了把米夏尔搭上去了。

另外的几次旅行同样值得注意，包括米夏尔初期与汉娜共同骑自行车出游；两次独自去参观施土特霍夫集中营。与汉娜的自行车之行，米夏尔感觉自己长大了，因为汉娜把一切跟旅行相关的计划和细节交给米夏尔。还是少年的米夏尔第一次获得了承担责任的自信心，尝到了替别人作决定的甜头。米夏尔与汉娜的关系也得到了突飞猛进：“在我们的旅行中和自从旅行以后，我们之间已经不仅仅是相互占有了”(56)。而与之形成对比的是，米夏尔独自一人访问昔日集中营的旅行没有取得任何意义：“我心里一阵空荡荡的。像是在寻找某种观感，却又是自外部世界，而是在内心世界里寻找着，最后只是发现了一无所有”(150)。米夏尔发现，历史与单个人联系太紧，米夏尔明白，同时实现理解和评判是不可能，而这恰恰又是米夏尔最感兴趣的、要追求的目标。

旅行在思想认识的隐喻作用也是清晰的。米夏尔毫无目标地逃离职业决定和责任，逃避没有获得真正的救赎，不停地换职业附带地可以给米夏尔带来一些意想不到的跨职业经验和认识。如果说这种来回反复类似于“乘车”式的行动有什么积极意义的话，那就是：米夏尔意识到，要想达到理想境界是不可能的。对汉娜是文盲的事实在小说中是一个认识的谜团，米夏尔的思想认识的发展正如“轨道”的环形轨迹，完全符合在车辆回转在轨道情形：“我对汉娜的问题冥思苦想，一连几个礼拜重复走着同一条路径，没有收获，突然间一种想法分叉出来了，迈上另外的方向，结论自己就出来了。”(126) 也就是说米夏尔的思想轨迹几乎和找路的途径是不谋而合的。在不同的旅行中，人们的发现没有什么大的不同，在很大程度上只是在重复，只是重复的风景使人对以往经历过的更加熟悉[8]，而意外往往就是在这种熟悉的情境中自发产生。这也许可以用来解释米夏尔对自己耿耿于怀没有帮助汉娜在法庭辩论的事实——已经预感到的事情终于发生了。所以导致米夏尔不想把汉娜是文盲的事实报告给法官。实际上早在小说开头，米夏尔将思想认识与行动决定决然分开的个性就有所流露："我并不是说思考问题和做出决定对于行为没有影响，但是，行为却并非总是按事先想好或已决定的那样发生。行为有它自己的方式，同样我的行为也有它自己的独特方式，就像我的思想就是我的思想，我的决定就是我的决定一样。"(21)

四、有限叙述与感同身受：第一人称视角

《朗读者》选取了带有自传性质的第一人称叙述视角。第一人称的效果不仅仅是让读者感到舒服、紧张，还可以让人认识行动的动机，破解其他人物的行动，在叙述过程中可以进行分析、反思、评论，造成很强的自我确认。但第一人称有两个缺陷；叙述者的视线只能局限在行动的自我范围内，他对别人的行动动机和思想只能根据自己的常识来猜测估量，不能视为事实，最多只能算估计；此外第一人称叙述所具有的半自传性质决定了回忆的对象离现在有很大的距离，记忆能力是有限制的，所以叙述者不断要面临记忆困难问题。

当然叙述者随时有机会不拘泥于符不符合当时的经历或者细节，按照想象力重新构建，但他也可以不时提醒读者记忆的局限。所以叙述者在描写汉娜的住房，比他想象的要破旧。"我也记不起怎么和她打招呼的"(13)主要是视觉印象，没有声音细节，叙述者一面在讲述，一面在展示，那些感官的印象在主导着感知，那些感觉是失灵的。

一旦叙述者不能回忆了，说明正在经历往事中的"自我"不在当时的现场或者有所隐蔽，无法形成印象，或者说记忆消退，或者被不快所排挤，比如"我不知道什么时候第一次拒绝汉娜"(72)，这是记忆空白或者漏洞，也有可能是不想让同学知

[8] MÖCKEL M. *Erläuterungen zu B. Schlink: Der Vorlese*[M]. Berlin: C. Bange Verlag, 2001. S. 57.

道汉娜，以免被罪过所累。还提到记不清研讨班什么时候举行，记不清周末开始向往自然气味和颜色，揭示了经历着的自我感知方式。主人公提到将中学的最后几年和大学最初几年当做美好的回忆，并且一直在掂量对不对。如果“我”拉开距离回想，“我”会想起令人羞耻和痛苦的情境，对汉娜的记忆不能磨灭，只能说告别。”这说明，经历着叙述者所现在感受到的和过去过去当时感受到的是不同的。从一开始，记忆带有单个画面的特点，有时候存在，有时候有变形模糊。“那时的脸附上了后来的回忆元素，我要是想唤回她的脸，实际上是空的”(14)。后来他提到一些画面是先后出现，自己强迫性地去关注这些本来零散的画面“有一种汉娜是在厨房的，有一种是骑自行车的[……]”(61)。叙述者认为定格的画面才是积极的，可以用的“汉娜鞋和衬衣[……]画面”(62)，当审判在以色列进行时，记忆向他挤压过来，迫使他忘我地钻研。画面又变成伤疤性的，“丑陋的脸”(141)，还有汉娜死的时候画面是祥和的。

对事件意义的追问，人物行动动机的询问，同样在经历时的自我和现在叙述时的自我之间有差距，这当中取决定作用的因素自我身份确认问题，反复折磨着主人公米夏尔，例如汉娜突然对米夏尔发怒说他不该逃学旷课(37)。这是历时(当时的想法)的视角，当时无法推导出来。当叙述者提出“这是她吗”(37)叙述者进入反思，这时候的视角又变成此时(写下这些文字时)，“可恨的真相”(38)，不断的反思其实也在预示后面将揭开的谜，但作者是想将读者也牵扯进来，使读者不由得提出这样的问题：米夏尔和汉娜之间有相同的痛苦吗？如果有的话是如何形成并如何发展的呢？

叙述者无法看透汉娜的行为，他一直在自我估量与有意背叛汉娜之间摇摆，自我怀疑同时又自我责备。第二部分因为有时间距离，历时的我(当时的我)面对与汉娜的关系，汉娜的暴行，甚至于自己自我评价都变得带有批判性。当时没有感情地投入见证审判，对暴行表现出麻木。

接下来在反思中重点是汉娜掩盖文盲，理解汉娜的艰难处境，叙述者的视角不再是提问，“即使是处境艰难极端，但这又能减少人们对那些被告人犯下的耸人听闻的震撼?”(123)，最关键的由提问变成目前当下的反思是：“人们可以理解但不愿理解汉娜(123)。作家在此并不是要处理汉娜的问题，而是借审判的过程让读者看到判决结果可能是公平的，但其过程是道德的。叙述者发现汉娜的文盲以后，他可以理解一系列汉娜的举动，掩盖自己的弱点，但他不能理解汉娜出于怕出丑的罪行(127)。

汉娜想躲在监狱里继续她隐身的状态，叙述者不能同意了。"早就可以学会写字读书了"。叙述者也对在汉娜接受审问期间没搭理她而作了严厉审问，他觉得是自己受伤害的："小朗读者[……]想摆脱?"(132)在小说布局方面，开始是叙述者与汉娜当时的关系，反思大部分是问题，但到了第二部分反思强调的是现在的我(写文字时)与当时经历时自己的关系时，关注的是道义方面的问题，和思考本身的问题，保持反思的批判，采取调和中立是无法做到的。虽然米夏尔为汉娜作了一切出狱生活准备，但还是保持距离"我给她一个小小的家[……]"(187)，经历中的自我和叙述中的自我区别越来越严格。

五、成长的寓言性

《朗读者》描写男主人公是从米夏尔十五岁患黄疸病开始的，米夏尔的成长经历在这部小说里具有非常深刻的寓意，十五岁预示着进入成年期，米夏尔进入成年预示着德国的成年，而恰恰与别的国家青少年不同，德国进入成年就意味着与纳粹的过去以及大屠杀发生关系。

他在路边呕吐，稍后一头倒进帮助他汉娜的怀抱里，这里出现了两个象征性的情节：与汉娜相拥是与历史的碰撞；身体内部倾泻出的液体标志着与痛苦记忆正面相碰，二者标志成为德国人的一道门槛。"黄疸病"德语词"Gelbsucht"是"Leberkrankung"，是与生命"Leben"相关的双关语。这是自己主观无法掩藏的，同时液体也标志着少年性欲望开始释放，排挤(Verdrängen)无济于事了。米夏尔的发育环境缺乏爱和依靠，根本没有探讨生命问题的机会，黄疸病实际上就是生命的危机(Leberkrankung = Lebenkrise)，预示着米夏尔的身上背负的未曾解决的历史负担，当然也包括生理上欲望需要，迫使米夏尔在人格总是处在成人与孩提化之间摆动，始终未脱离俄狄浦斯情结的困扰。他在家庭中爱的失败让他产生不正常的心态，爱和依靠一定要付出代价，因而后来在与汉娜的相处中，他对汉娜的虐待狂变态行为一味接受并甘愿承受折磨。这是一种心理上的"受虐狂"心理，正式纳粹能够在德国盛行曾经俘虏大众的历史延续。小说确实提到米夏尔在病中开始阅读与第三帝国相关的读物，青少年(德国第三代)不自觉地对可怕的历史产生反应，长时间的研究自己父辈的过去，这表明即使是战后出生的一代，他们也会对“奥斯维辛”往自己身上揽，而且他们震撼如此之大，他们尚在长成的心灵根本无法承担，尤其是父辈对他们保持沉默。

影响绝不局限于哪一代，第三代与第二代都与战争那一代存在血缘相近关系，所以对战争一代的事情在感情有连带心理，米夏尔还是处在成长阶段，有时会有童真的一面：“一月份暖和，我母亲将我的床放到阳台上来，我仰望天空，看到太阳、云朵，听到小孩在院子玩。”(5)

说明他想回到孩提的无知年代，回到能够拥有母亲庇护的时代，可是这场黄疸病的发生是一个转折点，是自己与母亲告别的开始，自己性发育时期到来迫使自己必须内心与母亲的亲近，小说提到米夏尔在母亲身上试探自己对性的好奇，就是米夏尔提到自己想看望帮助过他的陌生女人，母亲竟然没有过问女人的任何情况就允许自己儿子前往感谢，还给儿子零花钱买花送给她，在米夏尔这一边看这实际是给他开了“绿灯”，标志着从此米夏尔有了自己的独立领地。

米夏尔处在成长的边缘，他的依恋父母的孩提情结在小说“厨房场景”中得到很好的体现，汉娜给米夏尔在厨房洗澡，米夏尔马上联想到小时候母亲给他洗澡穿衣的情景：“我回忆起一种温暖感觉，享受着自己被人洗浴、被人穿衣的快意。”(28)

米夏尔是十五岁被汉娜脱衣服和引诱的，母亲是在他四岁之前才这样做的，二者连起来看，隐含着米夏尔的依恋情结，将汉娜投射为自己依恋的母亲。二者重合，施林克刻意的安排，用汉娜来代替父辈形象(包括带领自己和同学参加审判见习的法学系教授代表父辈与法官)。[9]

与汉娜的相遇了解了米夏尔与父母亲的内心牵挂，跨出了摆脱父母亲那艰难的一步。在小说描写父亲的场景中，读者可以感受到那种陌生感，与这个世界、与

〔9〕父辈文学在德国六七十年代很流行，按照代表性的研究者 Ernestine Schlant 说法小说开始在父亲离世之初或者之后，一般以第一人称，自传性的虚构父亲和母亲。在《朗读者》一文中，恰恰是在汉娜自杀以后，“我”开始记下自己的经历，小说也是“第一人称”。参见：SCHLANTE. *Die Sprache des Schweigens. Die deutsche Literatur und der Holocaust*[M] München：Verlag C. H. Beck oHG，2001. S. 11。

自己孩子的隔离感可以从下面文字里看得很清楚：

“你怎么看，母亲转个身问父亲”。(30)

“有时我有一种感觉，我们的家人对父亲来说是家里养的动物”。

“我觉得更是一种告别，自己还在家里，而实际已经离开，我想念妈妈、爸爸，还有兄弟姐妹，我渴望和那个女人在一起。”(31)

儿子与父亲交流过程告诉我们，父子之间并没有对话的可能。父亲逃避到哲学的世界，沉浸在象牙塔的世界，同这样的父亲交流，无法得到生死攸关问题的答案的。这里的父亲不想介入现实。汉娜也就成了父亲的对立面：父亲是文字世界，沉思的世界的哲学家，而汉娜是大字不识、率性而为的电车乘务员，这是与不涉世的哲学家相对的角色，米夏尔需要的正是这样一个角色探讨他关注生命现实问题。

施林克设计汉娜这样一个有罪的人是有目的的，这样就可以检验爱上一个有罪的人是否变得自己有罪。米夏尔在小说最后责备自己因为爱上汉娜有罪。米夏尔一发现汉娜有罪，就觉得自己对她的爱是有罪的：“但是我对汉娜的指认又指回向自己了[……]”(162)。这种责任感产生了痛苦的羞耻，不仅仅是凶手的孩子，米夏尔在他的同学那儿能够感受到他们为了自己的清白，有意与父辈划清界限，以减少痛苦感。“我嫉妒他们能和父亲的耻辱断裂[……]”(162)与父亲划清界限并不意味着能获得自身(这一辈)的解放，只要自己还爱着父辈，这种爱就牵涉到罪恶的交织。与父辈划清界限只是一种表演，并不是解决方案，这种矛盾——进退两难米夏尔认为这是他们一代人的命运，那就是因为爱形成与父辈罪责的交织，与父辈划清界限的另外一个方法是勇敢正面(坦然)面对纳粹的过去，这是小说的意蕴。

汉娜是米夏尔的性爱对象，同时又是父辈的象征，在米夏尔来说既是恋爱关系，同时又是父子关系，集中可以讨论两代人的冲突问题，从外部看，汉娜很重要)取代米夏尔的父母亲，在讨论历史问题上开启同时又避开了牵涉亲生父母亲的敏感性，有了这层既保持距离又暗藏最隐秘关系的汉娜，作者可以放心探讨有罪的人是否值得爱。这种交织关系营造了一种紧张对立，这种对立有可能延续数代。

父辈无法言说或者说不足挂齿的态度带来的结果对米夏尔产生影响。在家庭内，缺少激情、缺乏依赖感和爱使米夏尔觉得自卑加强了米夏尔的自责感。爱对米夏尔来讲并不是理所当然的事情，不是自发存在的，而是必须付出代价，没有无缘无故的爱。米夏尔的信念中，享受到爱必须拿另外的东西进行交换，他似乎把母亲对他的爱在汉娜身上偿还："和汉娜睡了第一个晚上后，米夏尔开始思索，自己爱上汉娜是不是汉娜对自己的投入的回报：我爱上他是不是为她作为第一个女人和我睡觉所付出的代价[……]"(28)

第一段讲述米夏尔作为青少年的危机，一方面是他性欲的觉醒，另一方面是渴望知道家庭的秘密，而恰恰在家庭和社会环境里，这些都是禁忌和阻止的，迟早要被他的欲望冲破，而这个突破点就是汉娜，汉娜满足了米夏尔性欲望的觉醒，并且来之不拒；同时汉娜自身是纳粹帮凶，本来可以满足米夏尔的需要，但对米夏尔提出的涉及探究自己昔日秘密的要求，汉娜从一开始就以各种方式婉拒。作为父辈象征的汉娜在这两个层面对米夏尔(下辈的象征)都是不公平的，一方面她同十五岁尚未正式成年的男人发生关系这是一种性剥削，是新的犯罪。同时她从心理上完全控制了米夏尔，使他任由驰骋，使米夏尔产生对她的依赖，失去青少年所梦想的独立性。让米夏尔在无意识中接受有罪的秘密是不可以追问的事实，让他接受特殊的交流方式。

米夏尔对汉娜充满性的好奇，他向汉娜投怀送抱，其间又夹杂着想在汉娜身上探寻秘密的意图，米夏尔在许多年后检讨自己为什么不能阻止对汉娜的欲望："许多年以后我发现并单不是她的一举一动吸引了我[……]"(17)

米夏尔处在青春躁动期，汉娜的出现是米夏尔人格发展变化的起点，汉娜造成米夏尔无法抗拒的吸引力虽然是一种挑战，同时也是一种推动力，作为自己能否通过青春成长的试金石，从孩童到成年人的过渡需要突破一系列外在、内在的界限，就是我们通常所说的蜕变。

开始米夏尔对汉娜对自己的吸引感到不安，跑出了房子，跑到自己熟悉的街道上，这是暂时退回孩童时代的举动："我熟悉每一栋房子[……]"(16)

但成长是无法返回的，即使有不安和躁动，"一个星期后我又站在她家门口"(40)，这是蜕变正式开始，他开始进入成长的阶段，期间他似乎进入了一个奇妙的空间，其外因是自己休学在家养病，但正是在生病期间的非正常状态，才让他得以有机会接触书籍，接触德国过去，这是一段发展的过程，这部不长的小说，花费大量笔墨书写米夏尔的生病情况，借助生病时迷迷糊糊，米夏尔像进行了一次通往神话和传说的旅行，就像奥德赛或者，米夏尔的发烧催化了他的想象力，神怪、山川、钟声与教堂等等，整个人处在渴望、恐惧、性欲与迷宫的状态。

米夏尔处在成长期的迷乱旅途中，他的性欲与对历史的渴望都是正常的，但这些欲望可能带来的是伤害，他被这种欲望所左右。

性的接触首先是汉娜的煤给他沾染的黑，以及由此汉娜给他洗澡造成的性接触机会。这里煤、烧水火炉与洗澡画面配合出现，让人想到的是地狱与魔鬼的形象出现，二者暗示了汉娜的过去以及她对米夏尔的犯下的“原罪”。事后他们也确实按照睡觉然后清洗的顺序进行着他们的爱情。

对未成年少年的性要求，汉娜应该知道其中的责任，三十六岁的汉娜应该知道这意味着对米夏尔的掠夺与霸占。这种不正当性关系在读者产生的恶感，在某种程度映射了德国战争犯罪一代与他们孩子关系的紧张。即使性满足是米夏尔自身的生理需要，但一旦这样做了，他就摆脱不了是作恶者后代的自然命运(与前辈发生关联)，天生就是罪者的孩子，如果说米夏尔不是罪者的孩子，但他与罪者发生关系，发生最深处的爱，那么也就成了犯罪的后代。深懂法律的法学教授施林克给我们设置了战后一代与战争一代德国父辈的紧张关系，因为父母对孩子隐藏了杀人的秘密，并且发出不许追问的威胁信号。汉娜与米夏尔的性关系在读者眼里应该是禁止的，而且米夏尔和汉娜都应该知晓的，但他们两人都很默契地隐藏，米夏尔多次欲言又止，没有和最亲近、最爱的人讲，最终也失去赢得最爱的一生机会。值得一提的是，直到小说结尾，米夏尔都不愿意承认自己受到汉娜的感情伤害，这说明德国下一代接受了这种知情文化。

六、沉默的对话：反思的暗示机制

在米夏尔身上我们完全可以看到父辈遗传给他们的心理机制：米夏尔在是否与汉娜在狱中见一面进行了长达近 20 年的斗争，也就是说，米夏尔还是不敢勇敢面对现实，保持沉默达几十年之久，米夏尔与汉娜换了一个年龄轮回，沉默还在继续，他本来在法庭上就可以救她，但羞于暴露与汉娜的秘史，选择了沉默，这是一种样式，而且是在德国遗传的“父—子”沉默。《朗读者》是父辈内心独白，我们听到的是无数父辈的自白：他们委身于当年的希特勒，在米夏尔身上发生的一切可以得到解释——发育期的少年无力抗拒的性欲驱动力。一批人内心的斗争导致与纳粹为伍甚至成为大屠杀的凶手，而米夏尔的内心斗争走向变态无伤大局的畸恋。由于饥渴，米夏尔“犯下了道德上罪，我把这种违背伦理的良心谴责掩埋起来”(21)，米夏尔把行动归结于无法控制的自足力量，这一点和纳粹罪犯们在法庭审判上的辩词也如出一辙，我们只要举出汉娜的供词与纳粹头目之一艾希曼的辩解就可以一目了然：汉娜认为她所执行的都是命令，忠实完成自己的任务是天职。艾希曼称自己只是执行命令，只要有人命令他去死，他也会顺从此道命令。成年的米夏尔和他的父辈一样将发生过的事情推给“自足的源泉”、“不能自控的力量”，在米夏尔进入中年后，在回顾十五岁时发生的过错，又觉得自己那时太年轻无法负责任：“我想施密特太太(汉娜)会对我的道歉表示欢迎[……]”(21)

成年的米夏尔还是不愿认为自己受到(汉娜性以及道德)伤害，说明他接受了德国父辈的沉默文化。施林克向我们展示了两种防护和否认机制：针对自己的作恶指控将其转移到不可控制的(来自匿名)的力量，纳粹罪犯的辩解与米夏尔的自我解释一样；一个人无法获取指控自己父母亲的立场，像主人公米夏尔那样自己学会对父母亲的罪过选择通过家庭内部的“假审判”，正因为如此，孩子们在知晓与否认中游动，从不真正与父母决断，因为只要米夏尔与象征父母的汉娜决裂，那么他换来的将是自己孩童时代的无辜，因为这样等于证实了自己那时是因为汉娜对自己的性诱惑(而实际米夏尔没有提出申诉，也不愿责备和公开，说明他选择的是沉默)。[10] 也就是说米夏尔把属于父母的(汉娜)和自己的都一人承担。无意中形成了一种保持沉默的默契。

米夏尔在发展，是青春期性欲推动加上对秘密的好奇；汉娜也在发展，她搭上米夏尔的成长之车，她的发展之路米夏尔扮演老师的角色，暗含着在文化和道德上，德国战后一代比父辈要强，同时也包涵着后一代米夏尔虽然感觉到汉娜的性格中的扭曲，但由于对汉娜(父辈)依赖性而屈服与她，控告汉娜(父辈)在米夏尔是跨不出的步子，相反米夏尔(后一辈)不但适应汉娜(父辈)，为了和睦的缘故将本来是

---

〔10〕父辈与孩子的矛盾之处在于，一方面孩子认为父辈有罪，正如德国人相信希特勒有罪，另一方面他们得制造出一个匿名的机构(Instanz/Es)，大家是按照无形的机构去行动的，从而自己为自己寻找到了解脱。

父辈的罪恶揽到自己身上。虽然汉娜自己接受了启蒙，变成文明人，但她继续保留自己的黑暗秘密，不想为她的罪行承担责任。（在狱中食堂最后见面，汉娜质问米夏尔，她为什么要负责，她坚毅地说，自己只为死去的人负责。）

在米夏尔坐车撞见汉娜时，明明相见，但汉娜拒绝走近，这对米夏尔是伤害，几乎是噩梦，发现自己并不能进入汉娜真实的世界，（与她结合），反过来自责自己："她主观还是客观，她必定是误解了我吗？我做事的时候没有脑子，我毫无顾忌，没有爱意"，自责中米夏尔找不出什么明智的结论："事情有自己的结局[……]我只有投降"(21)。

在他们骑车旅行时有两件事情值得我们分析。一是旅游过程中米夏尔的主导地位，旅游的一切计划都由米夏尔打点，这当然是象征着战争中昏暗的父辈，他们还需要他们孩子的启蒙，米夏尔象征着主导位置，但细节中可以看出，这只是表面，米夏尔骨子里还是向他们投降，他只是在前面受委托而已。文中有一句话，从服务员口中所说："希望你的母亲能满意"，"你是一个伟大计划家"。二是住在旅馆为留字条发生争执过程中，米夏尔挨到汉娜的抽打，但他还是坚持自责，不是选择反抗。这时候读的书目是艾兴多夫的《一个无用人的生涯》(《一个无用人的生涯》与《朗读者》共同之处是，无用人——磨坊主儿子同米夏尔一样爱上一个女人，但对所爱女人的身份直到爱情结束时都未弄清楚)。米夏尔这种甘愿受虐的举动原因到底何在？为什么她不选择与汉娜一刀两断，这实际上反映的是德国第二代的自我价值的虚伪，在父辈沉重历史面前没有自我价值，只能选择自我贬低——这又反映德国人的团结性，只有至亲感和认同感，才能从心理学上产生替别人负责感，否则就会撇清自己。

启蒙的主导是孩子，似乎米夏尔变成了汉娜的父辈形象，但这对米夏尔来说又是矛盾的，因为作为孩子他无法摆脱父母，总是随时随地需要父母的搀护。在这部小说里，米夏尔总是在成长问题上感觉交错，偶尔过于成熟甚至成为父辈的"导师"，但又不时表现孩提化，出现返祖现象。这特别表现在汉娜抽打"我"的同时委身于我，史无前例的与我做爱，并第一次让"我"占主动地位。对米夏尔个人来讲，他在家里遭到孤立，感到陌生，他在父辈身上发生的事情继续在自己身上发生，文中强调，"我的女儿，被剥夺"，女儿必须接受父母亲未经自己的同意就离婚，失去天生的幸福，这是必须适应和接受剥夺的过程，甚至在她女儿已经成年时对父母的离婚感到自责而不是责问父辈，她满含热泪的说，她还以为父母离婚是因为自己的错。父母亲在感情上依赖孩子，孩子对父母亲在自己身上的依赖性心领神会，并且很快对父母亲的需求做出反应，并扮演完成父母亲依赖自己的角色，这种角色增强了孩子的“爱”，孩子自己会感到被需要，孩子感到了存在的意义。

汉娜开始抽打米夏尔至流血，然后又投入米夏尔的怀抱，无论从心理还是从生理上受伤的米夏尔都没有远离汉娜，不断不准备她，还继续与她上床，米夏尔完全进入了汉娜的心理结构，成为她的复制品，虽然他在不断努力寻找自己的身份。米夏尔与汉娜唇齿相连的结构在那首米夏尔自己写的那诗里可以得到照应——“你中有我[……]”(57)

汉娜以自我为中心的个性存在人格缺陷，她感情停滞，知道米夏尔在她面前扮演了父亲角色，她的性格里才添加了感情特色，与此同时，她对文化感兴趣，最终发展为文明人。但拒绝整理过去的历史，罪行和罪责永远被她隐藏(其中她住的房子就是象征)。扮演父亲角色的米夏尔对汉娜重要之处在于，通过米夏尔，汉娜的个性得到感知，并且被米夏尔不加批评地接受了，正如家庭不需理由地包容家庭成员，即使成员有错，这是血亲关系，也是人本能和集体无意识所致。米夏尔浓缩了汉娜的形象，汉娜和米夏尔结成这个临时的“家庭”后，米夏尔被束缚在无法走出恶性循环的内部运转系统中，对自己的过去似乎既知道，又不知道，越过一定的界限都会导致威胁，因为米夏尔对汉娜有依赖性，他是自甘接受汉娜的控制，米夏尔是牺牲品，他无法看到其中的利害关系，但已经不知不觉地与汉娜保持默契的关系之中，他欣喜若狂地接受比自己大 21 岁的汉娜从外在形式上说明了他对血亲乱伦关系的认同，彻底表明他和汉娜是互为关系，米夏尔是汉娜的复制品。

米夏尔从没有了解到汉娜的秘密，因为汉娜他陷入了自己的不可告人隐秘世界，从此和身背纳粹隐情的汉娜形成了对照、遗传关系。“我隐瞒了我应该坦白的东西，我没有向她坦白[……]这种关系失去了根基，因为否认，这实际是另外一种背叛”(72)。

这些话里体现出米夏尔从与汉娜的关系中学会继承了一些沉默和背叛的策略，米夏尔的女朋友索菲以及米夏尔的其他朋友都感觉到，米夏尔身上一定有什么秘密，甚至偶尔跟他谈起。同学第六感官式的猜疑正是汉娜留给米夏尔的疑惑，像一种回声，汉娜在她的一生中都拒绝米夏尔的过度盘问，米夏尔同样回避自己同学兼妻子的问题，回答是不诚实的。这种循环关系可以用下面的表格展示：

这种结构可以延伸到战后一代与父辈的关系上来：第一代（战争亲历者一代）对他们的责任和所做的罪行保持沉默。一些人对战争的否认和罪责的推卸，他们不想有德国的历史，宁可加入欧洲，不想把德国历史基点定位在纳粹史上，泛历史化，借此表面性地摆脱历史阴影，问题是从而失去了下一代的信任，这种背叛在于，本来属于他们老一代的罪责重担被遗传到他们下辈的身上，按照施林克的说法，这是中世纪法，任何现代法律都没有集体犯罪判决和株连犯罪的判决，德国有罪，但是个体的罪；但另一方面没有罪的人却背上了道义责任，如何告别往事，这不是小事，如何将过去融入现在。这在小说中象征性地体现在汉娜一天不辞而别，这预示着上一辈的责任义务毫无商量的留给下辈去承担，本来应该由老一辈解决的问题现在成了下一辈的痛苦："我的身体渴望汉娜，比这种渴望更深的是罪责感"。(80)

米夏尔没有对汉娜提出批评和控告而是满怀自责，却在自己身上外加了黑暗的秘密负担，米夏尔成为了汉娜的缩影。汉娜不辞而别以后的几年，叙述者提到米夏尔如何度过他中学的最后几年："开始的时候怀念汉娜，但此后我对友谊、爱情和分离感到释然，没有东西可以使我沉重，我对一切无所谓，一切都可以过去"。为什么米夏尔本来自感那么多的罪，现在面对现实中的爱人与亲友没有低头却变化如此之快，因为如前文所讲，米夏尔作为汉娜的复制品，他们是不确定的人，他们在感情上有一个共同点就是：不容许真正地与别人接近而是保持距离。汉娜对米夏尔强烈地占有，而米夏尔对汉娜主动委身并适应她，二者以独有的方式建立依赖关系，最后双方都承载着秘密，双方发展启蒙化的过程势必难以完整。米夏尔事后的感慨是他们俩真实的写照："我回想很远，有很多的痛，我知道汉娜已经不在我的记忆里，但我没有克服对她的回忆。"(84)

米夏尔的回顾表明了他的大彻大悟，某一个人不能处理伤疤的经历，在他身上可能发生的事情。“我习惯了高高在上的姿态，我习惯了高傲不在人前低头的行事方式[……]”

对此，性格上优柔寡断的米夏尔采取的是防御机制和感情冷漠，米夏尔对周围的同学、朋友都采取高高在上的姿态，甚至在整理法庭见习期时米夏尔就留下了以下的文字：

“整理！整理[……]”(87)这种不关切现实，体现在整部小说叙述格调上[11]，同样坚固如冰，“其实这个故事有许多版本”(129)，始终保持距离是米夏尔这个人物的形象。越是在小说后部这个距离感越强烈，其原因是“我”是真正整理历史，不像其他人(家人、教授、同学)是表面的搞集体游戏，或者六八运动只是借清理自私地撇清涉己关系，同时又有切肤之痛的爱与恨的个人经历，从而获得了比别人更进一层看待历史的方式，正面看清具有创伤性历史黑洞问题的前提是感情隔离和感觉放弃。

《朗读者》的成功之处在于，德国人仍然需要对父辈的行为以及罪证进行沉默，改变了以往有关战争与大屠杀的反思的旧模式，揭示了德国人隐藏在心里的秘密：如何默契地保持并承传沉默的对话的过程与策略。

七、面对反思过去的进退两难

按照忠孝原则，由于家庭血亲联系，禁止小孩提起自己的父亲或者祖父当成杀人犯。是不是存在过滤现象：“家庭记忆中对战争的回忆是以故事形式出现，(大人)会根据他们意识对后代进行讲述，不断传下去”(52)。第二代继承了上辈的沉默，他们仍然无法正面犯罪的恐怖事实，将一切内心化，他们内心深处仍然是在知晓和不想知晓之间摇摆，犯罪的事实是无法隐瞒的。米夏尔成年结婚生女后作为父亲同样面临着沉默与坦白的矛盾：

首先，他继承了沉默，对和汉娜的往事恪守秘密(164)。这和象征他父辈的汉娜是一样的。米夏尔同现任妻子的关系不好，原因是那段没有处理好的过去：“我

---

〔11〕施林克始终认为这是他们这一代的权利——战争后一代是无罪的，尽管是法律意义上的，不需要背负精神创伤和负担。

要结束和汉娜的关系，但这又让人不舒服，这种感觉一直未消退，女儿尤利娅五岁的时候我们离婚”(165)。

其次，米夏尔批评为他的父亲与孩子们保持距离，但感到自己同样与女儿有距离。“作为父亲不能帮女儿这让我难受”(139)。米夏尔也描述过父亲的绝望，米夏尔从自己的婚姻失败中认识到保守秘密(不真诚以待)是有害的。但奇怪的是米夏尔同后来的女人都袒露了秘密，但不符合逻辑的是，他与这些人的关系仍然是失败的，米夏尔将自己频繁换女人的结果归结于她们对自己所讲经历不感兴趣——意思是，“我”公开了秘密，仍然是无法“得救”。这是为“保持沉默”无可厚非的变相辩护。“所以我重新不说了，因为人们所说的真相就是人们做的，说和不说一样”(166)。轻视“对秘密公开”在另外一处体现得较为直接：米夏尔的一位老同学事隔多年无意中问她和那个女的有什么事，米夏尔回答是：“我不知道怎么回答，不知道怎么否认、承认、支开”(169)。此处体现了知晓和防护两者中米夏尔无法取舍，导致没有明确立场，在米夏尔后来的职业选择中也是这样：米夏尔跟父亲一样选择逃避到法学教育中，跟他父亲的“哲、思”如出一辙，他说父亲“逃到生命以外的地方”。米夏尔总是为自己的逃避找到借口，最后找到了奥德赛作为拔高自己的参照：“奥德赛也是运动的历史，没有目标，随遇而安，成功但徒劳”(173)。

再者，离婚是剥夺，因为离婚意味着大人没有经得小孩的同意就将他们的“家庭权利”恣意地剥夺了，这又是罪恶的转移。而且女儿对本是父母的罪责，还认为是自己的错。[12] 米夏尔的失败在于在知晓和否认之间的摇摆不定，他需要很多的勇气来突破父辈遗传的“沉默机制”，但他最终没有站出来与父亲划清界限，宁愿自己成为这种体制中的一员——“继续沉默/公开的隐匿循环”。

这种沉默的机制总是在象征性的空间里进行：在汉娜无窗的房间里，在汉娜集中营选女囚犯供自己朗读的房间里，都是密闭的。汉娜对关系自己过去的话题(40)，她都避而不谈，或者随便搪塞一下。对象征父辈的汉娜过去的，作为下一辈的米夏尔能感觉到他(她)们的矛盾，难言之隐。但米夏尔一代对父辈的纠葛心理

---

〔12〕注意《朗读者》在电影版中，加入了几个要素，一是父亲与女儿的对话；二是中学老师给孩子上的第一节课是引用最伟大的作家歌德的“我们的文化最重要之处是强调拥有属于自己秘密权力的至高无上……”

不能正面对待而是被动投降，他们下一代在潜移默化中学会了哪些是该问的，哪些是不该问的，将那些禁忌话题内在化（verinnerlicht）。上下辈之间形成了一种"知情文化"（Wissenskultur）。这种知情文化核心是德国战争一代与后辈之间如何传承带有罪责的秘密往事的问题，有对话，但是内容是空洞的，剩下的只是形式结构：即对罪责的意识同时相应作出得体的回避，罪责本身变成了一个纯粹的物体（像一个博物馆的陈列品，供人观赏，但看后离己而去），或者说是一个蒙眼的过客，被人从一辆汽车传到另一辆汽车里（汽车代表德国几代人，过客是历史罪责问题），罪责问题像一个包扎完好的黑匣子传递到下一代手里，至于里面到底是什么无需知道，也不重要。健忘症意味着与历史断裂，在房子的外观上就可略见一斑：汉娜的房子没有阳台和凸窗，见不到住的人，"死寂世界的瞎灯鬼火没有眼睛的房"（23），使米夏尔联想到了自己的父亲，二者都是冷冰冰的，封闭的，无个性的，作者有意安排与米夏尔家庭氛围颇为相似的象征物与米夏尔的世界发生关系，它们相似点在于，对米夏尔是闭锁的，但同时充满磁力的。

感情的强制引出了德国人的第二反应机制：去现实化，淡化第三帝国的存在，保全自己受伤的自尊，角色的转化为自己争取到了免受触动的感情纠葛，这又导致了第三反应就是疯狂挽回，体现在集体努力埋头苦干，用重建来消磨内心的痛苦。米夏尔对内衣拒绝但又好奇的心理正是德国战后一代在父辈历史面前的境遇，一方面米夏尔不想看过去，同时这与汉娜的沉默不语非常配合，在小说后部我们可以了解到，汉娜特别小心地保护自己不想触碰的过去，甚至不允许米夏尔询问自己的名字："'你为什么要知道这个？'她不信任地盯着我"（34）。这是主人公汉娜与米夏尔进行对话的开始，但我们从中可以看出对话的双方在历史面前的进退两难，影射出德国战争一代与战后一代对话过程中的遮遮羞羞，老一代对后辈的追问的态度除了沉默就是引开话题，要么无害化处理或者一笑而过，直至孩子辈感觉到不该再问下去为止。

历史的痕迹

——德国当代作家克里斯托夫·海因叙事作品中的历史书写

Die Spuren der Geschichte

——Die Geschichtsdarstellung bei Christoph Hein in seinen epischen Werken

张　焱

内容提要： 随着各学科之间的交互发展，历史书写这一概念现如今已不只应用于历史学研究领域。它同样是文学，尤其是德国文学作品中常见的主题。但文学和历史学的历史书写存在着重大的区别。这种区别在德国作家克里斯托夫·海因的小说作品中体现得尤为明显。海因的多部小说都以描写民主德国历史为主。他在书写历史的过程中，一方面深受瓦尔特·本雅明的历史哲学以及叙事学思想的影响，另一方面他始终坚持深具个人特色的"编年史"写作原则。在这样的思想和原则的引导下，他的作品呈现出形式独具一格、语言冷静克制、内容以古喻今的总体特点。通过这样的历史书写手段，海因把历史事实和文学虚构融合在一起。

关键词： 克里斯托夫·海因，民主德国，历史书写

本文首先梳理文学与历史的关系，浅谈历史和文学研究领域对于历史书写的认识。再介绍海因的创作思想与瓦尔特·本雅明哲学和叙事学思想之间的联系，然后以海因的叙事作品《占领土地》为考察对象，分析海因作品中历史书写的特点。最后以作品中的历史书写为例，重点探讨文学与历史学中的历史书写之间的几点差别。

一、文学与历史学中对历史书写的认识

历史书写(Geschichtsschreibung 或 Geschichtsdarstellung),从字面上理解,就是描述历史,描述过去实际发生的事件和现象。不仅仅只有历史学家有权利描述历史,艺术家,尤其是同样与语言文字打交道的作家,也有权利或者愿望去记录他们认为有意义的过去。这些过去,我们不难从他们的作品中觅得踪迹。但从目前的研究情况来看,“历史书写”这个词汇几乎只出现在历史学研究当中,而在文学研究中则较少为人所提及。文学作品中的历史书写为什么没有受到重视? 究其根源,我们需要回顾文学与历史的关系。

文学与历史,这两者之间的关系可谓源远流长。从西方史学史上来看,各国的史学研究最早应追溯及神话与史诗。因为它们“反映了人类处于萌芽状态的文学、史学、哲学、宗教、伦理等原始先民的最初的意识形态。”[1]口耳相传的神话与史诗是文学和历史学的共同源头。例如著名的《荷马史诗》就是当时人们社会生活的“百科全书”。这部史诗中包含着很多重要的文学和史学要素。它是古代希腊文学的重要代表,不仅一度是欧洲文学的高峰,而且对后世文学的发展也有极为深远的影响。但要是拨去这部作品神话传说的迷雾,将其中的文学成分剔除,就可以发现《荷马史诗》颇具史料价值。它既反映了史诗创作年代,也反映了中间神话传说保留下来的年代。《荷马史诗》就其所包含的社会和文化方面的资料而言,它的范围之广和内容之丰富,都是古希腊许多历史著作所不能比拟的。所以从拥有共同的源头这一点上来讲,一开始,文学和历史学的关系是十分密切的。

1. 史学界对历史书写认识的变化与发展

在《荷马史诗》出现以后,文学、历史学和哲学等等学科,便从这一源头开始逐步地走向分离和独立。自从古希腊历史学家希罗多德(Herodotos)所著的《历史》问世以来,史学在西方开始成为一门初步独立的学问。在修昔底德出现以后,写信史实录成为对史学家的基本要求,这是史学走向成熟的一个标志。19 世纪开始,专业历史学家决心效法 19 世纪取得重大突破的自然科学,摆脱历史同哲学的暧昧

---

[1] 张广智:《西方史学史》,上海:复旦大学出版社,2010 年,第 6 页。

关系，使历史成为一门独立的科学。在此背景下，产生了以兰克为代表的19世纪西方史学。兰克一直被西方史学界视为是客观主义史学，即传统史学的集大成者。在他看来，"历史学家的任务就是将事实是如何发生的说清楚。所以他的历史著述很克制的，他也极少在其中轻加断语，议论是非。"〔2〕深受兰克影响的一批又一批卓越学者，大多都忠于兰克的史学理论和方法，深究资料的来源，追求史料的原始性，推崇不偏不倚的研究态度，在近代西方史学中形成了声名远播的"兰克学派"。〔3〕兰克学派对后世影响最大的是其史学方法，而其核心就是客观主义的研究方法。为了强调这种客观性，兰克提出，首先必须穷本溯源，重视原始资料，并且要对于史料进行严密的考证和批判，辨别材料的真伪。〔4〕其次，也是最重要的一点，即兰克学派所谓超然事外、客观公正的叙事态度。〔5〕他们主张书写历史不要表现出自己的个性特征，要能在礁石之间行驶而不暴露自己的宗教信念或哲学信念。〔6〕因为肤浅地对历史事物进行判定的做法，会将撰写者个人的主观性和倾向性带入到历史撰述中，最终不能反映历史真实。

随着人类社会进入到了20世纪，世界形势发生了巨大的变化，自然科学某些领域也取得了重大突破。兰克学派的传统史学稳固的地位受到了巨大的挑战。首先历史学家引以为豪的历史学科的客观公正性频遭冲击。特别是在两次世界大战中，许多历史学家从狭隘的民族主义立场出发，为本国政府发动侵略战争进行辩护。之后，人们又发现，许多被历史学家认为真实可信的第一手的政府文件中，竟然有不少是伪造的。这样的历史学还有什么客观性可言？另外，传统史学还片面地夸大了历史研究对象的独特性、不重复性，实际上否定了历史认识可以经历从具体到抽象、从个别到普遍、从特殊到一般的辩证发展过程。因为不能够加入撰写者自己的分析和综合，史学家的任务只是通过对史料的批判考证，使历史事实成为精确的、可以实证的知识。这正是"科学的"传统历史学中"科学"的含义。也是依据这种"科学"的含义，传统史学家认为，他们所从事的工作与人文科学是截然分开

---

〔2〕张广智：《西方史学史》，上海：复旦大学出版社，2010年，第16页。
〔3〕同上书，第19页。
〔4〕同上书，第20页。
〔5〕同上。
〔6〕同上。

的。这样一来，传统史学便陷入了危机之中。第一，它只强调史学具体的、特殊的、个别的性质，而不能上升到一种普遍的、规律的层面上来。第二，拒绝了归纳和综合分析方法，也反对社会运动和发展的规律和法则。这两点就足以让人们怀疑，历史学是否是一门能够帮助人们认清过去，启迪人们理解现实和预知未来的科学，因为它的社会功能已丧失殆尽。渐渐的，反对以兰克为代表的传统史学的声音越来越大。事实上，在19世纪，传统哲学虽然在西方史坛占据主导地位，但与兰克持有不同观点的学术派别始终存在。伏尔泰就曾提出这样的观点："历史作品不应全是纯粹叙述性的事件史，而应是有分析有说明的结构的历史。"〔7〕除此之外，他还反对把历史只看做是由政治、军事和外交内容组成的集合，反对以君王和伟人为中心的历史。强调主体认识作用的历史哲学派别，如其中的代表人物狄尔泰、克罗齐等，更是极力反对将传统的客观主义史学视为自然科学的观点，认为历史学应该同自然科学截然分开。

传统史学在20世纪逐步失势，各种新兴的历史学流派登上了舞台。在此期间，诞生了一种将历史看作是叙述的历史哲学观点。历史学类似于文学的叙事而不是科学的分析，这是后现代主义历史哲学的一个重要观点。〔8〕历史现实只有通过叙事才能部分地保存下来，叙事让不依赖叙事主体存在的历史事件转变为了历史事实。新历史主义的代表人物海登·怀特认为，"一般来说，人们不愿意把历史叙事视为一眼就能看穿的东西，即语言的虚构，其内容与所发现的内容同样都是发明出来的，其形式与其说与科学的形式相同，不如说与文学的形式相同。"〔9〕

综上所述，历史学的发展，经历了从以兰克为代表的传统史学，到后现代主义史学，从极力撇清与文学的关系，到重新审视和重视与文学的联系这一过程。这个过程也向我们证实了史学和文学之间的不可分割。事实上，除了怀特所提出的历史叙事和文学叙事的相似性之外，《史学导论》的作者约翰·托什总结出了历史撰写的三种基本方法：描述、叙事和分析。〔10〕重建过去，也就是在其全面性、具体性

〔7〕张广智：《西方史学史》，第36页。

〔8〕同上书，第436页。

〔9〕同上书，第449页。

〔10〕约翰·托什《史学导论：现代历史学的目标、方法和新方向》，吴英译，北京：北京大学出版社，2007年，第126页。

和复杂性上重构特定的历史阶段。历史学家在自己掌握的历史资料的基础上，运用描述这种手法在读者面前描绘一种氛围或场景，营造一种直接经历的幻觉。这要求历史学家要像小说家或诗人那样运用想象力，努力地去把握细节。托什在书中指出了这样的一个事实，在大多数欧洲语言中，“历史”一词通常和那些用于描述“故事”的用词相同，例如法语是 histoire，德语是 Geschichte。杰出的历史学家总是受到同时代作家的影响，在文字上下了许多苦功夫，从而才能使他们的著述展现出戏剧和生动的一面，才能吸引公众的广泛阅读。

2. 文学领域对于文学与历史关系的认识

在上面章节对西方史学发展过程的概括当中，我们简单地了解了不同的史学流派、史学家对于历史学中的历史书写所持有的不同观点，以及史学界如何看待历史书写与文学的关系。那么，文学领域研究者又是怎样看待历史和文学之间的联系呢?

早在古希腊时代，亚里士多德就曾关注过历史与文学之间的关系。他在其著作《诗学》中探讨过历史学家和诗人的差别以及他们各自的任务。他说道：

> 诗人的职责不在于描述已发生的事，而在于描述可能发生的事，即按照可然律或必然律可能发生的事。历史学家与诗人的差别不在于一用散文，一用“韵文”；希罗多德的著作可以改写为“韵文”，但仍是一种历史，有没有韵律都是一样；两者的差别在于一叙述已发生的事，一描述可能发生的事。因此，写诗这种活动比写历史更富于哲学意味，更被严肃的对待（或者可以解释为“诗比历史更富有哲学意味、更高”，所谓“更高”，指更有价值，地位更高。）；因为诗所描述的事带有普遍性，历史则叙述个别的事。〔11〕

这段著名的论述在讨论文学与历史的关系时屡次为研究者所提及。在接下来的论述当中，亚里士多德也对他提到的“普遍性”和“个别的事”做出了解释。他认

〔11〕亚里士多德：《诗学》，罗念生译，北京：人民文学出版社，1962 年，第 27—28 页。

为普遍性指的是,一个人按照可能性和必然性的规律“会说的话,会行的事”。[12]他还认为,诗人所要描写的、追求的是这样一种普遍性,而历史学家则描述的是过去发生的具体事件,例如某一场战争或类似的事件。基于这种普遍性和特殊性的对比思考,亚里士多德对文学的评价更高。且不论谁的价值更大、地位更高,在这两种学科逐步分离的过程中,许多文论家对自己学科的本质以及任务做了研究和探讨。韦勒克在《文学理论》中,尝试将文学同其他基本概念和学科分离,提出了他关于文学本质的观点。他认为,文学的本质体现在文学所涉猎的范畴中。“它们处理的都是一个虚构的世界、想象的世界。”[13]文学作品中所陈述的,从字面上说都不是真实的,不管作品是小说、戏剧还是诗歌。小说中的陈述,即使是一本历史小说,与历史书籍或社会学书籍所记载的同一事实之间仍有重大差别。小说中的人物和历史人物、现实中的人物是不同的。文学作品中的人物和情节,都是作者根据一定的艺术规则利用语言创造出来的。作家依据艺术规则,在作品中创造出一个虚构的世界。历史学家也要遵循一定程序才能获得研究结果。他们的工作首先是从收集历史资料开始。这些资料包括人类在过去活动中遗留下来的各种证据——文字和口述资料,美术作品、照片和电影诸如此类。他们通过对这些资料的收集、发现和深入探讨,得出自己的研究结果。这一过程具体包括:首先对收集到的历史资料进行批判性地阅读,确认事实,然后再深入探讨其内在意义上的相互关联,最后以清晰优雅的语言重新描述出这种内在关联。[14] 这其实就是历史学家的任务。从上述文学和历史学本质和任务的论述中,我们可以清楚地发现,作家虚构和想象力的世界构成了文学的本质,而历史学则是以追求事实,构建对过去的解释为最重要的目的。两种学科之间还是存在着本质的区别。

历史指的是历史学家记述过去发生的现象。历史学家在记述过去的过程中,使用了文学中常见的写作形式——“描述”。那么,历史学家书写历史的行为,与文学家的创作行为之间,不存在什么实质性的区别。在文学作品中,作家也完全有可

---

〔12〕亚里士多德:《诗学》,北京:人民文学出版社,1962 年,第 28 页。

〔13〕勒内·韦勒克/奥斯汀·沃伦:《文学理论》,刘向愚/邢培明/陈圣生/李哲明译,北京:文化艺术出版社,2010 年,第 14 页。

〔14〕利奥波德·冯·兰克:《历史上的各个时代》——兰克史学文选之一,(德)约尔丹、吕森编著,杨培英译,北京:北京大学出版社,2010 年,第 11 页。

能利用一般的历史事实，构建心目中的虚幻世界。具有现实主义，自然主义特征的叙事小说就是明显的例子。熟悉现实主义作品的读者知道，现实主义不是机械地把现实复制到文学作品中去，德国的现实主义文学更是如此。德国的现实主义文学又叫"诗意现实主义"(Der poetische Realismus)。这个概念是由奥托·路德维希(Otto Ludwig)提出来并进行定义的：文学作品中的世界，是由创作的想象力呈现的世界；作家的想象力重新创造一个世界，这个世界不是所谓的幻想的、支离破碎的世界，而是完整的、体现了各种关系的世界。[15]"对诗意现实主义文学的定义，实际上是要避免文学成为对现实的直接、机械的反映。"[16]现实主义的作家认为，那种"直接、机械的反映"只是对现实的科学加工。而文学创作不同，它应当选择的是具有"诗意"的生活瞬间，通过幽默、夸张、隐喻等写作手段，艺术地反映现实。历史，作为过去真实发生的事件的集合，也属于现实的一种。文学中书写的历史，应该是被提炼、净化和美化的历史。

谈到文学中的历史书写，历史小说这一类别是绝对不能忽视的。众多的作家和研究者都曾尝试定义这一文学体裁。20世纪德国杰出的历史小说家阿尔弗雷德·德布林曾经在他的文章《历史小说与我们》(*Der historische Roman und wir*)中写到："当我们将目光集中在历史学上时，我们就可以肯定：诚实的只有时间顺序。人们从排列数据起就开始利用一些手段了。清楚地讲，就是：讲历史，人们是有目的的。在这种情况下，我们才极尽谦虚地接近历史小说。"[17]德布林用这段话阐明了他的观点，那就是：艺术的历史书写与科学的历史书写之间的相似程度，远比历史学家们承认的大得多。[18] 就像德布林所想的那样，那种针对文学作品中历史描述的批评是不必要的。现在的作家，特别是历史小说家，追求的并不是与历史学家竞争。描述历史的作家的确也希望能够传达他们对于历史的认识，但对于他们来说，主要的任务并不在于道出可证明的事实。他们旨在运用文学艺术特有的塑造

---

[15] 参见范大灿等：《德国文学史.第3卷》，南京：译林出版社，2007年，第407页。

[16] 范大灿等著：《德国文学史.第3卷》，南京：译林出版社，2007年，第407—408页。

[17] Ralph Kohpeiβ: *Der historische Roman der Gegenwart in der Bundesrepublik Deutschland*. Stuttgart: Mund P. Verlag für Wissenschaft und Forschung, 1993, S. 36.

[18] Vgl. Ralph Kohpeiβ: *Der historische Roman der Gegenwart in der Bundesrepublik Deutschland*. Stuttgart: Mund P. Verlag für Wissenschaft und Forschung, 1993, S. 36.

手段，让自己的作品内容上升到一种反思的层面。他们往往是带着一种意识形态批判的态度，质疑常见的历史考察方式。例如，他们会质疑从胜者角度出发的历史，也不赞同把历史看作是与伟大人物行为相关的事件。从这层意义上来讲，德布林更偏向于把历史小说这类文学作品当成是对历史学中历史书写的修正。

二、克里斯托夫·海因对本雅明历史哲学思想的接受

纵观德国文学史，很多知名的作家都深受经典的或者是同时代的某些哲学思潮和哲学家的影响。海因在大学求学期间，因为他的出身和在西德的求学经历，不能选择自己中意的艺术专业，最终只能选择哲学。因为接受了哲学的洗礼，按理来说，他的作品理应都多少会带有一些哲学的特色。但他在 1986 年接受雅希姆扎克(Krzysztof Jachimczak)的采访时，当对方问他哲学学习对他的创作有没有什么影响时，他却这样答道："如果这个专业有一种影响的话，那么它是以一种令人不愉快的方式施加影响的。正是大学的这段时间，我不得不停止写作，而且在学业结束后一年我都没有写作。这样的大学学习没有给我的工作带来良好的影响。"〔19〕但是他的创作果真如他本人所说，没有受到丝毫哲学思想的影响吗？答案是否定的。这一点，在与海因有关的一些访谈资料和他自己的杂文中均有体现。事实上，海因的作品不仅包含了一些哲学理念，而且可以肯定的是，这些哲学理念和德国哲学家瓦尔特·本雅明的历史哲学观念十分相近。事实上，本雅明对海因的影响也不仅仅体现在哲学方面，他的叙事学思想和文风也对海因的创作带来了很大的影响。

海因的思想与本雅明的有着许多共同点，甚至连身世也有细微的联系。从本雅明的著作中也可看出，他的思想深受犹太喀巴拉教派的影响。〔20〕海因虽然不是犹太人，但他的故乡西里西亚地区也曾是犹太人聚集区之一，而他的妻子克里斯安娜也出身于一个犹太家庭。基于这些原因，他本人对犹太宗教以及文化也相当熟

---

〔19〕Lothar Baier: *Wir werden es lernen müssen, mit unserer Vergangenheit zu leben*. In: *Christoph Hein. Texte, Daten, Bilder*. Frankfurt am Main: Luchterhand, 1990, S. 50.

〔20〕喀巴拉教派属于犹太教神秘主义体系，发展于 12 世纪以后。所谓"喀巴拉"，希伯来文为"承袭"或"传授"之意。喀巴拉派主要典籍为《佐哈尔》(即《光辉之书》)。《佐哈尔》以及喀巴拉派其他典籍之精义，在于泛神论的神祇观念，亦即确信：神是无限的、无定形的存在，无任何属性可言。喀巴拉派执著于种种数字组合，并沉溺于种种法术咒语等的组合。

稔。本雅明在其后期的著作中表现出了对历史唯物主义和马克思主义的强烈兴趣，这些思想，对于后来居住在民主德国的海因来说，都再熟悉不过。海因和宗教的渊源也颇深，他就是出生于一个有着新教信仰的家庭中。他的父亲是一位牧师。基于上述种种千丝万缕的联系，本雅明给海因的创作思想打下了不可忽视的烙印。

其中，能够直接表现出两人之间思想交会的是海因的《梅尔策尔的棋手去了好莱坞》(*Maelzel's Chess Player Goes to Hollywood*)（以下简称为《梅尔策尔》）一文。

在这篇文章中，海因对本雅明作品《机械复制时代的艺术作品》（以下简称为《艺术作品》），尤其针对作品中阐明的艺术生产观念以及本雅明对于艺术发展的期望，做出了自己的评价。《艺术作品》是本雅明引起争议最多的文章之一。他在文中指出了在新的生产条件下艺术的发展变化，进而特别强调了机械复制技术对艺术发展的决定性影响。艺术品的复制其实由来已久。在机械复制手段出现之前，能够接触到艺术的人少之又少，基本只限于精英阶层。艺术品对于大部分民众来说是"奢侈品"，是他们崇拜的对象。在机械复制手段出现以后，艺术作品才得到了大面积的传播，人们可以轻易地获得伟大的艺术作品的复制品，近距离地观察它们。"于是艺术作品的'光环'消失了，它的'崇拜价值'严重下降了，而它的'展览价值'则大大增加了。"〔21〕艺术领域因此才发生了巨大的变化。在书中，本雅明认为摄影和电影艺术是这种机械复制时代的典型代表。

海因在《梅尔策尔》一文中认为，本雅明的《艺术作品》是他的希望的一座纪念碑。〔22〕海因在他的文章中，首先写下了自己对于"梅尔策尔的棋手"这一故事的理解。梅尔策尔的棋手〔23〕，是奥地利人沃尔夫冈・冯・肯佩伦发明的自动下棋装

---

〔21〕瓦尔特・本雅明：《机械复制时代的艺术作品》，张旭东译，载《世界电影》，1990 年 01 期，第 124 页。

〔22〕Vgl. Christoph Hein: *Maelzel's Chess Player Goes to Hollywood*. In: *Die fünfte Grundrechenart. Aufsätze und Reden*. 1987—1990. Frankfurt am Main: Luchterhand Verlag, 1990, S. 15.

〔23〕梅尔策尔的棋手：又称为土耳其行棋傀儡，是奥地利的沃尔夫冈・冯・肯佩伦（1734—1804）在 1770 年为取悦玛丽娅・特蕾西娅女大公而建造并展出的，可以击败人类棋手，以及执行骑士巡逻，就是将马放在棋盘上，使它走遍棋盘上的每一格。土耳其行棋傀儡因其外观而得名，实际上是假象，让一位人类棋手藏身其中。因为藏匿之人都是下棋高手，因此傀儡总是能赢得棋局。它从 1770 年首次展览到 1854 年毁于大火的 84 年期间，被带到欧洲和美洲各地展览，击败了不少挑战者，包括拿破仑・波拿巴和本杰明・富兰克林等著名的政治家。虽然期间有很多人怀疑过傀儡里有人，但其秘密直到 1857 年才在《国际象棋月刊》中正式披露出来。

置，后来被人拆穿，这个装置实际上是由人来控制下棋的。自动下棋只是个骗局。海因在这里提起这个故事是为了点明，现代的科技发展早已超越了本雅明的想象。在“梅尔策尔的棋手”这一发明出现两个世纪之后，我们已经不仅仅只在下棋的时候面对的是自动机械。海因举出的例子正是20世纪最伟大的发明之一——计算机。这一完美的机器让很多人产生了不理智的恐慌情绪。即使人们用“进步”这样一个褒义词来称呼科技的发展和新事物的产生，但科技过快发展带来的不适以及随之产生的一些不安，逼迫人们躲进了理智所无法到达的领域。这种不适让人们重新认同传统价值，并在这种重新认同的过程中拯救自我。

面对科技如此快速的进步，本雅明在《艺术作品》一文中表现出来的是他对技术进步的巨大期望。他希望，技术进步可以让艺术领域发生重大变革，让艺术可以脱离仪式，脱离传统，脱离小众。本雅明在推测20世纪的艺术发展前景时，寄希望于艺术作品的可复制性。“因为它让事物的权威，虚假的表面、光环都动摇了。他（本雅明）在可复制性中看到的是传统价值的消失，对狂热崇拜的摆脱，以及它们所谓的自主性的终结。”〔24〕“本雅明所希望的是艺术的社会功能的根本变革。”〔25〕通过变革，艺术不再建立在它的源头——仪式之上。

海因通过一系列的论证证明了本雅明的希望是多么不切实际。海因在文中使用了一个概念——“心之理智”。在他看来，这个“心之理智”与我们所熟知的理智概念绝不相同。它指的是理智所无法到达的内心领域。他说：“这个心之理智限制了人类理智，只给它有限的权利。”〔26〕心之理智的内容包括宗教、哲学以及艺术。海因强调了艺术传统的重要性、艺术的历史价值以及它的延续性。正是这种延续性让我们保持艺术的传统。虽然科学领域发生着翻天覆地的变化，但无论这种变化对人类的实际生活是多么的有益，人的内心在面对以前从未出现过的新事物时，都会感到不安和恐惧。人们带着这种不安回归到“心之理智”的领域。艺术中蕴藏着过去的传统和价值观。它们是艺术重要的特色，经过上百或上千年的时间，沉淀

〔24〕 Christoph Hein: *Maelzel's Chess Player Goes to Hollywood*. In: *Die fünfte Grundrechenart. Aufsätze und Reden*. 1987—1990. Frankfurt am Main: Luchterhand Verlag, 1990, S. 15.

〔25〕 Ebenda, S. 9.

〔26〕 Ebenda, S. 11.

在艺术内部，不会随着时间的流逝而消失。它们不会像科技发展过程中出现的某些事物那样，当更新、更高级的替代品出现之时就失去了价值。因此，“过去那么多世纪中产生的艺术，从总体上来说是不能被取代的。”[27]因为我们的教育植根于过去，也就是说，因为我们的教育以教授和学习过去传承下来的知识为主，因此人们对于艺术品美学价值的认同，也通过这种代代相传的教育模式得到了加强。历史、过去、传统这些是为人们所熟悉和接受的，比起新事物所引起的内心不安，人们更愿意回归到与过去和传统密不可分的艺术领域。所以无论科学如何发展，艺术都不能完全同过去割裂开来。

海因通过分析认为，本雅明在不断地为技术复制感到兴奋时所说出的句子，正点明了他的希望归于破灭的原因：“被复制的艺术作品变成了为可复制性而设计出来的艺术作品。”[28]海因谈到，计算机发明以来，那些向公众敞开的，超越了国家界限和个人兴趣的首先不是艺术，也不是机械可复制的艺术，而是计算机这个机器本身。[29] 按照本雅明的想法，计算机的大量推广不仅有助于肃清艺术传统，而且可以帮助人们鉴别流传下来的艺术作品的艺术价值高低。依照他的期望，随着科技的发展，艺术的生产者和消费者应该不再分离。人人都有权利和机会进入艺术领域，并参与到艺术创作的过程中来。海因却认为，技术发展的潮流已经大大盖过了艺术的光环。艺术作品通过其可复制性而被大量传播。这一事实带来的结果不是艺术的民主，而是以市场为主导的国际化的康采恩。它们制作、复制和传播艺术产品。好莱坞就是一个例子。“好莱坞不仅仅用它的复制品来淹没世界，并且通过这些复制品传播它的意识形态和美学价值观。”[30]

在《梅尔策尔》一书中，海因还指出，除了市场决定艺术的机械复制之外，还有一些地方是国家决定和监督艺术作品的机械复制。在这些地方，市场的价值没有

---

〔27〕Christoph Hein: *Maelzel's Chess Player Goes to Hollywood*. In: *Die fünfte Grundrechenart. Aufsätze und Reden*. 1987—1990. Frankfurt am Main: Luchterhand Verlag, S. 13.

〔28〕瓦尔特·本雅明:《机械复制时代的艺术作品》,张旭东译,载《世界电影》1990年01期,第132页。

〔29〕Vgl. Christoph Hein: *Maelzel's Chess Player Goes to Hollywood*. In: *Die fünfte Grundrechenart. Aufsätze und Reden*. 1987—1990. Frankfurt am Main: Luchterhand Verlag, 1990, S. 17.

〔30〕Christoph Hein: *Maelzel's Chess Player Goes to Hollywood*. In: *Die fünfte Grundrechenart. Aufsätze und Reden*. 1987—1990. Frankfurt am Main: Luchterhand Verlag, 1990, S. 19.

或者只得到了部分承认。[31] 虽然海因在文中没有点明这些地方都包括哪里，但是从上下文中我们可以推测，这其中包括他本人居住过的民主德国。在这里，国家政权为了控制艺术作品的复制，扮演着审查者的角色。官僚机构通过他们无所不在的管理和不断改变的规定，监督着艺术作品的复制。艺术作品就这样被政治化了。

最终海因得出结论，“机械复制时代让艺术作品成为了市场或者官僚主义的工具。这工具的品质，不能从获得它的消费者数量上来判定，因为更大的公开性是通过更多的限制换来的。”[32]决定着艺术作品大量出现的是市场和审查者，而不是市场自由和有艺术鉴赏力的资助者。[33]

在这篇文章中，海因最终以本雅明对保罗·克利(Paul Klee)画作《历史天使》(Angelus Novus)的描述作结。[34] 本雅明的这段描述主要是批判传统的“进步”思想。海因在这里引用这段话也基于相似的目的。科技的进步，让艺术作品的机械复制变得更为容易，公众与艺术及其复制品之间的距离也大大拉近。但是科技并没有真正地促进艺术的实质性发展，它带来的只是大量的复制品以及为了复制而创造出来的艺术作品。艺术作品的生产，皆由市场利益或是国家利益所决定。公众从海量的复制品中亦并不能真正地获得美的体验。由此看来，这种科技的进步并不意味着，社会的所有方面都在向一个更好更完善的方向发展。

因对本雅明思想的批判和接受，直接清晰地表现在了这篇《梅尔策尔》中。除此以外，海因与本雅明思想的接受更多地表现在，他十分隐蔽地将本雅明的思想融入到了他的叙事作品当中。对海因影响最深的，当属本雅明的历史哲学思想以及他的叙事学思想。本雅明在他的两篇论说文《历史哲学论纲》(*Über den Begriff der Geschichte*)和《讲故事的人》(*Der Erzähler*)中，系统地阐明了他的这两种

---

〔31〕Vgl. Christoph Hein: *Maelzel's Chess Player Goes to Hollywood*. In: *Die fünfte Grundrechenart. Aufsätze und Reden*. 1987—1990. Frankfurt am Main: Luchterhand Verlag, 1990, S. 31.

〔32〕Christoph Hein: *Maelzel's Chess Player Goes to Hollywood*. In: *Die fünfte Grundrechenart. Aufsätze und Reden*. 1987—1990. Frankfurt am Main: Luchterhand Verlag, 1990, S. 33.

〔33〕Vgl. Christoph Hein: *Maelzel's Chess Player Goes to Hollywood*. In: *Die fünfte Grundrechenart. Aufsätze und Reden*. 1987—1990. Frankfurt am Main: Luchterhand Verlag, 1990, S. 33.

〔34〕保罗·克利(1879—1940)：德国画家，版画艺术家。他出生于一个瑞士艺术家庭。作品风格多样，受到印象主义、结构主义、立体派、野兽派等不同艺术流派的影响。

思想。

本雅明于1940年写就《历史哲学论纲》。这是他生前留下的最为宝贵的文章之一。他本人曾这样评价《论纲》中的论述。他说,它们是"他保守了20年的秘密"。[35] 这篇《历史哲学论纲》最为集中也最为系统地记录了他历史哲学思想的精髓部分。然而,他本人却无意发表这篇论说文,因为他认为,"它们将打开狂热的误解之门。"[36]的确,这篇论说文虽然篇幅不长,但是涵盖的内容却十分宽泛。这其中包括他对神学与历史哲学关系的讨论,对历史主义的反对,对历史唯物主义部分批判和部分支持,他独特的历史时间观念以及"碎片的艺术"。我们这里简单地介绍对作家海因影响较深的几个论题。它们分别是历史时间观念、本雅明对于"进步"概念的批判、对历史主体的定义以及"碎片"的构想。

三、本雅明的历史哲学以及叙事学思想概要

1. 弥赛亚时刻:本雅明的历史时间观念

本雅明历史时间观念的构建,是以批判传统历史主义的线性时间为基础的。历史主义,把对人类历史进程的客观性描述作为主要任务,把历史按照发生学的年代顺序放在了过去、现在和未来三个连续的客观线性时间维度上。过去、现在和未来是各自独立的。历史就是由过去发生的客观事实组成的。历史学家的任务,就是客观地再现过去发生的事实。历史主义的历史,就是建筑在这样单向连续、没有中断又不可逆转的线性时间观念之上。在这样的理解下,过去就是永远过去了,与现在人类的生活几乎切断了联系,与未来的关系也十分疏远。这样的历史观念不能为人类继续前进的道路提供任何帮助。

本雅明则发明出另外一种全新的时间观念。他在《历史哲学论纲》第三节的开头这样写道:"一个不分大小记述事件的编年史作者,所遵循的是这样一条真理:对于史学来说,过去发生过的任何事情都没有消失。"[37]在他看来,过去不像物理主

---

〔35〕理查德·沃林《瓦尔特·本雅明——救赎美学》,吴勇立、张亮译,南京:江苏人民出版社,2008年,第266页。

〔36〕同上。

〔37〕瓦尔特·本雅明:《本雅明文选》,陈永国,马海良主编,北京:中国社会科学出版社,1999年,第404页。

义和历史主义所说的那样，已经完全逝去，与现在和未来无关。在人类的实践活动中，过去和未来都在现在之中发挥作用，未来也孕育在过去之中。本雅明在文中使用了一个新的时间概念“当下”(Jetztzeit)。他在第十四节的一开始就这样写道：“史学是这样一门学科，其结构不是建筑在匀质的、空洞的时间之上，而是建筑在充满着‘当下’的时间之上。”〔38〕这个当下与现在不同，它被本雅明赋予了弥赛亚〔39〕的力量。他使用这个概念更新了线性历史时间观念，把时间观念同神学的起源联系起来。这种弥赛亚的力量，不是宗教中所认为的那样，只能等到世界末日才会显现的，它不是虚无缥缈的乌托邦。这种力量就存在于人类的历史当中，并且随时可能到来。每一个当下都是由过去和现在构成的特殊结构，都是具有弥赛亚力量的碎片。只有在这种结构之中，历史学家才能把某些事件、人物和事实同线性的时间顺序剥离开来，然后重新组合。“作为典型的弥赛亚时间的当下，是整个人类历史的缩略物，它与那个在宇宙中创造人类历史的角色重合。”〔40〕本雅明在第十四节引用了卡尔·克劳斯在《信中的话》(第一卷)中的一句话：“起源即目标。”〔41〕当起源和目的合二为一时，时间就消失了。按照众所周知的理解，是时间让它们联结和分离。在这样的理解下，历史的每一时刻都不是过渡阶段，也没有进步或是退步。每一个瞬间都是绝对的，每一个瞬间都是起源的复返。也因此，本雅明才说“每一秒的时间都是一道弥赛亚可能从中进来的狭窄的门。”〔42〕历史主义那种只重视过去某一些特殊时刻的做法在这里作废了。“现在更有效的是：历史的每一时刻都是决定性的时刻。”〔43〕

---

〔38〕同上书，第412页。

〔39〕弥赛亚，即民族的领袖，将降临世间并救助犹太人挣脱异族枷锁。这一关于弥赛亚降临的观念尤隆盛于古罗马时期，成为犹太宗教前所未有的崭新特质(在此以前，举凡世间君主，无论是出身本族，抑或属于异邦，统称为“弥赛亚”，意即“受膏者”)。这一观念对基督教思想的兴起有着深远影响。

〔40〕Walter Benjamin: *Über den Begriff der Geschichte*. In: *Erzählen: Schriften zur Theorie der Narration und zur literarischen Prosa*. Frankfurt am Main: Suhrkamp, 2007, S. 139.

〔41〕Zitiert nach: Walter Benjamin: *Über den Begriff der Geschichte*. In: *Erzählen: Schriften zur Theorie der Narration und zur literarischen Prosa*. Frankfurt am Main: Suhrkamp, 2007, S. 137.

〔42〕瓦尔特·本雅明：《本雅明文选》，陈永国、马海良主编，北京：中国社会科学出版社，1999年，第415页。

〔43〕Ralf Konersmann: *Erstarrte Unruhe: Walter Benjamins Begriff der Geschichte*. Frankfurt am Main: Fischer Taschenbuch Verlag, 1991, S. 153.

基于这样的时间观念，本雅明眼中的历史，不是历史主义所认为的关于过去的知识。它是建造（Konstruktion）的对象，建筑在有着弥赛亚力量的无数“当下”之上。这个当下不再将过去、现在和未来截然分开，而是把它们融为一个有机的整体，让它们不再分离。历史通常被认为是一种连续，本雅明的历史意识就是要求打断历史，要求时间的不连续性和断裂。“当下”这一全新时间观念的提出，最重要显示了他对过去的重视，以及他对过去影响现在甚至是未来的确定。我们不能否定过去，因为我们心里已经装载着太多的过去，否定过去，就是要否定我们自身的某一部分。

在强调过去巨大作用的同时，本雅明强调了记忆的重要性。他在1937年评论豪克海默的一封书信时，提出了自己的看法，他认为“历史不只是一门科学，而更等同于铭记的一种形式。科学断定的事情，铭记可以更改。”〔44〕另外，在《历史哲学论纲》一文第六章一开始，本雅明就写了如下观点：“用史学的方法述说过去，并不意味着去辨识它的‘本来面目’，而是牢牢抓住记忆，就如同它在危险时刻中闪现一般。”〔45〕这些语句，都明显地证明了本雅明对于记忆的重视程度。本雅明后期唯物主义批评的一大主题即是记忆（Eingedenken）。面对合理化力量在现时代势不可挡、无止境的胜利，与此相伴而生的却是一切前现代的、传统生活痕迹的毁灭。本雅明担忧的是，过去中隐藏的救赎力量也会随着传统一起成为遗忘的牺牲品——“其结果就是一种可想象得到的、最空洞、最不完善的文明，一种没有起源、没有记忆的文明。”〔46〕他提倡在过去之中发现救赎之光，也正是为了防止一个没有传统的、无所顾忌的新世界的降临。于是他在《历史哲学论纲》的最后写下了这样的句子：

> 我们知道，犹太人是被禁止探察未来的。然而，摩西五经和祷告却教他们记忆。这就剥去了未来的魔力——所有到卜卦人那里去寻求启示的人全都是屈从于未来。然而，这并不意味着对犹太人来说，未来就成了匀质的、空洞的

---

〔44〕 Walter Benjamin: *Gesammelte Schriften*, 7 *Bde*. Bd. Ⅴ.1. Frankfurt am Main: Suhrkamp, 1982, S. 589.

〔45〕 Walter Benjamin: *Über den Begriff der Geschichte*. In: *Erzählen: Schriften zur Theorie der Narration und zur literarischen Prosa*. Frankfurt am Main: Suhrkamp, 2007, S. 131.

〔46〕 理查德·沃林《瓦尔特·本雅明——救赎美学》，吴勇立、张亮译，南京：江苏人民出版社，2008年，第270页。

时间。因为每一秒的时间都是一道弥赛亚可能从中进来的狭窄的门。[47]

历史对于本雅明来说，从来不是封闭的、直线型的。主体的构建永远是历史的基础。记忆对这样的构建显得尤为重要。可以说，对他而言，过去就是碎片式的记忆的产物。

2. 阻止进步：本雅明对于"进步"概念的批判

对进步概念的批判构成了本雅明《历史哲学论纲》第十节到第十三节的中心。进步这一概念，允许把过去和将来作为一个整体看待。事件的发生总有一个指向未来的方向。在历史进步上升的时间轴上，所有的事件都能找到确定的位置。这种思路依靠的是一种承诺，对未来幸福的预测。相信这以后的美好会证明，发生的事件不是白白发生的，灾难和不足也不是无来由地存在着。"进步这个概念，是大约 18 世纪末时才被创造出来的，当时它的意思是总结刚过去的三个世纪的新经验。"[48]进步的概念提供了一种方向。它给予多种多样的事件以意义。它宣告着，所有的一切都在向"更好"发展，不管发生什么。

从以往的诸多尝试来看，如何定义进步，本身就是件非常困难的事情。在政治领域中，进步逐渐成了一种口号。政治世界也分成了进步的追随者和反对者两派。关于进步，卢梭也曾写道，进步将在不久之后继续，以致人们必须去保持进步，以控制它所顺带而来的弊病。[49] 卢梭并不是怀疑人们是否有力量实现进步，而是叩问进步是否能够给人带来更多的幸福和自由。进步的问题在卢梭这里，变成了进步质量的问题。很容易想到的是，进步是好是坏，是处于此时此刻的人们所无法验证的，人们所能做的只是估计。人们出于对所作所为无意义的害怕，因此强加给历史以进步性。这种对进步的信心最明显表现在历史著作里。历史学家在书中总是谈论从古至今所完成的事情或者获得的成就。进步的观念在 19 世纪尤为流行。那期间，无数的政治运动都是以促进进步为目的而发生的。而这种观念也促使更多

---

〔47〕 Walter Benjamin: *Über den Begriff der Geschichte*. In: *Erzählen: Schriften zur Theorie der Narration und zur literarischen Prosa*. Frankfurt am Main: Suhrkamp, 2007, S. 139.

〔48〕 Ebenda, S. 128.

〔49〕 Vgl. Ralf Konersmann: *Erstarrte Unruhe: Walter Benjamins Begriff der Geschichte*. Frankfurt am Main: Fischer Taschenbuch Verlag, 1991, S. 129.

的与此相关的改善出现。这样，人们就可以尽可能地保持自己所选择的发展方向。进步的追随者把进步发展成为一种历史规范，要求其他人的服从。

只要人们心中存在着最终可以变得很美好，人们最终可以松口气的期望，进步这一概念都不会消失。本雅明却坚决地反对进步这一概念，他甚至认为它是毁灭性的和过时的。因为它已经成为了一种僵化的意识形态，并且总想让历史痛苦的一面被人遗忘。除了历史主义者，进步的追随者是本雅明批判的又一对象。本雅明始终认为人类是目的，而不是进步的前提。真正的进步应该是，人类让自己从自动化发展的想法中脱离出来，有计划有意识地去形成自己的历史。类似的话阿多诺也曾说过，进步意味着："跨出桎梏，也包括天然的进步的桎梏。"[50]对本雅明来说，进步，就是阻止进步。当然，后面的这个"进步"指的是阿多诺口中的"天然的进步"。这种进步带来的弊病，在本雅明自行结束生命之前，已经爆发式地呈现在了世人的面前。一方面，技术的飞速发展以及他所经历的两次世界大战，致使人破坏自然的速度加快，人与自然、世界的分裂日益加剧；另一方面，历史又是以无数的被压迫者、牺牲者的痛苦，甚至是生命为代价发展起来的。只有活下来的人、战胜者才有机会有资格书写历史。这样条件下写出的"进步史"对于本雅明来说是"灾难史"。

到底谁才是历史知识的主体，这就是本雅明在《历史哲学论纲》第十二节当中重点讨论的话题。本雅明不接受以进步为名义的历史进程。他认为，这种历史观察仍然是从胜者和镇压者的角度去看问题的。本雅明认为，历史的主体是被压迫的人。只有把历史的主体理解为被压迫阶级，本雅明才能够回溯到丰富的过去当中。历史的主体，从以维柯为开端的现代历史哲学的眼光来看，首先是全人类。但就像马克思说的那样，这个主体创造历史。但是这种创造却是无目的的创造。人们只能在给定的条件中创造，没有其他选择。一方面人类重视实践，在实践中创造自己的世界；另一方面，人类又在实践中不断地重新调整他们进行实践所依照的规则。并且即使人们在某一阶段带着有意识的企图去行动，最终得出的结果，都不能同实际发生的事情完全吻合。现代社会所称之为进步的，只能说是社会变化的发

---

〔50〕 Zitiert nach：Ralf Konersmann：*Erstarrte Unruhe*：*Walter Benjamins Begriff der Geschichte*. Frankfurt am Main：Fischer Taschenbuch Verlag，1991，S. 129.

展方向之一。特别是本雅明所生活的那个时代，也就是那个似乎一切都要化成废墟的时代，让他无法再相信由胜利者书写的不断进步的历史，包括所谓的“进步”的发展方向。他将目光转向了被压迫者和失败者，那些被传统历史所忽略的小人物，希望从他们的角度再度回顾和反思历史，找出可以在这种绝境下救赎人类的力量。

3. “碎片”的构想：本雅明的叙事学思想

《历史哲学论纲》这篇论说文中的短小章节，就像一片片碎片一样，被本雅明并列摆放在一起。他的思路一节一节地展开，小节之间没有过多的过渡和润色的语言。整篇文章没有按照严格的顺序，而是瓦解成十分松散的组合。这样松散的内容与碎片般的形式相得益彰。碎片的形式与本雅明的历史哲学思想也非常吻合。就如本雅明在《历史哲学论纲》中所认为的那样，碎片化的形式可以使个体从它所属的众多内在关系中脱离出来，保证了它的相对自主和独立性，它的单子存在。只有在这样的脱离了惯常关系网络的碎片中，人们才能发现一些至今一直被传统和继承所掩藏的，看不到的和听不到的事物。事实上，不只是《历史哲学论纲》这一篇文章，本雅明的论说文总是显示出文章构造上的随意和不确定性。这样的特点加剧了他的语言难以理解的程度。他的作品就像是由众多碎片所拼成的拼图一样。这个拼图，不是马赛克一般自由和随意的堆积。在拼图游戏中，每一个部分都是完整计划的一部分。即使不能马上就能看清楚各个部分之间的关系和整个拼图的全貌，但是每个部分都有它不可替换的位置。要想完成整幅拼图，每个部分都是不可缺少的。

除了碎片化这个典型的特征以外，除了提到碎片化这个典型的特征之外，本雅明在《讲故事的人——尼古拉·列斯科夫作品随想录》(1936)》一文中，专门系统地说明了他的叙事学思想。在这篇文章中，本雅明主要论证了讲故事艺术在现代社会中的衰落。他强调了讲故事艺术的重要性，并认为“作家必须首先学会讲故事”。[51] 他认为故事总是带有某种有用的东西——有用的建议、智慧的精髓，或者传统的道德。换言之，故事总是服务于生活的。本雅明认为，“讲故事的一半秘诀

---

〔51〕瓦尔特·本雅明：《本雅明文选》，陈永国、马海良主编，北京：中国社会科学出版社，1999年，第294页。

在于：当一个人复述故事时，无须解释。”[52]只有当作家以此为原则进行创作的时候，他才没有将自己主观的分析和心理的联系强加给读者。读者也尽可以按照自己的理解去分析作品，得出自己的结论。对于同一个故事，不同的读者自有不同的看法。本雅明强调：“没有任何东西比不掺杂心理分析的简洁细密的叙述风格，更有效地使故事长留人们的记忆中。”[53]作者应该放手让读者自己去感受和评判他的故事所传达的含义。在《讲故事的人》一文的第十二节中，本雅明提到了史学家和编年史作者（der Chronist）之间的区别。他说：“史学家必须或这样或那样地解释他所处理的事件；他永远不会满足于把事件当作世界演进过程中的典型，把它展示出来。”[54]而编年史作者“从一开始就把解释的重负从肩头卸了下来，不为故事提供任何可验证的解释。”[55]他认为，编年史作者所做的事情应该是“解析”，这个解析不是说把他所记录的事件按照顺序串联起来，而是“提供把事件镶嵌到世界的神秘大进程中的一种方式。”[56]编年史作者的这种特质，在讲故事的人身上得到了保留。本雅明所提倡的这种编年史的写作方法，再一次与他的历史哲学思想相互呼应。编年史作者所记录的事件，不是按照作家主观分析所得的内在联系来排列的。这些事件是各自独立的，就像本雅明在他的历史哲学中所提到的“碎片”一样独立。叙事作家所做的就是将这些“碎片”展示出来，让读者在阅读的过程中带着自己的记忆和反思将所看到的进行排列。“叙述者接受了传播者的任务，他没有他所传播的事情来得重要。”[57]

从文章的第十三节开始，本雅明在他的叙事理论中不断重复地强调记忆的重要性。在《讲故事的人》开头的几个章节中，本雅明总结出，讲故事这一行为能够使经验得到保存和传承。在这一节中，他希望作家能让讲故事这个重要功能得到保

---

〔52〕同上书，第 297 页。

〔53〕Walter Benjamin：*Über den Begriff der Geschichte*. In：*Erzählen：Schriften zur Theorie der Narration und zur literarischen Prosa*. Frankfurt am Main：Suhrkamp，2007，S. 110.

〔54〕Ebenda，S. 115.

〔55〕瓦尔特·本雅明：《本雅明文选》，陈永国、马海良主编，北京：中国社会科学出版社，1999 年，第 303 页。

〔56〕同上。

〔57〕Krista R Greffrath：*Metaphorischer Materialismus：Untersuchungen zum Geschichtsbegriff Walter Benjamins. München：Wilhelm Fink Verlag*，1981，S. 80.

留。若想保留这一功能，记忆就变得不可或缺了。因为它是保存经验的重要途径。“在希腊人心目中，记忆女神摩涅莫绪涅是掌管叙事艺术的缪斯。”[58]在他看来，记忆也是作家所必备的禀赋。记忆是人类的财富，更是死者的遗产。但记忆并不是永远都能找到一个继承者。“处理这一遗产的是小说家。”[59]小说家在写作的过程中，根据既定的目的对这遗产进行改造，也就是进行创造性的回忆。只有人们在回忆当中，才能够把他过去的生活作为一个整体来观察，继而才有对自己生活意义的预感。在重要的记忆中寻找意义，就像在过去中寻找对现在与未来的预言一样。因此可以说，本雅明的叙事学思想与他的时间观念和历史哲学思想是一脉相承的。

四、编年史作者——克里斯托夫·海因作品中的历史书写特点概要

对照本雅明的历史哲学思想和叙事学思想中的一些基本观点，我们很容易发现，海因对历史的看法以及他书写历史的方法，都和本雅明的观点不谋而合。他的早期成名作《陌生的朋友》、《霍恩的结局》以及近作《一切从头开始》和《占领土地》这几部作品中的故事，都发生在民主德国。其中后两部都写于两德统一以后。不仅是海因自己在创作的时候总是回忆着民主德国的生活，作品中的人物也常常是处于一种回忆的状态。这种回忆的状态在《霍恩的结局》和《占领土地》两部作品中表现得尤为明显。在《霍恩的结局》一书的开头，主人公霍恩已经死去，几位人物都围绕着霍恩的死而展开回忆。他们各自回忆着霍恩其人其事，以及自己如何与霍恩结识和发生联系。五十年代的民主德国社会政治以及当时人们真实的生活状态，随着几位人物的回忆，逐步展现在读者的面前。在《占领土地》这一作品的开篇，海因描写了一座小城的庆典活动。第二章旋即又转入对五位人物的描写当中。和《霍恩的结局》类似，这里的五位叙述者也共同回忆了主人公哈贝尔的成长历程。结尾部分又回到开头的那个庆典活动。借助这五人的回忆，读者在了解主人公生活经历的同时，也从一个侧面了解到民主德国几十年的社会变化。海因经常选择民主德国作为话题，这一做法首先是跟他长期生活在民主德国的环境中有关。其

---

〔58〕瓦尔特·本雅明：《本雅明文选》，陈永国、马海良主编，北京：中国社会科学出版社，1999 年，第 304 页。

〔59〕同上书，第 305 页。

次，他作为一名作家，就如同本雅明所希望的那样，重视过去，重视过去的记忆。

海因选取的故事发生地多半是民主德国的一个小城市。例如在《陌生的朋友》、《霍恩的结局》、《占领土地》中，故事发生的主要场所都是一个叫古尔登堡的小城市。海因在作品中关注的都是生活在这种小城市中的一群普通民众。《陌生的朋友》的主角克劳迪娅是一名39岁的女医生。她的"陌生朋友"，也就是她的男友亨利，是一名建筑师。他是一位已婚的，但婚姻生活却了无生趣的男人。小说主要讲述了她和男友亨利的一段爱情故事。通过这条主线，海因细致地描写了她的工作、家庭生活以及情感状态。《霍恩的结局》的主角是霍恩，一名历史学家，因为在一次与统一社会党有关的工作中犯了"错误"，丢掉了他在莱比锡大学的职位，来到了这个小城的博物馆继续工作。他始终隐藏在几位叙述者的回忆当中。这些叙述者中有唯一知道霍恩之前经历的克鲁施卡茨(Kruschkatz)，他为着自己的仕途离开繁华大城市来到古尔登堡，结果却因为霍恩的自杀受到牵连，最终孤单地在小城的养老院度过余生。还有医生施珀戴克(Dr. Spodeck)，由于有一位资本家的父亲，他在民主德国总是处处遭遇刁难。他也是一位对自己和自己的生活感到失望的人。除了与主角年龄相仿的这两位人物，另外还有霍恩在小城中的房东盖特露德·费施灵尔(Gertrude Fischlinger)。她是一个小杂货店商，一位单身母亲，有一个不听话的儿子。海因其他作品中的人物设定也都跟这两部类似。这样的主要人物和本雅明对于历史主体的理解再次吻合。海因的故事总是来源于小人物的生活经历。故事中出现的是这群小人物的日常生活，他们的物质生活以及心灵上所遭遇的困境。他们个人所遇到的困难，又多半与民主德国特殊的社会历史政治条件相关联。例如在《陌生的朋友》当中，克劳迪娅在回忆起自己如何没有能力去爱人的时候，回忆起了她在小时候，曾借民主德国政府歧视和差别对待新教徒的政策，当众羞辱了她的好友，结果致使她与好朋友之间的友谊破裂。《占领土地》中主人公哈贝尔是战后来到民主德国的被驱逐者的代表人物。他刚来小城时，一直遭到本地人的歧视，甚至是赤裸裸的欺负。这些情节都和民主德国的历史紧密相连。这些小人物的生活经历就是整个民主德国社会的缩影。这种文学处理方法让人很容易联想到，本雅明所指出的历史唯物主义者研究历史的方法。本雅明说，历史唯物主义者“看出了为受压迫的过去而斗争的革命机会。”[60]“他之所以注意这样的机会，是为了把一个特定的时代从连续统一的历史过程中爆破(heraussprengen)出来，把一个特定的人的生平事迹从一个时代中爆破出来，把一件特定的事情从他的整个生平事迹中爆破出来。”[61]对本雅明来说，特定的时代，特定的人生，特定的事情中反映的是整个社会，整个时代，甚至是整个人类历史的发展。只有在这种小人物受压抑的命运中，只有在他们的回忆当中，人们才可以看到改变、打断历史连续性的机会。

海因的作品形式和文字风格也非常具有个人特色。在《霍恩的结局》和《占领土地》两部作品中，他都采用了多位叙述者的做法。每位叙述者都在回忆主角的同时，更多地是讲述与自己有关的经历。每位叙述者和其他的叙述者之间几乎没有什么关系，他们的经历各自独立。如果把他们的叙述中的，与主人公有关的内容单独提取出来，并加以排列，主人公的生平就清楚地显现出来了。文章的构造，整体展现出的是一种碎片式的结构。这种结构在《霍恩的结局》中尤为明显。每一章节中都有四五位叙述者简短的叙述。叙述内容通常是一个场景，一段回忆，某件事情的一个进展阶段，前后两位叙述者之间的叙述也没什么关联。整部作品都充满了这些碎片式的叙述。另外，他的文字无论在哪部作品中都是一样的平白朴实、注重细节，没有华丽的辞藻。故事情节缓缓行进，不管人物的命运如何跌宕起伏，人物叙述的口吻仍然是平静甚至是冷漠的，充满着距离感。此外，不只是作者本人没有在作品中添加自己的评论，剧中人物在大部分情况下也是默默地独白，没有过多对自己和他人的经历进行总结和评判。正如本雅明那碎片般的艺术风格，不解释不评判的语言特点，海因的作品也呈现出碎片化的特征。但是这些碎片多而不乱，通过它们，读者可以根据自己的经验和理解，始终可以接近众人记忆中的民主德国。

由于民主德国政府对媒体的严格控制，民主德国社会内部出现的矛盾和问题不能公之于众。出于知识分子的自觉和责任，海因在民主德国期间，就已经不再顾忌民主德国的限制和审查。他努力地把民主德国人真正的生活状态，把真正由普

---

[60] 瓦尔特·本雅明：《本雅明文选》，陈永国、马海良主编，北京：中国社会科学出版社，1999年，第414页。
[61] 同上。

通民众生活组成的社会史记录在自己的作品中。海因的这种自觉，很大程度上来自于他对作家身份的思考。他认为作家就应该是一个“编年史作者”，这一概念，本雅明在他表明叙事学思想的文章《讲故事的人》中也一再提及。但是，海因对于编年史作者这一身份有着自己的理解。

德语文学中的编年史(Chronik)这种体裁，指的是只按照时间的先后顺序去描述历史事件，而不考虑它们之间的内在和实际的联系。[62] 海因在自己的杂文、演讲以及接受采访的过程中，不断地强调自己编年史作者的身份，他认为作家其实就是编年史作家。作家所要编写的这个编年史，不是纯粹客观的，而更多的是现实的、有深意的，同时又是充满幻想的和不可思议的，是诗的一种形式。[63] 他在接受《新德意志》记者伊尔木特劳特・古奇克的采访时这样说道：

> 我是一名编年史作者，借用的当然是文学手段。于此我在德国文学中有一整个系列的榜样，像约翰・彼特・黑贝尔或是亨利希・冯・克莱斯特或是弗兰茨・卡夫卡。他们都是非常标准的编年史作家，因为这点我喜欢他们，喜欢这个工作。[64]

海因的作品内容经常呈现出一种编年史的风格。他只是按照大概的时间顺序，有时甚至不按顺序地去记录一些大大小小的事件，不去解释这些事件之间的联系，亦不去添加自己对于事件的思考和评论。海因总是不动声色地冷静描摹生活，让思想通过作品的情节与场面自然地流露出来。这种风格贯穿他所有的作品。不过，他因此也曾遭人批评，部分人认为，海因根本没有告诉读者，他想要通过文字说明什么。海因在与雅希姆扎克的谈话中详细地解释了，他为什么要坚持用这样一种风格去写作。原因是他不愿意扮演道德上的指路人或是预言家这种角色，而更

---

〔62〕Vgl. Gero von Wilpert: *Sachwörterbuch der Literatur*. Stuttgart: Alfred Körner Verlag, 1979, S. 140.

〔63〕Vgl. Christoph Hein: *Die Zensur ist überlebt, nutzlos, paradox … Rede auf dem* Ⅹ. *Schriftstellerkongreö der DDR*. In: *Die fünfte Grundrechenart. Aufsätze und Reden*. 1987—1990. Frankfurt am Main: Luchterhand Verlag, 1990, S. 123.

〔64〕Christoph Hein: *Ich bin ein Schreiber von Chroniken*. In: *Als Kind habe ich Stalin gesehen. Essais und Reden*. Frankfurt am Main: Suhrkamp, 2004, S. 193.

愿意对已经发生的事情做清晰和细致的分析，因为他相信，人们在这种分析之中可以找到未来的道路。[65]

与《新德意志》记者的这次谈话记录，收录在了海因的散文谈话集《我孩童时期见过斯大林》(*Als Kind habe ich Stalin gesehen*)，题目就是《我是一个编年史作者》(*Ich bin ein Schreiber von Chroniken*)。在这次采访中记者还讲到，海因的作品中总有许多描写历史的内容。海因回应道："这主要与我的工作有关。我感觉作家这个职业就像记者，就像编年史作者一样。我是一个编年史作家，当然是使用文学手段的作家。"[66]海因还说明了编年史作家和另一种大众所熟悉的预言型作家之间的区别。"也许还存在有一种与编年史作家不同的预言类型的作家。作者实际上只是告知人们一些信息，并且必须尽可能地放弃道德评判。"[67]他认为，编年史作家需要做的就是展现这个"既美好又狰狞的世界"。展现之余的任何道德以及意识形态的说明和评价都是画蛇添足。他认为真正的作者不应该担任预言家，社会以及道德评论家的角色，更不能担任读者人生道路的顾问，尽管很多读者希望，包括作家在内的知识分子可以为他们这么做。海因曾经在谈话中坦言，在令人压抑和手足无措的民主德国社会中，很多的读者来信寻求帮助。但他倒是希望可以摆脱这种帮助人的角色，不愿意做道德上的指路人。因为他觉得，他不比他的读者们聪明，所以也不能给他们指明一个未来的方向。他所能做的，就是与读者们谈论他们过去一同走过的路。[68] 他始终把作家的这种预言功能看做是一种附加的功能。作家在作品中不提供任何有助于理解和分析的评论，这往往意味着读者需要更加积极。这也正是海因所希望的。"我知道，阅读是一个主动的事情。我不想说服读者什么。我给他提供信息，他用他的经验将其补充完整。"[69]他希望，读者在阅读

---

〔65〕Vgl. Lothar Baier: *Wir werden es lernen müssen, mit unserer Vergangenheit zu leben*. In: *Christoph Hein. Texte, Daten, Bilder*. Frankfurt am Main: Luchterhand, 1990, S. 52.

〔66〕Christoph Hein: *Ich bin ein Schreiber von Chroniken*. In: *Als Kind habe ich Stalin gesehen. Essais und Reden*. Frankfurt am Main: Suhrkamp, 2004, S. 193.

〔67〕Ebenda.

〔68〕Vgl. Lothar Baier: *Wir werden es lernen müssen, mit unserer Vergangenheit zu leben*. In: *Christoph Hein. Texte, Daten, Bilder*. Frankfurt am Main: Luchterhand, 1990, S. 52.

〔69〕Christoph Hein: *Ich bin ein Schreiber von Chroniken*. In: *Als Kind habe ich Stalin gesehen. Essais und Reden*. Frankfurt am Main: Suhrkamp, 2004, S. 191.

他的作品时，能够运用自己的经验和理智去理解、评判甚至去补充他所提供的内容。如果读者需要一个预言家或是传教士，那么，这样的读者对于海因来说也是不成熟、不合格的读者。

面对这样来定义作者身份的海因，他作品中的历史书写，无疑是他作品最值得关注和研究的对象之一。在本雅明哲学思想的影响之下，他的作品中所记录的民主德国历史到底是怎样的呢？他又具体使用了哪些文学手段，书写他所见到的，回忆中的民主德国呢？下面笔者就以《占领土地》为例，对他作品中的历史书写进行分析。

五、历史的碎片——德国作家克里斯托夫·海因小说《占领土地》中的历史书写研究

2004年的作品《占领土地》被认为是海因的回归之作，一个重要原因就是，作者处理的是最擅长的创作主题——民主德国历史。故事开始于二战结束之后的20世纪50年代，结束于柏林墙倒塌两德统一。故事的时间跨度为四五十年。作品主要讲述了二战之后失去故乡的被驱逐者哈贝尔，如何在小城古尔登堡从一个不被本地人接受和被驱逐的孩子，一步步站稳脚跟，成为当地赫赫有名大人物的故事。全书除去简短的开头和结尾部分，共分为五个章节。这几个章节分别从五个和哈贝尔有过密切交往的人的视角，描述哈贝尔征服小城的经过。这五个人分别是中学同桌托马斯·尼古拉斯，初恋女友马里昂·德姆茨，一个和他在生意场上共患难的兄弟皮特·科勒，他的小姨子卡塔琳娜·霍伦巴赫，当地的上流人士兼他的最好朋友西古尔德·基策罗。通过这五位叙述者的回忆，主人公哈贝尔跌宕的人生经历和鲜活的人物形象跃然纸上。从初来小城时对周边顽劣同学的冷酷暴力，到青少年时期借政治变化对欺侮自己的本地人的愤怒报复，再到青年时期不顾东德政府刑罚的冒险淘金，再到最后蒸蒸日上生意场上的稳重圆滑。二战之后的民主德国特殊的社会条件，造就了哈贝尔传奇的一生。

海因和小说主人公哈贝尔一样，都属于二战之后的被驱逐者这一特殊群体。他们的故乡都是现已不复存在的西里西亚。此地在德国历史上是个非常特殊的地区，曾轮番为波兰、奥地利和德国抢占。如今该地域的大部分地区属于波兰，小部

分属于捷克和德国。在二战结束之后的波茨坦会议上，苏联和波兰方面驱赶东部地区德国人的要求得到了允许。几百万德国人从此流离失所。众多移民的涌入，给昔日民主德国当地人的生活带来了巨大的冲击。移民和本地人之间为了争取生存空间和生活条件产生了尖锐的矛盾。如何解决这种矛盾，一直是民主德国面对的一个棘手问题。随着战后两德逐步融合和经济的发展，外来人在德国的生活也逐渐改善，这个问题才慢慢淡出了视线之外。这段历史在民主德国官方历史中，可能仅用一两句话就一笔带过。在海因的笔下则变成洋洋洒洒三百多页的小说，主要原因在于，海因对待历史书写的态度以及他极具个人特色的叙事和文体风格。

在上一节中我们已经证明，海因历史观的形成，与他对瓦尔特·本雅明的接受有着直接关系。海因曾经在多篇随笔、杂文或者是演讲中，都提到了本雅明的论述。

海因通过特有的作品形式和风格特点，在创作中实践着本雅明的观点。同以往的作品一样，海因在《占领土地》这部小说中，关注的是历史大环境中的小人物，尤其是弱势群体、受害者和牺牲者的命运。他在书写民主德国这段历史时，只将观察范围局限在古尔登堡这个虚构的小城之中。这里有着各式各样小人物的生活场景。作品的主人公哈贝尔是一个失去故乡，被迫举家迁移，重新建立新生活的被驱逐者。在事业没有起步之前，一直受到本地人的歧视，生活充满坎坷。而其他五位重要的叙述者大多也都出身于小城的农民或者手工业者家庭，生活拮据，只能拼命工作才能维生。例如，第二位叙述者马里昂·德姆茨如今已经是一名将近60岁的老妇人，依然未婚，育有两个不愿关心母亲的孩子。第三位叙述者皮特·科勒，其出身和主人公有相似之处，他也是一位战后的移民。与主人公不同的是，他是从德国的另一个城市莱比锡来到古尔登堡的。他经历了一场失败的恋爱，又遭受了四五年的牢狱之灾，开始重新做回自己的老本行。即便是第五位叙述者西古尔德·基策罗，一位成功的商人，也只是在这个小城中具有一定的地位，只能算作是生活优越的普通人。海因通过这群人物对人生经历的回忆书写历史。他的人物安排和本雅明对于历史认识主体的看法是吻合的。

作品中出现的主要是两个时态。过去时主要出现在人物回忆过往的时候。而现在时则是指各位叙述者的叙述时间是现在。而文中绝大多数出现的都是过去时，也就是说大篇幅是人物的回忆。从这一点来看，也足以看出，海因就像本雅明一样，他也十分重视回忆对于历史书写的重要意义。前后相接的两个叙述者之间的被叙述时间并非连续不断，而是部分有所交叠的。这样的时间安排凸显了各个章节的独立性。

如上一节中所述，本雅明的叙事学观点也深深影响了海因的创作风格。本雅明认为，一个好的叙事作品，不能够过多地解释事件的原因和背景，也不能把众多事件之间的心理联系强加给读者。[70]

白描是海因这部小说的主要描写手法。没有浓烈的渲染，没有着意的夸张，没有多余的说明。海因的语言风格平实朴素，描写细腻却也不会显得冗长拖沓。他总是以一种冷静、客观的态度，不动声色地描述着人物和事件。文章中很少出现直接丰富的感情描写和过多的心理分析，也没有任何形式的作者评论出现。海因的这个特点和本雅明所提倡的叙事风格不谋而合。也正是这种风格，让海因的作品看起来更像是在记录人物眼中所见的事实，大大增添了作品内容的可信度。

海因的这部作品与众不同之处正在于它的内容和结构安排。“小说的艺术模式有其自己的结构，这个结构本身又总是通过一定的建构活动而实现的，其中心是：在小说中由谁来讲故事。”[71]而珀西・卢伯克也曾在他1921年出版的研究成果《小说写作技巧》中讲到：“小说技巧中整个错综复杂的方法问题，我认为都要受角度问题——叙述者所站位置对故事的关系问题——调节。”[72]“由谁来讲故事”指的就是叙述者以及叙述视角的问题。这部作品结构完整统一，首尾衔接紧密。文章的开头和结尾刻画的是同一个场景，主人公哈贝尔和几个掌握着小城古尔登堡命运的资本家，积极组织并参与小城的庆典活动。随着主人公哈贝尔儿时的同学托马斯・尼古拉斯的出现，接二连三的回忆拉开了序幕。作品中间的五个章节，分别对应着是五位不同叙述者的回忆。五个人物用第一人称回顾自己的人生经历。他们的这些经历都与主人公的生活经历交织在一起。虽然，主人公的人生历

---

〔70〕参见瓦尔特・本雅明：《本雅明文选》，陈永国、马海良主编，北京：中国社会科学出版社，1999年，第297页。

〔71〕徐岱：《小说叙事学》，北京：中国社会科学出版社，1992年，第188页。

〔72〕卢伯克等著：《小说美学经典三种》，方土人、罗婉华译，上海：上海文艺出版社，1990年，第180页。

程划分给五位叙述者讲述，但是海因没有打破主人公经历的前后顺序。例如，第一位叙述者尼古拉斯是他的中学同学，他口中所述说的是，主人公哈贝尔在中学期间的事情。第五位叙述者西古尔德·基策罗，讲述的是哈贝尔步入中年之后，如何运用资金的发展壮大自己的木工厂，以及后来怎样步入上流社会圈子的这一过程。而其他的叙述者也大致是按照时间顺序，描述了主角青少年以及青年时期的不凡经历。每个人物的叙述都包含主人公的生平片段，但同时也是人物对自己的一段或几段经历的回顾。实际上，五位主人公之间并没有任何关系，彼此也不相识。从这些彼此独立，碎片似的回忆中，我们可以知道主人公几乎完整的生平和各种真实的历史场景。这样巧妙的作品结构，让海因的作品，特别是与用第三人称或者全知视角写成的人物传记相比，更加引人入胜。

第一人称回顾性叙述中，“通常有两种眼光在交替作用：一为叙述者‘我’追忆往事的眼光，另一个则是被追忆的‘我’正在经历事件时的眼光。”[73]后者又称为第一人称经验视角。海因的故事中也不例外地包含这两种眼光。每位叙述者都是采用自己过去经历事件时的眼光来叙事的，中间也有叙述者回顾性的总结和评价。例如，这几位叙述者中命运最令人唏嘘的是皮特·科勒，在他的回忆中，经常会出现大篇幅的直接引语，让读者感觉，好像自己正处在那些对话发生的场景中一般。当科勒第一次看到恋人时，在他一步步从欣喜到怀疑到绝望，发现自己的孩子可能不是自己的亲生孩子的过程中，第一人称的叙述者并没有将后面的实情在一开始就完全挑明，而是以经验自我的眼光，也就是正在经历事件时的眼光进行描述，让读者跟着叙述者逐步去认清事实，和叙述者一起，经历起伏跌宕的心理变化。而与此相对应，叙述者“我”追忆往事的眼光，在科勒的回忆中也有出现。因为自己的女朋友背叛了自己，科勒变成了街坊邻居的笑柄，无奈之下逃离自己生活的城市。他以为离开会让自己摆脱感情的失意。结果，在离开了女友，回到古尔登堡之后，他因为与哈贝尔合伙偷运民主德国人到西德去，而被民主德国警察抓住。最终，他必须承受六年牢狱之灾。而他自己爱护备至的阿德勒汽车也作为犯罪工具被没收了。当叙述者科勒讲完他的第一段经历，即将开始讲述自己第二次与哈贝尔相遇

〔73〕申丹：《叙述学与小说文体学研究》，北京：北京大学出版社，2004年，第223页。

的那段经历之前，他做出了一番总结性的评述："我那时不知道的是，我就是和这场逃亡，直接奔向了，确切地说，这场逃亡引领我走向了真正的不幸，这不幸，耗费了我人生中的六年和弄丢了我心爱的却伤害我最深的阿德勒汽车。"〔74〕这样总结性的描述，是叙述者追忆往事眼光的重要代表。在文中这样的总结性描述并不多。海因在描写每位叙述者的回忆时，还是以第一人称经验视角为主。第一人称的经验视角具有直接生动、主观片面、较易激发同情心和造成悬念等特点。海因大量使用这种视角进行描述，也让读者随着各个人物，身临其境地去面对故事发生时的各种情况。

这部小说中的历史书写可以细分为两类。一类是人物命运所反映出的历史。这一类中，作者最为关注的是以主人公哈贝尔为代表的被驱逐者的命运以及他们如何建立新生活的历史。另一类是故事中的人物亲口叙述的重大历史事件。无论是哪一种类型，多位叙述者和多重叙述角度的写作技巧，都令作品中的历史书写显得更加直接生动，也更加接近客观真实。

二战后，大量居住在德国东部的普通百姓遭到波兰的驱逐，被迫流落他乡，只能艰难度日。他们大量涌入德国城市，也给当地人带来了不小的生存压力。由于管理部门缺乏有效的解决矛盾的办法，被驱逐者与本地人之间的矛盾不断激化，引起了不少的社会问题。这一事实在文中几位叙述者回忆中都留下了印记。在尼古拉斯的回忆中，这一史实描写得最为细致。尼古拉斯在回想哈贝尔初来学校时，便简单地描绘了小城本地人如何对待当时的被驱逐者。在战争结束后不久，小城就被这些失去家乡的人挤满了。他们寄居在当地人家里，而这些当地人多半是迫于政府和警察的压力，不情愿地将自己的房间让给这些被驱逐者。"所有人都希望，这些离乡背井的被驱逐者们很快会继续迁徙，或者由住房部门提供给他们单独的住宅。"〔75〕言下之意，从一开始，本地人就对这些异乡人没有任何的好感和同情心，只把他们当成突如其来的负担。当哈贝尔第一次站在教室里的时候，便有同学骂他"蠢蛋波兰人"。哈贝尔的沉默寡言和他的铁拳令班上的同学都不怎么与他亲

---

〔74〕Christoph Hein：*Landnahme*. Frankfurt am Main：Suhrkamp，2004，S. 203 - 204.
〔75〕Christoph Hein：*Landnahme*. Frankfurt am Main：Suhrkamp，2004，S. 16.

近，和他感情最好的是他的狗。但过了没多久，心爱的狗也被人勒死在路边。在众人向第四位叙述者卡特琳娜·霍伦巴赫的美女朋友巴布西献媚，称赞她美丽又勇敢之时，都不忘讽刺当时身为她情人的哈贝尔。他们这样说道："人们本应该把这些逃亡者，在他们那时来到这里的时候，立刻把他们淹死在穆尔德河里，所有的(被驱逐者)。"[76]

本地人对这些逃亡者们的鄙视和排挤，在老哈贝尔被人谋杀一事上达到了高潮。在老哈贝尔的木工厂突然起火并逐渐烧毁的过程中，当地人都幸灾乐祸地围着失火现场看热闹却无人出手相助。无能警察找不出凶手，却怀疑这起事件全是老哈贝尔为了骗取保险所为。老哈贝尔愤而将全城人都视为罪犯，这使他的事业更加举步维艰。而后没过多久，老哈贝尔被发现吊死在了自家工厂。警察经过又一番没有结果的调查，最终认定他是自杀。城中的人私底下明明知道些秘密，但是没人愿意同哈贝尔讲起。直到日后哈贝尔飞黄腾达，因对教会有恩惠，才最终从神父口中听到老哈贝尔死于谋杀的消息。经过第五位叙述者，也就是哈贝尔的好友基策罗的秘密调查，这件事情的前因后果最终浮出水面。老哈贝尔是因为当时小城几位上流人士的酒后戏言，才被人谋杀的。

在五位叙述者讲述主人公哈贝尔的命运时，交替出现了第一人称经验视角和第一人称见证人视角。但主要还是以经验视角为主。这样的叙述无疑是主观片面，带有个人感情色彩，甚至是带有偏见的。这样的叙述，能够客观地展现被驱逐者这一群体真实的生活情况吗？通过对上面几段例子的分析，被驱逐者在二战后如何受到歧视、排挤甚至是虐待的事实，已经跃然纸上。如果说只有一位叙述者，那么根据他的一家之言，确实很难判断他口中所说是实还是虚。但是众多毫不相干的，来自各个领域、各个阶层的叙述者的叙述中重叠的部分，已经和历史上的事实情况非常接近了。海因正是利用多位叙述者、多重叙述角度的手法，将众多主观的看法综合起来，获取了最大程度的客观性。

这段被驱逐者"占领土地"的血泪史，通过海因笔下的几位叙述者得到了非常详细的描述。这些描写也为主人公今后的人生发展埋下了伏笔。正是因为初到小

[76] Ebenda, S. 291.

城的时候，哈贝尔及其家人受到了非人的待遇，他才会有那么坚定的决心，终有一天要成为一个真正的古尔登堡人。文章重点描写了二战以后被驱逐者融入新生活圈子的艰辛。他们和本地人之间的巨大矛盾，还涉及到了民主德国历史上几件重要的政治事件：合作社运动，1953 年 6 月的工人起义和柏林墙的建立及倒塌等等。这些事件同样由一位或者几位叙述者的回忆引出的。叙述者详细地道出了小城居民对这些事件的反应。例如轰轰烈烈的合作社运动出现在了三个人物的回忆当中。这三个人物分别是哈贝尔的前女友马里昂·德姆茨，生意伙伴皮特·科勒以及第五章的主角，古尔登堡的成功人士之一西古尔德·基策罗。其中对合作社运动较为详实的描述，出现在德姆茨的回忆中。这段描写和其他两人的回忆合起来，共同勾勒出这场政治运动在民主德国百姓生活中掀起的波澜，也把主人公哈贝尔行动的前因后果交待得一清二楚。

民主德国的合作社运动早在 1945 年便开展起来，第一批农村合作社就是在 1945 年到 1949 年土地改革时期建立起来的。因为仅仅只是对一小部分人来说，集体共享贫乏资源是最公正的生存之路。所以，很多农民都不情愿加入合作社。也因此，运动开始后的 10 年间，集体化速度相当缓慢。〔77〕 1959 年到 1960 年，统一社会党发起了一场激烈的集体化运动，而这场运动给大多数的农民都带来了苦痛的记忆。〔78〕 虽然政府声称，加入农村合作社遵循自愿原则，但是政府还是用尽各种手段不遗余力地推行合并。在村庄里，宣传鼓动队通过软硬兼施的做法，强迫农民“自愿”加入合作社。而统一社会党对农村工作的安排，也反映了政策上的严重问题。他们的政策是把能力较低的干部派到乡下去。〔79〕 很多干部只能用专横跋扈来掩饰自己的无能。只在 1959 年这一年间，民主德国国家安全部就逮捕了很多反抗的农民。〔80〕 而摆在这些农民面前的只有两种选择：加入农村合作社或者是逃往西德。

在德姆茨的回忆中，大部分小城的居民不愿意参与到合作社中，他们也从来没

---

〔77〕参见沙夫：《民主德国的政治与变革》，秦刚等译，北京：春秋出版社，1988 年，第 156 页。

〔78〕同上。

〔79〕沙夫：《民主德国的政治与变革》，秦刚等译，北京：春秋出版社，1988 年，第 158 页。

〔80〕同上。

对合作社有过什么好的评价。尽管报纸上铺天盖地地对合作社的种种益处进行了报道，但她的爸爸告诉她，合作社是懒人和饿鬼组成的俱乐部。[81] 事实上，有很多新农民和外乡人加入了合作社，这些人本来就不怎么受人欢迎。和她爸爸关系比较好的富农格里瑟尔不断向她爸爸抱怨合作社的弊端，但是他也只能上交自己的土地，不然就会被当做危害人民经济的"害虫"，甚至会被人送上法庭。格里瑟尔面对此举，只能无奈地摇头，而他的老婆精神几近失常。后来德姆茨一家从格里瑟尔口中得知了，可怕的宣传鼓动队是如何工作的。他们通过家门口的堵截和喊话，直接闯入，长时间轮番的言语说服等十分强硬的手段，给个体农民们带来了巨大的精神压力。而最让德姆茨觉得不能理解的是，从没对政治表现出任何兴趣的男友哈贝尔，居然出现在了宣传鼓动队中，成为迫害城中邻里的一员。虽然哈贝尔口口声声说，自己是为了这些农民好。但她最终不能理解哈贝尔的行为。她将原因解释为，哈贝尔和她以前的好朋友聚尔维(Sylvia)暗中投缘，所以他才同她一起成为了合作社运动中的积极分子。也因为哈贝尔这次令人震惊的行动，德姆茨宣告和他分手。德姆茨回忆中合作社运动的部分也至此结束。科勒的回忆主要分为少年和成年两部分。而这两部分回忆也都涉及了合作社运动。少年时期，他对合作社运动的印象与德姆茨的相差无几。他主要回忆了，哈贝尔所加入的宣传鼓动队如何让个体农民放弃自己的土地。除了利用威逼的态度，对于仍然拒绝加入合作社的农民，政府会通过减少他们的种子数量和肥料供应，让他们最终不得不放弃抵抗的念头。城里人暗暗管他们这种做法叫暴政。而科勒也一样对哈贝尔热心投入政治事业的行为感到十分惊讶。他在回忆中还提到，自从哈贝尔如此积极投身于宣传鼓动的工作，城里人就对他的行为格外感到愤怒。人们称"这样一个移民孩子，人们对他期待的是感谢而不是不要脸。"[82]后来当科勒经历变故，回到古尔登堡再次与哈贝尔相遇时，两人再次提到合作社那段历史。科勒问起哈贝尔，那时为什么要加入宣传鼓动队，威胁那些富农，为什么他连收留他们一家的格里瑟尔也不放过。哈贝尔此时才道出了真实的原因："叫他们尝尝报复的滋味。"[83]哈贝尔这时才义

---

〔81〕 Vgl. Christoph Hein: *Landnahme*. Frankfurt am Main: Suhrkamp, 2004, S. 118.
〔82〕 Christoph Hein: *Landnahme*. Frankfurt am Main: Suhrkamp, 2004, S. 179.
〔83〕 Ebenda, S. 239.

愤填膺地讲出，当时城里人如何冷漠地对待他们一家人。“好心”的腾出自家房间，供他们一家居住的格里瑟尔，曾当着哈贝尔父亲的面讲过：“人们应该立刻继续驱逐那些被驱逐者们，把他们赶到穆尔德河里去。”[84]直到此时读者才了解，哈贝尔当年在合作社运动中的所作所为，根本不是为了什么远大的政治抱负，而是为了报复当时给予他们一家人不公正待遇的古尔登堡人。第五位叙述者基策罗的叙述中，再次出现了合作社运动。当保龄球俱乐部老成员讨论要不要接纳哈贝尔为新成员时，其中一位成员皮希勒（Pichler）表示强烈的反对，就因为哈贝尔在合作社运动期间，曾跟随宣传鼓动队一道威逼过他的岳父。而基策罗轻描淡写地劝皮希勒说，那只是（哈贝尔）青春年少一时犯下的过错。[85] 最终大家还是同意了哈贝尔的加入。

关于同一段历史的回忆，这三个人物包括隐藏的主人公之间存在着一定的相同点和不同点。其中，德姆茨和科勒两人关于合作社运动的直接回忆非常相似。这主要是因为，他们作为叙述者，直到回忆过往的此刻仍然属于一般的市民阶层。两人经历坎坷，生活并不富足，特别是与后来飞黄腾达的主人公相比。因此，他们就像大部分普通老百姓一样不过问政治。复杂的政治现象是他们无法完全明了的，也无力改变的。而哈贝尔与基策罗却不同。前者利用了这场政治运动，满足了自己报复的欲望。这点再次地突出了主人公目的性强的性格特点。后者作为一名成功的商人，这场主要针对个体农民的运动，显然没有对他的生活造成任何重大的影响。也因此他能够轻松地讲出，哈贝尔的行为只是年轻人的一时糊涂。

对于同一段历史的不甚相同的回忆，是主观因素发挥影响的结果。但是在这些主观的声音中就存在着客观的真相，读者通过分析和解读便可以判断。首先，多位来自不同领域、不同阶层、互不相识的叙述者关于同一历史事件的回忆，有着许多交叉重叠的部分。他们的观察犹如镜子的碎片反射着同一个对象，因此他们相同或者是类似的主观认识，向读者真实地展示了真实的历史。告诉读者这样的真实，也是海因运用多重叙述声音的主要目的之一。其次，多位叙述者回忆中不相同

[84] Ebenda, S. 240.

[85] Vgl. Christoph Hein: *Landnahme.* Frankfurt am Main: Suhrkamp, 2004, S. 310.

的部分，一方面说明了，由于个体的差异，在相同的社会历史条件下，单独的个人对历史的理解会存在不同。不同人物的不同回忆更进一步揭示了这些人物生活背景、性格脾性、社会地位等的实质差异，成为人物塑造的关键。此时多重叙述声音已经不再只是一种结构技巧，而已经成为小说内容的重要组成部分。另一方面，这些不同的回忆也向读者展现了历史不同方面的细节。例如那个年代普通百姓日常生活的方方面面。海因展示三位人物的回忆像玩拼图游戏一般，将几位叙述者破碎的生平片段拼合在一起，使人联想到文学创作中的蒙太奇手法。事实上，海因和本雅明都十分推崇这种拼贴组合的方法，以捕捉个人记忆碎片的手法印证整个社会的记忆，达到以小见大的效果。最后，海因的多重叙述声音以及多重叙述视角的写作手法，也再次印证了本雅明历史哲学的观点，那就是抓住记忆而非去辨明历史的本来面目。五位叙述者就像是目击证人一样，为主人公一生的生活轨迹和他所生活的这段历史时期提供了证据。

综上所述，海因选取历史题材，进行这部小说创作的时候，无疑受到了本雅明哲学思想和叙事学思想的影响。在这样独特的历史哲学思想的指导下，海因用自己所擅长的严整结构、多重叙述声音和多重叙述角度，生动且真实地描绘出了将近50年的民主德国历史。在其20世纪80年代的作品《霍恩的结局》中，他已经采用过多个叙述者共同叙述的手法。另外，从海因第一部引起轰动的中篇小说《陌生的朋友》中，我们可以发现，他非常擅长从人物的视角去思考问题、叙述故事。他总能切身体会到这些人物内心的情感。在《占领土地》这部作品中，海因再次充分地发挥了这个特长。人物的性别不同，职业、生活轨道也各式各样，海因却始终能够精确地将人物各自不同的语调和情绪描绘出来。

海因的这部作品有着以古喻今的意义。在读者熟悉主人公的人生历程以后，再仔细对照小说结尾来看，就能够领略这部作品的一个重要思想内涵。哈贝尔作为一个被驱逐者，在失去故乡之后来到古尔登堡。本地人严重的排外心理让他一家人过着十分艰难的生活。而在故事的结尾，哈贝尔的儿子对几个斐济人非常不友好，原因是他觉得外国人不应该参加德国人的庆典，因此他要把他们从庆典的队伍中剔除出去。而对于儿子的这种做法，哈贝尔只是轻微地责备了几句。末了，还为自己拥有这样的儿子而感到骄傲。但是，被驱逐者和小城居民，德国人和外国人，外地人和本地人之间的关系和矛盾就其实质来说又有什么区别呢？显而易见，这种歧视外来人的排外心理，不管世事如何变迁，主人公的个人命运如何变化，根本没有从人们的内心消失。之前作为被驱逐者，不被本地人接受的那段经历，如今已经被哈贝尔淡忘了。哈贝尔飞黄腾达的过程，证明他是个彻头彻尾的实用主义者。为了事业的成功，他甚至可以和当年纵火烧毁父亲工厂的人共事。也就是说，他为了能够在小城立足，成为一个彻彻底底的"本地人"，他可以遗忘过去。在他最终成为小城中不可或缺的大人物时，他早年的那些悲惨经历，在他的记忆中已经不再占据重要的位置了。而对于本雅明和海因来说，遗忘过去是可怕的。因为过去、现在、未来这三者之间的关系是密不可分的。如果不回忆过去，就无法预见现在和未来。按照本雅明的历史哲学思想，遗忘过去造成的结果是，过去的问题依然存在，人类和社会无法进步，历史会变成一种循环运动。就像这部作品的结尾所揭示的那样，外来人的命运没有发生根本的改变，从哈贝尔一家到两个斐济人，历史在循环。作为有社会责任的知识分子，海因敏锐地体察到了这一社会现象，结合自己的亲身体验以及对于历史的记忆，他选择了这一历史题材给读者讲述历史的同时，更是给人以警醒，提醒人们不要再重蹈历史的覆辙。

海因在柏林墙倒塌 10 多年以后，选择了这样的历史题材进行创作，把自己对本雅明历史哲学的理解融入到了作品当中。他以民主德国境内二战后被驱逐者和普通百姓的生活为主题，采用多叙述者多视角的手法，书写了二战后 50 年代到 90 年代柏林墙倒塌的历史。这显示了作者对于历史书写的独特见解和对历史进程中普通百姓的关注与同情。

六、文学与历史学中历史书写的差异

海因通过他的叙事作品，展现了文学中历史书写的特点。透过对他几部作品的详细分析，对比作品中的历史书写与历史著作中相应的历史书写。综合他作品中的历史书写的共同点，即可发现文学中的历史书写与历史学的历史书写之间的几点区别。

首先，就文本的真实性与虚构性来讲，文学文本中的历史书写还是以虚构为主。虽然克里斯托夫·海因的经历与他的作品《一切从头开始》中主人公的经历十分相似。但归根结底，作品中的人物和情节，只是可能存在的人和可能发生的事情，而不是真实的人物和事件。不管这样的虚构性是作者所追求的，还是无心安排的，它都普遍且大量地存在于文学作品当中。这种程度的虚构绝不是构成历史学中的历史文本的基础。历史学家的历史书写还是以记录已发生的事实为目的的。

其次，文学与历史学中的历史书写的另一个重大的区别，体现在具体和概括上。具体，指的是文学中的历史书写以描写具体的人物及其生平和经历为主。社会历史条件在这些人物的生活中发挥着重要的影响。透过阅读这些人物的经历，读者不仅可以对当时真实的历史状况有所了解，而且可以了解处在历史大环境中个人的生存状况。例如，《占领土地》中的主要人物都是来自民主德国社会底层的个人。故事都围绕着这些人物的日常生活展开。民主德国社会政治的变化给他们的命运带来了巨大的改变，主人公哈贝尔的一生都深受战后民主德国历史进程的影响。哈贝尔一家如果不是因为二战之后的波茨坦协定，不会被迫来到古尔登堡这个小城。后来，他参加合作社运动宣传队报复当地人对自己的仇视，利用民主德国政府严禁民主德国人逃往西德的政策，发了一笔横财，并借此最终改变了自己穷苦的命运，飞黄腾达。如果没有这一系列社会历史的变迁，主人公也不会有这样的命运轨迹。

概括，指的是历史学著作中对历史事件的概括描写。历史学家往往只是对历史事件做出概括性的总结，他们关心的是某一重要历史事件的前因后果，呈现的是整个社会或者是某一群体整体的情况，不会具体到个人。

再次，在某些特殊的情况下，文学中的历史书写是对历史学中历史书写的重要更正和补充。在后现代主义历史研究中，尤其是新历史主义对于历史文本的全新解读出现之后，传统历史主义的历史书写所谓的客观性遭到了严重的质疑。新历史主义者一针见血地指出，历史文本都是由主观的个人所写。生活在一定的历史条件中，个人对历史的认识，会受到社会环境、意识形态等各方面的影响，视野也会有局限。历史书写根本不可能实现完全的客观。民主德国官方的历史就没有能够完全真实地记录已发生的客观事实。1978 年，民主德国国家出版社在柏林出版了《民主德国——社会、国家、公民》(*DDR: Gesellschaft, Staat, Bürger*)。书中编者总结了民主德国从 1949 年建立以来，到 70 年代中期所取得的成就，重点放在歌颂昂纳克执掌政权之后，社会所取得巨大的进步上。整本书使用的都是一些类似口号的标题，例如："民主德国成功之路的前提条件、基础和动力"、"妇女们——社会主义积极的建筑者"、"代表们——人民信任的承载者"等等。[86] 而书中的描述可谓千篇一律，都是民主德国社会各个方面所取得的长足进步。列举的各类表格也都显示，这个国家从1950年开始，就一路高奏凯歌，向着更完善的方向发展。全书没有一处提及过去以及现在发展道路上所出现的失误或是目前仍然存在的问题。与这个时期民众真实的生存状况对比，或者与同时代的西德历史学家，两德统一之后的历史学家所撰写的历史著作对比，这样的官方历史似乎谨遵的是"家丑不可外扬"的原则。可想而知，它的可信度并不高。事实是，很多后来重新编写民主德国历史的历史学家都认为，民主德国这一阶段的发展潜藏着危机。虽然，民主德国的制度在70年代得到了稳固，也成为了全世界十大工业国之一。大部分的民主德国民众的水平也有所提高，但他们的不满却日益增加。原因是"由昂纳克燃起的希望，并没有得到实现，期望与现实之间出现了巨大的差距。最终，从1977到1979年，在经济上升速度回落时，居民生活水平的发展处于停滞阶段。"[87]并且这段时间民主德国的危机不止体现在经济困难上。在这一时期，越来越多的公民要求人权以及自由出境的权利。然而，《民主德国——社会、国家、公民》一书根本没有提及这些潜在的问题。由此可见，在国家政权的意识形态控制之下，历史学家的历史书写未必能呈现真实的历史情况。而此时，真正生活在普通老百姓中间的，有社会责任感的作家，会通过他们的文字对虚伪的、有所隐瞒的官方历史进行修正和补充。在这一点上，自觉地担负起知识分子责任的克里斯托夫·海因认为，作家就应该是"编年史作者"。他在回忆和书写民主德国历史的作品中，表现出他揭露历史真实面貌的决心。早在20世纪80年代，民主德国尚存的时期，他就发表了《陌生的朋友》、《霍恩的结局》和多部戏剧作品。这些作品从不同的侧面，反映了民主德国百姓真实的生活情况。这些情况是官方历史中少有记载的。《陌生的朋友》中的主人公在日常生活中所受到的来自邻居的监控，她内心的空虚以及作品中所反映出来的人与人之间的距离和冷漠，都反映了民主德国人一种普遍的生活和心理状

〔86〕Gerhard Schulze：*DDR:Gesellschaft*，*Staat*，*Bürger*. Berlin：Staatsverlag der DDR，1978，S. 5－6.

〔87〕Hermann Weber：*DDR*：*Dokumente zur Geschichte der Deutschen Demokratischen Republik* 1945—1985. München：Deutscher Taschenbuch Verlag，1987，S. 353.

态。《霍恩的结局》中的主人公霍恩在从事历史学工作时，犯下了政治错误，这让他背上了沉重的心理包袱，最终走上绝路。这样的故事情节也同样反映了国家对个人的压迫和控制。所有这些内容，都是对民主德国历史记载的一种有益补充。

七、结语

从德国近年来的各类文学奖项获奖名单之中，便可得知德国文学界对于历史书写和反思的重视程度。许多德国作家在创作时尤其钟爱历史素材。他们通过各种文学手段来处理这些素材，将他们对历史的回忆和反思写进自己的文学作品中，以达到还原历史细节、回忆过往或者是以古喻今等写作目的。

历史与文学两种学科，在发展的过程中一直在相互借鉴。历史学家利用文学手段进行历史书写，文学家同样也在文学作品中，记录下令他们印象深刻的历史时刻。通过与历史书籍的对比，文学作品中的历史书写在虚构和真实之间，显示出一种独特的吸引力。本文选择民主德国代表作家克里斯托夫・海因及其作品作为主要研究对象。目的是通过对他叙事作品中历史书写的分析，总结作家在处理民主德国历史题材时，带着怎样的创作态度，使用了怎样的创作策略书写历史。通过分析，揭示作家突出的个人特点和书写历史的独特手法。

海因在作品中，都以回忆的形式回顾了民主德国50年代初到柏林墙倒塌前的历史。作品从人物、故事情节、作品结构以及叙述者和叙述角度几个方面，显示出了海因独特的编年史写作原则。通过对这些作品中所包含的历史观点的分析，我们也可以很明显地发现，瓦尔特・本雅明的历史哲学思想对于海因的影响。从本雅明的历史时间观念和进步观那里，他得到了启示。海因在作品中反复地提醒人们回忆的重要和遗忘的危害。他在《霍恩的结局》借霍恩的魂灵向人们疾呼："请你回忆！"和"你必须回忆！"[88]他担心，一旦遗忘代替了回忆，那些不被人注意的重要的历史瞬间会彻底消失。尤其是当人们遗忘那些历史的负面，人类便无法实现真正的进步。他认为作家就是编年史作者。特别是在历史的真实被某些人、某些集团扭曲美化的特殊阶段，作家应该承担起他们书写历史的责任，负责唤醒读者的记忆。

---

〔88〕海因：《陌生的朋友：荷恩的结局》，曹乃云译，南京：译林出版社，1999年，第141页。

"我"在伊万和马利纳之间的双重生活
——论英格博格·巴赫曼的长篇小说《马利纳》

Das Doppelleben des „Ichs" zwischen Ivan und Malina
——Zu Ingeborg Bachmanns Roman *Malina*

郑 霞

内容提要：本论文考察英格博格·巴赫曼在其长篇小说《马利纳》中所贯彻的以追求文学"新语言"——"没有新的语言就没有新的世界"——为鹄的的语言批判的诗学宗旨。作家语言批判的诗学理念在《马利纳》一作中得到了丰富而具体的表现。这首先体现于巴赫曼将语言批判与两性话语批判及社会、历史、文化批判相结合，以呈现和反思语言之关乎女性主体认同的深层问题，揭示男性话语主导权之下的女性主体危机的社会与文化的权力结构根源，而将语言批判用于权力批判正是巴赫曼创作的最终旨趣。在对女性主体深陷困境的剖析过程中，巴赫曼将维特根斯坦的语言批判哲学用于了自身的文学实践。小说《马利纳》中交织着维特根斯坦早期与后期哲学的若干重要思想。其中，在作家身份的女主人公"我"与其情人伊万之间展开的国际象棋棋局及各种交流对话均可视作巴赫曼对维特根斯坦的语言游戏理论所进行的生动形象的文学诠释，甚而是对后者的(局部的)批判与超越。此外，本论文还将揭示小说标题人物"马利纳"所承载的诸多维特根斯坦的哲学思想及其与女性主人公"我"之间存在的、昭示着后者所面临的深刻的自我认同危机的"二重身"或曰"双性同体"的结构。维特根斯坦的哲学元素在巴赫曼的文学语境中发生了意义的变向，由此丰富了文学语言的表现手段，赋予了文学语言以语义的增值，也创造了文学的独特的认识论价值。在小说《马利纳》中，巴赫曼还通过对被视为“音乐语言批判者”的奥地利现代作曲家勋伯格的借鉴支撑并强调了自身那源于奥地利现代派传统的语言批判及主体批判的思想立场。以小说中反复出现的歌曲“月迷皮埃罗”为代表的勋伯格的音乐美学在《马利纳》一作中有力地辅助了作家巴赫曼在性别差异的视角下对女性所遭遇的语言与主体之双重危机的揭示。这一音乐—诗学构架及音乐哲学的语言批判无疑是巴赫曼独特的文学语言批判的有机的组成部分，革新并丰富了文学语言的表现力与审美价值，拓展了语言批判的反思空间。维也纳现代派在哲学、音乐、文学等各个范畴勾画出的语言与主体危机在巴赫曼的笔下体现为对一个面临表达与写作困境的、分裂的女性主体所遭受的创伤的极致刻画及对女性主体与其作家身份的追寻与寻而不得。

关键词：《马利纳》，语言批判，维特根斯坦语言哲学，两性话语批判，女性(作家)主体危机，棋戏，爱情，“乐迷皮埃罗”，“双性同体”之“二重身”

概述——作为“死亡形式”的《马利纳》

奥地利作家英格博格·巴赫曼的长篇小说《马利纳》作为其《死亡形式》三部曲的第一部出版于1971年。小说中超前的女性意识以及作品在形式上的探索性在当时的评论界引发了巨大的争议。批评者认为，小说《马利纳》是“一片混浊的汪洋”[1]，作家“陷入了自身的主体意识而不可自拔”[2]。然而，随着时间的推移，这部作品的美学价值和现实意义得到了越来越多的肯定，被认为丰富和发展了现代小说的创作。

尽管评论界就由女性主义视角来解读小说《马利纳》是否合理的问题持有不同的观点，但这一视角确实有其可取之处。因为，小说中女性主人公“我”的命运以及

〔1〕转引自韩瑞祥选编：《巴赫曼作品集》，人民文学出版社，2006年，“编者前言”，第16页。

〔2〕Rudolf Hartung: *Dokument einer Lebenskrise*. In: Christine Koschel und Inge von Weidenbaum (Hrsg.): *Kein objektives Urteil – Nur ein lebendiges. Texte zum Werk von Ingeborg Bachmann*. Piper Verlag, München 1989, S. 156.

穿插于小说叙述主框架中的"卡格兰公主传奇"里公主的命运均是父权体制下女性陷于失语状态的悲剧性存在的体现。无论如何,两性话语批判无疑是巴赫曼在《马利纳》一著中所贯彻的鲜明的创作方针之一。

同样鲜明的是小说所承载的历史批判。对充斥着战争的历史进程的反思是贯穿巴赫曼创作始终的一大主题。奥地利作家托马斯·伯恩哈德(Thomas Bernhard, 1931-1989)在评论巴赫曼时曾说,巴赫曼整个一生都惊愕于世界与历史的进程,她始终在逃亡,并不惜在地狱中沉沦。[3] 在小说《马利纳》中,"卡格兰公主传奇"的背景便是战争、黑夜与逃亡。此外,在题为"第三个男人"的小说第二章中,战争与逃亡同样是那些可怕的梦境中一再出现的情景。对作品人物及作家本人而言,人在历史与现实中的存在始终迷失在浓郁的夜色之中:"漫长是黑夜";"始终是黑夜。没有白昼。"[4]黑夜中的生存时刻受到来自"大熊星"的威胁,而巴赫曼对大熊星这"蓬乱的黑夜"[5]的"召唤",并不是对毁灭的渴求,而是诗人在洞察到生存之危难的时刻发出的警世呐喊。

在小说《马利纳》那由创伤与恐惧编制的语言暗码中,作家意欲展现不可磨灭的创伤经历与乌托邦构想之间的对立与冲突。小说中"卡格兰公主传奇"的幻灭、女主人公"我"与其情人伊万之间的幸福爱情的终结以及"我"最终于墙壁中消逝的"死亡形式",使整部作品笼罩在一派沉郁、晦暗和肃杀的氛围之中。对乌托邦的强烈渴望与乌托邦幻想的破灭形成了尖锐的对立,童话中的乐土渗透着现实生存的严酷与可怖。在巴赫曼的诗集《召唤大熊星》的卷首诗《游戏已终局》中,童话梦幻的"游戏"就不得不以痛苦而"终局":

我亲爱的兄弟,何时我们做张木筏
泛流而下直达天际?

---

〔3〕Vgl. Joachim Hoell: *Ingeborg Bachmann*. Deutscher Taschenbuch-Verlag, München 2001, S. 153.

〔4〕Ingeborg Bachmann: *Curriculum Vitae*. In: Christine Koschel, Inge von Weidenbaum und Clemens Münster (Hrsg.): *Ingeborg Bachmann. Werke in vier Bänden*. Piper Verlag, München 1978, Band 1, S. 99 u. S. 102.

〔5〕Ingeborg Bachmann: *Anrufung des Großen Bären*. In: *Ingeborg Bachmann. Werke in vier Bänden*. Band 1, S. 95.

我亲爱的兄弟，不久负荷就会太大
我们将会葬身水底。

我亲爱的兄弟，我们在纸上
画上许多国家和条条铁轨。
小心，在这些黑线前方
你将被地雷高高炸飞。
[……][6]

在小说《马利纳》中，巴赫曼也对语言问题进行了深刻的思考与独特的表现，再一次将语言批判与历史批判及两性话语批判联系在一起。在身为作家的小说女主人公"我"与一位记者进行的访谈[7]中，主人公说道："我要向您透露一个可怕的秘密：语言是惩罚。所有的东西都必须进入语言，并且都必须根据其过错以及过错的程度重又在语言中消逝。"[8]在主人公的这一表述中，维特根斯坦的语言批判的哲学思想赫然在目。维特根斯坦说："哲学是以我们的语言为手段为反对对我们的理智的蛊惑所进行的斗争。"[9]换言之，维特根斯坦欲以对语言的逻辑分析为手段揭露因形而上学对语言的滥用而产生的哲学问题，并对这些问题加以诊断和治疗，以期最终在我们的语言使用中排除这些问题。巴赫曼在《马利纳》这一其后期小说创作的名篇中，对维特根斯坦思想的借鉴与引申是相当醒目的，很值得研究者深入发掘。

由上述两性话语批判、历史批判及语言批判的视角出发，在下文中我们首先要

---

[6] Ingeborg Bachmann: *Das Spiel ist aus*. In: *Ingeborg Bachmann. Werke in vier Bänden*. Band 1, S. 82.

[7] Vgl. Ingeborg Bachmann: *Malina*. In: *Ingeborg Bachmann. Werke in vier Bänden*. Band 3, S. 88ff.

[8] Ebd., S. 97. Vgl. auch Ingeborg Bachmann: *Rede zur Verleihung des Anton-Wildgans-Preises*. In: *Ingeborg Bachmann. Werke in vier Bänden*. Band 4, S. 294ff. 巴赫曼在演讲的结尾处说道："语言是惩罚。尽管如此，还要说最后一行话：并非死亡之词，你们语词。"这"最后一行话"正是巴赫曼的诗歌《你们语词》的结束语。(Vgl. Ingeborg Bachmann: *Ihr Worte*. In: *Ingeborg Bachmann. Werke in vier Bänden*. Band 1, S. 163)

[9] 涂纪亮主编：《维特根斯坦全集》，河北教育出版社，2003年，第8卷，《哲学研究》，§109，第67页。

仔细考察小说中主人公“我”与伊万之间所进行的棋局，我们将发现作品中的下棋的母题与维特根斯坦的语言游戏理论的密切关系。随后，我们要考察“我”与伊万之间看似平庸的对白，尤其是两人间的电话交谈。就在这些被不厌其烦地记录下来的日常对话中，我们能看出巴赫曼的一如既往的语言批判策略。同时，这一语言批判显然是在性别差异的视角下展开的，这一点同样也适用于作家对主人公之间下棋场景的表现。小说对女主人公“我”与伊万之间的爱情的刻画在性别话语权力批判的视角下体现了诸多维特根斯坦前后期的哲学思想。巴赫曼在此探讨了在男性话语权的主宰下女性的声音抑或女性写作之合法地位的诗学问题。小说中，作家的语言批判意识还体现在她对勋伯格音乐的借鉴之中。通过对《马利纳》一作所援引的勋伯格的代表作“月迷皮埃罗”(Pierrotlunaire op. 21)中的若干乐句的阐释，我们会发现，这些音乐元素的功能在于传递作家那源于奥地利现代派传统的语言批判及主体批判思想。结合小说女主人公的作家身份，巴赫曼在其诗学的反思空间中不仅要揭示男性话语主导权之下的女性的主体危机，她更要揭示女性作家的主体危机。此外，女主人公的自我认同危机还在另一个层面上得到了体现，即体现于“我”与小说的标题人物马利纳的“二重身”或曰“双性同体”[10]的结构之中。在本论文的末尾章节中，我们将详细讨论马利纳这一人物所承载的维特根斯坦的哲学思想。

1. 棋之戏

在小说《马利纳》的第一章中，巴赫曼思考了这样一个问题，即一个女性的“我”为何无法实现以爱情的名义进行一种“审美的生活”[11]的理想。作家对这一问题的思考与表现借助了维特根斯坦的语言游戏理论——尤其是维特根斯坦以棋戏论语言的类比手法——，并将它移置于女性主义和社会批判的视野，这集中展现在小说主人公之间的对弈场景中。可以说，《马利纳》中的若干“棋局”充分体现了巴赫曼对维特根斯坦哲学之极富创意的借鉴与改写。

---

〔10〕Christine Koschel und Inge von Weidenbaum (Hrsg.): *Ingeborg Bachmann: Wir müssen wahre Sätze finden. Gespräche und Interviews*. Piper Verlag München/Zürich 1983, S. 87.

〔11〕Inge Steutzger: *„Zu einem Sprachspiel gehört eine ganze Kultur". Wittgenstein in der Prosa von Ingeborg Bachmann und Thomas Bernhard*. Rombach Verlag, Freiburg im Breisgau 2001, S. 167.

巴赫曼赋予其作品中的国际象棋棋局以超越维特根斯坦哲学中的棋戏类比的语义象征，即从性别差异、两性关系的视角出发来考察男女双方的游戏实践，揭示以博弈为表象的两性话语之争以及男性话语的主导地位。[12] 女主人公"我"与伊万在棋盘上的较量不仅是棋艺之赛，也是语言之争，更是性别之战。只是，在巴赫曼笔下，这样的冲突并不显得剑拔弩张，而是隐现于其含蓄、甚而幽默的表现手法之中，立足于女性主义视角的研究往往无视于此。

我们不妨以下面这段篇幅较大的引文为例来解读男女主角间的棋戏：

〔……〕如果他没有兴趣和我造句的话，他就摆开他的或我的棋盘，在他的或我的住所，逼着我和他下棋。〔……〕天哪，你的"象"是怎么走的呀？拜托你再想想这一步。你还没看出来我是怎么下棋的吗？〔……〕伊万说，你下棋就是没有章法，你不会玩你的棋子，你的"后"又动不了了。我忍不住笑了，随后我又苦苦思索起关于我无法动弹的问题。伊万给我使了个眼色。你明白了吗？不，你什么都没明白。你现在脑袋里又在想什么呀？酸白菜、花椰菜、生菜，净是些蔬菜。啊，现在这个没头脑的、脑袋空空的小姐想让我分心，可是，我早就知道这一套，裙子从肩膀上滑了下去，可我不往那儿看，想想你的"象"，有人的两条腿也已经露了半个小时了，一直露到膝盖上面，不过，这对你毫无用处，这就是你所谓的下棋，我的小姐，和我下棋可不是这种下法，啊，现在有人的表情很滑稽，这一点我也想到了，我们把"象"玩丢了，亲爱的小姐，我再给你一个建议，从这儿消失，从 E5 走到 D3，不过，那样的话，我的绅士风度就会消失殆尽。我把我的"象"朝他扔去，并且一个劲儿地笑着，的确，他棋下得比我好得多，不过，重要的是，我有时最终能和他下成和局。[13]

与伊万热衷于下棋不同，女主人公对下棋的兴趣并不浓厚，她往往是被迫与之

〔12〕参见维特根斯坦："一切都在语言中见分晓。"(《维特根斯坦全集》，第 4 卷，《哲学语法》，第 134 页。译文有所改动。)

〔13〕Ingeborg Bachmann：*Malina*. In：*Ingeborg Bachmann. Werke in vier Bänden*. Band 3，S. 46f.

对局，就像棋盘上被困的“后”一样，爱情的束缚使她“无法动弹”〔14〕。女主人公的这种被动性也体现在下棋时她对伊万的“言听计从”。套用维特根斯坦的话来说，这便是“命令以及按照命令行事”〔15〕的语言游戏。在国际象棋这一男性的世袭游戏领地，伊万显然代表了游戏规范，主宰着棋局的走势。然而，面对他的指摘、奚落以及高高在上的指点，女主人公却总是以笑作答。“笑”并非全然意味着顺从，女主人公的“笑”未尝不是一种抗拒的姿态，哪怕是一种柔弱的抗拒。而事实上，“笑”的颠覆性的力量〔16〕也在女主人公甩手掷棋的动作中得到了体现。

男主人公虽然对女主人公的棋艺嗤之以鼻，却还是乐于一次次摆开棋盘，与其对垒。在力量悬殊的对弈中，女主人公“我”尽管屡屡俯首称臣，却也能时而与伊万打成平手，胜负难分。“我”往往不按常规走棋，由此招致伊万的训斥与指正，但“我”亦能欣然从命，并为棋盘上不时出现的相持局面而感到高兴。作为棋局的旁观者，我们并不认为女主人公是个拙劣的棋手。她的那些看似莫名其妙的着数未尝不是对寻常的游戏规则的刻意违背，只是这种违背随即得到了伊万的纠正，因为，在事实上，由伊万主导的下棋策略同时也对女性对手“我”的棋路提出了规范性的要求。小说中，女主人公在尝试挑战棋戏规则的同时，也乐于接受以伊万为代表的棋戏规则的约束，对她来说，重要的是，她偶尔能与伊万战成和局。由此看来，我们不妨可以说，女主人公虽并不着意于反抗男主人公的强势地位，但棋盘上的和局或多或少也暗示了她与男性游戏规范抗争的愿望，并且，这种抗争并不旨在获胜，而是追求和解。

如果说棋盘似沙场，棋局如战争的话，那么和棋也就承载了对和平的渴望。《马利纳》一著中的棋戏不仅是两性话语之争的隐喻，同时也是现实战争的象征。

---

〔14〕 Ebd.，S. 46.

〔15〕《维特根斯坦全集》，第 8 卷，《哲学研究》，§23，第 19 页。

〔16〕 此外，在小说《马利纳》的另一个情节中，“笑”的颠覆性力量还体现为对道德礼教与陈规陋俗的讽刺。女主人公受邀聆听一场关于“索多玛的 120 天”的报告，她对此并无兴趣。因此，在听报告的过程中，她恶作剧般地向一位陌生男子暗送秋波，不料却得到了对方热烈的回应。两人间“渎神的”眉来眼去与报告现场的严肃、虔诚的气氛形成了鲜明的对照。最终，女主人公“我”几乎抑制不住狂笑的念头，匆忙离场。（Vgl. Ingeborg Bachmann：*Malina*. In：*Ingeborg Bachmann. Werke in vier Bänden*. Band 3，S. 78f.）在巴赫曼的广播剧《曼哈顿的好上帝》中，“笑”的母题也作为一种颠覆性力量的象征反复出现。（Vgl. Ingeborg Bachmann：*Der gute Gott von Manhattan*. In：*Ingeborg Bachmann. Werke in vier Bänden*. Band 1，S. 290f.）

在巴赫曼的文学语言中,棋戏甚至与发生在中国国土上的战争联系在了一起。小说中,女主角“我”在一次与伊万的棋局之后阅读起一本题为《红星照耀中国》的书。[17] 作家的这一构思为我们考察作品中棋戏对于战争的隐喻提供了直接的佐证。此外,小说中另一个反复出现的能指符号,即醒目的大写字母“战争与和平”[18],也可被视为对棋戏所作的概括性的诠释,同时,这一符号也对整篇小说的主题起到了画龙点睛的作用。女主人公向往和平,不仅在棋盘的方寸之间,不仅在现实的战场之上,更是在自我的身心之内。然而,马利纳却直言不讳地告诉她没有和平只有战争:“马利纳:没有战争与和平。我:那么又叫什么?马利纳:战争。”[19] 马利纳试图使女主人公达到这样的认识,即和平仅是战争的“短暂的中止”[20],并且人人自身就是战争:“你就是战争。你自己。〔……〕我们所有人都是,包括你。”[21]巴赫曼在一次访谈中更是明确地强调:“我们称之为和平的东西是战争〔……〕战争,真正的战争,就是和平这一战争的爆发。”[22]在小说《马利纳》第二章的结尾,女主人公“我”彻底认可了马利纳的观点:“马利纳:你将永远不会再说战争与和平了。我:永远不会了。始终都是战争。这里始终是暴力。这里始终是斗争。这是永恒的战争。”[23]“永恒的战争”中只有永远的失败者,就像小说第三章中女主人公在情人远去、爱情消亡之后与自己对局的情景那样,胜利者同时也是失败者。[24]

2. 言之剧

对女主人公而言,她与伊万的交往在一定程度上也是她学习日常语言游戏的过程。伊万代表了生活的现实,是女主人公通往日常现实的桥梁,是介于女主人公

---

〔17〕 Vgl. Ingeborg Bachmann: *Malina*. In: *Ingeborg Bachmann. Werke in vier Bänden*. Band 3, S. 125.

〔18〕 Ebd., S. 184, S. 185 u. S. 225.

〔19〕 Ebd., S. 185.

〔20〕 Ebd.

〔21〕 Ebd.

〔22〕 Christine Koschel und Inge von Weidenbaum (Hrsg.): *Ingeborg Bachmann: Wir müssen wahre Sätze finden. Gespräche und Interviews*. S. 70.

〔23〕 Ingeborg Bachmann: *Malina*. In: *Ingeborg Bachmann. Werke in vier Bänden*. Band 3, S. 236.

〔24〕 Vgl. ebd., S. 246.

与世界之间的“变压器”[25]:“我想着伊万。我想着爱情。想着来自现实的注射。想着现实的持留,就几个小时而已。想着下一次更强烈的注射。”[26]尤其在两人交往之初,女主人公就像信奉教条般地遵循着伊万的“原理”,服从伊万的“训教”:“对我来说,最初的许多原理来自伊万。”[27]“我”与伊万之间的各种语言游戏便是由后者所传授的一门生活之课。女主人公乐此不疲。

小说中,男女主角间所说的各种类型的话语——和脑袋有关的话、打电话时说的话、下棋时说的话[28]、和“疲劳”有关的话[29]、关于“耐心”和“不耐心”的话[30]、关于缺少时间的话[31]等等——令人不禁联想到维特根斯坦语言哲学中的“语言游戏”和“家族相似性”的概念。后者强调游戏种类的丰富多样以及游戏之间的相似之处,旨在表明概念之无法精确定义,而只能通过翔实的举例得到说明。在小说中,伊万就以夸张、风趣的方式玩了一次关于“举例”的语言游戏,以嘲笑女主角的口头禅“比如说”。[32] 在这番令人捧腹的笑谈中,伊万甚至以嬉笑的方式回顾了自己与女主角一见钟情的邂逅,使得爱情的神秘气息荡然无存。

鉴于维特根斯坦对语言的日常使用实践的强调,我们不妨说,巴赫曼的写作方式恰恰是反其道而行之,她要揭示的正是在爱情的话语中日常的语言游戏是没有生命的,必然面临枯竭的境地。小说主人公看似兴致盎然地说着各种在不少研究者读来味同嚼蜡的日常话语,其实,作为这些日常语言之游戏者的“我”却清楚地知道,“关于情感我们还没有说过哪怕一句话,因为伊万不说这样的话,因为我不敢带头说这样的话,可是,我却在思考这些遥远的、缺失的语句,尽管我们有那么多不错的话语可说。”[33]显然,以日常语言游戏的丰富多样映衬真正的爱情话语的寂然缺失,是作家不惜笔墨写下“庸俗”之言的真正意图。

---

〔25〕Ebd., S. 285.
〔26〕Ebd., S. 45.
〔27〕Ebd., S. 41.
〔28〕Vgl. ebd., S. 48.
〔29〕Ingeborg Bachmann: *Malina*. In: *Ingeborg Bachmann. Werke in vier Bänden*. Band 3, S. 73.
〔30〕Ebd., S. 140.
〔31〕Vgl. ebd., S. 253.
〔32〕Ebd., S. 40f.
〔33〕Ebd., S. 48.

在融入了主人公"我"的审美诉求的爱情游戏中，日常的语言游戏难以为继。于是，主人公寻求其他的交流方式。"当我们停止说话转而成功地进行手势交流时，[34]对我来说，一种神圣的仪式就代替了情感，并非空洞的过程，并非无关紧要的重复，而是作为重新充实的、庄严的程式的化身，满怀着我惟一真正所能的虔诚。"伊万对"我"说："这就是你的宗教，的确是这样。"[35]手势作为众多有声语言种类之外的沉默的语言不仅能实现交流更能通达爱情的神圣之境。显然，在将手势视为爱情话语中的一种独特的语言游戏的观点中，维特根斯坦前后期的哲学思想兼而有之。

仔细研读主人公的对话，我们不难发现，"我"与伊万之间的交流显然存在着障碍，充斥着误解。这尤其见诸于两者的电话交谈。早在"我"与伊万交往之初，这一点就已经显露了端倪："无论如何，我们好歹攻占了最初的一些语句，那是些愚蠢的句子的开头、只说了一半的话和句子的结尾，被彼此间的谅解的光环包围着〔……〕"[36]爱情的美丽光晕笼罩着男女主人公之间的支离破碎、支吾其词的言谈方式。这种交流方式一直持续到两者关系的结束。女主人公"我"无奈地发现："在我们彼此间有限的话语和我真正想对他说的话之间是一个真空，我想对他说所有的事，然而，却只是坐在这里〔……〕"[37]

小说中"我"与伊万之间的许多电话通话[38]也可被视为巴赫曼对维特根斯坦的语言游戏理论所进行的文学演绎，这些电话两端的对白同样可被置于性别权力游戏的视野来解读。巴赫曼在其中所注入的语言批判思想赋予了这些日常的交流以深刻的内涵。主人公在电话旁的交谈与他们在棋盘边的对垒同属于情人间的语言游戏。作家借由若干电话对白对关于女性的声音及女作家的身份之存在的可能

---

〔34〕在一定程度上，肢体语言或无声语言取代常规语言或有声语言正是语言危机的一种体现。除手势外，眼神交流作为一种肢体语言也频见于《马利纳》中的"卡格兰公主传奇"。(Vgl. Ingeborg Bachmann: *Malina*. In: *Ingeborg Bachmann. Werke in vier Bänden*. Band 3, S. 47 u. S. 68)

〔35〕Ingeborg Bachmann: *Malina*. In: *Ingeborg Bachmann. Werke in vier Bänden*. Band 3, S. 48.

〔36〕Ebd., S. 38.

〔37〕Ebd., S. 49.

〔38〕有研究者指出，巴赫曼在此明显借鉴了让·科克托(Jean Cocteau, 1889 - 1963)的独幕剧兼独脚戏《人类的声音》(La voix humaine)(1930 年首演)。该剧后经弗朗西斯·普朗克(Francis Poulenc, 1899 - 1963)谱曲而成歌剧(1959 年首演)。小说《马利纳》中的电话对白对这一独幕剧的台词多有援引。(Vgl. Inge Steutzger, S. 175f.)

性，亦即对一种女性的表达方式之可能性的问题进行了思考，这正是巴赫曼后期小说创作中的核心主题之一。

小说中，女主人公与伊万的电话对白在形式上截然有别于女主人公与马利纳的交谈。在前者中没有任何关于说话者的提示，言谈内容也没有用引号加以标示，因此，读者往往难以清楚地区分说话者究竟是女主角“我”还是男主角伊万。这种表面上的含混不清恰恰暗示了主人公之间充斥着误解的交流。与此相反，“我”与马利纳的对话则一目了然。

女主人公与伊万的大部分电话对白是在爱情那令人陶醉的神秘气氛中进行的。不过，在爱情游戏临近尾声时，读者也能听出人物言语间的躲闪、无奈与怅惘。令批评者不解的是，在爱情的美妙时刻，主人公之间的对话竟是那样地“朴实无华”。事实上，在小说表面所记录的庸语俗言背后，恰恰隐藏着作家语言批判的锋芒。我们不难发现，与对弈时的言谈一样，主人公之间的通话也是在男性主角的主导下进行的。女主人公“我”遵循并效仿伊万的言谈模式，而正是男性的语言主导权才使得情人之间的对话流于俗常。

小说中，电话这一媒介对由男权主导的、传统的爱情语言的刻画起到了映衬的作用。女主人公甚至对电话机顶礼膜拜，因为电话机是她与所爱之人保持联系的工具，能代替爱人的现实在场。与情人的别离使女主人公惶惶不可终日，等待情人的来电成为她惟一的慰藉：“我跪在电话机前的地板上，〔……〕就像一个穆斯林跪倒在地毯上，以额触地。〔……〕我的麦加，我的耶路撒冷！”[39]女主人公与电话机形影不离：“我始终都能看见那黑色的电话机，在看书时，在睡觉前，我把它放到床头。”[40]她深陷情网，为情所困：“电话线又缠住了，我说着说着，忘记了自己，我把自己绕了进去，这都是因为和伊万打电话造成的。〔……〕电话线应该继续缠着。”[41]可叹的是，爱情竟是如此一个困局！棋盘上被封堵的“后”转而又为电话线所捆缚。

电话机阻隔着同时也联系着通话的双方。只是，这样的联系与交流显得障碍

---

〔39〕 Ingeborg Bachmann: *Malina*. In: *Ingeborg Bachmann. Werke in vier Bänden*. Band 3, S. 43.
〔40〕 Ebd., S. 45.
〔41〕 Ebd.

重重。这种障碍的外在表现便是电话信号不畅，充斥着杂音的干扰，就像女主人公所抱怨的那样，“电话里埋伏着隐患”[42]。从电话两端看似荒诞的语言游戏中渗透出一种压抑的严肃。情人的来电对女主人公而言可谓性命攸关，这更使作品中的电话游戏增添了悲剧的色彩。女主人公自问：“伴着一台死了的电话机，我已经活了多久？”“电话机活了。是伊万打来的。”[43]

3. 情之困

小说中，女主人公与伊万的爱情显然成了前者之存在的保障。在两人交往之初，女主人公对来自爱情的拯救充满信心。爱情被视为“世间最强大的力量”，只是，“这个世界患病了，它不想让这种健康的力量产生。”[44]不过，“因为伊万已经开始对我进行治疗，[45]所以这尘世间就不会再那么糟糕了。”[46]沉浸在当下的爱情之中，主人公“我”俨然已体验到永恒的幸福：“他（伊万）最终将发现我究竟是怎么一回事，因为我们毕竟还有整整一生。也许不在将来，也许只在今天，可是，我们拥有生命，这一点是毫无疑问的。”[47]爱情不求有将来，但求在今昔；爱情使生命焕发生机，使生命在当下即成为永恒。然而，在现实的爱情游戏的进程中，女主人公却惶然预感到了爱情的衰亡。“我在伊万中活着。我无法在伊万后幸存。”[48]“我”没有为伊万写下那本“美的书”，却写下了“死亡将会来临”[49]的警示之言。“那一天不会来临〔……〕再也没有诗歌〔……〕那将是终局。”[50]

在整篇小说中，女主人公对爱情乌托邦的憧憬与对乌托邦幻灭的忧惧交织在一起。在爱情被赋予如生命般珍贵价值的同时，主人公对爱情之易逝与不可承受

---

〔42〕Ebd.，S. 42. 原文中女主角所说的“隐患”一词为 Tücken，而电话另一头的伊万却将它听成 Mücken（蚊子），就表现主人公之间的交流障碍而言，此为一例。

〔43〕Ingeborg Bachmann：*Malina*. In：*Ingeborg Bachmann. Werke in vier Bänden*. Band 3，S. 321. 此外，还可参见小说中的另一处文字：在一次通话时，伊万拒绝了女主人公的约会请求，他挂断了电话；在女主人公听来，电话被挂断的那一刻就好比射出了一发子弹，她甚至渴望爱情就此终结。（Vgl. ebd.，S. 44）

〔44〕Ingeborg Bachmann：*Malina*. In：*Ingeborg Bachmann. Werke in vier Bänden*. Band 3，S. 37.

〔45〕巴赫曼欲以爱情治疗世界疾患的文学幻想令人联想到维特根斯坦欲以语言的逻辑分析治疗哲学疾病的思想。

〔46〕Ingeborg Bachmann：*Malina*. In：*Ingeborg Bachmann. Werke in vier Bänden*. Band 3，S. 33.

〔47〕Ebd.，S. 48f.

〔48〕Ingeborg Bachmann：*Malina*. In：*Ingeborg Bachmann. Werke in vier Bänden*. Band 3，S. 45.

〔49〕Ebd.，S. 79.

〔50〕Ebd.，S. 303.

也有刻骨铭心的痛苦体验。虽然惟有伊万才是“我”的“欢愉和生命”[51]，而“我”却不能告诉他，“否则他也许会更快地离我而去”[52]，因为，伊万害怕“我”爱他。[53]匈牙利巷6号与9号[54]之间是女主人公走向伊万的爱情之路，也是她的“受难之路”[55]。一句“维也纳在沉默”[56]如主旋律般萦绕着这个最终覆灭的爱情悲剧。“没有美的书，我再也不能写那本美的书了，很久之前我就停止思考这本书了，毫无原因，我再也想不起一句话。可是，我却又那么确信，肯定有那本美的书，我肯定能为伊万找到这本书。”[57]

女主人公对那本无法写就的“美的书”的确知正如维特根斯坦对不可言说的神秘之物的确知。小说中，主人公“我”对伊万的爱情从第一刻起就仿佛是冥冥中注定的那般神奇，仿佛是生命的轮回中卡格兰公主与黑衣拯救者在今世的重逢。[58]在回忆自己与伊万的邂逅时，女主人公说道：“我在刹那间认出了伊万，没有时间通过言谈靠近他，在说出任何一句话之前我就已经归属于他。”[59]与此相对，“关于马利纳，我却考虑了许多年，我是那么地渴求他，以至于我们俩日后的共同生活也只是对某种本该始终如此却一再被阻挠的东西的确证而已”[60]。作为不可名状之神秘体验的爱情的朦胧也弥漫在女主人公“我”对其情人的称谓之中。尽管“我”都用“你”来称呼伊万和马利纳，但是，“这两个你之间因为一种不可测度、无法衡量的表达的强度而彼此不同。”[61]与“我”用以称呼马利纳的“明确”的“你”不同，“我”用以称呼伊万的“你”是“不明确”的，“它可以有不同的色彩，可以昏暗，可以明亮，可以变得矜持、温柔或迟疑，它有无限的表达尺度〔……〕然而，它却始终未曾以那种声

---

〔51〕Ebd., S. 279.

〔52〕Ebd.

〔53〕Vgl. ebd., S. 285.

〔54〕分别是小说中女主人公“我”与伊万的住址。

〔55〕Ingeborg Bachmann: *Malina*. In: *Ingeborg Bachmann. Werke in vier Bänden*. Band 3, S. 173.

〔56〕Ebd., S. 45 u. S. 173.

〔57〕Ebd., S. 303.

〔58〕小说中的“卡格兰公主传奇”讲述的是在久远的年代，卡格兰公主在异族入侵的铁蹄下逃亡并得到黑衣人拯救的故事。可以说，卡格兰公主与黑衣人的形象在一定程度上分别对应了小说女主人公“我”与其情人伊万的形象。

〔59〕Ingeborg Bachmann: *Malina*. In: *Ingeborg Bachmann. Werke in vier Bänden*. Band 3, S. 126f.

〔60〕Ebd., S. 127.

〔61〕Ebd., S. 126.

音、以那种当我无法在伊万面前说出一句话时我在自己的内心所听到的表达方式被说出。有朝一日，我尽管无法在伊万面前，却能在心里圆满地说出这个'你'。那将是完美的'你'。"[62]"我呼唤着伊万，〔……〕我用一种无人曾有的声音，那种星辰般的、恒星的声音，说出伊万这个名字，使它无所不在。"[63]就在这由一个"你"所传达的声音的美学中，我们已然能够察觉到女性正面临渐趋失语的困境。美好的爱情话语只能在心中诉说，这不仅仅在于神秘之物的不可言说，更在于男性的话语强权对女性声音之合法地位的剥夺。小说中"卡格兰公主传奇"几乎就是一出哑剧：黑衣人"叫公主沉默，示意她随他而往"[64]。

卡格兰公主最终跌落马下、倒在血泊中的悲惨结局[65]似乎也暗示了在由男性执导的哑剧中女性无力承当缄默的角色。在传统的、男性主导的两性游戏中，女性注定无法胜任这样的游戏。对《马利纳》中的女主人公而言，"游戏"是一个由男性赋予其意义的词汇："〔……〕我为什么说游戏？到底为什么？这不是我的词，这是伊万的词。"[66]"我"说："我不要游戏。"伊万说："可是没有游戏是不行的。"[67]是伊万"想要进行游戏"[68]，而"我"却"显然对游戏一窍不通"[69]，"我"不会在男性面前进行表演[70]和伪装，但是，"我"却"必须待在游戏里"[71]，因此，对"我"而言，她与伊万之间的一切游戏——棋之戏也好，言之剧也罢——必将陷于"情之困境"而终结："游戏事实上结束了。"[72]擅长游戏的伊万和拙劣的游戏者"我"在同一个地方

---

〔62〕Ebd., S. 127.

〔63〕Ebd., S. 225.

〔64〕Ebd., S. 64.

〔65〕Vgl. Ingeborg Bachmann: *Malina*. In: *Ingeborg Bachmann. Werke in vier Bänden*. Band 3, S. 70.

〔66〕Ebd., S. 49.

〔67〕Ebd., S. 85.

〔68〕Ebd.

〔69〕Ebd., S. 318.

〔70〕德语 spielen 一词除"游戏"之义外，另有一常规词义"表演"。

〔71〕Ingeborg Bachmann: *Malina*. In: *Ingeborg Bachmann. Werke in vier Bänden*. Band 3, S. 85.

〔72〕Ebd., S. 84. 在广播剧《曼哈顿的好上帝》中也上演了爱情的游戏："现在，他们在进行游戏。表演爱情。"(Ingeborg Bachmann: *Der gute Gott von Manhattan*. In: *Ingeborg Bachmann. Werke in vier Bänden*. Band 1, S. 292)此外，巴赫曼早年还写有诗作《游戏已终局》。由此可见，"游戏"的概念在作家脑海中盘桓良久。

"过着两种不同的生活"[73]。"我""对游戏的一窍不通"、"我"的"沉默的凝视"和"由言词的碎片所作的表白"[74]使伊万的生活变得麻烦,而他想要的无非是简单而寻常的生活。他们似乎不属于同一个世界。伊万对"我"说:"你把我搁到那个地方使我无法呼吸,拜托你不要往那么高的地方去,不要再把任何人带到稀薄的空气里〔……〕"[75]伊万愿意踏实地踩在"粗糙的地面"上,呼吸现实生活的气息。此处,字里行间流露出的维特根斯坦哲学的韵味不言自明。

困于情网的女主人公清楚地意识到:"女人注定要承受天生的不幸,那是由男人的疾病造成的。"[76]巴赫曼在一次访谈中也强调了男人是"病人"[77]的观点。小说中,这一性别话语批判在主人公"我"面对马利纳的一番畅谈中得到了彰显。"我"向马利纳谈起了自己对男性的观点:"其实,在每个男人身上我们都应该看到一种不可救药的病例"[78];"可以说,男人对于女人的整个观念都是病态的,而且是一种完全独特的病态,以至于男人根本不可能从他们的疾病中得到解救。关于女人,人们最多会说,她们或多或少被传染了,是她们自己招致了这些传染,由于她们对疾患的同情。"[79]

4. 迷失的皮埃罗——音乐之声的启示

巴赫曼视"音乐为人类所发明的最高层次的表达"[80],她不时从音乐中获得灵感。音乐美学中的语言批判为其以追求"新语言"为鹄的的文学创作提供了重要的启示。

在《音乐与文学》一文中,巴赫曼写道:"音乐和语词一起,它们彼此鼓舞,它们是愤怒,是反抗,是爱,是忏悔。〔……〕它们引导着对自由的追求〔……〕它们有最

---

〔73〕Ingeborg Bachmann: *Malina*. In: *Ingeborg Bachmann. Werke in vier Bänden*. Band 3, S. 46.
〔74〕Ebd., S. 318.
〔75〕Ebd.
〔76〕Ebd., S. 272.
〔77〕Ebd., S. 270. Vgl. auch Christine Koschel und Inge von Weidenbaum (Hrsg.): *Ingeborg Bachmann: Wir müssen wahre Sätze finden. Gespräche und Interviews*. S. 70.
〔78〕Ebd., S. 268.
〔79〕Ebd., S. 269.
〔80〕Zitat nachHans Höller: *Ingeborg Bachmann*. Rowohlt Taschenbuch Verlag, Reinbek bei Hamburg 1999, S. 85.

强烈的意图,那就是产生影响。”[81]从音乐之声和文学之音中流淌出的是隽永的“人的声音”,那是“一种受缚的生灵的声音,他无法道尽遭受的苦难,无法唱尽高声与低音。”[82]“人的声音”尽管并非精确的乐器,却仍执意追求完美,因为在“人的声音”里激荡着生命的力量。视“求真”为艺术使命的作家巴赫曼对“人的声音”寄予厚望:“不该再把人的声音当作一种工具了,而该把它预留给那样一种时刻,即文学和音乐分享真理之瞬间的时刻。”[83]在题为“写作的我”的“法兰克福诗学讲座”中,巴赫曼直指“我”的声音即“人的声音”。尽管“我”是“没有保证的我”,但“‘我’将一如既往代表人的声音奏响凯歌”[84]。

巴赫曼在小说《马利纳》中援引的乐句摘自阿诺尔德·勋伯格[85]的“月迷皮埃罗”(Pierrotlunaire op. 21[86])。这是一部具有典型勋伯格风格的无调性作品。这一离经叛道的作品是维也纳现代派音乐话语中的代表作,标志着对新的音乐表达形式的探索。在小说《马利纳》中,巴赫曼将诞生于奥地利这一共同的文化与历史母体的、根植于维也纳现代派土壤的勋伯格之音乐语言批判与维特根斯坦之语言

---

[81] Ingeborg Bachmann: *Musik und Dichtung*. In: *Ingeborg Bachmann. Werke in vier Bänden*. Band 4, S. 61.

[82] Ingeborg Bachmann: *Musik und Dichtung*. In: *Ingeborg Bachmann. Werke in vier Bänden*. Band 4, S. 62.

[83] Ebd.

[84] Ingeborg Bachmann: *Das schreibende Ich*. In: *Ingeborg Bachmann. Werke in vier Bänden*. Band 4, S. 237.

[85] 勋伯格是新维也纳乐派的“表现主义”的创始人。其十二音音乐是19、20世纪之交现代派音乐语言中的伟大创新,掀起了音乐史上的表现主义狂潮。在作曲技巧上一反传统的十二音技法音乐旨在寻求新的音乐原则与秩序,完全无视传统的调性规律与和声功能,从而使无调性占据了绝对的统治地位。十二音音乐对调性中心的彻底否定促成了不谐和音的解放。这一音乐“新语言”绝非纯粹形式上的标新立异,在其背后蕴涵着深刻的人文主义实质。在经济危机和世界大战接踵而来的年代,西方精神危机和社会动荡的世纪末情感在作为特定时代之产物的表现主义音乐中得到宣泄。表现主义音乐主张通过艺术揭示人类的心灵世界,表达一种在非人性的社会中受到压抑和扭曲的心灵所发出的不谐之音。对于勋伯格这样的渴望世界复归人性的艺术家而言,这种不谐之音正是对异化了的社会及其文化表示抗议的最贴切的方式。

[86] 又名“月光下的皮埃罗”。这是勋伯格于1912年创作的一部室内性声乐套曲,包含21首由乐队演奏和女声咏念合作的歌曲,歌词取自比利时象征派诗人阿尔伯特·吉罗(Albert Giraud, 1860－1929)的朦胧组诗(在原50首诗中选用了21首)。这部早期表现主义的代表作在观念上、形式上都是表现主义音乐的真实体现。皮埃罗原是意大利喜剧中的丑角、失恋者和被人取笑的对象。在这首作品中皮埃罗则是诗人精神和意志的代言人,所表现的内容具有表现主义思潮特有的迷茫、恐惧、思维断裂、情绪扭曲等心理特征。作曲家内心最深处的痛苦、孤独、绝望、恐惧等反常的精神状态在怪诞的音乐语言中一览无遗。

哲学批判熔铸在一起。像维特根斯坦哲学一样，勋伯格的音乐美学也成为巴赫曼进行诗学语言批判的手段。巴赫曼巧妙地将勋伯格对音乐传统的拒斥、对现代主体之痛苦与恐惧的表达方式以及创新的“配乐说唱”，即半说半唱的音乐语言形式与自己的语言批判融合在一起。勋伯格的“月迷皮埃罗”作为西方音乐史上的一个范例以其对传统音乐语言的反思恰好能服务于作家巴赫曼意欲突破、超越传统言说方式和语言秩序的尝试。小说中音乐语言的嵌入不仅丰富了文学语言的表现形式，也再一次揭示了巴赫曼的语言批判的宗旨，即倡导一种不断革新与改善的语言使用。在拓展文学创作空间的同时，巴赫曼对非文学话语的借鉴也印证了她自己对“文学”这一概念的定义：“文学是个向前敞开的、界线未知的王国。”[87]

在小说《马利纳》卷首，巴赫曼明确告知读者，作品中的乐谱摘自勋伯格的配乐诗《月迷皮埃罗》。[88] 关于这部小说中的勋伯格音乐元素的意义问题，研究界有多种解读方式。其中，立足于女性主义视角的阐释居多。[89] 毋庸置疑，正如前文所述，小说中勋伯格音乐所体现的语言批判思想及其所承载的关于诗学之功能的思考是不容忽视的。除了对勋伯格音乐的明确指示外，巴赫曼还在小说中提及了莫扎特[90]的音乐，即其赞美诗“喜悦欢腾”[91]。莫扎特的这一作品名称在小说中由醒目的大写字母标示，多次出现，[92]其对于作品的不同寻常的意义不言而喻。正是在与古典的莫扎特音乐的“同声”中，现代的勋伯格音乐才更为振聋发聩。

值得玩味的是，小说中，这部赞美诗的名称最初出自伊万之口。伊万在女主人公的寓所发现了她的手稿，上面写着“死亡形式”、“埃及的黑暗”。他随即对女主人公说：“我不喜欢这些。〔……〕你的这个墓穴里的所有这些书是不会有人要的，为什么只有这样的书呢？必定也有其他的书，它们肯定像‘喜悦欢腾’那样，能让人兴

---

〔87〕Ingeborg Bachmann: *Literatur als Utopie*. In: *Ingeborg Bachmann. Werke in vier Bänden*. Band 4, S. 258.

〔88〕Vgl. Ingeborg Bachmann: *Malina*. In: *Ingeborg Bachmann. Werke in vier Bänden*. Band 3, S. 10.

〔89〕Vgl. Inge Steutzger, S. 184.

〔90〕Vgl. Ingeborg Bachmann: *Malina*. In: *Ingeborg Bachmann. Werke in vier Bänden*. Band 3, S. 27. 此处，巴赫曼明确地提到了莫扎特的名字。

〔91〕即创作于 1773 年的“exsultate jubilate”。

〔92〕Vgl. Ingeborg Bachmann: *Malina*. In: *Ingeborg Bachmann. Werke in vier Bänden*. Band 3, S. 54f. u. S. 58.

高采烈，你不也经常兴高采烈吗？为什么你不这么写？”[93]赞美诗“喜悦欢腾”的再次出现也与伊万有关。一个风和日丽的午后，伊万驱车载女主人公在维也纳兜风。女主人公沉浸在幸福之中。这种幸福的感觉如此强烈，宛如一曲赞美诗，这乐曲有各种各样的名称——“和伊万一起在维也纳穿行”、“幸福、幸福地和伊万在一起”、“幸福在维也纳”、“幸福的维也纳”[94]。然而，在幸福中“欢腾”的女主人公同时又感到自己“悬于深渊之上”[95]，因为，伊万曾对她说：“你也许已经明白，我不爱任何人。”[96]可见，在“喜悦欢腾”的高潮中潜藏着覆灭之虞。

显然，小说中古典的莫扎特音乐所蕴涵的象征意义与伊万这一形象密不可分。可以说，伊万代表了一个古典的世界。伊万之世界的古典性还在作家看似不经意的笔触中得到了旁证。作品中提到，贝多芬曾在与伊万所居住的匈牙利巷 9 号相邻的屋子里写下了他的“第九交响曲”[97]。与这一古典的世界相对而立的是一个位于匈牙利巷另一侧的现代的世界，即女主人公“我”与马利纳的寓所，匈牙利巷 6 号。在这一音乐——诗学的结构布局中，伊万属于和谐的古典世界，“我”和马利纳则属于不和谐的现代。

与“喜悦欢腾”的明朗之境形成鲜明对照的是，小说中，“月迷皮埃罗”的音符与反复出现的阴森的“城市公园”的意象交织在一起。伊万没有去过这个距离匈牙利巷很近的公园，他对这座城市公园不感兴趣，城市公园仿佛是“伊万生活”与“马利纳世界”[98]之间的前沿阵地。女主人公“我”敏锐地感到：“我们(伊万和我)与这个城市公园的关系是克制的、冷淡的，我再也回想不起童话岁月的任何东西。”[99]“对我来说，在这座城市公园的上方，曾有个苍白的皮埃罗尖声唱道：啊，童话岁月的古老芬芳〔……〕”[100]此处，虽然歌者是个男性的形象，但男性尖锐的高音又与女性的

---

〔93〕 Ingeborg Bachmann: *Malina*. In: *Ingeborg Bachmann. Werke in vier Bänden*. Band 3, S. 54.

〔94〕 Ebd., S. 59. 此处所引的这些文字在作品原文中均以大写字母突显而出，与大写的莫扎特的赞美诗“喜悦欢腾”相映成趣。显然，作家在此着意渲染爱情的幸福。小说《马利纳》中第一章的标题即为“幸福地和伊万在一起”。

〔95〕 Ebd., S. 58.

〔96〕 Ebd.

〔97〕 Vgl. ebd., S. 75.

〔98〕 Ebd., S. 284.

〔99〕 Ebd., S. 16.

〔100〕 Ebd., S. 15. 这句歌词出自声乐套曲“月迷皮埃罗”中的第 21 首。

声音非常接近，[101]因此，不妨说，女主人公的这一想象暗示了作家意欲在由男性的声音所统治的世界里——包括音乐的世界——寻找女性之声音的立足之地。然而，这种努力看来是徒劳的，因为，那宛如女声的尖锐的高音随时都有喑哑的可能，女性面临着"失音"即"失语"的威胁。[102]

"月迷皮埃罗"与城市公园的密切关系尤其体现在小说行将结束前的一段文字中。女主人公与马利纳受邀参加一次朋友聚会。他们沉默寡言，离开喧闹的人群，来到了一架钢琴前。女主人公想起，在她和马利纳"开始真正交谈之前"，马利纳为她弹奏的第一首曲子就是"月迷皮埃罗"。她在钢琴上生疏地敲响了几个音符，随即，马利纳流畅地弹奏了下去："他真的弹了起来，一边说着一边唱着，只有我能听得清：我抛开一切烦恼[103]，梦想着遥远的幸福世界，啊，童话岁月的古老芬芳〔……〕"[104]此处，马利纳的歌声与演奏取代了女主人公的声音，这在一定程度上暗示了女主人公的声音即将归于沉寂。在辞别友人后的回家途中，女主人公和马利纳在夜色中穿过了城市公园。"公园里，阴森森、黑魆魆的大飞蛾在盘旋，一轮病月下，和弦的声音分外清晰，又是那用眼睛啜饮的葡萄酒，又是那睡莲轻舟，又是那乡愁，拙劣的模仿，残忍的行为，那归家前的小夜曲。"[105]

"月迷皮埃罗"的音符从马利纳的指尖汩汩流出，从中，马利纳与这一音乐象征符号的关系可见一斑。小说中，身为历史学家的马利纳代表了理性与认知力，是秩序的化身。通过这一形象与"月迷皮埃罗"的关联，我们可以发现在他身上体现了勋伯格创作理念中的两大核心思想，即逻辑性与可理解性。表现主义音乐与理性主义并不隔绝。它不同于重视感性的传统音乐，是非感性的。表现主义音乐摒弃

---

〔101〕事实上，勋伯格创作的声乐套曲"月迷皮埃罗"是由女声演绎的。

〔102〕《马利纳》中另有一处文字也暗示了女性之"失语"的状况："我愿这么紧紧地抓着把手在车里唱歌，假如我有声音的话〔……〕"(Ingeborg Bachmann: *Malina*. In: *Ingeborg Bachmann. Werke in vier Bänden*. Band 3, S. 59)

〔103〕甚至在梦境中，女主人公"我"还在歌唱："我抛开一切烦恼。"(Ingeborg Bachmann: *Malina*. In: *Ingeborg Bachmann. Werke in vier Bänden*. Band 3, S. 217)

〔104〕Ingeborg Bachmann: *Malina*. In: *Ingeborg Bachmann. Werke in vier Bänden*. Band 3, S. 319. 此处，马利纳边说边唱正体现了勋伯格的"说唱"音乐的特色。

〔105〕Ingeborg Bachmann: *Malina*. In: *Ingeborg Bachmann. Werke in vier Bänden*. Band 3, S. 320. 在这段文字中，巴赫曼多处援引了配乐组诗"月迷皮埃罗"中的诗句及意象：用眼睛饮月光之酒(第1曲)、病月的哀叹(第7曲)、阴森的夜色(第8曲)、乡愁(第15曲)、残忍的行为(第16曲)、拙劣的摹仿(第17曲)、小夜曲(第19曲)及归家(第20曲)。

莫扎特式的音乐天才，注重理性的技法与结构设计。尽管从表面上看，传统调性中的有序性已经被无调性的无序性所破坏、所取代，但并非不存在从无序的世界诞生新的有序世界的希望。小说《马利纳》中的女性主人公与马利纳的二重身结构以及这一结构最终由两极归于一极，恰恰体现了无序中蕴含有序、由无序诞生有序的思想。如果说伊万代表了一种旧秩序的话，那么，马利纳就代表了一种新秩序，而"我"则在旧秩序瓦解与新秩序渺茫之时彳亍独行。彷徨在古典与现代之间的女主人公"我""需要我的双重生活，我的伊万生活和我的马利纳世界，我无法存在于伊万不存在的地方，同样，马利纳不在时，我也无法回家。"[106]

音乐中的"喜悦欢腾"模式代表了诗学中的理想的爱情语言的模式，因此，当小说中"喜悦欢腾"的明朗、和谐之声为"月迷皮埃罗"的阴郁、不和谐之声所干扰、所覆盖时，乌托邦的诗学模式，即"美的书"，也就让位于现实的昏暗与痛苦了，《死亡形式》由此成形。在女主人公的这两个并行却相悖的创作计划中，我们亦能体察女性之"失语"的命运。"美的书"是一本想象中拥有"美好结局"[107]的书，其中的一切都将蒙上"喜悦欢腾"的色彩。[108] 女主人公的这一诗学构想在"卡格兰公主传奇"中得到了部分展现。只是，作品中中断的"卡格兰公主传奇"恰恰暗示了那本乌托邦幻想中的"美的书"注定只能成为断简残编。[109] 与此相对的是，《死亡形式》一书却被逐步建构起来。在马利纳的诱导与激发下，女主人公逐渐克服内心强烈的抵触，清理起被深深埋藏的纷乱而黑暗的记忆。这些记忆以可怕的梦境的形式构成了小说《马利纳》的整个第二章。这是"一本关于地狱的书"[110]。对此，巴赫曼如此说道："那些梦境展现了这个时代所发生的一切令人恐惧的事情。"[111]身为作家的女性主人公试图在痛苦的挣扎中寻找一种富于表现力的语言来讲述自己的经历，

---

[106] Ebd.，S. 284.

[107] Ebd.，S. 82.

[108] Vgl. ebd.，S. 55.

[109] 在一次关于小说《马利纳》的访谈中巴赫曼说道，以爱情"治疗世界""纯粹是幻想"。Vgl. Christine Koschel und Inge von Weidenbaum (Hrsg.)：*Ingeborg Bachmann：Wir müssen wahre Sätze finden. Gespräche und Interviews.* S. 70.

[110] Ingeborg Bachmann：*Malina*. In：*Ingeborg Bachmann. Werke in vier Bänden.* Band 3，S. 177.

[111] Christine Koschel und Inge von Weidenbaum (Hrsg.)：*Ingeborg Bachmann：Wir müssen wahre Sätze finden. Gespräche und Interviews.* S. 70.

而对于作家巴赫曼而言，借助梦境的表现手段正是一种有别于"陈词滥调"的、新的美学形式："我不相信，〔……〕人们可以用人人都会说的陈词滥调讲述在当今的世界发生的可怕的事情。〔……〕可是，在梦里我却知道该如何诉说。"[112]女主人公在噩梦中的地狱之行也是她自身逐渐消亡的过程，她最终在墙壁里遁形，而马利纳，她的男性的二重身，则代替了这个女性叙述主体的声音。

尽管以莫扎特为代表的古典美学在以勋伯格为代表的现代音乐中渐趋衰亡，但是人对古典之和谐之境的向往是永远不会停止的。因此，"月迷皮埃罗"绝不是对"喜悦欢腾"的断然否定。月光下的皮埃罗和《马利纳》中的女主人公在内心的百般冲突中依然在吟唱："我抛开一切烦恼，梦想着遥远的幸福世界，啊，童话岁月的古老芬芳〔……〕"主体对"遥远的幸福世界"的渴望正是基于主体在当下的迷失。迷失中，主体——女性主体、人类主体——重建的希望若隐若现："那一天将会来临"[113]；"女性的诗歌将被重新写就"[114]；"人类的双手将富有爱的才能，人类的诗歌将被重新写就"[115]。分裂的现代性主体生活在当下，回首往昔。在这曲昔日的挽歌中，扭曲了的人声掩不住灵魂深处的心声。

综上所述，勋伯格的音乐美学在《马利纳》一著中有力地辅助了作家巴赫曼在性别差异的视角下对女性所遭遇的主体与语言之双重危机的揭示。这一往返于古典与现代之间的音乐哲学的语言批判构成了巴赫曼独特的文学语言批判的有机的组成部分，革新并拓展了文学语言的表现手段。尽管小说中对一种超越了由男性主导的哲学、音乐以及文学传统的"人的声音"的乌托邦幻想最终破灭了，但是，《马利纳》一作仍不失为对一种创新的、女性的写作方式所作的成功尝试。在小说《马利纳》所营造的语言批判的反思空间里，维也纳现代派的哲学与音乐范式被置于新的历史情境而重获新生，巴赫曼也由此突破常规，确立了非传统的、独具一格的写作方式。正如《马利纳》中的女性主人公所言："我的那些租来的观点已经开始

---

〔112〕Ingeborg Bachmann: *Malina*. In: *Ingeborg Bachmann. Werke in vier Bänden*. Band 3, S. 69f.

〔113〕Ingeborg Bachmann: *Malina*. In: *Ingeborg Bachmann. Werke in vier Bänden*. Band 3, S. 121, S. 136, S. 138 u. S. 140.

〔114〕Ebd., S. 136.

〔115〕Ebd., S. 138.

消失。”[116]

5. 马利纳之谜——“我”的二重身

毋庸赘言，小说《马利纳》的标题人物马利纳是这部作品的核心形象。然而，这一核心人物却是整篇小说中最难解的谜团，令人猜测不绝。

小说的叙述主体“我”在引子部分对马利纳作了如下介绍：“〔……〕出于隐身的原因，A级国家公务员，就职于奥地利军事博物馆，主修历史，副修艺术史〔……〕”[117]正如“我”所介绍的那样，在整部小说中，马利纳自始至终都仿佛戴着一顶“隐身帽”[118]。

的确，就像作品所暗示的那样，马利纳是一个影子人，他是女性主人公“我”的异性的二重身。“我”明确地说道：“马利纳和我，〔……〕我们是同一个〔……〕”[119]然而，这个“同体双性”的二重身结构在作品中却被塑造成了两极对立、“彼此相斥”[120]的模型：“我们（马利纳和‘我’）永远不可能理解彼此，我们就像白天和黑夜，他的窃窃私语、他的沉默、他的镇定的提问，是那么不近人情。”[121]

女性主人公“我”显然对自身的“双性”结构有着神秘的体验，她自问：“我是一个女人还是一体二形？倘若我并非完完全全是一个女人，那么我究竟是什么？”[122]可以说，身为作家的女主人公的这个问题也是女性作家巴赫曼心中的巨大的困惑。我们似乎可以在小说中窥见这个问题的答案。有人在为女主人公占星算命时如此说道：“〔……〕极度的分裂〔……〕那其实不是一个人的星象，而是两个彼此完全对立的人的星象，必然会面临持久的严峻考验〔……〕”[123]那是“男性的与女性的，理智与情感，创造与自我毁灭”的两极对立；“分裂的他”和“分裂的她”作为对立的双方并非彼此隔离，而是盘错交织，“几乎无法生存”。[124] 与深陷主体危机的女性主

[116] Ebd.，S. 129.
[117] Ebd.，S. 11.
[118] Ebd.，S. 300.
[119] Ebd.，S. 126.
[120] Ebd.
[121] Ebd.，S. 318.
[122] Ebd.，S. 278.
[123] Ingeborg Bachmann：*Malina*. In：*Ingeborg Bachmann. Werke in vier Bänden*. Band 3，S. 248.
[124] Ebd.

人公不同，马利纳这个男性的“分裂的他”容易为人忽视。在他看来，倘若要同时驾驭情感与理智，那是“狂妄”[125]。然而，安于“沉默”、恪守理性的马利纳却能如维特根斯坦般澹然地生活在旁人的视野之外。承受着情感与理智冲突之苦的女主人公“我”对马利纳那“不近人情”的理性的存在发起了挑战。在她看来，情感与理智的较量也是美或幸福与精神的对抗。“我”对马利纳说：“我从来没有对你说过，我从未感到幸福，从未，只在少数的瞬间，可是，我终究看到了美。你会问，这有什么用呢？这本身就足够了。〔……〕精神触动不了精神〔……〕对你来说，美是次等的，可是，它却能触动精神。”[126]女主人公渴望的是血肉丰满的、灵动的美，而非冷峻的精神。不过，女主人公也承认自己需要“我的马利纳世界”，她对马利纳所象征的理性的精神世界有拒斥也有皈依。“我”明确地对马利纳说：“总有一天我会开始对你产生兴趣的，对你所做的、所想的、所感受的一切产生兴趣！”[127]此外，“我”非常确信，“那些最美好的书是马利纳送给我的，对此，我父亲永远不会原谅我〔……〕”[128]女性对精神的皈依在以“我的父亲”为代表的男权制度中显得障碍重重。女性无法真正地存在，因为，在主人公“我”看来，缺失了马利纳，即缺失了理性与精神的生活，是不成其为生活的。马利纳问“我”：“什么是生活？”“我”答道：“生活就是无法生活的东西。”马利纳进一步追问，“我”继而又说：“你和我能够合并在一起的东西，这就是生活。”[129]

显然，马利纳存在的意义似乎正在于他帮助女性的“我”真正地存在。小说中，女性主人公标志性的支离破碎的言谈方式昭示了她的语言危机、认识危机与主体危机。“我”承认：“我是第一个彻头彻尾的废物，心醉神迷，不会理智地利用世界”[130]，“我对自己没有增加丝毫的了解，我没有走近自己分毫”[131]，而“马利纳应该帮助我寻找我存在于此的理由”[132]。女性主人公希望借助马利纳的理性消除自

---

[125] Ebd., S. 311.
[126] Ebd., S. 304.
[127] Ebd., S. 172.
[128] Ebd., S. 183f.
[129] Ebd., S. 292.
[130] Ebd., S. 251.
[131] Ebd., S. 293.
[132] Ebd., S. 251.

身的混乱，这尤其体现于她在马利纳的帮助下回顾并克服种种噩梦经历。“我”的生活“由于马利纳而越来越好”[133]。在小说临近尾声前，马利纳也对“我”说：“你那里必须得清理一番了。否则，没有谁能在这样的混乱中找到方向。”[134]不过，马利纳所说的“清理”似乎也预示了女性主人公最后的消亡。两极最终归于一极，女性的存在非但没有得到保障，反而被彻底取缔了。小说中，被明确取缔的还有女性写作的权利，即女性作家的合法身份。在一场噩梦中，女主人公“我”被“我的父亲”投入监狱。“起初我希望，人们能善待我，至少能让我写点儿东西。〔……〕最后才弄明白，我被禁止写东西。”[135]女主人公“我”最后还清楚地意识到了一个悖论，即她原本希望依靠马利纳来整理自己紊乱的记忆，最终却发现惟独马利纳干扰着她的回忆，她被禁止叙说。“是马利纳不让我叙说的。”[136]于是，女主人公“我”断言：“有一天将只有马利纳那干巴巴的、明朗的、良好的声音存在，再也没有我在万分激动时所说的美好的话语。”[137]马利纳向“我”提出建议：“现在，你既不该前进也不该后退，而要学习换种方式进行斗争。这是你被获准的惟一的斗争方式。”[138]在笔者看来，既不前进也不后退的斗争方式便是维特根斯坦式的冷眼看世界，而马利纳对女主人公“我”发出的禁言令也类乎维特根斯坦的“沉默”律令。小说中，马利纳这一形象对维特根斯坦思想的诸多体现无疑可以为此提供明证。

马利纳作为女主人公“隐身”的二重身不仅令读者费尽思量，也令“我”猜度万分。关于马利纳，“我”“考虑了许多年”[139]，“我”对他的本质有了日益清晰的了解。在“我”看来，马利纳的“平静”[140]、“疏远”[141]以及对待一切事物的“没有激情的”、“同等的严肃”能“最好地说明他的特征”，他也因此而“属于少数的那些既没有朋友也没有敌人、同时又不孤芳自赏的人”[142]。在马利纳对待一切事物的同等的态度

〔133〕Ebd., S. 192.
〔134〕Ebd., S. 294.
〔135〕Ebd., S. 228f.
〔136〕Ebd., S. 265.
〔137〕Ebd., S. 326.
〔138〕Ingeborg Bachmann: *Malina*. In: *Ingeborg Bachmann. Werke in vier Bänden*. Band 3, S. 312.
〔139〕Ebd., S. 127.
〔140〕Ebd., S. 235.
〔141〕Ebd., S. 299.
〔142〕Ebd., S. 248.

中,似乎闪现着维特根斯坦关于价值中性的思想。[143] “马利纳冷静地看待改变与变化,因为他在任何地方都看不到好的或坏的,更谈不上什么更好的。显然,对他来说,世界就像它所是的那样,就像他所看到的那样。”[144]维特根斯坦说:“世界是独立于我的意志的。”[145]无疑,马利纳也深谙此道。当女主人公悲叹生活的痛苦与不易时,马利纳为她指点迷津。“我”说:“我被消灭了。〔……〕这说起来是多么容易啊〔……〕可是,要这么生活却是多么困难啊。”马利纳说:“这不是说的,就是这么生活的。”[146]默然承受生活,这既是马利纳的,也是维特根斯坦的“生活形式”。因为,“谁要问为什么而生活,谁就承受几乎所有的生活方式。”[147]小说中,马利纳正是以他在日常事务中的务实精神践行了这样的生活准则。面对陷于痛苦而无法自拔的“我”,马利纳劝诫道:“你所愿的不再有效。在那正确的所在你不再有什么愿望。在那里你将完完全全是你,以至于你能放弃你的我。那将是第一个世界能为某人所治愈的所在。”[148]马利纳所言之“正确的所在”即为世界的边界,而“放弃自我”即意味着越过“我的世界的界限”。在马利纳和维特根斯坦看来,知道世界的界限位于何处,世界就能得到治疗,生活就能得以延续。马利纳与维特根斯坦在气质上的相仿、在观念上的相契,明显得令人感到惊异。就在女主人公“我”距离马利纳的真相越来越近时,真相却令她感到恐惧。马利纳的“泰然自若”使“我”绝望。“在他面前,我有时感到害怕,因为,从他看人的目光中流露出那种最为博大的知,这是人在任何地方、在生命中的任何时刻都无法获得的知,是无法传递给他人的知。他的倾听深深地伤害着我,因为,他似乎也一并听到了那所说出的话的背后所没有说出的东西。”[149]在可言说之物中,马利纳看到了对不可言说之物的暗示,对此,他像维特根斯坦一样确“知”不疑。小说终局时刻,女主人公于墙中隐形,她由此似乎也

---

〔143〕参见维特根斯坦:“世界本身既不是善的,也不是恶的”;“只有通过主体才出现善恶”。(《维特根斯坦全集》,第 1 卷,《1914—1916 年笔记》,第 163 页)

〔144〕Ingeborg Bachmann: *Malina*. In: *Ingeborg Bachmann. Werke in vier Bänden*. Band 3, S. 249f.

〔145〕参见《维特根斯坦全集》,第 1 卷,《逻辑哲学论》,§6.374,第 260 页。

〔146〕Ingeborg Bachmann: *Malina*. In: *Ingeborg Bachmann. Werke in vier Bänden*. Band 3, S. 232f.

〔147〕Ebd., S. 215 u. S. 292.

〔148〕Ebd., S. 313.

〔149〕Ebd., S. 250.

能如马利纳般冷眼旁观。马利纳曾对“我”说:“你将能旁观自身。”[150]马利纳预言了“我”的终局。他甚至对“我”直言道:“你将不再需要你自己。我也将不再需要你。”[151]而女性的“我”也神秘地预知自己将为马利纳所取代。“我”对马利纳说:“你是在我之后来的,你不可能存在于我之前,只有在我之后你才是可以想象的。”[152]于是,在女性的“我”“隐身”之后,她那原本“隐身”的男性二重身——马利纳登台亮相了。在墙中“隐身”正是“我”的“死亡形式”。

整部小说结束于女主人公的遗言:“这是谋杀”[153]。这一“死亡形式”不仅昭示了以马利纳为代表的冷漠的理性对情感的扼杀——“我曾在伊万中活着,我在马利纳中死去”[154]——,更揭露了在男权当道的体制性暴力下女性的失语处境和生存危机,因为,“我说,故我在”[155]。匈牙利巷 6 号与 9 号之间是社会这个“最大的谋杀场”[156]的缩影,而一堵“墙”的隐喻也赫然彰显了作家巴赫曼的社会批判精神。“这是一堵很古老、很结实的墙,没有人能从里面掉出来,没有人能凿开它,从它里面再也不会发出任何声响。”[157]“墙”是情感与理智间无法逾越的鸿沟,是两性间无法消融的隔阂,是女性最终的困境与归宿。一堵如坟墓般沉默的墙。在梦中,“被杀害的女儿们”[158]的幽灵飘荡在坟墓的上方。

---

[150] Ebd., S. 311.
[151] Ebd., S. 293.
[152] Ebd., S. 247.
[153] Ingeborg Bachmann: *Malina*. In: *Ingeborg Bachmann. Werke in vier Bänden*. Band 3, S. 337.
[154] Ebd., S. 335.
[155] Ingeborg Bachmann: *Das schreibende Ich*. In: *Ingeborg Bachmann. Werke in vier Bänden*. Band 4, S. 225.
[156] Ingeborg Bachmann: *Malina*. In: *Ingeborg Bachmann. Werke in vier Bänden*. Band 3, S. 276.
[157] Ebd., S. 337.
[158] Ebd., S. 175 u. S. 198.

下　编
中德文学关系研究

布莱希特"中国诗"研究

Eine Forschung über Brechts *Chinesische Gedichte*

史　节

内容提要：本文节选自博士毕业论文《布莱希特诗歌作品中的中国文化元素》，由第二章和第三章的部分内容构成，主要介绍了布莱希特"中国诗"产生的时代背景、布莱希特创作"中国诗"的内在动因、"中国诗"的版本演变、作品中表现出的对中国文学的理解与谬误以及笔者对几首"中国诗"的解读与分析。该研究以个例形式展示了中国文化及文化元素在欧洲文化圈的接受与转化，通过一组例证分析揭示了文化信息的改造与再加工过程。

关键词：布莱希特，"中国诗"，中国文化元素

布莱希特(Bertolt Brecht，1898—1956)在德国文学界盛名已久，在中国的影响也长盛不衰，相对而言，在国内研究布莱希特的重心大多还是在戏剧方面，布莱希特的戏剧作品被研究的最多、最深，当然也是争议最多。相对于大量译介且被深入分析的布氏戏剧文本而言，布莱希特的其他形式的文学作品被译介和研究的规模要小很多，比如提及率很高的《墨子・成语录》[1]一书至今在国内尚无译本，而在诗歌方面，据说是在德国作家中数量最大的布氏诗歌目前在国内也只有三个零散

〔1〕Brecht, Bertolt: Me-Ti. Buch der Wendungen. Bibliothek Suhrkamp, Frankfurt a. M., 1969.

的译本，即《德意志民主共和国诗选》[2](40首)、《布莱希特选集》(冯至，39首)和《布莱希特诗选》[3](阳天，78首)，且其中多有重复。如同其他布氏作品一样，布氏诗歌政治性也较强，某些甚至带有说教性，这可能是他的诗歌关注度较低的原因，读者对诗歌和散文性作品的期待显然有所不同。

本文主要包含了以下两方面的工作：一为考证，包括"中国诗"作者的考证和诗歌背景的考证，此外还有布莱希特翻译起源的考证。后者借鉴了国外学者的研究成果，前者主要通过笔者对国内文献的查阅；其次为对诗歌翻译的评析，对每一首"中国诗"和中文原诗以及"中国诗"和它的参照本进行了比较分析，并对翻译情况进行了点评。笔者试图通过对每一首诗翻译情况的比较和分析，具体地揭示布氏"中国诗"翻译中存在的各种问题以及其来龙去脉。

一、"中国诗"的发表及来源

"中国诗"公开发表的一共有三个版本，分别是1938年、1950年在《发言》杂志中发表的"中国诗"以及1967年出版的《布莱希特作品全集》(以下简称《全集》)中增补的3首白居易的诗歌。三次发表的情况都有所不同。1938年首次发表的标题是"中国诗六首"，1950年的版本标题改为"中国诗"，里面包含了除经过修改的1938年发表的6首之外，还增添了3首，1967年的《全集》中除了1950年的9首之外，还增加了3首，但这3首并未放在"中国诗"组题下，而是给了它们一个新的组题——"白居易"。

"中国诗"和"白居易"两组诗虽然在形式上分开，但其创作模式和特征表现出很高的一致性，本文为了方便研究，在此将两组诗共12首合在一起一并进行分析，合称"中国诗"，以下所提到的"中国诗"，除特别注明，皆指12首之合称。

这12首"中国诗"的来源各不相同，布莱希特不通中文，他的"中国诗"据他自己说是从别人的译本重新转译而来，其原稿来源主要有二，一个是亚瑟·威利(Arthur Waley)所收集翻译的英文版诗集《一百七十首中国诗》[4]、《中国诗》[5]以

[2] 钱春绮译，上海文艺出版社，上海，1959年。
[3] 阳天译，湖南人民出版社，长沙，1987年。
[4] Waley, Arthur: *One Hundred & Seventy Chinese Poems*, Constable & Co Ltd, London 1918.
[5] Waley, Arthur: *Chinese Poems*, Constable & Co Ltd, London 1946.

及《源自中国的翻译》[6]，另外一个是弗里茨·严森(Fritz Jensen)所著的《中国必胜》[7]中译成德文的"中国诗"，各诗的具体出处将在下文中予以说明。从中文原诗来说，布莱希特的转译已经不是翻译，至多可以说是仿译加改写，这一方面是由于他的英文或德文参照本的偏离所致，另一方面也跟布莱希特自己有意识地偏离参照本有关。经过两次转换后，自然面目难辨。在"中国诗"原文作者的选择上，布莱希特对白居易有显而易见的偏爱，12首诗中有7首是白乐天所作。

1. 流亡时期的第一次尝试

如前文所提及，流亡时期布莱希特在亚瑟·威利英译本中国诗歌影响下创作了一组"中国诗"，这一组"中国诗"发表在莫斯科的德国流亡者文学刊物《发言》(Das Wort)的1938年第8期上，标题为《中国诗六首》(Sechs Chinesische Gedichte)，其中包括：

《朋友》(*Die Freunde*)；

《被子》(*Die Decke*)；

《政治家》(*Der Politiker*)；

《黑潭龙》(*Der Drache des schwarzen Pfuhls*)；

《乾符六年一则抗议》(*Ein Protest im sechsten Jahr des Ch'ien Fu*)以及

《他的儿子降生时》(*Bei der Geburt seines Sohnes*)。[8]

另外转译自白居易的一首《花市》(*Der Blumenmarkt*)亦为同一时期所创作，但当时并未发表。这7首诗的英文参照译本都出自亚瑟·威利的《一百七十首中国诗》。

布莱希特当时创作这一组诗的目的是通过多元化的文艺创作实践行为来驳斥当时在莫斯科文艺理论界占据统治地位的卢卡契的正统马克思主义文艺观，他希望借这几首"中国诗"表明，卢卡契的所谓"马克思主义观点"不过是一种艺术教条主义而已。除了欧洲的文学遗产外，全世界的优秀文学遗产也都可以为欧洲文艺

---

[6] Waley, Arthur: *Translation from Chinese*, New York, 1941.

[7] Jensen, Fritz: *China siegt*, SternVerlag, Wien, 1949.

[8] 各诗标题翻译参照了卫茂平《中国对德国文学影响史述》、谢芳《文化接受中有选择的认同——从布莱希特所译的白居易的四首诗谈起》、张黎《异质文明的对话——布莱希特与中国文化》等文中的译法，略有差别。后同。

家所用。可惜这组诗发表之后没有产生任何影响，几乎没有人回应，也更少有人提及[9]。可能的原因是：首先在俄罗斯的德国文艺界流亡人士只是一个极小的圈子，影响力有限，而且，对于德国文艺界来说，倾向社会主义的思想阵营不占重要地位；其次，对于当时的论争参与者来说，布莱希特的“中国诗”演绎得太远，无法让理论家产生应有的关联和兴趣，而且这些诗作本身在文化上与欧洲社会政治相差太远，让读者不太容易理解，除了布莱希特自己感兴趣之外，无法引起其他人的关注；此外，布莱希特这几首诗所寄身的杂志处于以莫斯科为中心的东欧社会主义和革命文化圈，而诗中所展现的古代中国文化内容显然不是这个文化圈的兴趣所在。

一个有趣的现象是，在欧洲，大抵西欧对中国文化更加关注，也研究的最多，而东欧，虽不能说绝对的漠视，但至少相对西欧来说，感兴趣和研究程度要低得多，东欧人眼中的参照是西欧。在文化上，东欧紧盯西欧，西欧则喜欢眺望东方尤其是中国，而近现代的中国，则很长一段时间都紧紧跟随着东欧的步伐。显然，意识形态的过热炒作，完全可以暂时性屏蔽大众的判断力。

2. 1950 年的修改版

对于 1938 年的这个版本，布莱希特似乎不太满意（或许是因为没能引起注意），他后来做过多次修改。1950 年在《尝试》（Versuch）杂志第 10 册（即第 23 期）[10]再次发表了标题为《中国诗》的一组诗集，其中除了经过修改的前面六首之外，还增加了《花市》、《致蒋介石大元帅的一名死兵》（Ansprache an einen toten Soldaten des Marschalls Chiang Kai-Schek）和《飞越长城有思》（Gedanken bei einem Flug über die Große Mauer）三首。后面两首的来源都是吴安和严森的《中国必胜》中的德文译诗。另外《被子》一诗标题改为《大被子》（Die Große Decke）。

相对于 1938 年较为匆忙发表的情形（或许是出于论争的迫切需要），1950 年的这个版本，布莱希特显得精心很多，除了诗作本身的修改外，布莱希特特意给这一诗集添加了一个标题和说明：

---

[9] GBA, Bd. 11, S. 388.

[10] Brecht, Bertolt: *Versuche*. Heft 10. Suhrkamp Verlag Vorm. S. Fischer, Frankfurt/Main 1950.

第 23 期尝试

中 国 诗

一些旧的和新的中国诗以无韵及

不规则格律的形式译成德文。

合译者:伊丽莎白·豪普特曼[11]

这样一个标题和说明中包含了很多令人感兴趣的细节,比如说哪些诗是旧的,哪些诗是新的?什么是“无韵”和“不规则格律”?为什么在 1938 年的版本中没有提到合译者?伊丽莎白·豪普特曼参与了哪些诗的翻译?

第一、第二个问题较为容易,“旧的”和“新的”应该分别指的是古代与当代,“旧的”诗在这里应该是指第一次发表的六首和《花市》,“新的”则应该是指《致蒋介石大元帅的一名死兵》和《飞越长城有思》;而所谓“无韵及不规则格律的形式”,张黎一语道破:其实所谓的“节奏不规则的无韵抒情诗”,就是我们所说的“自由诗”格式。[12] 第三、第四个问题要稍微困难一些。关于在 1938 年的版本中布莱希特没有提到豪普特曼的名字较难做出回答,笔者分析,很可能的原因是,当时布莱希特更多的注意力集中在行动——用丰富的异域文化内容对卢卡契的观点进行批驳——而对行动本身则未加以特别周到的考虑,这一点,可以从他在 1950 年版本的修改和对合作者的说明中明显看出。至于豪普特曼究竟参与了哪些诗作的翻译,一直以来都未见定论。根据克诺普夫最新版的《布莱希特手册》(Brecht-Handbuch),布莱希特独立翻译了《政治家》、《认命》、《李建送诗人的帽子》、《致蒋介石大元帅的一名死兵》4 首,而《丞相的沙路》和《黑潭龙》2 首,前者可以确定是豪普特曼独立翻译,后者很可能也是豪独立翻译。在二人合作翻译的 6 首中,豪普特曼“至少独立提供其中 5 首诗的初稿”[13]。而按照保拉·汉森的研究结果[14],豪

---

[11] Bertolt Brecht, Lion Feuchtwanger, Willi Bredel: *Das Wort*. Verlag Meshdunarodnaja Kniga Moskau, August 1938, S. 87.

[12] 张黎:《异质文明的对话——布莱希特与中国文化》,《外国文学评论》,2007 年第 1 期,第 29 页。

[13] Knopf, Jan: *Brecht-Handbuch. Band 2: Gedichte*. (Hrg.) Stuttgart: J. B. Metzler 2001, S. 306.

[14] 参见 Hanssen, Paula: *Brechts and Elisabeth Hauptmann's Chinese Poems*. Aus: *Focus: Magarete Steffin*, *The Brecht Yearbook* 19 (1994), University of Wisconsin Press 1994 和 *Elisabeth Hauptmann. Brechts Silent Collaborator*, Verlag Peter Lang, Bern 1995。

普特曼至少提供了布氏12首“中国诗”中的9首:《朋友》、《大被子》、《花市》、《政治家》、《黑潭龙》、《乾符六年一则抗议》、《他的儿子降生时》、《致蒋介石大元帅的一名死兵》以及《丞相的沙路》。或许随着更多材料的发掘和研究的深入,会有更加准确的说法,笔者在下文中有关布、豪二人创作身份的阐述主要基于现有的研究成果。

除了对诗作进行修改和增添之外,布莱希特对于诗集的排序做了调整,1950年的“中国诗”中九首诗歌的顺序为:

1)《朋友》;

2)《大被子》;

3)《花市》;

4)《政治家》;

5)《黑潭龙》;

6)《乾符六年一则抗议》;

7)《他的儿子降生时》;

8)《致蒋介石大元帅的一名死兵》;

9)《飞越长城有思》。

3. 1967年《全集》版的“中国诗”

1956年布莱希特去世后,在他的助手豪普特曼的协助下,苏尔坎普出版社(Suhrkamp Verlag)1967年出版了共20册的《布莱希特作品全集》[15](简称《全集》)。在《全集》中收录了前面所提到的9首诗,不过对于这9首诗歌的发表和编排出现了一些错误和混乱。其一是将《中国诗六首》归于《尝试》中[16],而《尝试》中其他的三首则分别划归到《翻译·加工·改写》[17](《致蒋介石大元帅的一名死兵》、《飞越长城有思》[18])和《斯文德博格诗集》(《他的儿子降生时》[19]);其二是将

[15] *Werkausgabe edition Suhrkamp. Gesammelte Werke in 20 Bβnden*, [Hrsg. in Zusammenarbeit mit Elisabeth Hauptmann], Frankfurt am Main: Suhrkamp, 1973,德文一般缩写为WA,中文简称全集。

[16] WA第9册,第618—621页。

[17] 原文为*übersetungen. Bearbeitungen. Nachdichtungen*,其中Nachdichtungen有改写、意译两种意思。

[18] WA第10册,第1069—1071页。

[19] WA第9册,第684页。

《尝试》中的注释误置到《全集》第 19 册的《关于文学和艺术》[20]一章中。

另外在《全集》的《翻译·加工·改写》中还出现了以“白居易”为题的一组诗，它们分别是《认命》(*Resignation*)、《李建送诗人的帽子》(*Der Hut, dem Dichter geschenkt von Li Chien*)及《丞相的沙路》(*Des Kanzlers Kiesweg*)三首。至此，布莱希特所翻译的“中国诗”一共达到 12 首。由于《全集》中关于“中国诗”的编排较为混乱，多数研究者援引原文时以 1981 年出版的布莱希特的《诗歌全集》[21](四卷本)为蓝本，该版本经苏尔坎普出版社合编，重新发行了合卷本，合卷本与四卷本每页一一对应。本文的“中国诗”引文除特殊注明之外，均以 2002 年《诗歌全集》合卷本为参照，简称合卷本。[22] 在合卷本中 12 首“中国诗”的编排与《全集》中有所不同，被冠以《中国诗》标题的共为 7 首，即《发言》中的 6 首和当时未发表的《花市》；而《致蒋介石大元帅的一名死兵》、《飞越长城有思》和《认命》、《李建送诗人的帽子》及《丞相的沙路》则被安排在《翻译·加工·改写》一章，分别置于“白居易”、“关求”和“毛泽东”三个副标题之下。

出于研究方便考虑，同时也参照了塔特娄的《布莱希特的中国诗》的内容和体例，笔者在本文中将《尝试》中的 9 首与合卷本中后补的 3 首白诗合在一起，均作为布莱希特的“中国诗”加以分析，其顺序按照《尝试》9 首 + 后补白诗 3 首，总体如下：

1)《朋友》；

2)《大被子》；

3)《花市》；

4)《政治家》；

5)《黑潭龙》；

6)《乾符六年一则抗议》；

7)《他的儿子降生时》；

8)《致蒋介石大元帅的一名死兵》；

---

[20] 原文为 Zur Literatur und Kunst, WA 第 19 册，第 424—425 页。

[21] *Gesammelte Gedichte*, Suhrkamp Taschenbuch Verlag, 4 Bβnde, 3. Auflage 1981.

[22] *Die Gedichte von Bertolt Brecht in einem Band*, Suhrkamp Verlag, 2002.

9）《飞越长城有思》；

10）《认命》；

11）《李建送诗人的帽子》；

12）《丞相的沙路》。

二、十二首“中国诗”的内容与解读

得益于国内外布莱希特研究、尤其是塔特娄·安东尼在《布莱希特的中国诗》一书中的研究成果，以及笔者在本人的硕士论文《布莱希特中国诗》中对布氏“中国诗”课题的补充，目前布莱希特所“翻译”的12首“中国诗”都找到了所对应的中文原诗。不过，有鉴于之前的研究一方面存在较多的谬误，另一方面在考证和比较分析方面流于浅表，笔者在本论文的这一部分中除了对前一阶段的研究成果进行整理和归纳之外，着力发掘了各种相关文献，并且对现有的和新发掘的材料进行了彻底的深化处理，不仅从国际布莱希特研究，也从中国布莱希特研究以及中国文学的角度对布氏的“中国”诗进行了比较和分析，同时也就其中存在的问题作了进一步的探讨。

为了使比较和分析更富有意义，同时也考虑到本论文主要读者为国内读者，笔者将布氏的“中国”诗歌译成汉语（粗加工），翻译采取直译形式，兼顾布氏诗的用词、句式与语气。鉴于布氏在翻译“中国诗”的时候采取的是以无韵及不规则格律的形式，故在格律和韵律方面笔者顾忌较少，而主要注意力集中在词语的转换以及内容的对应上。

以下将布诗与中文原文比较时，左为布氏译诗，右为中文原文；在将布诗与其英文或德文参照诗比较时，左为布诗，右为参照诗原文。

1.《朋友》——《车笠交》

1）版本

《朋友》(Die Freunde)首次发表在1938年的《发言》第8期的《六首中国诗》题下，1950年的《尝试》杂志第10期中的《中国诗》中再次刊录了这首诗。两个版本文字未作任何改动，仅在诗行的开头大小写上有所区别。《发言》中的版本仅在第一行和第五行大写，应当是表明段落的划分，这一点刚好和中文原诗的段落划分相对应；而《尝试》版本中的诗行开头则全部改为大写，WA 和 GBA 中均收录《尝试》

版本。下文中分析以《尝试》版本为主要参照。

2）中文源头

《朋友》一诗转译自威利的英文译本《友谊誓言》[23]，关于这首诗的来历，威利在他的《中国诗》中介绍说："在越国如果一个男人和别人缔结友谊，他们会在地上筑一个祭台，在上面献上一只狗和一只公鸡，在这过程中发出誓言。"[24]根据塔特娄的说法，《友谊誓言》一诗的原型是清人沈德潜所编《古诗源》中的《越谣歌》。《古诗源》应该是塔特娄接触到的版本，事实上该诗在宋代郭茂倩所编《乐府诗集·越谣》中已经收录，标题为《车笠交》。车笠交或称"车笠之交"、"车笠之盟"，说的是古代百越人的一种风俗，如晋人周处《风土记》中所记载："越俗性率朴，意亲好合，即脱头上手巾，解要(腰)间五尺刀以与之为交，拜亲跪妻，定交有礼。俗皆当于山间大树下，封土为坛，祭以白犬一，丹鸡一，鸡子三，名曰木下鸡犬五，其坛地人畏不敢犯也。祝曰：'卿虽乘车我戴笠，后日相逢下车揖；我虽步行卿骑马，后日相逢卿当下。'"[25]后世因以"车笠交"比喻不论贵贱贫富都坚定不移的深厚友谊。

3）译诗比较

朋友	**车笠交**
布莱希特	郭茂倩编
如果你坐在车上行驶过来	君乘车，
而我穿着农夫的裙	我戴笠，
而我们某日就这样街上相逢	他日相逢下车揖。
你愿下车并且鞠躬	君担簦，
而如果你在卖水	我跨马，
而我骑在马上散步过来	他日相逢为君下。
而我们某日就这样街上相逢	
我愿在你面前下马	

---

〔23〕Waley, Arthur: *One Hundred & Seventy Chinese Poems*, Constable & Co Ltd, London 1918, S. 37.
〔24〕Waley, Arthur: *Chinese Poems*, Constable & Co Ltd, London 1946, S. 55.
〔25〕《太平御览》卷四零六，中华书局，1960年。

从主旨来看,《朋友》和原作完全保持了一致,都强调不论“你”、“我”的地位发生了什么改变,友谊都不会变质。布氏很好地把握了原作的思想。

从具体内容来看,布诗发生了一些偏离:1.“戴笠”变成了“穿着农夫的裙”;2.“鞠躬”不等于“揖”;3.“担簦”和“卖水”差的太远。当然,这里存在一些困难,那就是“笠”、“揖”、“簦”都是德语文化中所没有的内容,那么布莱希特为什么要这样转换呢,他的参照对象又是怎样转换的呢,我们来看看威利的英文译本:

Die Freunde	**Oaths of Friendship**
Brecht	Arthur Waley
Wenn du in einer Kutsche gefahren kämst	If you were riding a coach
Und ich trüge eines Bauern Rock	And I were wearing a ›li‹,
Und wir träfen uns eines Tags so auf der Straße	And one day we met in the road,
Würdest du aussteigen und dich verbeugen.	You would get down and bow.
Und wenn du Wasser verkauftest	If you were carrying a ›teng‹,
Und ich käme spazieren geritten auf einem Pferd	And I were riding on a horse,
Und wir träfen uns eines Tages so auf der Straße	And one day we met in the road,
Würde ich absteigen vor dir.	I would get down for you.

显然威利的译法比较忠实于原文,对于他所不熟悉、他的文化中无法对等表达的“笠”和“簦”,很诚实地用了›li‹和›teng‹两个音译来代替,然后在诗下对两处做了注解[26],当然,他把“揖”当做鞠躬,有些误解。

与威利的较为谨慎的态度相比,布莱希特就要写意很多。容易理解,对社会地位差别的描写,不一定非要用到那几个他所不熟悉的词,他不会让自己受拘于这些小小的陌生信息,用几个轻巧的替换可以换来更流畅的阅读。不过这样一来,翻译的文化意象就大打折扣了,起码,在多水的百越之地,很难想象会有人“卖水”。事实上,在这个替换过程中,布莱希特也是有过犹豫和反复的,在一份未公开发表的

〔26〕 Waley, Arthur: *One Hundred & Seventy Chinese Poems*, 1918, S. 37.

手稿中，他尝试着用“叫卖报纸”[27]来替换“担簦”，不过这样的替换使原诗的文化语境被破坏得更加严重，“卖报”显然和一首中国古诗该有的意境和语汇场极不相符，很难说服别人相信这种替换“回归”了汉语原文。显然布莱希特后来也明白了这一点，他大概觉得，“卖水”应该较为符合那个时代和那种社会环境，应该可以算是一种冒险程度较小的替换。

从形式上说，原诗是押韵的，“笠”与“揖”押，“马”和“下”押，威利的诗也在每一小节的后两句押[əu]韵，而布诗则完全放弃了这一努力。不过应当肯定的是，在威利诗的影响下，布诗很好地把握了原诗中的假设意味，而这些内容在原作中是直接以陈述而不是假设的方式表达的。

值得一提的是，威利的《友谊誓言》题下实际上是两首诗，除了《车笠交》之外，还有一首是由《上邪！》转译而来。两首诗没有各自的标题，只分别标以(1)、(2)，显然威利是放弃了原诗各自的标题，而把两首诗合并为有关友谊的诗作，并自己添加了一个具有概括性的标题。但布莱希特只选择了标题和《车笠交》一首，而没有选择更有影响的《上邪！》。或许是因为《车笠交》在前、《上邪！》在后之故，他以为前者更具代表性，抑或是《车笠交》的英译本所传达的意境和氛围更合布莱希特的口味，另外还更有一种可能性是《上邪！》的英译从一开头就把布莱希特难倒了，他无法理解威利的译本，所以没有选择。我们来看看威利的译本：

SHANG YA!

I want to be your friend
For ever and ever without break or decay.
When the hills are all flat
And the rivers ae all dry,
When it lightens and thunders in winter,
When it rains and snows in summer,
When Heaven and Earth mingle-

[27] 原文为 Zeitungen ausriefest，BBA354/4，转引自 Tatlow *Brechts Chinesische Gedichte*，第 38 页。

Not till then will I part from you.

对于 SHANG YA 一句，且不论其音译是否正确，单从词形上是没有人能看得懂的，威利也没有作任何注释，这样一个看似简单的开头对于西方读者来说显然是非常困难的，那么可以理解，布莱希特（或者豪普特曼）即便想翻译也无从下手。

2.《大被子》——《新制绫袄成感而有咏》

（1）版本

《大被子》（Die groβe Decke）一诗在布莱希特的作品集中有三个版本。如在前文所提到的，1938 年布莱希特在《发言》杂志上发表的是第一个版本，当时他的标题是《被子》[28]，1950 年《尝试》杂志中的《大被子》是第二个版本，此外布莱希特在他的《四川好人》中也使用了该诗，作为隋大台词的一部分，没有标题，是为第三个版本。第三个版本出现的具体时间较难确定，因为话剧《四川好人》构思和创作的时间跨度较长，而且布莱希特自己关于《四川好人》剧本创作时间的各种记录较为混乱。克诺普夫的研究认为，该剧本最早出现在 1930 年左右，但只是一则包含了初步构想的寓言，真正创作是在 1939—1941 年间：1939 年 2 月初开始动手和玛咖蕾特·斯特芬一起写剧本[29]，1939 年 5 月考虑如何能让“这则寓言获得华丽”，它可以是一切“太过于理性化的”，但同时必须与“中国风格的危险”作斗争[30]，而定稿大约出现在 1941 年 1 月底，但首次付印要到 1953 年[31]。本文中暂时将《四川好人》中的隋大诗出现时间定为 1941 年。

三个版本内容相差无几，主要差别是诗行间词语的调整，直译成中文对照如下：

---

〔28〕原文为 Die Decke。参见 *Das Wort*，Heft 8，Moskau1938，S. 87。

〔29〕Hauck，Stefan：*Steffin，Margarete：Briefe an berühmte Männer．Walter Benjamin，Bertolt Brecht，Arnold Zweig*．Hamburg 1999. S. 50.

〔30〕GBA 26，S. 338.

〔31〕Knopf，Jan：*Brecht-Handbuch*．*Band 1*：*Stücke*．（Hrg.）Stuttgart：J. B. Metzler 2001，S. 419.

被子	《四川好人》中随大所吟之诗[32]	大被子
布莱希特 1938	布莱希特 1942	布莱希特 1950
长官,我问	长官,有人问,需要什么	长官,我问,需要什么
需要什么,来帮助我们	来帮助城中受冻者,回答:	来帮助我们城中受冻者
城中受冻者	一条万尺长的被子	回答:一条大被子,
回答:一条万尺长的被子	它可以彻盖整个城郊。	万尺之长
它可以彻盖整个城郊。		可以彻盖整个城郊。

(2) 中文源头

该诗的中文原作目前在国内布诗研究中尚有争议,按照卫茂平《中国对德国文学影响史述》和谢芳《文化接受中有选择的认同——从布莱希特所译的白居易的四首诗谈起》中的观点,该诗的原作是白居易的《新制布裘》,而在张黎《异质文明的对话——布莱希特与中国文化》中该诗原作为《新制绫袄成》。国外文献基本上引用塔特娄的说法,认为原作为《新制绫袄成感而有咏》。《新制绫袄成》应为《新制绫袄成感而有咏》之略,下面对照比较一下布诗和两首中文原诗:

大被子	新制绫袄成感而有咏	新制布裘
布莱希特	白居易	白居易
长官,我问道,需要什么	水波文袄造新成,	桂布白似雪,
来帮助我们城中受冻者	绫软绵匀温复轻。	吴绵软于云。
回答:一条大被子,万尺之长	晨兴好拥向阳坐,	布重绵且厚,
可以彻盖整个城郊。	晚出宜披踏雪行。	为裘有余温。
	鹤氅毳疏无实事,	朝拥坐至暮,
	木棉花冷得虚名。	夜覆眠达晨。
	宴安往往叹侵夜,	谁知严冬月,

〔32〕 WA, Band 4, S. 1512,《四川好人》中文可参见国内多个布莱希特戏剧译本,该诗的译法各有区别,为了比较的直观,笔者选择了自行翻译了该诗。

卧稳昏昏睡到明。　　支体暖如春。
百姓多寒无可救，　　中夕忽有念，
一身独暖亦何情。　　抚裘起逡巡。
心中为念农桑苦，　　丈夫贵兼济，
耳里如闻饥冻声。　　岂独善一身。
争得大裘长万丈，　　安得万里裘，
与君都盖洛阳城。　　盖裹周四垠？
　　稳暖皆如我，
　　天下无寒人。

显然布诗和两首中文诗差别很大，从内容上看，布诗仅仅相当于《新制绫袄成感而有咏》或《新制布裘》的最后四句。

至于《大被子》的原诗究竟是哪一首，我们可以将该诗和两首中文诗进行一下对比：1）布诗的场景是对话式的，里面有两个人物，“长官”和“我”，而《新制绫袄成感而有咏》一首最后一句中的“与君”也表明作品中出现了两个人物，相反，在《新制布裘》一诗中不存在这种情况；2）另外布诗中出现的“城郊”，原文为 Vorstädte，包含“城”这一概念，跟《新制绫袄成感而有咏》中最后一句中的“城”吻合，而在《新制布裘》仅仅以“周四垠”的模糊形式出现；3）布诗中的“受冻者”，德文为 den Frierenden，跟《新制绫袄成感而有咏》中“饥冻声”中的“冻”构成对应；4）“万尺之长”（原文 zehntausend Fuβ lang）与“长万丈”更接近，因为英文和德文中都没有“丈”的概念，最多只能用“尺”来替换，而如果要替换“万里”，则简单得多，可以直接用“ten thausend mile”或“zehntausend Meilen”，虽说并不完全等同，但意义已十分接近，显然布氏不会用“万尺之长”来替换“万里”。

如果直接将布诗和两首中文原诗比较，综合这几点容易让人推测，布诗的参照本更可能是《新制绫袄成感而有咏》一诗。不过，也不能简单地将布诗和两首中文诗直接比较，因为布莱希特并未参照中文诗，而是参照威利的英文译本。那么我们再来看一下《大被子》的德文原诗和它的英文参照本：

Die große Decke	**The Big Rug**[33]
Brecht	Arthur Waley
Der Gouverneur, von mir befragt, was nötig wäre	That so many of the poor should suffer from the cold what can we do to prevent?
Den Frierenden in unsrer Stadt zu helfen	To bring warmth to a single body is not much use.
Antwortete: Eine Decke, zehntausendFuβ lang	I wish I had a big rug ten thousand feet long,
Die die ganzen Vorstädte einfachzudeckt.	Which at one time would cover up every inch of the city.

可以看出来,大刀阔斧完成腰斩任务的是威利。威利的这首诗完全不能算是翻译。所谓翻译,不管是直译还是意译,都不能脱离了基本的内容和结构框架,译者允许发挥的空间始终是有限的,不然就脱离了"译"的根本。而威利的译本,无论和(两首中的)哪一首中文诗对照,都显得非常突兀。威利的《一百七十首中国诗》大多数翻译遵循的是贴近原文的直译,而且他在"翻译方法"一章中也明确说明他在这本书中不采用"意译"[34]的方法,但显而易见这首诗是个例外。如果一定要说是翻译的话,那么只能说威利节译了白居易的诗。

威利对原诗进行了删节和压缩,同时也按照自己的理解对诗中的人称进行了调整,原诗中"与君"被转化成"we"(我们),当然从释义学的角度来看这还能说得过去。而布莱希特就走得更远,他把诗的情景完全转化成"我"和一名"长官"的对话,无论从诗歌的形式还是从诗歌的场景来说,布莱希特都跟原诗偏得很远,如果要将该诗纳入翻译的范畴,无论直译还是意译,都显得过于偏失,至少从汉语母语者的角度来看,布莱希特的"对话式"转换和他的诗歌意境都要比威利诗偏离原作

---

〔33〕 Waley, Arthur: *One Hundred & Seventy Chinese Poems*. Constable & Co Ltd, London 1918, S. 157.

〔34〕 Waley, Arthur: *One Hundred & Seventy Chinese Poems*, S. 19,原文为 paraphrase,意译、改写之意。

更远，而不是像塔特娄或克诺普夫说的那样“更清晰、更简练”[35]或者“更好地诠释了原作的效果”[36]。

再来比较威利诗和白诗的相似性：威利在他的诗集中并未指出该诗原版，故而只能通过该诗的主题、内容、意境以及诗行词语使用情况进行比对，最为相似的就是《新制绫袄成感而有咏》和《新制布裘》二首；再深入比较这两首诗的最后几句和“The Big Rug”的诗行对照情况，先看前者：1）“so many of the poor”对应“农桑苦”，“suffer from the cold”对应“饥冻声”，“prevent”关联“为念”、“如闻”。这样，第一行长句“That so many of the poor should suffer from the cold what can we do to prevent?”和“心中为念农桑苦，耳里如闻饥冻声”这一对诗行在意义上能够形成基本的对应和关联；2）“big rug”对应“大裘”，“ten thousand feet long”对应“长万丈”，“cover up”对应“都盖”，“city”对应“城”，这样，威利诗的最后两行跟《新制绫袄成感而有咏》最后两行也形成基本的对应关系。再看后者：1）《新制布裘》一诗除了主题之外，词语能对应上的只有“万”、“裘”、“盖裹”，句式仅有“安得万里裘，盖裹周四垠？”一对诗行对应上，且在这两行中“万里”、“周四垠”均与原句有差别，不若“争得大裘长万丈，与君都盖洛阳城”来得接近。2）“To bring warmth to a single body is not much use”为布诗中所没有的内容，它包含了两个要素“暖”和“独”（此处其实就是指“我”），跟“稳暖皆如我”一句有关联，但该句所表达的精神又跟“丈夫贵兼济，岂独善一身”比较接近。只能一定要说如果该句译自白诗，那么该句可能是对白诗中某几句的杂糅。

对于威利译诗的第一句，长达十七词的一行，批评家多有诟病，认为其长而无当，严重破坏了威利所倡导的译诗方法。

综合来看，威利诗第1、3、4句和《新制绫袄成感而有咏》相似度高，而第2句则更像是对《新制布裘》中倒数2、5、6句的改造＋综合表述，故笔者认为威利诗的翻译参照原诗为《新制绫袄成感而有咏》的可能性更大，而《大被子》一诗的中文原本，应该就是《新制绫袄成感而有咏》。

---

[35] Waley, Arthur: *One Hundred & Seventy Chinese Poems*. Constable & Co Ltd, London 1918, S. 44.

[36] Knopf, Jan: *Brecht-Handbuch*. *Band* 1: *Stücke*. (Hrg.) Stuttgart: J. B. Metzler 2001, S. 308.

3）布诗存疑

《新制绫袄成感而有咏》是白居易晚年时期的作品，讽喻之味已淡，而闲适感伤之情渐浓。诗中固然表达出对民生疾苦的关注，但亦只是叹息和满含无奈的期望，不如前期的《新制布裘》中“丈夫贵兼济，岂独善一身”的那种豪迈，更无“稳暖皆如我，天下无寒人”那种坚决和信心。此时的白居易，已经不再是布莱希特所了解的那个兼济天下的“讽喻”的白居易，而是独善其身的“闲适”和“感伤”的白居易。

以四十四岁被贬江州司马为界，白居易的仕途和创思想基本被分为两个阶段，前一阶段是“为民请命”、“兼济天下”的积极勇敢的入世，以谏官之职，敢言敢谏，“有阙必规，有违必谏，朝廷得失无不察，天下利害无不言”，同时利用诗歌的特点进行斗争，“难于指言者，辄咏歌之”，大力提倡古诗的“讽喻”，《秦中吟》、《新乐府》等诗集就是这一时期讽喻诗的经典之作；后一阶段从贬官江州开始，诗人深受打击，他感觉到“多知非景福，少语是元亨”，于是不再过问政治，“世间尽不关吾事”、“世事从今口不言”，开始了“独善其身”的消极出世，在诗歌上也以大量的“闲适诗”、“感伤诗”代替了前期的“讽喻诗”。

布莱希特的这首译诗有一个特别的用词：无论白居易的原诗也好，还是威利的英译诗也好，最后一句都是盖住“城”，这和前面所说的“城中”有受冻者正好衔接上，可在布莱希特的诗里，明明知道“城里”有“受冻之人”的长官，却偏偏要拿“大被子”去彻盖“整个城郊”。这一点引起了塔特娄的注意，他在《布莱希特的中国诗》中认为，布莱希特在这里用“Vorstädte”替代“Stadt”的意图有两种可能：1）. 可能是一种玩世不恭的口气，“长官”借此以回应人们对他的反复询问，因为事实上他也很清楚“城里”老百姓的状况，他承认现状，可他爱莫能助[37]；2）. “长官”的话表达的是：解决的办法就是把这个问题忘掉。[38] 国内的研究一般认为布莱希特在这首诗里希望再现原诗那种心忧天下的思想，而没有就这一点差别进行探讨。笔者认为，布莱希特在此处只是换了个词而已，并无彻底改变该诗基调之意。综合这首诗在四

[37] Tatlow, Antony: *Brechts chinesische Gedichte*, Suhrkamp Verlag, Frankfurt am Main 1973, S. 45.

[38] Tatlow, Antony: *Brechts chinesische Gedichte*, Suhrkamp Verlag, Frankfurt am Main 1973, S. 46.

川好人中的上下文关联，该诗并没有要做文字游戏表达玩世不恭的意图，所以，此处应该别无深意，是塔特娄有些节外生枝了。

3. 《花市》——《买花》

(1) 布诗起源

《花市》一诗出现于1950年《尝试》的第十期，列于《中国诗》的第三首，诗后标记"Po Chü-yi"，该诗在布莱希特作品中仅此一个版本，这在布莱希特的"中国诗"中较为罕见。后来的《全集》和《诗歌全集》都与1950年《尝试》中的版本保持一致。仅在一份打印草稿中留有布莱希特的一处手写改动，他将"根插入泥中"(Wurzeln in Schlamm gesteckt)改为"用泥封根"(Wurzeln mit Schlamm bedeckt)[39]。由于打印稿的字体与布莱希特的打字机字体不一样，故而一般认为该诗是由豪普特曼首先翻译，由后布氏修改发表。

关于该诗的创作时间与过程尚存某些疑问，其中最受关注的是布氏定稿的出现时间和豪普特曼的初稿创作时间与参与程度。

先看布氏定稿的出现时间：因为布诗参照的是威利的英译本，而威利在1918年的《一百七十首中国诗》中和1946年的《中国诗》中两次翻译了该诗。塔特娄认为，该诗作为《六首中国诗》同一时期作品可能性较大，亦即参照的是1918年的威利诗，因为威利在1946年的《中国诗》中对第七和第八行做了修改：

The flaming reds, a hundred on one stalk;（那种火红色的，一支上面有一百朵花）
The humble white with only five flowers.[40]（那种廉价白色的只有五朵）

而在1918年的威利译本中对应处是这样译的：

For the fine flower, -One Hundred pieces of damask:
（这种精致的花，——一百匹缎子）
For the cheap flower, -five bits of silk.（这种便宜的花，——五小块丝帛）

布莱希特的德译为：

---

[39] BBA 2203/3.
[40] Waley, Arthur: *Chinese Poems*, Constable & Co Ltd, London 1946, S. 132.

Diese weiβen -fünf Stückchen Seide.（这种白色的——五条丝帛）

Diese roten -zwanzig Ellen Brokat.（那种红色的——二十尺锦缎）

塔特娄认为，如果布莱希特将1946年版本作为唯一的参照的话，他将“不会提到丝帛（Seide）”和“锦缎（Brokat）”。[41]

如果按照塔特娄的说法，即该诗很可能出现于1938年的话，那么就会有一个显而易见的漏洞，即布诗中出现的“红色”、“白色”跟1946年威利译本有着显而易见的关联。为了自圆其说，塔特娄进行了这样的自问自答，他说“人们自然很想知道，布莱希特是自己给花添加了颜色，还是根据威利的新译本添加的颜色。如果两种可能性中的前者正确的话，这将是另外一个（布莱希特）直觉地洞察了原诗本质的案例。这完全是可能的[……]”[42]

塔特娄是在根据设定好的观点去逆推论证，布莱希特能够凭空料想到中文原诗中的“红”与“白”？这未免有些夸张。

事实上布莱希特跟着威利不仅没有“直觉地洞察原诗本质”，反而连原文都没有看懂。白居易原诗中的那两句是：

灼灼百朵红，

戋戋五束素。

谢芳在《文化接受中有选择的认同——从布莱希特所译的白居易的四首诗谈起》中指出：

[……]“灼灼”用来形容牡丹的颜色之美，“戋戋”用《易经·贲卦》“束帛戋戋”之意，形容众多。这两句诗的意思是说百朵花值五匹帛。其德语译文为：“Diese weiβen -fünf Stückchen Seide. / Diese roten-zwanzig Ellen Brokat.”

[41] Tatlow, Antony: *Brechts chinesische Gedichte*, Suhrkamp Verlag, Frankfurt am Main 1973, 103.

[42] Tatlow, Antony: *Brechts chinesische Gedichte*, Suhrkamp Verlag, Frankfurt am Main 1973，根据德文原文直译。——笔者注

(这些白色的花值五块丝绸。/这些红色的花值二十尺缎子。)译文中出现的白色的花与原文意思不符,系误译。

谢芳也不完全准确,“束”的意思为“五匹”,“五束”为25匹,这两行的准确意思是“一株开了百朵鲜艳红花的牡丹,要值二十五匹白色的丝帛”。

由此看来,布诗并没有回归原诗,无论结构还是内容,他的诗行都离原诗很远,他倒是有点像在瞎子摸象,威利就是蒙着他眼睛的那块布,他不过是在跟着威利的版本猜谜罢了。

回到布氏定稿的时间问题,根据布诗的用词和结构可以看出:布诗在内容上显然一方面借鉴了威利1918年译本中关于色彩的表述,另一方面在其他语汇上主要参照了1946年译本;而在结构上则完全采用了1946年译本的形式,只是将威利的诗行刚好颠倒过来。由此可以认为,布莱希特显然对威利的两个版本都加以了利用,那么可以肯定的是,这个由布莱希特确定的版本应当是出现在1946年之后,确切地说,应该是1950年豪普特曼重新开始和布莱希特合作之后出现的。[43]

关于豪普特曼的初稿创作时间与参与程度的问题,与多数布莱希特研究者的观点相反,保拉·汉森认为豪普特曼对该诗起着决定性的影响。在《伊丽莎白·豪普特曼,布莱希特无声的合作者》一书中,保拉·汉森对该诗的起源进行了着力挖掘,她认为,该诗是最早由豪普特曼在1938年译成德文,并且最终的版本也主要在她的参与下完成。不过,遗憾的是,尽管笔者反复查阅汉森的研究材料,亦未找到她证明豪普特曼在1938年翻译该诗的证据,事实上她也只是简单地引用了GBA的说法。[44] 不过,关于豪普特曼该诗创作的参与问题,汉森给予了最详尽的证明。她一共搜集到了该诗的四个草稿,按出现的顺序命名为ABCD四版本,其中最早的、纯粹只有豪普特曼痕迹的A版本是对威利诗的一次“文学化(literal)”的转

〔43〕Hanssen, Paula: Brechts and Elisabeth Hauptmann's Chinese Poems. Aus: Focus: Magarete Steffin, The Brecht Yearbook 19 (1994), University of Wisconsin Press 1994, S. 92.

〔44〕GBA 1988, S. 386.

化[45],而同样只属于豪普特曼的B版本则变得"更简洁(concise)[46]"、"更精炼(succinct)[47]"。随后的C、D两个版本实际上是用复写纸写出的两份完全一样的草稿,他们分别存于布莱希特和豪普特曼各自的档案中,这两份草稿即是1950年的样稿,两份稿件上面布莱希特和豪普特曼各自作了修改,而修改内容亦是完全一样,汉森怀疑,有可能是布莱希特作出的修改,而豪普特曼按照布氏的修改在自己的稿件上做了同样的改动[48]。不过这些改动,很大程度上应该是基于1946年威利新出版的《中国诗》,而从威利的英文译本中获取新的信息和完成第一步的工作,自然同样还是豪普特曼。

2) 中文出处

布莱希特的《花市》一诗,其中文源头为白居易的《买花》。《买花》出自白居易的诗集《秦中吟》,《秦中吟》共有十首,为白居易最著名的两部讽喻诗集之一。这首诗通过对京城牡丹价贵、富贵闲人驱车走马为买花、移花而挥金如土的描写,讽喻了贫富不均的社会现实,并且借助"田舍翁"的"低头"与"长叹",对有钱人挥金如土的奢侈浪费行为进行了批判。

关于唐代对牡丹的狂热,与白居易同时的李肇在《唐国史补》里这样描述:"京城贵游,尚牡丹三十余年矣。每春暮,车马若狂,以不耽玩为耻。执金召铺宫围外寺观,种以求利,一本有值数万者。"[49]

与《大被子》一诗中中文原诗差距较大的情况形成鲜明对照,《花市》一诗倒是较好地反映了原诗的形式和主题,我们可以对照一下布诗和中文诗原文:

---

[45] Hanssen, Paula: *Brechts and Elisabeth Hauptmann's Chinese Poems*. Aus: *Focus: Magarete Steffin*, *The Brecht Yearbook* 19 (1994), University of Wisconsin Press 1994, S. 90.

[46] Hanssen, Paula: *Brechts and Elisabeth Hauptmann's Chinese Poems*. Aus: *Focus: Magarete Steffin*, *The Brecht Yearbook* 19 (1994), University of Wisconsin Press 1994, S. 90.

[47] Hanssen, Paula: *Brechts and Elisabeth Hauptmann's Chinese Poems*. Aus: *Focus: Magarete Steffin*, *The Brecht Yearbook* 19 (1994), University of Wisconsin Press 1994, S. 90.

[48] Hanssen, Paula: *Brechts and Elisabeth Hauptmann's Chinese Poems*. Aus: *Focus: Magarete Steffin*, *The Brecht Yearbook* 19 (1994), University of Wisconsin Press 1994, S. 92.

[49] 转引自李济州《全唐诗佳句赏析》,太白文艺出版社,1999年8月。

花市	**买花**
布莱希特	白居易
国王的都城春正逝去	帝城春欲暮，
当巷中的车骑熙攘：此时	喧喧车马度。
牡丹正当季，我们混入	共道牡丹时，
涌向花市的人群。“过来看哟！	相随买花去。
快来挑选今年的鲜花，什么价钱都有。	贵贱无常价，
花朵越多，自然价钱越高	酬直看花数。
这种白色的——五条丝帛	灼灼百朵红，
那种红色的——二十尺锦缎	戋戋五束素。
遮阳罩一把小伞	上张幄幕庇，
夜里防冻有小棉筐	旁织笆篱护。
用水喷洒，用泥封根	水洒复泥封，
就算移栽依然美艳如故。”	移来色如故。
家家户户都沿袭这种昂贵的传统	家家习为俗，
一位老农，来到城里	人人迷不悟。
寻访两三位官员，我们听到	有一田舍翁，
他的摇头叹气。他大概在想：	偶来买花处。
“一束这样的花，	低头独长叹，
可以支付十户穷人家的赋税。”	此叹无人喻。
	一丛深色花，
	十户中人赋。

可以看出，从开头至“自然价钱越高”的六行，以及从“遮阳”至“家家习为俗”的五行，这两部分布诗基本上都准确地反映了原诗的的内容，完整地传递了原诗中所包含的文本信息；而通过对“国王的都城”、“车”、“骑”、“牡丹”、“花市”等词汇的选择和组合，很好地再现原诗中所包含的文化元素。即便没有完全遵循原文的表现红花价格的两行，其中“丝帛”、“锦缎”等词语也很大程度上突出了原诗所包含

的中国文化意味。也构成了全诗描写部分的基本格局，两者的一致性，为译诗与原诗的一致性打下了基础。此外，除了“人人迷不悟”和“此叹无人喻”两行，译诗的诗行与原诗完全对应。

与原诗的差别：除了“一位老农”和“寻访”两行如前面所分析，与原诗相去甚远外，原诗的部分内容在布诗中没有体现出来，例如“人人迷不悟”和“此叹无人喻”两行在译诗中完全消失，而“偶来买花处”一行则被改头换面成为“来到城里寻访两三位官员”。谢芳认为，白居易只用一个“偶”字来交待老农为何来到卖花的地方，而布莱希特却将“‘偶’来买花处”一句改写成“Zur Stadt gekommen, / Zwei, drei Ämter aufzusuchen”（为了造访两三个部门来到城里。德语 Amt 一词有部、厅、处、所等意）。他来到城里是为了同官府打交道[……]这样一来 Landarbeiter 这一人物便有了某种潜在的故事性，留给读者的想象空间增大了。[50] 事实上笔者倒是认为，原诗的这个“偶”其实用得很自然，老农偶然地经过买花处不需要作出特别的交代，白诗的重点是在“叹”上，连续用了两次，加强了对老农看到买花情景之后反应的描写。布诗的节外生枝倒是使人注意力被转移开，“来到城里”和“寻访两三位官员”并不能更好地烘托主题，反倒是有些扯开话题，画蛇添足。另外，原诗中的“中人”，在布诗中被改成了“穷人”，属于硬伤，不过，这要归咎于威利。

尽管有上面提到的一些瑕疵，笔者认为，对于《买花》一诗而言，布莱希特的译诗已经能够达到了很高的准确度，它在主题、结构、信息、语汇方面都接近完整地再现了原诗的风貌。从文化传递与交流的角度来看，这首诗可以被认为是一篇基本成功的范例。当然，这种对原诗较好地再现要得益于它的参照本——威利译本——对原作忠实的再现，我们可以对照看一下布诗德文原文和威利译本的情况：

Der Blumenmarkt

Brecht

In der Königlichen Hauptstadt ist der

The Flower Market

In the Royal City spring is almost over:

Tinkle, tinkle-the coaches and horseman

[50] 谢芳：《文化接受中有选择的认同——从布莱希特所译的白居易的四首诗谈起》，《外国文学研究》，2000 年第 3 期，第 50 页。

Frühling
fast vorüber
Wenn die Gassen sich füllen mit Kut-
schen und
Reitern：die Zeit
Der Päonienblüte ist da. Und wir misch-
en uns
Mit dem Volk，das zum Blumenmarkt
drängt.
»Heranspaziert!
Wählen Sie Ihre diesjährigen Blumen.
Preise
verschieden.
Je mehr Blüten，natürlich desto höher
der Preis.
Diese weiβen-fünf Stückchen Seide.
Diese roten-zwanzig Ellen Brokat.
Gegen die Sonne ein Schirmchen drüber.
Gegen den Nachtfrost das Wattekörbchen.
Besprengt mit Wasser und die Wurzeln mit
Schlamm bedeckt
Werden sie，umgepflanzt，ihre Schönheit
behalten.«
Gedankenlos folgt jeder Haushalt dem
teueren
Brauch.
Einen alten Landarbeiter，zur Stadt
gekommen

pass.
We tell each other "This is the peony
season"：
And follow with the crowd that goes to
the Flower
Market.
"Cheap and dear-no uniform price：
the cost of the plant depends on the
number of blossoms.
For the fine flower，-One Hundred pieces
of damask：
For the cheap flower，-five bits of silk.
Above is spread an awning to protect
them：
Around is woven a wattle-fence to screen
them.
If you sprinkle water and cover the roots
with mud，
When they are transplanted，they will
not lose their
beauty." Each household thoughtlessly
follows the custom，
Man by man，no one realizing.
There happened to be an old farm labou-
rer
Who came by chance that way.
He bowed his head and sighed a deep
sigh：

Zwei, drei Ämter aufzusuchen, hörten wir	But this sigh nobody understood.
Kopfschüttelnd seufzen. Er dachte wohl:	He was thinking, "A cluster of deep-red flowers
»Ein Büschel solcher Blumen	
Würde die Steuern von zehn armen Höfen bezahlen. «	Would pay the taxes of ten poor houses."

可以看出的是布诗基本上遵循了威利诗的线索和内容，仅在个别结构上和用词上与威利诗有个性化的差别——比如用"当街道中充满了车骑时"(Wenn die Gassen sich füllen mit Kutschen und Reitern)代替"叮当叮当车骑穿过"(Tinkle, tinkle-the coaches and horseman pass)——按照克诺普夫的说法，这种差别恰好以一种"诗意的图像"[51]凸现了布莱希特对原文的"创造性的摆脱"[52]，即摆脱了威利的"弱化了的且听起来有些异域色彩的'叮当叮当'"、一种让整个诗歌变得"可笑"的译法。而这些差别，除了前面提到的"红色"、"白色"两句外，几乎跟布诗与中文原诗之间的差别一模一样，换言之，我们不难发现，布诗的良好忠实性来自于威利译诗对原作的惊人的忠实。

如果将威利诗和前面的中文原诗仔细对照，很容易发现，两者每一行均是严整对应，句式内容与词语几乎可以用"一一对应"来形容，除了威利未能很好理解的"灼灼百朵红，戋戋五束素"和"中人"两处之外，唯一能找到的未对应之处就是"偶"一词位置的安排，白诗中是"偶来买花处"，而威利把"偶"移到了上一句中，变成"There happened to be an old farm labourer(偶然有一位老农)"，不过，这对诗行几乎没有任何影响。

威利的译诗，当然不排除部分的偏离，但总体而言是比较忠实于原文的。从威利的译诗态度来看，不难理解为何他的"中国诗"版本如此受到广泛重视。

4. 《政治家》——《寄隐者》

(1) 中文源头

《政治家》一诗中文源头为白居易的《寄隐者》。《寄隐者》一诗虽然以隐为文

[51] Knopf, Jan: Brecht-Handbuch. Band 2: Gedichte. (Hg.) Stuttgart: J. B. Metzler 2001, S. 308.
[52] Knopf, Jan: Brecht-Handbuch. Band 2: Gedichte. (Hg.) Stuttgart: J. B. Metzler 2001, S. 308.

眼，但却是白居易早年出仕时期的作品。该诗以主导“永贞革新”的宰相韦执谊在革新失败后被流放崖州的史实为背景，在诗中假借一个卖药者的目光，描写某个当朝宰相（韦执谊）贬官离开都城，家族亲友一路相送，想挽留又不敢留的凄惨情景。卖药者向旁人打听，才知道这就是曾经位高权重的宰相，昨天还以宰相身份在延英殿和皇上问答，享受着丰厚的待遇，今天却一下子被贬到遥远的边陲，生死难料，由此发表感慨，从古至今，大臣的受宠与倒霉，就在早晚一瞬间，看看这些悲剧，再看看青草相伴的通往山中的小路，才明白不如归去山里隐居，与白云相伴，那样才是能够保全身家性命的办法。

《寄隐者》一诗在白居易众多著名篇章中并不显突出，很难说它代表了白居易某个时期主要特点或者思想，诗中所言的“隐”亦不能真正等同于白居易中后期的“中隐”思想，但也许可以视为“中隐”的气质作为一种基因一直都存在于白居易身上的证据。白居易在诗中想表达的更多是目睹宰相大臣不能掌握自己的命运后表达的一种悲从中来的伤感。

诗的主题不难把握，布莱希特的译诗也证明了这一点。不过从诗歌形式来看，布莱希特的译诗和原诗相去甚远，先对照一下布诗和白诗：

政治家	**寄隐者**
布莱希特 1950	白居易
如往常一般，为了把我新摘的草药	卖药向都城，
送到市场，我前往城市。	行憩青门树。
既然天色还早	道逢驰驿者，
我且在李树下歇口气	色有非常惧。
就在东门。	亲族走相送，
就在那儿，我看到一阵如云的尘土。	欲别不敢住。
顺着大路一骑飞奔而来。	私怪问道旁，
脸色：灰。目光：惊惧。一小群	何人复何故。
大概朋友和亲戚，在门口	云是右丞相，

睡眼惺忪、心神不宁地等待着他，拥挤地
围绕着他，向他道别，但
他不敢停留。我吃惊地
问我周围的人，他是谁
他遭遇了什么。他们说：
这是一位丞相，极有权势的一位。
每年万贯俸禄。还在秋天时
皇帝每日都来他家两次。还在昨天
他与众臣夜宴。今日
他已经被驱逐遥远的崖州。
君王的大臣皆是如此。
宠辱只在朝暮之间。
青青的东郊草
沿着它们一条石径向山中延伸，通向宁静的
云中之所

当国握枢务。
禄厚食万钱，
恩深日三顾。
昨日延英对，
今日崖州去。
由来君臣间，
宠辱在朝暮。
青青东郊草，
中有归山路。
归去卧云中，
谋身计非误。

两首诗的差别很明显，尽管都是讲故事，但白诗言简意赅，语言精炼、线索清晰、叙述专注，不拖泥带水、旁枝丛生。而布诗则较为写意，语言常常义外延伸，附加了较多描述性的成分，诗行结构自由舒展，或长或短，或简或繁，总而言之，是一首随心自由发挥的改写之作。

从格律来说，白诗押韵较好，一韵到底，诗行节拍严整统一，而布诗则放弃了对音韵的追求，加上诗行节奏完全随意，实际上是以散文诗的形式出现。

从诗歌意境来说，布诗很好地贴近了原诗，基本上达到了原诗所要表现的图景，主要不足的是，没有很好地再现白诗最后的点题之句。“谋身计非误”是承接前面“归山”和“卧云中”的思路，最后点题指出：只有在那里安排自己身家性命的想法才是不会错的。布莱希特删除了这一句，这跟他的参照本有关：威利的最后一句译法确实让人很费解、很难将它与前面整个叙述的内容有机地结合起来，更不要说点题和拔高诗的意境。此外还有一些小的瑕疵，比如白诗中明明写了“三顾”，可布诗却要译成“两次”，还有原诗中的“延英对”，布诗的译法表明他显然不明白这里说的是什么。

从文化的角度来看，由于布诗自由改写程度较深，故而对诗中中国文化元素的保留较少。单纯从词汇的角度来看，仅有“万贯”、“ 俸禄”、“崖州”、“ 青青”、“ 东郊草”等少量单词或词组能释放中国文化氛围，“草药”一词布莱希特用 Kräuter 表示，已经完全德语化，中国文化意味已经几乎被消解。

（2）布诗起源与版本

《政治家》一诗为参照威利《一百七十首中国诗》中的《政治家》[53]翻译而成，首次发表于《发言》杂志 1938 年第八期，位于《六首中国诗》中第二部分“Po（772 - 846）”的第二首。第二次发表见于 1950 年《尝试》杂志《中国诗》的第四首。在第一个版本的基础上，布莱希特做了较大改动，所以两个版本差别较大。事实上，威利在 1946 年《中国诗》中对《政治家》一诗做了部分修改，其标题也改为《隐士和政治家》。而布莱希特的第二个版本正是按照威利修改后的版本重新做了改动，同时在前一译本基础上进一步加大了个人的自由发挥。该诗被塔特娄认为是布莱希特最好的翻译。[54] 而克诺普夫显然接受了塔特娄的观点，不过，他换了一个词，他认为这首诗是所有“中国诗”中“最有趣”的翻译。什么是“有趣”？其实就是既能够“摆脱参考译本”，同时还能“追求追求与中文原诗的意义保持一致”，而《政治家》一诗在这一点上表现得“最清晰”。[55]

为了便于看出版本之间的内在顺承关系，笔者将布氏 1938 年译本与威利 1918 年译本以及布氏 1950 年译本与威利 1946 年译本分别在两个表中进行对照比较，首先看布氏 1938 年译本和威利 1918 年译本（为了便于了解两首诗诗行的彼此对应情况，笔者在两首诗中分别添加了一些空行，原诗中并不存在空行）：

---

〔53〕Waley，Arthur：One Hundred & Seventy Chinese Poems. Constable & Co Ltd，London 1918，S. 138.

〔54〕Tatlow，Antony：Brechts chinesische Gedichte，Suhrkamp Verlag，Frankfurt am Main 1973，S. 53.

〔55〕Knopf，Jan：Brecht-Handbuch. Band 2：Gedichte.（Hrg.）Stuttgart：J. B. Metzler 2001，S. 309.

The Politician

Waley 1918

I was going to the City to sell the herbs I had plucked,
on the way I rested by some trees at the Blue Gate.
Along the road there came a horseman riding,
Whose face was pale with a strange look of dread.
Friends and relations, waiting to say good-bye,
Pressed at his side, but he did not dare to pause.
I, in wonder, asked the people about me
Who he was and what had happened to him.
They told me this was a Privy Councillor
Whose grave duties were like the pivot of State.
His food allowance was ten thousand cash;
Three times a day the Emperor came to his house.
Yesterday his was called to a meeting of Heroes;
To-day he is banished to the country of Yai-chou.
So always the Councellors of Kings;

Der Politiker

Brecht 1938

Ich ging zur Stadt, die Kräuter zu verkaufen
die ich gepflückt. Da es noch früh am Tag war
verschnaufte ich vom Weg mich unter ein
paar Pflamenbäumen am östlichen Tor.
Dort wars, dass ich die Wolke Staubs gewahrte.
Herab die Straße kam ein Reiter geritten.
Gesicht: grau. Blick: gejagt. Ein kleiner Haufe,
wohl Freunde und Verwandte, die auf ihn
gewartet hatten, Lebewohl zu sagen
drängten sich eifrig um ihn. Aber
er wagte nicht zu halten. Ich, erstaunt,
fragte die Leute um mich, wer er war
und was ihm zugestoßen war. Sie sagten:
Das war ein Staatsrat. Einer der größten.
Zehntausend Käsch Diäten jährlich auf den Tisch. Der Kaiser
kam dreimal täglich in sein Haus. Erst gestern
aß er zur Nacht noch mit Heroen. Heute

Favour and ruin changed between dawn and dusk!	ist er verbannt ins hinterste Yai-chou.
Green, green,-the grass of the Eastern Suburb;	So ist es immer mit den Räten der Könige.
And amid the grass, a road that leads to the hills.	Gunst und Ungnade zwischen zwölf Uhr und Mittag.
Resting in peace among the white clouds,	Grün, grün das Gras der östlichen Vorstadt, durch das
At least he has made a "coup" that cannot fail!	die Straβe zu den Hügeln führt! Zuletzt hat er den „Coup" gemacht, der nicht fehlgehn kann.

由两诗的对比容易看出,威利诗诗行均匀,意义较为简洁,陈述简要清晰,且各行基本上独立成句,意义完备,而布诗则较为松散,大量的跨行句式,跳跃性强,且多节外生枝。

与《花市》一诗忠实而严整对应威利译本的情形相反,在这首诗中布莱希特的译文从一开头似乎就想尽量摆脱参照本,除了把威利的头三行分别扩大成两行外,他还添加了原诗中不存在的"既然天色还早"、把"蓝色的门"改成"东门"(显然是联想到后面的"青青东郊草"),然后给原诗第三行再添上一行"就在那,我看到如云般的尘烟"。布莱希特显然比威利罗嗦,而且他显然把这种随意发挥的爱好看成一种天才,并挂上一个"无韵和不规则格律"的头衔,从下面一例中我们很容易看出这一点:

威利诗第五行写道:

Friends and relations, waiting to say good-bye,(朋友们和亲人们等着向他说再见)

而布莱希特译成了:

[……]Ein kleiner Haufe,(一小群)
wohl Freunde und Verwandte, die auf ihn(大概是朋友和亲人,一些)
gewartet hatten, Lebewohl zu sagen(等着他的人,向他告别)

不过,尽管他很随意地添加了很多无关紧要的废话,在一些真正可以替换和发挥诗人个性的地方,他却没有摆脱参考本的笨拙,而是跟随着一起笨拙。比如威利在他的诗中写道:

His food allowance was ten thousand cash;（他的伙食补贴为一万铜钱）

布莱希特译成：

Zehntausend Käsch Diäten jährlich auf den Tisch.（桌上每年一万铜钱的伙食）

事实上威利是在直译中文原诗中的“万钱”一词，而这显然是虚指，但布莱希特还是跟着威利的“ten thousand cash（一万铜钱）”老老实实地写上“Zehntausend Käsch”。而威利用来表示“禄厚食万钱”中“食”、“禄”的“food allowance”显然是误解，这里并不是什么伙食补贴，而是指国家发的薪水。对于威利可笑并且明显可疑的译法，布莱希特却丧失了“摆脱”的能力，机械地照搬了威利的译法。参照中文原文《寄隐者》我们可以发现，同样机械的情况比比皆是，比如：

zur Nacht noch mit Heroen→ a meeting of Heroes → “延英对”（跟着威利错误理解，“延英”可不是英雄 Hero，是宫殿的名称）

den Räten der Könige→the Councellors of Kings→ “君臣间”（明明前面已经用了“皇帝[Kaiser]”一词，此处又跟着威利变成“国王”）

Grün, grün das Gras der östlichen Vorstadt→Green, green,-the grass of the Eastern Suburb→“青青东郊草”（显然是跟着威利机械地照搬了中文的表达方式）

„Coup“→“coup”→ “计”（生硬照搬，按照布莱希特自由发挥的意译或改写的习惯，他完全可以用一些地道的、形象德语词代替这个看上去很生硬的外来词）

如果说布氏的风格确实是不拘形式的“创造性”发挥，正如他在诗的前六行中所表现的那样不受拘束，那么他本可以在后面表达得更自主、更顺畅、也更德语化，或者就像他在对威利的“Tinkle, tinkle”进行的富有“诗意”的摆脱那样，但他没有，他照搬了“Grün, grün”，也照搬了很多威利的生硬和错误，这似乎让很多关于他的诗歌翻译观点变得自相矛盾。

再来看看布氏 1950 年版本和威利 1946 年版本之间的对应情况（空行处为笔者添加）：

Hermit and Politician	**Der Politiker**
Waley 1946	Brecht 1950
“I was going to the City to sell the herbs	Wie üblich, meine frisch gepflückten

I had plucked,
on the way I rested by some trees at the
Blue Gate.
Along the road there came a horseman
riding,
Whose face was pale with a strange look
of dread.
Friends and relations, waiting to say
good-bye,
Pressed at his side, but he did not dare
to pause.
I, in wonder, asked the people about me
Who he was and what had happened
to him.
They told me this was a Privy Councillor
Whose grave duties were like the pivot
of State.
His food allowance was ten thousand
cash;
Three times a day the Emperor came to
his house.
Yesterday his counsel was sought by the
Throne;
To-day he is banished to the country of
Yai-chou.
So always the Councellors of Kings;
Favour and ruin changed between dawn
and dusk! ”

Kräuter Zum Markt zu bringen, ging ich
in die Stadt.
Da es noch früh am Tag war
Verschnaufte ich mich unter einem
Pflaumenbaum Am Osttor.
Dort war's, dass ich die Wolke Staubs
gewahrte.
Herauf die Straβe kam ein Reiter.
Gesicht: grau. Blick: gejagt. Ein kleiner
Haufe
Wohl Freunde und Verwandte, die
am Tor
Schlaftrunken und verstört auf ihn
gewartet, drängten sich
Um ihn, ihm Lebewohl zu sagen, aber
Er wagte nicht zu halten. Ich, erstaunt
Fragte die Leute um mich, wer er war
Und was ihm zugestoβen sei. Sie sagten:
Das war ein Staatsrat, einer von den
Groβen.
Zehntausend Käsch Diäten jährlich.
Noch im Herbst kam
Der Kaiser täglich zweimal in sein Haus.
Noch gestern
Aβ er zur Nacht mit den Ministern.
Heute
Ist er verbannt ins hinterste Yai-chou..
So ist es immer mit den Räten der Herrscher.

Green, green - the grass of the Eastern Suburb; And amid the grass, a road that leads to the hills. Resting in peace among the white clouds, Can the hermit doubt that he chose the better part?	Gunst und Ungnade zwischen zwölf Uhr und Mittag. Grün, grün das Gras der östlichen Vorstadt Durch das der Steinpfad in die Hügel führt, die friedlichen Unter den Wolkenzügen.

在新的版本中，威利主要做了三处修改：1）修改了对"延英对"一句的翻译；2）修改了"谋身计非误"一句的翻译；3）将从开头至倒数第五行为止全部用引号括起。而布莱希特则几乎全部放弃了对威利修改的追随，此外他添加了更多的写意性的表述，对诗行做了更多的自由的调整，使诗行的"格律"看上去更加"不规则"。

对于"延英对"译法，威利从"a meeting of Heroes"（与英雄们会面）修改成为"his counsel was sought by the Throne"（被君王征求建议），实际上还是误解，可能布莱希特看到威利的改动如此之大，这次也不敢再相信他，于是改编成一个简单的、但看起来更意象化、更易于让人与上下文联系起来的"Aβ er zur Nacht mit den Ministern"（与部长们共进晚餐）。

对于"谋身计非误"一句的修改，实际上是由对改错，1918 年版本中的"At least he has made a 'coup' that cannot fail!"（至少他制定了一条不会失败的计谋）其实意思已经离中文原文相差不远，而修改后的"Can the hermit doubt that he chose the better part?"（这位隐士能怀疑他选择了更好的地方么?）则相对原文发生了较大的跳跃。和"延英对"处一样，布莱希特对威利产生了怀疑，也许为了避免犯错，同时觉得意思也差不多到了，于是干脆放弃了最后一行。

事实上，威利对最后一行诗的改译，和他对全诗整体理解的变化有关，而在这一点上表现得最清晰的，就在于他在新版本中用引号把全诗的主要部分全部括起以及在最后一行中使用的"隐士"一词。

"隐士"一词的使用，表明威利对标题和主题的理解更进一步，他看出来，标题中的"隐者"其实就是诗中的卖药人，也是故事的叙述者，为了凸显对主题的理解，他在标题和诗末两次使用了“隐者”一词。

引号的使用，改变了全诗的叙述角度，使全诗的主要部分都成为诗中某个人物（叙述者，也就是隐士）在讲故事，而最后的四行则起到一种视角变化的效果，仿佛诗人自身亦出现在诗中，听隐者叙述完老长一段故事之后发表了四行感慨。为此，威利把诗的标题也改成了“Hermit and Politician”（隐者和政治家），以突出含有对比意义的主题。威利之所以作出如此重大的修改，原因在于他对“寄隐者”的“寄”不理解，同时也是对该诗的诗歌意象无法把握。“寄”一词为“寄托”之意，汉语常有“寄托情怀、希望”之用法，意义较虚，很难用一两个英文词表达，白居易的标题意思是“把希望寄托在成为隐者这样一种生活状态上”，实与高官厚禄的仕途人生进行对比，扬前者而抑后者，但威利显然无法把握这么一个汉字所渗透的意境。白居易原诗的诗歌意象其实是单一性的，只有一个“隐者”在讲述他所看到的一切，然后感慨还是“归隐山中”的日子来得可靠，而诗人并没有站出来发表意见，如果说最后四句有诗人的影子，那也是通过“隐者”的视角在说话，并无明显的他者痕迹。如同对前面两处的态度一样，布莱希特大概觉察出威利的危险，他放弃了对威利思想的追随，既没有使用引号，也没有让诗中出现“隐士”一方面没有，

除了上面提到的由于威利译文的改动而引起的改动之外，布莱希特在新译本中的自由发挥主要体现在三处：

1）诗的开头由“Ich ging zur Stadt, die Kräuter zu verkaufen / die ich gepflückt.”（我去城里卖那些 / 自己种的草药）改成更加罗嗦的“Wie üblich, meine frisch gepflückten Kräuter / Zum Markt zu bringen, ging ich in die Stadt.”（如同往常一样，为了将我的草药 / 带到市场，我前往城里）。客观来说，布莱希特改动之后的两行诗节奏感要好一些，不过他进一步牺牲了忠实性和原诗的简练。

2）中间的 wohl Freunde und Verwandte, die auf ihn / gewartet hatten, Lebewohl zu sagen / drängten sich eifrig um ihn. / drängten sich eifrig um ihn（大概朋友和亲戚们，他们 / 等着他，向他告别/急切地簇拥着他）三行改成了 Wohl Freunde und Verwandte, die am Tor / Schlaftrunken und verstört auf ihn gewartet, drängten sich / Um ihn, ihm Lebewohl zu sagen（大概朋友和亲戚，在门口 / 睡眼惺忪、心神不宁地等待着他，拥挤地 / 围绕着他，向他道别）。新添加的“睡眼惺忪”

和“心神不宁”是布莱希特自己设想出来的意象，以便增加事件的突然性和人们的惊慌，不过也使他本来就臃肿的翻译进一步“摆脱”原诗的精炼。

3）改得最为奇怪的出现在第十五、十六、十七行，布莱希特将“dreimal täglich”（每天三次）改成“täglich zweimal”（每天两次），然后还加上“Noch im Herbst”（还在秋天的时候），如果说别的地方可以说是理解和转化的问题，在此处布莱希特的改动则显出是故意不遵守基本的翻译规则，而且此处也排除了任何节奏和韵律的因素。

在这首诗的两次翻译中，我们可以大致看出的是，布莱希特翻译时基本会跟着威利的大方向，即在内容的主线条上保持一致，但在语言上和诗歌外形上会再做一些轻松和跳跃性的改动。威利小心再现原诗文化元素的地方，布莱希特也会谨慎地亦步亦趋，但如果威利出现改动，布莱希特一般会选择避开改动的部分，而对于威利诗中较为简单、可以确凿无疑的部分，布莱希特则会按自己的思路拓展开而不在意形式上继续匹配原诗，也就是塔特娄认为的，他用这种“脱离参照本”的方式把诗歌“变成自己的”诗歌。

事实上只要我们将威利的译诗和白居易的原文稍加对照，就可以看出，除了他理解错误的几处之外，威利的两次翻译无论诗行的一一对应、诗行内部音步的数量和排列、还是在诗歌语言和意象的忠实性上，都与中文诗形成极好的对应，不过受限于本文的论题，不在此展开对威利诗的分析。而布莱希特的译文，无论其内容和意象的再现效果如何，从诗形、节奏来看，可以说跟中文原诗没什么太大关联。

有趣的是，《政治家》一诗和《花市》一诗在翻译风格上形成很大的反差，前者似乎一心要摆脱原文、形成一种自我的随意的风格，而后者则表现出对原文的强烈的忠实性，前后两首诗形成了鲜明的对比！其原因何在？

根据克诺普夫的考证，《政治家》一诗是十二首《中国诗》中布莱希特独立翻译的四首之一[56]，也就是说，《政治家》是纯正的布莱希特血统！如果克诺普夫的考证确定无误，而纯正的布莱希特血统所表现出的风格和布、豪二人“合作”创作的风格又反差如此迥异，那么我们必须认真审视保拉·汉森的观点，或许确实有那么一

〔56〕Knopf，Jan：Brecht-Handbuch. Band 2：Gedichte.（Hrg.）Stuttgart：J. B. Metzler 2001，S. 306.

些诗，它们的起源中“合作者”的血液可能要占据更大的比重。

引文缩略语：

BBA：Bertolt-Brecht-Archiv

EHA：Elisabeth-Hauptmann-Archiv

GBA：Brecht，Bertolt：*Werke*，*Große kommentierte Berliner und Frankfurter Ausgabe*

WA：*Gesammelte Werke in 20 Bänden*（= Werkausgabe Edition Suhrkamp）

WA，Suppl.：*Gesammelte Werke in 20 Bänden. Supplementbde*

《世界文学》(1953—1966)中的德语翻译文学研究

Rezeption deutschsprachiger Literatur in *Weltliteratur* (1953—1966)

陈虹嫣

内容提要： 本论文主要研究与分析德语文学在外国文学期刊《世界文学》(1953—1966)中的译介情况。创刊于1953年的《世界文学》(前身《译文》)是中华人民共和国成立后创办的第一份专门译介外国文学的刊物，在新中国翻译文学史上扮演着举足轻重的角色。本文以1953—1966年间的《世界文学》作为研究的切入点，视其中的德语翻译文学为一整体，通过第一手的资料收集并采用描述性译学的研究方法，力求展现这一时期德语文学在《世界文学》中的译介态势及总体特征。在对本时期《世界文学》中外国文学翻译选目和翻译规范的总体特征进行了考察之后，本文第三部分采取量化统计的分析方法，对德语文学作品在《世界文学》中的整体译介特征进行了描述。随后则从主题思想和创作方法上对德语文学的译介情况进行了梳理、分析与研究，并指出，由于受到国内政治意识形态的制约，本时期内得到译介的首先是原民主德国的坚持社会主义现实主义创作的作家，其次，一些革命的进步的作家以及能够被阐释进社会主义文学话语系统的作家也得到了一定程度的译介。

关键词： 德语文学，《世界文学》(1953—1966)，翻译研究

一、引言

《世界文学》是由中华全国文学工作者协会(中国作家协会的前身)在新中国成立后创办的第一份专门译介外国文学的刊物,1953 年 7 月创刊,曾用名《译文》,意在纪念鲁迅先生,继承他 30 年代创办《译文》杂志的传统。刊物的首任主编由鲁迅创办《译文》时的战友茅盾担任。1959 年刊物更名为《世界文学》,以一定的篇幅发表中国学者撰写的评论。1964 年改由中国科学院外国文学研究所(今中国社会科学院外国文学研究所)主办。1966 年改为双月刊,"文革"期间则一度停办,1977 年恢复出版,在内部试发行一年后,1978 年 10 月正式对外发行。创刊五十余年来,《世界文学》积极致力于外国文学的译介,在中国翻译文学史上占有举足轻重的地位。限于篇幅,本文无意于考察《世界文学》中外国文学的整体传输概貌,而只选取《世界文学》最初的十二三年作为时间节点,对德语文学在其中的译介数量、态势、类别、题材和流派等进行整理、统计和研究。鉴于《世界文学》在新中国"十七年"间在外国文学译介方面的重要性和主导地位,《世界文学》可以被视为新中国成立初期德语翻译文学的一个缩影。管中窥豹,通过《世界文学》这个载体,我们或可对汉译德语文学在新中国成立初期的发展获得一个粗略的了解。

二、外国文学在《世界文学》(1953—1966)中的译介概述

1949 年新中国成立,建立在马列主义理论基础之上的社会主义政治意识形态得以强化。走社会主义道路,改造个人(尤其是知识分子),反帝,阶级斗争等[1]成为了本时期的主流意识形态并"处于文化多元系统的主导地位"[2],而 50 年代出现的"反右"斗争、"大跃进"等政治运动均可视作是主流意识形态巩固自身地位,增强自身合法性而采取的过激行为。具体到文艺工作,新中国从一开始就赓续了毛泽东 1942 年《在延安文艺座谈会上的讲话》中提出的"文艺为政治服务"和"文艺为工

---

〔1〕参见王有贵:《意识形态与 20 世纪中国翻译文学史(1899—1979)》,载《中国翻译》2003 年 9 月第 24 卷第 5 期,第 12 页。

〔2〕查明建:《文化操纵与利用:意识形态与翻译文学经典的建构——以 20 世纪五六十年代中国的翻译文学为研究中心》,载《中国比较文学》2004 年第 2 期,第 88 页。

农兵服务"的"二为"方针,"政治标准第一,艺术标准第二"成为了文学艺术活动,自然也包括作为其中一部分的文学翻译工作的主导性思想。有学者对这一时期翻译文学的政治意识形态的工具化做了精辟的阐述:"这一时期的翻译文学,始终遵循着中国共产党的文艺方针,服从着建设强大的国家,以及建设社会主义新文化的需要,因此,它的服务性,即服务于人民的审美需求;服从性,即服从中国共产党的理论需要;鲜明性,即鲜明的阶级性,三者相辅相成,相克相生,直达文化大革命结束的1978年。"[3]也就是说,这一时期的政治意识形态强有力地制约着文学翻译工作,它要求把翻译文学以及文学翻译活动纳入其话语系统并且为其服务。因此,只有迎合该系统要求的外国文学作品才得以翻译出版;反之,则被摒弃在翻译视域之外。文学翻译的这一标准随着50年代中后期中国政治生活中出现的"偏差"而变得日渐狭隘,从而大大限制了外国文学的译介范围。作为译介和传播外国文学的一个重要载体,《世界文学》的翻译和出版活动无疑也受到历史文化语境的制约。下列有关《世界文学》(1953—1966)中翻译文学的主要输入来源的数据统计[4]清楚地表明了这一点:

表1 《世界文学》中翻译文学的主要输入来源(1953—1964)

国家 年份	苏俄	英美	法国	日本	德国	东欧社会主义国家和人民民主国家	亚非拉国家和地区	其他
1953	32	5	8	1	1	18	15	2
1954	45	10	4	1	2	21	6	8
1955	62	12	13	8	10	23	11	10
1956	50	14	10	8	16	21	31	7
1957	72	17	15	7	8	12	39	12

[3] 孟昭毅、李载道(主编):《中国翻译文学史》,北京:北京大学出版社,2005年,第277页。

[4] 这里有关国别翻译文学的数据根据每年总目录统计而成,如总目录缺失,则根据当年期刊的每期目录进行统计,因此以如"印度童话六篇"、"诗三首"等形式或以连载形式出现的作品仅按一次计算。翻译文学指从源语国文字翻译成汉语的小说、诗歌、散文、剧本、书简、讽刺小品、童话、作家研究和文艺论文等,不包括由中国译介者或编辑书写的补白、国外书讯、作家小传、世界文艺动态、书评和作家研究等。因《世界文学》1965年停刊1年,1966年仅出1期便因"文革"而停刊10余年,统计截至1964年底。如无特别说明,文中所有表格和图表均系笔者根据收集掌握的第一手资料自行绘制而成。

续表

年份＼国家	苏俄	英美	法国	日本	德国	东欧社会主义国家和人民民主国家	亚非拉国家和地区	其他
1958	64	13	18	20	8	17	63	10
1959	29	16	10	8	12	26	57	24
1960	33	14	9	20	6	18	77	16
1961	20	6	10	8	4	9	26	14
1962	11	9	6	9	6	12	33	24
1963	6	18	3	11	4	2	73	20
1964	0	7	5	13	2	16	103	4

注：东欧社会主义和人民民主国家包括阿尔巴尼亚、波兰、捷克（捷克斯洛伐克）、匈牙利、保加利亚、罗马尼亚和南斯拉夫等国家。亚非拉国家和地区指那些正在进行反帝、反殖民主义和维护民族独立的第三世界的国家，不包括日本。对亚非拉国家和地区文学的译介在50年代末60年代初占据绝对主导地位，因此将其作为一个集合进行考察。其他则指未包括在前7项考察对象内的国家和地区，如希腊、西班牙、意大利、瑞典、加拿大和澳大利亚等。

该表格形象直观地揭示出，在1953年至1964年间，《世界文学》中的翻译文学主要来自哪些国家与地区，它们在刊物中所占的比重以及各种翻译文学的比例关系又是如何变化的。换言之，通过对《世界文学》中的翻译文学的源语国进行分析，我们可以发现在“翻译文学”这个系统内，哪一个国家或者哪一种语言的文学在哪一个阶段占据中心位置，而哪一个国家或哪一种语言的文学只能在边缘位置徘徊甚至被排斥在翻译文学的话语体系之外，以及在历史文化语境的推动下，“中心”与“边缘”外置又是如何发生置换的。

首先，新中国成立后的中国翻译界继承并且发扬了“五四”以来翻译界的优良传统，即有目的地介绍现实主义、尤其是俄国的现实主义文学，以及被压迫、被损害的民族的文学。[5] 不仅在革命时期，中国人要“走俄国人的路”[6]，即使在新中国成立后的相当长一段时期内，中国在政治、社会和文化生活等各个领域也采取了向苏联“一边倒”的政策。政治意识形态上的趋同性驱使中国的文学工作者奉苏联的

〔5〕参见冯至：《继承和发扬“五四”以来翻译界的优良传统》，载《世界文学》1959年第4期（总70），第8页。

〔6〕曹靖华：《从“五四”初期的外国文学介绍谈起》，载《世界文学》1959年第4期（总70），第6页。

社会主义现实主义文学创作及其文学理论为圭臬和典范，诚如冯至先生所言，苏联文学和“我们社会主义现实主义文学的成长密切联系着，和我们的革命事业密切联系着，和我们人民的需要密切联系着”〔7〕，因此俄苏文学作品理所当然地成为了当时文学翻译的重点和热点。《世界文学》在创刊初期的翻译倾向无疑就体现出了这种政治认同和文学认同：俄苏文学在一段时期内被肯定为是“最受读者欢迎的”〔8〕。而到了50年代中后期，中苏关系开始出现裂缝；1958年中国文艺理论界更是提出了“两结合”，即“革命的现实主义和革命的浪漫主义相结合”的创作口号来取代“社会主义现实主义”的诗学形式，标志着中苏关系开始冷却。〔9〕但与此同时，由于国际上冷战的加剧，面对以美国为首的西方资本主义阵营，中苏两国尽管开始疏远，但依然强调社会主义阵营内部的话语认同，从而导致50年代末60年代初俄苏文学在中国的译介呈现出一种颇为复杂的特点：一方面大力介绍苏联文学，强调向苏联文学学习，另一方面则对它持警惕态度。〔10〕这造成了俄苏翻译文学一度在“中心”与“边缘”位置之间徘徊，直至1964年，由于中苏关系彻底破裂，踯躅徘徊的局面被打破，俄苏文学甚至在最“边缘”的位置也难有立足之地。在当年的《世界文学》中，俄苏文学的翻译数量竟然为零！从全盘接受、盲目照搬到完全摒弃在系统之外，政治意识形态对文学翻译活动的操控由此可见一斑。

与大量引进和翻译俄苏文学同步进行的是加强了对东欧社会主义国家和人民民主主义国家的文学的译介，这是因为这些国家“政治上隶属于社会主义阵营，二战后进入新的历史发展阶段。他们的历史命运和在现代世界中的处境与中国颇为相似，多年来深受西方大国的压迫，与西方资本主义国家大都处于一种紧张的冲突关系中。所以，他们的现当代文学的基本主题与新中国文学主题颇为相似，能被有效地阐释到新中国意识形态话语系统内。”〔11〕可见，翻译这些国家的文学作品也符合了“文学为政治服务”的目的，中国同这些国家所建构起来的文学翻译关系也主

〔7〕冯至：《继承和发扬“五四”以来翻译界的优良传统》，载《世界文学》1959年第4期（总70），第8页。

〔8〕编者：《读者意见和本刊今后的计划》，载《译文》1954年第73期（总9），第207页。

〔9〕参见陈建华：《论五十年代后期的中苏文学关系》，载《外国文学研究》1998年第2期，第15页。

〔10〕参见方长安：《论外国文学译介在十七年语境中的嬗变》，载《文学评论》2002年第6期，第82—83页。

〔11〕方长安：《1949—1966中国对外文学关系特征》，载《中山大学学报》2005年第5期，第45卷（总197期），第14页。

要体现为一种政治关系，即强化意识形态，巩固统一战线。但是，尽管诉求较为一致，新中国和这部分国家的文学翻译关系也不是一成不变的。在创刊初期，老《译文》的传统得以延续，波兰、匈牙利、保加利亚和罗马尼亚等东欧国家的著名作家如显克微支（波兰）、裴多菲（匈牙利）和伐佐夫（保加利亚）等被大量译介过来。但是，1956年10月发生的匈牙利事件对中苏两国震动很大，随后苏联提出的“反修斗争”，即在文艺领域里反对修正主义的方针和路线也被中国文坛吸纳，〔12〕并在文学翻译的实践中得到落实。《译文》在1958年8月号上的“修正主义思想批判”栏目里刊登了苏联和德国文艺界针对修正主义的批判文章，其中，德国文艺界直接将斗争矛头对准了所谓的匈牙利修正主义者卢卡契。这些以及后续刊出的“思想批判”从外部为中国“反右斗争”的兴起和扩大化提供了理论依据和实践基础。而对于这些国家而言，既然已经陷入了修正主义的泥沼，那么其文学主潮对于我们的社会主义建设就没有多少正面价值可取了，因此只有为数不多的“革命”的和“进步”的文学在50年代末60年代初还有所译介。阿尔巴尼亚是一个例外，其坚定的社会主义立场以及和中国建立起来的坚不可摧的国家关系使得该国文学的翻译和其他东欧国家相比呈现出一枝独秀的局面。

作为“被压迫、被损害的民族”的另外一支，亚非拉文学也开始进入译界视域，并且随着中苏关系的日益紧张乃至彻底破裂，在整个翻译文学的话语系统中不断得到强化。《译文》在1957年1月号中推出了“埃及文学特辑”以支持埃及人民的斗争；1958年第9期和第10期均为“亚非国家文学专号”，第11期则设有“现代拉丁美洲诗辑”专栏。1959年，《世界文学》开辟了“黑非洲诗选”栏目，1960年第7期和第8期的专号分别是“庆祝朝鲜解放十五周年”、“庆祝越南民主共和国成立十五周年”和“觉醒的非洲人民”；而到了1964年，曾经红极一时的俄苏翻译文学完全隐退，取而代之的是朝鲜、越南和古巴等亚非拉国家的文学作品被大量翻译过来。从世界文学的角度来看，大多数亚非拉国家的文学不是很发达，属于文学后进国，因此大量译介这些国家的文学作品的目的不在于“审美形式的输入”〔13〕，而是为了促

〔12〕参见陈建华：《论五十年代后期的中苏文学关系》，载《外国文学研究》1998年第2期，第13—15页。

〔13〕方长安：《建国后17年译介外国文学的现代性特征》，载《学术研究》2003年第1期，第110页。

进中国与这些国家的文化交流和政治关系，因为“文学交流和增强各个国家人民之间的相互了解，并增进人民之间的友谊，最初和最好的方法莫过于互相翻译彼此的文学作品。”〔14〕难怪乎，有学者将这一时期外国文学期刊（这里主要指《世界文学》）的主要作用归结为“文学外交”，并将它比作“亲善大使”〔15〕。翻译文学的政治意识形态的工具化是显而易见的。在50年代上半期，与亚非拉国家的文学翻译关系还可以被视为是一种积极的建构努力，它扩大了外国文学的译介视域，使中国读者更广泛地接触到了世界文学；但到了文革前夕，片面地推崇和翻译亚非拉文学所造成的中国翻译文学的畸形发展则是中国泛阶级斗争话语无限扩大的标志。冯至先生在1966年写道：“一切工作都是为了革命”；在国内外革命形势依然严峻的状态下，外国文学工作者应该“积极参加文艺战线上社会主义和资本主义两条道路的斗争，从而促进祖国社会主义文学的繁荣和发展；作为有关外国文化工作的一个部分，就应该通过文艺参加国际上的阶级斗争，彻底反对帝国主义，反对现代修正主义，支援亚洲、非洲、拉丁美洲被压迫民族和全世界各国人民的革命斗争。”〔16〕自视为世界革命中心的中国俨然承担起支持亚非拉各国人民反对帝国主义和新老殖民主义侵略、争取国家解放和民族独立的使命。而借助于翻译文学，中国一方面在第三世界树立起维护民族独立、保卫民族文化的国家形象；另一方面，亚非拉国家的文学又强化了本国一切以阶级斗争为纲的政治路线的正确性与合法性，使得中国国内的政治斗争具备了国际潮流性和正义性。

20世纪的五六十年代，二元对立的政治思维模式禁锢着人们的大脑，对于欧美等资本主义国家的文学和文化，人们并不敢无所顾忌地拿来就用，但是我们可以从数据列表中看到，从欧美等资本主义国家翻译过来的文学尽管一直处于“边缘”位置，但是从总体态势上来说却具备一种相对稳定性和连贯性。这种延续性表明，一方面，资本主义国家拥有丰富的文学资源，翻译工作者对此并不能视而不见，并且为了避免期刊的过于片面化，《译文》在创刊第二年就开始加大了对欧美古典文

〔14〕肖山：《从塔什干归来》，载《世界文学》1959年第1期（总67），第13页。
〔15〕王有贵：《共和国首30年外国文学期刊在特别环境下的作用》，载《中华读书报》2006年4月5日。
〔16〕冯至：《外国文学工作者在毛泽东思想的旗帜下前进》，载《世界文学》1966年第1期（总139），第182—184页。

学的译介，陆续刊登了如惠特曼、富兰克林、莎士比亚、狄更斯、巴尔扎克、卢梭、安徒生、席勒、海涅和凯勒等人的作品。至于为什么将译介重点放在古典文学上，有学者指出，这是因为“欧美除东欧外，大多为资本主义国家，它们的现当代文学所言说的现代性，往往与新中国所追求的社会主义现代性相抵牾，它们的资本主义特性不利于社会主义文学的建设，尤其是一些作品的殖民主义色彩，更是与新中国文学的民族性主题、世界和平主题相矛盾，初生的新中国文学不可能不与之保持距离，持警惕乃至敌视的态度，于是，中国译界很自然地将注意力转向具有人民性的欧美古典文学。”〔17〕在这些作家中，有一些是在“纪念世界文化名人”〔18〕的框架下被翻译介绍过来的（如安徒生等），有一些得到了马克思、恩格斯的赞誉（如海涅等），还有一些则是因为在苏联翻译文学的话语体系内得到了肯定的正面评价（如凯勒等），这些前提都为其进入中国的翻译文学系统铺平了道路。尽管已经取得了某种译介的政治合法性，但是作品的思想性依然是文学作品能否被译介的重要考量标准，从而造成了这一时期译介的题材比较狭窄，主要局限于那些反映阶级压迫以及人民反封建、反资本主义斗争的题材。

另一方面，在欧美现当代文学中也不乏存在一些“优秀的”和“进步的”文学作品，特别是在提出“百花齐放、百家争鸣”的“双百”方针之后，对于欧美现当代文学的译介的确呈现出了一种前所未有的争奇斗妍的局面。《译文》编辑部曾在1957年5月号的《读者意见综述》中借读者之口呼吁：“大力破除清规戒律，从狭小的圈子中跳出来，深入到世界优秀文学的海洋中去”，“让上下古今、世界各国、各种流派、各种风格、各种题材的优美的文学花朵在‘译文’的园地里开放出来”；对于现当代文学，更是提出了“多登些现代资本主义国家内各种流派和风格的著名作品，不必非社会主义现实主义作品即不能入选”〔19〕的译介择取规范。借着这股春风，苏联的社会主义现实主义的文学作品，特别是小说，相对于前一时期明显减少，英美

〔17〕方长安：《建国后17年译介外国文学的现代性特征》，载《学术研究》2003年第1期，第112页。

〔18〕“纪念世界文化名人”是由世界和平理事会自1952年起每年评定并建议各国爱好和平人士举行的文化纪念活动，如1955年世界和平理事会推选席勒、密茨凯维支、孟德斯鸠和安徒生为世界文化名人，中国积极响应，举行了一系列的纪念活动，并在《译文》中重点译介了这4位作家的作品及有关评论。

〔19〕编者：《读者意见综述》，载《译文》1957年第5期（总47），第196—197页。

德等国的小说的译介数量则相对有所增加。据统计，仅 1957 年上半年，刊载于《世界文学》的苏联小说为 4 篇，英美德各有 3 篇，法国小说为 1 篇，打破了创刊初期苏联文学独占译坛的局面。当然，在这些被译介过来的现当代作家中，有一部分作家因为出身无产阶级或者身为共产党员而从一开始就符合了所谓的“进步的”和“革命的”衡量标准，如小林多喜二、宫本百合子、杜波依斯等；另外一些作家则因为作品“对资产阶级社会深刻而真实的描写”，“含蓄同时又沉重的批判现实的力量”而获得了认同并被译介。另外还有极个别的现代派作家在这一时期被译介，如 1957 年 7 月号刊载了陈敬容选译的波特莱尔的《恶之花》，1958 年 4 月号刊发了美国作家福克纳的两篇小说《胜利》和《拖死狗》。但从总的倾向来看，后一种译介只是一种特殊现象，毕竟其言说不符合中国社会的主流意识形态话语，无法被有效地阐释进社会主义意识形态的体系之内，因此随着东西方两大阵营之间冷战的进一步升级，这些文学作品马上被贴上了“颓废”、“反动”等标签而被完全排斥在系统之外。

具体到这一时期《世界文学》中的德语翻译文学，从数量上看，它始终处于翻译文学大系统的“边缘”位置。这一方面和德语文学翻译工作者的相对不足有关，另一方面和社会主义国家阵营内部国别文学的优先次序不无关系：苏联的社会主义现实主义的文学作品在社会主义的文学体系内一度占有压倒一切的优势，苏联文学的大量译介必然遮蔽了其他社会主义国家的文学在翻译系统中的彰显。只要检视一下 1953—1954 年间《译文》中德语翻译文学和俄苏翻译文学的数量关系，不难发现，这两年里，《译文》只刊载了 3 篇汉译德语作品，且均为民主德国的文学，而俄苏文学的翻译数量总计为 77 篇，是德语文学作品的 25 倍之多！德语文学在 1955—1959 年间的翻译数量有所上升，应该归功于编辑部的编辑方针的调整。尽管编者一再强调俄苏文学深受大众欢迎和喜爱，但是他们似乎也意识到了向俄苏文学一边倒而造成了文学期刊过于单一和片面的状况，故提出了要努力介绍世界各国的代表作家的代表作品以及加大古典文学翻译力度的目标；再加上同期一系列社会政治因素的影响，使得德语文学的翻译不再局限于民主德国的当代文学，一些古典文学作品如席勒的《威廉·退尔》、海涅的《英国断片》和凯勒的《乡村里的罗密欧与朱丽叶》以及一些德语现当代作家如伯尔(当时译为标尔)、托马斯·曼和斯·茨威格等的作品也被翻译过来。进入 60 年代，德语文学的翻译数量再次明显下滑，这和中国国内掀起的“大跃进”运动以及在此基础上形成的文化革命潮流有关，也在一定程度上反映出中苏关系破裂之后，中国和民主德国在外交关系上的远近亲疏。从 1961 年起至停刊期间，《世界文学》除了发表布莱希特的剧本《高加索灰阑记》以及卞之琳撰写的长篇论文《布莱希特戏剧印象记》，就再没有刊载任何严格意义上的民主德国的当代文学，而只是选译了一些古典文学作品和其他德语国家的作品。从文学流派上看，译介的文学作品主要囊括了社会主义现实主义、19 世纪的批判现实主义和德国古典主义的作品，对于现当代作家也有所译介，但数量有限，解读模式单一。从题材上看，选译的这些文学作品首先反映了人民在新社会中如何当家作主和投身于社会主义事业的建设；其次，选译的作品揭露了资本主义的腐朽、没落与虚伪以及法西斯主义的残忍、卑鄙和罪恶，歌颂了劳动人民的美好品德以及对封建主义、资本主义和法西斯主义的不懈斗争，也就是能被中国的政治意识形态所接受，与中国社会主义现代精神相一致的作品。鉴于《世界文学》(1953—1966)中的德语翻译文学是本论文的重点考察对象，故下文将进一步对此展开阐述与分析。

三、《世界文学》(1953—1966)中德语翻译文学的量化分析

在《世界文学》办刊的头 13 年内，德语文学的译介表现出“先抑后扬再抑”的总体发展趋势(参见图 1)，其中 1956 年与 1959 年出现过两次小的翻译高潮，这一方面和中国文学对外国文学的诉求以及杂志社的编辑方针有关，另一方面，中国和民主德国国家关系的发展也是主导原因之一。1956 年，《译文》对在民主德国召开的“第四届德语作家代表大会”给予了特别关注，刊登了一些民主德国知名作家如亚历山大·阿布施和安娜·西格斯撰写的关于“新德国民族文学问题”的发言稿和讨论稿，使得这一年的德语文学翻译数量在 1955 年的基础上又有了大幅度的提升。1959 年既是中华人民共和国成立 10 周年，也是德意志民主共和国成立 10 周年，这对于两个年轻的社会主义国家而言是一件颇有纪念意义的政治大事件，而德语文学的译介便迎合了这一政治需求。纵观文革前德语文学在《世界文学》中的总体译介情况，尽管从未占据过主导地位，但是鉴于德语文学创作本身的多样性与丰富性，德语文学的翻译并未被排斥在翻译文学的话语体系之外。

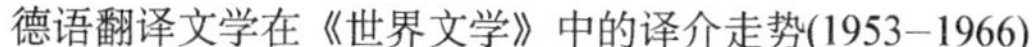

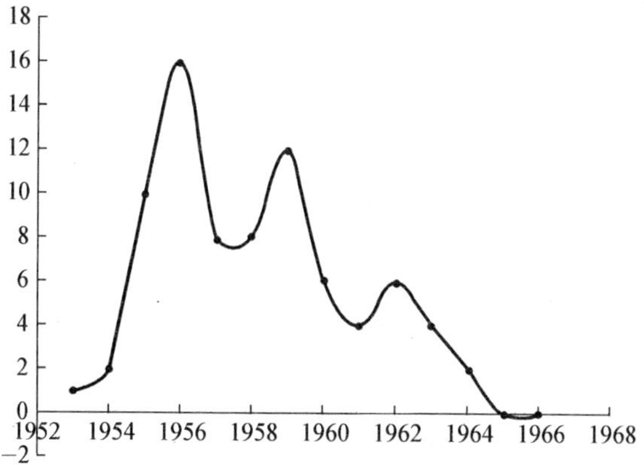

图 1　德语翻译文学在《世界文学》中的译介走势(1953—1966)

就文学体裁而言,小说和诗歌的翻译占据较大的比例,为 55%,散文、剧本、日记、书信、报告文学和谈话录等文学体裁均得到了不同程度的译介,但是相对数量较少,约占全部翻译总数的 25%,剩下 20%左右的译文涉及翻译文论,即对美学理论、作家研究、作品分析、外国文学概述以及关于社会主义现实主义讨论的翻译(参见图 2)。

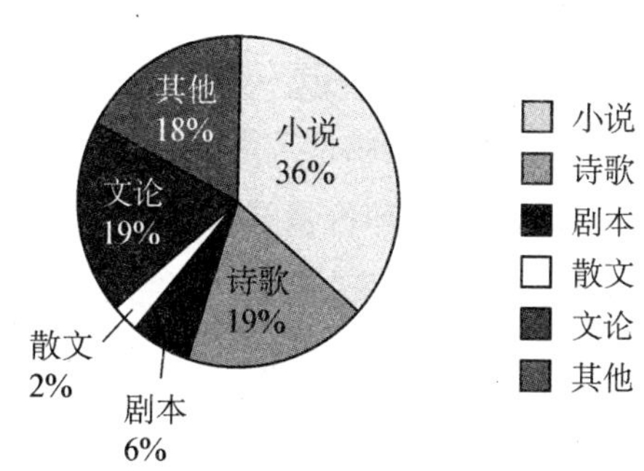

图 2　各种文学体裁在《世界文学》德语翻译文学中的比例(1953—1966)

如果不考虑翻译文论这一部分而单独考察约占总量80%左右的文学作品的话，根据文学创作方法和特色，并且结合《世界文学》对译文的分类，我们大致可将其划分为现代的社会主义文学[20]、(古典)文学遗产、(批判)现实主义以及西方现当代文学作品四大类[21](参见第四部分)。其中，现代的社会主义文学主要是指民主德国的文学作品。由于中国和民主德国同属社会主义阵营，两国在文学诉求上有着较为一致的追求，即维护社会主义国家的主权以及歌颂社会主义建设，因此这部分作品在两国交好期间得到了较多的关注及译介，约占翻译总数的一半。居于第二位的是(古典)文学遗产，约占翻译总数的近1/3，(批判)现实主义和西方现当代文学作品旗鼓相当，各占翻译总量的10%左右(参见图3)。

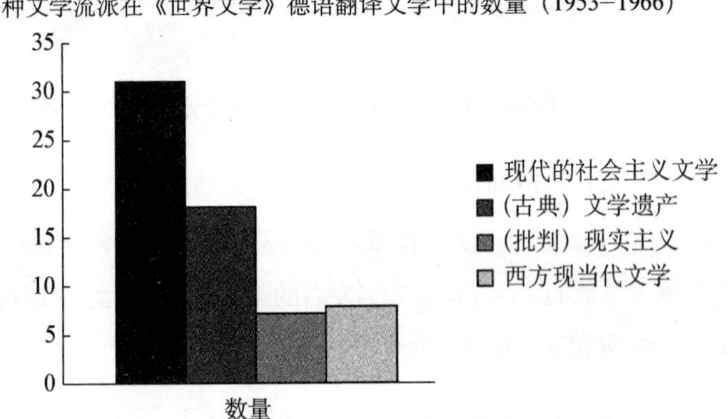

图3　各种文学流派在《世界文学》德语翻译文学中的数量(1953—1966)

为了配合刊载的文学作品，《世界文学》不仅鼓励译者撰写译后记，有时自己也会编发“编后记”，并且选刊相关的评论性文章，引导读者对文学作品的解读。特别是在1959年之后，一大批外国文学研究者和作家加入了外国文学的研究队伍，并开始在刊物上撰文。《世界文学》中的外国文学研究版块大致可分为“外国文学发展史研究”、“作家作品研究”、“新书短评”(简介国内的翻译出版物)、“现代作家小传”、“书讯”和“世界文艺动态”等内容。尽管这时期的文学评论大多站在马克思主

[20] 该提法参见冯至：《略谈德国现代文学的介绍》，载《世界文学》1959第9期(总75)，第80页。

[21] 本文的分类主要参照并结合了《世界文学》对德语翻译文学的分类，可能和德国文学史中对文学流派的分类并不完全吻合。

义阶级斗争的立场来看待问题，文学评论的目的也主要是服务于政治，强化马克思主义政治意识形态对外国文学评论的操控作用，引导读者对文学作品做出符合政治意识形态的解读，但是它们对于今天我们研究翻译选目、翻译动机、翻译策略和翻译解读等问题提供了非常宝贵的资料，因此也是本文考察的一个有机组成部分。特别是"世界文艺动态"，篇幅虽短，但是却非常清晰地勾勒出当时国际社会的风云变幻，令读者从一个侧面捕捉到当时中国和各个国家的政治文化关系的构建、发展和变迁。下表显示了 1953—1964 年间德语文学研究在《世界文学》中的一个动态发展过程。[22]

表 2 《世界文学》(1953—1964)中的德语文学研究

年份＼类别	德语文学译介研究与德语文学史研究	作家作品研究（包括新书短评、现代作家小传）	书讯与世界文艺动态
1953	1	0	8
1954	0	0	0
1955	0	2	12
1956	0	1	18
1957	0	0	29
1958	0	0	18
1959	3	10	19
1960	2	2	13
1961	3	1	6
1962	0	1	5
1963	0	1	0
1964	0	0	0

〔22〕表 2 根据每年总目录统计而成，包括中国和非德语国家作者撰写的研究文章，以连载形式出现的论文按 1 次计算。如在论文中涉及德语文学或者其译介状况，但不构成论文的主要内容，则未被统计在内。创刊初期的译后记大多篇幅较小，故也未被归入统计范畴，但后期出现的一些"译后记"，如朱光潜先生在译完《歌德和爱克曼的谈话录》之后，又撰写"译后记"对所译内容进行了深入浅出的分析，则计入"作家作品研究"。该统计未包括 1965 和 1966 年，因《世界文学》1965 年停刊一年，1966 年仅出一期便因"文革"而停刊 10 余年。

如上表所示，相对于德语文学的翻译，德语文学研究还相对薄弱，这和建国初期头十年里的外国文学的整体研究状况是一致的。“10年来，外国文学研究在党的领导下作出了一些成绩，但是还是微不足道的，”[23]道出了外国文学研究的不足。从整体发展来看，该情况在1959年后有所好转，德语文学的研究（包括德语文学的译介研究）也不例外，在数量上相对于前期有明显增长。另外，刊物开辟了“现代作家小传”、“新书短评”和“国外书讯”等栏目，显示了《世界文学》在外国文学研究道路上积极探索进取的姿态。通过这些栏目的设置，一些德语现当代作家以及国内外出版的新书得到宣传介绍。“世界文艺动态”中关于德语国家现当代文学的报道主要聚焦于两个方面：一方面抨击联邦德国的政治、文化制度及其“御用文人”的丑陋嘴脸以及由此而造成的文学衰落[24]；另一方面则彰显了对进步作家的认可与肯定[25]，显示了中国文艺界对西德进步作家的声援和支持以及建立文学交流关系的美好愿望。不过，文学交流应该只是个次要目的，主要目的应该还是在世界文学的舞台上寻求更广泛的认同基础。可以说，“世界文艺动态”成为了中国文艺界团结盟友、攻击异己的强有力的武器。由于该栏目和政治意识形态的粘连最为密切，从这一栏目的动态发展过程便多少可以看出中国政治意识形态话语的极端化发展历程以及中国和当时德语国家在政治、文化等层面的远近亲疏关系。

四、德语翻译文学的作家作品研究

1. 现代的社会主义文学

冯至先生在《略谈德国现代文学的介绍》一文中，认为德国文学在历史上经历了三个繁盛期：“最早的是中世纪（从12世纪到13世纪）的诗歌；第二是从18世纪的莱辛到19世纪的海涅将及一百年的古典文学时代；第三是伟大的十月革命以

---

〔23〕冯至：《继承和发扬“五四”以来翻译界的优良传统》，载《世界文学》1959年第4期（总70），第8页。

〔24〕参见1957年6月号的《西德作家的境遇》、1957年7月号的《西德外交部长侮辱布莱希特》和1960年10月号的《西德政府迫害进步作家》等。

〔25〕参见1958年7月号的《西德作家抗议西德政府的原子备战政策》、1961年1月号的《西德21位作家拒为政府效力》和1962年12月号的《东、西德作家抗议西德政府排斥进步文化的罪恶政策》等。

后、从20年代末期起德国工人阶级政党领导下的社会主义文学。”[26]至于这三个时代对于中国当代社会主义文学的借鉴意义，冯至先生的评价是：“第一个时代对我们太辽远了；第二个时代的作品中有不少是属于世界文学宝库的，许多地方值得我们学习；至于第三个时代的、也就是现代的社会主义文学则对我们非常亲切，它和我们之间有共同的问题和共同的命运，因为大家都是向着一个共同的目标奋斗。”[27]冯至先生肯定了古典文学的美学意义和积极作用，更加强调了以民主德国的文学创作为主体的现代的社会主义文学和中国新型的人民文学在政治意识形态话语和民族文学诉求两方面的共通之处。因此，现代的社会主义文学不仅斩获了极高的评价，而且也成为了新中国成立后德语翻译文学的主力军。在《世界文学》中，这一部分文学作品占到了德语翻译文学的50％左右。

在得到译介的作家中，大多数作家符合了如下条件中的一项或几项：出身无产阶级，曾参加过反法西斯主义以及争取和平、进步、统一和社会主义的斗争，在德国作协中占有举足轻重的地位，荣获过德意志民主共和国国家奖金等荣誉。坚定的阶级立场，经过血与火锤炼的思想觉悟，对政治生活的积极介入，最后再加上国家对他们文学创作和政治活动的肯定，种种因素使得这些作家成为新中国成立后被译介的德语作家中一群“璀璨的星辰”，其耀眼的光芒或多或少地遮蔽了其他德语作家的神采，使之无法完全进入国人的视域。

从题材上看，被译介过来的这部分作品大致可分为以下五大类：一是反映社会主义建设和社会变革以及新制度下人们的思想斗争和思想转变的作品；二是歌颂革命胜利和捍卫和平的作品；三是反法西斯作品和反战作品；四是揭露西方资本主义罪恶的作品；五是歌颂无产阶级革命领袖或其他兄弟国家的社会主义建设的作品。

第一类文学题材不仅由于契合了新中国的文学诉求而备受推崇，即使在民主德国，大力讴歌社会主义制度和建设也是作家的首要任务之一。“1949年德意志民主共和国成立后，德国文学踏上了新的阶段。人们在清算了过去，认清了过去的

---

〔26〕冯至：《略谈德国现代文学的介绍》，载《世界文学》1959年第9期（总75），第80页。
〔27〕同上书，第80页。

罪恶之后，对新的社会制度、政治和经济上的新发展就无比热爱起来。积极分子、革新者和劳动英雄大批涌现，飞跃发展的社会主义建设事业带来了新的题材和新的问题，工人、农民以及欣欣向荣的一切新事物向作家提出了把他们作为艺术描写对象的正当要求。”[28]《译文》1954 年 11—12 月号刊载了由黄贤俊翻译的弗里德利希·沃尔夫创作于 1950 年的六幕喜剧《女村长安娜》，反映了女村长安娜在变化了的社会环境中带领村民建设新生活的坚定决心以及以身作则的不懈努力。剧本围绕安娜在村中建设一所新学校而展开，塑造了一位敢于和官僚主义以及旧社会的残余思想做斗争的正面人物形象。在她的带动下，村民的思想觉悟也有所提高，从而积极投入到反对富农和建设新生活的工作中来。在“后记”中，译者黄贤俊特别强调了安娜的“自觉的积极性”，也就是说，社会主义制度的优越性，即组织性和计划性并不排斥人的主观能动性和自主积极性的发挥，只有当二者“相互补充”，才能捍卫和建设新生活。此外，由纪琨翻译的尤瑞依·布莱昌的小说《林中一夜》（1955 年 10 月号）、由张威廉翻译的卡坦丽娜·康默尔的《只有这一条路》（1956 年 4 月号）、由柯青翻译的葛尔哈特·贝恩却的《一套咖啡具》（1960 年 5 月号）以及由高年生翻译的艾尔文·斯特里马特的《新人新事》（1959 年 10 月号）等，也分别从不同的角度勾勒了民主德国的生产和生活，刻画了人们在思想上的矛盾和斗争。但是基于社会主义现实主义创作提出的文学要塑造正面典型人物形象的要求，这些作品多以冲突得到化解、人们思想发生转变从而积极主动地投身于社会主义建设而圆满结束，使得文学创作多少落入了一种“大一统”的模式之中。

除了小说和剧本之外，选译的诗歌当中也不乏歌颂人民当家作主和社会主义建设的内容。特别是为了庆祝民主德国建国 10 周年，《世界文学》在 1959 年第 10 期里刊载了约翰尼斯·贝希尔的诗歌《美丽的德意志祖国》、《新生》和《人有无限的权力》（傅韦译）以及马克斯·切默林的诗作《新的歌》（傅韦译）。诗人既热情洋溢地歌颂祖国，因为“只有哪里建立了人的秩序/ 哪里才有真正美丽的河山/ 那才是人间乐园”[29]，也为劳动人民谱写颂歌，“谁用劳动战胜贫困，/谁就是歌唱的

[28] 张佩芬：《十年来德意志民主共和国的文学》，载《世界文学》1959 年第 10 期（总 76），第 151 页。

[29] 约翰尼斯·贝希尔：《美丽的德意志祖国》，傅韦译，载《世界文学》1959 年第 10 期（总 76），第 75 页。

内容。”[30]

但诗人歌唱最多的还是人心向往的和平。特别是在经历了纳粹的血腥统治和惨无人道的战争后，德国人民又面临德国的分裂和东西两大阵营的对峙，对于广大人民而言，和平其实还是一项未竟的事业；因此呼唤和平，祈盼统一便构成了当时诗歌创作的一大主题。在《译文》上首次出现的德语译作《鸽子的飞翔》就体现了诗人对于和平即将到来的信念：“和平像战士一般前进。/人不久终会称为胜利者，/鸽子的世界就会实现！”[31]此外，在由廖尚果翻译的贝希尔和魏纳特的诗歌以及由冯至翻译的布莱希特的诗歌中，不少作品都以饱满的热情歌颂了民主、和平和统一。在小说中，体现了德国人民渴望两德统一，实现民主与和平的心愿及决心的译作首推由朱葆光翻译的波多·乌塞的《桥》(1955 年 6 月号)。在这部小说中，“桥”是一个隐喻，是德国重新统一的象征，也是德国人民通向民主与和平的桥梁。这座桥在战前遭受过洪水袭击，在战争期间又险些被纳粹党徒炸毁，现在战争结束了，但是统一与和平并未实现，因为美国占领军为了实现自己的利益和巩固自己的政权，伙同原来的法西斯分子计划毁掉大桥，隔离人民，造成德国永远的分裂。为了不让该阴谋得逞，市长献出了自己年轻的生命，而更多的进步人士和工人卫士也积极加入到保卫大桥的行动中来。故事的结尾是耐人寻味的：生活在继续，河水在翻滚，大桥仍然矗立，预示着人民争取民主和平的又一次胜利，也预示着和平斗争的持久性和艰巨性。

至于民主德国的反法西斯作品，安娜·西格斯在第四届德国作家代表大会上认为是表现得特别突出的一个缺陷。[32] 或许是此番发言在德国文坛上产生了一定的影响，总之，在对民主德国的文学进行回顾总结的时候，国内的德语文学研究者发现，“战争结束十年后的 1955 年又开始出现描写第二次世界大战的反法西斯小说”。究其原因，主要和当时严峻的冷战形势有关，“西德的重新军国主义化，法西斯复活的危险和美国帝国主义好战分子的大肆活动，促使许多作家努力通过文

[30] 马克斯·切默林：《新的歌》，傅韦译，载《世界文学》1959 年第 10 期(总 76)，第 78 页。
[31] 斯蒂芬·赫姆林：《鸽子的飞翔》，黄贤俊译，载《译文》1953 年第 10 期(总 4)，第 44 页。
[32] 参见安娜·西格斯：《伟大的变化和我们的文学——在第四届德国作家代表大会上的讲话》，邱崇仁、傅韦译，载《译文》1956 年第 4 期(总 34)，第 170 页。

学作品来提出警告。”[33]论文中提到的弗兰茨·费曼的中篇小说《弟兄们》经高年生翻译后刊在同年的6月号上。在这篇小说中，作者淋漓尽致地刻画了法西斯党徒阴险无耻地愚弄人民、心狠手毒地滥杀无辜的嘴脸。故事情节如下：三个德国士兵不慎误杀了少校的女儿，为了掩盖罪行，他们达成协议，绝不泄露秘密。但是三个人不得不忍受良心的煎熬，度日如年。为了甩掉思想包袱，其中一位士兵请来了身为纳粹高级将领的父亲为他们出谋划策。在父亲的安排下，祸水东流，军队挺进苏联，将两位无辜的苏联少女绞死作为替罪羊，因为不论在什么时候，“布尔什维克总是有罪的”。费曼花了大量的笔墨来刻画三位年青主人公的心理变化，其中两位接受了“强权就是公理”和“一切都要对自己有利”的纳粹主义的精神逻辑，即使是谎言，也只能信其有，而不可信其无。而第三位士兵则在良心和谎言的双重折磨下，几乎面临崩溃的边缘。纳粹的非人性昭然若揭。除此之外，安娜·西格斯的《已故少女们的郊游》(张佩芬译，1957年5月号)以回忆的形式反映了纳粹统治对青春和幸福的摧残，是对纳粹的反人道主义的深刻控诉。由张威廉翻译的布雷德尔的短篇小说《沉默的村庄》(1954年7月号)则从另外一个侧面警示人们在新时期不要在沉默中遗忘过去，而要认真面对历史，清算历史，和纳粹思想的余毒进行坚持不懈的斗争。

在揭露西方资本主义的罪恶方面，斯蒂芬·海姆的《自由经济》(高年生、郭鼎生译，1958年3月号)和哈拉特·霍赛尔的电视剧剧本《白血》(叶逢植译，1959年10—11月号)表现得尤为突出。《自由经济》可看作是对美国自由经济和财产私有制的一个反讽，而《白血》更是一个政治倾向非常明晰的剧本，契合了中国当时反对原子武器的主张。剧本痛陈了原子能的危害，拆穿了美国积极装备原子武器的险恶居心，并在最后呼吁，“德国不需要原子死亡的军服。德国不需要逃遁到毁灭中去。德国需要的是保卫活人的勇气。维护生命！”[34]

最后，为了表示民主德国的革命和建设事业是和苏联密切相连的，为了表达和其他社会主义兄弟国家的友好情谊，民主德国作家也创作了不少歌颂无产阶级革

〔33〕张佩芬：《十年来德意志民主共和国的文学》，载《世界文学》1959年第10期(总76)，第155页。
〔34〕哈拉特·霍赛尔：《白血》，叶逢植译，见《世界文学》1959年第11期，第103页。

命领袖或其他兄弟国家的社会主义建设的作品。特别是在中国和民主德国文学交流频繁之际，不少作家以中国为素材创作了一些作品。1959 年，正值中华人民共和国成立 10 周年之际，《世界文学》选刊了各国作家创作的歌颂新中国建设的作品，在德语作家方面选译了乌塞的《石景山巡礼》（姚保琮译）和魏森堡的广播剧《扬子江》（杜文堂译）。此二人之前曾来中国进行过访问交流。该特辑的政治意义是显而易见的，它不仅歌颂了中国人民在新中国成立后取得的丰功伟绩，更是证明了中国的朋友遍天下，中国人民的事业是正义的，是"全世界进步人类伟大的正义事业的不可分割的一部分"[35]。其他歌颂无产阶级革命领袖和兄弟国家的作品还有艾利希·魏纳特的《苏维埃联邦，敬礼！》（廖尚果译，1956 年 11 月号）、约翰尼斯·贝希尔的《暴风雨——卡尔·马克思》（廖尚果译，1955 年 10 月号）和马克斯·切默林的《在列宁面前》（李文天译，1960 年 4 月号）等。

综上所述，现代的社会主义文学不仅满足了中国政治意识形态的要求，而且符合了中国建设社会主义新文学的诗学要求，因此在 50 年代的德语翻译文学中地位突出。而到了 60 年代，由于中国和民主德国外交和文化交流关系的疏远乃至恶化，现代的社会主义文学受到冷落，相比之下，（古典）文学遗产、（批判）现实主义，甚至有限的西方现当代文学却获得了更多的译介机会。

2. （古典）文学遗产

不管是冯至先生，还是编辑部的"告读者"或者是"读者意见综述"栏目，都特别强调了古典文学对于新中国现当代文学的重要性，这是因为在古典文学中存在大量反对封建压迫、揭露资本主义阴暗面、争取自由和民主以及歌颂人类建设和平家园的作品。"这种具有'人民性'的现实主义或积极浪漫主义的作品，因为能被有效地阐释进社会主义意识形态建构的资源系统内，故一定程度地为社会主义意识形态话语所接纳，成为了社会主义反资本主义的有效资源的作品"[36]，也因此在《世界文学》中具备了立足和生存的空间。作为古典文学，更确切地说，作为文学遗产被译介过来的德语作家主要包括了席勒、海涅、克莱斯特、歌德、维尔特和莱

---

〔35〕编辑部：《编者的话》，《世界文学》1959 年第 9 期（总 75），第 174 页。

〔36〕参见方长安：《新中国 17 年欧美文学翻译、解读论》，载《长江学术》2006 年第 3 期，第 2 页。

辛。这些作家由于其作品所具备的革命性、进步性和人民性而受到民主德国政府的特别推崇。除了维尔特之外，其余几位应该都是中国读者耳熟能详的名字。特别要指出的是前三位文学巨匠——席勒、海涅和克莱斯特，他们分别是世界和平理事会在1955、1956和1961年评选出的世界文化名人之一。在纪念"世界文化名人"的框架下频仍出现的文学翻译高潮再次证明了政治与文学的"合谋"关系。

先看席勒。为配合1955年的名人纪念活动，《译文》从多个方面译介了席勒：在席勒的戏剧创作中选择了由钱春绮译的《威廉·退尔》中大家颇为熟悉的一场——父亲在总督的再三催逼下不得已箭射放在儿子头上的苹果；在浩博的诗歌当中，分别从叙事谣曲、抒情诗和哲理诗中各撷取一首——《潜士歌》、《赫克托尔的诀别》和《旅人》，译者为缪灵珠；席勒和歌德的友谊则通过宗白华翻译的《席勒和歌德的三封通信》得到彰显。显而易见，除了《通信》之外，这里所选译的席勒作品都紧紧围绕一个主题：反抗暴政，追求光明。"在席勒的诗里已经可以看见'暗示德意志的未来'，暗示对于德意志人民还是陌生的'生动而合理的行为'，这样的行为，[……]是指反对德意志半封建社会秩序的直接起义。席勒作品中所含有的革命反抗的力量，就无限地超过所有他的同代人(连带少年歌德在内)的抗暴思想了。"[37]因此，种种殊荣被赋予了席勒：席勒是"抱着这样的激情用德语号召人们倾覆暴君"的第一位诗人，是对"18世纪封建分割的德意志的社会秩序予以这样歼灭性的批评"的第一位剧作家，是"真正的'人类的辩护士'"。[38] 正因为如此，席勒在民主德国备受推崇，进而也受到中国学界的重视和颂扬，而同期刊登的苏联学者尼·维尔蒙特撰写的《席勒论》似乎也为中国的席勒研究奠定了基本论调与方向。四年之后，又逢席勒诞辰200周年纪念，民主德国依然轰轰烈烈地举办了一系列纪念活动，冯至先生应邀前往，中国文化界也相应地举办了纪念会。然而相比之下，改版后的《世界文学》只刊载了一首由叶逢植翻译的《依毕库斯的仙鹤》，并提出该诗是

〔37〕尼·维尔蒙特：[苏]《席勒论》，缪灵珠(译)，见《译文》1955年第5期(总23)，第46—47页。
〔38〕同上书，第47页。

中国首译之说，应属谬误。[39]

1956 年，海涅逝世 100 周年纪念，他也是当年的世界十大文化名人之一，因此，《译文》适时地推出了由诗歌、散文、通信和文论组成的海涅特辑。以马克思主义的文艺理论进行观照，海涅的创作显得特别复杂，尽管如此，“一种起主导作用的进步的社会原则，一种真正的人民性，总是突破诗人的一切矛盾而透露出来。”[40]和马克思的结识更被阐释为是诗人个人生活和创作生涯的一个重要突破：“尤其是在四十年代初期和马克思结识以后，他对于政治和社会的见解，有了更大的进步，成为革命民主主义的诗人。”[41]虽然海涅的创作还只能算作是“抒情的现实主义”[42]，和“社会主义现实主义”的创作有相当大的差距，但是这并不削弱海涅作品的社会批判性：“在十九世纪的德国作家中，没有一个人能够这样一贯地，而且以这样卓越的现实主义的技巧，抨击德国贵族和教会的反对势力，揭露他们的极端民族主义的野心，指出他们以复兴半封建条顿民族为幌子，妄想把日耳曼的中世纪和现代‘综合’起来。”[43]至此，海涅作品的现实意义——反对分裂和压迫，主张民主和统一也凸现出来。为了发扬海涅的革命精神，民主德国还设立了海涅文学奖金。这样，得到马克思、苏联文艺界和民主德国政府三重肯定的海涅在中国也具备了广泛流传的基础。

相对于前两位世界文化名人，第三位以世界文化名人的身份进入《世界文学》的亨·克莱斯特却似乎没有那么风光了。也许是因为在此之前他的一些带有现实主义色彩的作品业已出版发行；[44]也许是因为他的创作题材过于庞杂，创作风格

---

〔39〕编者对《依毕库斯的仙鹤》是如此介绍的：“它是席勒的名诗之一，我国还没有介绍过。”但是对比卫茂平先生的《德语文学汉译史考辨：晚清和民国时期》，可以发现，商章孙 1941 年就已译过该诗，当时译为《伊壁古士的鹤鸟》，刊在《文艺月刊》1941 年 8 月号上。卫茂平：《德语文学汉译史考辨：晚清和民国时期》，上海：上海外语教育出版社，2004 年，第 144—145 页。另可参考丁敏博士的博士论文《席勒在中国：1840—2008》，未发表。

〔40〕[苏]梅塔洛夫：《海涅论》，缪灵珠（译），见《译文》1956 年第 2 期（总 32 期），第 124 页。

〔41〕编者：《纪念海涅逝世一百周年》，载《译文》1956 年第 2 期（总 32 期），第 98 页。

〔42〕[苏]梅塔洛夫：《海涅论》，缪灵珠译，见《译文》1956 年第 2 期（总 32 期），第 130 页。

〔43〕同上书，第 130 页。

〔44〕见小说选集《马贩子米赫尔·戈哈斯》（商章孙译，新文艺出版社，1957；上海文艺出版社，1961）、独幕喜剧《破瓮记》（白永译，新文艺出版社，1957；上海文艺出版社，1961）和五幕历史剧《赫尔曼战役》（刘德中译，上海文艺出版社，1961）。参见查明建、谢天振，《中国 20 世纪外国文学翻译史》（上卷），武汉：湖北教育出版社，2007 年，第 679 页。

中的浪漫主义色彩过于浓厚，人们难以对他的创作轨迹和创作概貌盖棺定论；[45]总之，《世界文学》只选译了几篇短小的轶事，称之为克莱斯特"创作中的一大成就"，虽提及了《马贩子米赫尔·戈哈斯》和《破瓮记》，但也只是一笔带过，称之为"暴露统治阶级的罪恶，赞美普通人民的正直善良的优秀作品。"[46]

检阅歌德和席勒在新中国"十七年"里的单行本发行情况，得到的结果是，席勒作品的数量超越了歌德，[47]可见席勒的激情及其革命主张较之于歌德更加吻合了中国文学的政治诉求，因而也更加容易通过政治意识形态的审核。因此，尽管歌德魅力无限，但不管是出版社，还是文学刊物，都无法给予歌德更多的关注。在歌德逝世 125 周年之际，虽也选登了歌德的诗歌和小说节译，却没有太多激情四射的赞颂，也没有苏联文友或马恩为其扬名，相比之下，多少显得有些落寞。倒是 1959 年和 1963 年选译的《歌德和爱克曼的谈话录》是研究歌德文学创作和文艺观点的重要资料，再加上朱光潜先生的综述分析，多少弥补了歌德译介上的不足。此外，《世界文学》在 60 年代增添的"补白"栏目里选登了不少歌德的睿智之言，有涉及生活态度的，也有关于文学创作的。那时，翻译文学的政治色彩日益浓厚，像歌德这样的大文豪也只能退居"补白"边缘；但另一方面，见微知著，人们还是能从中一窥歌德精神思想的光辉。

另外还有莱辛和维尔特。在《世界文学》中，莱辛并不是作为戏剧家和诗人，而是首先作为文艺理论家被译介过来。[48] 在众多的德国古典美学家当中为何独选莱辛？这是因为莱辛首先是"现实主义者"，而其他的美学家如康德、黑格尔等则不仅是"唯心的"，而且又过于抽象，不像莱辛那样就具体事例作具体分析。而把中国读者并不太熟悉的维尔特作为"文学遗产"译介过来，主要原因在于恩格斯称其为"第一个也是最重要的一个德国无产阶级诗人"[49]，并且对他的语言功力推崇备至，认为其语言仅在歌德之下，而在人们所熟悉的海涅之上。[50] 至于维尔特之所

---

〔45〕参见余匡复：《德国文学史》，上海：上海外语教育出版社，1994 年，第 274 页。
〔46〕编者《后记》，载《世界文学》1961 年第 11 期(总 101)，第 55 页。
〔47〕具体参见马祖毅等：《中国翻译通史》(第二卷，现当代部分)，武汉：湖北教育出版社，2006 年，第 334 页。
〔48〕《世界文学》1960 年 12 月号刊登了由朱光潜翻译的莱辛的《拉奥孔——论绘画和诗的界限》；1961 年 10 月号上又刊发了杨业治翻译的莱辛的《汉堡剧评》。
〔49〕恩格斯：《论乔治·维尔特》，张佩芬(译)，见《译文》1956 年第 8 期(总 38)，第 140—141 页。
〔50〕参见：同上书，第 142 页。

以在德语文学史上默默无闻，编者将其归咎为“诗人死后，反动统治者为了不让人民读到他的有力的作品更是禁止出版他的书，因此，直到德意志民主共和国成立后，他的作品才在德国广泛流传。”[51]因为被禁，反而更加肯定了诗人作品的政治战斗力和革命色彩。从选译作品的内容上来看，也的确如此。维尔特的作品或者表现了“劳动人民的贫困生活和丰富感情”，或者抨击和讽刺了“腐朽和庸俗的德国上层阶级人物——骑士、贵族和资本家”[52]，这也正好迎合了中国文艺界对外国文学作品的要求。

总而言之，这些被纳入（古典）文学遗产的作家作品因为受到了民主德国政治上层建筑的肯定从而在本国范围内得到了广泛传播和流传，而由于中国和民主德国的政治意识形态趋同，它们也较容易被中国德语界接受并进而翻译至中文。其次，当西方现当代文学几乎被全盘否定时，就似乎更有必要强调突出（古典）文学遗产的进步意义和价值，并且将其作为西方颓废和没落文学的对立面译介过来。最后，从思想内容上来看，这些作品也完全符合了中国的需求。

3. （批判）现实主义

作为（批判）现实主义文学被翻译过来的作家屈指可数，他们是高特弗利特·凯勒、托马斯·曼、亨利希·曼、弗兰茨·格利尔巴彻、康拉德·斐迪南·梅耶和特奥多尔·斯笃姆。值得注意的是，在这6位作家当中，除了凯勒和托马斯·曼之外，其余几位皆是在60年代才陆续出现在《世界文学》中的。该情况表明，当中国和民主德国的外交、文化交流关系开始出现裂痕时，中国翻译界不再将目光投向民主德国的社会主义现实主义文学，而对于西方现当代文学的某种排斥，使得他们更多地转向批判现实主义文学，希望从中挖掘出反映底层小人物悲惨命运、表现广大人民美好情感和生活风貌、揭示人民群众的历史推动作用以及揭露封建社会的黑暗野蛮和资本主义社会不合理的题材。应该说，这里选登的亨利希·曼的《格利琴》（金尼译，1962年1—2月号）、傅惟慈译的格利尔巴彻的《老乐师》（1962年12月号）、杨武能译的梅耶的《普劳图斯在修女院中》（1963年2月号）和斯笃姆的《一

---

[51] 编者:《关于德国无产阶级诗人乔治·维尔特》，载《译文》1956年第8期（总38），第138页。
[52] 同上书，第138页。

片绿叶》(1964 年 3 月号)都切合了上述选题要求。亨利希·曼在《格利琴》中成功地描绘了 20 世纪转折期德国小市民阶层空虚无聊、奸诈虚伪的特性;《老乐师》通过一位善良、正直老人穷困潦倒的一生批判了封建社会对人性的摧残;《普劳图斯在修女院中》虽然还带有"不少消极甚至颓废的因素",但也塑造了"一个敢于为争取自己的幸福而斗争的纯朴可爱的农村少女形象";《一片绿叶》突破了缠绵悱恻的爱情羁绊,描写了"祖国美好的土地和乡民的生活,并表现了主人公反抗侵略的决心。"

作品的内容是一方面,另外,作者本人的阶级立场、社会观念和政治态度也决定了译介与否。例如,亨利希·曼被赞誉为"坚定的反法西斯和平战士和正直的人道主义者"〔53〕,其兄弟托马斯·曼更是作为一名"历史判决的宣判者"〔54〕和"带来光明的未来的信使"〔55〕备受赞颂。托马斯·曼在二战期间及二战之后积极参与政治活动,呼吁自由与民主,反对原子武器的威胁,促进两个德国之间的接近并力主统一,这使他不仅作为文学家,而且作为一名"老政治家"享誉世界。在这一过程中,托马斯·曼不仅对共产主义原则产生了认同感,认为未来的世界"如果没有共产主义性质,这就是说,如果没有对地球上财富的共同占有和享受权的思想,没有不断地消除阶级区分,不是所有人都有劳动权利和劳动义务,那是很难想象的[……]"〔56〕,而且还意识到,"人类的相互关系与政治是不可分的,一个作家要是使他的作品脱离了政治,他就不能忠实地描绘出他所生活的世界。"〔57〕这样的文学创作观完全符合了中国关于"文学为政治服务"的方针,因此在托马斯·曼逝世一周年之际,《译文》连续三期刊载了托马斯·曼撰写的文论《我的时代》(纪琨译,1956 年 9 月号)和《论契诃夫》(纪琨译,1956 年 11 月号)以及小说《沉重的时刻》(季羡林译,1956 年 10 月号),还译载了列昂·孚希特万格的文论《托马斯·曼》(1956 年 9 月号),为人们了解托马斯·曼的反法西斯人道主义思想及其文学创作的发展提供了大量资料。凌宜在撰写《关于托马斯·曼和〈布登勃洛克一家〉》一文时也大量参

---

〔53〕编者:《〈格利琴〉后记》,载《世界文学》1962 年第 1—2 期(总 103—104),第 150 页。
〔54〕凌宜《关于托马斯·曼和〈布登勃洛克一家〉》,载《世界文学》1961 年第 5 期(总 95),第 111 页。
〔55〕列昂·孚希特万格:《托马斯·曼》,一愚(译),见《译文》1956 年第 9 期(总 39),第 97 页。
〔56〕转引自枫心:《德国作家托马斯·曼逝世》,载《译文》1955 年第 9 期(总 27),第 236—237 页。
〔57〕列昂·孚希特万格:《托马斯·曼》,一愚(译),见《译文》1956 年第 9 期(总 39),第 97 页。

考引用了孚希特万格的文章和托马斯·曼的《我的时代》。另外，由傅惟慈翻译的托马斯·曼的早期长篇小说《布登勃洛克一家》(单行本)在 1962 年和中国读者见面；而在 1961 年，该书的第 3 部和第 4 部的 1—9 章也早已通过《世界文学》为读者先睹为快了。

另外一位被视为“政治和艺术创作有机结合”的典范是瑞士德语作家凯勒。就凯勒本人的发展历程来看，1848 年革命失败后，他并没有追随当时盛极一时的叔本华哲学思想，而是接受了费尔巴哈的唯物论思想，用五六十年代比较流行的革命性话语来说，就是“和德国反动的文艺思潮划清界限，坚决走现实主义的道路”[58]，因而取得了“当一个作家的权利”[59]，也就取得了进入革命现实主义文学视域的权利。其次，凯勒的文学创作完全可以被阐释进“文学为政治服务，文学为人民服务”的社会主义话语系统内。1848 年革命后，凯勒认为政治、经济和社会生活里发生的翻天覆地的变化为文学创作提供了源源不断的创作源泉，而在泛政治化的解读中，不排斥政治就意味着认同政治：“凯勒认为，杰出的艺术作品是由当代事件所产生的，是和它们有密切联系的”；“他广泛了解政治，从来不会把政治和艺术创作分开。”[60]凯勒文学创作的人民性主要体现在作品的内容和风格上。他的创作大多以瑞士的风土人情为背景，善于刻画典型人物和典型事件，对于反面人物不乏冷静而深刻的讽刺，但对于正面人物也加以人文主义的关怀和肯定，文笔力求朴素明了，从而达到教育和帮助人民的目的。《译文》1955 年 5 月号刊登的《乡村里的罗密欧与朱丽叶》以及《世界文学》1961 年第 8—9 期刊登的《三个正直的制梳匠》突出反映了凯勒文学创作的上述特性，译者皆为田德望。

4. 西方现当代文学

新中国成立后至文革前的 17 年当中，中国对西方现当代文学持保守的观望态度，甚至是敌视态度，因此这部分文学作品只占全部译介作品的极小部分。而一个作家能否被译介主要取决于两方面的因素，一是苏联文坛方面是否对该作家作品

---

〔58〕田德望：《〈三个正直的制梳匠〉译后记》，载《世界文学》1961 年第 8—9 期(总 98—99 期)，第 203 页。

〔59〕(苏)E. 布兰第斯：《凯勒论》，方土人译，见《译文》1955 年第 6 期(总 24)，第 208 页。

〔60〕同上书，第 218—219 页。

加以肯定或褒奖，二是作品的思想内容是否揭露了资本主义社会的丑恶。德语现当代文学的译介择取也不例外。

这一时期，茨威格和伯尔（当时译为“标尔”）各有3篇中短篇小说经翻译刊载在《世界文学》上。对于茨威格的文学成就，有高尔基的话为证：“我不知道有哪一位艺术家，能用这么一种对于女人无限尊重而且又体贴入微的态度来描写女人[……]感伤的情绪在他是全然陌生的，那种情绪与他的气质倾向显然相违，他真诚、明睿而又心地单纯，不愧是一位真正的艺术家。”[61]既已被纳入“真正的艺术家”的行列，那么在他身上所存留的世界观的片面性和局限性也就较容易为大家所包涵与体谅。再者，尽管茨威格出身于“资产阶级家庭”，但他却“努力不懈地写出许多谴责资本主义社会中道德败坏、生活空虚以及热烈赞美同情、了解、仁爱与宽恕的作品”，也就是说，茨威格作品的思想性符合了中国当时历史文化语境的需要，可以有效地服务于政治意识形态对资本主义的话语批判运作。有文学大师高尔基的点睛之笔，再加上作品对资本主义社会的“曝光”，两者“强强联手”，似乎再提不出什么理由不译介茨威格。况且，作者的自杀式悲剧仿佛是对资本主义社会的最好控诉：他的“临终遗言”被反复强调，其意义远远超出了“极具代表意义的”个人悲剧命运的范畴。[62]

伯尔的两部短篇小说《巴列克家的秤》和《明信片》（1956年10月号）应该是最早译介到中国来的伯尔作品，但却不是从德语原文译出，而是肖扬根据苏联《新世界》杂志1956年4月号上的俄译文转译的。这显示出当时俄语翻译力量的强大以及中国对苏联文学界“一边倒”的倾向，不仅跟进速度快，而且但凡在苏联文学期刊上刊登的文章，不管是俄苏文学，还是其他国家的文学，中国译界一般也会持肯定的态度，并且在条件允许的情况下将其翻译介绍过来。这自然有利有弊，但对于丰富德语文学的译介，显然利大于弊。在“编后记”中，编者对伯尔的作品做了如下总

[61] 纪琨：《〈一个女人一生中的二十四小时〉译后记》，载《译文》1957年第9期（总51），第45页。

[62] 在《一个女人一生中的二十四小时》（1957年第9期）的“译后记”中以及在《看不见的收藏》和《家庭女教师》（1963年第3期）的“后记”中都引用了茨威格《遗言》中的同一段话：“……我自己的语言所通行的那个世界对我说来业已沉沦，我的精神故乡——欧洲，业已自趋毁灭，我如果还打算从头开始重建生活，决不愿在巴西之外另觅乐土。——可是，六十岁以后再来重建生活，必须具有很不寻常的精力才行。我的精力已经在长年无家可归的飘泊中消耗尽了。因此我觉得，最好还是及时地、老老实实地了结生命……”

结评述：

> “标尔在他的作品中，从崇高的人道主义立场描写了资本主义德国的‘小人物’，这些人物大多是遭受过法西斯恐怖统治，经历过战争灾害，近年来又在西德历经了辛酸的工人、职员、手艺匠等等。标尔抨击资本主义社会罪恶的那种激情，他对压迫和不公平现象的憎恨，以及他的作品中所表现的鲜明的反军国主义倾向，很自然地使得他的作品受到了德国所有进步人民的欢迎。”〔63〕

这样一段文字与苏联《新世界》文学杂志的评论几乎是一脉相承。就在同期由莫蒂廖娃撰写的《西方现实主义作家》一文中，人们也可以找到对伯尔颇有好感的文字：

> “在西德，目前正在发展一种很有意思的新的‘迷惘的一代’的文学——出现了一些描写被第二次世界大战逐出常轨的饱经沧桑的人们的长篇和中篇小说。这种文学充满着哀愁的情绪。无论在说明恶势力的原因和从现状中找寻出路方面，它都显得无能为力。但是，在这一类作品里，例如在极有才能的亨利·标尔的一些中篇小说里，独特地反映了千百万德国人深深地厌恶战争和顽强地不愿意打仗的情形。很显然，这样的作品是应该从我们这方面得到最密切的好意的注意。”〔64〕

《译文》积极回应了苏联文学同仁的呼吁，并在1957年11—12月号上的“国外书讯”栏目中介绍了伯尔的新作《没有保护人的房子》〔65〕，在1960年9月号上刊登了汝龙根据英译本转译的《耍刀子的人》。这一时期没有从德语版本直接翻译过来的伯尔作品，原因可能有二：一是伯尔的作品在民主德国还没有广泛传播，而中国的德语译者大多根据民主德国的版本进行翻译，没有原文就无从谈及翻译工作了；

---

〔63〕编者：《〈标尔短篇小说两篇〉编后记》，载《译文》1956年第10期（总40），第28页。
〔64〕（苏）莫蒂廖娃：《西方的现实主义作家》，华胥译，见《译文》1956年第10期（总40），第180页。
〔65〕现译为《无主之家》。

二是中国的德语译者的工作重点主要放在了现代的社会主义文学及古典文学作品上，再加上队伍相对薄弱，因此对于其他文学作品便无暇顾及了。由于转译现象一时难以克服，因此造成了伯尔名字的翻译偏差。在上述几期中，伯尔一律被译作“亨利希·标尔”。另外，一个小细节也值得注意。在译者或编者后记中，读者会了解到伯尔是联邦德国作家，但是在作品标题下方的作者姓名一栏内，伯尔的国籍一直被笼统地写成“德国”，仿佛在德国的领土之上，从来就只有一个德国。这似乎应该不是译者和编者的疏忽，而是一种有意而为之的翻译策略。

另一位当代德语文学大家迪伦马特（当时译为“杜伦马特”）的《抛锚》（书肆译，1962 年 9 月号）也是从英译本转译而来，恐怕也是受到资料的限制及翻译人员不足等因素的制约。但是与伯尔译介稍稍不同的是，译者在“后记”中不仅提醒读者注意这部作品的批判性，即作品的思想性，同时还指出，这部作品的制胜之处在于作者在小说里运用了“悬念”和“推理”等技巧，在题材的处理和人物的心理分析上体现了原创性和丰富性，值得为中国读者推敲。虽然文字不多，但是强调作品自身的文学性，这在当时的文化语境下，实属罕见了。

五、小结

综上所述，在“由社会主义伦理冲动支持的‘十七年’的以政治教化为目的的文学”[66]生态背景下，任何一种外国文学的生产与管理、传播与接受都被纳入了国家体制，受到政治意识形态的操控。德语文学的译介自然也不例外。具体到《世界文学》（1953—1966）中的德语翻译文学，其译介主要参照了如下三条标准：首先，政治意识形态直接影响了德语文学的翻译。新中国成立之初，文艺领域沿袭了延安时期的“两为”方针，对文学的性质、作用与功能、对象与主体进行了重新审定，文学与政治意识形态之间的粘连关系和政治工具化作用也日益凸现并得到强化。由于民主德国政治制度和中国相似，对文学创作的规范要求也和中国类似，如要求文学必须为政治服务，必须写重大题材，必须塑造正面的英雄人物，遵循社会主义现实主义的

〔66〕毕光明：《社会主义伦理与“十七年”文学生态》，见吴秀明（主编）《“十七年”文学历史评价与人文阐释》，杭州：浙江大学出版社，2007 年，第 74 页。

创作方法等，因此这部分文学作品理所当然地获得了较高的评价，构成了新中国成立后德语翻译文学的主力军，而其他非社会主义性质的文学作品则或多或少地受到了排斥。

其次，要看文学作品是否具备“人民性”和“革命性”。“人民”和“革命”可以说是中国“十七年”文学的两个关键词，而外国文学能否被译介也和这两个关键词有着千丝万缕的联系。纵观德语文学从 1953 年至 1966 年在《世界文学》中的译介情况，不难发现，那些作为古典文学作品、文学遗产、批判现实主义文学和西方现当代文学被译介过来的作家作品无一例外地都被纳入了“人民”与“革命”的话语系统内。

第三，苏联文艺界的评论对于外国文学的译介——至少在中苏关系破裂之前——起着举足轻重的作用。“那个时候，苏联的影响是深远的，即使是西欧和其他国家的文学，介绍与否，也是一看苏联有没有译本，二看苏联怎么说。长远规划和选题计划也都是参照苏联的。”〔67〕本文也从三个方面验证了此点：一、俄语作为媒介语在当时较为普遍，从俄语转译也基本得到认可。尽管《译文》在 1955 年 1 月号的“稿约”中特别注明：“非有特殊情形，本刊不采用转译的译稿”，但是大量的德语作品并非从原文译出，而是根据俄语译本（偶也有根据英译本）译出，如席勒、托马斯・曼、茨威格和伯尔等。二、苏联作家的评论成为了译介与否的直接依据，如茨威格和伯尔等，如果没有苏联的认同和肯定，很难想象他们的作品在当时能够被译介过来。三、由苏联学者撰写的文论被大量译介过来，如《席勒论》和《凯勒论》等。他们的论述不仅是译介的依据，而且长期以来也为中国的西方文学研究引领了基本方向并提供了基本模式，即把作者的政治成长道路和文学创作的发展紧密联系起来，形成了“以社会背景（主要是社会阶级关系）、作家生平（主要是阶级出身及其政治态度）和作品分析（主要是政治倾向性鉴别）为基本规则的统一的逻辑运演程序。”〔68〕

---

〔67〕吴岩：《放出眼光来拿》，载《读书》1979 年第 7 期，此处引自查明建、谢天振：《中国 20 世纪外国文学翻译史》（上卷），武汉：湖北教育出版社，2007 年，第 564 页。

〔68〕金元浦：《论我国当代文艺学范式的转换》，载《文学评论》1994 年第 1 期。此处引自张进《中国 20 世纪翻译文论史纲》，兰州：兰州大学出版社，2007 年，第 130 页。

《乱世中的挣扎——解读伊姆加德·科伊恩写于魏玛共和国末期的两部小说》

Die Weimarer Republik aus den Beschreibungen von zwei Romanen von Irmgard Keun

胡　丹

内容提要：魏玛共和国的民主政治是战胜的协约国强加给战败的德国的。伊姆加德·科伊恩写于1931/32年的两部时代小说《吉吉，我们中的一个》(Gilgi, eine von uns)和《人造丝少女》(Das kunstseidene Mädchen)则被认为是时代小说的经典代表，忠实地记录了魏玛共和国末期部分年轻女性的生存和奋斗。本文通过分析这两部小说中的几个场景，试图以管中窥豹的方式揭示魏玛共和国末期的各种社会状况。

关键词：女性，政治运动，职业介绍，宗教，公权力

科伊恩的长处就是用文学家的手法来讲述历史，不仅包括作为公众生活背景的大历史，也包括个人经历的小历史。她最擅长的就是"时代小说"，她在1931/32年的那两部作品被认为是这一体裁的经典代表作。而在流亡时期，她更加肯定了自己所从事的这一创作，批评那些只知道埋头于历史而不顾现实的作家，认为他们犯下了"不可饶恕的逃跑主义错误"：

其他的流亡作家写些什么？凯斯滕写了一部关于腓力二世的小说，罗特写古代奥地利，茨威格写鹿特丹的伊拉斯谟，托玛斯·曼写"魏玛的洛特"，海

因里希·曼写亨利四世,福伊希特万格写尼禄。[……]究竟有谁在描写现在的情况?[69]

这种描写现实的态度,让她的作品读起来特别有时代气息。而正是这种时代气息最终成就了她被人重新发现。

伊姆加德·科伊恩的小说在80年代成功地被重新发现。这和那时在现实的社会政治和文学文化的时代话题中所提出的问题有关。它包括对于魏玛共和国时期的文化与社会以及第三帝国的来源进行研究,对那段"压抑的过去"和大屠杀进行"评价",将"德国人的流亡"整合到历史意识的视野之下,并为德国的法西斯主义找寻解释的模式。除此之外,公共讨论的话题还包括妇女解放。还应看到,五十年代无论对于历史的,还是对于联邦德国的现实都是值得注意的时期。而伊姆加德·科伊恩的小说对所有这些题材都有所叙述。因此,它们也作为讨论的素材被文学生活所接受,被援引到历史和文学史的分析中。[70]

一、政治运动:冷漠的开始

有历史学家在分析魏玛共和国失败的原因时指出,其中最重要的一点就是民主传统的缺失和专制主义观念的深入人心所导致的对于政治的冷漠:

由此,不能指望在人民大众对于新的国家制度的理解之上进行一种积极的合作;特别是因为威廉二世的专制国家在大多数的民众心中制造出一种对政治无所谓的冷漠态度。[71]

这种对于政治的不敏感由来已久。爱克曼在1830年8月2日和歌德的谈话

---

〔69〕 Häntzschel, Hiltrud: *Irmgard Keun*. Hamburg 2001. S. 70.

〔70〕 Rosenstein, Doris: *Irmgard Keun. Das Erzählwerk der dreißiger Jahre*. Frankfurt a. M. 1991. S. 7f.

〔71〕 Göbel, Walter: *Abiturwissen. Die Weimarer Republik*. Stuttgart 1984. S. 102f.

记录中就留下了一段记载，说歌德对法国七月革命很冷淡，而更关心一次科学辩论：

已掀起的七月革命的消息今天传到魏玛，人们都为之轰动。午后我去看歌德，一进门他就大声问我，“你对这次伟大事件是怎么想的？火山终于爆发啦，一切都在燃烧，从此再不会有关着门谈判的情况啦！”

我回答说，“这是个可怕的事件！不过尽人皆知的情况既是那样糟，而法国政府又那样腐败，除了王室终于被赶掉以外，我们还能指望什么呢？”

歌德说，“我的好朋友，你和我说的像是牛头不对马嘴呀，我说的不是那伙人而是完全另一回事。我说的是，乔弗列与顾维页之间对科学极为重要的争论在法国科学院已公开化啦。”

歌德的话是我完全没有预料到的，我不知说什么好，踌躇了几秒种。[72]

但是，歌德时代的政治不敏感是一种分裂状态下的不敏感，而1871年帝国建立以后的不敏感则是在一种专制制度下由于强调服从精神而导致的不敏感。到了魏玛时期，民主制度下具有专制制度意识的公民，是这个时代标准的德国市民阶层的生存状态。对于社会和政治现实的漠不关心在伊姆加德·科伊恩的小说中是以一种消极的方式表现出来的。这两部小说中主人公的女性特征更赋予了这样一种不关心以更合理的心理基础。

作者放弃了某些能够继续发展下去并导致某些结果的可能性。其中的一个例子就是所有女性角色的意识里面都缺少社会和政治意识。两部小说均包含与魏玛时期的现实状况相一致的事态。两部小说均表现出女性角色的依附地位。此种地位由经济、政治和社会因素共同决定。虽然不断有政治性的话语出现，有时候这些话语甚至来自这些女性角色自身，但这些角色最终的决断完全局限在个人的领域。这种局促的视角完全可以认为是贴近现实的，因为

〔72〕爱克曼（辑录）：《歌德谈话录》，朱光潜译，北京：人民文学出版社，1978年，第221—222页。

专注于私人事务正是那个时代女性的典型行为。[73]

在多丽丝还在中等城市混饭吃的时候，她就已经展现出自己的社会和政治意识是如何地贫乏。她认识了一个大工业家，之后又离开了他。离开的原因很有趣：她错误地揣测了他的心思，冒认自己是犹太人。

我终于再次摆脱了这个大工业家，因为政治已经事先毒化了人们之间的关系。我唾弃这一点。开会的是犹太人，骑自行车的是犹太人，跳舞的是犹太人。

大工业家问我，我是不是也是犹太人。天哪，我可不是——但我想：如果他想这样的话，那你就帮帮他吧——我说："当然是——就是上个星期，我爸还在犹太教会堂里把脚扭伤了。"

他说，看看我乱蓬蓬的卷发，他本该想到这一点。我这可是大波浪啊，天生如此，像鳗鱼一般光滑。他对我的态度变得冷冰冰的，摆出一个民族主义者的姿态并属于某一种族——种族可是一个问题——他因此而敌视我——这一切太过复杂了。刚才我完全搞错了。可我觉得现在要是收回刚才说的一切又太蠢了。一个男人事先就该搞明白，我到底是不是喜欢某个女人。真是件蠢事。首先，他们会说一些腻味的恭维话，为你奉献出手、脚和我所知道的一切——这时候你突然说道：我是一个栗子！——他们张大了嘴：啊，你是一个栗子——靠，这我不知道。此时，你还是以前的那个你。但一个词就把你给改变了。

[……]若这个大工业家喝醉了，那么他就不会再关心这一问题了，他会醉的。可如果我说：我的头发天生就很光滑，那么他一定会把我看做某一纯种的种族并且什么都做得出来。可我对这些没有任何兴趣，因为若他醒来，政治就又会开始——对我来说，这就太可怕了。人们永远没法了解，自己会不会遭

[73] Rosenstein, Doris: *Irmgard Keun. Das Erzählwerk der dreißiger Jahre*. Frankfurt a. M. 1991, S. 59.

受政治谋杀，若人们卷入政治的话。(KuM 45f)[74]

第一次和政治有关的经历显然是不愉快的。关于犹太人的话题已经充斥了周围的世界，让她产生了到处都是犹太人的幻觉，可她却不认为这个话题有多重要。在她看来，这个话题存在的全部意义就是让她有机会来迎合一个男人，以便换取自己经济地位的改善。可惜的是，由于对这个问题过于缺乏了解，原本应该非常容易的投机却最终拍错了马屁。这让她对政治产生了一种憎恶的感情，认为正是政治搅坏了人们之间的关系。政治的可恨还远不止如此。它还让一个男人变得没有原则性，并左右了男人对于女人的感情。而她多丽丝可不会这么没有原则性，哪怕她已经意识到自己投机失败了，也不会收回自己的谎话。就这一点来说，不懂政治的她可比那些懂政治的男人在道德上要高尚一些。最后还有一点，在她看来，政治不过是一些概念化的炒作而已。人们给某些特定的词语赋予一些绝对积极或者绝对消极的意义，并在此基础之上或褒扬或鄙夷。在这里，犹太人这个词被赋予了绝对消极的意义，因而，所有与这个词有瓜葛的人和物便统统遭了殃。谴责犹太人的目的并不是为了在自己的生活中对自己的行为进行警示，而是为了通过毫不费力的义愤填膺来谴责一切与这个词能沾得上一点边的人，以此来表现自己的高尚立场。相对于犹太人这个词，民族主义者则被赋予了绝对积极的含义，因为任何一个人若戴上这顶光环，便能够在属于中性的种族一词中占据优势，并以高高在上的姿态俯视他人。这还不是消极的全部内容。隐藏在这种俯视后面的是一切她看不见的手段。她能想到的最糟糕的情况就是政治谋杀了。这也让她不寒而栗。这一幕所透露出来的瞧不起情结和假想敌观念成为了这个弱肉强食的时代的背景情绪。这种情绪在多丽丝进入剧院跑龙套的时候就已经有了深深的体会，下文会分析到。

在来到柏林的第一个晚上，她就经历了一个政治事件：欢迎法国政治家访问柏林。在这一场景里，政治事件更像是一场排演好的戏剧，只在特定的地域上演，而不是随时就发生在自己身上的生活。

---

[74] KuM = Keun, Irmgard: *Das kunstseidene Mädchen. Mit zwei Beiträgen von Annette Keck und Anna Barbara Hagin*, 7. Aufl. Berlin 2005. 以下简写为KuM。

我来到弗雷德里希大街的火车站，可真是人头攒动。并且我得知，几个伟大的法国政治家刚到我面前，并且柏林为此提供了它的大众。他们叫拉瓦尔(Laval)和布列朗(Briand)——并且我作为一个经常坐在酒店等人的女人，早已从杂志上看过他们的照片了。我随着弗雷德里希大街上的人流一起涌动。这条大街现在已极具生命活力且显得五颜六色，路面上尽是方形的砖头。到处都充斥着激动！我马上就想，这种激动应该是这个城市的例外状况，因为一个像柏林这么大的城市的神经不可能每天都经受如此可怕的激动。这种激动浸透了我，我跟着人群继续前进——空气中充满着紧张的气氛。并且其他的人向前冲并裹胁着我——并且我们站在一幢名叫阿德隆(Adlon)的高雅旅馆前——并且到处都挤满了人和防暴警察，后者用力拦住前者。并且然后这些政治家来到了阳台上，如同柔和的黑点一般。并且所有这一切都化为一阵欢呼，并且人群裹胁着我冲破防暴警察，冲上人行道，想要让那大政治家把和平从阳台上扔下来。我也跟着喊，因为太多的声音从外部渗入我的身体，又从我的嘴里出了去。并且出于震惊我呆呆地哭了起来。这就是我到达柏林的情景。并且我就是以这种方式立刻变成了柏林人——这让我高兴。那些政治家以特有的方式满怀善意地低下了头。我就是这样被他们一同祝福了。

我们所有人都高喊着和平——我想，这肯定很棒而且必须这样做，否则就得打仗——并且阿图尔·格伦兰(Arthur Grönland)曾告诉过我，下一场战争定会使用毒气，这会让人变绿并肿胀。我可不想那样。所以我拼命向着那些政治家叫喊。

然后慢慢地人群开始散去。我的心里开始涌起一股强烈的愿望和冲动，想要了解政治和那些政治家的意图，了解一切。由于报纸对于我来说是过于无聊了，而且我并不能正确地理解它。我需要有人解释给我听，[……](KuM 71ff)[75]

历史将这个晚上定格在1931年9月27日，因为这是拉瓦尔和布列朗访问柏

[75] Adlon Kempinski：柏林著名的大酒店。

林的确切时间。[76] 对这个场面的描写展示出一种喧嚣的孤寂。政治成为了符号、标语和象征。它的目的只是为了使人狂热。多丽丝身处人群之中,能够感受到那荡涤一切的热情和激动,但是却完全无法融入其中,因为她完全不了解政治是什么。她所参加的这场迎接政治家的活动演变成为一种生理上的条件反射,而不是心理上的一种信念。大声喊叫只是因为外部声音的物理刺激导致自己的身体完全失控而做出的一种反应。这种反应瞬间就变成了一种心理上的恐惧并进而导致生理上的流泪。警察与人群的关系是物理上的阻挡与被阻挡的对立关系,最后的结果是物理束缚的破裂和消失。和平也被化为一种实体,在政客和民众之间变成了扔和接的关系。和平在这里被赋予了一种绝对积极的意义。而对于这种绝对积极的东西,激情成为了反应中最必要的因素。人群以最容易导致失控的非和平理性的方式去追求和平这一结果。这本身就构成了一个悖论。和平不是结果,而是过程。而失去和平的后果对她来说也就是力量冲突的集大成者:战争。在这一幕场景中,战争所对应的就是人群的骚乱和狂热。她对于战争的害怕也是因为直接的视觉刺激:死得太难看了。可是就在此时,她完全无法看见自己那狂热难看的一幕。上面的那两位政治家是否讲出了关于和平的真知灼见,这些见解是否值得她去追随,这些统统都是不重要的。如此一来,政治便被表演化和娱乐化了。这是民众参与政治的初级阶段:狂热而又无序的运动式的政治。他们只知道去追求一个美好的东西,在这里是和平,但是却不了解如何践行它。他们在追求这一对象的过程中转变为对追求对象的一种行为上的践踏。他们的追求最后的结果是等待别人的恩赐,而他们追求的方式则是谄媚权力。这些行为全部与民主共和的精神背道而驰。

人群把一个陌生的男人扔到了她身边,她决定让他对自己进行政治启蒙。因为经历过这一幕以后,她觉得政治也不全是高深和消极的名词堆砌,偶尔参与一下感觉也还挺不错的。在咖啡馆里,对于刚才的那个场景,她向他提出了一堆问题:

为什么那些政治家要来?为什么和平就在这里或者说至少现在没有战争,而人们还要去呼唤和平?为什么那些法国政治家能够从阳台上给下面的我们以如此

〔76〕Vgl. Marchlewitz, Ingrid: *Irmgard Keun: Leben und Werk*. Würzburg 1999. S. 116.

的震撼？当激动的情绪在人群中来回散播时，人们是否团结一致？是不是真的不会有战争了？（KuM 73f）

不要说一个普通的陌生人，恐怕就算是专门研究政治学的教授也没办法轻易回答这些貌似幼稚的问题。更何况这个男人总是答非所问，只是专心致志地介绍自己的情况，并谦虚地表示自己其实很闭塞。似乎他已经把她看作一个什么人物了。但这都无关紧要。重要的是，这能够让她填饱肚子，而且享受的还是不便宜的核桃蛋糕。

> 我很伤心，不能得到政治上的启蒙。可毕竟，我还是吃了三块核桃蛋糕——有一块上面还有奶油——这可给我省下了一顿中饭，政治启蒙可做不到这一点。（KuM 75）

这也许就是对于政治最实用的理解了。什么样的说教和运动也不比吃饭更重要。就如吉吉在一边听收音机一边准备早饭时的心境一般：

> 西班牙成了共和国，世界上总得发生点什么——大事发生了，可眼下最重要的还是烤土豆。（Gi 179f）[77]

多丽丝所经历的和政治有关的场景只有这么一次。但即便仅仅经历了一次，她在一开始就能够断言，这样的场景并非常态。而她对于政治的兴趣也只是一时的、运动式的，看见了就想了解一点。但如果没有政治，她的生活也不会有什么变化。她唯一需要与之打交道的公权力也完全出于一种想象。因为她在家乡偷了一件价值不菲的皮毛大衣并逃到柏林，所以她总认为警察在跟踪缉拿她。她不敢往家写信，不敢联系任何熟人，甚至不敢在柏林找工作。原因就在于她畏惧这无孔不入、无时不在的公权力。她从不认为它需要为自己的生存负责，却总害怕它会来找自己的茬。它的存在不是为了使她生活得更有尊严和更加安全，而只是为了对她

---

〔77〕 Gi = Keun, Irmgard: *Gilgi, eine von uns*, 3. Aufl. Berlin 2006. 以下简写为 Gi。

的错误进行监视和惩罚。

> 我可不要去警察局登记。我只能说，就我的经验来说，警察从来都不意味着愉快。我得掂量掂量我自己的机会。（KuM 132）

至此为止，她实际上并没有和警察打过交道。因此，所谓的不愉快只存在于她的幻想中。而不久之后，阿尔伯特（Albert），蒂丽（Tilli）和古斯塔夫（Gustav）便帮助她验证了这种不愉快。

> 由于入室盗窃，阿尔伯特被捕了。蒂丽也因同谋被捕。晚上在酒馆里面喝得醉醺醺的，然后就开始吹牛。一柄阿尔帕卡（Alpaka）银餐叉从外套口袋里伸出头来四处张望。后面就坐着条子。对这么愚蠢的行为我只能表示鄙视。这是够格的罪犯吗？根本不是够格的罪犯。
>
> 我的桌子边上就坐着同性恋的古斯塔夫，看上去像一块被人吐出来的愁闷。坐在那里睡觉。巡逻队过来了。我先溜了。古斯塔夫被他们带到了值班室。他一边走，他的脑袋一边在睡觉。我则藏身在洁厕女工那里。（KuM 150）

阿尔伯特的经历为警察这一职业加上了一个修饰语"特务式的"。他们的工作似乎就只是隐藏在暗处，窥伺人们的一举一动，以造成一种恐怖的气氛并加强对人们的控制。古斯塔夫不久之后又被送了回来，继续蜷缩在角落里睡觉。他的故事表明，他们要带走一个人，并不需要什么理由。这种对于无所不在的特务式公权力的恐惧，在《吉吉》一书里，是通过赫蒂（Hetty）姨妈的一次行为表现出来的。

> "我们几次想去莱茵河——可战争！然后是被占领！你们这些穷人啊，究竟还要再遭什么罪。"赫蒂姨妈一边耳语，一边害怕地环顾四周。没错，英国人已经走了。可她还不是很确定——永远不知道[……]克龙太太的眼神变得痛苦起来："是的，对于我们来说，这是一个困难的时代，赫蒂。"（Gi 62）

二、职业介绍所:冷漠的驯化所

多丽丝和公权力的交道有很大一部分是出自她的想象。可吉吉则是实实在在地领教了它高高在上的姿态和令人难堪的力量。她在失业后为了重新寻找工作,来到了职业介绍所。小说中描写道:

灰色的空间——满是人的气味、衣服上湿湿的水汽、尘埃和噪音。窗口前排起了长队——要等许多、许多、许多分钟。前面紧挨着的就是一个矮矮的、不修边幅的女人,怀里抱着一个邋遢的小孩。后面的人向前挤——女人和女孩、女人和女孩、身体挨身体——挤得这么紧,可真烦[……]吉吉的目光落在了前面那个女人油腻腻的头发上——灰黄的头皮顺着黏糊糊的发缕正向她冷笑。一阵恶心几乎让她的躯体、喉咙窒息——吉吉闭上了眼睛。现在,所有的这一切都拼命想要渗入她的身体——气味要挤进身体——人群要挤进身体——空间要挤进身体。整个人都要融化成没有脸的大众了——她现在成什么了?这个空间里面有的是:嗡嗡乱响的绝望,听起来就像一个半饿肚子的小孩的哭泣声——天生就有欲望但却没有力气去希望——死寂的等待却没有目标——今天艰难前行——昨天一片宁静——无力走向明天——被赶出共同生活——被排挤出人群——又被赶入另一令人反感的共同生活。堕落的惬意——无力反抗——憎恶自己——推卸自身的责任——自身的意愿和能力中找不到任何依靠——依靠陌生之物、依靠陌生之物[……]啊,周围满是呼吸,前面和后面的人别这么紧贴着我站就好了——我真想倒下,可现在这样又倒不下来。我成啥了?一个人,正想像着他那被人影响的无限可能。身体的免疫力要比精神的免疫力强得多。那么一丁点动摇,一丁点一丁点的听天由命就会向一切敞开怀抱——陌生的思想侵入我的毛孔、陌生的愿望、陌生的欲望、陌生的伤感——陌生之物,它们在我体内安家——我根本觉察不到它,不了解它,也许几天——周——年以后就会病于此种重燃、病态的感觉——也许会疲惫地感到惊讶:一个愿望、一个观念,它若不是从我的内心生长出来,必定难以被我理解。惊讶、苦思一次并非出自本心的行为的来龙去脉,自己和这一行为本来应该八竿子打不着——也许原因只是因为一次呼吸。一个陌生人的呼吸，也许根本就没有见过这个陌生人的脸。一次呼吸，进入我的心田——停留——化脓——再被呼出，四散开来[……](Gi 182ff)

数不尽的破折号，跳跃、发散但绝不凌乱的思维，对困苦诗意而又充满想像力的描写。在职业介绍所经历的这一切，都只是为了那一周十三马克的失业金。在这样一个狭小的空间里面，什么样的气味都有，就是没有人味，虽然这里面只有人。所有的人都在排队等待着那不露面的公权力的恩赐。而在此之前，她们必须先接受一次这一时空的驯化：失业者就得有失业者的样，而且，所有的失业者都是平等的。昨天的你有职业，那么你尽可以安心地享受那种生活。今天的你失业了，那么你就得在这里学会怎样告别过去。但可别想着走向未来，因为失业的你根本就没有这样的资格，当然就更不具备这样的能力了。对于失业的你而言，就是要一边在排队的过程中学习告别过去、面对现在，一边在排队结束，到达窗口之时，等待窗口里面的人将你带进未来。而衡量这种未来的唯一标准就是金钱：对吉吉来说是一周十三马克。身体还是原来的身体，然而寄宿在身体里面的精神却发生了颠覆性的变化。拥挤的人群虽能阻止身体的倾覆，却不能阻挡精神的堕落。驯化的结果是既来之则安之的心态，是愤世嫉俗的心理，将自身的不幸全部推诿给旁人、给社会。精神的脆弱和易感总是孪生兄弟。平日里充眼不见的旁人的困苦在今天想尽一切办法侵入自己的心灵，仿佛每一次呼吸都会给它们以入侵的机会。而偏偏此时的心灵最缺乏的就是抵抗力，既不能在此时及时地抵挡它们进来，又不能阻止它们在日后改变自己的行为。经过了这一场景的洗礼，日后的自己或许会觉得自己不是自己了，并对自己的某些行为表示出不理解。而这些行为的根源，也许就是在今天的某次呼吸中所侵入的那些陌生人的困苦。它们以呼吸道传染病的方式传播，像寄生虫一样在体内潜伏、发酵，并在适当的时候表现出来，进一步传播开去。

这样一个驯化的过程也体现着一种平等：一切个性将被抹杀殆尽，无一幸免，成为那没有自己的脸的大众的一员。一切内心的渴望也将被扼杀得奄奄一息，但又不至于被扼杀殆尽。就好像一个半饿的小孩，因为饿，所以想要通过哭泣来获得一点怜悯并得到一点食物；因为只是半饿，所以又并不觉得获得食物的愿望有多迫切。这也体现出这一驯化过程是很有分寸、略带人道精神的：身体上，让你吃不饱，但也让你饿不死。精神上，要奴化你，但又不至于逼死你。

这个狭小时空里的大众被贴上了困苦的标签，不是说闭上眼睛，采取鸵鸟政策就能够抵御这一过程的侵袭，就能够防止自己被这种情绪所同化。精神的脆弱和易感似乎让视觉的感知变成了多余。困苦的黑洞不断地吞噬着她那脆弱的意志，眼看就要熄灭她对于未来几天、几周和几年的想像了。

> 吉吉睁开了眼睛：前面还有三——七——八个人。等待的人群发出一致的声响，间或也夹杂有个别的声音、尖笑、不耐烦的跺脚、讲话——吉吉辨识前面不同的脊背——肩膀。无耻的肩膀、绝望的肩膀、疲惫的肩膀、冷漠的肩膀[……]啊，我为什么属于他们？困苦和贫穷，也许并不是最糟糕的。最糟糕的是，这里的人被剥夺了责任感。最糟糕的是，有些人对于"我无能为力"感觉十分舒服——专心致志地躺在别人该为我的困苦而负责这样一个观念里，就象是躺在棺材里一样。让别人来谋杀自己关于懒惰和缺陷的认识，让体内的生存欲和力量感慢慢死去——自己却无能为力。而事实上，旁人的罪责根本就掩盖不了自己的罪责——这也许是最糟糕的，这就是结束，这就是死亡[……](Gi 184f)

她从别人那里感受到了自己走向死亡的过程。可以对社会无所谓、对家庭无所谓、对亲人无所谓、对朋友无所谓，但就是不能对自己无所谓。这才是一个人个性的根源和生存的基础。可是这个最后的驯化场恰恰就是要通过群体的力量来完成这最后的无所谓。而她闭上眼睛时对于自己未来的想像则正是在不知不觉中丧失了对自我责任的意识，无意中将自己未来一切可能的堕落归结为今天这个职业介绍所对于自己的消极影响。

三、宗教的堕落

在这样一个公权力缺位的年代里，宗教的慰籍本应填补上这一空缺，成为生活的希望。可是，两位主人公一点也没有显示出对上帝的尊敬。而且，如果真的存在上帝的话，恐怕它得要足够宽容和忍耐才能容得下这么许多的怨气。就如多丽丝刚到柏林时所看到的玛格丽特·魏斯巴赫(Margrete Weißbach)和她的男人的故事。那是在一天早上：

> 然后，他就出去找工作了，可毫无希望。
>
> 玛格丽特说，他回来总会骂她、指责她。只是因为他不相信那个叫上帝的玩意。因为这么一个男人也许真的需要一个可爱点的上帝。这样，即便出了点什么岔子。他也不会生它的气，不会骂它。由于根本没有人可供他咒骂和愤恨，于是他只好指责自己的老婆。这让她很不爽——可那个叫上帝的玩意就会无所谓——所以他得有个宗教。或者他得投身政治。那么，他也能大发脾气。(KuM 77)

此时，上帝和宗教得以存在的唯一理由就是能够成为一个免费且不会还嘴的出气筒。这番抱怨还让她想到，或许那两个法国政治家访问柏林的一个重要理由就是为了给人们提供一个场所来发泄一下那压抑以久的情绪，并最终成就了那一幕壮丽的情感团体操。就这一点说来，政治也不算是一件太坏的事情，值得所有心存不满的男人去追求那么一下。

而在《吉吉》一书中，女主人公在经历过了种种变故之后，更是好好地把这个上帝奚落了一翻：

> 人们究竟想要降生几次？一个人总是会以为自己获得了重生，每当他做得比实际上能做的还要糟。这是永远的遗传病，即没有人能自我赦免——就连上帝也不能。上帝——现在已经成了一个过度疲劳的想像力的产物，上帝——这个苍白的用来救急的谎言——嘴上说着上帝——心里想的却是人。只有对于人的渴望是最真切的——人比上帝包含的要多——人是畜生也是上帝。渴望上帝——这种该死的舒适，一分钱也不用花。贫血的幻想。渴望着人——则必须用鲜血、用自我并用肉体作为支付手段——渴望上帝，这可以用Assignaten买到——破烂抹布——废纸——一滴鲜红的血就比三次祷告还要

值。(Gi 218f)

Assignaten是法国大革命时期(1789—1796)发行的纸币,1797年废止使用,算是比较短命的纸币了。而吉吉也想不出来还有什么货币能比这更短命的了,所以,实际上这里被用作一种最高级的俏皮比喻,以衬托上帝的廉价和虚幻。然而这种衬托并不是特别的彻底,因为至少在某种意义上代表国家信用的货币还可以用作衡量上帝之廉价的标准,也就是说,虽然不能信上帝了,但人们还可以相信钱,哪怕是很快就会变成废纸的钱。如果故事的主人公能够活到二战结束以后(1931年时21岁,活到1945年为35岁),看到废墟中的德国人连钱都不相信的那种信用彻底破产的境遇,恐怕会要为这段牢骚不够犀利和深刻而懊悔。[78] 而这也正衬托出了这段文字开始的那句话。作者认为她所描写的已经是信仰危机中最糟糕的情况了,她一点也不认为还有什么情况可以比这更糟糕的了,就如同每个人都以为自己已经做了的事是迄今为止最糟糕的事。而达到最低谷的人总以为这会是一次新生的开始,殊不知,他们将要经历的是远比这更糟糕的事。代表大气候的世道和代表小个体的人生在时间的线性展开式中不断沉沦,剥夺了上帝作为慰籍标志的根本含义:新生。基督教保留至今的两大传统节日复活节和圣诞节都与这一主题有关。《旧约·创世纪9:8—17》记录下了大洪水之后上帝与挪亚立下的约:

神晓谕挪亚和他的儿子说:“我与你们和你们的后裔立约,并与你们这里的一切活物,就是飞鸟、牲畜、走兽,凡从方舟里出来的活物立约。我与你们立约,凡有血肉的,不再被洪水灭绝,也不再有洪水毁坏地了。”神说:“我与你们

---

[78] 当然,她也可能无须为此而懊恼。因为这是一种没有任何言语能够刻画出来的悲惨境地。当人了解到每天唯一可做的事情就是吃饭和准备吃饭,而即便是最硬通的货币黄金都不能吃的时候(在战后初期的德国黑市上,作为交换媒介而进行流通的是美国香烟,诸如好彩、骆驼等),他们很可能已经忘记自己还会说话了,又有谁会想着去描写它呢?人人都能感受,又说给谁去听?战后的西德重建正是从恢复货币信用开始的:就算我什么都不相信了,但至少我还可以相信钱吧。路得维希·艾哈德(Ludwig Erhard)在货币改革伊始就立刻废除配给制的目的便是:要把这样一个积极的拜金信念灌输给西德人民。而1931年的吉吉显然不认为只信钱是什么好事。所以她也就不曾见到过真正最糟糕的事情。拜金主义虽然蕴含着糟糕的因素,可如果连金都懒得去拜了,那才标志着人类社会真正的完蛋。

并你们这里的各种活物所立的永约是有记号的。我把虹放在云彩中，这就可作我与地立约的记号了。我使云彩盖地的时候，必有虹现在云彩中，我便记念我与你们和各种有血肉的活物所立的约，水就再不泛滥毁坏一切有血肉的物了。虹必现在云彩中，我看见，就要记念我与地上各种有血肉的活物所立的永约。”神对挪亚说：“这就是我与地上一切有血肉之物立约的记号了。”

大洪水是继被逐出伊甸园以后人类所遭受过的最惨重的灾难，上帝几乎将人类灭绝，造成了人类的谷底。但此后的立约则根除了人类再次受此劫难的可能性。不仅如此，上帝居然还立下了代表信用的证物：虹。这似乎是要来约束自己，提醒自己不要忘记这个约定。经此一劫，用绝此患。这是促使人渡过各种劫难的根本信仰之一，可以算作是大洪水以后上帝赏赐给人类的一种积极乐观的信仰了。反之，与轮回的世界观联系在一起的永远是宿命论和听天由命的思想，因为劫难是可以重复的，一切都是前定的，所以，反抗和奋起是毫无意义的。因而，在这种观念下，需要秉持的是一种无喜无悲、无善无恶的情绪。然而，在吉吉看来，自己的时代既不是上帝所允诺的那个否极泰来的重生时代，也不是否泰交替、总量恒定的轮回世界，而是没有最否、只有更否的不断沉沦的悲惨世界。每一次灾难都只是更大的劫难的预演。劫难的可能程度已经超越了任何的想像力。永远看不见谷底，看不见重生的希望。

四、良知的堕落

在这样的沉沦之下，代表着上帝守护者的知识分子的沉沦则更是有着标志性的含义。在《人造丝》中，这群人还作为集体登场，并被小说的主人公以嘲弄的口吻描写了一番：

很多钱，他们是没有的，但他们也活着。有一些人不去赚钱，净下棋。一块木板带着黑色和金色的方格。有王有后。一盘要花很长时间。这就是下棋的乐趣。但服务员可不这么认为，因为一杯咖啡只含五芬尼的小费，而这对于一个在这里待上七个钟头的棋客来说实在是太少了。但它是精英最便宜的消遣，因为他们不工作也就只能干这个。他们都是文学精英，文学精英将极其饱满的热情倾注在咖啡、下棋和演讲以及精神上，因为他们不想让人注意到他们很懒。也有些是来自剧院，还有一些花枝招展的女孩，无比自信。还有一些年长的男人，身形不稳，是搞数学的。大多数人都只想着如何把名字打在印刷品上。所有的人对所有的事都表示不满。(KuM 104)

这群文学精英生命中剩下的唯一事情似乎就是消磨时间了，而其中的乐趣则在于如何经济地完成这一行为，同时还要显示出他们是通过某种高于常人的智力活动来完成这一普通任务的。他们消遣的对象也只是咖啡馆里那些需要靠小费来讨生活的服务员。多丽丝实在是想不出，在现在这个时代，他们这一群人还能干些什么更有用的事。不过，似乎专做那些无用的事就是他们的标志。而无论他们做什么，其最具标志性的无用之事就是抱怨。之后，她碰到了一个脸上带有疤痕的男人，并和他一起进了餐馆，亲身做了一次无用的事：喝酒。

我们在一家餐馆聊天。我得喝葡萄酒。可我却想吃同样价钱的东西。他们就是这样——他们很乐意为喝酒付上一大笔钱。若要他们为吃的东西付上那么一丁点的钱，他们就会感觉被利用了。因为吃是必须的，而喝却是多余的，因而显得高贵。(KuM 145)

接下来，他们俩人来到了一个地下酒店。在这里，她碰到了一个曾经的精英。

一个男人在调节着现场的气氛，他每天晚上挣一个马克。他坐过牢，以前是演员。就像我以前工作过的那个剧院里的年轻的主角一样，有着金黄的头发。面部的肤色，晚上在灯光下象一个婴儿，白天则象是一个年老的医院病人。他也为报纸撰过稿。他走到空荡荡的灰暗的正厅前排座位的中间，用报纸卷成一个圆锥形纸桶并把它粘在鼻子上，然后从上面点着了它。乐队发出砰砰砰的声音，然后灯光熄灭。此时，人们才能注意到存在一种亮光。他跪下来，他鼻子上的尖纸桶可是报纸做的，它燃烧着，像一团火——他向后仰着。他穿着蒂罗尔的裤子。

[……]

那个戴红帽子的妓女鼓掌,引起了一声回音。那个尖纸桶非常大,烧得很慢。演员晃动着脸上的火焰——O Donna Klara [……]乐队演奏道。熄灭了的灯光再次亮起。他叫赫伯特(Herbert),我认识他,三年前他也是一名精英。他戴上一顶小小的白痴样的帽子,然后做了一个鬼脸。(KuM 146)

必须说明的是,这个酒馆的档次是很低的。在这段描写里面,视觉效果几乎占据了全部。关于声音的描写仅有三次,却有两次是来自舞台上的乐队。唯一来自于舞台下面的是那个妓女的掌声,但这一掌声所导致的回声则从侧面反映出酒馆的空旷和观众的稀少。曾经的精英沦落到现在这个地步究竟是因为什么?小说并没有给出答案,可却在暗示,这样的一个结果也很可能和那公权力有关系,因为他曾经坐过牢。这就是那个三年前的精英现在的生活景况。这段描写除了勾勒出了堕落的迅速,还表现出了堕落的彻底与无奈。

五、沉沦的现在与风光的过去

现在和过去的对比是两部小说里面经常出现的话题。除了上面所说的这个文学精英以外,《人造丝》在描述一个名叫胡拉(Hulla)的妓女的生活境遇时,也有一次提到过"三年前"。

"我喂过它",胡拉说,"今天晚上有一个人问我,你的脸怎么了,病了吗?我喂过它。他问我,你病了吗?我只想要三马克,我得买新的长统袜——"

她把长统袜上脱针的地方指给我看,继续说道:"我们商定好的:三马克——后来只给了两马克半——我只想要三马克——三年前,曾经有一个人一次给了我四十马克——真不公平!"(KuM 130)

而在《吉吉》中,主人公偶然邂逅了四年前的老友汉斯,在与之交谈的过程中才重新勾起对那个时代的怀念。从这个老友的身上,她看到了时世的艰难和散发出来的摧折之力。

吉吉冲进了厨房。她得独自坐会儿。这些年把这个当年的少年折磨成什么样了！他现在——是的，他现在——也许三十岁——那是四年前，当我们……四年！是的，难道这是永远吗，四年！得好好回忆回忆。多么活泼、乐观的少年，这个汉斯！可以和他一块儿笑——笑啊！那时，他有着金色的头发和湛蓝的双眼，还有完美的肌肉。是的，他还很为此自豪呢！[……]根本难以置信，这一切曾经都是真的。现在这个少年看上去只象是个饿死鬼。(Gi 187)

她一时接受不了他如此大的变化，冲进了厨房，想平息一下自己的情绪。随后，两人的再次见面，免不得要回忆一下以往的人和事。他们也愿意这样做，似乎在他们的记忆里留下的全是美好。四年前太美好，现在太残酷，残酷得让人怀疑过去是不是被自己的记忆美化了。

两个人都沉默了——都有种记忆，它——经受了岁月的过滤和压榨——只包含了那些阳光、愉悦和无忧无虑的事。真的曾经如此年轻过吗？可现在呢？如果对于这种年轻继续抱着惊异的态度，那肯定会老得很快。(Gi 188f)

无论是社会底层的妓女，还是社会上层的精英，都在缅怀那曾经风光的三四年前，虽然他们完全知道那种美好极有可能是由自己的想像力添加上去的一种调味料。现在，他们都在不断地向下跌落，没人知道谷底在哪里。然而，人生的起落本来也属正常。关键在于，他们是否能再次拥有改变自己命运的机会呢？答案似乎是否定的。当多丽丝在洁厕女工那里躲避巡逻队的盘查时，发生了下面一段对话：

"莫勒(Molle)女士"，我说，"总有一天，我会报答您的。"

"我不相信一个人如果滑倒了还能再次站起来"，她一边说，一边盯着我看。(KuM 150)

这个女工不相信多丽丝的许诺，也不相信任何未来。而这样的心态恐怕正是那个时代最普遍的心理。任何人，只要把自己现在的情况和三四年前的情况比较一下，也许都会认为这是一个只有失望，却没有任何希望的时代。每个人都在努力改变自己的生存状况，可换来的却只有不断的沉沦。而且，永远都以为已经沉到了谷底，却总会被未来证明这一想法的错误性。就如那个与吉吉竞争一个职位但却最终失败了的脸色苍白的女人所发出的哀叹那样：

人们现在努力工作，只是为了吃、喝和睡觉。人们想，生活不可能更惨了，可瞬间就会变得更惨。没有什么已经到了坏得不能再坏的地步——这一点人们终于学到了。这也许是唯一的安慰吧。(Gi 84)

向着吉吉大倒苦水的那个四年前的老友汉斯也哀叹道：

我们——永远——不会——变得——更好，吉吉——我觉得，一切都不会变好。我实在受不了了——简直受不了——受不了——当我横穿街道——看见那么多胖乎乎、红面颊的小孩，又想起我自己的孩子——又苍白又贫苦——就住在上面那发霉的小屋子里。(Gi 193)

这段文字试图描写出汉斯的无奈，但同时却又试图表明任何文字其实都无法表现出这种无奈。数不尽的破折号既像是想要表达出汉斯久不言语后对于语言表达的生疏，又像是想要揭示出汉斯那不断反复的言语中所蕴藏的悲凉。他除了对于自己现在的命运感到灰心之外，对于代表着未来的孩子则有着更多的歉意。可除了歉意，他也就什么也做不了了。这些孩子的未来会如何呢？如果这个世界这么苦，他们的父母又为何要选择把他们带到这个世界上来？

六、公权力与未来

公权力的阴影不仅仅体现在职业介绍所里。那只是众多沉沦驿站中的一个小小的站点。这许许多多的小孩，包括两个主人公吉吉和多丽丝的降生和存在实在是也应该感谢它。多丽丝的母亲是一个妓女。甚至就连她妈都没搞明白她的亲生爸爸是谁。为此她妈还打了场官司。吉吉的生母是一个大家闺秀，大约二十岁时与人私通，怀上了她。她的外祖母为了让自己的女儿能嫁入豪门，自然是不想要这个孩子。可是第218条禁止堕胎，她也因此得以降生人世。对于这一条款的讨论，在当时是一件大事。

对于第218条的讨论被证明对于改变女性的自我意识和改变赋予她们的社会功能是有教益的。在魏玛共和国时期，这一讨论并未停止，反而在1930/31年达到了高潮。自1871年德意志帝国建立以来，这一条款就是帝国法律的组成部分，它包含禁止堕胎的规定，并对堕胎行为处以有期徒刑。在魏玛共和国时期，一开始是由一些小组和委员会对第218条进行了各式各样的批判，然而，1930/31年，反对这一条款的斗争在公众中得到了广泛的支持。尽管表达改革要求的措词有着很大的差异——例如要求完全废除这一条款（德国共产党）、要求怀孕时间不超过三个月堕胎不算违法（社民党）、要求扩大适合人工流产的情况（市民自由党）——但他们都认为，这一法律已经不合时宜、不公正且不适用了。弗里德里希·沃尔夫的剧作《氢氰酸钾》(Cyankali)将堕胎禁令和资本主义经济体系联系起来，教皇在1930年12月31日颁布通谕，禁止一切有意识的避孕，女医生埃尔泽·金勒和剧作家兼医生的弗里德里希·沃尔夫因实施堕胎而被逮捕。这些事件让公众保持了对这一问题的兴趣并导致了一次群众运动。几乎民众的所有阶层均参与到了这一运动中来。数次的群众集会和游行均表达了释放两名医生和废除第218条的要求。但最终并没有导致全民公决，因为帝国政府援引紧急命令限制了集会自由并投入警力驱散了群众集会。与之相反，法西斯主义的反运动也慢慢显现出来。这一运动赋予女性以唯一的角色，即德意志种族的繁衍者，并因此而反对堕胎。

关于控制生育这一问题，在1930至1932这一时间段有许多文学和新闻学的看法得以发表。无论是反对者还是赞成者的论点均应予以详细的探究，因为它们共同传递着一个信号，即：在魏玛共和国时期，关于女性的任务这一问题存在着多么分歧的意见。[79]

---

〔79〕Rosenstein, Doris: *Irmgard Keun. Das Erzählwerk der dreißiger Jahre*. Frankfurt a. M. 1991, S. 43.

若没有这一法律，她吉吉不会来到人世。可当她知道自己怀上了马丁的孩子以后，第一反应也是堕胎。守法的医生自然是劝她不要胡思乱想，尽可能快地结婚，然后好好地生下这个孩子，按部就班地走完这整个的过程。这个自己绝对生不出孩子来的男医生话语中所透露出来的“旁观者清”的语气让她觉得极不舒服。她说道：

什么选择对我来说最好，这也许有那么一点超出您的认识了吧，不是吗？此外，生个孩子怕是再容易也没有了。只要我能养得活他们，再生五个私生子，也不在话下。可我养不活。我没钱，我男朋友也没钱——我想，要是及时根除这一问题，也许花的钱要少一些。您愿不愿意做？(Gi 175)

她的这段话道出了第218条存在的一个问题：这是一个没有配套法律条文的半吊子法律条款。那个看不见的公权力只负责规定你生，但却不负责帮你养，就更不负责将来为他们提供工作了。愤青皮特(Pit)对于这一点早就表示出了自己的不满：

如果你想做一个正直的人，亲爱的爸妈、祖国和狗！那你就结婚生子。每一个胚胎都能有他自己的第218条。国家想要孩子，只怕地球上的失业者还不够多。(Gi 35)

在经济景气的时候，这种不完善也许没有什么机会表现出来，因为赚钱的机会很多，提供的就业岗位也很多。可一旦经济衰退乃至崩溃，则那公权力根本无暇顾及这些法律上的缺陷，只能摆出一副心有余而力不足的样子，甚至要装出一副自己也是这一条款本身的受害者的样子：

不是要对现状做出某些改变，也不是要把国家所能提供的有限保障纳入立法的考虑范围之内，这个社会只是满足于使用一种逼迫策略。施瓦巴赫(Schwabach)如此描写这一策略：

“这是被禁止的”，人们以为用这一句话就足以达到目的。如果还是有人越界呢？此时人们只能耸耸肩，对世界上这一放荡的邪恶行径表示无可奈何。[80]

从诊所回来没多久，她遇到了汉斯和她的妻子赫塔，他们和他们三个孩子的境遇给了这一条款以令人灰心的诠释。孩子的降生似乎预示着灾难的开始。婚后的幸福生活从此一去不复返。赫塔对于孩子的情感是爱恨交织的。她向吉吉回忆蕾茜(Resi)在去年夏天的好气色，说她爱他们胜过一切。可另一方面，她又恨极了这些不想生但又不得不生出来的讨债鬼。

我恨死这些孩子了，就如同我怀他们那会儿——有没有可能他们会因此而伤心？他们一直很沉默，从来不叫唤，几乎不笑——有时候我会想，所有的爱都不能抵消这种恨意。(Gi 204)

而吉吉对他们的沉默无语以及缺乏关爱也有着自己切身的感受。当赫塔不得不暂时中止抱怨去照看一下沸腾的锅子时，

吉吉不知所措、笨手笨脚地轻抚那个小女孩，轻抚她那稀稀拉拉、银黄色的头发。那孩子就站在她的身边，一言不发、直盯着她看——她讨厌孩子，也没办法和他们打交道——，那孩子把小小的脑袋紧紧地抵着抚摸她的手。如此细微但饱含情感的小动物式的一个动作几乎让吉吉热泪盈眶。(Gi 204)

这很让人怀疑，这个孩子是不是从来就没有尝过被父母拥抱和抚摸的滋味。在这一点上，吉吉和她有相同的感受。

清晨，在闹钟响起以前一刻钟，克龙太太来到了吉吉的房间，坐在了床沿边上，用她那老实而又粗糙的家庭妇女的手轻抚着吉吉裸露的手臂、消瘦的肩

---

〔80〕 Rosenstein, Doris: *Irmgard Keun. Das Erzählwerk der dreißiger Jahre*. Frankfurt a. M. 1991, S. 46.

膀。不一会儿，吉吉也就不再对这不同寻常的温柔感到惊讶了，她也不拒绝。妈妈那令人舒适的身体距离、她手上轻微的酪皂味让她处于动物的舒适和家庭温暖的安全之中。(Gi 29)

此时的她们应该是会羡慕那些没有意识的小动物的吧，因为它们能够时时感受到这令人舒适的抚摸。而在眼下这个时代，即便是对于最熟悉的亲人而言，这都成为一种奢侈的享受了。

七、个体的孤独

在这个既不能指望政府，又缺乏亲人抚慰的年代，“寒冷”和“艰难”这对孪生兄弟成为了作品的主题，无论是物质上的还是心理上的。多丽丝离开中等城市来到柏林以后，仅有一次独住的经验。她租了一间小屋子，房东是布丽科夫(Briekow)太太。这可真是一次糟糕的经历。她很快想办法搬了出来，并和一个叫利皮·维泽尔(利皮 Wiesel)的男人合住在一起。她受不了这种孤独和寒冷。

> 我很高兴，我终于从布丽科夫的屋子里搬走了。世界上有各种各样的课程，有学外语的、学跳舞的、学优雅举止的、学烹饪的，可就是没有课程教人学习如何独自居住在一个配齐家具和破碎餐具的屋子里面，听不到任何安慰的言语，就连噪音都没有。(KuM 135)

这个时候，她将利皮·维泽尔用作了一个替代品，用以排遣寂寞和思乡的情绪。他唯一的作用只是提供那么一点，但绝非可有可无的人味。

我并不是很喜欢他。可我住他那里，因为对于我的心灵来说，只要是人，那就是一个火炉。我的心会想家，但不是想回家，而只是想家的感觉——这一观念在我的内心里面辗转反侧。我究竟做错了什么？(KuM 135)

每个人都在抱怨时代的艰难，同时也在强调自己的无辜和无能为力。这些都通过两位女性主人公的亲身经历表现出来。而她们自己对此也有切身的体会。她们就是在这样的环境下寻找着自己在这个社会中的位置。

附　录

博士学位论文摘要

Inhaltsangaben der Dissertationen

1. 卢铭君:《论美狄亚疯癫的主题 ——以格里尔帕尔策尔的《金羊毛》三部曲和雅恩的《美狄亚》为例》(2009 年,128 页)

Lu, Mingjun: *Eine Studie über das Motiv des Wahnsinns bei Medea in Grillparzers Trilogie* „Das Goldene Vließ" und Jahnns Drama „Medea" (Shanghai 2009, 128 Seiten)

Die vorliegende Arbeit ist eine Studie über das Motiv des Wahnsinns bei Medea in Grillparzers *Das Goldene Vließ* (Urauff. 1821) und Jahnns *Medea* (Urauff. 1926). Die Arbeit zielt darauf, die oben erwähnten Dramen in Hinblick auf den Wahnsinn bei Medea zu analysieren. Die Definition und die Sinnverwandlung des Wahnsinns stützen sich hauptsächlich auf der Wahnsinnsforschung von Michel Foucault. Nicht zuletzt haben die Forschungsergebnisse von Gerhard Neumann, Gerlinde Mauerer, Tillmann Bub, Jan Bürger u. a. Anregungen gegeben.

Der Begriff Wahnsinn hat in der abendländischen Kultur eine lange Begriffsverwandlung. Diese führt sich auf den Mythos und das Epos zurück, in denen der krankhafte Wahnsinn den Verlust der Affektkontrolle durch die Beschreibungen wie „rasen", „toben" bedeutet. Dies wird auch als Referenz zu Medeas Wahnsinn angegeben. In der philosophischen Auseinandersetzung rückt das Spannungsverhältnis zwischen Wahnsinn und Vernunft ins Blickfeld. Medea weist in den zwei Dramen zweifach die offensichtlichen Anzeichen des Wahnsinns auf. Erstens verliert sie die Affektkontrolle. In Bezug auf die Symptome tritt ihr Unvermögen in Erscheinung, sich gegenüber Wahnvorstellungen zu zähmen und die Probleme zu bewältigen. Zweitens bedeutet der Begriff Wahnsinn Verhaltens- und Denkensmuster, die von den gesellschaftlichen Normen abweichen. Medea gewinnt ein Image, das moralisch negativ ist. In diesem Sinne ist der Wahnsinn mit dem

Ungeheuer identifiziert.

Die textanalytische Arbeit geht zuerst von den empirischen Formen des Wahnsinns bei Medea aus. Darüber hinaus geht die Arbeit auf die Konfliktebenen und den sozialen Raum ein. Die seelische Verrückung ist nicht vom weiblichen Geschlecht bedingt. Aber die sozialen Verhältnisse, in denen diese weibliche Rolle gefangen ist, bilden den Rahmen, wo sich Medeas Wahnsinn heranbildet. Grillparzer demonstriert in der Trilogie die Metamorphose einer Fraugestalt. Medea weist angesichts ihrer Frauenrolle vor allem Halluzination, Melancholie und Liebeswahn auf. Angesichts ihrer Mutterrolle wird Medea aus einer liebvollen Mutter zu einem mordenden Muttermonster. Der Wahnsinn bei Medea ist keine geerbte Geisteskrankheit. In ihrem Werden spielt die Wirkung der gesellschaftlichen Normen eine bedeutende Rolle. In der Exposition des ersten Teils der Trilogie ist Medea eine Priesterin, die in ihrem Kreis unter den Jungfrauen ihre Unschuld aufbewahrt. Der Vater zwingt sie aber zur Hilfe. Dabei wird Medea vom Mord an den Gastfreund belastet. Die von ihr geachtete Werte, in denen sie Verbindlichkeit sieht, werden durchbrochen. Zu diesem Zeitpunkt brechen die Wahnvorstellungen aus. Darauf folgend führt Medea ein zurückgezogenes Leben, das von Melancholie begleitet, weil sie sich nicht gegen die väterliche Macht stellen kann. Dieser seelische Zustand wird von der Ankunft der Fremden aufgelöst. Im Liebeswahn begeht Medea Vaterlandsverrat und entscheidet sich für die Liebe. Medea hat im hellenistischen Land trotz ihrer guten Willen keine Chance, ihre Menschlichkeit zu bewahren. Sie wird von Kreon dämonisiert und aus Korinth ausgegrenzt. Der Grund liegt darin, dass sie als Barbarin für eine Gefahr gehalten ist. Kreon beraubt sie ihrer Mutterschaft. Gleichzeitig wird Medea von Jason verraten, weil sie ein Störfaktor für seinen Machteinstieg in die griechische Gesellschaft. Bei dieser zweifachen Vernichtung ist der Wahnsinn das einzige Mittel gegen das Unrecht. In der Kindstötung vollbringt Medea auch das Vorhaben, ihre Mutterschaft zu verteidigen.

Hans Henny Jahnn kündigt im Gegensatz zu Grillparzers dreifach aufgebauter Trilogie sein Verständnis des Medea-Mythos durch ein einaktiges Drama an. Jahnn stürzt das traditionelle Medea-Image um, indem er die Protagonistin als Negerin gestaltet. Die schwarze Medea findet mit ihren zwei Mulatten Asyl in Korinth. Ihr seelischer Zustand ist durch Manie und Dissoziation gekennzeichnet. In Hinblick auf ihre Mutterschaft tritt sie als aufopferndes Mutterideal auf. Der Grund für ihre seelische Erregung ist in den zusammenwirkenden sozialen Verhältnissen zu suchen.

Vom Anfang an ist ihre Psyche von einer Ungewissheit beschattet. Sie ist von einem Rätsel über das Schicksal ihrer Söhne geplagt. Ferner wird sie auf Grund ihrer Herkunft diskriminiert. Das Tragische für ihre Liebe, die als „wirkende Medizin“ gilt, besteht darin, dass sie altert und Jason hingegen noch die jugendliche Schönheit besitzt. Jason weicht ihr aus. Um die Königstochter zu heiraten, begeht Jason Liebesverrat. Aus diesem Grund bricht die Protagonistin in Wut aus. Der Wahnsinn ist auch als Folge der Konflikte zu verstehen. Darüber hinaus wird die Menschenwürde der Protagonistin von Kreon nicht geachtet. Die Rache an der Königstochter darf nicht als reine Vernichtung der Rivalin, sondern als gescheitertes Produkt bei der Prüfung der Liebe des Gatten interpretiert werden. Da Medea als Individuum keine antagonistische Macht gegen die königliche Autorität bildet, müssen sie und ihre Söhne erleben, diskriminiert und verraten zu werden. Mit der Tötung der Söhne schneidet sie die letzte Verbindung mit der griechischen Kultur ab und kehrt mit den Leichen der eigenen Kinder zur archaischen Welt zurück.

Die Trilogie *Das Goldene Vließ* und das Drama *Medea* gehen zwar von verschiedener Dramaturgie aus, aber einige Parallelitäten sind bei der Gestaltung des Medea-Images abzuleiten. Medea ist bei Grillparzer und Jahnn eine machtlose weibliche Rolle. Sie wird als Individuum in der Gesellschaft unterdrückt und ausgegrenzt. Dabei sind die Symptome nur die Erscheinungsweise für das tief unter dem Wahnsinn eingebettete soziale Konstrukt.

2. 孙瑜:阿达尔贝特·施蒂夫特中篇小说中的毕德迈尔特色 (2012 年,120 页) Sun, Yu: *Der Biedermeierstil in den Novellen von Adalbert Stifter* (Shanghai 2012, 120 Seiten)

In der vorliegenden Dissertation geht es um Adalbert Stifter, der zu den bedeutendsten Schriftstellern des Biedermeiers zählt. Mit dieser Arbeit hofft die Verfasserin, einen kleinen Beitrag zur Biedermeier-sowie Stifter-Forschung in China leisten zu können. Es wird versucht, durch zwei Stiftersche Novellen, nämlich „Abdias“ und „Der Waldgänger“, zu deuten, in welchen Hinsichten und in welchem Maβ die allgemeinen, biedermeierlichen Lebensanschauungen und ästhetischen Vorstellungen in der spezifischen Gattung „Novelle“ widerspiegeln. Der Hauptinhalt der Dissertation wird in drei Teile, nämlich „Struktur, Motive, Sprache“, gegliedert.

Vom Gesichtspunkt der Struktur aus betrachtet spielt der Wendepunkt, der

der Novelle eine klare Silhouette „Auftakt-Höhepunkt-Schluss“ verleiht und dadurch sie von anderen Erzählformen unterscheidet, eine entscheidende Rolle. Im klassischen Sinne soll der Wendepunkt ganz in der Mitte der Novelle auftreten, aber bei den biedermeierlichen Novellen ist es auffälligerweise anders. Man kommt nämlich erst ganz am Ende zu dem Wendepunkt. Mit langwierigen Beschreibungen steigt die Handlung der Novelle allmählich bis zum Höhepunkt, stürzt plötzlich ab und kommt rasant zu Ende, so dass die Novelle eine sehr ungleichmäßige Struktur hat. Der Grund dieses besonderen Merkmales der biedermeierlichen Novelle liegt darin, dass die Schriftsteller großen Wert auf Wahrhaftigkeit sowie Sachlichkeit legen. Um zu versichern, das alles, was sie schreiben, der Wahrheit entspricht, beschreiben sie so genau wie möglich alle Details. Die sogenannte „Dinglichkeit“ gewinnt bei ihnen auch deswegen zunehmend an Bedeutung. Jedes einzelne Ding, das während der Handlung ausführlich beschrieben wird, ist nicht mehr eine beliebige Erwähnung, sondern ein wichtiger Bestandteil der ganzen Geschichte. Durch das Ding werden nämlich die Persönlichkeiten und der Gedankengang der Protagonisten dargestellt.

Die Themen des Biedermeiers sind relativ eintönig. Zusammfassend gesprochen interessiert man sich dafür, wie man sich auf eine unsichere, immer verändernde Welt und das scheinbar ewige Fortgehen reagieren soll. Um den Nihilismus zu überwinden, der durch Enttäuschung über das Leben und Missvertrauen gegenüber der Regierung verursacht wird, betonen die biedermeierlichen Schriftsteller die Bedeutung der Familie. Die Familie, die hier gemeint ist, hat zweierlei Dimensionen. Einerseits versteht man darunter einen konkreten Ort, der die Menschen vor Gefahren der Welt schützt und vor allem Wald, Haus bzw. Garten umfasst. Andererseits gilt sie auch als ein abstrakter Begriff, der von „Menschen“ ausgemacht wird. Die „größte“ Familie eines Menschen ist dessen Heimat, wo seine Wurzel schlägt, egal wie weit er reist. Deswegen gilt es bei Schriftstellern des Biedermeiers als eine Art Leidenschaft und Verneinung der eigenen Identität, wenn man seine Heimat ewig verlässt. Im engeren Sinne ist Familie demgegenüber die kleinste Form einer Gesellschaft, die nur aus Blutverwandten besteht. Das wichtigste Mitglied einer Familie ist das Kind, denn nach dem damaligen Glauben tragen Kinder die Hoffungen der Erwachensen weiter und festigen dadurch das Bestehen einer Familie.

Über Schicksal und Leidenschaft wird auch viel in den Werken des Biedermeiers diskutiert. Sich am Rand des Zusammenbruches des Wertsystems befindend, das über die europäische Gesellschaft jahrtausendelang herrscht, geraten manche in Begeisterung, während die anderen in Abgeschiedenheit. Gleichzeitig verändert sich mit der raschen Entwicklung der Naturwissenschaft gründlich die Weise, auf die man die Welt versteht. Man wendet sich nämlich von der christlichen Lehre ab und strebt nach absoluter Kausalität. Zwar ist es ein großer Fortschritt der menschlichen Geschichte, fürht es aber gleichzeitig auch leicht zu Arroganz und Egotismus. Stifter will die Leute davon abraten. Durch seine Novelle „Abdias" deutet er auf sein bescheidenes, biedermeierliches Verständnis des Schicksals hin: Einerseits ist er damit einverstanden, dass man in einer entgültigen idealen Welt alles mit Logik und Kausalität erklären könnte, andererstеits teilt er durch das Beispiel Abdias den Lesern mit, dass das andere Ende der Kausaitätskette zurzeit immer noch in der Hand des allmächtigen Gottes gehalten ist. Für die ganze Kette sind wir Menschen nur ein winziges, unbedeutendes Glied, und genau weil wir nur ein Glied sind, ist es unmöglich, das ganze Schicksal zu überblicken.

Die Bescheidenheit führt auch zu Stifters Abneigung gegen die Anhänger des jungen Deutschlandes, die in seinen Augen unter unkontrollierbarer Leidenschaft leiden. Deswegen findet man in vielen seiner Novellen weise, erfahrene Alte, die die sich in Leidenschaft verlaufenden jungen Leute über das richtige Leben aufklären und sie vor weiteren Schäden schützen.

Im letzten Kapitel der Arbeit wird versucht, Stifters literarische Sprache zu analysieren. Um die Sachlichkeit seiner Werke zu verbürgen, auch um der Sprache mehr Bildlichkeit zu schenken, hat Stifter von Romantik, vor allem von Jean Paul die Technik „Metapher" geliehen. Neben Metapher tragen Stifters Sprache auch deutliche biedermeierliche Züge, typische Beispiele sind einfacher Satzbau, Tautologie, Diminutiv usw. In der Arbeit werden sie mit Textstellen erläutert.

3. 张克芸:《"变形"抑或"被解除变形"? ——探析卡内蒂的戏剧理论并以〈虚荣的喜剧〉为例》(2011年,140页)

Zhang, Keyun: *Verwandlung oder Entwandlung? -Eine Untersuchung zu Elias Canettis Dramentheorie am Beispiel des Dramas „Komödie der Eitelkeit"* (Shanghai 2011, 140 Seiten)

Diese Arbeit befasst sich mit der Dramentheorie Elias Canettis und seinem Drama „Komödie der Eitelkeit". Der Schriftsteller selbst stellt sein dramatisches Werk ins Zentrum seines Schaffens. „Ich glaube, es ist im Kern alles, was ich mache, dramatischer Natur." Trotzdem sind Canettis Dramen jahrzehntelang von der Canetti-Forschung vernachlässigt. Deswegen ist es sinnvoll, auf die dramentheoretischen Begriffe Canettis, die in etlichen Gesprächen, Reden und Aufzeichnungen verstreut sind, einzugehen und zu analysieren, wie sich die Theorie in seinen Werken vor allem in dem Drama „Komödie der Eitelkeit“ realisiert.

Die zentrale Kategorie der Canettischen Dramentheorie ist die Verwandlung. Von ihr leiten sich alle übrigen dramentheoretischen Begriffe ab. Auf dem „Einfall“ basieren Canettis Dramen. Mit extremen „Typen“, die er ausschließlich nur mit der „akustischen Maske“ charakterisiert, führt er sein Gedankenspiel durch. So zeigt sich in Canettis Dramen eine absurde Welt, in der alle Figuren, seelisch abgekapselt nur aneinander vorbeireden und zu keiner richtigen Kommunikation gelangen. Dies steht zwar im Widerspruch zu Canettis Konzeption „Verwandlung“, erfüllt aber die Absicht des Autors, mit erstarrten Marionetten unsere heutige viel zu komplex gewordene Welt, die entzaubert und zugleich entwandelt ist, von außen her abzuleuchten.

Um „Verwandlung“ zentriert ist auch das „Spiegelverbot“ in dem Stück „Komödie der Eitelkeit“. Der Spiegelentzug führt zur Behinderung der Selbstreflexion und die Menschen erleiden einen schweren Ichverlust, was eine zwischenmenschliche Kommunikation, die auf einem Verwandlungsvermögen im Sinne Canettis basiert, völlig lahmlegt.

Nachdrücklich muss betont werden, dass zu Canettis „Spiegel“ all das, was uns Menschen zur Selbstbespiegelung dient, zählt— alle kulturhistorischen Reichtümer und das uns hinterlassene geistige Erbe der Menschheit. Erst mit guten Selbsterkenntnissen ausgestattet kann man der Gefahr entgehen, sich in der gespaltenen Zukunft zu verlieren.

In der Einleitung werden der Forschungsstand bzw. das Forschungsziel und die Vorgehensweise vorgestellt. Der Hauptteil der Arbeit gliedert sich in drei Kapitel. Im ersten Teil werden die Entstehungs- und Rezeptionsgeschichte des Dramas „Komödie der Eitelkeit“ dargestellt. Im zweiten Kapitel folgt die Auseinandersetzung mit der Dramentheorie von Canetti. Dabei werden die dramentheoretischen Begriffe Canettis im Zusammenhang mit dem Wiener Volkstheater erläutert und zudem auf den roten Faden hingewiesen, dass der Begriff Verwandlung den Kern der Gedanken von Canetti bildet. Anschließend wird detailliert analysiert, wie sich die jeweiligen theoretischen Gedanken Canettis in seinem Drama „Komödie der Eitelkeit“ realisieren. In diesem Kapitel wird auch versucht, die Gründe für den ausbleibenden Erfolg des Dramas mit all den dramentheoretischen Gedanken Canettis herauszufinden. Dabei wird gezeigt, dass Canettis Versuch, das Verwandlungsvermögen, dessen die Menschen beraubt worden sind, in der Dramenwelt zurückzugewinnen, fehlgeschlagen ist. Im dritten Teil folgt die Analyse zu dem Spiegelmotiv in „Komödie der Eitelkeit", wobei auf der Inhaltsebene eine steife und entwandelte Welt zum Vorschein gebracht und zugleich eine Lösungsmöglichkeit vorgeschlagen wird, wie man in der modernen technisierten Welt die ursprüngliche menschliche Begabung der Wandlung mindestens teilweise zurückbekommen kann.

4. 侯素琴:《埃里希・凯斯特纳早期少年小说情结和原型透视》(2009 年,138 页)

Hou, Suqin: *Komplex- und Archetypusanalyse zu Erich Kästners Frühwerken für Kinder* (Shanghai 2009, 138 Seiten)

In der Literaturkritik gilt Erich Kästner als einer der bedeutendsten deutschen Schriefststeller des 20. Jahrhunderts. Einerseits wird er mit seinem Roman „Fabian" und seinen humorischen und zeitkritischen Gedichten als Vertreter der Neusachlichkeit betrachtet, andererseits ist er den Lesern bekannt als Verfasser von den Texten der Kabaretts, durch die er Kritik an die gesellschaftliche Realität übt. Aber eine viel wichtigere Rolle spielt Erich Kästner in der Kinder- und Jugendliteratur. Bei Kurt Beutler „drückt Kästner in seinem schriftstellerischen Werk ein Erziehungsziel aus, das liberal, demokratisch und pazifistisch ist, und eine Erziehungsmethode, die nur bewusst nichtautoritäre Maßnahmen billigt". Eine literahistorische Untersuchung wurde von Petra Kirsch in ihrer Dessertation durchgeführt, in der Kästner als „politischer Autor" bezeichnet wird. Darüber hinaus wird „Moralist" Kästner auch psychonalytisch behandelt. Die vorliegende Arbeit ist eine Studie über Erich Kästners Kinderromane: „Emil und die Detektiv", „Pünktchen und Anton", „Der 35. Mai" und Das fliegende Klassenzimmer, in der es zum Ziel gesetzt wird, zu einer Neubetrachtung der in Weimarer Republik geschaffenen Werke von Erich Kästner beizutragen. Der Schwerpunkt der Arbeit liegt darin, anhand der psychologischen Begriffe wie Komplex und Archetypus zu analysieren, wie sich das Bildungsthema in Kästners oben genannten vier Romanen entfaltet. Im Bezug auf die Dreiteilung von dem im Literatext auch existierenden Bewusstsein, persönlichen Unbewussten und kollektiven Unbewussten ist eine dreistufige Untersuchung entstanden. Dabei werden die äußeren und inneren Gründe für Kästners Beschäftigung mit Kinder- und Jugendliteratur bekannt gemacht.

Die Arbeit wird in sechs Kapitel unterteilt:

Das erste Kapitel spielt eine einleitende Rolle und umfasst im wesentlichen eine

Betrachtung zu Rezeption und Forschung von Erich Kästner und seinen Werken. Zielsetzung und theoretische Grundlage der Arbeit werden dargestellt. Das zweite Kapitel befasst sich mit dem Kästnerschen Schreibstil, mit dem eine fantastische Märchenwelt in den realistischen Romanen erfunden wird. Der übergang von einer Märchenwelt in die Realität kommt in seinen Romanen selbstverständlich vor. Im dritten Kapitel wird das Bildungsthema auf der Bewusstsein-Ebene untersucht. Durch Analyse der sprunghaften Handlungen lässt sich der obengenannte durch Kästnersche Frühwerke ziehende Rotfaden herausfinden. Das vierte Kapitel basiert auf einer Analyse zu drei Komplexen in den Romanen: Kindheit-Komplex, Groβstadt-Komplex und Ödipus-Komplex, die die Kästnerschen Heranwachsenden unbedingt erleben müssen. Dem Komplex-Kapitel folgt im fünften Teil eine Untersuchung auf der tiefsten Ebene - dem kollektiven Unbewussten. Vater-Archetypus als Kernbegriff in diesem Kapitel weist darauf hin, dass der fehlende Vater in der Familie nach langer Zeit als Geisttutor für die Heranwachsenden wieder auftreten muss. Im Schlusswort wird ein Ausblick auf künftige Aufgaben der Kästner-Forschung gegeben.

5. 胡丹:《乱世中的挣扎——解读伊姆加德·科伊恩写于魏玛共和国末期的两部小说》(2011年,125页)

Hu, Dan: *Der Verzweiflungskampf in der unruhigen Zeit - Interpretation der Zeitromane von Irmgard Keun am Ende der Weimarer Republik* (Shanghai 2011, 125 Seiten)

Die zwei Romane, die Irmgard Keun am Ende der Weimarer Republik geschrieben hat, bilden den Forschungsgegenstand der vorliegenden Arbeit. Deutschland, Modernität, Unruhe, Individuum, Normalität und psychische Details sind sechs Schlüsselwörter bei der Analyse der Romane. Durch mehrmaliges und genaues Lesen der Romane werden die zwei Werke in Hinsicht auf zwei Themen interpretiert, und zwar auf Beruf und Emotion.

Irmgard Keun erreichte am Ende der Weimarer Republik rapid den Gipfel ihres Ruhmes. Sie war Meisterin bei der Beobachtung der damaligen allseitigen Lebenssituationen Deutschlands aus einem weiblichen Gesichtspunkt und verschmolz alle Beobachtungen mit ihren eigenen Erlebnissen zu den Romanen. Diese Eigenschaft führte sowohl dazu, dass sie bald in Vergessenheit geriet, war als auch der Grund, warum sie beim Rückblick auf diese Epoche wiederentdeckt werden konnte. Die zwei in dieser Epoche geschriebenen Zeitromane, und zwar *Gilgi, eine von uns* und *Das kunstseidene Mädchen*, gelten als Klassiker der Zeitromane, in denen sich das Leben und Streben einiger Frauen am Ende der Weimarer Republik dokumentieren.

In jener versinkenden und zerrütteten Epoche sanken Frauen zuerst. Ein Gruppenuntergang kann immer auf eine gesellschaftliche Ursache zurückgeführt werden. Die Gleichgültigkeit der öffentlichen Gewalt gegenüber dem Individuum, die sich nur auf den wirtschaftlichen Boom freut, stößt zwangslßufig auf die Gleichgültigkeit des Individuums gegenüber der öffenlichen Gewalt und gibt den Anstoß dazu, dass jedes Mittel dem Individuum recht ist, um sich selbst zu helfen. Dies, was der Hintergrund der Epoche und die Mentalität der zwei weiblichen Hauptfiguren bildet, wird durch die Schilderung von der politschen Bewegung, von der Szene im Arbeitsnachweis, von der Beziehung zwischen Eltern und Kindern usw. dargestellt.

Was das individuelle Schicksal angeht, wächst die weibliche Hauptfigur mit dem Namen Gilgi im ersten Roman in einer proletarischen Familie auf, die sich hartnäckig an die Konvention hält. Als junge Generation will die Tochter sie sowieso nicht erben. Trotzdem fällt ihr schwer, frei mit den Eltern Meinungen auszutauschen. Sie versucht, jeder Szene im alltäglichen Leben eine fremde Bedeutung beizumessen, um in der Langeweile etwas Neues zu finden oder sogar zu erfinden. Sie befindet sich zwischen Konvention und Modernität und findet keinen Ausweg. Dieses Dilemma spiegelt sich nicht nur in der Familie wider, sondern auch im Beruf und in der Liebe. Sie will ihre eigenen Prinzipien haben und sie im Leben durchsetzen. Aber manche um sie zwingen sie dazu, die Prinzipien preiszugeben, um sich der Realität anzupassen, und manche führen sie mit dem Ideal in Versuchung, damit sie sich der Realität entzieht. Zum Schluss kann sie nicht umhin, alle Beziehungen abzubrechen, und fährt nach Berlin, um nach ihrem eigenen Leben zu streben.

Die weibliche Hauptfigur mit dem Namen Doris im zweiten Roman stammt von einer Dirnenwelt ab. Alle ihre Bemühungen zielen auf die Flucht aus der Lage ab. Als eines der gerade entstandenen und unterhaltsamen Massenmedien regt der Film sie zum Phantasieren an. Anschließend träumt sie von ihrer Chance und führt deshalb ein Tagebuch, um durch eine Kamera den Prozess der Karriere aufzunehmen. Um ein Glanz zu werden, wagt sie alles, aber ihr bleibt nichts anderes übrig, als von einem Mann abzuhängen. Durch den Umgang mit vielen Männern wird sie raffiniert. Schließlich kennt sie durch den Umgang mit einem

Mann mit dem Namen Ernst, dass die Normalität der unerfüllbare Wunsch dieser Epoche ist.

6. 王羽桐:《伊尔莎·艾兴格小说中的"边缘人"主题研究》(2012 年,121 页)

Wang, Yutong: *Studien zu dem Außenseiter im Werk von Ilse Aichinger* (Shanghai 2012, 121 Seiten)

Die österreichische Autorin Ilse Aichinger gilt als „die große Außenseiterin der deutschen Literatur". Sie steht nie im Vordergrund des deutschsprachigen Literaturkreises, obwohl ihre literarischen Erfolge längst anerkannt sind.

Der Gesellschaft gegenüber bleibt Aichinger Außenseiterin. Sie hat einen gründlichen Einblick in die soziale Realität. Die Autorin hegt die Absicht, durch die Metaphern die Wirklichkeit darzustellen und die existentielle Not des Menschen zu zeigen. Obwohl sich ihre Werke im Laufe ihres literarischen Schaffens inhaltlich und formal ständig entwickelt und verändert haben, durchzieht die Schilderung der Außenseiter als Leitmotiv ihr Gesamtwerk. Ausgehend von der Begriffsbestimmung der Außenseiter, befasst sich die vorliegende Arbeit mit konkreten Außenseitergestalten aus dem Roman *Die größere Hoffnung* und einigen Erzählungen. Dadurch werden die Merkmale der Außenseiter gezeigt und Aichingers außergewöhnliche Erzählkunst beleuchtet.

Meine Arbeit gliedert sich in vier Kapitel:

Im ersten Kapitel wird der Außenseiter aus der soziologischen Sicht definiert. Ein besonderer Blick wird auf den Werdegang und die Charaktere der Außenseiter geworfen. Danach werden die literarischen Außenseiter aus den deutschen Gegenwartsromanen kategorisiert und untersucht, um Ursachen und Bedeutung der Außenseiter im Roman nachzugehen.

Im zweiten Kapitel handelt es sich um Aichingers marginale Identität. Nach den Nürnberger Rassengesetzen wird sie gezwungenermaßen als „Mischling 1. Grades" bezeichnet, weil sie Halbjüdin ist. Während des Zweiten Weltkrieges wurde sie stigmatisiert und verfolgt, so dass die traumatischen Jugendeindrücke in ihrem ganzen Leben nicht ausgelöscht wurden. Aichinger begann unmittelbar nach dem Krieg zu schreiben und trat auf Einladung von Hans Werner Richter der Gruppe 47 bei. Allerdings wurde unter männlicher Vorherrschaft im Nachkriegs-Literaturbetrieb ihren Werken keine genügende Beachtung geschenkt. Deshalb lässt sich Aichingers marginale Identität aus zwei Faktoren erklären: einmal aus ihrer Sonderstellung als ehemaligem Mischlingskind, zum anderen ist auch ihre Situation als Frau von Bedeutung.

Im dritten Kapitel werden die Außenseitergestalten im Werk von Aichinger analysiert. Durch ihr Gesamtwerk zieht sich die Anklage gegen Diskrimination wegen der Rasse, des Geschlechts und des Alters. Dementsprechend werden die Figuren in drei Randgruppen eingeteilt, nämlich die rassisch verfolgten Kinder während der Hilterzeit, die am Rand der männlich dominierten Gesellschaft befindlichen Frauen und die von der jungen Generation ignorierten Alten. Als Außenseiter stoßen sie alle auf die Schwierigkeiten, sich mit der dominanten Kultur zu identifizieren. Um den Substanzverlust zu verhindern, versuchen sie auf verschiedene Weise aus der körperlichen oder geistigen Misere zu fliehen. Dauerhaft mit sozialer Isolation konfrontiert fühlen sie sich innerlich einsam. Zuletzt gelangen sie zur Einsicht, dass der Tod ihre seelische Erlösung ist.

Im vierten Kapitel wird auf die Darstellungsformen im Werk von Aichinger eingegangen, die aus vier Aspekten bestehen, nämlich den rätselhaften Chiffren, dem mächtigen Schweigen, den speziellen Perspektiven und der umgekehrten zeitlichen Reihenfolge, um die Eigenart der Aichingerschen Darstellungsform zu erfassen.

7. 李益:《马丁·瓦尔泽小说〈迸涌的流泉〉研究——回忆写作的一种范例》(2009年,127页)

Li, Yi: *Sprache und Erinnerungspoetik im autobiographischen Roman "Einspringender Brunnen von Martin Walser"* (Shanghai 2009, 127 Seiten)

Die vorliegende Arbeit ist eine Studie über den autobiographischen Roman Ein springender Brunnen von Martin Walser. Die Hauptproblematik ist, wie dieser autobiographische Roman die persönliche Erinnerung in literarischer Form darstellt. Als wissenschaftliche Basis dienen die Theorie der Autobiographie (wie z. B. Philippe Lejeune, Roy Pascal) und die Theorie der kulturellen Erinnerung (wie z. B. Aleida Assmann, Astrid Erll). Die Forschungsarbeit von Jakub Novak und Joanna Jabłkowska u. a. hat auch viele Anregungen für die Untersuchung gegeben.

Diese Arbeit besteht aus drei Teilen:

Im ersten Teil wird vor allem die Faktizität und Fiktionalisierung in diesem Werk analysiert. Im Vergleich zu der traditionellen Autobiographie im engeren Sinne bietet der autobiographische Roman als eine hybride Gattung mehr Freiraum bei der Konstruktion der Vergangenheit und der persönlichen Identität. Die Fiktionalisierung des autobiographischen Romans sowie der Autobiographie geht eigentlich auf das Wesen der Erinnerung zurück, die die vergangene Realität und Fantasie vermischt und die Vergangenheit nicht aufbewahrt sondern neu konstruiert. In den philosophischen Reflexionen über Gegenwart und Vergangenheit in diesem Roman ist die Erinnerungspoetik des Autors zu erkennen, die als Programm des Erzählens gilt: Erinnerung ist eine Konstruktion der Vergangenheit in der Gegenwart; Diese Konstruktion ist weder zielgerichtet noch an jegliche Normen gebunden.

Im zweiten Teil geht es um die Identitätsbildung der Erinnerung im Roman. Der Wert der Erinnerung als ein fingierender Akt liegt nicht in der Wahrheitsaussage, sondern in der Sinngebung, bei der autobiographischen Erinnerung also in der Identitätsbildung. In der Erinnerung dieses Romans sind zwei verschiedene personale Identitäten entworfen. Die eine ist die bildende individuelle Identität des heranwachsenden Protagonisten Johanns. Im Roman ist die sprachliche Entwicklung Johanns eine wichtige Handlungslinie. Die Sprache dient als Träger seiner persönlichen Identität und mit der individuellen Sprache leistet er potenziellen Widerstand gegen dieäußeren Mächte, nämlich die katholische Kirche und den Nationalsozialismus. Am Ende hat er seine eigene literarische Sprache gefunden, die eine freie selbständige Identität für ihn bedeutet. Die andere ist die kollektive Identität und lässt sich auch in der Sprache erkennen. Die Dialekt sprechenden Dorfbewohner haben eine tief im Heimatbewusstsein verwurzelte kollektive Identität. Dieses Identitätsbewusstsein schützt sie vor dem Nationalsozialismus, der erst im Hochdeutschen auszudrücken ist. Aber gleichzeitig fehlen den meisten Dorfbewohnern die individuelle Identität und die Fähigkeit, über ihre Identität und politische Ereignisse zu reflektieren.

Eine besondere Charakteristik dieses autobiographischen Romans ist die Perspektivität der Erinnerung sowie des Erzählens, die im dritten Teil der Arbeit untersucht wird. Ganz provozierend ist, dass Walser in diesem Roman die nachher erworbenen Kenntnisse mit Absicht ablehnt und das Dorfleben im Dritten Reich nur aus der engen Perspektive eines Kindes darstellt. Die literarische Erinnerung muss aber nicht mit den geschichtlichen Kenntnissen übereinstimmen, weil die literarische Sprache nicht faktisch sondern ästhetisch orientiert ist. Durch die enge Perspektive der Erinnerung sowie des Erzählens will der Roman auch die Legitimation einer unschuldigen Erinnerung des Autors rechtfertigen und mit den anderen Erinnerungen konkurrieren. Dadurch gewinnt der Roman eine besondere Bedeutung in den 90er Jahren, in denen in Deutschland die Erinnerungskultur an das Dritten Reich eine Wende erlebt. Die wesentlich nicht vom Nationalsozialismus gestörte persönliche Identität, die in diesem Roman konstruiert wird, könnte auch zur Bildung einer positiven nationalen Identität sowie zur „Normalisierung" der deutschen Nation beitragen.

8. 徐琼星:《危险的自由——莫妮卡·马龙作品主题研究》(2010 年,151 页)

Xu, Qiongxing: *Gefährliche Freiheit-Studien zu einem Motivkomplex im Werk von Monika Maron* (Shanghai 2010, 151 Seiten)

Das Leben der DDR-Autorin Monika Maron bietet ein atemberaubendes Panorama an Büchern, Kehrtwenden und Stellungswechseln. Es ist das Leben einer literarischen Kämpferin. Im Roman *Flugasche* gelingt es ihr, die Verstrickung des persönlichen Textes mit Publikationszwängen im Literatursystem der DDR nachzuzeichnen. Vom Aufstand gegen den Vater bis zum Widerstand gegen den Staat, vom Informanten der Stasi zu ihrem erbitterten Feind, manche Passagen ihrer Bücher erscheinen in einem völlig neuen Licht.

Monika Maron ist eine der bekanntesten Schriftstellerinnen der jüngeren DDR-Generation. Mit ihrem Roman-Debüt *Flugasche* verdiente sie sich Achtung im westdeutschen Feuilleton, einige weitere Bestseller folgten. Maron hat in ihren Werken immer wieder dem Realsozialismus ihres Staates den Kampf angesagt, und vielen Lesern beider deutscher Staaten galt sie lange als eine Vorzeige-Dissidentin. Als dann Details aus Marons Stasi-Akten bekannt wurden, kämpfte sie in eben diesen westdeutschen Feuilletons um ihren Ruf.

Eine umfassende wissenschaftliche Arbeit über das Gesamtwerk eines noch lebenden Schriftstellers bringt manche Probleme mit sich. Zunächst macht die Tatsache Schwierigkeiten, dass der Schriftsteller eben noch lebt. Zu dem bisher Veröffentlichten kann noch manches hinzukommen, das so gar nicht in das Deutungsmuster des bisherigen passt.

Im Mittelpunkt der Arbeit steht Marons Lebenssituation im Spannungsverhältnis zwischen Repression und Widerstand. In dieser Arbeit soll der Kampf um Marons Identität und schriftstellerische Existenz beschrieben werden. Wie aus Systemzweifel und Selbstfindung Widerstand und Selbstbehauptung, der Kampf um die eigene Authentizität und schließlich das Widerstands-Werk der Monika Maron entstanden, wird auf den folgenden Seiten untersucht.

In Marons Gesamtwerk liegen zwei entgegengesetzte Modelle weiblicher Identitätskonstruktion vor, die abwechselnd in umgekehrter Konstellation in jedem nachfolgenden Roman in Szene gesetzt und erprobt werden. Ausgangspunkt des zweiten Romans *Die überläuferin* ist z. B. zugleich der Endpunkt des vorhergehenden Romans und Erstlingswerks *Flugachse*. Dort scheitert die Journalistin Josefa bei ihrem Versuch, die „kastrierte Wahrheit" über die Umweltverschmutzung in der Stadt B. zu drucken, woraufhin sie beschließt, sich der Welt der Arbeit zu entziehen und nur noch im bett zu bleiben. Die Erzählerin Rosalind setzt im Bett der Protagonistin an und erkundete die Möglichkeiten der sozialen Passivität und politischen Entsagung für die weibliche Selbstfindung. Der Roman endet damit, dass Rosalind wieder Lust verspürt, aufzustehen und sich in der Welt zu engagieren.

Rosalinds Überlegungen zur Beschaffenheit der Freiheit werfen Fragen nach dem Ort des weiblichen Geschlechts im Realsozialismus auf, die gleichzeitig ein Nachdenken sind über die verschiedenen Möglichkeiten, durch Widerstand Freiräume für den Einzelnen zu erkämpfen. Jegliche Art von Widerstand und Protest gegen politische und historische Zwänge hat eine materielle und räumliche Dimensionen sowie geschlechtsspezifische Form. So wird die Angelegenheit der Freiheit unvermeidlich zur Frage nach der Geschlechtsidentität und der dafür konstitutiven Beschaffenheit des weiblichen Körpers, der sich wie verschiedene Anlaufsversuche einer Lösung zu dem von Judith Butler umrissenen Problem lesen, wie sich die weibliche Geschlechtsidentität im Widerstreit mit sozialen Normen konstituieren und behaupten kann, wenn sich erst durch den Konflikt mit gesellschaftlichen Zwängen Konturen gewinnt. Wie wird aus einem Objekt ein Subjekt der Politik, aus einem Instrument ein Akteur oder gar Täter der Geschichte? Wie ist eine Tat ohne Täter möglich, Agentur ohne einheitlichen Handlungsträger?

Für ihre Einsicht, dass historische, soziale, biologische und biografische Zwänge nicht restlos zu vernichten sind , benutzt Maron gern das Bild vom" Slalomlauf um die ererbten Eigenschaften", die sich am Ende letztlich doch alle schicksalhaft erfüllen. Der Umgang mit den unausweichlichen Prägungen scheint deshalb eine andere Strategie als die der Flucht oder Kampfes zu verlangen.

9. 施显松:《出入历史之境—本哈德·施林克作品罪责主题研究》(2011 年,118 页)

Shi, Xiansong: *Die Ambivalenz der Vergangenheitsbewältigung*

***Eine Studie über das Thema Schuld inBernhard Schlinks Werk* (Shanghai 2011, 118, Seiten)**

Die vorliegende Arbeit hat Bernhard Schlinks Romane zum Forschungsgegenstand.

Der Schwerpunkt der Arbeit liegt darin, die Einstellung zum Thema „Vergangenheitsschuld“ in Bernhard Schlinks Werk vor dem Hintergrund der Situation im heutigen Deutschland zu analysieren. Bernhard Schlink zeigt in seinem Werk, wie die Menschen im Nachkriegsdeutschland versuchen, sich mit Hilfe der Literatur von dem Trauma der Vergangenheitsschuld zu befreien und dadurch eine neue Identität zu gewinnen, ohne auf politische oder juristische Mittel zurückzugreifen zu müssen. Der grundliegende Standpunkt der Analyse in dieser Arbeit ist, dass einerseits die gesellschaftlichen und historischen Themen den klaren Hintergrund von B. Schlinks Werk darstellen und andererseits sich die gesellschaftlichen und historische Verhältnisse in seinen Romanen niederschlagen. Die Recherche ergibt, dass der Diskurs über die Schuldfrage nicht zu einer Grenzziehung sondern zu Solidarität und Versöhnung führt. Der sensible Umgang mit der Vergangenheitsschuld soll einen großen Beitrag dazu leisten, dass man die Gegenwart und Zukunft erfassen und eine gute neue Identität finden kann.

Die Arbeit gliedert sich in drei Kapitel:

Das erste Kapitel hat die Beschäftigung mit dem „Autor und sein Werk“ zum Thema. In diesem Teil wird die Rezeption und der Forschungsstand zu B. Schlinks Werk in verschiedenen Ländern der Welt, darunter auch in China vorgestellt. Eine kurze biografische Notiz von B. Schlink beschäftigt sich mit dem Verhältnis zwischen seiner persönlichen Lebensumgebung und seinem literarischen Schaffen. Seine demokratische Grundhaltung zur Schuldfrage und zur Unterhaltungsliteratur beeinflusst sein literarisches Schreiben stark. Damit wurde außerdem auch der Schulddiskurs in Deutschland in eine neue Form gebracht. Das zweite Kapitel befasst sich mit dem Problem des Diskurses der Schuldfrage in Schlinks Werk. In diesem Kapitel wird auf die historischen Hintergründe, die den äußeren Rahmen der Schuldfrage bilden, zurückgeblickt und dabei werden Schlinks spezifische literarischen Strategien zur Aufarbeitung des Schuldthemas untersucht. Im Rahmen der Theorie des Generationenromans wird auf der Grundlage verschiedener Romane Schlinks aus einer intertextuellen Perspektive das Phänomen der Verwicklung und Verstricklung der Schuldfrage behandelt. Im dritten Kapitel wird anhand der Analyse des Romans *Der Vorleser* als repräsentatives Beispiel darauf hingedeutet, wie Schlink die Vergangenheit mit der Gegenwart, die individuelle Schuld mit gemeinsamer Schuld zusammen verwebt, wobei die Verurteilung der Schuld gegenüber anderen Mitmenschen zur Schuld gegen sich selbst verwandelt wird. *Der Vorleser* realisiert in der literarischen Welt beispielhaft eine poetische Versöhnung des Konfliktes zwischen Realität und Vergangenheit .

10. 张焱:《历史的痕迹——德国当代作家克里斯托夫·海因和雅各布·海因叙事作品中的历史书写比较》(2011 年,113 页)

Zhang, Yan: *Die Spuren der Geschichte: Ein Vergleich zwischen der Geschichtsdarstellung bei Christoph Hein und bei Jakob Hein in ihren epischen Werken* (Shanghai 2011, 113 Seiten)

Nach der Wiedervereinigung der BRD und der DDR schreiben viele Autoren, die einst in der DDR gelebt haben, trotzdem Geschichten über ihre Erlebnisse in der damaligen DDR weiter. In der bisherigen Forschung der DDR-Literatur werden jedoch meist nach inhaltlichen Kriterien Produktions- und gesellschaftliche Probleme in der DDR behandelt. Es wird meistens unbeachtet, wie die DDR-Schriftsteller die Geschichte in ihren Werken repräsentieren und welche literarischen Formen oder Strategien von der Geschichtsdarstellung bevorzugt werden. In der vorliegenden Arbeit wird der Versuch unternommen, die oben stehenden Fragen am Beispiel ausgewählter epischen Werke Christoph und Jokob Heins zu beantworten. Nach der werkimmanenten Analyse wird versucht, die Ähnlichkeiten und die Unterschiede zwischen dem Vater und dem Sohn in Hinsicht auf die Geschichtsdarstellung zusammenzufassen.

Die Einleitung versucht zuerst einen Einblick in die Beziehung zwischen Literatur und Geschichte zu vermitteln. Besonders wird ein kurzer Überblick über Geschichtsdarstellung in der Geschichtswissenschaft und der Literatur gegeben. Seitdem Geschichte als ein unabhängiger Fachbereich entstanden ist, gilt die objektive und gerechte Geschichtsdarstellung als das wichtigste Ziel der Historiker. Daher hat der Historismus immer einen tiefen Einfluβ in der Geschichtswissenschaft. Seit dem 20. Jahrhundert werden die Objektivität und die Realität der Geschichtsdarstellung wegen der groβen Änderung der Weltlage in Zweifel gezogen. Historiker können nicht unmittelbar mit der Vergangenheit umgehen und das Geschehen nicht direkt beschreiben. Mit den eigenen Erkenntnissen rekonstruieren Historiker durch Mittel der Darstellung die Vergangenheit. Die Rekonstruktion ist dem literarischen Schaffen des Schriftstellers ähnlich. Die Geschichtsdarstellung kann man auch im Bereich der Literatur finden. Mit solcher Geschichtsdarstellung charakterisieren Schriftsteller fiktive Figuren und erfinden auf Hintergrund der Geschichte Handlungen ihrer Werke. Der gröβte Unterschied zwischen der Geschichtsdarstellung in der Geschichtswissenschaft und Literatur liegt darin, dass die Geschichtsdarstellung in der Literatur der literarischen Fiktion dient, während die Geschichtsbeschreibung in der Geschichtswissenschaft das Darstellen der Tatsachen und das Erkennen der Vergangenheit zum Ziel hat.

Der Hauptteil der vorliegenden Arbeit besteht aus drei Kapiteln. In dem ersten Kapitel dienen zwei epische Werke Christoph Heins, nämlich „Landnahme“ und „Von allem Anfang an“, als Beispiele. Die Merkmalen der Geschichtsdarstellung in Heins Werken werden analysiert. Seine Werke verfügen über zwei wichtige Merkmale. Vor allem wird die Geschichtsdarstellung Heins von der Geschichtsphilosophie Walter Benjamins und dessen narrativen Gedanken geprägt. Hein hat ähliche Auffassungen von der Zeit und dem historischen Fortschritt wie Benjamin. Die Form des „Fragments“, die Benjamin in seinen narrativen Theorien betont, wird auch in Heins Werken verwendet. Darüber hinaus hält Hein immer an seinem chronologischen Erzählen fest. Nach diesem Prinzip beschreibt Hein die Figuren und die Ereignisse oft mit kühlem Kopf und an der Stelle eines distanziert-kritischen Beobachters. In den Werken sind eigene Beurteilungen und Auseinandersetzungen vom Autor kaum zu finden.

In dem zweiten Kapitel sollen die Merkmale der Geschichtsdarstellung in den Werken Jakob Heins untersucht werden. Hier sollen auch zwei Werke Jakob Heins exemplarisch analysiert werden, nämlich „Mein erstes T-Shirt“ und „Antrag auf ständige Ausreise“. Die historische Erzählung in dem ersten Buch hat einen engen Zusammenhang mit der Popliteratur, und betrifft die üblichen Themen der Popliteratur. Das Entstehen der Popkultur ist vor allem mit den damaligen sozialen geschichtlichen Bedingungen verbunden. Die geschichtliche Realität spiegelt sich in der Darstellung der Popkultur. Im zweiten Buch hat er die Gattung Anekdote gewählt, die eine enge Beziehung mit der Geschichte hat. Obwohl die meisten Anekdoten Heins fiktiv sind, basiert die Fiktion auf die tatsächliche Geschichte der DDR.

Auf der Grundlage der beiden vorangegangen Kapitel beschäftigt sich das dritte Kapitel mit den Ähnlichkeiten und den Unterschieden der Geschichtsdarstellung in den Werken der beiden Autoren. Einerseits beziehen sich die Hauptinhalte ihrer Werke auf die Geschichte der DDR. Durch die literarische Fiktion beobachten sie das Leben der Einwohner im heute bereits verschwundenen Staat, und sie bilden die Geschichte in der Beschreibung des alltäglichen Lebens ab. Durch die Geschichtsdarstellung behandeln sie die wesentlichen sozialen Probleme der DDR und fragen nach dem Sinn hinter der Geschichte oder dem Ziel von historischen

Verläufen. Die Ähnlichkeiten der Autoren demonstrieren die Unterschiede zwischen der Geschichtsdarstellung in der Literatur und der in der Geschichtswissenschaft. Anderseits unterscheiden sich die Geschichtsdarstellungen in ihren Werken, in Bezug auf die Strategien der Darstellung, den Sprachstil und die gedankliche Tiefe, sehr stark voneinander. Diese Verschiedenheiten zeigen die mannigfaltigen Möglichkeiten der Geschichtsdarstellung in der Literatur auf. Die vorliegende Studie soll nicht nur zu der Vorstellung der beiden Autoren und der Übersetzung ihrer Werke in China beitragen, sondern ist auch für die Forschung der Geschichtsdarstellung in der Literatur von groβer Bedeutung.

11. 史节:《布莱希特诗歌作品中的中国文化元素》(2010 年,124 页)

Shi, Jie: *Chinesische kulturelle Elemente in Brechts Gedichten* (Shanghai 2010, 124 Seiten)

In der vorliegenden Arbeit geht es hauptsächlich um 12 „Chinesische Gedichte", die von Bertolt Brecht übersetzt werden. Zusammen mit anderen 8 Gedichten, die Brecht selber geschrieben hat, werden die 12 Gedichte hinsichtlich ihrer chinesisch kulturellen Elemente analysiert. Diese Arbeit umfasst die folgenden 5 Teile:

Im ersten Teil werden vorerst die Forschungszustände des Themas Brechts Chinesische Gedichte dargestellt, wobei auch die Definition und Forschungsentwicklung berücksichtigt weden; Dann wird die Entstehung Brechts Interesses an chinesische Gedichte erklärt; Gleich danach wird der Entstehungsanlass der Chinesischen Gedichte analysiert, nämlich die Bedürfnis, während der Moskauer Auseinandersetzung seine literarische Thoerie zu beweisen.

Im zweiten Teil handelt es sich um eine gründliche Beschreibung der Veröffentlichungsgeschichte: 1938 hat Brecht die erste Version veröffentlicht, kurz genannt als Version 1938, gebaut von 6 Gedichten; 1950 hat Brecht diese 6 Gedichte teilweise geändert und zusammen mit 3 anderen neuen Gedichten in der gleichen Zeitschrift *Das Wort* noch einmal veröffentlicht, was in dieser Arbeit als Version 1950 kurz genannt. In dieser Version hat Brecht eine wichtige Anmerkung hinzugefügt, die aber einige Probleme aufbringt, womit meine Arbeit sich beschäftigen wird; Die letzte Version erscheint erst 1967. Mit anderen 3 ergänzten Gedichten von Po Chü-yi zusammen erreicht die Summe der Chinesische Gedichte in der dritten Version 12.

Der dritte Teil ist der Schwerpunkt der Arbeit. In diesem Teil wird jedes

Chinesische Gedicht anhand seines chinesischen Originals detailliert interpretiert nach der folgenden Reihe: Die Freunde—《车笠交》, Die groβe Decke —《新制绫袄成感而有咏》, Der Blumenmarkt—《买花》, Der Politiker —《寄隐者》, Der Drache des schwarzen Pfuhls —《黑龙潭》, Ein Protest im sechsten Jahr des Chien Fu —《己亥岁感事》, Bei der Geburt seines Sohnes—《洗儿》, Ansprache an einen toten Soldaten des Marschalls Chiang Kai-Shek —《你自由了》, Gedanken bei einem Flug über die Groβe Mauer—《沁园春·雪》, Resignation—《有感》, Der Hut, dem Dichter geschenkt von Li Chien—《感旧纱帽》, Des Kanzlers Kiesweg—《官牛》. Die Interpretation der Gedichte läuft auf zwei Richtungen, eine davon die Rückführung auf den chinesischen Ursprung ist, und dabei der Inhalt bzw. der Hintergrund des jeweiligen Gedichts erörtert werden, die andere eine Vergleichung Brechts übersetzungen mit ihren Originalen ist. Die Qualitäten der übersetzungen werden anschlieβend kommentiert. In diesem Teil handelt es sich noch um die Unterschiede verschiedener Version der Brechts Chinesischen Gedichte und die Fragen über Autorschaft einiger Chinesischer Gedichte.

Im vierten Teil werden andere 8 Brechts Gedichte, in denen chnesische Elemente von Brecht selber benutzt werden, gesammelt, nämlich: *Der Tsingtaosoldat*, *Dreihundert ermorderte Kulis Berichten an eine Internationale*, *Die Auswanderung der Dichter*, *Legende von der Entstehung des Buches Taoteking auf dem Weg des Laotse in die Emigration*, *Besuch bei den erbannten Dichtern*, *Die andere Seite*, *Auf einen chinesischen Theewurzellöwen*, und *Für das Grab des Li Po*. Diese Gedichte werden mangels unterstützender Materialien nur versuchend bearbeitet.

Im fünften Teil werden die chinesischen Elemente in Brechts Gedichten zusammenfassend kategorisiert, wobei die Oberflächlichkeit Brechts Aufnahmen- und verwendungsmodell chinesischer kulturellen Elemente herausgearbeitet wird.

12. 陈虹嫣:《德语文学在〈世界文学〉中的译介研究(1953—2008)》(2010年,165页)
Chen, Hongyan: *Rezeption deutschsprachiger Literatur in Weltliteratur* (1953—2008)(Shanghai 2010, 165 Seiten)

Diese Arbeit handelt von der Übersetzungsgeschichte deutschsprachiger Literatur in der Zeitschrift *Weltliteratur* im Zeitraum von 1953 bis 2008. Die im Juli 1953 vom Chinesischen Schriftstellerverband ins Leben gerufene Zeitschrift *Weltliteratur*, die bis 1959 *Übersetzung* hieβ, ist auf Übersetzungen und Rezensionen ausländischer Literatur spezialisiert. Als erste Fachzeitschrift in der Volksrepublik China erschien sie bis 1964 monatlich. 1964 übernahm das

Forschungsinstitut für ausländische Literatur bei der Chinesischen Akademie für Sozialwissenschaften als Herausgeber die Redaktionsaufgaben. Mit dem Ausbruch der Kulturrevolution im Jahr 1966 wurde das Erscheinen eingestellt. Erst im Jahr 1977 durfte die Zeitschrift als intern zirkulierende Publikation wieder erscheinen, und ein Jahr später wurde sie dem allgemeinen Publikum wieder zugänglich gemacht. Die Zeitschrift *Weltliteratur* hat einen großen Beitrag zur Vermittlung und Verbreitung ausländischer Literatur, einschließlich deutschsprachiger Literatur, in China geleistet und nimmt somit eine wichtige Stellung in der Übersetzungsgeschichte ausländischer Literatur ein. In dieser Hinsicht hat diese Arbeit chinesische Übersetzungen deutschsprachiger Literatur in der Zeitschrift *Weltliteratur* als Forschungsgegenstand und versucht, mittels deskriptiver Übersetzungstheorie aufzuzeigen, welche deutschsprachigen Autoren aus welchem Anlass übersetzt worden sind. Da die Übersetzungen in *Weltliteratur* beispielhaft für die Rezeption deutschsprachiger Literatur in der Volksrepublik China sind, gewinnt man damit auch einen Überblick über die Übersetzungsgeschichte deutschsprachiger Literatur seit 1945.

Der Hauptteil der Arbeit gliedert sich in vier Kapitel. Im ersten Teil werden die Zielsetzung, Richtlinien und Auswahlkriterien der Zeitschrift *Weltliteratur* in verschiedenen Zeitabschnitten dargestellt. Von der Gründung der Volksrepublik bis zum Ausbruch der Kulturrevolution wurden politische Aspekte und die erzieherische Funktion ausländischer Literatur hervorgehoben, da literarische Übersetzungen als wichtiger Bestandteil zum Aufbau der neuen sozialistischen Kultur und zur Förderung des kulturellen Austausches mit anderen Ländern betrachtet wurden. Seit der Einführung der Reform- und Öffungspolitik in China lockert sich die politische Atmosphäre allmählich. Vor diesem Hintergrund verlegte *Weltliteratur* ihren Schwerpunkt auf die „Vermittlung und Kommentierung von moderner und gegenwärtiger ausländischer Literatur“ und spielt bis heute eine führende Rolle in diesem Bereich. Im Vergleich zu den Auswahlkriterien vor der Kulturrevolution wird nunmehr die literarische Qualität betont.

In den folgenden Kapiteln, nämlich in Kapitel 2 und 3 wird die Übersetzungs- und Vermittlungsgeschichte deutschsprachiger Literatur in *Weltliteratur* ausführlich erläutert. Im zweiten Teil werden die Übersetzungen zwischen 1953 und 1966 in *Weltliteratur* genau untersucht und charakterisiert. In diesem Zeitraum waren chinesische Übersetzungen einerseits stark von politischen Bewegungen im Inland, andererseits von diplomatischen und kulturellen Beziehungen mit deutschsprachigen

Ländern geprägt. In dieser Hinsicht wird zuerst der historische Hintergrund dargestellt und es wird aufgezeigt, wie stark in jener Epoche die Übersetzungstätigkeit von nicht-literarischen Faktoren beeinflußt wird. Anschließend werden die erschienenen Übersetzungen quantitativ mit Tabellen und Abbildungen analysiert. Zuletzt wird auf die Themen und so genannten literarischen Schaffungsmethoden der übersetzten Texte eingegangen, was die These bestätigt, dass vor allem Autoren der ehemaligen DDR in dieser Epoche übersetzt wurden. Einige klassische, sozialkritische sowie revolutionäre und fortschrittliche Autoren wurden auch übersetzt, soweit sie dem sozialistisch-literarischen Diskurs entsprachen.

Im dritten Teil werden chinesische Übersetzungen deutschsprachiger Literatur in *Weltliteratur* von 1977 bis 2008 quantitativ und qualitativ untersucht. Die Besonderheiten der vier Phasen (Phase I: 1977—1984; Phase II: 1985—1989; Phase III: 1990—1998; Phase IV: 1999—2008) bilden den Schwerpunkt dieses Kapitels. In den ersten Jahren nach dem Wiedererscheinen wurden zwar so genannte realistische Schriftsteller vorgezogen, aber auch Autoren wie Kafka und Grass, die damals in China noch fast unbekannt sind, wurden dem chinesischen Publikum bekannt gemacht. Außerdem sind viele Gegenwartsautoren wie z. B. Christa Wolf, Günter Wallraff, Botho Strauß, Herta Müller, Peter Handke, Robert Schneider, Judith Hermann und Peter Stamm durch *Weltliteratur* der chinesischen Leserschaft ein Begriff. In diesem Sinne kann man sagen, dass *Weltliteratur* eine Pionierrolle bei der Vermittlung deutschsprachiger Literatur in China gespielt hat.

Im letzten Teil wird an den Beispielen Böll, Brecht, Goethe, Kafka und Zweig, die sowohl in den „Siebzehn Jahren" („Shiqi Nian") vor der Kulturrevolution als auch in der „Neuen Epoche" („Xin Shiqi") in *Weltliteratur* übersetzt und vorgestellt wurden, erläutert, wie diese Autoren in verschiedenen Zeiten aufgenommen werden. Diese Beispiele zeigen deutlich, dass sich die Rezeption deutschsprachiger Literatur im Laufe der Zeit stark verändert hat. Im Anhang findet sich eine tabellarisch aufgebaute Liste aller deutschsprachigen Autoren, die einmal in *Weltliteratur* bis 2008 Erwähnung fand. Die Summe der gewonnenen Erkenntnisse schließt somit eine Forschungslücke im Bereich der Übersetzungsgeschichte ausländischer Literatur in China.

13. 郑霞:《"没有新的语言就没有新的世界"——巴赫曼小说中的语言批判与维特根斯坦的语言批判哲学》(2010 年,125 页)

Zheng Xia: „*Keine neue Welt ohne neue Sprache*" — *Sprachkritik in Bachmanns Prosawerken und Wittgensteins sprachkritische Philosophie* (Shanghai 2010, 125 Seiten)

Seit Jahrzehnten widmet sich die Bachmann-Forschung der Beziehung zwischen der Prosa Ingeborg Bachmanns und der sprachkritischen Philosophie Ludwig Wittgensteins. Trotz der ergiebigen Forschung sieht die vorliegende Dissertation immer noch eine Möglichkeit, dieses Forschungsfeld weiter zu bearbeiten.

Zum Forschungsgegenstand hat diese Arbeit die Stellung der Wittgensteinschen sprachphilosophischen Gedanken (aus dessen repräsentativen Werken *Tractatus* und *Philosophische Untersuchungen*) in den Bachmannschen Prosawerken (von deren früherem Erzählungsband *Das dreißigste Jahr* bis zu dem späteren Roman *Malina* und dem Erzählungsband *Simultan*). Zu untersuchen ist die Art und Weise, wie Bachmann durch literarische Mittel den Wittgensteinschen Philosophemen semantisch neue Bedeutungen verlieh oder gar bestimmte Wittgensteinsche Gedanken bezweifelte bzw. Kritik daran übte.

Ausgehend von den geschichtlichen, gesellschaftlichen und kulturellen Beweggründen der Wittgenstein-Rezeption Bachmanns wird in der vorliegenden Arbeit ausführlich auf die theoretische Darstellung der Wittgensteinschen Philosopheme durch Bachmann eingegangen, was der konkreten Interpretation der Prosatexte Bachmanns zugrunde liegt.

Hervorzuheben ist die Aufmerksamkeit dieser Arbeit auf diejenigen Erzählungen Bachmanns, die jahrzehntelang von der Bachmann-Forschung vernachlässigt worden sind, in denen aber auch möglicherweise Wittgensteinsche Philosophie ihren Niederschlag findet. Insbesondere ist auf die Spuren, die die *Philosophischen Untersuchungen* Wittgensteins im Roman *Malina* hinterlassen haben, hinzuweisen.

Nachdrücklich muss betont werden, dass Bachmannsche Rezeption der sprachkritischen Philosophie Wittgensteins gerade ihrem eigenen durch Sprachkritik gekennzeichneten Konzept der „Neuen Sprache" dient. In der literarischen Praxis Bachmanns ist die Sprachkritik eng verbunden mit der Geschichts-, Gesellschafts- und Kulturkritik und gewinnt dadurch tiefgreifende Bedeutungen.

Schlüsselwörter: Wittgensteins Philosophie, Bachmanns Prosa, Sprachkritik, Konzept der „Neuen Sprache"

作者通讯地址

Anschriften der Autoren

Prof. Dr. Xie Jianwen

School of Germanic Studies der Shanghai International Studies University

550 Dalian Road (West)

200083 Shanghai

China

E-Mail：xjianwen@126. com

Prof. Dr. Wei Maoping

School of Germanic Studies der Shanghai International Studies University

550 Dalian Road (West)

200083 Shanghai

China

E-Mail：weimaoping@shisu. edu. cn

Prof. Dr. Lu Mingjun

Deutsche Fakultät der Guangdong University of Foreign Studies

510420 Guangzhou

China

E-Mail：mingjun. lu@oamail. gdufs. edu. cn

Dr. Sun Yu

School of Germanic Studies der Shanghai International Studies University

550 Dalian Road (West)

200083 Shanghai

China

E-Mail：bluequicksand@hotmail. com

Prof. Dr. Zhang Keyun

Deutsche Fakultät der Tongji-Universität

1239 Siping Road

200093 Shanghai

China

E-Mail：zky@tongji. edu. cn

Prof. Dr. Hou Suqin

Deutsche Fakultät der Xi'an International Studies University

South Wenyuan Road，Chang'an District

710128 Xi'an

China

E-Mail：tinapeggy@126. com

Dr. Hu Dan

School of Germanic Studies der Shanghai International Studies University

550 Dalian Road (West)

200083 Shanghai

China

E-Mail：hudanshanghai@126. com

Dr. Wang Yutong
School of Germanic Studies der Shanghai International Studies University
550 Dalian Road (West)
200083 Shanghai
China
E-Mail: wangyutong1984@163. com

Dr. Li Yi
School of Germanic Studies der Shanghai International Studies University
550 Dalian Road (West)
200083 Shanghai
China
E-Mail: anjaliyi@126. com

Prof. Dr. Xu Qiongxing
Deutschabteilung des Fremdspracheninstituts der Wuhan University
430072 Wuhan
China
E-Mail: xuqiongxing@hotmail. com

Prof. Dr. Shi Xiansong
Deutsche Fakultät der Tongji-Universität
1239 Siping Road
200093 Shanghai
China
E-Mail: shixiansong@tongji. edu. cn.

Dr. Zhang Yan
Deutsche Fakultät der Tongji-Universität
1239 Siping Straβe
200092 Shanghai
China
E-Mail：luna6622@hotmail. com

Prof. Dr. Shi Jie
Deutsche Fakultät der Universität Fuzhou
Xueyuan Road 2，University-ownShangjie
350108 Fuzhou
China
E-Mail：sj_fudan@126. com

Prof. Dr. Chen Hongyan
School of Germanic Studies der Shanghai International Studies University
550 Dalian Road (West)
200083 Shanghai
China
E-Mail：chen_monika@hotmail. com

Dr. Zheng Xia
School of Germanic Studies der Shanghai International Studies University
550 Dalian Road (West)
200083 Shanghai
China
E-Mail：xeniazheng77@aliyun. com

图书在版编目(CIP)数据

思之旅:德语近、现代文学与中德文学关系研究/谢建文,卫茂平主编.—上海:上海三联书店,2016.10
ISBN 978-7-5426-5698-8

Ⅰ.①思… Ⅱ.①谢…②卫… Ⅲ.①现代文学—文学研究—德国②近代文学—文学研究—德国③比较文学—文学研究—中国、德国 Ⅳ.①I516.06②I206

中国版本图书馆CIP数据核字(2016)第228578号

思之旅——德语近、现代文学与中德文学关系研究

主　　编 / 谢建文　卫茂平

责任编辑 / 黄　韬
特约编辑 / 职　烨
装帧设计 / 汪要军
监　　制 / 李　敏
责任校对 / 张大伟

出版发行 / 上海三联书店
　　　　　(201199)中国上海市都市路4855号2座10楼
网　　址 / www.sjpc1932.com
邮购电话 / 021-22895557
印　　刷 / 上海肖华印务有限公司

版　　次 / 2016年10月第1版
印　　次 / 2016年10月第1次印刷
开　　本 / 710×1000　1/16
字　　数 / 470千字
印　　张 / 30
书　　号 / ISBN 978-7-5426-5698-8/I·1162
定　　价 / 68.00元

图书在版编目(CIP)数据

[illegible]

中国版本图书馆CIP数据核字(2016)第228[illegible]号

[illegible]

版 次 / 2016年10月第1版
印 次 / 2016年10月第1次印刷
开 本 / 787×1092 1/16
[illegible]
书 号 / ISBN 978-7-5426-5698-8/[illegible]
[illegible]